本书得到重庆市社会科学规划项目（2019YBYY135）、重庆工商大学学术著作出版基金资助支持。

Poetry Translation in the Rear
Area during the Chinese People's
War of Resistance Against Japanese Aggression

抗战大后方诗歌翻译研究

骆萍 著

中国社会科学出版社

图书在版编目（CIP）数据

抗战大后方诗歌翻译研究 / 骆萍著. -- 北京：中国社会科学出版社，2025.8. -- ISBN 978-7-5227-5195-5

Ⅰ. I207.22

中国国家版本馆 CIP 数据核字第 2025NJ3981 号

出 版 人	季为民
责任编辑	王 越
责任校对	杨 林
责任印制	戴 宽

出　　版	中国社会科学出版社
社　　址	北京鼓楼西大街甲 158 号
邮　　编	100720
网　　址	http://www.csspw.cn
发 行 部	010-84083685
门 市 部	010-84029450
经　　销	新华书店及其他书店
印　　刷	北京明恒达印务有限公司
装　　订	廊坊市广阳区广增装订厂
版　　次	2025 年 8 月第 1 版
印　　次	2025 年 8 月第 1 次印刷
开　　本	710×1000　1/16
印　　张	25.25
插　　页	2
字　　数	365 千字
定　　价	139.00 元

凡购买中国社会科学出版社图书，如有质量问题请与本社营销中心联系调换
电话：010-84083683
版权所有　侵权必究

谨以此书纪念中国人民抗日战争暨世界反法西斯战争胜利 80 周年

目　录

第一章　绪论 …………………………………………………………（1）

第二章　大后方诗歌翻译概论 ………………………………………（9）
　第一节　从"五四"到抗战:外国诗歌汉译考察 ………………（9）
　第二节　抗战语境下大后方诗歌翻译活动的价值导向 ………（27）
　第三节　大后方文艺报刊与诗歌译介活动 ……………………（33）

第三章　期刊篇:大后方译介外国诗歌的主要刊物 ………………（41）
　第一节　《抗战文艺》诗歌翻译研究 ……………………………（41）
　第二节　《文艺阵地》及《文阵新辑》诗歌翻译研究 ……………（52）
　第三节　《文学月报》诗歌翻译研究 ……………………………（70）
　第四节　《时与潮文艺》诗歌翻译研究 …………………………（86）
　第五节　《中原》诗歌翻译研究 …………………………………（98）
　第六节　《诗垦地》诗歌翻译研究 ………………………………（106）
　第七节　《文艺先锋》诗歌翻译研究 ……………………………（120）
　第八节　《中苏文化》诗歌翻译研究 ……………………………（137）
　第九节　《诗创作》诗歌翻译研究 ………………………………（154）
　第十节　《诗》诗歌翻译研究 ……………………………………（173）
　第十一节　《文学译报》诗歌翻译研究 …………………………（187）
　第十二节　《战歌》诗歌翻译研究 ………………………………（197）

第十三节　《文聚》诗歌翻译研究……………………（208）

第四章　报纸篇：大后方主要报纸副刊中的诗歌译介 …………（221）
　　第一节　重庆版《新华日报》副刊与诗歌翻译………………（221）
　　第二节　重庆版《大公报》副刊《战线》《文艺》与
　　　　　　诗歌翻译……………………………………………（235）
　　第三节　桂林版《大公报》副刊《文艺》与诗歌翻译 ………（247）
　　第四节　桂林版《救亡日报》副刊《文化岗位》与
　　　　　　诗歌翻译……………………………………………（262）
　　第五节　昆明版《中央日报》副刊与诗歌翻译………………（279）

第五章　译人篇：大后方从事诗歌翻译活动的主要译者 ………（292）
　　第一节　戈宝权译诗活动研究…………………………………（292）
　　第二节　梁宗岱译诗活动研究…………………………………（302）
　　第三节　袁水拍译诗活动研究…………………………………（315）
　　第四节　穆木天译诗活动研究…………………………………（329）
　　第五节　冯至译诗活动研究……………………………………（343）

第六章　结语 ……………………………………………………（357）

参考文献 …………………………………………………………（360）

后记 ………………………………………………………………（397）

第一章　绪论

一　抗战大后方诗歌翻译研究现状

抗战时期是中国历史的特殊阶段，由于政治和战争因素的影响，中国文学形成了不同的区域特征，各自呈现不同的表现形式。而大后方文学无疑最璀璨夺目，极具研究价值。其中诗歌以短小精悍富于鼓动性的特征，成为抗战时期最兴盛的文学体裁之一。大后方抗战诗歌的研究主要成果有《诗歌研究史料》（龙泉明，1989）、《抗战诗歌史稿》（苏光文，1991）以及《大后方抗战诗歌研究》（吕进等，2015）等。这些研究主要概述诗歌的文体特征及区域文化特征，举要重要期刊上的诗歌及活动，或分述各诗派诗歌理论、重要诗人及诗作。一些著作也涉及诗歌研究，如《大后方文学史》（文天行、吴野主编，1993）、《大后方文学论稿》（苏光文，1994），以及总论抗战文学文艺的专著如《中国抗战文艺史》（蓝海，1984）、《抗战文学概观》（苏光文，1985）。另有《桂林文化城诗歌研究》（雷锐、黄绍清，2008）整理分析桂林文化城诗歌的主题与特点以及对中国现代诗歌史所作的贡献；《中国·四川抗战新诗史》（段从学，2015）则以"地方志"的角度描述新诗在抗战时期的四川发生、发展与成熟的历史走向，彰显其地域特征。根据译介学观点，翻译文学是民族文学或国别文学的一部分[①]。作为大后方文学重要组成部分的翻译诗歌，以及该时期的诗歌翻译活动，折射着

[①] 谢天振：《译介学》，上海外语教育出版社1999年版，第245页。

战争时期特殊的接受环境等因素的制约，对本民族诗歌的影响和建构起着不容忽视的作用。翻译诗歌在抗战中的"鼓动"作用和历史价值举足轻重，相关研究却显得薄弱，没有任何专著，仅在一些著作的部分章节论及，如《重庆抗战文学与外国文化》（靳明全，2006）谈到苏联诗歌、英国文化对抗战诗歌的影响；《陪都译介史话》（徐惊奇，2009）以期刊为对象扫描重庆战时文学译介，偶涉诗歌翻译；《现代诗的再出发——中国四十年代现代主义诗潮新探》（张松建，2009）第二章论述西方现代主义诗歌在中国20世纪40年代的译介时探讨艾略特、奥登、里尔克和波德莱尔诗歌在中国的传播；《外国诗歌的翻译与中国现代新诗的文体建构》（熊辉，2013）谈及20世纪三四十年代译诗对中国现代新诗的影响时简要论及抗战时期译诗活动；《桂林抗战文化城译介活动研究》（袁斌业，2013）专章以国别分类探讨译诗，文本分析较深入细致，但数量有限，不够全面；《抗战时期重庆翻译研究》（廖七一等，2015）从文学、军事、新闻等方面总体考察抗战时期重庆的翻译活动，但极少涉及诗歌译介；《抗战大后方社团翻译文学研究》（熊辉等，2018）以社团为单位考察大后方翻译文学与各社团特征及其与创作的关系，于西南联大与"七月派"翻译活动中提及个别诗人的译诗活动；《抗战大后方翻译文学史论》（熊辉，2018）是一部较全面阐释大后方翻译文学的力作，但诗歌翻译仅涉俄苏、英美，其他国家的译诗未作探讨；《雪莱在中国（1905—1966）》（张静，2022）研究雪莱在中国现代文学不同时期的译介与接受，第四章战时译介（1937—1949）论及大后方诗人译者徐迟、袁水拍、方然对雪莱诗歌的翻译。

  另两类值得关注的研究一为中国翻译史著作中对外国重要诗人作品译介的概述，如《中国现代翻译文学史（1898—1949）》（谢天振、查明建，2004），《中国翻译通史·现当代部分》（第二卷）（马祖毅等，2006），《中国20世纪外国文学翻译史》（谢天振、查明建，2007），《二十世纪中国翻译文学史》（三四十年代·英法卷）（李宪瑜，2009）与（三四十年代·俄苏卷）（李今，2009）等，按国别程度不一地提及20

世纪三四十年代诗人译作情况,如英美的莎士比亚、拜伦、雪莱、惠特曼;俄苏的普希金、马雅可夫斯基、高尔基;法国的雨果、波德莱尔;德国的歌德、海涅、尼采等,均为笼统概说,这也是史料研究的常规叙事手法。作为工具书性质的著作,这些研究对国别、时期和译者均有史实罗列和陈述,做了重要奠基性工作,但更需研究者在其基础上进行深挖和系统考察。二为诗人翻译家研究,关涉抗战时期译者的诗歌翻译活动,如《两支笔的恋语:中国现代诗人的译与作》(熊辉,2011)阐述梁宗岱、冯至等诗歌创作与翻译的影响;《梁宗岱诗学研究》(张仁香,2014)概述梁宗岱的翻译活动以及译诗对其诗论的影响;《桂林抗战文化城翻译家研究》(袁斌业等,2021)论及穆木天、黄药眠、陈原、杨刚等的翻译思想和译诗实践。

论文方面分为四类,首先是总体概述,主要有:《抗战时期的翻译与战时文化》(邹振环,1994),《抗战时期翻译文学论述》(陈言,2005),《分割的权力 各异的翻译——从权力话语的视角看抗战时期的翻译活动》(罗天、胡安江,2011),《桂林战时期刊文艺翻译活动的特点》(韦幼青,2011),《抗战历史语境与重庆的文学翻译》(廖七一,2012),《抗战时期昆明的外国文学译介研究》(庞学峰,2014),《抗战大后方翻译文学的特征》(熊辉,2014)等。其次是诗歌类体裁的译介,数量有限,如《简论"文协"的抗战诗歌译介活动》(熊辉,2011),《桂林文化城的诗歌翻译特点》(黎敏,2017),以及笔者近几年的研究,如《翻译与政治:抗战时期重庆诗歌翻译活动考察》(骆萍,2017)、《抗战文化场域下重庆诗歌翻译活动及其译者惯习考察》(骆萍,2020)等。再次是聚焦诗人译者的翻译实践,如《不该遗忘的角落——略论穆木天的文学翻译》(王德胜,1990),《不该忽视的诗歌翻译家邹绿芷》(严娟珍,2012),《诗人、翻译家胡风——七月学人翻译研究之四》(桂清扬,2016),《桂林文化城时期的穆木天》(王燕,2018),《楚图南的外国文学译介与翻译家身份建构》(罗杰,2020)等。最后,不容忽视的一类为硕博论文对某些期刊、机构中翻译文学的研究,如《〈时与潮文艺〉与抗战时期的文学翻译》(陈菊,

2006),《重庆抗战文学中传播外国文化的主要报刊》(李志明,2007),《西南联大的翻译文学研究》(聂兰,2014),《抗战时期"中苏文化协会"的翻译文学研究——以〈中苏文化〉为中心》(黄波,2015),《规范视阈中的桂林抗战文化城〈文学译报〉研究》(蓝岚,2021)等,内含一定篇幅的诗歌翻译论述。

总之,相对于史料的复杂性、丰富性,诗歌翻译研究零散、滞后,缺乏对抗战文化背景下大后方外国诗歌汉译走势和特点的整体把握。基于此,作为笔者前期成果的深化和拓展,本书试图构建两个框架,一是以报刊①为依托,译诗文本为研究对象,考察背后所蕴含的时代文学意蕴及政治倾向,将更有助于理解诗歌翻译在抗战文学发展过程中所发挥的文化建构作用。二是聚焦译者,剖析意识形态②和主流诗学对译者翻译实践的影响,揭示翻译活动中体现的译者主体性,并通过创译关系的梳理,深化认识翻译与创作之间的关系。

二 学术价值及应用价值

从现有研究看,学界大多侧重对大后方抗战诗歌创作或抗战文学翻译的系统阐述,对于某类体裁的译介,如诗歌译介的研究缺乏系统性。翻译不是在真空中进行的,而是一种纷繁复杂、充满政治争斗和意识形态博弈的社会文化行为。结合社会、历史语境来研究诗歌翻译,或以译诗材料研究社会、历史,这些行为都是把诗歌看作文化的一部分,把翻译看作改造社会的驱动力,研究在特定历史语境下,诗歌翻译的社会成因,以及与主流意识形态和诗学的关系。这是当前诗歌翻译活动的主要趋势,能够深刻揭示诗歌翻译活动与社会文化的互动关系。从学术价值看,本书(1)借鉴翻译文化派理论,以译诗与目标语文化关系为中心,对大后方诗歌翻译展开全面系统的考察,由此丰

---

① 本书中"报刊"均指报纸副刊与期刊两类。
② 意识形态:本书中出现的"意识形态"是翻译操控派代表人物之一比利时学者安德烈·勒菲弗尔(André Lefevere)的一个重要术语。他指出,翻译即改写,改写主要受到意识形态(ideology)和诗学(poetics)两方面的限制。

富诗歌翻译断代史和区域史的研究，同时是对西方翻译理论本土化的运用与反思，为中国诗歌翻译理论模式的建构提供思路；（2）从民族文学发展的角度考察译诗与本土诗歌的互动，推动翻译与创作的影响研究；（3）聚焦译者的翻译实践，剖析影响其翻译的主客观因素，由此深化译者主体性的理论研究。

从应用价值看，（1）作为抗战文化的有机组成部分，译诗可促进本土诗歌形式的创新，是增多诗体的方法之一；（2）通过对译诗文本的微观分析，加深诗歌翻译的策略、技巧以及诗歌鉴赏等实践知识的了解；（3）解释翻译在特殊环境下对当时社会和抗战进程的作用与影响，为翻译如何构建本土文化、服务当今社会提供个案实践及经验。

三 研究对象与总体框架

本书以全面抗日战争时期大后方中心城市重庆、桂林和昆明出版译诗较多，或译诗虽不算多，但地位重要、影响广泛的报刊，如《新华日报》《大公报》《中央日报》《救亡日报》《抗战文艺》《中苏文化》《诗垦地》《文艺阵地》《时与潮文艺》《诗创作》《诗》《文聚》《战歌》等为依托，以译诗为研究对象，考察意识形态和主流诗学对译诗的影响与制约，以及翻译对抗战政治话语的建构、国民精神思想的建设以及对本土诗学的反哺。另外，聚焦译者的诗歌翻译活动，考察译者诗歌翻译实践与译入语国社会文化之间的互动关系。本书所指的"大后方"时限为国民党迁都重庆至1945年8月抗战胜利，以报刊上的译诗为研究对象，又以大后方重要译者的译诗活动为个案研究，总体框架如下。

第一，梳理"五四"至抗战时期诗歌翻译活动的特征，考察二者之间的关系。"五四"与抗战特殊的历史语境和时代特征及两者之间的延续性使诗歌汉译活动在主题的选择上多倾向于具有现实意义和反抗精神的现实主义与浪漫主义诗歌，而较少译介偏内省、玄思、与时代主题较远的现代派诗歌。在译诗形式的表现上，经历了自由诗、新格律诗再到自由诗的变迁，均与译入语国意识形态与主流诗学息息相关，表现出翻译活动与社会历史语境的紧密联系。

第二，概述抗日民族解放意识形态和主流诗学影响下译诗在主题和语言形式上表现出的趋时性和大众化特征，揭示该时期诗歌翻译活动与政治策略和政治行为密不可分的联系。

第三，讨论大后方报刊的西迁与创刊、复刊与诗歌翻译的兴盛。报刊是文学产品生产和传播的重要载体和阵地。考察报刊作为传播媒介对诗歌翻译活动的影响与作用，揭示其作为"赞助人"对诗人、译诗与译入语读者之间形成开放关系模式的重要作用。

第四，研究外国诗歌的译介，此为本书的主体部分。其一，以每一刊物为考察单位，梳理其中的翻译诗歌在主题、诗人（国别）的选择上呈现的特征，分析其与主流意识形态的关系；其二，在译诗文本的比较和细读，或原诗与译诗的对比细读，或同一首诗不同时期译者的译本对比中，分析抗战时期译诗在语言和形式上的特征，探讨其与主流诗学的关系；其三，考察不同报刊的特色定位、编辑方针，以及对译诗传播的影响，分析译诗的接受情况对主体文化的反作用。

第五，以个案研究考察大后方译者的诗歌翻译实践，选择对象为活跃于大后方中心城市重庆、桂林和昆明并在当地报刊上发表译诗较集中的译者。考察译者的翻译思想、翻译选材、翻译策略以及译诗的表现形式，研究抗战历史语境下主体文化对译者个体及其行为方式的影响。其中对诗人译者的考察，还涉及创作与翻译的影响分析，试图厘清诗歌翻译对本民族诗歌的精神和诗学建构。

四 研究目标与重点难点

本书研究诗歌翻译活动与译入语国家社会文化之间的互动关系，全面认识抗战时期译诗的历史动因和发展脉络，及其对中国新诗的影响。具体目标如下。

（1）通过史料整理分析大后方诗歌汉译的主题走势、诗人及来源国选择、译诗语言形式的基本特点，探讨译入语国主体文化对诗歌翻译的文本生成与接受的影响。

(2) 从本国民族文学发展的视角体察外国诗歌汉译与中国诗歌发展的关系。

(3) 聚焦该时期重要译者，尤其是诗人译者，阐释意识形态、主流诗学以及个人艺术审美意识对译诗活动形成的影响，诗歌创作与翻译的关系，揭示译者在翻译行为中体现的主体性及其意义。

基于此，其研究重点有三：（1）以译诗为考察对象，结合各刊物的定位与特点，分析诗歌选材、主题与语言形式特征；（2）围绕主要译者的翻译实践展开个案研究，探讨其翻译思想、诗学理念遵循或偏离主体文化的深层动因，认识译者在翻译实践中体现的主体性；（3）阐述翻译作为特有的社会话语形式，对抗战政治话语与民族诗歌的建设和作用。

研究难点为：（1）该时期诗歌翻译的种类繁多，各国各派诗人的诗作均有涉猎，在文本细读、翻译策略和译诗呈现形式上颇需下一番功夫；（2）本书涉及外部与内部研究、宏观与微观研究。要做到把抗战历史语境与文本分析结合起来，认识译者的翻译实践与译入语文化的关系，还原大后方诗歌翻译活动的全貌，凸显翻译活动和译者的历史作用与地位，而不失于以点概全、顾此失彼。

五 基本思路与研究方法

本书以报刊上的翻译诗歌为考察对象，首先是收集整理译诗，以及其他与抗战文学相关的资料和翻译文献。其次，通过具体的研究方法展开系统研究，以报刊为依托梳理归类，归纳译诗的主题、诗人及其来源国以及译诗语言形式的特征，考察其与译入语国意识形态和主流诗学的关系，厘清不同刊物的定位与编辑方针对译诗传播的影响。再次，聚焦译者，探讨其翻译思想、策略等对实践的影响，翻译与创作的关系，认识译者的主体性。最后，得出结论，总结翻译活动的社会本质，以及对民族文学的建构。

本书不囿于对译诗进行语言层面的意义转换，而以细致入微的诗歌文本分析，历史、功能与文化的描述为主线，采取宏观与微观、历时与共时、描写与分析的研究方法，结合外部与内部研究，具体研究方法如下。

（1）描述性研究法。从译诗的内容和功能入手，对大后方译诗进行系统的描述，从文本的纵深分析中总结诗歌翻译活动与主体文化的关系。

（2）文学史研究法。以原始报刊上的译诗为研究对象，尽量历史地回放原初语境，论从史出，史论结合，描述诗歌翻译的特征，以及与时代诗学观和诗歌创作的关系。

（3）个案研究及细读法。对译诗文本和译者的翻译活动进行个案研究，也采用形式主义批评文论的细读法进行文本分析，对译者的翻译思想、翻译原则与翻译策略进行剖析。

（4）跨学科研究方法。结合相关学科的一些理论，如传播学、社会学、接受美学来解释译诗的传播途径和效果，译诗与译入语国家社会文化的互动关系。还结合翻译文学和民族文学的关系，运用译介学学科方法，探讨外国诗歌在目标语文化中如何服务于主流诗学。

第二章 大后方诗歌翻译概论

"五四"启蒙与救亡的时代主题在抗战时期聚焦于抗战救国,主题的传承与侧重使译诗主题、国别、诗人的选择以及语言形式发生了嬗变,这是战时意识形态与主流诗学对翻译的规约,是翻译社会性的体现。此外,报刊的繁荣建构了翻译文学生产的言说空间,成为抗战文化场域的一支生力军,极大推动了包括译诗在内的翻译文学走向大众,发挥了翻译的政治功能。

第一节 从"五四"到抗战:外国诗歌汉译考察

1917年1月胡适在《新青年》第2卷第5号上发表《文学改良刍议》,提出著名的"八不主义",同年2月又在《新青年》上发表《文学革命论》,此两篇文章从理论上为文学革命奠定了基础,为新诗运动铺平了道路。胡适迅速成为新文化运动重要领袖之一,1917年成为新文学革命的开端。1919年胡适又以一首译诗《关不住了!》作为其新诗成立的开端,不仅从形式上摆脱了传统诗歌的桎梏,白话入诗,从内容上也开拓了全新的叙事领域,赋予现代性的内涵和特质。

1937年抗战的全面爆发并未中断诗歌翻译活动,反而形成了大后方、解放区、沦陷区相对集中的几大诗歌翻译集中地。由于特定的历史语境和意识形态因素的制约,诗歌翻译在主题内容上更多地选择具有现实意义的诗人及作品,在形式上普遍采用便于向大众传播的白话自由体诗,从而使译诗活动成为抗战有力的战斗武器。

综观从"五四"到抗战结束(1917—1945)阶段的外国诗歌翻译活动,在待译诗人的选择和诗歌的选材上具有同一性与延续性,对于现实主义、浪漫主义以及现代派诗歌的译介均有涉及,只是各时期由于历史语境的影响有不同的侧重;在诗歌表现形式上,白话自由体诗歌自"五四"以后就成为主流诗学规范,虽在20世纪30年代新格律派诗人对诗格律进行了重新探讨,但抗战的到来因为诗歌"大众化"的需求使自由体诗歌再度成为译诗的主体形态。

一 诗人及译诗的选择

众所周知,"五四"的主题是启蒙与救亡,其重点是对于文学(诗歌)的革新,从内容到形式使文学承担启蒙和救亡的重任,致使"为人生"的现实主义诗歌成为译介的重点。但浪漫主义和以象征主义为主的现代派诗歌的译介在20世纪二三十年代也得以发展,使诗歌翻译呈现异彩纷呈的局面。抗战的全面爆发则使诗歌的目标和任务"被压倒一切地规约为阶级整合、民族认同和政治动员"[①],诗歌的"大众化"成为该时期的准则。意识形态及诗学影响下的待译诗歌及诗人的选择更倾向于反压迫的现实主义作品,浪漫主义诗歌因体现反抗和自由之声也被较多地介绍,而现代派诗歌由于更多体现玄思、潜意识以及万物应和等与抗战主旋律相距较远的内容而被边缘化,但仍有不同程度的译介。

(一)现实主义诗歌的译介

从胡适《文学改良刍议》所提出的"须言之有物""不用典""不避俗字俗语"等[②]可知胡适"务实"的现实主义新诗观。如译作《老洛伯》中体现的对普通民众遭遇的刻画和同情,《关不住了!》中对普遍人性爱情的描写,都表现译诗平民化和写实主义的倾向。20世纪20

---

① 张松建:《现代诗的再出发——中国四十年代现代主义诗潮新探》,北京大学出版社2009年版,第130页。

② 胡适:《文学改良刍议》,《新青年》1917年第2卷第5期。

年代初成立的文学研究会强调翻译选择的现实性,以《诗》《小说月报》为发表阵地,介绍俄罗斯、法国、北欧以及"被损害民族国家"等现实主义因素较强的诗作。尤其是俄罗斯文学的译介,诚如鲁迅所说,从俄国文学中"看见了被压迫者的善良的灵魂,的酸辛,的挣扎"①。所译诗人主要选择普希金、莱蒙托夫、屠格涅夫等现实主义诗人的作品,究其原因则是中国启蒙先驱者从俄国革命的成功中获得鼓舞,确认由文学启蒙到思想革命对于社会革命的必要性与迫切性,于是大力译介与中国国情相似的、含有深沉人道主义的俄罗斯文学②。

  普希金是俄国 19 世纪现实主义文学的奠基人,诗作中表现的与沙皇俄国统治者进行的斗争与对黑暗势力的反抗精神使其作为革命诗人在中国得到大力译介。普希金诗歌汉译最早在《文学周报》1927 年第 4 卷第 18 期的《致诗人》,译者为孙衣我;1935 年《译文》第 2 卷第 1 期发表孙用译《秋天》《致西伯利亚》《工作》《先知》等 4 首诗;1936 年《译文》新 2 卷第 6 期发表孙用译《绞架之歌及其他》4 首诗,刘盛亚译《吉卜西及其他》15 首抒情诗③。抗战时期对普希金的诗歌翻译更是达到鼎盛,1942 年 5 月重庆现实出版社出版曹辛编辑的《恋歌》(普式庚诗选 I),包括《我是孤独的播种者》《囚徒》等 29 首诗,译者有鲁迅、孙用、黄源、孟十还等二十余人,书末还刊登了曹辛写的后记《普希金,俄罗斯诗歌的太阳》。1942 年 10 月桂林萤社出版了穆木天等翻译的长诗《青铜的骑士》,其实这是一部诗集,只是以第一首诗歌的名字命名。1943 年 2 月桂林中流书店出版曹辛等翻译的长诗《高加索的俘虏》。除书籍外还有散见于各报刊的译诗,如 1942 年 10 月 22 日《新华日报》第四版亚克翻译的《冬天的晚上》,桂林《文艺生活》1942 年第 1 卷第 6 期苏夫翻译的长诗《决斗》,桂

---

  ① 鲁迅:《祝中俄文字之交》,《鲁迅全集》(第四卷),人民文学出版社 2005 年版,第 473 页。
  ② 秦弓:《二十世纪中国翻译文学史:五四时期卷》,百花文艺出版社 2009 年版,第 209 页。
  ③ 谢天振、查明建主编:《中国现代翻译文学史(1898—1949)》,上海外语教育出版社 2004 年版,第 142—144 页。

林《诗创作》数期均刊登了大量普希金的诗歌，特别是1942年第7期"翻译专号"，包括普希金名诗《欧根·奥尼金》。抗战时期普希金译介高潮源于其诗歌中对自由和反抗精神的歌颂，极大地鼓舞了大众的抗战激情。在那个特殊的年代，衡量诗歌翻译的首要标准不在于译作本身是否具有艺术性，而在于是否与意识形态紧密相连。

莱蒙托夫诗歌最早出现在中国读者视野中的是1925年12月李秉之译的《歌士》，收入上海亚东图书馆出版的《俄罗斯名著》（第1集）[①]，之后直到20世纪30年代中期后才被大量译介，特别是抗战时期开启了莱氏译诗的里程碑，其忧时愤世和渴望自由的呼声符合抗战历史语境对诗歌内容的规约，代表诗歌都得以译介。以诗集命名的有1942年星光诗歌社出版的路阳译长诗《姆采里》，同年重庆文林出版社《恶魔及其它》（《莱蒙托夫诗集1》）。此外，各报刊散见莱蒙托夫诗歌若干，如《新华日报》《文学月报》《中苏文化》等都开辟纪念专栏，介绍和翻译其作品。还以纪念专栏的形式在文学期刊上对其人其诗进行翻译介绍，如1944年10月《中苏文化》第15卷第8、9期合刊"中苏文艺"专栏推出"纪念诗人诞辰一百三十周年"组诗，刊登了戈宝权、余振和朱笄等人翻译的《莱蒙托夫诗钞》。

"被损害民族国家"或弱小民族国家诗歌的译介从20世纪二三十年代通过转译的方式，经由英语进入汉语圈。两位较突出的诗人分别是印度的泰戈尔和古波斯的莪默·伽亚谟。泰戈尔的诗歌充满了爱国主义和民主主义精神，自1921年至抗战全面爆发前，译介泰戈尔诗歌的诗人众多，以文学研究会成员郑振铎译介最多、成就最大，分别翻译了泰戈尔的六部英语诗集，如《园丁集》《飞鸟集》《新月集》以及《吉檀伽利》等。另外，古波斯诗人莪默·伽亚谟的诗作由英国诗人菲茨杰拉德转译为英文。由于波斯民族长期饱受外族欺凌的历史符合自"五四"以来意识形态的价值取向而受到我国诗人的青睐，郭沫若、徐

[①] 谢天振、查明建主编：《中国现代翻译文学史（1898—1949）》，上海外语教育出版社2004年版，第151页。

志摩、朱湘等重要诗人均有此译作。抗战全面爆发后，民族生死存亡的时代主题使弱小民族国家诗歌的译介更具现实感，西班牙内战时期描写战争和反法西斯的诗作均出现在中国抗战译坛上。最值得一提的是戴望舒翻译的西班牙诗歌，如《西班牙抗战谣曲抄》，发表在桂林出版的诗歌专刊《顶点》1939年第1卷第1期上，包括七位诗人的八首谣曲。该诗歌颂了英勇就义的爱国者、不屈不挠坚持抗战的西班牙人民，其精神内涵与中国民众抗战到底的时代主旋律一致。匈牙利爱国诗人裴多菲的诗作在1922—1923年有沈泽民在《小说月报》上发表的《唯一的念头》①、《文学月报》1940年第2卷第1、2期合刊上刊登的企程译《裴多菲诗三章》、由广州迁往桂林的《中国诗坛》在1940年新4期刊登的覃子豪译《军队生活》等，这些诗歌均具有反压迫的现实意义。

（二）浪漫主义诗歌的译介

如果说文学研究会开辟的是现实主义诗歌译介的道路，那么创造社则开辟了浪漫主义诗歌的翻译方向。郭沫若、朱自清、闻一多、徐志摩以及朱湘等创作并翻译了大量的浪漫主义诗歌。浪漫主义诗歌在内容上对爱国主义和民主主义的倡导、对人的价值和尊严的肯定、对自由平等的诉求符合"五四"民主自由的思潮。译介主要集中于英国的拜伦、雪莱、彭斯的诗作，自"五四"到抗战时期，对浪漫主义诗歌的译介热情从未间断。

首先是拜伦。其作品因具反抗精神而受到各家的青睐。正如西谛（郑振铎）在《小说月报》1924年4月10日第15卷第4号"拜伦专辑"的"卷头语"中所说："我们之赞颂拜伦，不仅仅赞颂他的超卓的天才而已。他的反抗的热情的行为，其足以使我们感动实较他的诗歌为尤盛。他实是一个近代极伟大的反抗者！反抗压迫自由的恶魔，反抗一切虚伪的假道德的社会。"② 由此可知译介拜伦诗的时代意义和

---

① 谢天振、查明建主编：《中国现代翻译文学史（1898—1949）》，上海外语教育出版社2004年版，第518页。

② 谢天振、查明建主编：《中国现代翻译文学史（1898—1949）》，上海外语教育出版社2004年版，第292页。

政治化取向，而译者对拜伦自私、狂纵的一面则避而不谈，可见意识形态对译介活动的影响。该刊同时还刊登了黄正铭译《烦忧》、赵景深译《别雅典女郎》《没有一个美神的女儿》等。很多译者都参与拜伦诗的翻译，如《晨报·文学旬刊》32 号（1924 年 3 月 21 日）发表徐志摩的节译本《海盗》和《年岁已僵化我的柔心》，《朝华》1929年第 1 卷第 1 期发表郝淑菊的《节译拜伦诗》，《学衡》1931 年第 74期发表徐振谔译《拜伦挽歌曲》等。抗战全面爆发后对拜伦的译介也未间断，如《新华日报》1942 年 10 月 15 日第四版发表了唐瑯译《拜伦战争诗选译》（二首），1943 年 6 月创刊于重庆、由郭沫若主编的《中原》，创刊号上刊登了柳无忌翻译的《拜伦诗钞》，包括《雅典的女郎》《她步行在美丽中》《乐章》等 6 首译诗，《文艺先锋》1943 年第 2 卷第 5、6 期合刊发表了柳无忌译的《去国行》，《文艺杂志》1944年第 3 卷第 2 期发表了王统照的《西班牙怀古诗》，《文阵新辑》1944 年第 2 辑收录了袁水拍翻译的长诗《契尔德·哈罗尔德的旅行》等。

  其次是雪莱。雪莱诗的译介在"五四"后的 20 世纪 20 年代得以全面地推广。文学研究会主办的刊物《诗》《小说月报》等均发表过雪莱的译作，但创造社却将雪莱诗的译介推向高潮。其《创造》季刊1923 年第 1 卷第 4 期推出"雪莱纪念号"，刊登了《西风颂》《欢乐的精灵》《云鸟曲》《哀歌》等八首译诗，《哀歌》由成仿吾译，其余均为郭沫若翻译。雪莱的诗风对郭沫若的影响尤其大，郭称其为"革命诗人""天才诗人"①。30 年代抗战全面爆发前，《文艺杂志》1931 年创刊号刊登了雪莱的十四行诗（啸霞译），《世界文学》1934 年创刊号刊登了刘麟生译《英国近代诗歌选译》，收入拜伦、雪莱、哈代等的诗歌共 35 首。全面抗战后对雪莱诗的译介也未中断，《火之源文艺丛刊》1944 年第 2、3 期合刊刊登了林达译《云之歌》，1945 年第 1 卷第 5、6 期合刊刊登了陈旭译《夜之献辞》，《诗丛》1944 年第 5 期刊

---

① 吴赟：《翻译·构建·影响——英国浪漫主义诗歌在中国》，北京大学出版社 2012 年版，第 58 页。

登了恳凡译《西风颂》，《文阵新辑》第 2 辑刊登了袁水拍译《雪莱诗抄》（7 首）、方然译《阿多拉司》，《诗创作》1942 年第 8 期刊登了立波翻译的《短诗》等。总之，雪莱诗的翻译散见于各大报刊。还有徐迟编辑的雪莱抒情诗的选集《明天》，由桂林典雅书屋 1943 年出版，其中收入《赞知性底美》《给玛丽》《攸加尼群山中作》《西风歌》等 17 首。《救亡日报》副刊《文化岗位》1940 年 2 月 17 日刊登了楚里译雪莱政治诗《给英国的男子》（现译《致英国人之歌》）。该诗表达了雪莱对压迫阶级的不满，并鼓励英国大众反抗剥削与压迫，将粮食、布匹、武器和大厦从统治阶级手中夺回。这首诗的精神恰恰与中国人民反抗日本法西斯侵略的呼声契合，实为抗战语境下致中国大众同胞书，具有极强的现实意义。

彭斯是苏格兰民间诗人，收集整理了许多苏格兰民歌，诗歌充满了纯朴的乡村气息，又饱含民主与自由的思想，不过对彭斯诗歌的译介远不如前两位浪漫主义诗人。该阶段主要有梁实秋翻译的《苏格兰民间诗人彭斯诗歌》，载于《新月》1920 年年末，以及朱湘翻译的《番石榴记》中的《美人》一诗①。抗战时期其作品译介渐多，原因为他的诗歌充满了对旧制度的反抗，在内容上具有反抗外族侵略，争取民主自由的特征，在语言上也倾向于大众化，符合意识形态规约下的选材要求。重庆《诗丛》1944 年第 5 期刊登《我的心在高原》（公兰谷译），桂林版《大公报》1942 年 12 月 12 日《文艺》副刊刊登袁水拍翻译的《朋斯底民谣》，重庆版《大公报》1944 年 3 月 12 日《文艺》副刊刊登水云译《朋斯诗钞》，《中原》1944 年 3 月第 1 卷第 3 期刊登《彭斯十首》（袁水拍译），包括《克洛顿的悲歌》《朵朵绯红，绯红的玫瑰》《台芒和雪薇娃》《你的友情》《玛契林的姑娘》《唱呀，可爱的鸟儿》《打后面楼梯路来》《我的心呀：在高原》《阿真》和《自由树》。除此之外，1944 年重庆美学出版社和新群出版社先后出版

---

① 吴赟：《翻译·构建·影响——英国浪漫主义诗歌在中国》，北京大学出版社 2012 年版，第 76 页。

了袁水拍翻译的译诗集《我的心呀，在高原》，收录了彭斯和霍斯曼的诗作。袁水拍在"译者前记"中说："不过也能够籍以看见诗人对黑暗的愤恨，对贫苦的悲哀，对美国独立革命与法国大革命的兴高采烈的歌颂。"①

除英国浪漫主义诗人外，美国诗人惠特曼的作品也值得一提，其汉译作品最早见于1919年12月3日《时事新报·学灯》郭沫若译《从那滚滚大洋的群众里》，但同年7月15日《少年中国》创刊号有田汉译《平民诗人惠特曼的百年祭》长文，其中摘译了《草叶集》的《自我之歌》片段，因此田汉为译介惠特曼诗歌最早译者之一②。随后陆续有译作刊出，如徐志摩译《我自己的歌》刊登在《小说月报》1924年第15卷第3号上，《莽原》1927年第2卷第12期刊登韦丛芜译《惠特曼诗二首》：《敲！敲！敲！》和《从田里来呀，父亲》。1931年更多惠特曼作品被介绍，如《创作》第1卷第2号刊出素衷的5首译诗：《看到荣誉获得时及其他》《这时候我默然潜思》《纵思万有——读赫格尔后》《告诉这些省分》以及《将来的人》。需要指出的是，1937年1月1日惠诗重要汉译者高寒（原名楚图南）在《文学》月刊第8卷第1号（新诗专号）上译出长诗《大路之歌》，并于1944年出版译诗集《大路之歌》，由重庆的读书出版社初版，共收录译诗15首。20世纪40年代是惠特曼译介初具规模的时期，尤其是大后方重庆、昆明和桂林地区，大多数期刊和报纸副刊均有刊载。特别是桂林《诗创作》，陆续刊登陈适怀译《惠特曼诗三首》（1941年第5期），《致失败者》（陈适怀译）（1942年第7期"翻译专号"），天蓝译《反叛之歌》（1942年第10期），陈适怀译《惠特曼诗四章》（1942年第10期），菲北译《她底歌》（1942年第14期）。重庆《新华日报》副刊1941年1月16日刊登《啊，船长！我的船长》（春江译）；1942年5月28日刊登《近代的年代》（高寒译）；1943年4月26日

---

① 袁水拍：《译者前记》，[英] R. 彭斯、A. E. 霍斯曼《我的心呀，在高原》，袁水拍译，重庆美学出版社1944年版，第10页。
② 谢天振、查明建主编：《中国现代翻译文学史（1898—1949）》，上海外语教育出版社2004年版，第328—329页。

刊登《惠特曼诗二首》：《上，同志们》和《当独坐着渴望和深思的此刻》(邹绛译)。重庆《文艺阵地》1941年第6卷第1期刊登徐迟译《芒笛之歌》，重庆《文学月报》1941年第3卷第1期"美国文学特辑"刊登王春江译《黎明的旗子》，成都《笔阵》1942年新6期刊登姚奈译《我走过一次奇异的看守》等。惠特曼在追求国家统一战争中创作的宏伟诗篇，为战斗中的英雄们高声歌颂，其诗歌主题在精神上与抗战时期中国民众的精神内核高度契合，激起强烈的情感共鸣。正如王春江在《黎明的旗子》"译者附言"中所说："这大约可以作为译介惠特曼的作品的一个重要的关键。正因为这种透露于字里行间的民主思想，他的诗在美国以及世界的人民大众之间普遍地诵阅着。现在，当苦痛与灾难实际上压倒了一些人所高唱的'自由'和'民主'的时候，惠特曼的诗，由于它们对真正的自由和民主的赞美与憧憬，将会取得更广大的读者的爱好，而且唤醒和鼓励着他们，去完成他们的伟大事业。"①

（三）现代主义诗歌的译介

现代派诗歌翻译的考察，主要集中于英国的艾略特、奥登、叶芝，以及法国的波德莱尔和奥地利的里尔克。"五四"时期对英法现代派诗歌已有零星的介绍，如1923年8月27日《文学周报》"几个消息"中茅盾就提到了艾略特，那是其长诗《荒原》发表的第二年，可见中国诗歌翻译界对其介绍和研究的即时性。现代派诗歌译介的高潮出现在20世纪三四十年代，赵萝蕤是最早译介艾略特诗的译者，赵译《荒原》在1937年6月出版，由叶公超作序，收入上海《新诗社丛书》②，开创了西方现代派诗歌翻译的先河，具有里程碑意义。《诗创作》1942年第16期刊登黎敏子译《普鲁弗洛克的情歌》，《诗垦地》1943年第4辑刊登邹绿芷译《古波斯僧的旅行》。杨宪益译《艾略脱诗三首》刊于重庆《世界文学》1943年第1卷第2期，还有北平（今北京）《文学集刊》1944年第2辑刊登方济译《波士顿晚报》和《风

---

① 王春江：《译者附言·黎明的旗子》，《文学月报》1941年第3卷第1期。
② 张旭：《中国英诗汉译史论》（1937年以前部分），湖南人民出版社2012年版，第213页。

景》，天津《现代诗》1944年第1期刊登刘荣恩译《早晨凭窗》等。

英国后期象征主义诗人叶芝也颇受关注，从20世纪10年代后期开始在国内得到译介。《小说月报》1921年第12卷第1号刊登王剑三译叶芝诗歌《忍人》。1923年叶芝获诺贝尔文学奖，中国文坛对其译介掀起第一个高潮，《小说月报》《文学》《诗》等期刊均译载过叶芝诗歌以及诗评。《现代》杂志1932年创刊号发表安簃（施蛰存）选译的《夏芝诗抄》，收入《木叶的凋零》《水中小岛》《茵尼思弗梨之湖洲》《恋之悲歌》等7首诗歌。《西洋文学》1941年第9期登载叶芝特辑，其中有吴兴华译《叶芝诗钞》（七首）。《时与潮文艺》1944年第3卷第1期推出了"叶芝专号"，刊载朱光潜翻译《叶芝诗选》，包括《印度人的上帝观》《婴宁湖岛》《你老的时候》《一首歌重新唱过》《心里的玫瑰》《永恒的声音》《库洛的野雁》等。另有谢文通译《叶芝诗二首》，以及杨宪益译《叶芝诗四首》，后者于1948年收入上海中华书局杨宪益译《近代英国诗抄》。同期还刊有陈麟瑞的论文《叶芝的诗》，解析叶芝创作背景以及思想的变化。

英国现代派诗歌另一位不容忽视的重要诗人奥登，其诗风与其他现代派诗人相比，对现实的关注更多，是极具影响力的社会诗人和左翼文人的领军人物。对奥登的译介开始于20世纪30年代后期，上海《文学》1937年第8卷第1期刊登译文《英美现代诗歌》，介绍奥登等人的诗集《新记》。因抗战期间来华访问，关注中国抗战现实并给予人道主义支持，奥登比其他现代派诗人更受欢迎，特别是西南联大师生穆旦、王佐良、杨周翰、卞之琳、杨宪益等。最早翻译奥登者是邵洵美，上海《自由谭》1938年第1卷第4期刊登了其翻译的《中国兵》（署名邵年）。成都《笔阵》1942年新5期刊登了邹绿芷译《所见收获物》，重庆《时与潮文艺》1943年第2卷第3期刊登了杨宪益译《奥登诗四首》：《看异邦的人》《和声歌辞》《空袭》和《中国的兵》，桂林《明日文艺》1943年第2期发表卞之琳译奥登中国之行创作的《战时在中国》，包括27首十四行诗中的5首，分别为第4首《他停留在那里》、第13首《当然是赞美》、第17首《他们在受苦》、第 18 首《他用生命在远离文化中心的场所》以及第 27 首《我们失路在我们自择的山上》。此前 1941 年该十四行体组诗由上海诗歌书店出版了朱维基的译本，引起中国读者的共鸣。

波德莱尔以《恶之花》和《巴黎的忧郁》两部诗集成为西方现代派的先驱，"五四"伊始便被介绍进中国。《少年中国》1920 年第 2 卷第 4 期发表周无翻译的《法兰西近世文学的趋势》，简论波德莱尔诗歌艺术。田汉、张闻天、穆木天、王独清、施蛰存、郑振铎、沈雁冰等继之而起介绍法国象征主义文学和波德莱尔诗歌，发表在京、沪的报刊上。而《恶之花》和《巴黎的忧郁》中许多诗篇也被译成中文，译者有徐志摩、俞平伯、王独清、焦菊隐、石民等，刊登在《晨报副刊》《诗》《小说月报》《语丝》《时事新报·学灯》等报刊上[1]。20 世纪 30 年代随着中国现代派诗歌的日趋成熟，中国现代诗人借鉴波德莱尔诗歌的艺术风格，创作与翻译互文参照，发表了不少颇具影响力的现代诗歌，如李金发、穆木天、姚蓬子、于赓虞、邵洵美等。在翻译方面，较突出的有梁宗岱，译有《露台》《秋歌》《祝福》以及《契合》等，收入梁氏译诗集《一切的峰顶》，上海时代图书公司 1936 年初版，1937 年商务印书馆增订再版。卞之琳在《新月》1933 年第 4 卷第 6 号发表过《恶之花零拾》译诗小辑，有《应合》《人与海》《音乐》《异国的芳香》《商籁》《破钟》《流浪的波希米人》等 10 首。20 世纪 30 年代末及 40 年代初期，虽然现代派诗歌译介相对减少，但波德莱尔诗作译介仍未间断。上海《南风》1939 年刊登波德莱尔诗歌数首，如林枫敉的《活的明星》《枭》《雾与雨》《盲人》《旅之邀》《秋之歌》以及《洋台》7 首译诗，M. R. 译《异乡客及其他（法兰西蒲特雷耶）》，包括《异乡客》《醉吧》《镜子》《疯神与爱情》，以及克宁译《头发里的半个世界》和《那一个是真的》[2]。北平（今北京）

---

[1] 张松建：《现代诗的再出发——中国四十年代现代主义诗潮新探》，北京大学出版社 2009 年版，第 77—78 页。

[2] 张松建：《现代诗的再出发——中国四十年代现代主义诗潮新探》，北京大学出版社 2009 年版，第 79 页。

《中国文艺》1940年第3卷第1期刊登了王兰馥译《忧郁及敌人》，选自《恶之花》中《忧郁》和《敌人》两首短诗。重庆《诗垦地丛刊》1942年第2辑刊登了马宗融译《波德莱尔诗二章》，包括《人与海》与《夜的韵和》，选自《恶之花》。40年代翻译波德莱尔诗歌较多的为戴望舒、陈敬容、王了一和李冰若。

里尔克被誉为"自歌德、荷尔德林之后最伟大的德语诗人"，早在20世纪20年代，郑振铎的《十九世纪的德国文学》、余祥森的《二十年来的德意志文学》等谈及里尔克。30年代开始出现里尔克作品的专门译介，梁宗岱收入其译诗集《一切的峰顶》中的里尔克诗有三首：《严重的时刻》《这村里》以及《军旗手底爱与死之歌》，冯至译《豹》、Pietà、《一个妇女的命运》、《啊朋友们这并不是新鲜》、《奥尔弗斯》、《啊诗人你说你作什么》6首刊登在《新诗》1936年第1卷第3期"里尔克逝世十周年特辑"中。40年代里尔克的译介得到进一步的深化和发展，主要有冯至译《里尔克诗十二首》，刊登在昆明《文聚》1942年第2卷第1期上。译介里尔克诗歌最为出力的是冯至和吴兴华。吴兴华译《黎尔克诗选》（德汉对照），共32首，1944年12月由北平中德学会出版，书前有"译者弁言"，分析里尔克诗的特征："完全倾向于内心及冷静的观察，而暗示着一个灵魂在沉默中的生长与成熟。"[①]

总之，抗战全面爆发后，现代主义诗歌自由主义的政治立场，敏锐的思辨性和内省性、个人的现代孤独感、生命的荒凉感、独特的审美以及对现实客观世界的疏离，使其与当时注重现实性、政治性和工具性的大众化诗歌大相径庭，因此在民族危亡的国家统一叙事下，处于边缘、支流的位置，其译介远不如前。1942年以后，情况有所改变，现代主义的理论倡导、现代主义的作品的译介以及吸收现代主义创作方法的作品相继问世，并与现实主义合流，大大丰富了现实主义的表现力[②]。事实上，现代主义与现实主义并非南北分流而是丝丝相

---

① 张松建：《现代诗的再出发——中国四十年代现代主义诗潮新探》，北京大学出版社2009年版，第72页。

② 苏光文：《大后方文学论稿》，西南师范大学出版社1994年版，第449—450页。

扣，相互渗透，相互影响，译者通过译介现代主义诗作吸收了西方现代派敏锐的思辨性和艺术表现方法，在他们的诗歌中以独特的形式折射现实的心境，极大地丰富现实主义诗歌的表现力。"西南联大的郑敏、杜运燮、穆旦等接受现代主义诗人里尔克的影响，运用现代主义的创作手法作抗战诗歌，并形成了道地的中国现代主义诗派"，更是"世界文学走向中国引起反应的一大表征"①，也是翻译构筑民族文学的一大表征。

二　译诗语言形式的变迁

从"五四"到抗战时期，诗歌翻译在诗体上经历了三个阶段：第一阶段是自由化阶段，大致从 20 世纪 10 年代末至 20 年代中期，代表人物为胡适；第二阶段是格律化阶段，从 20 世纪 20 年代末至全面抗战前，代表人物为闻一多；第三阶段是自由化阶段，为 1937 年之后的全面抗战时期，无具体代表人物，该阶段是意识形态和主流诗学对诗歌翻译的规约，也折射出翻译在社会文化语境下的颠覆力和重塑力。

（一）译诗的自由化阶段（1917—1926）

1917 年胡适引领的新诗革命切入点就是语言，即摒弃文言，提倡白话。他在《我为什么要作白话诗》（《尝试集》自序）中指出："文字是文学的基础，故文学革命的第一步就是文字问题的解决。……先要做到文字体裁的大解放，方才可有用来做新思想新精神的运输品。我们认定白话实在有文学的可能，实在是新文学的唯一利器。"② 在语言上，白话成为文学革命的选择，在形式上，自由诗成为"诗体大解放"的代表，"因为有了这一层诗体的解放，所以丰富的材料，精密的观察，高深的理想，复杂的感情，方才能跑到诗里去"③。随着白话入诗观念日益深入人心，诗歌翻译的目标语也从晚清时的"汉以前的

---

① 苏光文：《大后方文学论稿》，西南师范大学出版社 1994 年版，第 450 页。
② 胡适：《我为什么要作白话诗》（《尝试集》自序），《新青年》1919 年第 6 卷第 5 期。
③ 胡适：《谈新诗——八年来一件大事》，沈寂编《胡适学术文集·新文学运动》，中华书局 1993 年版，第 386 页。

文法句法",五七言和骚体日渐实现了白话化,这一渐进的过程可从胡适译诗的三个阶段体现。

纵观胡适的诗歌翻译活动,前两阶段属于"五四"前时期,第一阶段因袭和模仿晚清以降译坛主流的归化翻译策略,诗体主要采用当时流行的五七言诗体,如《六百男儿行》中的一节:"左右皆巨炮,巨炮逼吾后。/炮声起四围,轰然若当吼。/炮弹相蝉联,男仆健儿死。/苦站得旋归,归自鬼伯齿。/鬼谷入复出,复出良不易。/悲彼战死者,朝出暮相弃。"① 译诗形式上是五言古体,韵律格式为 aa("后"与"吼")、bb("死"与"齿")、cc("易"与"弃")。"吾""若""彼"以及"者"等都是旧诗词中常用的字。第二阶段由于留美期间受美国意象派诗歌的影响,胡适开始有意识地偏离传统诗歌规范,译诗形式上采用相对自由的骚体,如《哀希腊》:"嗟汝希腊之群岛兮,/实文教武术之所肇始。/诗媛沙浮尝咏歌于斯兮,/亦曦和、素娥之故里。"② 译诗仍然用中国调译外国意,只能是"旧瓶装新酒"的改良,且诗中的"曦和"与"素娥"为汉文化中太阳神和月亮神,与原诗的文化意象出现偏差。真正实现译诗形式本质飞跃的是第三阶段,首先是译诗《老洛伯》,"完全按原语文本译成白话文体,摆脱了过去用古体译外诗的归化译法,真正走出了新诗创作的第一步,这也是异化翻译的结果"③。1919 年胡适又以一首译诗《关不住了!》作为新诗成立的纪元,译诗语言平实质直,多采用口语,完全是自由体的形式,出现汉语中少有的跨行句,音节也是根据诗意自然起伏,"有什么话,说什么话;话怎么说,就怎么说"④,且看第一节:"我说'我把心收起,像人家把门关了,叫爱情生生的饿死,也许不再和我为难了'"⑤。朱自清在讨论白话新诗起源时指出:

---

① 胡适:《胡适文集》(第一卷),人民文学出版社 1998 年版,第 453 页。
② 胡适:《尝试集》,人民文学出版社 1984 年版,第 92—93 页。
③ 汤富华:《论翻译之颠覆力与重塑力——重思中国新诗的发生》,《中国翻译》2009 年第 3 期。
④ 胡适:《尝试集》,人民文学出版社 1984 年版,第 149 页。
⑤ 胡适:《尝试集》,人民文学出版社 1984 年版,第 44 页。

"……梁实秋氏说外国的影响是白话文运动的导火线……胡氏自己说《关不住了!》一首是他的新诗成立的纪元,而这首诗却是译的,正是一个重要的例子。"① 可见该诗的历史地位以及翻译对新诗的重要影响。

胡适从早期以古典诗译外国诗,到1919年以一首译诗《关不住了!》作为新诗的纪元,借助英语诗歌语言的特点,实现了"诗体大解放"。其关键不在于原诗的形式,而是英语的文法关系有利于摆脱中国旧诗词的语言和节奏模式,从而使白话入诗成为可能。其翻译思想、翻译策略和译本表现形式的改变足以管窥该时期诗歌翻译嬗变的过程。而胡适作为新规范的制定者,在意识形态和诗学的双重影响下,开启了新的诗歌翻译范式,逐渐成了后来诗歌翻译者们争相效仿的对象。刘半农、俞平伯、康白情、周作人、郭沫若、郑振铎、徐志摩、闻一多、朱湘、卞之琳、戴望舒、何其芳、冯至、穆旦等都先后进行白话诗创作和翻译,奠定了白话自由诗的合法地位。

(二) 译诗的格律化阶段(1927—1937)

以胡适为代表的一批译诗者大胆采用白话这种鲜活的语言形式,完成了诗歌从古典到现代的转型,功不可没。但在实际翻译中,译诗句法过于散漫,一味强调白话缺乏提炼而使语言粗制滥造,"非诗化"倾向越来越严重。"破"之后的"立"更为重要,面对译诗的散文化趋势,以闻一多、徐志摩、朱湘等为代表的诗人和诗歌翻译者在"新月派"标举的"理性节制情感"的旗号下,对新诗和译诗的格律建设做出种种探索。其中又以闻一多的贡献最突出,他为新诗和译诗形式树立了新的规范。

早在1922年闻一多在《律诗底研究》中就从中西比较诗学视角开创性地提出英诗的节奏是"音尺"(foot),并指出英诗的音尺相当于中诗的"逗":"在英诗里,一个浮音同一个切音即可构成一个音尺,而在中诗里,音尺实是逗,不当于平仄相混。"② 《晨报·诗镌》

---

① 朱自清选编:《中国新文学大系·诗集》,上海文艺出版社1935年版,导言第1—2页。
② 闻一多:《律诗底研究》,《闻一多全集》(第十卷),湖北人民出版社1993年版,第148页。

1926年第7号（5月13日）上发表了重要的文章《诗的格律》，被称为现代格律诗论的经典之作、理论基石，因此1926年也被看作新诗进入格律化阶段的时间标志。在该文中闻一多提出诗歌的"三美说"，即音乐美（音节）、绘画美（辞藻）和建筑美（结构），并专门区别了现代格律诗（新诗）与古代律诗的三点不同：指出相较于古代律诗格式的单一、固定，与内容脱节，新诗的格式"层出不穷"，是"根据内容的精神制造成的"，并且"可以由我们自己的意匠来随时构造"①。由此可知，闻一多对形式的要求很大程度上是以情感内容为主导的，灵活机动，并非一味追求形式。

在以"音尺"为核心的新格律诗学理论指导下，闻一多的诗歌创作和翻译取得了非凡的成就。发表在《晨报·诗镌》1926年第3号（4月15日）的代表作《死水》节奏试验——每行由三个"二字尺"和一个"三字尺"构成——诗人自认为是"第一次在音节上最满意的试验"②，与《诗的格律》一文发表时间仅差一个月，足见理论与实践的相互印证。同样，闻氏的新格律译诗是新诗格律理论在翻译中的应用，以《时事新报·文艺周刊》1927年第5期郝思曼的《樱花》一诗前四行为例：

Loveliest of trees, the cherry now
Is hung with bloom along the bough,
And stands about the woodland ride
Wearing white for Eastertide.

最｜可爱的｜如今是｜樱花，
鲜花｜沿着｜枝桠上｜悬挂，

---

① 闻一多：《诗的格律》，《闻一多全集》（第二卷），湖北人民出版社1993年版，第141—142页。

② 闻一多：《诗的格律》，《闻一多全集》（第二卷），湖北人民出版社1993年版，第144页。

它｜站在｜林野的｜大路上，
给｜复活节｜穿着｜白衣裳。①

原诗为抑扬格四音步，八个音节，韵式为 aabb 双韵体。译诗基本为四音尺对应原诗的四音步，每行字数相等，大体为三个二字尺和一个三字尺，偶见一字尺，韵式大体与原诗同，基本实现了他所说的视觉方面"节的匀称和句的均齐"，以及听觉方面"有音尺、有平仄、有韵脚"②。在格律诗体理论创作和翻译的实践中，闻一多对十四行诗的移植贡献也是显著的，特别是发表在《新月》1928 年第 1 卷第 1 期和第 2 期上白朗宁夫人 21 首十四行情诗的翻译，堪称经典。随后他在《新月》1930 年第 3 卷第 5、6 期发表《谈商籁体》一文，谈到西方商籁体的一些形式规范，认为商籁体"有一个基本的原则非遵守不可，那便是在第八行的末尾，定规要一个停顿"，并阐释十四行诗前八行、后六行的形式规则，以"起、承、转、合"的传统规范对比该诗体，指出"一首理想的商籁体，应该是个三百六十度的圆形；最忌的是一条直线"③。从理论、创作与翻译操作层面细致阐释十四行诗规则，难怪朱自清评价他"是第一个使人注意商籁的人"④。

以闻一多为代表的一批早期新月派诗人兼译者，包括徐志摩、朱湘等，通过融合西诗与回归传统，主张诗不可废律，普遍采取"以顿代步"的方法，"变中求齐"的原则，在外形上尽量模仿原诗，更多采用异化翻译策略。通过重写外国诗歌丰富本土诗歌形式，从而确立了新诗和翻译的现代性规范，为前期白话新诗和译诗的非诗化发展起到了匡正纠偏的作用。

（三）译诗的自由化阶段（1937—1945）

全面抗战的爆发中断了前期诗艺和诗形的探索，新诗和译诗经历

---

① ［英］郝思曼：《樱花》，闻一多译，《时事新报·文艺周刊》1927 年第 5 期。
② 闻一多：《诗的格律》，《闻一多全集》（第二卷），湖北人民出版社 1993 年版，第 144 页。
③ 闻一多：《谈商籁体》，《新月》1930 年第 3 卷第 5、6 期。
④ 朱自清：《诗的形式》，《新诗杂话》，生活·读书·新知三联书店 1984 年版，第 100 页。

了第一阶段散文化自由体到纯诗化格律体，重回自由化阶段，究其原因为诗歌和诗人的使命。1937 年 8 月，中国诗人协会发表抗战宣言："目前最迫切的任务，就是将我们的诗歌，武装起来；我们要用我们的诗歌，吼叫出弱小民族反抗强权的激怒；我们要用我们的诗歌，歌唱出民族战士英勇的成绩；我们要用我们的诗歌，描写出敌人铁蹄下的同胞们的牛马生活。"① 诗人们的艺术立场、审美态度发生了向民众靠拢的趋向。正如朱自清所说："抗战以来，一切文艺形式为了配合战争需要，都朝着普及的方向走，诗作者也就从象牙塔里走上十字街头。"② 诗歌大众化的提出就是诗歌走下"神坛"，和广大群众打成一片，大众成为诗歌阅读的对象，语言自然通俗、形式自由成为诗歌大众化最明显的表现。为了深入理解大众化的要求，大后方诗坛曾就诗歌"民族形式问题"展开过激烈讨论，肯定中国古典诗歌、民歌、歌谣、山歌等旧形式的利用是实现诗歌大众化的途径之一。同时也指出从西洋诗歌中获取民族形式的源泉，肯定通过翻译诗歌增进新诗体，正如冯至所言："通过外国诗的借鉴，中国新诗在本国诗歌传统的基础上丰富了不少新的意象，新的隐喻，新的句式，新的诗体。"③

翻译在很大程度上与时代语境息息相关，战争时期译者会对原作进行符合意识形态和诗学的改写。"只有将外国诗歌翻译成满足当下审美趣味和时代需要的'模式'，译诗才能在异质文化中获得生存空间，译者的行为才有意义。"④ 努力使译诗具有更大的可读性和接受度，这是抗战宣传的翻译目的决定的，其读者定位决定了以归化为主的翻译策略。因此，语言的通俗化和形式的自由化是该时期译诗文体的主要特征，无论原诗是否为格律诗，译诗的形式多采用本国流行的自由体形式，没有固定格式和韵律的桎梏，更适合情感的抒发，有利

---

① 张显：《抗战诗歌与战时诗人的身份认同》，《文艺理论与批评》2011 年第 5 期。
② 朱自清：《抗战与诗》，朱乔森编《朱自清全集》（第二卷），江苏教育出版社 1988 年版，第 346 页。
③ 冯至：《中国新诗和外国的影响》，张恬编《冯至全集》（第五卷），河北教育出版社 1999 年版，第 182 页。
④ 熊辉：《抗战大后方翻译文学史论》，上海交通大学出版社 2018 年版，第 125 页。

于鼓舞大众的抗战激情。

当然，在抗战时期意识形态和主流诗学对诗歌审美形式的规约下，仍有一部分诗人和译者秉持自身的诗歌美学理论，发挥译者主体性，使译诗表现形式偏离主流诗学规范，语言较欧化，注重韵式、格律等形式因素，譬如梁宗岱、卞之琳等。虽然在抗战大潮中译诗形式取决于译入语国当下流行的诗歌形式，倾向于民族化特征，目的是满足大众的期待视野、服务于抗战的需要，但译诗的格律化和"纯诗"理论作为抗战诗坛的另一道风景线，丰富了该时期的诗体形式，从长远看，为中国新诗形式建构做出了贡献。

三 结语

翻译从来不是在真空中进行的，而是受译入国政治、社会文化和诗学的影响和制约。从"五四"到抗战时代主题的延续性和侧重性决定了诗歌翻译在题材、主题和诗人的选择上倾向于现实主义和浪漫主义的译介，现代派诗歌虽也有涉猎但处于边缘地位。在译诗表现形式上历经三个阶段，从自由体到新格律体再到抗战时期重拾自由诗体的表现形式，均与时代语境与主流诗学的影响有关，充分揭示了翻译与时代语境的高度契合。

第二节　抗战语境下大后方诗歌翻译活动的价值导向

抗战时期文学翻译活动按地区大致分为：大后方、延安及根据地、沦陷区以及"孤岛"翻译。由于客观条件的影响，各区域尽显各自的特色与重点。大后方文学翻译的立场无疑从属于民族解放这个最大的目的（抗战），其方向乃是大众化。

一　抗战语境下本土诗歌大众化的倡导与实践

抗战的全面爆发使广大诗人在战火中颠沛流离，他们因此获得了与群众深入接触的机会。诗人们首先意识到诗歌应与民族的抗战现实相结合，深入人民大众，这是抗战的历史任务对诗歌的召唤。抗日救亡成为诗歌最高的使命，形成了一个强大的"磁场"，它决定阶级关系的重组，也决定诗歌的发展方向①。由于民族矛盾占据了时代中心，几乎所有文艺工作者都自觉地投身到抗战阵营中，以文学作为抗战宣传的工具和武器。"诗，如一般所说，是文学的峰顶，是文学的最高样式。……它对人类生活所能产生的作用也更强烈——甚至难以违抗"②，而最伟大的诗人，是他所生活的时代的忠实代言人，最高的艺术品也应是产生于它的时代，是对该时代的忠实记录。战争背景影响诗人创作，使诗人承担政治和意识形态对文学的要求，因为"诗人不能不是自己国家和人群的感官，耳目与心脏，自己时代的喉舌"③。正如艾青对当时诗歌现状的论述："诗，由于时代所给它的任务，它的主题是改变了：一切个人的哀叹，与自得的小喜欢，已是多余的了；诗人不再沉湎于空虚的遐想里了；对于花、月、女人等等的赞美，诗人已感到羞愧了；个人主义的英雄也失去尊敬了。"④ 抗战时期诗歌观念最集中体现为"对诗歌情感的'规定性'倡导和对诗歌审美价值的意向性建构"⑤。诗歌大众化、写实化倾向成为贯穿抗战始终的主流诗潮。"诗歌观念的主体性追求与客观的时代环境共同塑造了这一诗歌主潮的形成并最终在全民族抗战的外部条件之中寻找到它全部的社会现实性与历史合理性。"⑥ 具体来说，诗歌大众化就是倡导诗歌主题的趋时性，在内容上要表现大众的感情，与现实紧密相连，把鼓舞民众的抗战意志和揭露敌人的凶残作为主要的表现内容，要求诗人关注民族苦难和具备爱国思想，把诗歌作为战斗的武器，武装读者的心。大众化在诗歌形式方面，则追求通俗化和白话化，大多采用自由诗体，提倡明白晓畅的大众化语言，这基本构成了抗战时期共通的诗歌艺术标准

---

① 常文昌：《略论抗战时期的诗歌价值观》，《贵州社会科学》1988年第10期。
② 艾青：《诗与宣传》，《诗论》，生活·读书·新知三联书店2014年版，第105页。
③ 方敬：《谈诗歌》，龙泉明编选《诗歌研究史料选》，四川教育出版社1989年版，第57页。
④ 艾青：《诗与宣传》，《诗论》，生活·读书·新知三联书店2014年版，第109页。
⑤ 吕进等：《重庆抗战诗歌研究》，西南师范大学出版社2009年版，第30页。
⑥ 吴晓东：《梦中的彩笔：中国现代文学漫读》，北京大学出版社2018年版，第119页。

和诗学规范。

为了将抗日救亡这一主题诉诸大众，为了诗歌的普及与大众化，大后方各诗歌界举办了一系列诗歌活动，如诗歌座谈会、诗人纪念节活动等，规划出抗战诗歌合理的发展方向，主要论及诗歌情感内容、表现形式、创作主体和艺术审美等方面。在推动诗歌大众化的浪潮中，众多刊物的合力是毋庸置疑的，对广大读者的重视和诗歌社会功能的强调使诗歌大众化讨论成为各大报纸期刊的主流。中华全国文艺界抗敌协会（以下简称"文协"）明确提出"文章下乡，文章入伍"的口号，指出"文艺的大众化"是最主要的任务。《新华日报》发表《全国文艺界抗敌协会成立大会的社论》，肯定文艺大众化的方向，又将文艺大众化与民族形式问题联系起来①。1939—1940 年，各报刊就诗歌民族形式问题在大后方文学中心——重庆文艺界引起过激烈的讨论，比较活跃的有《新华日报》《大公报》《新蜀报》《文学月报》等。著名诗人艾青、郭沫若、臧克家、王亚平、力扬、光未然、胡风、穆木天等参与讨论，如王亚平在 1942 年 6 月 4 日《新华日报》副刊发表的《新诗的创作及其发展方向》中所说："以大众化的形式，创作人民大众所欢喜的诗，该是今日新诗的主要也可以说是唯一的方向。"②郭沫若 1944 年 4 月 16 日于《新华日报》副刊发表《如何研究诗歌与文艺》提出诗人的"利他的、集体的"指导思想，实际上也是抗战诗歌大众化的指导思想③。力扬在《文学月报》1940 年第 1 卷第 3 期发表《关于诗的民族形式》，认为诗的民族形式是"发展了的自由诗的形式，它必须吸收民间文学适合于现代的因素，接受世界文学进步的成分"，并认为五四新诗在大众口语的运用，诗句音韵和谐和现实主义诗风方面是"显示给我们许多健全的方向的"④。经过一年多诗歌民族形式的论争，最后基本统一为抗战诗歌从

---

① 吕进等：《重庆抗战诗歌研究》，西南师范大学出版社 2009 年版，第 194 页。
② 王亚平：《新诗的创作及其发展方向》，《新华日报》1942 年 6 月 4 日第 4 版。
③ 郭沫若：《如何研究诗歌与文艺》，《新华日报》1944 年 4 月 16 日第 4 版。
④ 力扬：《关于诗的民族形式》，《文学月报》1940 年第 1 卷第 3 期。

中国古典诗歌、民间流行的民歌、歌谣、山歌以及从西洋诗歌中获取民族形式源泉。除理论探讨之外，各大报刊也参与了诗歌大众化的实践，对抗战时期的朗诵诗、街头诗、民歌运动等都进行了详细报道。其中《大公报》副刊《战线》是提倡朗诵诗最积极的刊物，《新华日报》副刊对民歌民谣的重视、《七月》对街头诗的倡导都有力地推进了诗歌大众化运动。除重庆诗坛外，中华全国文艺界抗敌协会桂林分会诗歌组也时常召开诗歌座谈会，开展街头诗、诗朗诵、诗广播等活动，组织诗歌大众化工作，并在各报刊上发表诗歌大众化文章。如1939年12月5日林山在《救亡日报》副刊《文化岗位》上发表《到大众中去——给桂林的诗歌工作者》："……让我们走到大众中去吧。/让我们把诗歌贴在街头。写到墙壁上去吧。/让我们在大众中朗诵我们的诗歌吧……"[①] 同样，"文协"昆明分会主要以《战歌》为中心，大量刊载诗歌大众化文章如1938年第1卷第4期穆木天《论诗歌朗诵运动》，1939年第1卷第5期茅盾《大众化与"诗歌的斯泰哈诺夫运动"》、朱自清《谈诗歌朗诵》，以及同年的第1卷第6期"通俗诗歌专号"穆木天《关于诗歌大众化》、徐嘉瑞《大众化的三个问题》、罗铁鹰《论诗歌大众化》，以及马曜《诗歌的通俗化和他的价值》等。

二 抗战意识形态与诗歌翻译活动

每个社会都有其主流意识形态，代表一个国家或社会里占主导地位的政治、伦理、审美、价值等的倾向[②]。翻译活动从来不是在"真空"中进行的，作为一种社会文化实践，必定受特定时期政治、历史、文化和经济等因素的影响和制约，主流意识形态对翻译活动起着决定性作用，符合译入语主流意识形态的译文才有可能被接受，才有传播效果。诚如翻译文化派学者勒菲弗尔（Lefevere）所言，意识形态"是一套观念网络，它由某一社会在特定时期内可以接受的观念形态

---

① 林山：《到大众中去——给桂林的诗歌工作者》，桂林《救亡日报·文化岗位》1939年12月5日。

② 周小玲：《意识形态影响下的翻译原文本选择》，《广西社会科学》2010年第1期。

和态度构成,由此读者与译者得以贴近文本"①。由此看来,社会意识形态影响着译者在翻译过程中的抉择。当然,社会意识形态对译者的影响也不是绝对的,一个人在一定时期内的一整套或有系统的社会文化信念和价值观也属于意识形态范畴②,即译者的个人意识形态,这是由译者自身的经历、受教育程度、个人学养等方面的不同而形成的,表现为译者个人意识形态对社会意识形态的遵从或违抗。抗战时期,抗战救亡、同仇敌忾的宗旨使社会意识形态与译者的个人意识形态达到了高度的统一,对诗歌翻译选材的影响几乎是决定性的。战时文学翻译不再是单纯的译介,而是"主流意识形态的补充、强化与建构"③。历史语境决定了中国诗坛无法再沿袭20世纪30年代对诗艺的探讨,"战争背景下统一的时代主题以及民族面临生死存亡的共同生存境遇直接制约了诗歌的理论与实践"④,诗歌的大众化是历史的选择,也是文艺的选择。战争下的意识形态和诗学规范决定了诗歌翻译活动必然与政治策略和政治行为有着密不可分的联系,异域文本被打上本土读者群易于理解的语言和文化价值的印记,贯穿整个翻译的生产、流通以及接受等各个环节⑤。另外,译入语文学中占主导地位的诗学也影响翻译文本的生产。诗学规范或标准主要指某一时期的主流文学应该具有怎样的文学手法、类型、主题、原型人物、环境和象征,具有什么样的社会角色⑥。诗学规范或标准不仅规约本土文学的发展,也影响翻译文本所采用的翻译策略和语言形式。需要指出的是战争状态下的意识形态诉求显然大于诗学诉求,翻译有其特定的政治与文化

---

① Theo Hermans, *Translation in Systems: Descriptive and System-oriented Approaches Explained*, Shanghai: Shanghai Foreign Language Education Press, 2004, pp. 126 – 127.
② 蒋骁华:《意识形态对翻译的影响:阐发与新思考》,《中国翻译》2003年第5期。
③ 廖七一等:《抗战时期重庆翻译研究》,南开大学出版社2015年版,第38页。
④ 吴晓东:《战争年代的诗艺历程——40年代卷导言》,谢冕等《百年中国新诗史略——〈中国新诗总系〉导言集》,北京大学出版社2010年版,第123页。
⑤ [美]劳伦斯·韦努蒂:《翻译与文化身份的塑造》,查正贤译,许宝强、袁伟选编《语言与翻译的政治》,中央编译出版社2001年版,第359页。
⑥ André Lefevere, *Translation, Rewriting, and the Manipulation of Literary Fame*, Shanghai: Shanghai Foreign Language Education Press, 2004, p. 26.

目的,也可以说诗学观是在意识形态的影响下形成的,"诗学与意识形态已经融为一体,并非是泾渭分明、边界清楚的两个范畴"①。

译诗由于受到抗日民族解放主流意识形态和诗学的规导,在来源国、主题和形式上表现出趋时性和大众化的特征。趋时性主要表现在待译诗歌来源国、诗人和译诗主题的选择上。反抗侵略压迫、向往光明和平、追求自由、爱国恋乡等主题的诗歌被大量译介。通过对期刊报纸上的译诗取向分析发现,译诗主要来自俄苏反压迫和无产阶级革命诗歌,英美法充满战斗激情与力量的进步诗歌,以及捷克、匈牙利、西班牙、波兰、乌克兰等受压迫国家民族的诗歌。诗人多为革命、爱国或民主诗人,如俄苏的马雅可夫斯基、西蒙诺夫、古谢夫、莱蒙托夫、伊萨科夫斯基,匈牙利的裴多菲,美国的惠特曼,英国的拜伦、彭斯、雪莱,法国的阿拉贡等。此外,法西斯国家反战诗人如德国的海涅和日本的鹿地亘等的诗歌也得到译介。当然,一些经典诗篇如莎士比亚的诗歌,现代派诗人艾略特、叶芝、奥登等诗歌也有少量刊载,这成为战时民族文化建设以及战后中国文学与翻译文学构建不可或缺的文学因子。

翻译目的决定翻译策略、译诗的语言及形式。为了鼓舞民众的抗战热情,易于被民众接受和理解成为衡量译诗的重要标准和依据。另一方面,从接受美学角度,译诗的意义亦是在读者的阅读中产生和建构的,离开了读者的参与,译诗的意义就无法现实化。因此译诗要注意语言的通俗性和大众化。抗战诗歌在形式上主要是自由诗,形式的自由主要体现为韵律的自由和形态的自由。"自由诗没有固定的格式韵律,节与节之间没有对等的诗行,行与行之间没有对等的字数,这种自由开放的诗体可以使诗人毫无约束地抒发自己的情感"②,在抗战时期是最流行的文体。受主流诗学的影响,外国诗歌无论自由诗或格律诗,通常以自由诗的形式进行改写。另一方面,译诗也为本土诗歌

---

① 王东风:《诗歌翻译论》,商务印书馆2022年版,第86页。
② 熊辉:《外国诗歌的翻译与中国现代新诗的文体建构》,中央编译出版社2013年版,第210页。

创作输入新的文体形式。朱自清（佩弦）认为翻译外国诗歌"可以试验种种诗体，旧的新的，因的创的；句法，音节，结构，意境，都给人新鲜的印象。（在外国也许已陈旧了）不懂外国文的人固可有所参考或效仿，懂外国文的人也还可以有所参考或效仿；因为好的翻译是有它独立的生命的。译诗在近代是不断有人在干，……要能行远持久，才有作用可见。这是革新我们诗的一条大路"①。翻译外国诗歌是中国诗体建设中很重要的环节，对抗战诗歌的创作也具有借鉴意义，如马雅可夫斯基的楼梯诗以外形显示内在节奏，充满战斗性，影响了田间的诗歌创作，他认为"马雅可夫斯基'诗到广场去'的名言以及诗人的革命精神，直到现在还在鼓舞着我"，且"创作手法上也可以吸取其精华"②。而冯至在抗战时期写的《十四行集》，"一方面发自内心的要求，另一方面是受到里尔克《致奥尔弗斯的十四行》的启迪"③。

总之，抗战历史语境决定了诗歌的情感内容和语言形式，同时也规导了译诗的主题和语言，反之译诗也弥补了中国现代诗歌自身的不足，为新诗发展提供了养分。

第三节 大后方文艺报刊与诗歌译介活动

现代报刊的产生与发展，是现代社会与文学变革的催生剂，是文学社会化再生产过程中必不可缺的一环，直接改变着文学的生产方式和传播手段。报刊是文学产品生产和传播的重要载体和阵地。在电子媒介尚未出现的抗战时期，报刊是"介绍世界文学—文化潮流、催生现代文学的主要渠道""是现代文学与世界文化背景以及民族文化母体紧密联系的纽带"④，促发现代文学与翻译文学的发展和壮大，成为

---

① 佩弦：《论中国诗的出路》，《清华中国文学会月刊》1931年第1卷第4期。
② 田间：《〈给战斗者〉写作前后——答〈诗刊〉编辑部》，唐文斌等编《田间研究专集》，浙江文艺出版社1984年版，第207页。
③ 冯至：《我和十四行诗的因缘》，《世界文学》1989年第1期。
④ 刘增人等纂著：《中国现代文学期刊史论》，新华出版社2005年版，第22页。

现代文学与翻译研究领域一块极为丰饶的沃土,"一个巨大的、充满诱惑力的史料研究空间"①,其中诗歌翻译与报刊之间也具有共生依存关系。对抗战时期大后方中心城市重庆、桂林与昆明主要刊登译诗报刊的研究,可以使我们更全面客观地还原诗歌翻译发生发展的文学图景,考察报刊对诗歌译介活动的促进关系,以及构建抗战诗歌及其翻译场域。

一 报刊是现代翻译文学的重要载体

1915年《新青年》的创刊昭示新文化运动的到来,也标志着报刊与翻译文学密不可分的缘分。作为翻译文学的重要载体和传播媒介,报刊容纳了大量翻译文学活动的原始信息,因此查阅报刊上的翻译文学,了解作品发表时的背景情况、办刊宗旨、编辑方针、读者反馈等,才能生动再现彼时的翻译文学全景,对报刊展开"田野调查"才能还原其原生态资料,具有史源价值。同时报刊发行量大、周期短、持续长、覆盖面广,具有极大的宣传和传播效果。综观大后方出版或复刊的报刊,大致分为报纸的文艺副刊、综合型文艺期刊以及专门类期刊如诗歌期刊,报刊对译作繁荣与传播的重要作用主要体现在以下几个方面。

首先,报纸副刊与文艺期刊是翻译文学的原生地,是译介活动得以推进的重要空间。除各报纸副刊与期刊外,还有不少专门刊登译文的期刊如桂林的《文学译报》《翻译杂志》、重庆的《世界文学》《法国文学》等。值得一提的是重庆的《文艺阵地》被迫停刊后以变通形式出版的《文阵新辑》,其第二辑《哈罗尔德的旅行及其他》为译诗专辑,全是外国一流诗人作品,译者亦为我国著名诗人,可谓精华荟萃。辑刊末尾更有《编者附记》(目录处为《译者附记》)以副文本形式对诗歌作者、创作背景等作了详细介绍,既能帮助读者了解原诗,又对读者进行抗战意识形态导引,使读者按预期目标阅读译作,颇具

---

① 刘增杰:《中国现代文学史料学》,中西书局2012年版,第124页。

特色。该时期翻译活动与中华民族的存亡危机密切相关，抗战救国是压倒一切的最高宗旨与翻译目的，尽可能译介反压迫反侵略主题的作品，以鼓舞中国人民的抗战决心和斗志，这也是翻译工作者的迫切使命。另外，许多作家和译者的作品基本首次都刊登在报纸副刊与文艺期刊上，其后再以单行本形式出版。初登报纸副刊与文艺期刊的翻译作品保留了最原生与最初的译作形态，在这样的版面空间中，文本之间形成开放又联系的单位。比如重庆《新华日报》1944年1月20、21、22、23、25、27日第4版《新华副刊》连载的《列宁在诗歌中》（一）至（六）组诗，主要由马雅可夫斯基诗歌以及苏联其他各族民歌组成，形成一个主题，歌颂和缅怀领袖列宁，表达列宁是怎样永远活在苏联人民的心中。昆明《战歌》第1卷第6期"通俗诗歌专号"，包括诗歌大众化论文7篇，其中一篇为译论；通俗诗歌创作，含歌谣、儿歌、小调、歌曲等数篇；译诗3篇，均为外国民歌。论文、创作、翻译相互作用，共时存在，形成文本共生，有利于读者了解通俗诗歌的方方面面。桂林《诗创作》是面向全国发行的大型诗歌专刊，不仅有诗歌创作、译诗，还开设特色专刊，如第7期"翻译专号"、第11期"长诗专号"以及第15期"诗论专号"，从创作、翻译、诗歌理论、诗歌批评维度构建"诗歌共同体"，具有鲜明的办刊特色。

其次，报刊的媒介公共性为编辑、作者、译者、译本与读者之间创建了共有空间，实现了几者之间的互动与多重对话。报刊参与着翻译文学空间的建构，在此空间中，信息为创作与翻译文本，受众为广大读者，译者为传播者，编辑则是特殊传播者，对符合历史文化语境的信息即译文进行筛选、加工，以符合刊物的办刊宗旨、特色，运作方式和传播目的。有时编辑即为该刊的作者或译者，抗战期间编辑的作家或译者身份是一大特色，比如诗人胡风主办的《七月》与《希望》两刊物，为抗战诗歌提供大量版面，并形成了影响较大的诗派——七月派。又如戴望舒和艾青合编的抗战诗刊《顶点》，戴望舒亦在该刊发表译诗《西班牙抗战谣曲钞》，艾青发表《诗的散文美》《诗三章》。编辑对稿件的取舍反映其意图，从而发挥对作者、译者以及读者的导向作用,编辑的意图与办刊宗旨紧密相关。《顶点》编者在《编后杂记》中阐明了办刊目的:"《顶点》是一个抗战时期的刊物。它不能离开抗战,而应该成为抗战的一种力量。为此之故,我们不拟发表和我们的生活着的向前迈进的时代违离的作品……《顶点》的鸿愿是:从现在的新诗的现状中更踏进一步。……《顶点》不是一个同人刊物,它接受一切优秀的作品。除了创作诗以外,关于诗的论文,讨论,研究,介绍等门均所欢迎。介绍外国诗人诗派等稿,希望是有系统一点的,译诗也请附寄原文。"① 同时,也经常以"编者注""译者注"形式为读者提供外国文学作品的相关背景知识、翻译目的与策略,并推出某外国作家诗人的纪念专辑或专号系统介绍其文学思想与影响。编辑更设置了读者互动专栏,征集读者意见和要求。如重庆《新华日报》通过举行座谈会、印发读者意见表、刊登意见启事等各种方式征集读者意见和建议,无论提出者的社会地位、文化水平与年龄,对每一条读者意见认真研究,切实改进②。比如,在1942年整风运动中连续十天刊登《本报特别启事》,请读者提出建议,并在读者来信中总结整理出改版意见。面向广大的中下层读者,坚持通俗化、大众化的方针③,专设"新华信箱""工人专页""读者和编者"等加强编读往来,赢得全国广大读者的青睐,销量逐步上升,在国内外产生较大影响。这样,传播者、信息、受众彼此之间构成了一种关系网络,形成一股巨大的文化能量,共筑文学文化生态,对传播抗战文学与翻译文学起到了不可磨灭的作用。

最后,报刊的媒介公共性为抗战文学与翻译文学的大众化传播提供了有力保障。译作的传播与接受是文学翻译活动的重要环节,也是完整的译介活动的主要构成部分,不应被看作翻译活动的末端或被动位置,而是与原作、译者、译作、传播媒介、译文读者一同形成文学

---

① 编者:《编后杂记》,《顶点》1939年第1卷第1期。
② 吕进等:《大后方抗战诗歌研究》,重庆出版集团、重庆出版社2015年版,第265页。
③ 重庆抗战丛书编纂委员会编:《抗战时期重庆的新闻界》,重庆出版社1995年版,第53页。

翻译的发展生态。根据传播学理论，"传播媒介是传播工具、传播渠道和传播信息的载体，即信息传播过程中从传播者到接收者之间携带和传递信息的一切形式的物质工具"[①]。报纸与期刊作为印刷媒介，凭借自身周期短、发行量广、影响面大、售价低且便于携带等优势，在多方面起着传统出版社和书籍无法企及的作用。报刊的繁荣发展，是新文化运动后不可忽视的一个醒目现实，抗战时期尤其兴盛，表现为出版业与抗战文艺的紧密结合，为包括翻译文学在内的文艺作品提供了最主要的传播途径，实现作家、译者与媒介的多向共生。以重庆诗坛为例，无论是在重庆创刊还是西迁复刊，众多刊物推动抗战诗歌，包括作为抗战诗歌有机组成部分的翻译诗歌走向高潮。《抗战文艺》《中苏文化》《文艺阵地》《文哨》《诗丛》《诗报半月刊》《中国诗艺》《诗垦地》等刊物均在发刊词中明确提出文学（诗歌）与抗战的结合，《新华日报》《中央日报》《大公报》《新蜀报》《国民公报》副刊均慷慨献出版面。各刊物组织诗歌座谈会、诗歌晚会，开展诗歌民族形式大讨论，围绕诗歌如何服务于抗战，也表达出诗歌自身发展的迫切需要。利用大量篇幅多期刊发或连载诗评诗论译论，系统介绍知名诗人，创办诗人纪念特刊特辑，大量刊登诗作与译诗，为诗歌的普及和传播发挥了至关重要的作用。

二 大后方主要刊登译诗的报纸期刊

全面抗战爆发后，1937年11月20日，国民政府发表《国民政府移驻重庆宣言》，次年9月6日重庆成为战时陪都、全国政治文化中心。全国有影响力的出版机构、报纸期刊、文学社团、高校、知名作家学者汇集重庆，内迁至渝的全国性文艺刊物众多，在世界反法西斯统一战线背景下，中外文化交流空前繁荣。当时重庆的刊物，"达到900种以上，数量之多，品种之全，在全国居首位"[②]，各种报纸副刊

[①] 董璐编著：《传播学核心理论与概念》（第二版），北京大学出版社2016年版，第81页。

[②] 中国人民政治协商会议、西南地区文史资料协作会议编：《抗战时期西南的文化事业》，成都出版社1990年版，第259页。

与文艺期刊都有外国文学译介,共同形成一股合力,"成为中国现代反法西斯文化和文学建设的重要借鉴和有机构件,为'抗战建国'的时代主题的实现提供了有力支持"①。在此世界大背景下,不少报纸期刊注重外国文化文学的介绍,继承和发扬新文化运动以来译介外国文学的优良传统,掀起了又一波翻译高潮。在各类译介文体中,翻译诗歌与原创诗歌一样,以"最敏感、最执著的特质,真实地反映着抗战这个时代的主题,发挥着其他文学形式难以比拟的宣传鼓动效果,并且为大众所乐于接受。诗歌成为了时代大潮的先声,反映着时代脉搏的跳动,成为了当时文学中最为活跃的部分"②,几乎所有的报纸副刊和文艺期刊都登载诗歌与译诗,其中刊登译诗较具影响力的主要报纸期刊有《新华日报》副刊、《大公报》副刊《文艺》与《战线》、文协会刊《抗战文艺》《中原》《时与潮文艺》《文学月报》《中苏文化》《文艺阵地》与《文阵新辑》《文艺先锋》《诗垦地丛刊》与《诗垦地副刊》等。有些刊物虽专门刊登诗歌,但译诗数量有限,如《七月》《希望》和《中国诗艺》等,故不在本书讨论范围之内。

全面抗战以来,桂林因其交通和地理优势以及桂系相对开明的政治和文化政策,留住了一批文人志士,他们在此开展文化救亡活动,使桂林成为西南大后方中心城市之一,1938年9月至1944年10月被冠以"桂林文化城"之称。在此期间出版报纸15种,期刊约300种,文艺书籍1000多种。其有据可查的译著194部,57种文艺期刊发表译作860篇,不包括无法统计或不好统计的翻译成就③,从数量和体裁可见译介活动的繁盛。诗歌以精简之式应和时代脉搏而备受青睐,会聚此地的诗人有艾青、徐迟、袁水拍、穆木天、绿原、彭燕郊等,他们以诗歌救亡唤起大众爱国抗战之热情,而世界反法西斯背景下译介外国进步诗歌更显重要价值。大多数文艺期刊和报纸或多或少都刊登译诗,如《诗创作》《诗》《文艺生活》《文艺杂志》《文学译报》《文

---

① 靳明全主编:《重庆抗战文学与外国文化》,重庆出版集团、重庆出版社2006年版,第29页。
② 靳明全主编:《重庆抗战文学与外国文化》,重庆出版集团、重庆出版社2006年版,第73页。
③ 袁斌业:《桂林抗战文化城译介活动研究》,广西师范大学出版社2013年版,第2页。

学创作》《诗时代》《中国诗坛》《青年文艺》《力报》副刊《半月文艺》，以及仅出一期的《顶点》等，其中又以《诗创作》《诗》《文学译报》，桂林《大公报》副刊《文艺》与《救亡日报》副刊《文化岗位》，无论从译诗数量、国别来源、外国诗人与译者的重要性与知名度，以及刊物的影响力方面最为典型，故而纳入本书考察范围。

  昆明地处西南边陲，而抗战的鼓声使这块"蛮荒之地"因救亡文艺活动而活跃起来，文学社团、报纸期刊如雨后春笋，尤以西南联大的成立，众多著名学者与诗人如闻一多、沈从文、冯至、朱自清、穆旦、杜运燮、李广田、田汉等的到来，使昆明成为全国文化与学术中心之一。"据不完全统计，抗战期间，仅昆明一地，原有的和新创办的期刊，总计不下 150 种"[①]，昆明因此被誉为"战时文化重镇"。各类报刊都重视文学、文艺方面的内容，如《云南日报》副刊《南风》，发表不少高质量创作、评论和文学理论，刊出鲁迅先生逝世纪念特辑、聂耳纪念特辑、纪念普式庚等文章等。诗歌创作充满呐喊与抗争的力量，紧贴抗战现实，如海燕《英勇的号手》、张立人《中国呵！该是你怒吼的时候了》、子昌《献给全国同胞》；又注重与世界接轨，鼓舞被法西斯侵略的国家和民族奋起抵抗，如杨邦棋《西班牙》、俞德刚《捷克，该拿起铁的拳头！》等。但《南风》上译作太少，译诗更是寥寥无几，故不在本书研究范围之内。昆明版《中央日报》各副刊也着重文学作品，沈从文、闻一多、朱自清、王了一等著名作者纷纷献稿，还有不少西南联大诗人的诗歌，如穆旦、赵梦蕤、杜运燮、卢静等。译诗虽数量有限，但有梁宗岱译莎士比亚十四行诗、吴春曦译屠格涅夫散文诗、王了一以文言译波德莱尔诗数首，在昆明各报纸中颇具典型。文协昆明会刊《文化岗位》与其后的《西南文艺》，以及《诗与散文》均涉猎诗歌类体裁，但就诗歌创作，尤其是诗歌翻译而言，最具代表性的还数《战歌》与《文聚》，连同昆明版《中央日报》一

[①] 苏朝纲、王志昆、陈初蓉撰稿：《中国抗战大后方出版史》，重庆出版集团、重庆出版社 2015 年版，第 137 页。

道，即是本书将探讨的内容。

三 结语

抗战时期大后方报业与期刊空前繁荣，无论报纸副刊或是文艺期刊，诗歌创作与翻译均占较大比重，诚如艾青所说："今天每本杂志都以很大的篇幅刊登诗了，日报的副刊也差不多每天都有诗了，诗人们虽然穷，却一本一本地以自费结印诗集，大家兜钱办诗刊，书店里经常有新发刊的诗杂志出现，每本诗杂志里，大多数都是新的名字。诗集的销路好起来了。书店的店员已说过，诗集与诗杂志的销路已超过其他的书籍了。"① 李广田也论及新诗的繁荣状态："有多少纯粹的诗刊在发行，有多少诗集在编印，任何文艺刊物都容纳不少的新诗。"②

报刊的兴盛为民族文学与翻译文学提供了物质载体，有效促进其发生发展。虽然各刊物有不同的政治文化背景，但在抗战非常时期，"反法西斯"和"抗战救国"是共同的时代主题，动员宣传全国军民抗战到底，是抗日民族统一战线中重要的一环。各类报刊形成多元互动的复调对话，各个刊物又拥有相对固定的读者群，极大地推动了包括译诗在内的翻译文学与中国现代文学走向大众，一方面发挥了文学的战时服务功能，另一方面也保有文学审美意识，在译介现实性的主题外，也辅以古典与现代主义文学精品的呈现。

---

① 艾青：《抗战以来的中国新诗》，《中苏文化》1941年第9卷第1期。
② 李广田：《论新诗的内容和形式》，《文学评论》1943年第1卷第1期。

第三章　期刊篇：大后方译介外国诗歌的主要刊物

全面抗战爆发后，西迁或迁至大后方城市复刊或创刊的文艺期刊不计其数。本章以该时期出版译诗较多的重要期刊《抗战文艺》《文艺阵地》《文学月报》《时与潮文艺》《中原》《诗垦地》《文艺先锋》《中苏文化》《诗创作》《诗》《文学译报》《战歌》《文聚》为依托，考掘题材选择特征以及译诗语言样态，探析其与抗战时期政治意识形态、主流诗学的勾连与影响。

第一节　《抗战文艺》诗歌翻译研究

中华文艺界抗敌协会（以下简称"文协"）成立于1938年3月27日，是抗战时期最主要的全国性文学组织，该协会组织与参与了不少文艺活动，对该时期文学的发展起到了重要的作用。"文协"通过诗歌座谈会、诗歌晚会等活动促进了抗战诗歌的发展，还积极参与同外国诗歌的交流，把充满抗战精神的外国优秀诗歌译介到本土，同时又把本土的抗战诗歌介绍到国外，使中国抗战文化融入世界反法西斯战争的潮流中。《抗战文艺》是"文协"会刊，1938年5月4日创刊于武汉，武汉失守后随"文协"迁至重庆，1938年10月8日第2卷第5期在重庆复刊，1946年5月4日第10卷第6期终刊于重庆。《抗战文艺》出版正刊、特刊共78期，是"抗战时期国统区发行最广、影响最大、存在时间最长且唯一贯穿抗战始终的进步的文艺刊物"①，对抗战时期诗歌创作与翻译均产生了重要的影响。首先，《抗战文艺》是"文协"会刊，是民族团结抗战在文艺上的表现，是文艺界爱国人士在文艺战线上凝聚力的体现。其次，《抗战文艺》对抗战诗歌的发展具有指导作用。在《抗战文艺》上展开的诗歌观念、诗歌路径、诗歌内容和诗歌形式等方面的讨论对抗战时期诗歌的发展具有指引性作用。最后，《抗战文艺》对外国诗人及诗作的译介，以及对国内外著名诗人开展的纪念活动，如俄苏的高尔基、马雅可夫斯基等，对该时期诗人的创作起到了示范作用。《抗战文艺》注重外国文艺作品的翻译，虽然发表的翻译诗歌数量和国别不多，但其内容与影响深远不容忽视。现将《抗战文艺》的译诗情况统计为表3.1。

表 3.1 　　　　　　　　《抗战文艺》译诗统计②

发表时间	诗歌	作者	国别	译者
1938.8.13 第2卷第4期	国际纵队歌	E'r Weinert	德国	马利亚
	哀悼	N. Babas Verof	法国	马耳
1939.10.10 第4卷第5、6期合刊	手溜弹之歌	V. 古谢夫	苏联	铁弦
	乌克兰人民诗人 雪夫琴可底诗（6首）	雪夫琴可	俄国	周醉平
1940.1.20 第5卷第4、5期合刊	跟着码头工人前进	Abert Brown	英国	王礼锡
1940.3.30 第6卷第1期	谟罕默德礼赞歌	哥德	德国	梁宗岱
第10卷和第4、 5期合刊 （编好未出版）	这是你的战争			徐迟

　　一个时代有一个时代的文学，在抗战历史语境下，文学就其政治

---

① 吕进等：《重庆抗战诗歌研究》，西南师范大学出版社2009年版，第110页。
② 该刊以及之后的期刊和报纸副刊，"作者""国别"或"译者"处，若为空处，均为不详。由于当时各报刊对同一作者译名不统一，故除正文笔者叙述外，本书引用内容均按原刊录入，特此说明。

倾向而言，是抗日救国的；就其思想特征而言，是民族解放意识①。《抗战文艺》1938年第1卷第1期创刊词中以"中华全国文艺界抗敌协会的成立"为"文艺的堡垒"，以其会刊《抗战文艺》的发刊为"一杆进军的大旗"，发出这样的号召："我们号召全中国的文艺工作者，为着强固文艺的国防，首先强固起自己阵营的团结，清扫内部一切纠纷和摩擦，小集团观念和门户之见，而把大家的视线一直集注于当前的民族大敌。其次把文艺运动和各部门的文化的艺术的活动作密切的机动的配合，谋均衡的普遍的健全的发展。并且我们要把整个的文艺运动，作为文艺的大众化的运动，使文艺的影响突破过去的狭窄的智识分子的圈子，深入于广大的抗战大众中去！"② 在抗战的宏大叙事下，文艺被视为抗战的有效武器，诗歌作为"炸弹"和"旗帜"，更是充当着"急先锋"。诚如茅盾言及一位朋友的话："炮火使我们的血液沸腾，壮烈的斗争使我们的灵魂震撼，可歌可泣的事太多，此时此际，只觉得非用诗歌这一形式便不够淋漓尽致。"③ 诗歌的政治性成为最重要的属性之一，而翻译活动也不再是简单的文化交流，无论是翻译的选材和译诗的语言形式，均与本土主流意识形态与诗学的要求一致。

一 诗歌选译的时代特征

抗战特殊时期，"各种类型的外国反抗压迫之作品不约而同地出现在中国现代文坛。许多作家（古典的和现当代的）跨越了个人的年代、风格、倾向，携着各自具有抵抗主题的作品，应历史需要之邀，循着远东战场的炮声，一同来到中国的文艺舞台作了一次集体的展演"④，外国诗歌亦在其中。《抗战文艺》上的译诗选材具有鲜明的时代特征，表现出反压迫与战斗的精神。如《国际纵队歌》以及《哀

---

① 靳明全主编：《重庆抗战文学论稿》，重庆出版社2003年版，第55页。
② 编者：《发刊词》，《抗战文艺》1938年第1卷第1期。
③ 茅盾：《这时代的诗歌》，龙泉明编选《诗歌研究史料选》，四川教育出版社1989年版，第1页。
④ 王建开：《五四以来我国英美文学作品译介史：1919—1949》，上海外语教育出版社2003年版，第213页。

悼》两首诗正面反击法西斯侵略,极具时代性,值得一论。前者由德国诗人 E'r Weinert 作,译者称"这是国际纵队里面德国队员之间很流行的一支歌曲,发表于今年六月份世界语杂志'在哨岗上'(Sur Posteno),此歌即由该杂志重译出来者"①。后者由法国诗人 N. Babas Verof 作,译者为马耳,即翻译家叶君健,他称"译自西班牙瓦伦西亚出版 Popola Fronfo 杂志本年二月号。作者或系参加国际纵队者"②。以上两则译者附言可知翻译的时效性较强,译者时刻关注国际文坛动向,许多反法西斯作品一经出版,译者便着手汉译。《国际纵队歌》以德国队员的视角控诉战争的反人性,"仇恨疯狂地把我们驱逐,/远远地离开自己的国度;/但我们并非不名誉地别了故土,/我们底故国现在是马德里的四周。/在堡垒上我们和西班牙的兄弟/农民和无产者一齐奋斗""为了西班牙这国家的自由,/我们的心儿在同声地怒吼:/打倒外国来的法西斯蒂匪徒!"全诗共 3 节,每节末两行均以"现在国际纵队突击在前哨,/一群共通命运者的旗帜在飘飘"结尾③,产生复沓的效果,适合歌曲吟唱的特点。德国队员对本国法西斯的痛斥彰显其人道主义精神,同时暗指法西斯德国并非铁板一块,正义之士必然奋起反抗其罪行,维护世界公正。《哀悼》是为西班牙勇士谱写的一曲英雄赞歌,只为无法忘却的纪念:"啊你,被人忘记了的英雄,/在被蹂躏的西班牙土壤上,/你忠实地战斗,/而你又英雄地倒下了——/在血染红了的山谷里,/为了一个民族的理想"。"因了民众而受难",为了自由,"自动挺起你英勇的身躯"④,如此的英雄气概与抗战中的中国英雄何其相似,唤起四万万同胞在哀悼中自强,在自强中求胜,极大鼓舞了抗战士气。

1939 年第 4 卷第 5、6 期载有《乌克兰人民诗人雪夫琴可底诗》共 6 首,分别是:《当我死时》《假如你知道了》《梦》《呵,快乐的

---

① 马利亚:《国际纵队歌·译后》,《抗战文艺》1938 年第 2 卷第 4 期。
② 马耳:《哀悼·译后》,《抗战文艺》1938 年第 2 卷第 4 期。
③ [德] E'r Weinert:《国际纵队歌》,马利亚译,《抗战文艺》1938 年第 2 卷第 4 期。
④ [法] N. Babas Verof:《哀悼》,马耳译,《抗战文艺》1938 年第 2 卷第 4 期。

第三章　期刊篇：大后方译介外国诗歌的主要刊物

日子》《呵，茂盛的树林》《在茅屋旁》，是由林德舍英译本转译（重译）而来的。据中译者周醉平介绍："雪夫琴可是乌克兰伟大的民众诗人"，出身农奴，后得自由，其诗"简朴、生动，而富热情，有音乐美，颇具民歌作风""很接近民众"，其主题"多选述民众遭遇的不幸，充满对压迫者反抗的呼声"。此6首是"登在本年（笔者注：1939年）三月号的国际文学上的"，译者自谦其"译笔拙劣，很难传精神，但那乌克兰底民众诗人为争取自由对压迫者的无情斗争的精神，即使在这重译的诗中，也不难窥见一二罢"①。《当我死时》渗透着热爱故土，为民族自由解放而战的决心，"将我埋在广大的草原外，/在那乌克兰底可爱底土地里"。即使"我"已经死去，反压迫斗争也不会停止："把我埋得深深地，但你们起来/在欢笑中打碎你们的锁链！/用压迫者作恶的血/洒向自由上！/当伟大的新种，/那自由的宗族临盆时，/呵，用亲切而平安的话/来纪念吧。"②《假如你知道了》中高高在上的"大人先生"把劳苦大众居住的林中小屋比作"和平的天堂"，但对于被压迫者而言，"那间林屋没有恩爱的天堂，/我瞧见的只有地狱。/不停的苦工和黑暗的奴役/没有一个人是自由的""我的慈母，被劳役和不幸/磨老了，还当年纪轻轻，/就被丢进了穷人的墓茔。/父亲坐下来和我们一道哭泣——/家中空无所有，藏的都被吃得净光——/在这样一种残酷的命运下他低头死去，/他主人的命运却成堆积聚，/我们在人群中爬好像小老鼠"。压迫者心中所谓的天堂小屋，于被压迫者而言，里面"只有血，咒骂，和眼泪"③。《梦》更是以现实和梦境鲜明的对比描述被压迫者的苦难："一个农奴，她收割了主人的麦子，/疲倦得要倒下身子，但并不休息/拖着沉重的步子寻找一捆捆的麦子。/不，她要喂奶给她婴儿伊凡吃"，喂奶中妇人打盹

---

① 周醉平：《乌克兰人民诗人雪夫琴可底诗·译前》，《抗战文艺》1939年第4卷第5、6期合刊。
② ［俄］雪夫琴可：《乌克兰人民诗人雪夫琴可底诗》之《当我死时》，周醉平译，《抗战文艺》1939年第4卷第5、6期合刊。
③ ［俄］雪夫琴可：《乌克兰人民诗人雪夫琴可底诗》之《假如你知道了》，周醉平译，《抗战文艺》1939年第4卷第5、6期合刊。

梦见他的儿子"和一位身子自由的女人结婚,/因他自己已获得了自由,/不必再作农奴的苦工了。/这时在他们自己的欢快的土地上/他们在收割的是他们自己的麦子",而梦醒后又"转身去做她的苦工,/在那管事跑来看她以前。"① 现实—梦境—现实的转换进一步加深了农奴的不幸遭遇,这样的苦难经历以及寻求光明的决心契合了中国人民被日本侵略后的内心感受,容易引起共鸣,从而激发民众的抗战激情。译诗语言通俗生动,诗歌节奏强烈富有音乐性,便于朗诵和宣传。同期刊登的苏联诗人古谢夫《手溜弹之歌》将日本侵略者胆小丑陋的面貌刻画得淋漓尽致:"日本鬼进攻的时候是什么样,/从每个裂隙里向外爬行。/我们用自己口袋里的小砲/向着他们抛扬。/日本鬼退却的时候,是什么样,/吓得往丛里躲藏,——/手溜弹从张鼓峰顶/送了他们一场"。苏联人民的勇敢与此形成鲜明对比:"喂,手溜弹;喂,手溜弹;/我和你不会灭亡。/手溜弹,呀,我们把任何的敌人/击中,炸光!"② 敌人的胆怯与苏联人民的奋勇抗敌无疑增强了中国人民反击日本侵略者的决心和抗战必胜的信念。

二 译诗语言的通俗化特征

应和抗战诗歌大众化要求,译诗采用通俗化语言,因为要实现诗歌的大众化,不能用晦涩难解、结结巴巴的欧化语言,而是要用能够被大众理解的平易、朴素、富于自然节奏的通俗语,如此能够激发民众内心的爱国情怀,点燃全民族的抗敌情绪。首先,译诗在形式上多为奔放的自由体,没有固定的韵律,可以自由抒发内心情怀,符合时代的审美要求和读者的期待视野。抗战诗歌在形式上注重从民族形式中获取源泉,译介外国诗歌也是抗战诗歌形式创新的路径之一。姚蓬子认为"从创造的路上求得适合于表现新人和新事的新形式与新风格之获得,而增强翻译外国作家的古典的和新兴的伟大作品的工作,则

---

① [俄] 雪夫琴可:《乌克兰人民诗人雪夫琴可底诗》之《梦》,周醉平译,《抗战文艺》1939 年第 4 卷第 5、6 期合刊。

② [苏] V. 古谢夫:《手溜弹之歌》,铁弦译,《抗战文艺》1939 年第 4 卷第 5、6 期合刊。

必有助于新形式与新风格之完成"①。比如王礼锡译英国诗人 Abert Brown 的"单张诗"《跟着码头工人前进》。长篇"译者跋"从原诗背景、翻译策略、形式与内容的关系、诗歌的对象与传播等方面系统介绍该诗，译者称，"诗本来不易译，尤其是这种为群众而写的诗。原诗的音韵非常自然熟溜，我只是把意思译出来就算事，对音调不敢负责任"，并阐明译诗的原则："一、希望我所用的文字，真是白话，白得可以念得出，听得懂；二、虽不严格，但多少有点韵，使牠不诘屈傲牙；三、字句的长短不太参差以期与原诗的格调相差不远"②，可以看出译者对诗歌语言形式与风格的看重。其次，诗歌背景的介绍也力求详细："英国单张诗运动是1938年8月1日才开始的。发起的团体是左书会诗歌集团。他们从数十百首投稿的诗中，选出若干首诗，每首印一个这样的单张。这个运动一方面是诗的，一方面是政治的。所以不但在诗句上选，还要在政治意识，及时机上选③。"译者进一步阐述单张诗的内容与形式原则："单张诗在十七世纪就有了。因为单张诗要流传民间，所以不但形式上是平民的，就意识上也是为平民作不平之鸣——是反抗的，革命的。单张的歌谣作者反对那些'把穷人的骨头来作骰子''把活命的面包买去藏匿在库里'的人们。同时，他们也骄傲地唱'我们耕耘，财富积屯；我们不干，贫穷立见'。就在技巧上说，这类歌谣改铸的新词为后来宝贵的诗歌遗产，也是比任何形式的诗歌的贡献要大，这是谁都不能否认的。所以单张诗运动也是一个旧形式的新运动。这对于我们抗战时期的诗歌运动也是一个最好的借镜。我们用的形式无论是旧的新的都好，总要以大多数人为我们的对象。旧的是大多数人所能懂的旧的，新的也是大多数人所能懂的新的。……要做一个新的运动，就必须面对着群众；要使诗歌能在抗战中发挥他们的作用，就必须唱得读得诵得使大家懂，大家动情。一首诗歌必须像一篇歌，可以唱；或一篇谣，可以诵；或一篇精练的演

---

① 郭沫若、王平陵等：《一九四一年文学倾向的展望》，《抗战文艺》1941年第7卷第1期。
② 王礼锡遗译并跋：《跟着码头工人前进》，《抗战文艺》1940年第5卷第4、5期合刊。
③ 王礼锡遗译并跋：《跟着码头工人前进》，《抗战文艺》1940年第5卷第4、5期合刊。

说,可以念;或一个用具体事实来表现的标语口号,可以嚷。无论我们是要借用旧瓶也好,制造新瓶也好,我们应当根据这一个原则。"①综上可以看出,单张诗不仅在形式上是平民的,内容上也与现实紧密相连,歌颂平民大众生活,具有反叛性和革命性,顺应抗战时期的社会和文学环境,因此受到中国诗人的青睐而得以译介。《跟着码头工人前进》不仅形式自由,内容上更深刻地表达了英国工人揭穿日本鬼子的谎言,不愿充当刽子手制造大炮轰炸中国的国际主义情谊,译诗如下:

> 扫山模墩的码头工人们
> 不肯为假笑的日本鬼弯腰,
> 搬运那些残酷的飞机大炮,
> 去"膺征"倔强的中国人。
>
> 在米德波罗,我们望着
> 空垂的起重机,傲然不动,
> 一些平常的工人吧咧,
> 却给手眼通天的日本鬼个钉子碰!
>
> 既然利物浦、伦敦、格拉斯可
> 教工头碰了钉,对混账发了火,
> 不管运妈的那些货,
> 咱们怎不该拥护经济封锁。
>
> 若不把他们的鬼话拆穿,
> 停止他们的供给和谎言,
> 生铁是买去做炮弹,
> 现钱、给我们英国的老板赚。

---

① 王礼锡遗译并跋:《跟着码头工人前进》,《抗战文艺》1940年第5卷第4、5期合刊。

我们若不跟着工人走，
把那些禽兽弄得束手，
炮弹会雨似的向中国的孩子们扔，
只要日本鬼子把心一横。①

三 抗战文学"走出去"

除把外国优秀作家作品介绍到中国外，为了赢得国际社会的支持，让国际友人了解中国反法西斯战争的全貌，"文协"也组织中国抗战文艺"走出去"活动。《抗战文艺》曾在 1938 年第 3 卷第 3 期上发表作者为"蓬"的《翻译抗战文艺到国外去的重要性》以及作者为"猛"的《关于翻译作品到外国去》，抗战文学出国，才能让国际社会了解中国人民的抗战意志及现实。《翻译抗战文艺到国外去的重要性》一文指出"将优秀的抗战文艺介绍到外国的文学杂志上去，应该而且必须是文协的基本工作之一"，虽然"用方块字写成的文艺作品，是不容易被译成外国语的。同时，能够熟练地使用第二国文字翻译文艺作品的，这样的专门人才也不见得多。但我们不能因为困难便停止，甚至取消工作。不容易译得好，是事实；但正因为不容易译得好，更应该当作一件十分吃重的工作，而认真的做起来，做下去"，由此可见翻译的重要性与困难，以及克服困难的决心。另外，作者也陈述了国际社会对中国文学的关注，在接受环境上有助于抗战文学的海外传播。"国际的报章杂志却迫切地需要刊登中国的抗战文艺。像美国著名的杂志《新群众》，就非常盼望能够经常刊登中国的抗战小说。"尤其值得一提的是文章涉及了"谁来翻译"的问题，"美国的书评家 Brown 先生和马耳先生合作，译了几篇抗战小说寄给美国的杂志，就非常被欢迎"②。如前所示，马耳曾翻译法国诗人 N. Babas Verof 的《哀悼》以及创作诗歌《怀念》，纪念英国新兴的年轻诗人 Julian Bell，

---

① ［英］Abert Brown：《跟着码头工人前进》，王礼锡译，《抗战文艺》1940 年第 5 卷第 4、5 期合刊。
② 蓬：《翻译抗战文艺到国外去的重要性》，《抗战文艺》1938 年第 3 卷第 3 期。

死于法西斯飞机轰炸①。中外合作模式一直是汉译外较理想的翻译方式，况且马耳既是诗人又是译者，诗人译诗与中外译者合作模式大大提升了翻译的质量和可读性。文章还提到苏联罗果夫先生译过一些中国的抗战文艺，不幸译稿遗失，肯定外国译者的功劳，同时也提出抗战文艺"走出去"不应仅靠外国人的努力，我们自己更是责无旁贷。"我们自己疏忽了甚至忘记了介绍抗战文艺到外国去的工作，而外国人和外国的报章杂志却并没有疏忽或忘记。但是，让外国人自己来动手，即使不说是中国文艺界的惭愧，究竟是事倍功半，不容易弄得好的。因为中国各地的生活、习惯、风俗，中国抗战的艰苦困苦和英勇壮烈，中国人民和中国士兵在抗战时期中的生活、感情、意志，都不是一个外国人所容易了解的，因此，要由一个外国人的笔下来翻译中国的抗战文艺，总不如中国人自己更适合些。而且，在责任上说，应该是中国人自己的责任。""文协"应负起这项责任②。《关于翻译作品到外国去》提到："外国人现在急于要知道的是中国抗战的实际情形，然而最能满足他们这种欲望，也最能使他们感动的却是表现了我们的抗战生活的作品。"③这又涉及接受环境与译入语读者的问题，凡是读者感兴趣的必定刺激翻译的愿望，无论主动译介或期待原语国的译介。译者模式、译者责任、译介动机以及传播效果，这些均对今天中国文学"走出去"具有借鉴意义。

"文协"致力于抗战文学"走出去"，与当时苏联塔斯社社长罗果夫，以及苏联对外文化协会驻华代表郭瓦涅夫商谈并得到其支持。中国抗战文艺作品译为俄文后交塔斯社转苏联各报纸期刊刊登，并系统地筹备了一个中国抗战文艺专号，由苏联的《国际文学》杂志社用八种文字出版④。作为中国的盟友，苏联对中国的抗战文学有较浓厚的兴趣，《新华日报》1941年1月19日第4版《国际文学编辑罗戈托夫

---

① ［法］N. Babas Verof：《哀悼》，马耳译，《抗战文艺》1938年第2卷第4期。
② 蓬：《翻译抗战文艺到国外去的重要性》，《抗战文艺》1938年第3卷第3期。
③ 猛：《关于翻译作品到外国去》，《抗战文艺》1938年第3卷第3期。
④ 出版部：《出版状况报告》，《抗战文艺》1939年第4卷第1期。

来信》中提到:"我们想努力具体介绍中国解放战争中所产生的文学,因为苏联读者对于中国的关心是异常敏锐的……我们的困难是我们的译者不能把中国所出版的新文学尽行知悉,因此不能选出最好的诗或短篇小说。我们难得接到任何书评,关于作家参与解放战争的情形,我们也很少知道,甚至连很多出色的作家传记资料我们也缺乏着……不过凡是关于现代中国的文学与艺术上的任何提供,对于我们都有很大的价值。"① 中国抗战文艺在英美的推行主要通过部分作家的牵头和努力,根据《抗战文艺》1939年第4卷第1期《出版状况报告》:"马耳自离开汉口后,本来就在香港与美国书评家Brown先生合作,翻译中国的抗战文艺给英美各杂志。现在出版部就委托马耳以全力有计划的介绍中国抗战文艺到欧美各国去。截止目前为止,已有一个中国抗战小说选在英国付印,至迟本年六月间可以出版。一本抗战诗选在美国付排。一本世界语的中国抗战文艺选集,在匈牙利出版,……还有一本中国战时戏剧选,正在翻译中。至于在欧美各杂志上,最近是常有中国的抗战文艺登载的。"② 由于"文协"的努力与推助,美国出版了《中国抗战小说选》和《中国抗战诗选》,英国许多刊物出版"中国专号",匈牙利出版了世界语的《中国抗战文艺选集》等。虽然这些中外交流活动并非只针对诗歌,但抗战诗歌从中扮演了重要的角色。这样的双向交流不仅为中国抗战文艺引进优秀的具有革命反抗精神的佳作,也让中国抗战文学为国际社会所了解并产生了一定的影响,体现了中国人民在世界反法西斯战争中顽强不屈的精神。

四 小结

总之,作为"文协"的会刊,《抗战文艺》对翻译尤其重视,不仅关注外译汉的文学(诗歌)以滋养中国抗战文学,为中国人民输送

---

① 转引自吕进等《大后方抗战诗歌研究》,重庆出版集团、重庆出版社2015年版,第304页。
② 出版部:《出版状况报告》,《抗战文艺》1939年第4卷第1期。

精神食粮，也重视抗战文学（诗歌）出国，让世界友人理解中国人民不屈不挠的抗战精神，使中国抗战文学（诗歌）成为世界反法西斯文学有机组成部分，提升了中国抗战文学在世界文学中的地位。

第二节 《文艺阵地》及《文阵新辑》诗歌翻译研究

在全民族抗战这个特殊的历史时期，刊物的出版和发行都异常活跃，形成了刊物与文学之间互动互生的抗战文化空间，为作者（译者）、作品（译本）与读者（译文读者）搭起了沟通的桥梁，实现了抗战文学的广泛传播。《文艺阵地》作为一份综合性的全国文艺期刊，是抗战时期影响最大的期刊之一，可与"文协"会刊《抗战文艺》媲美。其刊发的作品兼具革命性、战斗性和文学性，参与构建并推动了抗战文学的发展①。《文阵新辑》则是《文艺阵地》被迫停刊后以变通形式出版的刊物，与《文艺阵地》一脉相通。在众多的文学样式中，诗歌由于精粹、典型、富于表现力，成为战争时期最兴盛的文学体裁，而抗战诗歌的发展又与异域诗歌的译介与传播紧密相连。在诗歌翻译的浪潮中，《文艺阵地》作为译诗媒介之一，其鲜明的特性和深远的影响值得梳理与研究。

一 战斗的旗帜：《文艺阵地》及《文阵新辑》刊物定位

《文艺阵地》是抗战时期兼及创作、评论与翻译的大型文艺综合性刊物，1938年筹办于武汉，同年4月16日创刊于香港，茅盾任主编，1938年底第2卷第7期由楼适夷代编。1940年8月第5卷第2期后被上海租界当局查禁停刊。1941年1月第6卷第1期起《文艺阵地》迁至重庆后复刊出版2卷共10期，茅盾再度任主编，并成立由以群、艾青、沙汀、宋之的、章泯、曹靖华、欧阳山七人组成的编辑委员会。1942年8月第7卷第1期起改由以群编辑，至第7卷第4期

---

① 黄群英：《时代的独特书写——〈文艺阵地〉考辨》，《当代文坛》2010年第6期。

被迫停刊。之后出版了3辑《文阵新辑》，分别为1943年11月第1辑《去国行》、1944年2月第2辑《哈罗尔德的旅行及其他》和1944年3月第3辑《纵横前后方》。《文艺阵地》历时6年，共出63期，是"抗战时期历时最久，普及最广，影响最深远的全国性文艺刊物之一"①。

抗战的爆发使文学成为意识形态的载体，艺术性让位于政治性，表现为文学服务于抗战现实的需要。在抗战历史语境下，每一份报纸期刊的"合法性必须接受社会主流意识形态的检验，这表现在对办刊宗旨、运作方式、报刊内容质量等方面的一种内在规约"②。茅盾在《文艺阵地》发刊词中就明确了刊物的办刊宗旨："我们现阶段的文艺运动，一方面须要在各地多多建立战斗的单位，另一方面也需要一个比较集中的研究理论、讨论问题、切磋、观摩——而同时也是战斗的刊物。《文艺阵地》便是企图来适应这需要的。这阵地上立一面大旗，大书'拥护抗战到底，巩固抗战的统一战线！'"③ 由此可见，《文艺阵地》一开始就被确定为抗战服务的刊物，而译介外国文学也是该杂志的重点之一。

二 译诗选材与主题的趋时性

"翻译并不是一种中性的、远离政治及意识形态斗争和利益冲突的行为，更不是一种纯粹的文字活动、一种文本间话语符号的转换和替代，而是一种文化、思想、意识形态在另一种文化、思想、意识形态环境里的改造、变形或再创造。"④ 在抗战历史语境下，翻译文学也被高度意识形态化，成为抗战文学的重要组成部分。

重视外国诗歌的翻译是《文艺阵地》的一大特色，迁至重庆后外国诗歌的译介达到高潮，重庆时期《文艺阵地》出版2卷共10期，

---

① 楼适夷：《茅公和〈文艺阵地〉》，《新文学史料》1981年第3期。
② 吕进等：《大后方抗战诗歌研究》，重庆出版集团、重庆出版社2015年版，第232页。
③ 茅盾：《发刊辞》，《文艺阵地》1938年第1卷第1期。
④ 吕俊：《翻译研究：从文本理论到权力话语》，《四川外语学院学报》2002年第1期。

《文阵新辑》中译诗的选材主要来自俄苏、英美以及民族史诗，还有德国进步诗人的作品。值得一提的是《文阵新辑》第2辑《哈罗尔德的旅行及其他》全系外国诗歌，长诗和短诗合计40篇，篇篇精华，原作者为拜伦、雪莱、歌德、海涅、惠特曼、莱蒙托夫、叶赛宁等西方著名诗人，译者也多为中国一流诗人如冯至、徐迟、戴望舒、艾青、邹绛、袁水拍等。现将重庆时期《文艺阵地》的译诗情况统计为表3.2、表3.3。

表3.2　　　　　　　　重庆时期《文艺阵地》译诗统计

发表时间	诗歌	作者	国别	译者
1941.1.10 第6卷第1期	芦笛之歌	惠特曼	美国	徐迟
1941.2.10 第6卷第2期	给我们这一天	纽加斯	美国	袁水拍
	母亲和儿子	特瓦多夫斯基	苏联	方土人
1941.6.10 第6卷第3期	马却陀诗两首	马却陀	西班牙	袁水拍
1942.5.20 第6卷第5期	谢夫琴科诗三章	谢夫琴科	俄国	邹绿芷
1942.7.30 第6卷第6期	江加尔（史诗）			亚克

表3.3　　《文阵新辑》第2辑《哈罗尔德的旅行及其他》译诗统计

诗歌	作者	国别	译者
哈罗尔德的旅行	拜伦	英国	袁水拍
阿多拉斯	雪莱	英国	方然
雪莱诗抄（七首）	雪莱	英国	袁水拍
哀弗立昂	歌德	德国	冯至
山歌	海涅	德国	李嘉
海涅诗抄	海涅	德国	孙纬、吴伯箫
莱蒙托夫诗钞	莱蒙托夫	俄国	戈宝权
叶赛宁诗抄（六首）	叶赛宁	苏联	戴望舒
穷人们（外五章）	凡尔哈仑	法国	艾青
惠特曼诗抄（四首）	惠特曼	美国	冠蛾子、邹绛

特定的社会文化格局会形成特定的文化需求和接受语境，并以潜在的方式影响译者，使译者在顺应特定社会的文化需求和接受语境的

过程中完成对文学翻译的主题选择①。抗战时期"反法西斯"和"抗战救国"是共同的时代主题。译诗受此规约,在主题、诗人、来源国的选择上表现出趋时性的特征。

(一)《文艺阵地》译诗主题分析

《文艺阵地》诗歌翻译选材遵循抗战文学对诗歌情感的"规定性"倡导,即诗歌与现实的结合,多为反压迫、颂自由、保家国等主题。第6卷第1期徐迟译惠特曼《芦笛之歌》中,诗人歌颂和平与光明,赞扬同志之情:"来,我要使这个大陆团结在一起,/我要使太阳光从来照不到的民族最光明,/我要造成神圣的,有磁力性的大地,/用同志的爱,/用与生命同样长久的同志的爱。"②徐迟在抗战大后方各报纸期刊上发表译诗不多,未列专节研究,他与戴望舒、卞之琳、何其芳等一样,从20世纪30年代追求现代派的意象诗歌,到抗战时期走出自我,追求大众化诗学和诗歌的现实功能。他说:"战争逼死了我们抒情的兴致,也炸死了抒情,而炸不死的诗,她负的责任是要描写我们炸不死的精神。"③对于"抒情的或感伤的"诗歌,他怀疑其存在的价值,谴责"鉴赏并卖弄抒情主义"的诗人是"我们这国家所不需要的""至于这时代应有最敏锐的感应的诗人,如果现在还抱住了抒情小唱而不肯放手,这个诗人又是近代诗的罪人"④。徐迟的这一转变体现在诗歌创作与翻译两方面,包括选译惠特曼诗歌,因为其诗歌字里行间蕴含的自由民主思想,简洁的语言以及对普通大众的关注。他肯定"美国诗歌的传统——亦即是窝尔脱惠特曼(Walt Whitman)的传统——亦即是美国民主主义底诗歌的一贯的传统——不能有其他的传统,并事实上没有其他的传统存在"⑤。徐迟等的诗学转变是生活

---

① 姜秋霞:《文学翻译与社会文化的相互作用关系研究》,外语教学与研究出版社2009年版,第51页。
② [美]惠特曼:《芦笛之歌》,徐迟译,《文艺阵地》1941年第6卷第1期。
③ 王凤伯:《徐迟小传》,王凤伯、孙露茜编《徐迟研究专集》,浙江文艺出版社1985年版,第155页。
④ 徐迟:《抒情的放逐》,《顶点》1939年第1卷第1期。
⑤ 徐迟:《美国诗歌的传统》,《中原》1943年第1卷第1期。

在灾难深重的中国大地上的现代诗人群对于现实与艺术关系在诗歌中平衡与统一的一种探寻和自我调整。

《文艺阵地》第6卷第5期刊登了邹绿芷译乌克兰诗人谢夫琴科的《谢夫琴科诗三章》：《当我死的时候》（1845）、《啊，欢愉的日子》（1849）以及《梦》（1858），均译自"一九三九年国际文学英文版"，诗中描述了沙皇统治下"乌克兰和其他少数民族所受压迫的痛苦情况；农奴的悲惨生活，以及地主之横暴等"①。《抗战文艺》1939年第4卷第5、6期合刊《乌克兰人民诗人雪夫琴可底诗》（即为谢夫琴科，译名不同）也刊载过这三首，译者为周醉平。诗人反压迫的革命热情契合了抗战时期中国人民的内心共鸣，同一首诗歌由不同译者译出，或同一译者在不同刊物上登载同一诗歌的现象在该时期屡见不鲜，只要主题紧扣时代精神即为译者所青睐。

另外值得一提的是《文艺阵地》第6卷第6期亚克翻译的卡尔美克民族史诗《江加尔》，诗歌具体名为《天下第一美男子明江盗窃土耳其可汗底万匹斑黄去势马群之歌》（以下简称《天下》）。该诗的背景及其意义，需从西蒙·李普金的《俄译者序言》说起："英雄的史诗《江加尔》是卡尔美克底民间制作底最伟大的文献。史诗即以主人公——江加尔汗——底名字而得名。……五百年来《江加尔》被民间的歌者口口相传着。在《江加尔》里面共有十二支歌，因为诗里讲的是十二位主要的英雄，每支都是完整独立的作品。可是他们不仅彼此以共同的主人公，行动底所有主题发展连续性相联着，并且以人民底幸福，为祖国从外国人压迫之下的独立而斗争的统一的思想相关联着……"②《天下》中可汗江加尔担忧"在我们的边境以外，远远地""在西方的某地，……已经第三年了，／傲慢的土耳其苏丹早已准备着了，／要用自己的狂暴的去势马群，／来进行这次，战争"③。这些马匹

---

① 邹绿芷：《谢夫琴科诗三章·译前》，《文艺阵地》1942年第6卷第5期。
② ［俄］西蒙·李普金：《江加尔·俄译者序言》，亚克译，《文艺阵地》1942年第6卷第6期。
③ 亚克译：《天下第一美男子明江盗窃土耳其可汗底万匹斑黄去势马群之歌》，《文艺阵地》1942年第6卷第6期。

"又壮又刚强""如果能把这些去势的马群偷来，/我们就永远免除了祸灾"。明江，"这不朽的家族里光荣的一员"，勇敢善战的勇士被派出征，骑着他的良驹斑黄走马"索洛夫"，单枪匹马经历无数艰险偷走了土耳其万匹"斑黄的，去势的良马""好激敌人底军队不能进攻崩巴"①。敌人围攻时，他得到本族弟兄的帮助成功突围并带回万匹战马与战俘无数。最后，江加尔送还了战俘和马匹，并与土耳其签订和平约定，"从今年起以至千年/你们底国家服从江加尔底威权"。此后的"崩巴国一年一年地光照大地。/从这时候起拥有了黄金般的完美，/从这时候起这个强盛英勇的民族/就开始生活在和平、满足和幸福里"②。据译者注："崩巴——长生不死底国家的名称，在那里住着史诗的英雄们"③，《俄译者序言》中也提到江加尔的崩巴国是"人民对于别一种幸福生活的长久幻想底化身。这是一个永远青春和不死的，丰足而富裕的国家"④。卡美尔克人面对压迫所做的便是反抗，冲破压迫，走向光明与和平，对该诗的翻译体现出抗战时期对弱小民族文学的关注。被压迫民族正如鲁迅所言，"虽然民族不同，地域相隔，交通又很少"，但还是"可以相互理解，接近的，因为这些民族都曾经走过苦难的道路，现在还在走——一面寻求着光明"⑤。由于与弱小国家和被压迫民族命运里"同质"的东西，抗战诗坛译介了乌克兰、捷克、匈牙利、波兰等受压迫民族的诗歌，表现出一种共时和普遍的觉醒与反抗。

战争使每个人不能置身事外，大众爱国情怀在译诗中也得到了体现。《文艺阵地》第 6 卷第 2 期苏联诗人特瓦多夫斯基的《母亲和儿

---

① 亚克译：《天下第一美男子明江盗窃土耳其可汗底万匹斑黄去势马群之歌》，《文艺阵地》1942 年第 6 卷第 6 期。
② 亚克译：《天下第一美男子明江盗窃土耳其可汗底万匹斑黄去势马群之歌》，《文艺阵地》1942 年第 6 卷第 6 期。
③ 亚克：《天下第一美男子明江盗窃土耳其可汗底万匹斑黄去势马群之歌·译者注》，《文艺阵地》1942 年第 6 卷第 6 期。
④ [俄] 西蒙·李普金：《江加尔·俄译者序言》，亚克译，《文艺阵地》1942 年第 6 卷第 6 期。
⑤ 鲁迅：《〈呐喊〉捷克译本序言》，刘运峰编《鲁迅序跋集》（上卷），山东画报出版社 2004 年版，第 9—10 页。

子》通过描写母子间的依依惜别,展现了普通百姓的爱国情以及红军儿子为祖国而战的崇高精神:"母亲不声不响/望住儿子的眼睛,/要吐露什么愿望,/他最珍重的叮咛。"为了反抗敌人的侵袭,对于飞行员的儿子来说,"飞行他已司空见惯,/他还要像天马行空。/受伤?/他会咬紧牙关。/艰难?他不觉得苦痛。/献身的精神燃烧,/只为了一个目的服务,/为他的国家效劳,/播扬母亲的令誉!"① 这类诗歌的译介,易于引发中国民众的爱国主义激情、对敌人的满腔愤怒和战斗的呐喊,这也是当时翻译界最迫切的任务和工作。

(二)《文阵新辑》译诗主题分析

《文阵新辑》第2辑《哈罗尔德的旅行及其他》如前所述,作者与译者多为一流诗人。英国著名翻译家和翻译理论家德莱顿说:"没有人能够译诗,除非他本身具备诗人的才华,且精通原作者和他自己的语言。"② 我国翻译界也有许多类似的观点,朱湘曾说过,"惟有诗人才能了解诗人,惟有诗人才能解释诗人。他不单应该译诗,并且只有他才能译诗"③。屠岸也指出,"诗人具有创作诗歌的经验与体会,因而,能够体会到原作者的创作情绪,并且很好地在译文中表现出这种情绪来"④。诗人在翻译诗歌时,自身的创作思维和经验可以确保翻译的水平,从而提高译诗的质量。《文阵新辑》第2辑里外国诗歌篇篇亮点,在末尾还附有《编者附记》(书前目录名为《译者附记》),对诗作者做了较详细的介绍。这类前言、后记、序跋等被法国著名文论家杰拉德·热奈特称为"副文本",指的是"在正文本和读者之间起着协调作用的,用于展示作品的一切言语和非言语的材料"⑤。副文

---

① [苏]特瓦多夫斯基:《母亲和儿子》,方土人译,《文艺阵地》1941年第6卷第2期。
② John Dryden, *On Translation*, Rainer Schulte & John Beguenet, *Theories of Translation*: *An Anthology of Essays from Dryden to Derrida*, Chicago & London: The University of Chicago Press, 1992, p. 20.
③ 朱湘:《说译诗》,《文学周报》1928年第5卷第276—300期(合订)。
④ 卢炜:《关于诗人译诗的对话——文艺评论家屠岸访谈》,《文艺报》2013年7月29日第3版。
⑤ Gerard Genette, *Paratexts—Thresholds of Interpretation*, Cambridge: Cambridge University Press, 1997, p. 1.

本能为读者阅读译作提供一种视角,根据读者的接受能力对文本的社会文化进行分析,或根据译入国社会意识形态对读者进行导引,使读者按照预期目标进行阅读。译者对拜伦、雪莱、歌德、海涅、莱蒙托夫、凡尔哈仑、惠特曼均作了介绍,对诗歌的创作背景作了交代。如拜伦和他的叙事长诗《契尔德·哈罗尔德的旅行》(袁水拍译),《编者附记》中提到此处节选自,"第一篇九十三节之前六十节,这首长诗共四篇,凡五千余行。开始于一八一一年,完成于一八一八年。作者自己说这首诗中的主角是子虚乌有的。他借他名字记载作者一八〇九年离开英国,游历西班牙,希腊各地的观感。其中有孤独者的愤世与忧愁,对自由的渴望,还有代替弱小民族高唱的战歌。……对于野蛮的战争他深恶痛嫉,但非常歌颂为自由而战的美国,终且直接参加希腊的革命战争,以三十六岁的青春死在他所向往歌咏的岛上,他的作品影响了普式庚、莱蒙托夫、雨果、拉马丁、梅里美、缪塞、海涅等"①。上述介绍可见编者试图顺应国内抗战主流话语,将诗中反侵略、除暴政、求自由的主题与"拜伦式英雄"形象展现在中国大众面前,激励军民的民族主义和牺牲精神,应和了大众的抗战诉求。副文本对译诗的"操控"潜在地影响着读者的理解。拜伦因其革命反抗精神,吸引着大后方诗坛的注意力,是人们译介的重要对象。不仅如此,在这期《文阵新辑》中,两位重要的诗人莱蒙托夫和海涅歌咏拜伦的诗歌也被选入,形成互文指涉。其一为《海涅诗抄》之《契尔德·哈罗尔德——纪念拜伦的死》:"悲哀地划破了海的胸膛,/坚固,宽阔,黑色的独木舟里,/在它里面,已死的守卫者/带着悒谬,沉静的诗歌漂流。/面色苍白的诗人,不动地/睡卧于伟大的梦中,/淡蓝色的双眸,像生前/仰望着天上的光阴……"② 还有《莱蒙托夫诗钞》中的两首:《自白》与《献给——(一八三〇年)读 T. 摩尔之〈拜伦传〉有感》。莱蒙托夫在后者中抒发与拜伦共同的追求与命运:"身受的一切残酷的苦

---

① 编者:《编者附记》,《文阵新辑》1944 年第 2 辑,第 116 页。
② [德]海涅:《海涅诗抄》之《契尔德·哈罗尔德——纪念拜伦的死》,孙纬译,《文阵新辑》1944 年第 2 辑,第 85 页。

难——/那些更大的不幸的预感。/但在我的心里正沸腾着许多声音,/心灵,我们有着同样的苦难;——/有着同样的运命!……求着忘怀和自由……"① 臧克家在读罢《拜伦传》后写下一篇激情澎湃的文章《他的每一个血轮都是逆转的》,认为"反抗,反抗,反抗"是拜伦一生最好的总结,"真正伟大的诗人,他必得也必定是时代的扯旗手,旧社会的叛徒,真理的指示者和卫星。他必须是热情的,忘我的,勇敢者。他一定是前进的,站在多数的人民这一边的,他是他们的启发者,导引者,他是他们冲锋的号手。拜伦就是这样的一个"②。为压迫者发声,对专制的无情攻击和对自由的歌颂,这也是拜伦诗歌备受大后方诗坛青睐的缘由。

《文阵新辑》中收入方然翻译的雪莱诗歌《阿多拉司》和袁水拍翻译的《雪莱诗抄》(七首)③。《编者附记》中这样评价:"雪莱在批评家们的意见中总被描写得像一只翱翔至想象的最高境地的云雀。他诗中的形象好像都不是现实本身,而是他的影子或者象征,但这里一点作品则特别'功利性'的,他所攻击的人物,连姓名都不避讳。"④ 其实,雪莱以革命者的身份抒写了许多具有强烈的现实性的诗歌,如袁水拍译《雪莱诗抄》中的《一八一九年两个政客的喻言》《卡斯尔累伯爵执政时期所作》《自由》等,均属于政治抒情诗或讽刺诗。《一八一九年两个政客的喻言》中"两个政客"指卡斯尔累(Robert Stewart Castlereagh)和锡特莫斯(Sidmouth),他们曾镇压卢德运动(Luddite Movement)⑤,遭到人民强烈抗议。雪莱将两政客比喻为"两只饥饿的吃人渡鸟""两只喋喋不休的夜枭""鲨鱼和鲛鱼一对""两

---

① [俄]莱蒙托夫:《献给——(一八三〇年)读 T. 摩尔之〈拜伦传〉有感》,戈宝权译,《文阵新辑》1944 年第 2 辑,第 87 页。
② 臧克家:《他的每一个血轮都是逆转的》,《当代文艺》1944 年第 1 卷第 3 期。
③ 《哈罗尔德的旅行及其他》目录及《雪莱诗抄》标题处均注明七首译诗,实际只有五首,分别为《致最高法官》《给威廉·雪莱》《一八一九年两个政客的喻言》《卡斯尔累伯爵执政时期所作》《自由》。
④ 编者:《编者附记》,《文阵新辑》1944 年第 2 辑,第 116 页。
⑤ 卢德运动是 19 世纪初英国工人以破坏机器为手段反对工厂主压迫和剥削的自发工人运动。

个渴望厮杀的兀鹰""两只饿狼响着干渴喉音""两只乌鸦伏在瘟死的牛身""一条毒蛇由两条扭缠而成"①,揭露两人狼狈为奸,欺压人民的丑恶形象。《卡斯尔累伯爵执政时期所作》更是直呈卡斯尔累高压政策下血淋淋的英国:"坟墓里的尸体寒冷;/街道上的砌石无声;/子宫里夭折了的死婴,/他们的母亲脸儿苍白——好像这死白的海滨……"在其政策下,"自由痛遭杀害",压迫者的践踏"使真理哑口无言""自由凋零"②。徐迟曾引用《资本论·机械与大工业》中相关描述认为雪莱针对两位政客创作了大量政治讽刺诗。"现在反对高压手段下面的鲜红的血虽然给时间冲淡了,但是雪莱的诗句永在,大混蛋凯赛里(卡斯尔累)可以跟着雪莱的诗句遗臭万年了。"③《自由》以第二人称"你"比称自由,并以拟人、夸张手法盛赞自由的力量,火山、风暴、闪电、地震等自然的威力在"你"面前微不足道,太阳的光明"比起你来,像磷火星星"。从内至外,由心灵到城市、乡村、"这个国家到那个国家",自由的"曙光照临",而暴君和他的奴隶这些"黑夜的影子""在晨光之前,马上消失了踪影"④。《为诗辩护》中雪莱曾提出:"在一个伟大民族觉醒起来为实现思想上或制度上的有益改革而奋斗当中,诗人就是一个最可靠的先驱、伙伴和追随者。"⑤ 正是这种革命性使雪莱具有反抗性和写实意义的诗歌成为译介对象,可见译诗的选材与现实紧密相关,更强调诗歌的社会功能。

方然翻译的长诗《阿多拉司》共55节,是雪莱写给济慈的挽歌,全名为《阿多拉司:挽济兹,那〈海佩丽安〉与〈恩狄米安〉的作者》,并在注释中解释"《海佩丽安》(Eyperion)与《恩狄米安》(Hndymion)

---

① [英]雪莱:《雪莱诗抄》之《一八一九年两个政客的喻言》,袁水拍译,《文阵新辑》1944年第2辑,第68页。
② [英]雪莱:《雪莱诗抄》之《卡斯尔累伯爵执政时期所作》,袁水拍译,《文阵新辑》1944年第2辑,第68—69页。
③ 转引自张静《雪莱在中国(1905—1966)》,北京大学出版社2022年版,第177页。
④ [英]雪莱:《雪莱诗抄》之《自由》,袁水拍译,《文阵新辑》1944年第2辑,第69—70页。
⑤ [英]雪莱:《为诗辩护》,缪灵珠译,刘若端编《十九世纪英国诗人论诗》,人民文学出版社1984年版,第159页。

都是济慈底伟大的诗篇，而在当时是被轻蔑与嘲笑的"①。诗中雪莱"不仅哀叹济慈的早亡以及批评评论家们的恶毒，更以此展开了他对于生与死、幻想与永恒这些根植于内心深处最核心的诗学观念"②。阿多拉司是罗马神话中一位美少年，也是死而复生的象征，雪莱以此为名赞颂济慈，揭露诽谤、讥笑者的丑陋和软弱，歌颂追求自由的灵魂："仅狼群大胆追逐，／淫邪的群鸦在死尸上喧哗／兀鹰飞到战胜者旗下，／在那里喂饱自己，那'荒凉'曾喂饱自己的地方，／病菌如雨样从翅下撒下；——他们是如何逃跑呵，／当这代的阿波罗从他底金弓上射出一支箭／微笑着呀！——／这些掠劫者不敢激惹第二次打击了，／他们倒在他骄傲的脚下献着谄媚。"③诗人以"太阳"和"永生的星星"比喻光明和漫无边际的黑暗，哀挽向往自由的灵魂的陨落："一个神圣的心灵在前面翱翔，／在他底喜悦里大地与苍穹洁光。／当它沉没时，那蒙蔽或分有它底光辉底一群，／留给灵魂的可怕的黑夜以它底血缘底无数灯光④"。诗的最后所有愤怒与悲伤归为平和，生与死浑然一体，死亡成为另一种意义的"永生""而这时阿多拉司底灵魂像一颗星，／在天幕底最深处燃烧着，／在那永生的地方盏塔灯。"⑤耐人寻味的是，雪莱在该诗中流露的生死、梦幻、灵魂精神的探索与其说是浪漫主义的，不如说更接近于存在主义生命哲学，带有较浓的现代主义色彩，选译该诗也体现出处于战乱年代的中国诗人对个体生命与生存价值的哲思，并非仅选译雪莱典型的浪漫式抒情诗与政治诗，也不乏对雪莱智性诗歌的探索。

莱蒙托夫的诗因具现实主义情怀和反抗精神，抗战时期得以大量译介。《编者附记》中花了较多的笔墨介绍莱蒙托夫的生平、重要作品，及其批评家的评价。编者称："在他的诗里，也鞭策过'沙皇的

---

① 方然：《阿多拉司·注2》，《文阵新辑》1944年第2辑，第63页。另，按原文Eyperion与Hndymion两译名的第一个字母似写反，应为Hyperion与Endymion。
② 张静：《雪莱在中国（1905—1966）》，北京大学出版社2022年版，第168页。
③ [英]雪莱：《阿多拉司》，方然译，《文阵新辑》1944年第2辑，第49页。
④ [英]雪莱：《阿多拉司》，方然译，《文阵新辑》1944年第2辑，第50页。
⑤ [英]雪莱：《阿多拉司》，方然译，《文阵新辑》1944年第2辑，第62—63页。

俄罗斯'，同情过为沙皇暴政所奴役的高加索的山民，更有不少的诗充满了争取自由的呼声和赞美伟大的'人民的俄罗斯'。"① 此处收入莱蒙托夫诗歌共14首，分别为：《献给——（一八三〇年）读 T. 摩尔之〈拜伦传〉有感》（1830）、《自白》（1832）、L'attente（1841）、《当我看见你微笑的时候》（1830）、《梦》（1841）、《无题》（1841）、《我寂寞，我悲伤》（1840）、《感谢》（1840）、《黑色的眼睛》（1830）、《不要哭吧，我的孩子》（1841）、《天使》（1831）、《帆船》（1832）、《囚徒》（1837）以及《姆奇里》（节选，1839—1840）。《囚徒》以第一人称"我"为叙事视角，以牢房"沉重的铁门"和"像风一样驰向那广阔的草原"的良马以及"黑眼睛的女郎"为意象，抒发了"我"渴望挣脱牢笼，获得自由的精神诉求："为我打开监房吧，/让我看见白昼的光辉，/黑眼睛的女郎，/和那长着黑发的良马！"然而现实中黑暗深重，自由遥不可及，"但牢狱的仓库长高高的，/沉重的铁门还上着锁；……我只听见：——在重重的门外面，/在夜色的寂静之中，/一个沉默的守卫，/踏着响亮而平匀的脚步的声音"②。《姆奇里》（今译《姆采里》或《童僧》）是莱蒙托夫著名长诗，译者戈宝权介绍"这首诗的主题，是描写一个年青的灵魂，要求得自由解放和回返大自然去的呼声。内容是这样的：一个孤儿被送到僧院去做僧人，但他却永远渴望着自由，怀念着故乡。在一个狂风暴雨之夜，他就逃进了森林，中途迷失了路径，又与虎豹搏斗，这样过了三天才被老僧人寻回，但这个孤儿已是奄奄一息了"③。不难看出，译诗主题内容中描述的追求自由、为人的解放而斗争以及对故国家园的热爱之情符合当时抗战现实的需要。

此外，海涅、歌德、凡尔哈仑、惠特曼、叶赛宁入选的诗歌均一定程度上体现革命或进步的主题，如《惠特曼诗抄》之《在战场上我守了一晚奇怪的夜》和《裹伤的人》（均为邹绛译）描写士兵情、伙

---

① 编者：《编者附记》，《文阵新辑》1944年第2辑，第118页。
② ［俄］莱蒙托夫：《囚徒》，戈宝权译，《文阵新辑》1944年第2辑，第92—93页。
③ 戈宝权：《姆奇里·译前》，《文阵新辑》1944年第2辑，第93页。

伴情，体现"全体"意志的民主精神。再如《叶赛宁诗抄》之《母牛》，以母牛的视角透视人类的残忍。一头老牛，掉了牙齿，"粗暴的牧人鞭策牠，/从一个牧场牵到另一牧场"，它已麻木，"它的心对于呼斥的声音毫无感动"，让它痛苦的是与小牛的分离，"人们没有把孩子赎给母亲，/它没有享受到第一次的欢乐。/在赤杨下的一根杆子上，/风吹荡着它的皮"。更残酷的是，"它将有和它的儿子同样的命运，/人们将用绳子套在颈上，/牵它到宰牛场中去。/可怜地，悲哀地，凄惨地，/角将没到泥土中去……"。末句以"它梦着白色的叶林/和肥美的牧场"结束①，悲惨的命运与梦中的美好期盼形成强烈的张力，亦喻指被压迫者和穷人的命运。这与凡尔哈仑的《穷人们》指向类似，"可怜的心"像"墓地的石片""可怜的背"比"海滩间的那些棕色陋室的屋顶"负荷更重，"可怜的手"如"门前枯萎的落叶""可怜的眼"比"暴风雨下家畜的眼更悲哀"②。诗人以类比手法从细微之处深刻描绘穷人的可怜境遇，而这样非人的生活遭遇亦是抗战时期中国人民的真实写照，只有打倒压迫者与侵略者才能摆脱这样的命运。此类主题充分显示出译者选材的政治意图，具有鲜明的趋时性。

三 大众化与译诗的语言形式

抗战的特殊历史语境推动文艺向着大众的方向发展，诗歌是文艺的一种，诗歌的大众化是历史的选择。"文章下乡，文章入伍"的口号使广大文艺工作者能够与群众广泛接触。大后方文艺界开展过对文艺大众化的讨论，《文艺阵地》上也刊登过相关理论文章，如1938年第1卷第3期南桌的《关于文艺大众化》、1938年第1卷第4期茅盾的《大众化与利用旧形式》、1939年第2卷第8期穆木天的《文艺大众化与通俗文艺》、1940年第4卷第6期巴人的《民族形式与大众文学》等。为抗战利益必须动员一切，包括政治和文化思想，这是艺术

---

① ［苏］叶赛宁：《叶赛宁诗抄》之《母牛》，戴望舒译，《文阵新辑》1944年第2辑，第95页。另，诗中"牠"与"它"混用，均按原刊辑入。

② ［法］凡尔哈仑：《穷人们》，艾青译，《文阵新辑》1944年第2辑，第100页。

大众化的重要任务。诗歌作为一种重要的文学样式，因富于激情和煽动性，而被认为是推动艺术大众化最有力的形式。正如朱自清所说："抗战以来的诗，注重明白晓畅，暂时偏向自由的形式。这是为了诉诸大众，为了诗的普及。"① 诗歌大众化把人民大众当作阅读对象和受众，读者定位决定了语言的白话化和通俗化，这成为抗战诗歌最显著的特征。艾青在《文艺阵地》1942年第6卷第4期《论抗战以来的中国新诗》中指出："诗人们也努力着自己试探着，寻找语言，不是被旧文学经过百般蹂躏的语言，不是要捡起贵族文学的盛宴之后的冷菜残羹；他们所试探着，寻找着的语言，不是萎靡与陈腐的语言，不是飘忽与朦胧的语言，不是无力与柔弱的语言，不是唏嘘与呻吟的语言，他们试探着，寻找着的语言，是明朗与正确的语言，深沉与强热的语言，诚挚与坦白的语言，素朴与纯真的语言，健康与新鲜的语言，是控诉与抗议的语言。"②

诗歌在形式上，主要是自由诗形式。自"五四"以来，诗歌白话化和自由体诗一直是新诗发展的方向。自由诗脱离了形式的桎梏能更好表达情感和发挥宣传的功效，因此成为抗战诗歌最主要的文体。译入语国意识形态和主流诗学是影响译文的两个基本因素③，前者体现翻译与译入语国社会历史语境的关系，后者涉及文学手法、文类等文学的形式，影响译作的表现形式。因此，抗战时期的译诗遵循本土诗学标准，基本采用白话自由体，即便是外国格律诗，也通常以自由诗的形式进行改写。译诗语言形式必须以译入国民族文化心理和审美习惯为基础，如此这样，译诗才能在译入语国的文化环境中得到认同和接受④，实现翻译的目的，发挥诗歌的宣传和战斗功能。另外，译介外国诗歌同时也是抗战诗歌形式创新的路径之一，姚蓬子在《抗战文

---

① 朱自清：《抗战与诗》，《新诗杂话》，生活·读书·新知三联书店1984年版，第38页。
② 艾青：《论抗战以来的中国新诗》，《文艺阵地》1942年第6卷第4期。
③ André Lefevere, *Translation, Rewriting, and the Manipulation of Literary Fame*, Shanghai: Shanghai Foreign Language Education Press, 2004, p. 41.
④ 熊辉：《外国诗歌的翻译与中国现代新诗的文体建构》，中央编译出版社2013年版，第173页。

艺》1941年第7卷第1期《一九四一年文学趋向的展望》总结抗战文学发展的道路原则中提到:"增强翻译外国作家的古典的和新兴的伟大作品的工作,则必有助于新形式与新风格之完成。"①

《文艺阵地》和《文阵新辑》第2辑的翻译诗歌大都为自由体诗,所选外国诗人的诗风多趋于自然质朴,语言通俗,且有民歌、山歌等类型,符合抗战时期主流诗学的文体要求,其中最典型的要数美国诗人惠特曼。惠特曼的诗歌无论从内容还是语言、形式上都体现出大众化的审美取向,"那种将国家、民族、自我紧紧联系在一起的赞颂,无疑非常符合当时人们对于新的民族国家的想象,对于抗战的中国格外具有吸引力"②。在形式上,"他的诗打破过去一切格律形式,尽量运用日常语言"③,常借助简洁的言语表达深沉的情感,虽多为自由诗,仍不失内在节奏感。试看《文阵新辑》第2辑中《惠特曼诗抄》之《拓荒者!啊拓荒者》。原诗共26小节,每节四行,为自由体诗,语言自然呈口语化,每节均以"拓荒者!啊拓荒者!"结尾,复沓推进,宛如长调,亦如快板,是惠特曼激励美国青年去西部开拓的一曲拓荒者颂歌。诗篇以孩子们"预备起你们的武器吧"号召西部青年"我们把过去的一切留在后面;/我们登上一个更新更强大的世界,不同的世界,/我们握到的世界,新鲜又坚强,这是劳动和前进的世界"④。惠特曼反复运用动词的现在分词、动名词、名词短语、介词短语,语言顺畅自如,一如大海波涛翻滚的节奏,增添了诗歌的自然美,诗行中呈现的勇者无惧的开拓精神令人激情澎湃。"热情奔放、顺乎自然,而不是精雕细琢,是惠特曼诗歌的重要特点"⑤,庞

---

① 郭沫若、王平陵等:《一九四一年文学趋向的展望》,《抗战文艺》1941年第7卷第1期。
② 李宪瑜:《二十世纪中国翻译文学史——三四十年代·英法美卷》,百花文艺出版社2009年版,第165—166页。
③ 编者:《编者附记》,《文阵新辑》1944年第2辑,第118页。
④ [美]惠特曼:《惠特曼诗抄》之《拓荒者!啊拓荒者》,冠蛾子译,《文阵新辑》1944年第2辑,第108页。
⑤ 赵萝蕤:《译者序》,[美]惠特曼《惠特曼诗选:英汉对照》,赵萝蕤译,外语教学与研究出版社2013年版,第Ⅸ页。

德甚至赞其为"第一位用人民语言写作的第一位伟大人物"①，这些恰好符合抗战时期对诗歌情感内容和语言形式的规约，仅以第13小节原文对照：

> On and on, the compact ranks,
> With accessions ever waiting, with the places of the dead quickly fill'd,
> Through the battle, through defeat, moving yet and never stopping,
> Pioneers! O pioneers!
> 继续不断，那紧密的行列，
> 随时准备着增援，迅速地补充起死者的岗位，
> 经过战斗，经过失败，还是前进，绝不停歇，
> 拓荒者！啊拓荒者！②

该节中介词"on""with"以及"through"的重复，长短句的融合使诗句跌宕起伏，富于音乐性。译诗亦为相应的自由体，语言通俗质朴，四字格连用朗朗上口，原诗介词均转译为汉语动词表达，保留原诗重复的修辞特征，既忠实于原文又符合汉语的表达规范。

对于原诗为格律体的诗歌，因为抗战诗歌形式大众化的需要，也大都翻译为自由体诗，以《雪莱诗抄》之《致最高法官》的第1、2小节为例：

> Thy country's curse is on thee, darkest crest
> Of that foul, knotted, many-headed worm
> Which rends our Mother's bosom—Priestly Pest!

---

① 转引自王庆《英美现代主义诗歌批评史》，外语教学与研究出版社2019年版，第231—232页。
② [美]惠特曼：《惠特曼诗抄》之《拓荒者！啊拓荒者》，冠蛾子译，《文阵新辑》1944年第2辑，第108页。

> Masked Resurrection of a buried Form!
> 全国的诅咒集中你,你是这一条肮脏,
> 多节,多头蠕虫的最黑的一个头,
> 祭师形状的毒虫!你撕碎了母亲的胸膛,
> 埋掉的尸身还魂,穿起伪装!
>
> Thy country's curse is on thee! Justice sold,
> Truth trampled, Nature's landmarks overthrown,
> And heaps of fraud-accumulated gold,
> Plead, loud as thunder, at Destruction's throne.
> 全国的诅咒集中你!你出卖正义,
> 踢真理,把自然的指标毁弃,
> 由欺诈蓄积而来的黄金之堆,
> 在"毁灭"的宝座旁,雷鸣似的嚣张得意。①

该诗为雪莱控诉法官以其发表过不敬神的言论、思想"罪恶"为由,剥夺其对亡妻所遗留子女的受教育权。原诗共16节,每节四行,韵律工整,严格采用abab尾韵,是雪莱声讨英国反动统治阶级和罪恶教会的一篇战斗檄文,具有强烈的反抗精神。译诗保留了原诗四行一节的形式,但舍弃了韵律形式,押韵不规则,倾于自由诗体,语言为通俗的白话语言,句式上倾于中国化。如该节中"Which rends our Mother's bosom—Priestly Pest!"译为"祭师形状的毒虫!你撕碎了母亲的胸膛";"Plead, loud as thunder, at Destruction's throne."译为"在'毁灭'的宝座旁,雷鸣似的嚣张得意",均采用倒置法改变原文顺序,和下节衔接更自然紧密,只是"plead"表现的"控诉"之意未译出。对比江枫译诗第1、2节,特别是第2小节,原诗"Justice sold"

---

① [英]雪莱:《雪莱诗抄》之《致最高法官》,袁水拍译,《文阵新辑》1944年第2辑,第64页。

"Truth trampled""Nature's landmarks overthrown"等，袁译均转译为主动语态，控诉"你"的罪行，有一气呵成之连贯；江译保留原诗被动语态，如"被出卖的正义""被践踏的真理""被推倒的天然界碑"等，虽亦有排比带来的凝重感与层次性，但袁译更符合汉语表达习惯，更地道自然。以下为江枫译本：

> 你的国家在诅咒你，貌似祭司的瘟疫，
> 撕裂我们母亲胸膛，纠结成团的
> 污秽的多头蠕虫的最最邪恶的顶羽——
> 埋葬已久的体制以假面伪装的复辟！
>
> 你的国家在诅咒你，被出卖的正义，
> 被践踏的真理，被推倒的天然界碑，
> 被以欺诈手段聚敛的一堆堆金币，
> 都在毁灭的王廷高声控诉，有如惊雷。①

四 结语

报刊的产生和发展，是社会与文学变革的催生剂，使文学思想得以传播，营造了日益扩大的读者市场，直接改变着文学的生产方式、传播手段和文学样式②。《文艺阵地》（包括《文阵新辑》）作为一面战斗的旗帜，以自己独特的办刊理念和编辑特色，在诗歌的选材、主题和诗人的选择上都体现出时效性和世界意识，语言形式也符合主流诗学规范制导的大众化特征，在宣传抗战精神、动员全民抗战的同时，为战时大后方乃至中国的外国文学译介做出了巨大的贡献。翻译作为一种具有文化倾向的政治行为，具有极强的目的性，是构建更强大、更统一的抗战文学的手段。

---

① ［英］雪莱：《雪莱诗选》，江枫译，外语教学与研究出版社2016年版，第95页。
② 刘增杰：《中国现代文学史料学》，中西书局2012年版，第97页。

第三节 《文学月报》诗歌翻译研究

《文学月报》1940年1月15日创刊于重庆,由罗荪主编,为大型综合性文学期刊,非常重视文艺的作用。虽只存在短短两年共15期,却提供了一个丰富多彩的抗战文化空间,在重庆文坛具有较大的影响力。在众多的抗战文学体裁中,具有进步意义的外国诗作也纷纷介绍进来,与诗歌创作一道,成为抗战救国的重要宣传手段。

一 《文学月报》译诗统计

抗战时期报纸期刊是主要的传播媒介,是形成诗人、译诗与译入语读者之间开放的关系模式的关键,是促进译诗的阅读,规范和影响读者接受的"赞助人"[1],对于译诗的广泛传播起着重要的作用,而报纸期刊的办刊宗旨、刊载内容、经营模式等都必然以主流意识形态为旨归。《文学月报》"发刊词"中说:"文艺不仅是民族的生活与战斗的反映,而且是民族精神的指导者。不但是历史现实的最好最正确的见证者,而且是精神领域的伟大的创作者。它引领着现实向着更高阶段发展,鼓舞着人类精神向着更为完善的阶段迈进。"该刊还看重译介外国文艺的重要性,"为了增加文艺的教育意义,翻译工作在今天有着非常迫切的需要。因此本刊拟在这一点上,尽可能有计划的做一点介绍的工作。经常的介绍值得我们学习的国际诗人及其作品,以补偿我们新诗遗产贫乏的缺陷"[2]。基于这样的办刊宗旨,该刊经常设置专门的诗特刊或诗歌选辑,译诗数量颇丰,就现有资料统计表如3.4所示。

---

[1] André Lefevere, *Translation, Rewriting, and the Manipulation of Literary Fame*, Shanghai: Shanghai Foreign Language Education Press, 2004, pp. 14–15.
[2] 编者:《发刊词》,《文学月报》1940年第1卷第1期。

表 3.4　　　　　　　　《文学月报》译诗统计

发表时间	诗歌	作者	国别	译者
1940.4.15 第 1 卷第 4 期	好！	马雅可夫斯基	苏联	王春江
	呈给同志涅特——给汽船和人	马雅可夫斯基	苏联	穆木天
1940.5.15 第 1 卷第 5 期	我的故乡	江布尔	苏联	铁弦
1940.9.15 第 2 卷第 1、2 期合刊	裴多菲诗三章：被囚的狮子　狗的歌　狼的歌	裴多菲	匈牙利	企程
1940.10.15 第 2 卷第 3 期"莱蒙托夫一百二十六周年诞辰纪念特辑"	恶魔（长诗）	莱蒙托夫	俄国	穆木天
	关于商人卡拉希尼科夫之歌（长诗）	莱蒙托夫	俄国	李嘉
1940.11.15 第 2 卷第 4 期	捷克诗篇三首：献给母亲　我们的时钟　安慰	扬·耐鲁达	苏联	企程
1940.12.15 第 2 卷第 5 期（苏联文学专号）	献给中国人民	江布尔	苏联	张郁廉
	苏联新共和国诗选特辑： 1. 我的国家	刘达斯·季拉	立陶宛	亚克
	2. 母亲的歌	玛丽亚·温捷克	爱沙尼亚	
	3. 相遇	爱尔玛尼斯	拉特维亚	
	4. 蛇麻草	扬·爱塞琳希	拉特维亚	
1941.2.15 第 2 卷第 6 期"诗辑"	一个威尔斯的女郎	卡本德		陈君涵
	古乔治亚民谣二首			亚克
1941.6.1 第 3 卷第 1 期"美国文学特辑"	黎明的旗子	惠特曼	美国	王春江
	休士近作诗二章	休士	美国	袁水拍
1941.12.10 第 3 卷第 2、3 期合刊"苏联抗战特辑"	一切为着保卫	S. 基尔珊诺夫	苏联	铁玄
	十字军的东征	D. 别德内宜	苏联	铁玄

二　意识形态与诗学规约下的译诗主题倾向与形式特征

翻译作为一种社会文化实践，必定与特定的政治、经济、历史与文化密不可分,正如美国翻译理论家勒菲弗尔所说:"翻译,当然是对原文的改写。所有的改写,无论其意图,均反应某种意识形态和诗学,并以此操控文学在特定社会里以特定的方式发挥作用。"①抗战时期的文学和翻译活动均打上了强烈的政治意识形态色彩,集中体现为救亡保国的民族解放意识,救亡是文艺最高的使命。在此语境下,对待译作品的精心选择,使之符合目的语文化的需要,对接受国公众产生影响从而实现翻译目的,是译者必须慎重考虑的事情。从诗歌来源上可以看出,《文学月报》上的译诗主要取自俄苏诗歌,也有美国和被压迫民族的诗歌,主题基本表现为反抗压迫、追求自由和爱国守家之情。

以特辑和专号的形式刊登作品是《文学月报》的办刊特征之一。其第 2 卷第 5 期《苏联文学专号》刊登了与中国抗战直接相关由张郁廉翻译的苏联诗人江布尔的《献给中国人民》。"江布尔(Jambul Jabayev)是苏联喀什客斯坦的一位伟大的民族诗人,……他一生都是忠于人民的,他为人民而歌唱,他把他所有的诗歌都献给了人民"②,也包括深陷日本法西斯侵略之痛的中国人民,表现其崇高的国际主义情怀。诗人一方面怒指日本法西斯对中国的侵略行为:"我的弦声响亮而惊扰,/激怒的歌沸腾了,正像骂啸。/歌,你飞起吧!鹰似的在那万有之上,/看!日本在掠夺中国。/张牙舞爪的豺狼披着日本外套,/横扫过那静穆的屋脊,有如风暴。/他们是来自固守的海岛,/在掠夺着中国大地的财宝",另一方面高歌中国人民顽强反抗的战斗精神以及世界反法西斯人民对中国人民正义战争的同情与支持:"全世界,所有的民族都怀着敬爱的心/注意着你们每一次的攻击,每一次的交战。/各国人民都欣慰地注意着,/中国的人民是怎样收复了大地;/怎样从祖国的土地上,用刺刀赶走了/那张牙舞爪的法西斯狼群;……中国的人民!更英勇的自卫呀!/更用劲地杀光那些来自异国的刽子手!/在神圣的民族

---

① André Lefevere, *Translation, Rewriting, and the Manipulation of Literary Fame*, Shanghai: Shanghai Foreign Language Education Press, 2004, p. vii.
② 戈宝权:《江布尔的自传·译前》,《文学月报》1940 年第 1 卷第 5 期。

战争中强大起来。/全世界的劳动者是站在你们的一边!/……杀开和驱散那黑翼似的岛云,/激愤的、勇敢的、果敢的、强大的、/爱自由的中国人民呀!/像高空的鹰似的,粉碎那些法西斯蒂!"①

《文学月报》第 3 卷第 2、3 期合刊是《苏联抗战特辑》,刊登苏联诗人 S. 基尔珊诺夫的《一切为着保护》和 D. 别德内宜的《十字军的东征》。《一切为着保护》描述了苏联人民在领袖列宁和斯大林的引领下英勇反抗法西斯的决心:"人民/被斯大林的召唤/激扬和动员起来。/今天/大家/有一个决心,/就是:/与其在地上/不自由地/生存——/不如/为祖国/献出生命!/……不管敌人的蹄子/踏到哪边——/向着每一支法西斯的鞋底/投掷一颗手榴弹,/向每个敌人的瞳孔/给他/一粒子弹。"②《十字军的东征》则嘲讽希特勒不自量力的十字军东征遭遇苏联人民坚决抵抗,最后以失败告终。诗歌开篇就称:"希特勒,一个新的'狗骑士',向我们,/宣布了十字军的出征:/——'我要惩罚俄国,任谁也毫不留情!'"对于敌人的狂妄,诗人自信地预言,"我们不久就要说声——胜利!/从我们的土地上/把倒霉的吃人兽赶出去,/我们给他立一个十字!"③

莱蒙托夫的诗歌因具有现实主义情怀和反抗精神,在抗战时期得以大量译介,《新华日报》《中苏文化》等都开辟纪念专栏,介绍其作品。《文学月报》第 2 卷第 3 期"莱蒙托夫一百二十六周年诞辰纪念特辑"中的两首长篇叙事诗颇具特色,尤其是著名的长诗《恶魔》。《恶魔》是一部典型的浪漫主义作品,集中体现了诗人叛逆反叛的思想,篇首就呈现"一个悲伤的恶魔,一个被追放的精灵"形象④,被上天贬黜,但不畏强暴、反叛上帝、渴望自由,影射诗人对沙皇统治的极度不满。作者运用夸张和想象的手法,把恶魔写得无处不在,无所不

---

① [苏] 江布尔:《献给中国人民》,张郁廉译,《文学月报》1940 年第 2 卷第 5 期。
② [苏] S. 基尔珊诺夫:《一切为着保护》,铁玄译,《文学月报》1941 年第 3 卷第 2、3 期合刊。
③ [苏] D. 别德内宜:《十字军的东征》,铁玄译,《文学月报》1941 年第 3 卷第 2、3 期合刊。
④ [俄] 莱蒙托夫:《恶魔》,穆木天译,《文学月报》1940 年第 2 卷第 3 期。

能，无法无天，到处"作恶"，反叛和蔑视一切束缚人们意志和自由的东西，追求真、善、美和爱。这一点从他对女主人公达马拉炙热的爱中可见："我要用土耳其玉和琥珀，/作成了一座华丽的宫殿；/我要沉入到海底下，/我要飞翔到云霄之上，/我要把一切，把地上的一切，给你——/请你要爱我呀……"① 达马拉即为真善美的化身。但由于时代的悲剧性，诗人眼中的恶魔无法成为人民的英雄，而终究是一个孤独的反叛者和失败者，他对达马拉的爱情最终没给她带来幸福，而是葬送了心爱之人的性命。恶魔的爱情悲剧暗含了时代和历史的悲剧与诗人内心的悲观主义，但不可否认，恶魔的否定反叛与追求自由的精神可唤起中国人民对现实中一切压迫的反抗，具有鼓舞人心的积极意义，这也是该诗在抗战大后方被反复译介的原因。同样在这一期上刊登有他的另一长诗《关于商人卡拉希尼科夫之歌》（李嘉译）。该诗讲述了得宠的侍卫觊觎和凌辱商人卡拉希尼科夫的妻子，商人不畏权贵，以威武不屈的气概与宠臣决斗击毙对方，惹怒了沙皇被处以极刑。此诗具有反暴政的现实意义，诗人以民歌体形式成功地塑造了为捍卫尊严而大义凛然的光辉形象，符合抗战时期诗歌主题的价值取向。

《文学月报》1940 年第 2 卷第 1、2 期合刊中匈牙利诗人裴多菲的三首寓言诗《被囚的狮子》《狗的歌》和《狼的歌》值得一提。裴多菲是匈牙利著名的革命爱国诗人，深受匈牙利人民的爱戴和尊敬。他的诗歌是剑，是枪弹，向着一切与时代背道而驰的反动势力射击，充满强烈的爱国主义思想、革命性和人民性，人民的生活和斗争是其创作的主要源泉。他对劳苦大众抱着无限同情，歌颂人民的力量，他强调，"谁是诗人，谁就得前进，千辛万苦和人民在一起！""谁丢开了人民的旗帜，谁就要被咒骂"②。"译者附记"中坦言："这三首诗是从卡洛尔编的世界语各国诗选《永恒的花束》中转译出来的"，并强调世界语版的忠实性，卡洛尔"本人是匈牙利人，而且也是个世界语诗

---

① ［俄］莱蒙托夫:《恶魔》，穆木天译，《文学月报》1940 年第 2 卷第 3 期。
② 兴万生:《裴多菲的诗歌创作》，《文学评论》1962 年第 2 期。

第三章 期刊篇：大后方译介外国诗歌的主要刊物

人，所以他的翻译，我们是有理由相信是忠实的"。据卡洛尔介绍，裴多菲"他年青的热情，对于压迫与虚伪的奔放不羁的忿怒是无可抗拒的"，中译者自谦选择的这三首诗"虽然经过我拙劣的翻译而走样得很多，我想多少还能从他那种歌颂自由，鄙弃奴性的伟大气魄感染给我们的吧"①。裴诗形式上接近民歌风格，多是劳动人民的语言，在此基础上发展民歌的形式，语言精练，韵律优美，音调和谐，有较高的艺术价值。由于裴诗内容的革命性与形式的自由，符合抗战时期诗歌的审美标准而成为译介对象。以《被囚的狮子》为例，诗人用比喻、拟人的手法将被囚禁的狮子喻为失去自由的人类，含蓄地表达出人不是傀儡的反抗思想。他把奴隶比喻为"被囚的狮子""不让他在辽阔的大地奔驰""在狭仄铁格笼中"，它站着，雄伟而刚强，"自由，一切都被剥夺得毫无影踪/但是他的目光还是那么炯炯"。囚栏中的狮子是诗人心目中的勇士，他歌颂狮子的威严、勇敢和顽强，同时向骑在人民头上的反动势力提出挑战，"混蛋们，你们好大胆/要是他冲破了牢笼要怎么办！/他将怒火冲冲地把你咬得这样碎，/使你的灵魂不能踏进地狱的门槛"②。诗人暗喻受压迫的人民总有一天会挣脱锁链，重获自由。

《文学月报》1940 年第 1 卷第 4 期刊登了苏联诗人马雅可夫斯基的两首长诗《好！》与《呈给同志涅特——给汽船和人》。马雅可夫斯基的诗歌具有强烈的战斗性，歌颂祖国和人民，是"炸弹和旗帜"。加里宁曾这样评价："我觉得，马雅可夫斯基是一个为苏维埃人民服务的光辉的典范。他把自己看成革命的战士，而就他的创作的实质说来，他也的确是这样的人。他不仅竭力把自己作品的内容，而且连形式在内，与革命人民融为一体。"③ 在中华民族面临危难的战争时代，马雅可夫斯基的诗歌对激励中国人民与日本法西斯作斗争起到了巨大

---

① 企程：《译者附记》，《文学月报》1940 年第 2 卷第 1、2 期合刊。
② ［匈］裴多菲：《被囚的狮子》，企程译，《文学月报》1940 年第 2 卷第 1、2 期合刊。
③ 杨小岩：《论马雅可夫斯基诗歌的战斗风格》，《武汉大学学报》（哲学社会科学版）1980 年第 3 期。

的作用，其鲜明的政治性成为译介的焦点。诚如翻译家戈宝权所言："他教会了中国诗人正确地运用形式来表现现实，教会了他们如何用诗的武器对黑暗反动作斗争"①。长诗《好!》（王春江译）为1927年纪念十月革命十周年所作，描写了十月革命的历程与苏联走向社会主义建设的道路，表达了诗人对十月革命和年轻的苏维埃共和国的热烈拥护，一个"好"字点出了全诗的主题。《好!》分三个部分，第一部分描写十月革命的历史，第二部分为国内战争时期，第三部分为社会主义建设时期。此处选译该诗第三部分，诗人以第一人称"我"为叙述视角，描写了苏联人民建设社会主义祖国，争取自由幸福的图景，通篇洋溢着炽热的爱国之情。马雅可夫斯基以其著名的"楼梯式"诗体，拆句分行逐级递进，"他的最自然的形象，就是对于他的诗的行列的变形，那些他特别要强调的话，就把它分行写，那些要或多或少地强调的，可以激动听众的愤怒，柔情和嘲笑的，他又作小的分行"。他认为行列的分散"是可能与读众建立相互关系的唯一的助力"②，这样使重音得以凸显，与诗人澎湃的感情相应和，极富节奏感，适于朗诵。

  我赞美
    今天的
     祖国，
   三倍地赞美
    它的将来。

   我是伟大的计划
    与它的创造者的

---

① 靳明全主编：《重庆抗战文学与外国文化》，重庆出版集团、重庆出版社2006年版，第89—90页。

② ［苏］阿舍谢也夫：《怎样读玛雅可夫斯基的诗》，彭慧译，《文学月报》1940年第1卷第4期。

高声的赞美者，
　　以歌唱，以表扬，
　　像我们意志的
　　　　六尺的
　　　　　　阔步。①

诗人以高度的热情赞美新生的祖国，对其未来满怀憧憬，并为自己能参与建设与创造而自豪。他写道："诗人/马雅可夫斯基的/事业/与共和国的/事业/是完全与一致的！"② 这样的乐观主义精神，这样的主人翁精神和对年轻共和国美好蓝图的描绘对身处抗战深渊中的中国人民无疑是一缕曙光，更坚定了与日寇作斗争的决心。朱自清曾在《诗与建国》中说道："我们现在在抗战，同时也在建国；建国的主要目标是现代化，也就是工业化。……现在是时候了，我们迫切的需要建国的歌手。我们需要促进中国现代化的诗。有了歌咏现代化的诗，便表示我们一般生活也在现代化；……另一方面，我们也需要中国诗的现代化，新诗的现代化；这将使新诗更富厚些。"③ 诗中新生共和国的现代化正是中国人民心之所向，是中国新诗主题与形式发展的方向。

《呈给同志涅特——给汽船和人》（穆木天译）的主人公涅特原为外交信使，为保护外交信函而英勇牺牲在职守上。某军某队的一艘汽船以其命名，纪念此英雄事迹。涅特虽然牺牲了，他的精神始终鼓舞着人们不惧危险，"为着在全世界/不分俄罗斯/不分拉脱维亚/过着唯一的/人类的共同生活。/在我们的血管里/是血，而不是果汁/我们前进/穿过六弹子枪的霹拍/为的是/死了，/去化身为/一只汽船，/在短的行列中，/在另样的宝贵的事业上"。为了崇高的事业，诗人最后呼

---

① ［苏］马雅可夫斯基：《好！》，王春江译，《文学月报》1940年第1卷第4期。
② ［苏］马雅可夫斯基：《好！》，王春江译，《文学月报》1940年第1卷第4期。
③ 朱自清：《诗与建国》，《新诗杂话》，生活·读书·新知三联书店1984年版，第34—35页。

唤:"我没有其他的欲求——/我想要遇到了/我的死的时间/就同涅特同志/遇到了他的死一样。"① 为民族大义而亡,虽死犹荣,这样蓬勃的爱国情必然会唤起中国人民为民族独立和自由而战的决心与勇气。同期"玛雅科夫斯基逝世十周年纪念特辑"中有阿舍谢也夫作彭慧译《怎样读玛雅可夫斯基的诗》,从区别马雅可夫斯基的表现"劳作和斗争的生活""为着街头朗诵的大众诗",与"过去时代的地主贵族和资本主义的布尔乔亚的诗",到"因着音节和重音的数量不同"区分的不同形式"希腊式的诗",指出马雅可夫斯基诗歌克服了"诗的古典形式的拘束",把诗从"室内低低吟咏的诗转变到广大的会议厅来",向着大众,"不能堆在有韵律限制的排列里的。行列,应该是依赖人们呼吸的休止,或是一个意见的容量来决定"②。更有指导意义的是,接着以文本细读的方式逐句帮助读者剖析《呈给同志涅特——给汽船和人》诗行的分散排列与诵读和意义的关系,从形式与意义关系方面为读者(听众)解读该诗。试以下文为例:

"那——就是他
　　我认识出来是他
　　　　在救生圈来的小碟子眼儿里。
顺序地叙述了这个特征,这个近似活的人——用了他的名字纪念他的那条汽船。这些,都要个别地细听和细看一下,不能混合牠的时间和空间的距离,因而把牠分起行来。
　　好呀,涅特!——
　　　这是第一个呼喊
　　　　我是多么高兴,你是活着——
　　第二个呼喊还没完结,又分第二行

---

① [苏]马雅可夫斯基:《呈给同志涅特——给汽船和人》,穆木天译,《文学月报》1940年第1卷第4期。
② [苏]阿舍谢也夫:《怎样读玛雅可夫斯基的诗》,彭慧译,《文学月报》1940年第1卷第4期。

> 过着烟囱的烟雾的生活

这就是说,我是如何地高兴,因为你还活在烟囱的烟雾的生活里,烟着自己,烟着人家。为的继续这个汽船涅特的新的生活的叙述,其余的关于形象话语又分开了:

> 烟雾①,
> 　　铁锚,
> 　　　　铁钩的烟雾的生活。

这种用船来作人的比拟,这位死在战斗的哨岗上的革命者的坚拔和他的精力的再生,在这个汽船活动的能力和精力上,是用作者的对他朋友的震动的情感强调着的。

> 下到这里来罢!
> 你真不小呀!

在音调里,你感到一种回忆朋友的颤慄吗?有勇气的希望,在一句可爱的诙谐之下,以隐蔽他的哀思,在'你真不小呀!'这句话里,你感到怀念一位朋友——一位斗士——的所有的忧愁的力量吗?最后,这里可不可以把牠们写成一行呢?如果你理解的话,你就同意说,这是不可能的,是必需这样子才能传达出在视觉上和听觉上的新印象"②。

"抗战大后方对惠特曼诗歌的翻译是惠特曼译介历史中最光辉的一页,具有举足轻重的地位。"③ 重庆的《新华日报》《大公报》《文艺阵地》《青年文艺》,桂林的《诗创作》《文艺生活》《诗》等均发表了惠特曼诗歌的译介作品。《文学月报》第 3 卷第 1 期《美国文学特辑》载有王春江译惠特曼长诗《黎明的旗子》。该诗通过诗人、代

---

① 笔者注:译诗原文为"烟囱"。
② [苏] 阿舍谢也夫:《怎样读玛雅可夫斯基的诗》,彭慧译,《文学月报》1940 年第 1 卷第 4 期。
③ 吕进等:《大后方抗战诗歌研究》,重庆出版集团、重庆出版社 2015 年版,第 321 页。

表正义战争的旗子、追求金钱物质的父亲和向往旗子的孩子的对话，揭露了资产阶级的拜金主义和软弱，表现了诗人对正义战争的支持和歌颂。诗人借物抒怀，以旗子、歌声、琴弦表明自己投身战斗的决心和激情："我的歌儿在空中飞旋着——而且，我必须要歌唱，和／那飘尽着的旗子和长旒一同歌唱。／我要把弦儿结起来，我要织进去，大人的希望与孩子的希望——我要把他们织进去，／我要给它们以生命；／我要挥舞那闪光的刺刀——我要使弹丸和枪弹怒吼起来；／我要把诗句浸满那富于果决的，充满了愉快的血液的水流。"追求祖国统一，和平兴盛是该诗的主题："我所看到的不光是布条子；／我又听见军队的前进，我听见那哨兵在盘查着来往的行人；／我又听见几百万人的欢呼——我听见自由！／我听见鼓在敲着，我听见号角在吹着；／……在一切的头顶上，（是的！是的！）我那小／小的，狭长的旗子，样子好像一把剑似的，／迅速地飞升起来，指示着战争和挑战——到时候，／绳子已经把它高高地升起来了，／在我那广阔的，蔚蓝的旗子——那星花灿烂的旗子的一旁，／对所有的海洋和大陆撒下了和平。"① 现实里中国国土沦丧、山河破碎，和诗中对正义战争的鼓动以及对民族美好未来的期许形成强烈的对比。"旗子"不仅是一个物体，还上升为民族精神的载体，诗中的描述正是中国大众内心的向往，无疑是契合时代的佳作。

除了主题内容上鼓动民众抗战激情外，语言形式上也需以广大群众的理解和接受为出发点和归宿。正如茅盾所说，"在这抗战期间的作品大众化，就必须从文字的不欧化以及表现形式的通俗化入手。我们为了抗战的利益，应该把大众能不能接受作为第一义，而把艺术形式之是否'高雅'作为第二义"②。因此，抗战时期诗人们"为着诗的普及，大胆地尝试着各种表现形式，呈现着散文化和民间化的倾向。它没有固定的格式而自由成章，节奏依内容和诗人的情感状态而定，

---

① ［美］惠特曼：《黎明的旗子》，王春江译，《文学月报》1941年第3卷第1期。
② 茅盾：《大众文艺化问题》，洛蚀文编《抗战文艺论集》，上海书店印行1986年版，第152页。

韵律自由，语言质朴自然，白话口语入诗"①。如果说主题与社会意识形态体现翻译与译入语国家社会历史语境的关系，那么与诗学有关的文学手法、文类等文学的形式则影响译作的表现形式。目的语国家文化的诗学形态使译者创造性地将无论有无格律或节奏的原诗均译为自由体形式。语言和形式上的译入语化才能使译诗顺利进入本土读者的期待视野，与本土诗歌互动而发挥作用，比如惠特曼奔放不羁的自由体诗歌。惠特曼诗歌以长短不一的诗行排列表现诗歌的内在节奏，无押韵和重音，是对传统诗歌形式的革新。他认为，诗歌表现的形式不在于韵律的节奏或形式上的均匀，诗歌是抒发自然与现实"之间关系的精神"②。《黎明的旗子》以自由诗体的形式，长短参差的诗行，重复的词语、词组、句型给人以特有的气势美，语言铿锵有力，疏放流畅，是一曲顿挫曲折、盘旋回荡的长歌。试看开篇几句：

> O a new song, a free song,
> Flapping, flapping, flapping, flapping, by sounds, by voices clearer,
> By the wind's voice and that of the drum,
> By the banner's voice and child's voice and sea's voice and father's voice,
> ……
>
> 啊，一支新的歌儿，一支自由自在的歌儿，
> 飘尽着，飘尽着，飘尽着，飘尽着，借着声音，借着更清楚一些的声音，
> 借着风的声音，鼓的声音，
> 借着旗子的声音，小孩子的声音，大海的声音和父亲的声音，
> ……③

---

① 苏光文：《抗战诗歌刍论》，《西南师范大学学报》（人文社会科学版）1986年第1期。
② 赵彤：《华尔特·惠特曼：美国诗歌史上的一盏明灯》，《西华师范大学学报》（哲学社会科学版）2006年第6期。
③ [美]惠特曼：《黎明的旗子》，王春江译，《文学月报》1941年第3卷第1期。

对照看来译诗基本符合原诗结构，原诗中重复的"flapping"在译诗中悉数保留，"by"引导的介词短语转译为动词"借着"并依原文重复，既忠实于原文，又不失地道的汉语。原诗用语通俗，译诗再现原诗风格，在语言的选择上同样采用了晓畅质朴的现代口语。"歌儿"儿化音的使用，更具口语化和民谣体的特征。抗战时期的诗歌应该和民族抗战现实相结合，诗歌的社会功能是衡量诗歌能否生存的主要标尺，这是意识形态的规约。同样在诗学上，语言的白话化和形式的自由化是该时期的主流诗学规范。因此诗歌的主题和语言形式均需符合本土文化的需求，以便大众理解与广泛传播，从而发挥其宣传和鼓舞的作用。

三　叙事诗创作与翻译的互动

抗战诗歌在文体上经历了从短小自由的抒情诗向篇幅较长且思想深邃的叙事诗的转变①，其转变过程是渐进式的，但到了1940年以后转变渐趋明显。抗战进入相持阶段后，诗人们逐渐意识到抗战的长期性和严峻性，初期那种过度的乐观和高昂的激情也渐渐减退，浪漫主义的幻想也逐渐淡化，对抗战的深刻思考、对现实的理解、人生的感悟和对未来的渴望只有通过较长的叙事诗才能表达，叙事诗成为诗人们自我生命体验的艺术表达形式。他们越来越意识到"现代中国是一个民族复兴、人民革命的伟大时代，这个时代变动剧烈因而极富英雄主义和史诗性质，抒情短诗已不足以表现其复杂与宏大"；另外，"长诗、叙事诗一直被认为是中国古典诗歌的一个缺憾，而到了抗战时期，新诗已有近20年的艺术积累，不少诗人已不满足于短篇抒情，而对长诗、叙事诗的写作则跃跃欲试，企图用它来反映这个伟大复杂的时代，并藉此将年轻的新诗艺术推进到一个可与长篇小说、多幕剧相媲美的境界"②。可以说抗战时期是中国叙事诗发展的黄金阶段。茅盾1937

---

①　吕进等：《重庆抗战诗歌研究》，西南师范大学出版社2009年版，第49页。
②　解志熙：《暴风雨中的行吟——抗战及40年代新诗潮叙论（上）》，《解放军艺术学院学报》2017年第1期。

年在《叙事诗的前途》一文中的看法颇具前瞻性:"我觉得'从抒情到叙事','从短到长',虽然表面上好像只是新诗的领域的开拓,可是在底层的新的文化运动的意义上,这简直可说是新诗的再解放和再革命。"①《一九四一年文学倾向的展望》中就诗歌方面艾青认为:"有从抒情诗发展到叙事诗的倾向。这不是说,在一九四一年以前没有叙事诗,而是说,现在人们更自觉地走向叙事诗的路上。"②该文中郭沫若称:"更雄大的叙事诗,更音乐性的抒情诗,多幕剧,长篇小说,将更多的出现。"③另外,从诗歌体式上,自由体诗型以及自然音节成为诗人们更习于采用的形式,扩大了诗歌在形式上的容量,拓展了诗歌文本的内容④。20世纪40年代在国统区、解放区和沦陷区均掀起了一场叙事诗的热潮。臧克家在《中国抗日战争时期大后方文学书系·诗歌》序言中指出:"抗战时期的诗歌,有一个值得注意的现象,那就是长诗,尤其是长篇叙事诗多起来了。题材不一,表现手法多样。"⑤穆木天在《文艺阵地》第3卷第5期上发表《建立民族革命的史诗问题》,指出:"伟大的民族革命的时代,必须有伟大的民族革命的史诗。……我们的诗歌工作者,在这个大时代中,要是要从前方和后方,吸取典型的事件,用生动,而且有大众性的表现形式,把它讴歌出来"⑥,文中还提到借鉴外国叙事诗的形式如"雨果的《诸世纪的传说》,涅克拉索夫的《严寒》《通红的鼻子》,以至倍兹敏斯基的《悲剧之夜》",但一定要结合时代"建立合于抗战建国的大众的需要的新的史诗的形式"⑦。力扬的《论叙事诗》论述更为全面,他认为:"就抗战中期以后,民族革命事业的扩大与发展,迫使许多革命的知

---

① 茅盾:《叙事诗的前途》,《文学》(上海)1937年第8卷第2期。
② 郭沫若、王平陵等:《一九四一年文学倾向的展望》,《抗战文艺》1941年第7卷第1期。
③ 郭沫若、王平陵等:《一九四一年文学倾向的展望》,《抗战文艺》1941年第7卷第1期。
④ 吴晓东:《战争年代的诗艺历程——40年代卷导言》,谢冕等《百年中国新诗史略——〈中国新诗总系〉导言集》,北京大学出版社2010年版,第142—143页。
⑤ 臧克家主编:《中国抗日战争时期大后方文学书系·第六编 诗歌》(第一集),重庆出版社1989年版,第6页。
⑥ 穆木天:《建立民族革命的史诗问题》,《文艺阵地》1939年第3卷第5期。
⑦ 穆木天:《建立民族革命的史诗问题》,《文艺阵地》1939年第3卷第5期。

识分子走入农村，接近人民，为人民服务，更彻底的是改造了自己，变成人民的战士。他们从意识到生活都有了重大的变化，就是更贴近了人民。新诗中的叙事诗之所以在这时期大量出现，是由于中国革命的客观形式所孕育出来的。新诗由抒情到叙事的发展，这是一个进步，进步到更适合于人民的要求和喜爱。"而要创作人民的叙事诗，需要用"人民的口语""人民所熟悉的旋律和节奏""自然的，而不是为了押韵的韵脚"。同时，力扬提倡"向民间文艺的遗产去学习，向外国的人民诗人去学习，向人民真实的生活去学习"，强调"内容决定形式"，注重形式而忽略内容的诗作是"徒有躯壳而没有生命的东西"。最难能可贵的是，虽然作者倡导发展人民叙事诗，但对于小资产阶级的革命诗人也不一味排斥，书写"他这阶级所受到的迫害，苦闷和理想，进步和转变，那也是属于人民性的，革命性的作品"。这样的题材自然有别样的"表现的手法和语言""那就是五四以来，所风行着的带着欧化的风格，自然是属于健康的明朗的那一类，而不是属于颓废的象征的那一种"①，可见形式取决于内容，而不是一味追寻口语大众化的表达。力扬的著名长诗《射虎者及其家族》就是通过中国农村一个普通射虎者家庭的悲剧与复仇的历史，映射整个民族的命运、奋争与希望，是中国新诗史上一次有意义的尝试。

  通常译入语系统的文学规范会影响特定时期的翻译活动。译文必然是规范的直接体现，是受规范制约的产物。抗战中后期对叙事诗的倡导和繁荣使该时期外国叙事诗的译介也得以增多，既可作为抗战叙事诗的借鉴之镜，完善叙事新诗的形式与叙事模式，亦可与其形成互文补充、互证共进的繁荣态势。《文艺阵地》和《新华日报》副刊是刊载叙事诗较多的阵地，《诗创作》1942 年第 11 期为"长诗专号"，包括外国叙事长诗的译介。相比之下，《文学月报》的叙事诗不算典型，但译诗中却有不少叙事长诗，且多为名篇。如马雅可夫斯基的《好！》和《呈给同志涅特——给汽船和人》，江布尔的《我的故乡》，

---

① 力扬：《论叙事诗》，《新诗歌》（上海）1948 年第 8 期。

莱蒙托夫的《恶魔》和《关于商人卡拉希尼科夫之歌》以及惠特曼的《黎明的旗子》。莱蒙托夫在短暂的27年生命中，不仅擅长写抒情诗，也以叙事诗闻名，《恶魔》和《关于商人卡拉希尼科夫之歌》在俄国诗歌史尤其是叙事诗上均占重要地位。二者都取材于民间传说、宗教和历史类主题，从中挖掘争取自由、反抗专制的斗争思想。比如《关于商人卡拉希尼科夫之歌》中莱蒙托夫"塑造了一个刚强的、善于维护自己荣誉的俄罗斯人的形象。关于商人卡拉希尼科夫，别林斯基写道：'他是一个具有弹性的强大的性格的人，只有当环境没有把他激动起来的时候，他才是文静的，温顺的；他是一个具有钢铁般坚强天性的人，他受不住打击，要以打击还打击'"[1]。以典型人物刻画民族形象是莱蒙托夫叙事诗艺术特征之一，我国抗战时期叙事诗创作中也不乏这类作品。

总之，上述译诗均出现在1940年后，反映出译诗文体的叙事化转变遵循抗战本土诗歌创作文体的诗学规范，译诗作为本土文化的一分子，与创作诗歌形成互文关系。面对共同的历史语境和政治诉求，叙事新诗吹响了抵御外敌的战斗号角，化作炸弹和旗帜，反映史诗般的时代，于抒情中翔实地记述了人类面临战争、侵略和奴役时所爆发的抗争团结的情感诉求，以服务抗战主题为最高的价值形态。

四　结语

综观《文学月报》之译诗，俄苏诗人的作品比重最大，不乏一流诗人如马雅可夫斯基和莱蒙托夫。其次是美国诗歌，包括民主诗人惠特曼和黑人诗人休士的诗歌，以及被压迫民族诗歌。总体表现出强烈的意识形态倾向，主题具有趋时性，诗歌语言通俗易懂，形式自由，具大众化特征。总之，无论是诗歌来源国、诗人和主题的选择，还是译诗语言形式的特征，均打上了目的语国家文化意识形态的烙印，符合目的语国家文化对诗歌的审美需求，融入目的语国家文化的文学系

---

[1] ［苏］马努伊诺夫：《莱蒙托夫》，郭奇格译，北京出版社1988年版，第129页。

统中完成翻译的预期任务，与主流意识形态互补互构，并与诗歌创作互动互生，共同实现了抗战时期诗歌的政治功能，构建了大后方诗坛的繁荣景观。

第四节 《时与潮文艺》诗歌翻译研究

《时与潮文艺》1943年3月15日创刊于重庆，1946年5月15日终刊，共出版5卷26期。按本书研究的时间范围，笔者仅考察创刊至抗战胜利这段时间该刊上发表的翻译诗歌。《时与潮文艺》系时与潮社所办三大期刊之一，该社主持的另外两种刊物分别为《时与潮半月刊》与《时与潮副刊》。前者"介绍各国对于时局，对于战争，对于国际政治经济的专论和文章"，后者更是扩大范围，"着目于一般性的绍介，以生动的文笔，描述现代生活各部门的知识，务求言之有物，不流于虚浮"①。《时与潮文艺》则是战时中国一份"质量相当高的比较文学和世界文学专业期刊"，20世纪40年代外国文学译介方面的领军期刊，主要工作是"翻译海外名著，精选国内杰作"②。从《发刊词》中可见该刊的宗旨、定位与选材，其刊登的"主要对象，是世界文学。所以我们对世界文学名著，对中外的作家，将逐个加以分析和评介，研究与批评。对于外国作家的作品，我们要以超出一般水准的译文，把它介绍过来"。此外，"文艺的理论和技巧"，本国"特优的创作"与"有力的作家"也是关注的对象③。该刊还特别注重译作是否忠实于原作，从《时与潮文艺稿约》中可见，"译稿请附寄原文，以便校改，如不便附寄时，请标明原篇题目、作者、发表时间、与出处"④。所选作品从内容上看，注重中国作家用母语创作的战争文学所体

---

① 编者：《发刊词》，《时与潮文艺》1943年第1卷第1期。
② 徐惊奇：《陪都译介史话》，内蒙古人民出版社2009年版，第15页。
③ 编者：《发刊词》，《时与潮文艺》1943年第1卷第1期。
④ 编者：《时与潮文艺稿约》，《时与潮文艺》1943年第1卷第1期封面页与目录页之间，无具体页码。

现的时代精神,选译外国作品亦注重作品所体现的斗争精神,因为"一个民族的精神,最明显地表现在它的文学艺术中"①。《时与潮文艺》译诗数量不多,从表3.5可见多译自英美诗歌,且较侧重于现代主义诗歌的译介。

表3.5　　　　　　　　　　《时与潮文艺》译诗统计

发表时间	诗歌	作者	国别	译者
1943.3.15 第1卷第1期	地球之分割线	席勒	德国	张嘉谋
1943.11.15 第2卷第3期	奥登诗四首	奥登	英国	杨宪益
	什么叫做交易（散文诗）	鹿地亘	日本	刘列先
1944.2.15 第2卷第6期	战时英国诗选	J. F. Hendry, Alan Rook, Herbert Read 等	英国	杨周翰
1944.3.15 第3卷第1期	叶芝诗选	叶芝	英国	朱光潜
1944.3.15 第3卷第1期	叶芝诗二首	叶芝	英国	谢文通
1944.3.15 第3卷第1期	叶芝诗四首	叶芝	英国	杨宪益
1944.12.15 第4卷第4期	莎士比亚商籁	莎士比亚	英国	梁宗岱
1945.3.15 第4卷第6期	麦履实诗四首	麦履实	美国	谢文通

一　现代派诗歌的译介

现代派诗歌的主题往往是个人的"现代孤独感、生命荒凉感和根基丧失感"②,以玄思为主,侧重哲理化,以及智识性抒写,关注诗的本质和艺术形式。抗战时期大大小小的报刊都登载过西方现代诗歌的翻译,但其情感内容不太符合该时期的文学诉求,因此译介数量有限。不可否认的是,抗战诗歌的艺术积弊太过强调诗歌的政治与宣教功能而牺牲其艺术性,导致口号化标语化的非诗倾向,因此借鉴西方现代诗歌的艺术思维和表现策略,追求诗的非个人化、形而上的智性特征,融个体

---

① 编者:《发刊词》,《时与潮文艺》1943年第1卷第1期。
② 张松建:《现代诗的再出发——中国四十年代现代主义诗潮新探》,北京大学出版社2009年版,第99页。

生命意识于现实体验成为现代派诗歌得以译介的重要原因。现代派诗人叶芝和奥登值得一提。叶芝是现代派诗歌的领军人物，英国后期象征主义诗人，他"将个人经历与民族精神相结合，追寻真正属于爱尔兰的文学"，被艾略特称为"爱尔兰的灵魂"①，其爱尔兰民族诗人身份以及诗歌中体现的反抗殖民统治、追求民族独立的思想是其诗歌抗战时期得以译介的原因。《时与潮文艺》1944年第3卷第1期推出了"叶芝专号"，朱光潜翻译了九首叶芝诗歌，分别为《印度人的上帝观》《婴宁湖岛》《你老的时候》《一首歌重新唱过》《心里的玫瑰》《永恒的声音》《库洛的野雁》和《从伊底普司悲剧中摘出》（Oedipus at Colonus）以及《流水和太阳》；谢文通译《选择》（The Choice）和 Sun and Stream at Glendover 两首；杨宪益译《象徵》《雪岭上的苦行人》《梭罗门与巫女》以及《爱尔兰的空军员》四首。陈麟瑞的长篇论文《叶芝的诗》，详细分析了叶芝思想发展的脉络，指出叶芝诗歌发展的"梦境""现实"以及"梦境与现实融合"这三个阶段。第三阶段是梦境与现实"两者的化合；既有具体的形象，也有抽象的概念；这是许多复杂的感情的结晶"②。各阶段均辅以诸首叶芝诗歌为例，解释其创作背景、创作风格、思想影响以及变化③，以便读者深入了解叶芝思想与诗风的演变。以叶芝早期代表作《婴宁湖岛》（现译《因尼斯弗里岛》）为例分析。诗人走在伦敦大街上，"经过一商店橱窗，看见其中有一股喷水顶着一个小球，便想起斯莱戈周围的河湖泉水，突然受了感动，自然形诸《因尼斯弗里岛》"④。这里提到的斯莱戈便是位于爱尔兰西北部叶芝母亲的故乡，童年时代叶芝常待之地，许多诗篇均取材于此。该诗写作之时正是爱尔兰民族复兴事业前途未卜，叶芝爱情受挫之时，诗人把希望寄托于远离尘嚣、如梦如幻的婴宁湖岛，在那里洗净内心的烦恼，过上远离现实世界的隐居生活，躲避商业文明带来的诸多不协调：

---

① 王庆：《英美现代主义诗歌批评史》，外语教学与研究出版社2019年版，第237—238页。
② 陈麟瑞：《叶芝的诗》，《时与潮文艺》1944年第3卷第1期。
③ 陈麟瑞：《叶芝的诗》，《时与潮文艺》1944年第3卷第1期。
④ 傅浩：《叶芝》，四川人民出版社1999年版，第32页。

I will arise and go now, and go to Innisfree,
And a small cabin build there, of clay and wattles made;
Nine bean rows will I have there, a hive for the honey bee,
And live alone in the bee-loud glade.
我想起身就走,走到婴宁岛阿,
用枯枝黏土,在那里盖一个茅庐:
载九行青豆,替蜜蜂安一个窝,
我一个人在嗡嗡声中安居。

And I shall have some peace there, for peace comes dropping slow,
Dropping from the veils of the morning to where the cricket sings;
There midnight's all a glimmer, and noon a purple glow,
And evening full of the linnet's wings.
我有的是平安,它会徐徐降临
从朝霞散彩,到蟋蟀唧唧喧歌:
那里夜色熹微,正午遍地朱红,
黄昏里红雀的羽影到处穿梭。

I will arise and go now, for always night and day,
I hear lake water lapping with low sounds by the shore;
While I stand on the roadway, or on the pavements gray,
I hear it in the deep heart's core.
我想起身就走,因为朝朝暮暮,
我听到湖水拍岸的隐约的声响;
当我在灰暗的街头偶然驻步,
我听见那声响深深透入心坎。①

---

① [英] 叶芝:《叶芝诗选》之《婴宁湖岛》,朱光潜译,《时与潮文艺》1943 年第 3 卷第 1 期。

诗人通过想象的地理空间把自己定格在爱尔兰故乡的小岛上，对英国现代社会的规避是一种变相的反抗。反帝抵抗运动的文学，正如萨义德对叶芝的评价："如果有什么东西突出了反帝想象力的话，那就是地理因素的首要性。帝国主义毕竟是一种地理暴力的行为。通过这一行为，世界上几乎每一块空间被勘察、划定、最后被控制。对土著来说，殖民地附属奴役的历史是从失去地盘开始的，所以必须寻找殖民地的地理属性然后加以恢复。由于外来殖民者的存在，领土的恢复最初只有通过想象来完成。"① 由此可见，保卫家国与反抗压迫意识符合抗战时期主流意识形态的诉求。同样不可忽略的是形式，原诗共三节，韵式为 abab/cdcd/efef，第二节韵脚压全韵（slow，glow/sings，wings），整齐和谐，一咏三叹，还有头韵如 hive/honeybee，glimmer/glow，lake/lapping/low 以及 sound/shore，增强了诗歌的音乐性。译诗语言质朴简约，句式一如汉语短小句，如"我有的是平安，它会徐徐降临/从朝霞散彩，到蟋蟀唧唧喧歌"，比照傅浩译"从清晨的面纱滴零到蟋蟀鸣唱的地方"②，朱译叠词的运用、口语化的表达更显活泼清新，恰似原诗风格，只是略去原诗的格律采用自由体的形式加以本土化改造，内容与形式上均符合抗战语境的当下性与审美规约。

20世纪40年代决定西方现代派文学译介取向的因素一是中国的社会现实，二是现代派诗人的艺术追求。民族危亡的社会现实决定了译者把目光投向具有共同语境和思想倾向的诗人③。奥登在抗战期间与好友衣修伍德（Christopher Isherwood）一起访问中国，经历了中国抗日战争的艰苦，写下了《战地行》一书，其中著名的27首十四行诗结集为《战时》，以诗歌语言记录了中国当时的抗日形势，表达了对这个灾难深重的民族的同情、敬意和鼓舞。奥登对战时中国的深厚

---

① ［美］爱德华·W. 萨义德：《文化与帝国主义》，李琨译，生活·读书·新知三联书店2003年版，第320页。

② 傅浩编著：《英诗华章：汉译 注释 评析》（英汉双语版），中央编译出版社2015年版，第227页。

③ 李洪华、周海洋：《战争文化语境下的域外现代派文学译介——以里尔克、艾略特、奥登为中心》，《南昌大学学报》（人文社会科学版）2010年第1期。

同情和作品的政治性与现代性是其诗歌在中国得以译介的重要因素，是与当时中国的抗战历史语境紧密相连的。王佐良说："我们更喜欢奥登""他在政治上不同于艾略特，是一个左派，曾在西班牙内战战场上开过救护车，还来过中国抗日战场，写下了若干颇为令我们心折的十四行诗"①。袁可嘉说，奥登"对德国犹太人，战时难民，及被压迫者的深厚同情"令人敬佩，"我们尤不能忘怀于他访问中国战场时所写下的数十首十四行诗"②。《时与潮文艺》1943年第2卷第3期杨宪益翻译的《奥登诗四首》，包括《看异邦的人》《和声歌辞》《空袭》以及《中国的兵》，其中《空袭》选自《战时》第十四首，但"空袭"这个题目系译者自己所加，是基于译者战时在重庆的经历对奥登诗歌的改写，是译者译入语文化意识和价值取向的表现："是的，我们将遭受苦难了，天/悸动如狂热的额。真的痛苦。/摸索着的探照灯，忽显出/卑微的人性，使得我们乞怜，……每一双和易的眼睛的后背/都有暗地的屠杀在进行中，/一切妇女，犹太人，富人，人类，/高山不能判断匍匐的我们，/我们住在地上，大地总服从/狡恶的人们，除非人不生存。"③ 在日本空袭重庆的日子里，译者借奥登的诗歌表达了自身的感受，揭露战争面前无阶级，人类皆如蝼蚁一样的生命，这是译者文化身份和主体性的彰显。《中国的兵》系《战时》第十八首，题目也为译者所添加，它表现了青年诗人奥登对中国普通士兵的深切同情，"当他在中国化为尘土，为了/我们的女儿能爱世界，不再/在狗前被辱。为了人能出现/如世上有山，水，有人的住宅"④。奥登的诗歌善于用现代手法写现代内容，"呼吸着同样的战争气氛，实践着同样的诗歌革新"⑤，对于那时的奥登之作，中国许多青年诗人是十分

---

① 王佐良：《穆旦的由来与归宿》，《王佐良全集》（第八卷），外语教学与研究出版社2016年版，第303—304页。
② 袁可嘉：《从分析到综合》，《论新诗现代化》，生活·读书·新知三联书店1988年版，第194页。
③ ［英］奥登：《奥登诗四首》之《空袭》，杨宪益译，《时与潮文艺》1943年第2卷第3期。
④ ［英］奥登：《奥登诗四首》之《中国的兵》，杨宪益译，《时与潮文艺》1943年第2卷第3期。
⑤ 王佐良：《英诗的境界》，生活·读书·新知三联书店2017年版，第144页。

倾心的，这也是奥登的诗歌如此受欢迎的缘由。除译诗外，1944年《时与潮文艺》第4卷第1期还刊登了杨周翰的文章《奥登——诗坛的顽童》，集中介绍了奥登的诗艺以及诗歌形式的娴熟运用，"每种形式无论多艰涩难使，在他手下无不就范，使各种情感或思想经过他的手'有了身体'"，称他为"在诗底领域里，少有的顽童。他的游戏的态度是了解他的诗的一把钥匙。即便在当代许多英国诗人中，亦很少见他这样地直截了当地滑稽和讽刺"[①]。

二 古典诗歌译介：莎士比亚十四行诗

抗战时期诗歌的译介也包含一部分经典作品，其中所体现的精神内涵和审美特征，是该时期国民的精神食粮，显示出翻译选材的多元性和审美价值的丰瞻性，同时为诗歌创作提供了宝贵资源，其中包括莎士比亚的十四行诗，《时与潮文艺》1944年第4卷第4期上刊登了梁宗岱翻译的第31—41首。抗战诗歌表现出大众化与写实化的特征，一切均与抗战相关，因此诗歌翻译受译入国意识形态和诗学影响，重视诗歌主题的趋时性以及形式的大众化，在语言上提倡通俗易懂，在诗体形式上注重节奏和适于朗读的自由体形式，以便于情感的抒发不受束缚。但梁宗岱的诗歌翻译却疏离了启蒙和救亡的抗战主题，译诗的目的不在政治宣传而在于艺术性。其诗歌选材充满浓郁的象征主义意味，在语言上反对将外国诗歌翻译成绝对白话的日常语言，反对诗歌形式的自由化，主张译诗在形式上有所束缚，尽量再现原诗的表达风格，注重诗句的押韵、节奏等形式因素。梁宗岱指出："形式是一切文艺品永生的原理，只有形式能够保存精神底经营，因为只有形式能够抵抗时间的侵蚀。……没有一首自由诗，无论本身怎样完美，如能和一首同样完美的有规律的诗在我们心灵里唤起同样宏伟的观感，同样强烈的反应的。"[②] 梁宗岱的译诗几乎都是格律整齐的诗作，"从

---

① 杨周翰：《奥登——诗坛的顽童》，《时与潮文艺》1944年第4卷第1期。
② 梁宗岱：《新诗底分歧路口》，《诗与真·诗与真二集》，外国文学出版社1984年版，第170—171页。

译诗或翻译过程中吸收外国诗歌格律的特点为中国新诗补充养料"是他所推崇的道路①，其中十四行诗是英诗中最重要的格律诗体，梁氏是莎士比亚十四行诗翻译的先行者之一，译诗无论句法或格律，都尽量紧贴原诗，译诗讲究形式美感，基本采用每行十二字的工整格式，用字典雅，节奏鲜明，极具音乐美感，试以第33首为例，分析梁译诗歌的语言和形式特征：

Full many a glorious morning have I seen
Flatter the mountain tops with sovereign eye,
Kissing with golden face the meadows green,
Gilding pale streams with heavenly alchemy;
多少次我曾看见灿烂的朝阳，
用他那至尊的眼媚悦着山顶，
金色的脸庞吻着青碧的草场，
把黯淡的溪水镀成一道黄金：

Anon permit the basest clouds to ride
With ugly rack on his celestial face,
And from the forlorn world his visage hide,
Stealing unseen to west with this disgrace：
然后蓦地任那最卑贱的云彩
带着黑影驰过他圣洁的云颜，
把它从这凄凉的世界藏起来，
偷移向西方去掩埋他底污玷；

Even so my sun one early morn did shine,

---

① 熊辉：《两支笔的恋语：中国现代诗人的译与作》，西南师范大学出版社2011年版，第83页。

With all triumphant splendour on my brow;
But out, alack, he was but one hour mine,
The region cloud hath mask'd him from me now.
同样,我底太阳会在一个清朝
带着辉煌的光华临照我前额,
但是唉!他只一刻是我底荣耀,
下界乌云已把他和我遮隔。

Yet him for this my love no whit disdaineth;
Suns of the world may stain when heaven's sun staineth.
我底爱却并不因此把他鄙视,
既然天上的太阳也不免瑕疵。①

整首诗以"太阳"为意象,从开篇"灿烂的朝阳""金色的脸庞",将溪水"镀成一道黄金",到云彩遮蔽太阳,"把它从这凄凉的世界藏起来",描述爱友对诗人的背叛,最后两句为点睛之笔,诗人对爱友背叛的悲切到最终的原谅,体现了诗人的复杂心情。全诗主要采用抑扬格五音步,韵式为 abab/cdcd/efef/gg,隔行押韵,如第一行的"seen"与第三行的"green"押/iːn/韵,第二行与第四行"eye"与"alchemy"押/ai/韵等,结构严谨,语言优美,富于音乐性。按照抗战时期的主流诗学规范,一般会翻译为无韵体自由诗,但梁氏采用直译法,译诗结构整饬,每行12字5拍,且保留了原诗的韵式,第一行的"阳"和第三行"场",第二行的"顶"与第四行的"金"音韵近似,"彩"与"来"、"颜"与"玷"等,再现原诗的节奏音韵美,凸显译者主体性。

三 含法西斯国家的现实类译诗

1944年第2卷第6期杨周翰推介"伦敦 Faber and Faber 1942年出

---

① [英]莎士比亚:《莎士比亚商籁·三三》,梁宗岱译,《时与潮文艺》1944年第4卷第4期。

版的"新诗集《战时英国诗选》[M. J. Tambimuttu：Poetry in Wartime (1942)]，由 M. J. 坦比穆图选编。杨周翰介绍并翻译了数首诗歌，或全诗或诗片段，对诗歌作者、主题内容，体裁、形式等均有阐释，如 J. F. 亨德里（J. F. Hendry）作《一九四〇敌人进攻前的伦敦》《被轰炸的幸福》，梅尔文·皮克（Mervyn Peake）作《伦敦一九四一》，艾伦·鲁克（Alan Rook）作《一九四〇的伦敦》《退却》，安妮·里德勒（Anne Ridler）作《离别》，弗朗西斯·斯卡夫（Francis Scarfe）的民歌体讽刺诗《船歌体》《安全区域歌》，赫伯特·里德（Herbert Read）作《给一位一九四〇年被征入伍者》，凯瑟琳·雷恩（Kathleen Raine）作《重游伦敦》。据杨周翰称，集子里有读者熟悉，也有较生疏的诗人，此处所介绍的多是不熟悉的诗人，"这些诗的写作大都是在英国经验着最黑暗的时期完成的，那时它正在极危险的关头，德国军队正在威胁着要渡过英吉利海峡，完成拿破仑所没有完成的事业。英国心脏的伦敦当然是感觉最灵敏的一点，所以伦敦感受到这威吓最亲切最直接"①，但是以伦敦为中心的诗歌都体现出"一种坚定，痛苦的决心的声调"，1940 年前后的伦敦从诗中所见，"是紧张，危机，和无畏精神"，选集中参加过战争，经历过敦刻尔克大退却的诗人艾伦·鲁克（Alan Rook）创作的《一九四〇的伦敦》最典型，"这首诗有着喘息的韵律，……但并不是因为疲惫或神经过度紧张而发生的喘息，而是一种忿怒，一种像川江上纤夫头驱策拉夫前进的喘息，是战斗甚至退却时不懈的劳作的喘息。这就是当时英国的塑像，她可以喘息，她可以打败仗，但不会被征服"②。试看几句："人声是低沉而坚决的，像玻璃窗/碎片上面的雨点；人面是沉重的，/像铁制的百叶窗，在寻找/锁链的端倪，寻找那幻影。……从这'不能形容的'之中，踏着/诺言的道路，希望能够熔合，/果断能够跳出，像镰刀下的麦穗，/比

---

① 杨周翰：《战时英国诗选》[M. J. Tambimuttu：Poetry in Wartime (1942)]，《时与潮文艺》1944 年第 2 卷第 6 期。
② 杨周翰：《战时英国诗选》[M. J. Tambimuttu：Poetry in Wartime (1942)]，《时与潮文艺》1944 年第 2 卷第 6 期。

前者更尖锐，和后者一样丰腴"①。这"不能形容的"是轰炸后伦敦的荒凉和寂静，但沉默背后却是更强的生存意志。弗朗西斯·斯卡夫（Francis Scarfe）作《船歌体》更是生动描述了轰炸的场景："从城里警报响了/河那边起了火云/标出了射击的中心/标出了我们的永远燃烧的家/黑黢黢的船在我们头上瞪着眼/红色的潮水在转/血和枪弹在我们周围落下/还有燃烧的火星和弹片……黑夜降临在长堤/血和胆汁随着水流/天上落下非人类的眼泪。"② 轰炸下的伦敦不难让中国读者想到日本对重庆和昆明等城市长达数年的大轰炸，想到人民的绝望、惧怕，以及绝望中的平静、坚守。被炮火肆虐的英雄之城，人民顽强的生存意志，以及废墟中重建城市的决心，法西斯侵略下的切肤之痛，越炸越勇的不屈气概难道不是人类命运共同体的真实体现吗？这样深切的情感共鸣足以使战时英国诗歌打动中国人民的心，是世界爱好和平之人士共同谱写的一曲昂扬战歌。

除此之外，谢文通翻译了美国诗人麦履实的《麦履实诗四首》，刊登在《时与潮文艺》1945年第4卷第6期上。译者介绍麦履实是"美国现代最有名望的一位诗人。战前在其母校耶鲁大学任图书馆馆长"。此处的四首诗选自"1936年初版之公开演讲集"③，分别为《给互称同志的人们》《给一群众》《给诽谤的人们》以及《晚遇》。在《给互称同志的人们》中，诗人认为兄弟之情不是血统产生的，而是共过生活、同受损伤才能称为兄弟，志同道合才能称其同志，"身体共感恐慌或受祸/受伤或侮辱的人们有如兄弟，/……那些曾经潜藏或被追过而凡是/并肩作战，并肩辛劳过/……兄弟情只有勇士获得，从危难/或受祸或代领到再无其他"④。诗中所颂扬的兄弟同志之情对抗

---

① ［英］Alan Rook：《一九四〇的伦敦》，杨周翰译，《战时英国诗选》［M. J. Tambimuttu：Poetry in Wartime（1942）］，《时与潮文艺》1944年第2卷第6期。
② ［英］Francis Scarfe：《船体歌》，杨周翰译，《战时英国诗选》［M. J. Tambimuttu：Poetry in Wartime（1942）］，《时与潮文艺》1944年第2卷第6期。
③ 谢文通：《麦履实诗四首·译前》，《时与潮文艺》1945年第4卷第6期。
④ ［美］麦履实：《麦履实诗四首》之《给互称同志的人们》，谢文通译，《时与潮文艺》1945年第4卷第6期。

战时期的中国同胞具有激励作用,同受苦难奴役,只有斗志高扬,团结抗敌,才能获得最后胜利。另外,法西斯国家进步诗人的作品也有涉猎。《时与潮文艺》1943年第1卷第1期刊载了德国诗人席勒《地球之分割》,1943年第2卷第3期登载日本诗人鹿地亘散文诗《什么叫做交易》。《地球之分割》以宙斯(Zeus)与诗人的对话为主线,从宙斯宣扬"把世界拿去""要兄弟平均分配""从此纷纷劳煞了天下老幼之人,/农人在撷取田中的收成,/地主也行猎横穿山林。/商人收取了他的仓库可藏的东西,/僧长採选了多年的美酒,/国王把关卡设于街路和通桥之地/且说:什一之税应属我有"。一切都有了主人的管理,使人联想到当时法西斯列强行瓜分世界的恶行,公平公正荡然无存。"诗人"一无所有,因为被宙斯的"恩辉所陶醉"而失去了"人世的财货",但诗人却最能靠近宙斯,因为神说:"若你愿进天堂和我生活在一起——/那么不论你来何时,天门总为你开启。"① 此处的诗人显然是理想和精神的象征,宙斯的宠儿,可理解为重获公平的希望。《什么叫做交易》也颇具现实意义,诗中多次发问"什么叫做交易",以"你"被迫卖掉心爱的马这一具体事例,上升到"你所卖掉的是你自己。是你生存的权利!"呼吁被压迫的人们不要忍受剥削,不要让"燃烧在你眼里的那神圣的火焰消失",真正的交易"应该是双方商量以后确定的",是"双方互让,以至决定"。所以"挺起腰来!抬起头来!以生命偿还生命!以血还血呵!"这才是正确的"我们的交易道路"②。

法西斯国家的作品在抗战时期译介不多,主要是政治意识形态的对抗性决定的,正如陆耀东所说:"40年代,中国译介、研究德国文学集中在歌德、海涅等作家诗人的作品上,似无轰动文坛的现象发生。"③ 但不可忽视的是,法西斯国家进步诗人的诗作并没有排除在

---

① [德]席勒:《地球之分割》,张嘉谋译,《时与潮文艺》1943年第1卷第1期。
② [日]鹿地亘:《什么叫做交易》,刘列先译,《时与潮文艺》1943年第2卷第3期。
③ 陆耀东:《德国文学在中国(1915—1949)——在德国特里尔大学汉学系的讲演》,《中国现代文学研究丛刊》1999年第3期。

外。1944年第2卷第5期刊有梅泰诺夫作《德国的反法西斯文学》，从德国古典主义文学的"光辉象征"莱辛、歌德、席勒、海尔特尔等的作品说起，他们的文学中所反映的普鲁士残暴统治以及"富于诗意的激昂的'言辞'把人民引入进步的道路"[1]，到希特勒党徒无法"绞杀前卫的德国文学""无法禁止人民和其他民族的前进文化发生关系""不能阻止爱好自由的民主主义份子团结起来，这种逐渐地广大的示威运动突起者之一，便见之于德国反法西斯文学之增长"[2]。该文细数了希特勒对进步知识分子的残害，讲明了反法西斯文学的昌盛并列举其中某些典型作品，如浮西脱温格的小说《成功》《奥本海家族》、乔哈纳倍赫尔的戏剧《莫斯科前方之会战》等[3]。

四 小结

总之，《时与潮文艺》主要对象是世界文学，刊登了大量优秀的翻译文学作品，体裁丰富，包括长短篇小说、戏剧和诗歌等，对中外的作家也加以分析和评论，且实效性强。译诗所占比例不大，但特征鲜明，除少量古典主义诗作和法西斯国家的进步作品外，侧重现代派诗歌的介绍，虽不是抗战时期诗歌译介的主流，却与大众诗歌一起进入中国诗坛，构成了"参照框架与支援意识"[4]，并促进了20世纪40年代中国现代主义诗歌的形成。

第五节 《中原》诗歌翻译研究

《中原》1943年6月创刊于重庆，由郭沫若主编，群益出版社发行，第一卷出了四期，第二卷出版两期，1945年10月停刊。郭沫若

---

① [苏]梅泰诺夫：《德国的反法西斯文学》，诸候译，《时与潮文艺》1944年第2卷第5期。
② [苏]梅泰诺夫：《德国的反法西斯文学》，诸候译，《时与潮文艺》1944年第2卷第5期。
③ [苏]梅泰诺夫：《德国的反法西斯文学》，诸候译，《时与潮文艺》1944年第2卷第5期。
④ 张松建：《现代诗的再出发——中国四十年代现代主义诗潮新探》，北京大学出版社2009年版，第34页。

在《编者的话》中说：本刊"园地是绝对公开，内容是兼收并蓄，只要是合乎以文艺为中心的范围，只要能认为对于读者多少有一些好处，我都一律欢迎。因此创作也好，翻译也好，小说诗歌戏剧评论以及关于其他姊妹艺术部门的研究介绍，我们都一视同仁，毫无轩轾"①。这表明了刊物的办刊原则，翻译作品同样受到欢迎，译诗数量不少，1943 年 6 月创刊号上刊登的由柳无忌翻译拜伦的《拜伦诗钞》，包括《雅典的女郎》《她步行在美丽中》《乐章》《一切都为恋爱》《那么，我们不再去漫游吧》以及《我的船是在岸头》；戈宝权译《莱蒙托夫的诗》，包括《再会吧，污秽的俄罗斯》、《梦》、《无题》、《我寂寞，我悲伤》、《感谢》、《小诗》（译自歌德）、《天空和星星》、《你还记得吗？》、《不要哭吧，我的孩子》以及《姆奇里》（第四节），其中《梦》《无题》《我寂寞，我悲伤》《感谢》《不要苦吧，我的孩子》以及《姆奇里》（第四节）又在 1944 年《文阵新辑》第二期《哈罗尔德的旅行及其他》中刊出，译者同为戈宝权。1943 年第 1 卷第 2 期刊有俄国 S. V. 谢尔文斯基的《大卫与汉都特——苏联阿美尼亚民族史诗〈沙逊的大卫〉第三系第二部》（亚克译），以及 1944 年第 1 卷第 3 期袁水拍译《彭斯诗十首》，包括《克洛顿的悲歌》《朵朵绯红，绯红的玫瑰》《台芒和雪薇娃》《你的友情》《玛契林的姑娘》《唱呀！可爱的鸟儿》《打后面楼梯来》《我的心呀：在高原》《阿真》以及《自由树》。

一 《中原》译诗主题分析：现实与浪漫并举

拜伦、彭斯和莱蒙托夫均为世界一流诗人，其诗歌在各类文艺期刊和报纸副刊上出现，诗歌主题在情感内容上具有反抗民族压迫、争取自由民主的特点，符合抗战时期的译介标准。此外，所选拜伦和彭斯的诗歌中还涉及许多赞美姑娘、歌颂爱情的题材。"爱情是人类的生命中重要的组成部分，它可以转化成为激励人生和慰藉人生的强大力量尤其是在特殊的战争环境下，爱情是一道炫目的亮色照耀着人生

---

① 郭沫若：《编者的话》，《中原》1943 年创刊号。

的路向"①，它成为积极的精神资源融入时代主流之中，这是爱情类主题被译介的原因。《拜伦诗抄》中《雅典的女郎》《她步行在美丽中》《乐章》《一切都为恋爱》；《彭斯诗十首》中《朵朵绯红，绯红的玫瑰》《台芒和雪薇娃》《你的友情》《玛契林的姑娘》《唱呀！可爱的鸟儿》《打后面楼梯来》《阿真》均属此类，可见所占比例较大。例如拜伦诗首篇《雅典的女郎》共四节，每节六行，尽诉与女郎分别时的绵绵情语与誓言："雅典的女郎，当我们尚未分离，/还给我呀，请把我的心儿送还！/或者，因为它已离去我的胸臆，请把它留着，取去余下的一切！/在我们离别之前，听着我的誓语，/此情此爱，永不相渝"②，并以女郎的"鬈发""睫毛""容颜""樱唇"等身体部分作爱情的见证，诉说着此情不渝的爱恋。

在反压迫和颂自由主题中，比较典型的为莱蒙托夫的《再会吧，污秽的俄罗斯》（戈宝权译）以及彭斯的《自由树》（袁水拍译）。所选莱蒙托夫的诗中，译者用大段文字介绍诗人："这位俄罗斯人民的光荣之子的名字，是早已成为全人民的名字了。"③《再会吧，污秽的俄罗斯》后戈宝权又解释该诗的创作背景："莱蒙托夫于1840年因为和法国驻彼得堡大使巴朗特的儿子决斗，又第二次被沙皇政府放逐到高加索，这首诗大概即在行前所作。"④全诗充溢着高昂的革命情绪，是莱氏对沙皇俄国最激烈的批判，对自由最渴望的呐喊，还有对顺从沙皇统治的人民"哀其不幸，怒其不争"的愤懑："再会吧，污秽的俄罗斯，/那奴隶的国度，统治者的国度，/还有你们，那些着蓝色官服的人们，/还有你们，那些顺从他们的人民。/也许，在那高加索山岭之南，/我能逃避你们的沙皇，/逃避开他们透视一切的眼睛，/逃避开他们倾听一切的耳朵"⑤。彭斯是苏格兰伟大的农民诗人，常以诗歌

---

① 雷锐、黄绍清主编：《桂林文化城诗歌研究》，中国社会科学出版社2008年版，第123页。
② ［英］拜伦：《拜伦诗抄》之《雅典的女郎》，柳无忌译，《中原》1943年创刊号。
③ 戈宝权：《莱蒙托夫的诗·译前》，《中原》1943年创刊号。
④ 戈宝权：《莱蒙托夫的诗》之《再会吧，污秽的俄罗斯·译后》，《中原》1943年创刊号。
⑤ ［俄］莱蒙托夫：《莱蒙托夫的诗》之《再会吧，污秽的俄罗斯》，戈宝权译，《中原》1943年创刊号。

为武器,揭露教会的罪恶,资产阶级和贵族的腐败,歌颂法国大革命和苏格兰人民反对异族侵略的斗争,其诗歌主题具有革命性。彭斯一生"不向权贵低头、对社会有理想,对爱人和友伴充满热情,绝大多数的作品所表达的是这样热腾腾的生活感,而艺术上又生动而丰富,尖锐而又深厚,所以使人爱读,而且越读越高兴"①,他的作品经过翻译在中国抗战文化语境中获得了新的解读和新的生命。刊于《中原》第1卷第3期的《自由树》就是赞扬1789年法国大革命的诗篇。诗歌以"自由树"为象征意象,描述这棵树上"生着一种果子",其"德性"为人们赞誉:"它把人民从野蛮状态里解放,/使人们知道自己是人。"树叶经过"美丽的道德女神给它浇水"变得枝繁叶茂,但反动势力不容它长大:"可是恶棍们看了生气,/不甘让道德女神的事业繁昌;/当皇螽贼诅咒这棵树,/为了这,他们哭得眼泪汪汪;/路易士得把牠砍倒地上,/当牠还是娇小的时候"。逆境之中,自由树仍顽强生长,"因为'自由',她站在树旁,/她的儿郎们高声呼号;/她唱一曲自由之歌,/使大家精神提高。/因为她的感召,那新生的一代,/立刻就拔出复仇的刀剑;/这批雇佣者马上奔逃——人们追上去痛打这暴君"。诗歌在对比中给人以强烈的印象和层次感,凸显自由树的可贵,而自由树结出的果子正是人们捍卫自由意识的觉醒:"如果没有这棵树,啊哟,/那么生命充满辛劳……如果我们有很多这样的树,/这世界就会得到和平;……我们彼此相对微笑,/平等的权利,平等的法律。/……好吧,让我们祈祷,老英吉利/也种植这棵名树,有朝一日!/我们高唱自由,我们欢呼,/给我们自由,自由万岁!"②结尾处的呐喊振聋发聩,全世界都需要这样一棵树,我们灾难深重的中华民族更需要种植自由树,让它遍地结果,唤醒民众的抗争意识,痛打侵略者,拥抱自由和平与平等,实现民族的觉醒与人格的独立。

---

① 王佐良:《译彭斯的再思》,《王佐良全集》(第八卷),外语教学与研究出版社2016年版,第545页。
② [英]彭斯:《彭斯诗十首》之《自由树》,袁水拍译,《中原》1944年第1卷第3期。

二 译诗的自由诗体形式

《中原》创刊号《编者的话》中提到"拘泥于文言文或旧形式的古董,自然有接受它们的古董店或博物馆",本刊"恕不接待"①,规约了本刊发表的创作、翻译或评论均要以白话文为表述工具,译诗语言自不例外,白话化、口语化、通俗化的自由体诗是基本文体要求,外国格律诗也大都迎合主流诗学规范而有意"误读"为自由诗形式。试以第 1 卷第 3 期《彭斯诗十首》中《我的心呀:在高原》第 1、2 节为例:

My heart's in the Highlands, my heart is not here,
My heart's in the Highlands, a-chasing the deer,
Chasing the wild deer, and following the roe,
My heart's in the Highlands wherever I go.

Farewell to the Highlands, farewell to the North,
The birth-place of Valor, the country of Worth;
Wherever I wander, wherever I rove,
The hills of the Highlands for ever I love.

我的心呀,在高原,我的心不在这儿;
我的心在高原,追赶野鹿;
追赶着野鹿,跟踪那牝鹿——
我的心呀,在高原,无论我走到那儿。
再会了,高原,再会了,北方,
英雄之所诞生,四海之所尊仰;
无论我走到那儿,无论我流浪何方,

---

① 郭沫若:《编者的话》,《中原》1943 年创刊号。

高原的群山呀，总归在我心上。①

原诗 4 个诗节，每节 4 行，抑扬格为主，采用 aabb 尾韵，韵脚严整，节奏明快，语言自然朴实，首尾两节相同，表现原始逐猎场面，视为合唱，中间两节为诗人的独吟。"my heart's""here"均是典型的口语，其中"My heart's in the Highlands"重复 5 次，具有民歌风味，表达了诗人"身在异乡，心向故乡"的拳拳恋土之情。此类怀乡类作品反映出诗人对昔日故乡深刻的眷念，在抗战语境下，反衬出战争对家园的踩躏以及给民众带来的灾难，内容上符合译介标准。译诗形式上整合原诗 1、2 节为第 1 节，原诗 3、4 节为第 2 节，变为 2 个诗节。语言上保留原诗口语化特征，如"我的心呀""这儿""那儿""群山呀"等，符合大众审美取向，原句"Farewell to the Highlands, farewell to the North"拆译为四个短语"再会了，高原，再会了，北方"，符合汉语句法特征，明显具有白话质感。译诗未袭承原诗韵式，舍弃了原诗节奏，"节奏是格律诗的结构性元素；没有节奏，也就没有了格律诗"②，译诗押韵但没有节奏，这称为"有韵自由体"，仍属于自由体诗。诗句中刻意的顿歇"我的心呀，在高原，我的心不在这儿"，是情绪的自然抒写，更具感染力，易于接受和传诵。

彭斯诗歌多为民歌体，无论内容还是形式均符合抗战意识形态和诗学规范。再看《彭斯诗十首》之《朵朵绯红，绯红的玫瑰》（今译《一朵红红的玫瑰》），语言朴实简约，自然生动，被各国人民视为爱情诗的典范，广为流传。诗歌界对抗战诗歌民族形式的讨论中，民间文艺形式如民歌、山歌、童谣等均为诗歌形式的源泉之一，该诗苏格兰民谣体的形式符合抗战诗歌的审美诉求。全诗共 4 节，每节 4 行，第一、三行为抑扬格四音步，第二、四行为抑扬格三音步，前两节韵脚为 abcb，后两节韵脚为 abab，除抑扬格音步和尾韵外，还有头

---

① ［英］彭斯：《彭斯诗十首》之《我的心呀：在高原》，袁水拍译，《中原》1944 年第 1 卷第 3 期。
② 王东风：《诗歌翻译论》，商务印书馆 2022 年版，第 127 页。

韵（luve/like, red/rose）和腹韵（while/life, sand/shall），叠句和重复结构，多种音韵手法的巧妙运用，极具音乐性，易于吟唱。译诗语言上保留原诗民谣特征，朴素清新，译文不避流行说法，比如"你是美人儿""我要一直爱你"，感觉上与读者贴近，语气词"哦"的添加符合民间诗歌语言特征，使语句更流畅。译诗形式上并未沿袭原诗韵律，自由体形式更自由地表达诗人对心上人坚贞不渝的爱情。

O my luve's like a red, red rose,
That's newly sprung in June;
O my luve's like a melodie
That's sweetly play'd in tune.
哦，我的爱人像一朵绯红，绯红的玫瑰，
在六月里，迎风盛开：
哦，我的爱人像一只好听的歌曲，
在乐器上温柔轻弹。

As fair art thou, my bonnie lass,
So deep in lure am I;
And I will luve thee still, my dear,
Till a'the seas gang dry.
你是美人儿，我年轻的姑娘，
我对你这样的深爱；
我要一直爱你，我的心爱，
直到所有的海洋枯干。

Till a'the seas gang dry, my dear,
And the rocks melt wi'the sun;
I will luve thee still, my dear,

While the sand o' life shall run.
直到所有的海洋枯干,我的心爱,
直到石头在阳光里腐烂;
我要一直爱你,我的心爱,
直到生命的路程走完。

And fare thee well, my only luve,
And fare thee will a while;
And I will come again, my luve,
Tho'it were ten thousand mile!
再会吧,我唯一的爱人!
现在我暂时离开你!
我就要回来的,我唯一的爱人,
虽则我们相隔千里。①

三 小结

《中原》创刊于"皖南事变"以后,可谓命运多舛,据第 2 卷第 2 期《校后记》主编郭沫若称:"《中原》常是在困顿的状态中,几乎每期要隔四五个月,甚至半年方得出版",1943 年 8 月他曾致函朋友翦伯赞称"《中原》2 期尚未出,2 期以后无望再出,已奉命停刊",1945 年 6 月又致函王冶秋"《中原》一、二两期近又准许出版。刊物的生或死主编者不能掌握,全在于幕后的那个发布命令的检查机关"②。尽管只有短短 6 期,《中原》以文艺为中心,兼容并蓄,融创作、翻译、文艺理论与批评于一体,在译诗的选择上也尽显一流诗家精品,并兼顾现实与浪漫主义题材,彰显抗战语境中诗歌功能性与文

---

① [英]彭斯:《彭斯诗十首》之《朵朵绯红,绯红的玫瑰》,袁水拍译,《中原》1944 年第 1 卷第 3 期。
② 姜德明:《郭沫若编〈中原〉》,《编辑学刊》1988 年第 2 期。

学审美的融合。

第六节 《诗垦地》诗歌翻译研究

《诗垦地》系抗战时期就读于重庆复旦大学的学生邹荻帆、姚奔主编的一份纯诗歌刊物，是七月派诗人的重要刊物之一，由诗垦地社出版，于1941年11月底创刊于重庆，1944年年底停刊，共刊行《诗垦地丛刊》6期，分别为第一集《黎明的林子》（1941年11月）、第二集《木枷锁与剑》（1942年3月）、第三集《春的跃动》（1942年5月）、第四集《高原流响》（1943年3月）、第五集《滚珠集》（1946年5月）[1]、第六集《白色花》（1944年年底），以及《诗垦地副刊》25期，由当时靳以主编的《国民公报》副刊《文群》提供版面，从1942年2月2日至1943年5月29日终刊共25期。在第四集出版时，曾卓在后记中写过这样一段话："……但这也并不能算是同人杂志。虽然也有基本的作者，那只是因为相识和相同的对诗歌的意志，与初创刊的无法觅得新手的原故。而且也有一点限制：凡友人的稿件都选得较严，对陌生的作者，只要看出还可以从已有的成就上发展开去的，虽在技巧上较差，也给采用。读者是可以从已出的几期中印证我们的话的。但是却也有人以为我们有'门户'与'宗派'之见。这是误解。只要大战斗的方向一致，我们都得引为战友。然而由于艺术风格上看法的差异，与为了保持各别刊物的个性，我们在选稿上只能如此，希望得到谅解"[2]。这段话并非个人意见，而是诗垦地社全体同

---

[1] 据邹荻帆回忆，第五集《滚珠集》大体上1943年8月就编好了，送到时代印刷出版社。第五集一直未出，"原因较多：诸如国民党掀起了第三次反共高潮，姚奔毕业离校，桑汀不久去了延安，而我和绿原也应征准备去充任译员，加上出版社也有他们本身的困难。发稿之后，我们也无力过问了。待我在成都编印第六集时，那已是1944年年底，第五集仍无消息，于是在'编后记'我写了这么几句：'这是第六集，而第五集在重庆一家印刷所里尚未印出。'我一直未见到第五集，因为1945年初冬，我就离开成都到了武汉，那时交通不便，音讯阻隔。"参见邹荻帆《忆〈诗垦地〉》，《新文学史料》1983年第1期。

[2] 邹荻帆：《忆〈诗垦地〉》，《新文学史料》1983年第1期。

人，即看稿人共同的意见。曾卓还以俏皮的手法写了一则"代邮"："路隽先生：你寄来的那女孩子的诗，情调是好的，但我们以为现在不是单纯地歌唱爱情的时候，稿现存敝社。若要退回，请示地址。"①其实并无路隽其人，表明该刊紧密与现实相连的办刊宗旨，登出的诗歌都具有时代性，容易引发共鸣。值得一提的是，在主编邹荻帆《关于〈诗垦地〉丛刊》中提到"译诗方面作有系统的介绍，这点我们也想到的，但是没有办法办到，因为翻译的材料目前这样难于得到，有一点大家又都抢着译了，但我们以后当尽量地谋得有计划的介绍"②，说明刊物重视系统翻译外国诗歌，亦知彼时翻译外国文学作品的繁盛。

一 《诗垦地》译诗统计及主要诗人特点分析

"抗战时期重庆的文化就其政治倾向而言，是抗日救亡的；就其思想特质而言，是民族解放意识；……重庆的文学正是为抗战服务的"③，翻译文学也不例外，因为翻译是一种具有明确目的的社会行为，对译入语文学会产生相应影响，而抗战救国是当时最高的翻译目的，是翻译活动得以存在的原动力。作为彼时一份纯诗歌刊物，《诗垦地丛刊》和《诗垦地副刊》登载的原创诗歌均紧扣时代主题，歌颂正义，憎恨黑暗，同情受迫害的人们，反抗法西斯的独裁和侵略。正如艾青所言："最伟大的诗人，永远是他所生活的时代的最忠实的代言人；最高的艺术品永远是产生它的时代的情感、风尚、趣味等等之最真实的记录。"④ 在血与火交织的抗战年代，除原创诗歌具有现实性以外，译诗也以翻译目标为旨归选择性摄取外国具有进步与革命意义的诗歌。现将两刊所登译诗统计如表3.6和表3.7所示。

---

① 邹荻帆：《忆〈诗垦地〉》，《新文学史料》1983年第1期。
② 荻帆：《关于〈诗垦地〉丛刊》，《文艺生活》1942年第2卷第6期。
③ 靳明全主编：《重庆抗战文学论稿》，重庆出版社2003年版，第55页。
④ 艾青：《诗与时代》，《诗论》，生活·读书·新知三联书店2014年版，第120页。

表 3.6　　　　　　　　　　《诗垦地丛刊》译诗统计

发表时间	译诗	作者	国别	译者
1941年11月第1集《黎明的林子》	滚开	蔡雷泰里	苏联	赵蔚青
1942年3月第2集《木枷锁与剑》	宣誓	M. 斯维特洛夫	苏联	铁弦
	波特莱尔诗二章 一、人与海 二、夜的谐和	波特莱尔 （今译波德莱尔）	法国	马宗融
	请不要再诱惑我	C. D. 路易士	英国	马耳
	短剑	蔡雷泰里	苏联	蔚青
	啊，潜伏的烈火	C. D. 路易士	英国	李葳
	赫达古洛夫诗抄 一、悲哀 二、摇篮曲 三、我不是先知	赫达古洛夫	苏联	周行
1942年5月第3集《春的跃动》	高窗	西隆治	日本	赵蔚青
	莫说斗争不中用	AH clough		柳园
	曼殊斐尔诗二章 一、怀海病 二、西风	曼殊斐尔 （今译梅斯菲尔德）	英国	李嘉
1943年3月第4集《高原流响》	现代英国诗抄 一、古波斯僧的旅行	伊略特 （今译艾略特）	英国	邹绿芷译自 D. K. 罗贝特所辑之《世纪诗抄》
	二、壕堑中的黎明	I. 罗森贝尔		
	三、轰炸的灾难：西班牙	H. E. 瑞得		
1946年5月第5集《滚珠集》（编于1943年8月）	桥	M. H. 黑德逊		有笛
	时光，吉卜西老人	P. 郝得逊	英国	蔚青

表 3.7　　　　　　　　　　《诗垦地副刊》译诗统计

发表时间	译诗	作者	国别	译者
1942年4月16日第6期	海的渴望	约翰·梅斯弗尔特（今译梅斯菲尔德）	英国	胡曲
1942年11月17日第13期	鸟之歌	惠特曼	美国	周敏

续表

发表时间	译诗	作者	国别	译者
1942年12月18日第14期	惠特曼诗二章 一、我愿听美国在歌唱着 二、死之谷	惠特曼	美国	钱新哲
1943年4月10日第22期	惠特曼诗抄—— 监狱里的歌唱者	惠特曼	美国	路阳
	爱之愁	W. B. 叶茨 （今译叶芝）	英国	张尚之
	荷锄的人—— 写于看过米勒的 世界名画后——	E. 马克罕姆	美国	姚奔
	爱	R. 洛克	英国	邹荻帆
1943年5月9日第24期	为什么	W. S. 兰敦 （今译兰德）	英国	胡曲

由表3.6和表3.7可见，译诗来源国主要为英法美以及苏联，系反法西斯战争同盟国，政治意识形态上和战时中国是一致的。从选译诗歌的作者来看，大都为进步和革命诗人。首先，苏联的蔡雷泰里和赫达古洛夫两位诗人在人民中都深受爱戴，是人民大众的代表。《诗垦地丛刊》第1集《黎明的林子》刊载了A.托尔斯泰《乔治亚民族诗人——蔡雷泰里》一文，作者称："蔡雷泰里的诗和剧，盈溢着对他祖国热切的亲挚的爱，他的作品存在到今天，实在是永不会朽灭的。这个诗人是幽美的乔治亚的一个忠诚的儿子。他的诗鼓舞着他的同胞报效他们的祖国。"① 第二位是苏联奥赛蒂亚民族诗人赫达古洛夫，第2集《木枷锁与剑》中穆古耶夫作《奥赛蒂亚民族诗人——赫达古洛夫》对诗人的生平、创作及特点均有较详细的介绍，称他为："一个为人民的毫不动摇的战士，是一个人民底悲哀与复仇的期望底歌者……他是农民的奥赛蒂亚底诗人。他底诗歌，给谱上民众自己所作底曲子来歌

---

① ［俄］A. 托尔斯泰：《乔治亚民族诗人——蔡雷泰里》，赵蔚青译，《诗垦地丛刊》1941年第1集《黎明的林子》，第26页。

唱；从牠们底旋律中，响出了一种警钟般的声音，惊醒那些醉生梦死者，鼓舞起那些敢作敢为的人……"①

其次，选译作品的英法诗人主要为英国的 C. D. 路易士、曼殊斐尔（即梅斯菲尔德）、艾略特和叶芝，以及法国的波德莱尔。译者对其中一些诗人作了简要介绍，这类序、跋等副文本让译者现身，表达对原作的认识与理解，为读者提供某种阅读参考，"参与了、丰富了，甚至阐释了该译文正文本的意义"，同时能"为我们发现和解读某一特定时期翻译生产的外部环境提供线索。翻译作品的副文本像一块多棱镜，能够折射出文本所处环境的复杂的意识形态"②。丛刊第 2 集路易士作《请不要再诱惑我》中，译者马耳在"后记"里称路易士为近代英国青年诗人群中的一个杰出者，第一次世界大战的产儿，并援引英国批评家利维斯（F. R. Leavis）在《英诗的新意境》中的评论解释该诗的创作背景，第一次世界大战后的"一切传统是破产了，文化被翻了跟，凋萎了"。但是面对这一残局，"他（人——译者）有某种绝对的精力，……一定会有一条光明的路径可寻，一定可以找得出一个新的办法，现状是可以改变的"③。《请不要再诱惑我》中"刺刀团团地架在周围，／我缩退：但我要扭出／从失望中一个生命，／从钢铁中一支歌曲"，这"表示出一种幻灭，但又表示出一种希望"④。幻灭后的绝望，绝望滋生的希望正是战时中国大众的心理写照，"绝望之为虚妄，正与希望相同"，胜利的希望才是继续抗争的动力。另一位诗人曼殊斐尔（即梅斯菲尔德）据丛刊第 3 集《春的跃动》中《曼殊斐尔诗二章》译者李嘉介绍："曼殊斐尔德，英国桂冠诗人，这是（指《怀海病》——笔者）他早年所发表的咸水谣里的作品，因为他是水

---

① ［苏］K. W. 穆古耶夫：《奥赛蒂亚民族诗人——赫达古洛夫》，周行译，《诗垦地丛刊》1942 年第 2 集《木柵锁与剑》，第 45—46 页。
② 肖丽：《副文本之于翻译研究的意义》，《上海翻译》2011 年第 4 期。
③ 马耳：《请不要再诱惑我·后记》，《诗垦地丛刊》1942 年第 2 集《木柵锁与剑》，第 41 页。
④ ［英］C. D. 路易士：《请不要再诱惑我》，马耳译，《诗垦地丛刊》1942 年第 2 集《木柵锁与剑》。

手出身，所以对海特别怀恋，同时在他的诗里充满了水手的情热而又忧郁的调子。"① "我必须再回到海洋，/因为那奔流着的潮水的呼唤，/是一阵粗野的呼唤，嘹亮的呼唤，/使我不能拒绝……"② 对大海的眷念，实为对大海表征的自由之向往，蕴藏着激昂的奋斗激情和积极的人生态度。第 4 集《高原流响》中邹绿芷翻译了艾略特的《古波斯僧的旅行》，"路途深远，而气候凛冽"的"长远的旅行"，旅行中生死哲思与宗教虔诚的体现：当异国的民族"执握我们的天神"，生"却是难耐而剧烈的痛苦"，这样的生无异于死，"我宁可喜欢着另一个死"③。"后记"里介绍："T. S. 伊略特现代英国著名诗人，原为美人，后入英籍。著有戏曲及批评文字甚多，诗尤著名。"④ 叶芝、艾略特与波德莱尔为西方现代派诗人，其诗歌充满着哲理、玄学、象征和晦涩，使用诸如象征、反讽、暗示等手段，带有思辨色彩和对个体生命的体验哲学，这与现实主义和浪漫主义诗歌在本质上有较大的区别。中日战争全面爆发后，破除民族危机成为中国人的首要任务，当时的诗歌美学与政治意识形态息息相关，"文艺大众化"是诗歌的预期目标，因此不管是诗歌创作还是翻译，其内容必然"压倒一切地以同仇敌忾、抗战建国为职志，语言尽可能的直白通俗、不加雕饰……在抒情方式上，以热烈明快、直线倾泻为特色"⑤，而现代派诗歌哲理化的倾向和智识性的书写，都标志着其诗艺无法在抗战背景下成为主流。

另外，美国民主诗人惠特曼的诗歌所占比重也相当大，分别为《诗垦地副刊》第 13 期《鸟之歌》（周敏译），第 14 期《惠特曼诗二章》：《我愿听美国在歌唱着》和《死之谷》（钱新哲译），以及第 22

---

① 李嘉：《怀海病·译前》，《诗垦地丛刊》1942 年第 3 集《春的跃动》，第 34 页。
② ［英］曼殊斐尔：《怀海病》，李嘉译，《诗垦地丛刊》1942 年第 3 集《春的跃动》，第 35 页。
③ ［英］T. S. 伊略特：《现代英国诗抄》之《古波斯僧的旅行》，邹绿芷译，《诗垦地丛刊》1943 年第 4 集《高原流响》，第 21—22 页。
④ 邹绿芷：《古波斯僧的旅行·后记》，《诗垦地丛刊》1943 年第 4 集《高原流响》，第 22 页。
⑤ 张松建：《现代诗的再出发——中国四十年代现代主义诗潮新探》，北京大学出版社 2009 年版，第 135 页。

期《惠特曼诗钞——监狱里的歌唱者》。惠特曼用充满激情的笔触歌唱美国人民和社会进步，其诗歌的核心主题为自由、民主与平等。作为民主诗人，他的诗歌"反映了人民的疾苦，反映了劳动人民对民主，对各族人民之间的友好"①，"他对摆脱社会压迫和种族压迫的人类的向往"② 等主题均契合抗战时期意识形态的诉求。如《我愿听美国在歌唱着》中，诗人以乐观的语调歌颂一个新民族的崛起，歌颂劳动者作为社会的主人唱属于自己的歌，"我愿听美国在歌唱着，我听见各种各样的歌"③，机械工人、木匠、泥瓦匠、船夫、水手、鞋匠……每个人都唱着属于自己的歌，这是民主与平等精神的体现，是诗人热爱和讴歌劳动人民的折射。

二 译诗的主题特征分析

综观《诗垦地丛刊》及《诗垦地副刊》上的诗歌，主题大致可归纳为三类，第一类为反压迫、爱家国，第二类为控诉战争的残忍以及给大众带来的灾难，第三类为数量较少的现代派诗歌探讨人与自然关系，主客观间的契合等主题。诗歌翻译的主题和来源在宏观上离不开源语文化提供的丰富资源，也离不开目标语文化需求的规约和引导。而微观层面，主题和来源是通过具体操作者的翻译行为实现的。赞助人是社会意识形态在翻译取向上的潜在践行者，而译者是直接实施者，有时起着更主导的作用④。

在国家民族危难的抗战时期，社会意识形态基本归一为爱国救亡，许多译者本身就是各报纸期刊的主编或编辑，赞助人有时就是译者自身。文学直接服务于民族解放战争的需要，已成为爱国知识分子的共识。当然，诗歌主题和来源受宏观和微观条件的双重规约，在微观上

---

① 孟德森：《惠特曼评传》，罗维译，人民文学出版社1958年版，第1页。
② 孟德森：《惠特曼评传》，罗维译，人民文学出版社1958年版，第3页。
③ [美]惠特曼：《我愿听美国在歌唱着》，钱新哲译，《诗垦地副刊》1942年第14期。
④ 姜秋霞：《文学翻译与社会文化的相互作用关系研究》，外语教学与研究出版社2009年版，第81页。

因译者的主体差异而有不同,因为译者在翻译实践中又具主体性和个性,《诗垦地》西方现代派诗歌的选译看似有些与抗战现实格格不入,但也显示着译诗者在战争背景下对人性、历史、哲理等重大命题的思索,试图传达对现代文明的全景式思考,对中国新诗的发展起着不可忽视的作用。

(一)反压迫爱家国类主题

《诗垦地丛刊》第1集刊登的蔡雷泰里的《滚开》(赵蔚青译)就是典型的反压迫爱家国主题:"推翻这暴君政府!/今天在贫困的苦痛中/我们无数的声音结合成一个声音/呐喊着,'你滚开,滚开!'……暴君的威权,我们忍受得太久了,/我们再不要屈服了——/振奋起来我们自己吧,喊着,'滚开!'/……自由的光辉将要灿烂了;/我们还能服从什么呢?/这武力的政治和蛮横的强权。/让暴君滚进黑夜里吧,滚开!"① 每一节末尾重复"滚开!"渲染着被压迫人民内心的愤怒和抵抗的决心。该诗创作正值俄国第一次革命时期,被压迫者的怒吼与抗争无疑鼓舞着中国大众积极抗战。蔡雷泰里的《短剑》也是富于抗争激情的力作,诗人由衷地赞誉战争的武器"短剑":"短剑呵,我是衷心地爱你!/钢刃呵,你是不可抵御的。/短剑呵,你已应许了我,/你要砍断敌人所铸的枷锁。"诗人以短剑作为战斗利器,"让我的剑濡浸着敌人的血,/呵,短剑,深插进他的心脏吧"②。诸如此类主题的译诗还有路易士的《啊,潜伏的烈火》(李葳译)和《斗争》(邹绿芷译),《赫达古洛夫诗抄》中的《悲哀》《我不是先知》(周行译),以及斯维特洛夫的《宣誓》(铁弦译)等。

尤其值得一提的是赫达古洛夫的诗歌。作为奥塞蒂亚民族诗人,如前所述,他的诗歌深刻反映了奥塞蒂亚民族及其人民在沙皇统治下的悲惨境遇,充满反抗精神,如《悲哀》中写道:"我们的身躯给铁链锁住,/死者并不要墓里的安宁。/我的祖国给糟蹋,群山给盗窃,/

---

① [苏]蔡雷泰里:《滚开》,赵蔚青译,《诗垦地丛刊》1941年第1集《黎明的林子》,第27页。
② [苏]蔡雷泰里:《短剑》,赵蔚青译,《诗垦地丛刊》1942年第3集《春的跃动》,第42页。

我的同胞给嘲弄鞭打,在流血。/我的同胞,他们古老的家国给掠夺了,/正像京海的兽群给迫逐得星散。/给我们指示未来,用言词的力量/把我们团结在一起的领导者呀,你在何方?"① 在《我不是先知》中,诗人以同样犀利的笔调,铿锵的激情,面对沙皇的黑暗统治,表明决心"我不怕分离,痛楚或流放,/也不怕死亡,银铛的锁链或黑暗的牢房"。既非先知无超凡的智慧,无法逃避也无须逃避,"我只是随处为人们歌唱,/唱呀唱的,骂尽一切卑污的行径。用我所有的力量对强霸的统治挑战,/我把真理向不怕事的人们宣传",即使入狱,"在牢中,自由与我显得更光辉,/和着锁链银铛,我的歌儿更响亮。/在流刑中我与人民更亲近,/默默地受苦,死去也更甘心"②。

(二)控诉战争类主题

战争使生灵涂炭,恐惧、贫穷和饥饿笼罩着大地,这类主题的描述从另一侧面控诉战争的无情,揭露侵略者的残暴罪行。《诗垦地丛刊》第2集《赫达古洛夫诗抄》中的《摇篮曲》(周行译),第4集《现代英国诗抄》中罗森贝尔的《壕堑中的黎明》(邹绿芷译)和瑞得的《轰炸的灾难:西班牙》(邹绿芷译)正是反映这一主题的诗作。《摇篮曲》诗人以母亲的口吻控诉沙皇专政,丈夫被迫害致死后孤儿寡母的悲戚生活:"睡吧,我的宝贝。/是我的一切啊,我再没有谁。/我一定做过挚爱的母亲,充满着慈爱,永远温柔,/对我底孩子。/生活比地狱还悲惨,我底儿。/生活真狠心对你底爹,/现在他就是躺在泥土里。/直睡到天亮呵,宝贝!"同时母亲也告诉孩子守爱家园,勇于面对生活,"不用害怕的——/爱你底本土的山,永不要/无论如何永不要把它丢弃!"③

《壕堑中的黎明》通过一只老鼠的窜动,它"触碰了这只英国人

---

① [苏]赫达古洛夫:《赫达古洛夫诗抄》之《悲哀》,周行译,《诗垦地丛刊》1942年第2集《木栅锁与剑》,第49页。
② [苏]赫达古洛夫:《赫达古洛夫诗抄》之《我不是先知》,周行译,《诗垦地丛刊》1942年第2集《木栅锁与剑》,第50页。
③ [苏]赫达古洛夫:《赫达古洛夫诗抄》之《摇篮曲》,周行译,《诗垦地丛刊》1942年第2集《木栅锁与剑》,第49—50页。

的手""越过中间的静睡着的绿野""也将同样触碰一只德国人的手",描写战争对双方士兵的摧残。诗人用拟人的手法描述老鼠所见,"当你经过了那些强烈的眼睛,/美好的四肢,和在你平生所未曾/遇过的健壮的运动员,与对于/杀害的想念而束缚着的力量,……/都匍匐在大地——那法兰西的/破碎的原野——的肠管里",暗讽战争给法兰西人民带来的深重灾难,那些曾经健壮的人,转眼变为尸骨,横亘在壕堑中。"当凄厉的弹丸与烈火/猛掷过岑寂的天宇,/在我们的眼睛里你看见什么呢?/怎样的震动——怎样惊骇的心啊?/根生于人们血脉中的罂粟花/萎凋了,并且正在萎凋着;/但是在我耳际的是平安的,/只因为尘土,有一点灰白。"① 通过生物的感知,折射战火蔓延下士兵内心的恐惧,又通过象征邪恶的罂粟花的枯萎,暗示黎明即将来临,从而紧扣诗眼。

《轰炸的灾难:西班牙》深刻描绘了一群孩子在帝国主义轰炸西班牙中不幸罹难的悲惨境遇,幼小的生命在战争面前卑若尘埃:"无光的眼球闪霎着,不敢向阳光瞥视。/那些枯瘪的口唇曾经是温暖的,/并且泛着血色而是鲜丽的,/可是血液/容纳在白润的肉里,却不是/流淌或是喷溅于蓬乱的发际。/在这些阴暗的蓬发里,红色的血瓣并不会时常/如此的团结成黑色的伤疤。/这些是死者的面孔:/柴烬不似他们那末灰白,/蜂巢不比他们更惨淡如蜡。/他们被安置成行列/如同经过一夜骚乱而坠下的/纸灯笼,在干爽的/晨风中熄灭了。"②

(三) 人与自然主题

除了体现与抗战现实紧密相连的反压迫等主题外,还有对人与自然关系的描写。丛刊第 3 集《曼殊斐尔诗二章》中的《怀海病》(李嘉译)与副刊第 6 期约翰·梅斯弗尔特《海的渴望》(胡曲译)均系

---

① [英] I. 罗森贝尔:《现代英国诗抄》之《壕堑中的黎明》,邹绿芷译,《诗垦地丛刊》1943 年第 4 集《高原流响》,第 22 页。
② [英] H. E. 瑞得:《现代英国诗抄》之《轰炸的灾难:西班牙》,邹绿芷译,《诗垦地丛刊》1943 年第 4 集《高原流响》,第 22 页。

英国诗人约翰·梅斯菲尔德（John Masefield）的同一首诗，作者与诗名因不同译者译名不同而已。原诗共3节，每节4行，运用拟人、明喻和暗喻的修辞手法，诗的每节开头都采用"我必须再回到海洋"（I must go down to the seas again），描绘了一幅波澜起伏，白云飘飞的画卷，表达了诗人热爱大海，对畅游大海，自由远航的向往，体现不断奋斗的人生激情："我必须再回到海洋，／因为那奔流着的潮水的呼喊，／是一阵粗野的呼唤，嘹亮的呼唤，／使我不能够拒绝；我所要求的只是一个刮风的日子／有白云在飞，／跳溅的浪花，喘息的泡沫，／和海鸥的叫喊。"① 同一节胡曲译本："我必须再一次往海中，为了汹涌的浪潮的召喊，／是不能违反的狂野的嘹亮的召喊；我全部所恳求的只是白云飞翔的有风的日子，／还有飞溅的浪花，喷吹的泡沫，和海鸥的亢鸣。"② 二译互勘可察胡译保留了原诗的节数与行数，李译同为3节但每节变为8行，拆分为更符合汉语表达方式和阅读习惯的短句，再如胡译"是不能违反的狂野的嘹亮的召喊"（is a wild call and a clear call that may not be denied）就略逊于李译"是一阵粗野的呼唤，嘹亮的呼唤，／使我不能够拒绝"。拆译法的运用使诗歌结构简化，小句、分句化繁至简，更显汉语特点。该诗主题呈现一种张力美，是现实世界与精神世界的对立统一，严峻现实生活中对生命意义的追求，是对现实境遇的超越，"我"向往"海鸥"一般搏击长空，感受大海的召唤。这种不畏艰险、乐观豁达的人生境界正是对处于战乱中的中国人民的一剂强心针。

除译介现实主义诗歌以外，《诗垦地》中也有少量西方现代派诗歌的介绍，除前述邹绿芷译艾略特《古波斯僧的旅行》外，丛刊第2集《波特莱尔诗二章》（马宗融译）刊载了法国19世纪著名现代派诗人、象征主义诗歌先驱波特莱尔（今译波德莱尔）代表诗作《恶之花》中的两首——《人与海》和《夜的谐和》。《人与海》揭示了人

---

① ［英］曼殊斐尔：《怀海病》，李嘉译，《诗垦地丛刊》1942年第3集《春的跃动》，第35页。

② ［英］约翰·梅斯弗尔特：《海的渴望》，胡曲译，《诗垦地副刊》1942年第6期。

与外界事物,以及事物之间的内在联系,体现波氏的"应和论",即万物之间是可以相互感应的,向自然出发,去寻找自身精神的支撑点,构成了波德莱尔美学的基础。波德莱尔认为:"在精神世界和'自然'世界里,每一种事物,形式、运动、数量、色彩、香味都是有意义,相辅相成和相异'相契'的"①,精神世界和自然世界也是相融相感的,诚如《人与海》所言:"自由的人,你总会特别爱海。/海是你的镜:你观照你的灵魂。/于它那无极的波涛奔腾,/而你的精神界也有一个深渊是一样的险怪……你们俩都是深晦而严密;/人哟,谁也不能探透你的深渊的究竟;/哦,海哟,谁也不能知道你神奥的富蕴,/只要你们还悭吝地保守着你们的玄秘!"② 人与海的融合呼应,有限与无限,通过大自然与人心的沟通,"大海"成为诗人的"心灵之镜",心灵的"深渊",艺术成为具有哲学价值的人类精神世界的显现。在《夜的谐和》中,诗人以"每朵花和香炉"发散的香气,"提琴颤动"的声音应和"锁愁着的心","一朵柔和的心,它憎恨那广大而暗黑的空虚!"③ 使外部世界与人的内心世界形成通感,拨开黑暗和空虚去追寻真善美。

三 译诗语言形式的大众化

抗战时期诗歌界紧紧抓住诗歌大众化这一核心问题,具体表现在两方面:一是诗歌内容紧贴大众,以大众的情感为情感;二是诗歌语言形式大众化。诗人需面对现实,与时代和生活实践相结合,使个人情感融于民族命运,民族的情感高于一切,这不仅决定诗的主题内容,也决定诗的语言形式。丛刊第2集柳南的《诗的道路》中的几句话可以为证:"用韵文写诗不全是诗,这几乎已经成了定论。我以为,好的诗,其实是决定于它自己的内形的韵律——生活的韵律。这韵律在

---

① 转引自辛中华、李文军《从"应和"到象征——波德莱尔的美学思想探微》,《内蒙古工业大学学报》(社会科学版)1995年第2期。

② [法]波特莱尔:《波特莱尔诗二章》之《人与海》,马宗融译,《诗垦地丛刊》1942年第2集《木栅锁与剑》,第39页。

③ [法]波特莱尔:《波特莱尔诗二章》之《夜的谐和》,马宗融译,《诗垦地丛刊》1942年第2集《木栅锁与剑》,第39页。

内容与形式的统一上是必然的产物。而内容是情感与现实生活的交流；凡脱离了现实生活的情感是空虚的，用这个空虚的情感写诗，虽然下了工夫拼命雕琢，结果却并不见得会好。相反的，愈是忠实于生活的，那情感便真挚，丰满，也自然会有美的内在韵律，则愈是忠实于艺术"①。第4集《两歧之间——论当前诗的三种恶劣的倾向》一文柳南又称："好的诗不是空喊，是活生生的，有血，有肉，有哭，有笑；但那哭，那笑，绝非空洞的爆发的，它把握了情感的跃动，使之与生活的全部感应作完整的交融和凝结，然后让它们倾泻在它的诗篇里，那么，当别人读到它时，通过它那感情形象的传递，也会哭，也会笑，从而得到一种启发性的教育作用。"② 这是从受众的角度考量，从诗歌的教化功能上考量，是诗歌大众化的表现。诗歌承载着人类的生活与情感，"感受着那强烈的情感的跳跃，因这跳跃，而有着各种不同的自然的韵律"③，这是生活的韵律，是情绪的韵律，这韵律产生了自由诗。

除诗歌创作外，《诗垦地》刊登的译诗也都为自由诗，一是应和主流诗学的需要，另一重要原因为《诗垦地》作为七月派重要刊物之一，更受到七月派精神领袖胡风思想的影响。他倡导的"主观战斗精神"要求诗人以饱满的情绪进行文艺创作，"要伸入或拥抱客观的对象，在客观对象里面发现了主观的要求"④，把主观情感与客观现实结合起来，用文艺书写现实人生，用文艺参加战斗。而自由诗"对定型诗是一个有力的反抗。要没有拘束的形式，才能自由地表现作者的情绪，才能表现作者在现实生活中的具体形象所得的感应"⑤，情绪的波动就是自由诗的音节。除体式外，译诗同时要求通俗和洗练的语言，

---

① 柳南：《诗的道路》，《诗垦地丛刊》1942年第2集《木枷锁与剑》，第18页。
② 柳南：《两歧之间——论当前诗的三种恶劣的倾向》，《诗垦地丛刊》1943年第4集《高原流响》，第15页。
③ 柳南：《两歧之间——论当前诗的三种恶劣的倾向》，《诗垦地丛刊》1943年第4集《高原流响》，第16页。
④ 胡风：《一个诗人底历程——田间诗集〈给战斗者〉后记》，《诗垦地丛刊》1946年第5集《滚珠集》，第2页。
⑤ 胡风：《略观战争以来的诗——在扩大诗歌座谈会的报告，由惠元笔录》，《抗战文艺》1939年第3卷第7期。

尽可能挖掘大众口语的朴实自然，用真实的感觉和情绪的言语，与"读者的心结合"，才能"把读者的认识和战斗意志提高"①，坚定抗战到底的决心。《诗垦地》译作中蔡雷泰里和赫达古洛夫均为苏联民族诗人，所选诗人诗作符合抗战历史语境下诗歌的审美要求。丛刊第1集托尔斯泰的《乔治亚民族诗人——蔡雷泰里》里评价道："在他的作品里，他能融会两个因素，就是两种不同的言语：一种是见于蔡雷泰里以前的乔治亚诗集中的文语，另一种是乔治亚乡间和繁华的城里市面上的痛快流利的口语。……他创造出一种新颖的乔治亚文学语言，虽简单但丰富，且很接近大众，开了乔治亚文学的一个新纪元，现实主义的纪元。为的回答人民的渴慕和期望，蔡雷泰里到人民的面前去搜集了大量的民间故事，他以人民的言语来丰富着乔治亚的诗。"② 同样，第2集穆古耶夫作《奥赛蒂亚民族诗人——赫达古洛夫》中，也称他的诗歌语言质朴洗练，具有节奏感和音乐性，"给谱上民众自己所作底曲子来歌唱"③。

此外，《诗垦地副刊》中也多次译介惠特曼的诗歌。惠特曼的自由体诗歌是西方诗歌形式方面的创新，其诗歌的节奏与情绪和情感的流动相呼应。惠特曼诗学的基本原则即为"诗的特性并不在于韵律或形式的均匀"，诗歌的"法则和领域永远不是外部的而是内部的"④，从而否定了构成诗歌格律的音节、韵律等基本要素。艾青曾评价惠特曼的诗："在近代，以写'自由诗'而博得声誉的，是合众国民主诗人惠特曼，产生这种诗体的时候，从诗的本身说，是为了适应表现新的思想感情的要求，突破旧形式的束缚是一种解放。"⑤ 惠特曼的自由

---

① 胡风：《略观战争以来的诗——在扩大诗歌座谈会的报告，由惠元笔录》，《抗战文艺》1939年第3卷第7期。
② ［俄］A. 托尔斯泰：《乔治亚民族诗人——蔡雷泰里》，赵蔚青译，《诗垦地丛刊》1941年第1集《黎明的林子》，第26页。
③ ［苏］K. W. 穆古耶夫：《奥赛蒂亚民族诗人——赫达古洛夫》，周行译，《诗垦地丛刊》1942年第2集《木栅锁与剑》，第45—46页。
④ 李野光：《惠特曼研究》，上海外语教育出版社2003年版，第82—83页。
⑤ 艾青：《自由诗与格律诗问题》，《艾青选集》（第三卷），四川文艺出版社1986年版，第266页。

体诗符合抗战时期诗歌的文体要求，没有格律的羁绊便于诗人直抒胸臆，能更好地号召民众奋起抗战，因而在抗战时期普遍受到欢迎，众多报纸期刊均有惠特曼诗歌的译介，笔者就此多有论及，不再赘述。

四 结语

《诗垦地丛刊》和《诗垦地副刊》作为抗战时期重庆出版的一份纯诗歌刊物，关注抗战，关注民族命运，其现实主义诗学主张影响翻译活动中诗人、诗歌文本的主题选择，语言形式上注重大众化趋势，符合读者阅读和审美期待以便更好发挥诗歌的政治功能。即使译介了少量来自西方现代派的诗歌，也更关注从人与自然关系中去探索人的生命意义，具有积极意义。现代派诗歌意境虽有晦涩之处，但诗体形式仍袭自由体，符合历史语境对诗歌审美价值的意向建构，充分体现了意识形态对翻译活动的介入，以及翻译对译入语文化的反哺。

第七节 《文艺先锋》诗歌翻译研究

《文艺先锋》是抗战后期国民党官方创办的大型文艺刊物，1942年10月10日创刊于重庆，王进珊主编，文艺先锋社印行，张道藩为发行人。初为半月刊，1943年1月20日第2卷第1期起改为月刊，2月20日第2卷第2期改由徐霞村、李辰冬主编，丁伯骝负责实际编务。1946年10月第8卷第5、6期合刊起，迁往南京继续出版，至1948年10月出版至第13卷第4期停刊，前后共出版76期。本节仅考察自创刊起至抗战胜利，即1942年10月至1945年8月的翻译诗歌，涵盖从第1卷第1期至第7卷第2期的内容。《文艺先锋》作为国民党的官方出版物，在编辑方针上充分体现国民党的文艺方针和官方意志，以创作、评论、翻译并重。在全国抗战历史背景下，《文艺先锋》曾团结众多进步作家和译者，发表了一大批优秀的反映抗战现实和进步意义的作品和译作，对相关领域的研究具有一定的史料价值。

第1卷第1期类似于发刊词的《致作家与读者——本刊的使命与

期望》中,张道藩指出刊物的重要意义:作为一种"新型的文艺刊物",《文艺先锋》出现在"这抗战的第六年代,后方物资缺乏,印刷困难,作家散处四方,写作极艰苦的时期""填补了出版界的空虚,增加了文艺界的贡献。虽然不能说,这就是沙漠中的绿洲,深谷里的莺啭,但至少也该是战地上的一朵鲜葩,黎明前的几声鸡唱"。进而言明创刊目的与任务:"我们愿把这本刊物贡献给大家,作为联络工作与交换意见的园地。洗净枯燥,浮浅与偏狭的习气,养成清新,严肃而纯正的热忱,开辟中国文艺的新境界。想来必能获得全国作家的赞助,与读者的欢迎吧。——这也就是这一本刊物对于抗战建国期间新文艺运动所应担负的使命。"更细致体现在征稿启事的四点意见上:"一、加强全国文艺界总动员;二、补充全国读者精神食粮;三、供给全国作家发表作品;四、促进三民主义文艺建设。"① 的确,抗战时期的《文艺先锋》团结了全国许多知名作家、译者和文艺工作者,兼具开放性和进步性。

对于翻译作品,《征稿简章》第三条特别提到"翻译请附原著,或详示原著书名或题目,作者姓名,出版者及出版年月",说明重视翻译的忠实性,附上原作便于编辑对比以评估翻译的质量②。

一 译诗选材趋向:同盟国诗人作品的翻译

翻译是一项无法在真空中开展的社会活动,译者也并非纯粹的语言人,而是具有社会性的社会人,翻译活动必然受到译入语社会政治、经济、历史等条件的影响。战争的历史环境使抗日救亡成为时代主题,《文艺先锋》联系抗战救国的时代语境,称"谁说的纸弹不能杀敌?坚强我们的精神国防,摧毁敌人的心城的,正有待于神圣的文艺部队。本刊以'先锋'为名,虽不敢以主力自居,但是冲锋陷阵,当然不敢后人"③。为此,"以译报国"成为译者的使命与任务,《文艺先锋》

---

① 张道藩:《致作家与读者——本刊的使命与期望》,《文艺先锋》1942年第1卷第1期。
② 编者:《征稿简章》,《文艺先锋》1942年第1卷第2期。
③ 张道藩:《致作家与读者——本刊的使命与期望》,《文艺先锋》1942年第1卷第1期。

译作占比较重，范围涉及小说、诗歌、报告文学、话剧、论著等，甚至一度挤占创作文章，正如第4卷第6期短论《再结一次账》所言："近两三月来，在所收到的稿件中，翻译的小说占着很大的百分比，诗也有同样的情形，自然，这些文字都是我们所欢迎的，不过我们更欢迎短篇及中篇的创作，以及讨论建立民族文学问题的论文。"① 刊登的译作中，译诗数量颇多，多来自战时同盟国诗人的作品，主要涉及英、美、法、俄以及西班牙，详见表3.8。

表3.8 《文艺先锋》译诗统计

发表时期	诗歌	作者	国别	译者
1942.11.10 第1卷第3期	喀撒比安卡	Mrs. Felicia Hemans	英国	秀芙
1942.11.25 第1卷第4期	水仙	渥茨华斯 （今译华兹华斯）	英国	秀芙
1942.12.25 第1卷第6期	F. G. 洛尔加诗钞： （一）海水曲 （二）歌 （三）水手	F. G. 洛尔加 （今译洛尔迦）	西班牙	伯石
1943.1.20 第2卷第1期	W. H. 戴维斯诗钞： （一）绿色的天幕 （二）雨 （三）微笑的玫瑰	W. H. 戴维斯	英国	伯石
1943.6.20 第2卷第5、6期 合刊	去国行	拜伦	英国	柳无忌
1943.10.20 第3卷第4期	火车中	James Thomson	英国	柳明
1943.11.2 第3卷第5期	译诗两首： （一）秋天的歌	P. Verlaine	法国	陆侃如
	（二）誓辞	P. Louys	法国	陆侃如
1944.3.20 第4卷第3期	春之歌（组诗）	Sir Walter Raleigh、 Edmund Spensor、 William Shakespeare 等	英国	于赓虞

① 李辰冬、丁伯骝：《短论：再结一次账》，《文艺先锋》1944年第4卷第6期。

第三章 期刊篇：大后方译介外国诗歌的主要刊物

续表

发表时期	诗歌	作者	国别	译者
1944.6.20 第4卷第6期	M.莱蒙托夫诗选： （一）生命之杯 （二）帆船 （三）当黄裸麦田 （四）感谢 （五）被俘的武士	M.莱蒙托夫	俄国	葛一虹
1944.8.20 第5卷第1、2期 合刊	蔷薇及其他——屠格涅夫散文诗选译： （一）老妇人 （二）他是满足的了 （三）骷髅 （四）蔷薇	屠格涅夫	俄国	鲁丁
	战神	Siseholy	美国	帅翔、辛英、梓越合译
1944.10.20 第5卷第4期	最后的聚会及其他——屠格涅夫散文诗选译： （一）最后的聚会 （二）乞食 （三）老人 （四）明天 （五）我应想到些啥 （六）谁的过失呢	屠格涅夫	俄国	鲁丁
1944.12.20 第5卷第6期	啊，我的童年——屠格涅夫散文诗选译： （一）失去了窝 （二）啊，我的童年 （三）在我去世以后 （四）僧	屠格涅夫	俄国	鲁丁
1944.1.20 第6卷第1期	学生们，起来！	C. P. Barkia①		斐然
1945.8.31 第7卷第2期	碎了的花瓶	Sully Prudhomme	法国	金炳

译者选择同盟国诗人的作品翻译，取决于翻译的目的或动机。不

---

① 诗歌作者字迹较模糊，疑似 C. P. Barkia。

同的历史时期，翻译动机不同，对作品的选择也就不同。在历史动荡或社会大变革时期，译者往往出于政治的动机，把翻译当作实现其政治理想或抱负的手段，在选择翻译的作品时，特别注重其思想性①。《文艺先锋》第 6 卷第 1 期《对翻译界的两点建议》中提到："在战时，翻译家应多多介绍盟邦作家描写战争的作品，只有这样的作品介绍给中国读者，才能更增加抗战的力量，因为他们可以从这些作品中认识别的国家的国民给自己祖国怎样尽其天职；学习人家战斗的经验，激发自己的爱国心。因此，必须认清此一急务，方可收到高度成效。"② 由此可见，同盟国作品的翻译活动明显地依存于抗战背景与意图，翻译的选材与政治和意识形态紧密相关，也体现刊物的时代特征和导向。

除在国别上选择同盟国诗人作品外，诗人的选择也颇具特征，多为各国著名诗人，如英国的拜伦、华兹华斯、戴维斯、斯宾塞、莎士比亚，法国的魏尔伦、普吕多姆，俄国的莱蒙托夫、屠格涅夫，以及西班牙的洛尔加等，不少名篇包含其中，如华兹华斯《水仙》，拜伦《去国行》，魏尔伦《秋天的歌》，莱蒙托夫《帆船》《生命之杯》，洛尔迦的谣曲以及屠格涅夫系列散文诗等。诗歌主题的选择上，主要集中于四个方面：一是反压迫与抗争类，二是描写歌颂自然，三是颂扬爱情友情，四是人生哲思。

（一）反压迫与抗争类主题

在严峻的战争环境下，反压迫与抗争主题类诗歌是译介的重点，而纵观 20 世纪 30—40 年代的文学与诗歌，"救亡"一直为时代主题。《文艺先锋》上也有不少此类主题诗歌的译介，其中最典型的为 1942 年第 1 卷第 3 期《喀撒比安卡》[费利西娅·赫门斯（Mrs. Felicia Hemans），秀芙译]，1944 年第 5 卷第 1、2 期《战神》（Siseholy，帅翔等译），以及 1945 年第 6 卷第 1 期《学生们，起来》（C. P. Barkia，斐然译）。

---

① 许钧：《翻译论》，湖北教育出版社 2003 年版，第 228—229 页。
② 弓：《对翻译界的两点建议》，《文艺先锋》1945 年第 6 卷第 1 期。

据《喀撒比安卡》译者介绍,"一七九八年尼罗河战役中,英国东方船队司令之十三龄子,即喀撒比安卡,壮烈身殉。斯篇所咏,盖纪宝云"。诗中描述战船着火众人逃离,喀撒比安卡仍不愿离开,等待父亲命令,"他仍然健美地屹立不挠,/宛如天生就来镇挽狂澜;/这继承着英雄血统的俊豪,/尽管他幼小模样,更够人感动钦赞!/火焰继续奔腾——而他不得父命/依然不愿他往;/可怜那父亲哟,已在下面饮弹丧生/再也听不见爱儿的呼唤"。最终,"火焰围绕着整个战船——一片凶猛的伟景,/上面,火舌则已逼扑船旗;/火焰又蜿蜒于这孩子的头顶,/恰如旌旗舒展云际。有顷,像巨雷般一声震动,/这孩子——哦,何处寻访?/这只有问取海风,/牠会将余烬播散远洋"。最后诗人咏叹:"最可贵的珍宝哟,却已在此泯灭。/那便是这年少人的英雄灵气!"① 全诗以细腻的笔触描画喀撒比安卡临危不惧、为国捐躯的大义,极具历史现场感,其英雄之气概正是战时中国最需要的精神食粮,最热腾腾的生命动力。《战神》是为救援印军出征特写的一首长诗,歌颂美国士兵援助印度共击敌寇的国际主义情怀。世界反法西斯战场上,受侵略国绝非坐以待毙,而是同仇敌忾,印度并非孤军作战:"印度,牠站起来了。/你们,同印度战斗员,哺育英美中苏印民众!/印度,牠布置了纵深阵地,/去吧!/有你们乃有中国,世界,人类:/你们去粉碎世界迷梦!/你们底祖国,/依然无恙,/印度,/像母亲底乳房,/有温柔的臂膀,/鼓励着你们,/向敌人,/作罪行的清算!/坚实的阵地上,/早为你们造好战壕!"美军后方支援力量,国际互助更是免去后顾之忧:"去吧,英勇的伙伴们!/后面,/高级文化军团,/将回来援助你们!/要刷掉,/民族的/那血海冤仇!/快去和敌寇肉搏!/有划时代的巨浪/在印度,淹没那/罪恶满盈的盗寇!"冲锋向前,用"镰刀"砍落"樱花",为了人类的正义事业,"那些褪色的,/樱花——/快折掉,扔到那印度洋去!/解放多少年的枷锁,/靠你们/把镰刀磨快,/杀绝人类的祸源!/等待空中列车

---

① [英] Mrs. Felicia Hemans:《喀撒比安卡》,秀芙译,《文艺先锋》1942年第1卷第3期。

吧，/在加尔各答机场，/会有迎接你们底友军！"① 译介此类反法西斯作品，就如"纸弹"一样以笔为戈，刺穿敌人的胸膛，尤其诗行最后的鼓励："去吧，在 Pacific Ocean，/以及中国'南海'前哨，/你们去冲锋！"，让敌人战栗，死亡，"你们欢快的心，/自由啊！/解放——/被压迫的儿女们，/奴隶的命运，/自今天'完了啊……'/去吧！新中国已经成长！"② 从印度的反击，国际的援持，延及浴火重生的中国，由远及近，外国诗歌展开翅膀跨越国境，与中国现实息息相关，读之亲切，阅之振奋，滋生出源源不断的必胜信念。

《学生们，起来！》据译者称是敬献入营十万知识青年学生之诗，号召青年行动起来，为正义和国家的尊严而战。全诗共四节，每节第一行重复，层层运势，反复中显激昂之情：

　　学生们，起来！你们的国家需要你们
　　起来！给她以健壮，
　　"正义"引导你们，
　　不会错呀，
　　起来！为国，为家，为自由，
　　高唱起你们的战歌

　　学生们，起来！你们的国家需要你们
　　看你们几千年光荣的历史
　　期待着你们去延续
　　难道你们竟让它从此停止吗
　　学生们，在幸运未降临之前
　　正该你们为"正义"和光荣而战呀！

---

① ［美］Siseholy：《战神》，帅翔、辛英、梓越译，《文艺先锋》1944 年第 5 卷第 1、2 期合刊。
② ［美］Siseholy：《战神》，帅翔、辛英、梓越译，《文艺先锋》1944 年第 5 卷第 1、2 期合刊。

学生们，起来！你们的国家需要你们
看哪！未来无穷的岁月
高举起手，含着眼泪
在欢迎你们；向你们哭诉呀
学生们，起来！未来和过去
命令你们不要畏缩

学生们，起来！你们的国家需要你们
需要你们去斗争
如果你们不违背"真理"
"真理"将是你们博学的老师
奋起无尽的将来
在等待着你们和"宣判的日子"呀①

青年的命运，一直同时代相连，青年从来都是推动社会革命的先锋力量，"少年强则国强"，青年学生的觉醒定当点燃国家民族的希望之光，为家国高唱战歌，为自由真理而搏，该诗蕴含之意与中国的抗战精神高度契合，译介理由不言自明。

（二）自然景物类主题

除反压迫主题外，描写自然景物，借景抒怀的译作也不少，如伯石译《W. H. 戴维斯诗钞》。戴维斯曾是牧羊人，译者称"他底诗的题材，也就都是取自那美丽的自然，受难的人民和人类的爱，他底诗作文笔轻利，形式整齐"②，且语言简朴，形象生动，感情真挚，符合抗战诗坛的文学和诗学规范。第2卷第1期刊登的戴维斯诗歌共7首，分别为《绿色的天幕》《雨》《微笑的玫瑰》《乞丐的命运》《恕》《在郊野》以及《祝福》。《雨》中诗人称雨声是大自然悦耳的声音，"当雨珠快要停

---

① ［不详］C. P. Barkia:《学生们，起来!》，斐然译，《文艺先锋》1945年第6卷第1期。
② 伯石:《W. H. 戴维斯诗钞·译注》，《文艺先锋》1943年第2卷第1期。

止,/太阳出来的时候,/每颗阴暗的浑圆的雨珠,/将镀上一层耀目的光辉,/我希望阳光照得辉亮,/那将是一个可爱的景色"①。从阴暗的雨珠中看到阳光的光影,革命乐观主义精神闪烁其间。《在郊野》表达了诗人对贫苦人民的同情之心:"我见到人们的无衣无食,/我便得实际上去资助,/慈悲中我也可以获得愉快,/那是我必须在每一个城市中做的呵!"②《祝福》对晨空、鸟儿、园亭和少女的祝福,"早安!生命——和一切/愉快的美丽的事物!"③ 无不充溢着明媚的色调,弥补调和着抗战深渊中生命的暗色与苦涩,也是对苦难生命群体的祝福。

除戴维斯诗歌外,1942年第1卷第4期秀芙翻译的渥茨华斯(今译华兹华斯)的《水仙》,1943年第3卷第5期陆侃如翻译的法国象征派诗人魏尔伦的《秋天的歌》,1944年第4卷第6期葛一虹翻译的莱蒙托夫的《帆船》与《当黄裸麦田》等均是与自然紧密相连的主题。《水仙》不仅是一首咏物诗,是诗人面向自然、歌咏自然,刻画自然对心灵影响的诗篇。诗人在一次漫游中偶遇水仙,心灵受到触动,以细致的文笔描述水仙之美:"牠们,连绵如银河上/闪烁璀璨的星星,/蔚成无垠的一行/延展于湖水之滨,/浑然一瞥我看到千万朵/都轻盈地点头婆娑"。真正的高潮在最后一节诗人的回忆沉思中,"于是,我灵府便充塞着欢娱,/而与水仙翩然同舞"④,回忆中回归心灵的平静,大自然的恩赐如永不枯竭的泉水滋润着诗人的心田。自然景物备受浪漫主义诗人的青睐,是激发其创作和思考的源泉,自然往往被赋予生命和情感的表现力,诚如水仙在脑海里闪现时诗人所感受到的慰藉和快乐,是在自然中寻觅思想的自由和解放,通过自然净化人的心灵。在抗战的硝烟中,自然景物的纯粹和美好不失为一种心灵的调剂,治疗人类的创伤。《帆船》

---

① [英]戴维斯:《W. H. 戴维斯诗钞》之《雨》,伯石译,《文艺先锋》1943年第2卷第1期。

② [英]戴维斯:《W. H. 戴维斯诗钞》之《在郊野》,伯石译,《文艺先锋》1943年第2卷第1期。

③ [英]戴维斯:《W. H. 戴维斯诗钞》之《祝福》,伯石译,《文艺先锋》1943年第2卷第1期。

④ [英]渥茨华斯:《水仙》,秀芙译,《文艺先锋》1942年第1卷第4期。

中诗人化身"帆船""穿行在那浓雾碧海",象征着追求自由与理想的灵魂。"浪儿喧跳,风儿咆哮""下面,海水像碧光流动,/上面,太阳的金光闪耀",恶劣的环境想要击倒追求自由的精灵,可是"这狂风暴雨正是这叛徒所希求的呵,/仿佛在这狂风暴雨里到处是和平宁静"①。帆船在疾风骤雨中顽强前行,与风暴作斗争,向着理想和光明。这不屈的精神不正是面对侵略的中国人民所需要的吗?该诗各译本出现在大后方众多期刊上,其缘由大多于此。

(三) 爱情友情类主题

《文艺先锋》上还有不少爱情友情类译诗。虽身陷战火,爱情友情却是人类永恒的追求,是人们对美好宁静生活的向往,某种层面上也是对战争的间接控诉。第4卷第3期于赓虞译《春之歌》②组诗有数首爱情诗,如 Sir Walter Raleigh《静默的爱人》、John Lyly《爱情与康柏丝》、Michael Prayton《爱的诀别》,以及 William Shakespeare《商籁体四章》之(一)(二)③;第5卷第1、2期《蔷薇及其他——屠格涅夫散文诗选译》之(四)《蔷薇》(鲁丁译);第5卷第4期《最后的聚会及其他——屠格涅夫散文诗选译》之(一)《最后的聚会》(鲁丁译);第7卷第2期 Sully Prudhomme《碎了的花瓶》(金炳译)等。

择其细述之。《商籁体四章》之(一)为莎士比亚十四行诗第29首,描述诗人遭受命运不公和世人冷眼时的自怜自艾,"当我失宠于命运并遭人白眼,/就独自饮泣这被弃的怜境……"随之笔锋一转,"因偶然想起你""我的欢心"就如破晓高飞的云雀,暗淡的前途瞬间无尽光明,"你的欢爱的记忆无限贵珍,/我轻蔑以帝王来换我的佳境"④。诗

---

① [俄] 莱蒙托夫:《M. 莱蒙托夫诗选》之《帆船》,葛一虹译,《文艺先锋》1944年第4卷第6期。
② 《春之歌》包括:Sir Walter Raleigh《静默的爱人》,Edmund Spensor《商籁体两章》,John Lyly《爱情与康柏丝》,Michael Prayton《爱的诀别》,William Shakespeare《商籁体四章》,Thomas Campion《生命》,以及 Sir John Davies《人》。
③ 即《莎士比亚十四行诗》第29首和106首。
④ [英] William Shakespeare:《春之歌》之《商籁体四章·一》,于赓虞译,《文艺先锋》1944年第4卷第3期。

人歌颂真挚的友谊,抑或纯洁的爱情带来的鼓舞和力量,想到爱友,万难皆可克服,一切富贵荣华都不可替换。《碎了的花瓶》是1901年诺贝尔奖得主普吕多姆(Prudhomme)的早期抒情诗。该诗将一只表面看来完好无损,实际却有一道细缝的花瓶比作被爱辜负而受伤的心,"虽然没有碎裂的声音,/可是已经碰碎了一条很细的裂痕。/着轻微的伤痕,/因了瓶里的水的侵蚀,/一天比一天加深,/一日比一日加深。……不要动它吧!实在它已经破裂已经碎坏。/被人爱恋着的人啊,也常常是这样,/她轻轻地只轻轻地给他一个白眼,/她伤了他的心,他的心开始破裂了。……不要动他吧!让他再在世界上痛苦地拖些时日吧!/他内心上的伤痕啊!是那么细,那么深"①。比兴的手法,细腻的笔触,新颖的比喻,告诫恋人们伤害彼此心灵造成的后果,其哲理之味令人思索回味。

(四)人生哲思类主题

《文艺先锋》分别在1944年第5卷第1、2期合刊、第5卷第4期与第5卷第6期刊登屠格涅夫的散文诗,译者均为鲁丁。散文诗是其在晚年创作而成,是对社会生活和人生价值的反思。晚年的屠格涅夫,疾病缠身,客居他乡,在迷惘痛苦中回顾一生,使他的大部分散文诗表现出一种悲观和消极的情绪,但并不影响其诗歌的艺术价值。第5卷第4期《老人》以"当前的衰老——过去的回忆——前途的展望"反映垂暮之人等待宿命的安排,"黑暗,悲惨的日子已经来了。它带来了您自个的疾病——亲人的受难,老年的凄凉和暗淡。您一向所受的,曾经献身而无悔的一切,都日渐没落而崩溃了,前途完全爬上了暗影。……您回忆吧,在灵魂的深处,只有您自己用钥匙启开过去日子的记忆——那有绿色的健美的青春呵!但您留意,可怜的老人,您可别展望前途"②。这是老人在生命尽头回忆往昔发出的力不从心的感叹,充满晚景的悲凉。《明天》内容类似,"无论那一天过去了,都

---

① [法]Sully Prudhomme:《碎了的花瓶》,金炳译,《文艺先锋》1945年第7卷第2期。
② [俄]屠格涅夫:《最后的聚会及其他——屠格涅夫散文诗选译》之《老人》,鲁丁译,《文艺先锋》1944年第5卷第4期。

是空虚和无聊，牠会留下些什么呢？时间一点钟一点钟的过去，是多么地愚蠢和无意义呵！然而生存是人们的欲望，他重视生活，他将一切托于生活，他自己和未来呢，他期望着的未来是多么的幸福呀"。诗人托希望于明天，而明天带来的是坟墓，"'呵，明天，明天，'他安慰自己，直到'明天'把他诱进坟墓里。是的，一进坟墓，你便没有选择，也再没有欲望了"①。第5卷第6期《失去了窝》把"我"比作一只无巢的小鸟，不知飞向何方，远方"没有一片绿荫"，小鸟继续向前寻找栖息之地，"在它脚下是一片荒凉，没有人烟的沙漠啊！"越过沙漠，"下面是一片汪洋，滚着黄橙橙的浪"，仍然找不到落脚之处，"这可怜的鸟渐渐地疲乏了，它再没有力量去扇动翅膀，……终于拖着一溜悲鸣坠进怒涛里了"。最后诗人悲恸发问："我要到什么地方去呀？海水依然无情地澎湃着。天哪！我也要被大海吞去生命吗？"②《失去了窝》表现人生的苍凉，回顾一生竟无归属。总之，屠格涅夫的散文诗诉说忧郁与悲伤，充满对人生和宇宙的思考，与抗战时期急需的表现强烈战斗精神的主题似乎格格不入，但译诗刊登的1944年正是抗日战争最艰苦的阶段，黎明前的黑暗，诗人、译者们从早期的激情呐喊到抗战相持阶段后的冷静思考，诗歌创作上倾向于叙事诗和讽刺诗，译诗选择上也多此类人生和生命哲思类主题。

二 译诗的形式特征以及翻译作为形式创新的路径

抗战的历史和现实语境强调诗歌的使命意识，其表现形式自然也是由抗战现实决定的。艾青说："中国新诗，一开始就承担了如此严重的使命：一、它必须摆脱中国旧诗之封建形式和它的格律的羁绊，创造适合于表达新的意志新的愿望的形式，和不是均衡与静止，而是

---

① ［俄］屠格涅夫：《最后的聚会及其他——屠格涅夫散文诗选译》之《明天》，鲁丁译，《文艺先锋》1944年第5卷第4期。
② ［俄］屠格涅夫：《啊，我的童年——屠格涅夫散文诗选译》之《失去了窝》，鲁丁译，《文艺先锋》1944年第5卷第6期。

自由的富有高度扬抑的旋律。二、它必须和中国革命一起并且依附于中国革命的发展，忠实地做中国革命的代言人。"① 因此，作为革命的一部分，诗歌的表现形式必然具有民族化和大众化特征，才能在感情上激发民众的抗战激情，发挥诗歌的功效，翻译诗歌作为民族文学的一部分当然也不例外，试以第1卷第4期秀芙翻译的渥茨华斯（今译华兹华斯）《水仙》第一节为例。华兹华斯是英国浪漫主义的先驱，主张废除古僻生涩的陈旧词语，提出质朴清新的口语作为诗歌语言②，其主张符合抗战时期大后方诗坛的诗学规范。

> I wandered lonely as a cloud
> That floats on high o'er vales and hills,
> When all at once I saw a crowd,
> A host, of golden daffodils;
> Beside the lake, beneath the tress,
> Fluttering and dancing in the breeze.

> 像孤云在山谷上的高空浮荡一样，
> 我独自徜徉流连，
> 忽然，在树荫下——那湖水傍，
> 我看见一大丛金黄色的水仙
> 于微风中
> 舞蹈颤动。③

全诗共四节，每节六行，韵式基本为 ababcc，抑扬格四音步为主，也有拗变，如本节第一行第三韵步抑抑格，第四行第四韵步抑抑格，最后一行第一韵步扬抑抑格，第三韵步抑抑格。音节数和长度不尽相

---

① 艾青：《抗战以来的中国新诗》，《中苏文化》1941年第9卷第1期。
② 王宏印编著：《诗与翻译：双向互动与多维阐释》，南开大学出版社2015年版，第44页。
③ ［英］渥茨华斯：《水仙》，秀芙译，《文艺先锋》1942年第1卷第4期。

同，显得较为自由随意。全诗语言非常口语化，大多为单音节和双音节词语，语序和句式也较为简单，自然质朴的语言经过诗人独具匠心的铺排表露最丰富深刻的情感，正印证其在诗歌创作中选择"普通生活事件与环境"为题材，同时"要对寻常事物添加某种色彩从而给人一种不寻常的印象"的美学主张①。秀芙译诗采用自由体，除上述第一节依循原诗韵式 ababcc，其余诗节押韵不规律或基本舍弃韵式。译诗语言同样真实自然，且采用倒置法（inversion）使译文句式更符合汉语表达习惯，如本节前两行，"像孤云在山谷上的高空浮荡一样，／我独自徜徉流连"先状语后主句，符合汉语句式规范。第三至五行也是如此，调整原诗顺序，状语在前主句在后，由面及点："忽然，在树荫下——那湖水傍，／我看见一大丛金黄色的水仙"。对比其他译本同节，"我独自漫游，像山谷上空／悠悠飘过的一朵云霓，／蓦然举目，我望见一丛／金黄的水仙，缤纷茂密；／在湖水之滨，树荫之下，／正随风摇曳，舞姿潇洒。"（杨德豫译）"我宛若孤飞的流云，／闲飘过峡谷山岗，／蓦然见成簇的水仙，／遍染出满地金黄：／或栖身树下，或绽放湖旁，／摇曳的花枝随风飘荡。"（辜正坤译）② 无论杨译还是辜译，均按原诗顺序翻译，无任何调整。另外，相对于秀芙的自由体译诗，杨德豫则紧贴原诗韵式，按原诗四音步采用每行四顿，"以顿代步"的格律体尝试，足见不同时期翻译规范对译者翻译策略和译诗文体的影响。

又如魏尔伦（Verlaine）名篇《秋天的歌》，原诗共 3 节，每节 6 行，韵式为"aabccb"且每节均为一个完整长句拆分而成的 6 行诗段，语言干净简洁，少有修饰语，犹如喃喃自语般诉说忧郁与悲苦的情绪。秋声、秋风、秋叶渲染着诗人内心的苦闷，以及对现实世界的愤懑与绝望，主题与译入语语境有些格格不入。译诗形式上保留原诗每节 6 行的分行模式，每行均为短语或短句，只是舍弃原诗韵脚，与译入语

---

① 王宏印编著：《中外文学经典翻译教程》，高等教育出版社 2007 年版，第 222 页。
② 王宏印编著：《中外文学经典翻译教程》，高等教育出版社 2007 年版，第 224—225 页。

诗学规范一致；语言表达遵循原诗的简洁质朴，唯有"这厢那厢"（Deçà, delà）偏文言词汇，与整体风格略有出入，若译为"这里那里"则更显协调：

Les sanglots longs
Des violons
De l'automne
Blessent mon coeur
D'une langueur
Monotone.

Tout suffocant
et blême, quand
Sonne l'heure,
Je me souviens
Des jours anciens
Et je pleure.

Et je m'en vais
Au vent mauvais
Qui m'emporte
Deçà, delà,
Pareil à la
Feuille morte.

秋天的
　梵亚铃的
长号，
伤我的心，

以单调的

颓靡。

窒息而

容色惨白的我，

在啼响时

哭泣，

回忆

既往。

我走，

跟着恶风。

牠带着我，

好像个

落叶，

这厢那厢。①

此外，《文艺先锋》刊载译诗中有两个文类值得注意，一是屠格涅夫的散文诗，二是西班牙诗人洛尔迦谣曲的译介。翻译外国诗歌是快速增多诗体的方法，是促进抗战诗歌形式创新的路径之一。如前所述，第5卷第1、2期合刊，第5卷第4期和第5卷第6期分别刊登了鲁丁翻译的屠格涅夫部分散文诗，在所译诗歌文体中占比较重。散文诗是在19世纪中期西方诗歌文体变革的自由化运动中诞生的②，中国现代散文诗概念即来自西方。1915年7月《中华小说》第2卷第7期刊登了刘半农译屠格涅夫四首散文诗，总题是《杜瑾讷之名著》，包括《乞食兄弟》《地胡吞我之妻》《可畏者愚夫》以及《四嫠妇与菜叶》③，

---

① [法] P. Verlaine：《译诗两首》之《秋天的歌》，陆侃如译，《文艺先锋》1943年第3卷第5期。
② 许霆：《中国新诗发生论稿》，人民出版社2012年版，第220页。
③ 许霆：《中国新诗发生论稿》，人民出版社2012年版，第221页。

刘半农以此成为散文诗译介的第一人。散文诗是以散文形式排列的特殊的诗,是以散文的篇章结构呈现诗质与诗情,其"自由"特质超越自由诗,以通俗语言直抒胸臆的文体特征,恰好契合抗战时期诗歌大众化的时代需求。这种诗体因此广受推崇,进而推动了中国新诗体式的多元化发展。另值得一提的是第 1 卷第 6 期伯石译《F. G. 洛尔加诗钞》(今译洛尔迦),包括《海水曲》《歌》以及《水手》。洛尔迦以现代民歌闻世,他把传统谣曲和现代诗歌两种相互对抗的艺术因素巧妙融为一体,在民谣的形式中回响着现代的敏感和深邃①。伯石介绍:"F. G. 洛尔加,西班牙现代大诗人,一八九九年生,曾在马德里大学研究法律,哲学与文学,得法学硕士学位。他又是一位画家,曾在巴塞龙拉开过素描及油画的个人展览会,他对民俗学也有相当兴趣,曾收集过西班牙各地的民谣,谱成歌曲。他底诗作,便带有浓重的民谣色彩。"②"谣曲"是成熟于 15 世纪前后的一种较具口头吟唱性的西班牙诗体,戴望舒曾对谣曲的特征做过详细的描述:"(谣曲)是西班牙的一种特殊诗体,每句八音步,重音在第七音步上,逢双押韵,全首诗往往一韵到底,这便是它的形式上的特点。至于在内容方面,叙事和抒情都有。它是西班牙的'国民诗歌',因为,虽则它不是最古的(最古的形式是 cantares),但却是最常用又是最普遍的,即在今日,'谣曲'也仍旧是民间诗歌中最得人采用的一种形式,原因是为了它体裁简易,而它的音律又极适合于人民的思想和音乐的水准。它是西班牙土地的声音,古旧,同时又永远地新鲜。"③谣曲作为西班牙内战时期盛行的诗歌形式,被中国诗人引入抗战时期的诗坛,为战时诗歌注入了新的艺术活力。谣曲明快含蓄的口语体适于吟唱,能够在群众间广为流传,也呼应了中国新诗在本土民间寻找资料的民族形式源泉,符合抗战诗坛的诗学规范。例如洛尔

---

① 王文彬:《中西诗学交汇中的戴望舒》,安徽教育出版社 2003 年版,第 194 页。
② 伯石:《F. G. 洛尔加诗钞·译后》,《文艺先锋》1942 年第 1 卷第 6 期。
③ 曲楠:《"谣曲"的发现:西班牙内战诗体与中国新诗的战时转型》,《文学评论》2018 年第 1 期。

迦《歌》中，骑士、斗牛士、少年与一位少女的三次问答，均以"美丽的姑娘理也不理"①复沓回环，明快活泼，富有民歌情韵，贴近大众，便于行吟咏唱。其实，洛尔迦并无以《歌》为题的诗，这是《歌集》（1921—1924）诗集中的一首《树呀树》，译者删去了该诗首尾相同的两行"树呀树，/枯又绿"②，只译取了中间部分。洛尔迦的谣曲之所以流传甚广生动持久，本质在于它深刻表现了人民的感情，"人民就是诗歌的生命的泉源"，他的诗歌密切关心着人民的喜怒哀乐，"他和法西斯匪徒及反动势力所拥护的一切都是对立的"，他成功完成诗歌的方法就是"寻求符合人民的传统和能为人民所接受的诗歌形式"③。

三 结语

《文艺先锋》作为国民党机关刊物，在抗战期间团结众多进步作家、译者和文艺工作者，刊登了一大批优秀的文艺作品和译作，其中诗歌翻译占有一定比重。在选材上，译者倾向于同盟国诗人的作品，主题上主要包括反压迫、描写自然、歌颂爱情友情，以及对人生及生命价值的哲思。译诗语言形式上多采用白话自由体诗歌，凸显通俗与大众化特征，且重点推介了散文诗及其谣曲两类异域诗体，丰富了抗战诗歌的文类，对诗歌创作具有启示性和建构作用。

第八节 《中苏文化》诗歌翻译研究

《中苏文化》是中苏文化协会会刊，1936年年初创刊于南京，1937年11月迁至重庆继续出版，另起卷期，抗战胜利后1946年9月迁回

---

① ［西］洛尔加：《F. G. 洛尔加诗钞》，伯石译，《文艺先锋》1942年第1卷第6期。
② ［西］洛尔迦：《树呀树》，戴望舒译，《戴望舒译诗集》，湖南人民出版社1983年版，第236—237页。
③ ［英］乔治·李森：《洛尔迦活在人民的心里》，戴望舒译，《戴望舒译诗集》，湖南人民出版社1983年版，第301页。

南京，直至中华人民共和国成立后停刊。《中苏文化》为大型综合性期刊，顾名思义，旨为"促进今后中苏文化的沟通，使中苏关系日益密切而谅解，于东亚和平负有相当的贡献"①。刊物以介绍苏联为主，内容包括中苏两国文化以及苏联的政治、外交、军事、社会、文艺等各方面，其中文化类作品较多，包含诗歌、小说、报告文学和翻译作品等，也涉及抗战文艺运动和文艺理论方面的综论性文章，颇有研究价值。《中苏文化》相当看重俄苏诗歌的译介，甚至推出专刊、专辑等纪念俄苏著名诗人，如1937年第2卷第2期"普希金逝世百年周年特辑"、1939年第3卷第8、9期"高尔基七十一诞辰纪念"、1939年第3卷第12期"高尔基逝世三周年纪念专号"、1939年第4卷第3期"莱蒙托夫一百二十五周年诞辰纪念特辑"、1941年第8卷第6期"莱蒙托夫逝世百年周年特辑"、1941年第8卷第5期"玛耶可夫斯基逝世十一周年纪念特辑"等。每一纪念特辑或专号集中刊登某一诗人作品，中外作家相关研究论文，全面系统呈现该诗人的生平经历、思想创作、影响贡献等。《中苏文化》选译诗歌特点鲜明，大多为反法西斯侵略、反压迫、求自由、诉和平、爱家国等现实主义题材，与该时期主流意识形态有着难以割舍的关系，选材中"政治因缘"的关怀超过对"文学因缘"的观照②。但语言表现形式上仍是继承诗歌的"大众化"道路，以自由诗的形式呈现老百姓喜闻乐见的作品，以团结更广大的民众参与抗战。《中苏文化》迁至重庆到抗战结束时的译诗统计如表3.9所示③。

表3.9　　　　　　　　　《中苏文化》译诗统计

发表时间	诗歌	作者	译者
1937.11.16 第1卷第2期	保卫大上海	V. Loogofsky	孟殊
1939.6.16 第3卷第12期	海燕歌	高尔基	张西曼

---

① 孙科：《发刊辞》，《中苏文化》1936年第1卷第1期。
② 张旭：《中国英诗汉译史论》（1937年以前部分），湖南人民出版社2012年版，第90页。
③ 因《中苏文化》译诗都来自俄苏诗歌，故表3.9中略去"国别"一列。

第三章 期刊篇:大后方译介外国诗歌的主要刊物

续表

发表时期	诗歌	作者	译者
1939.9.1 第4卷第2期	中国在战斗	君特士	琦云
1939.10.1 第4卷第3期	莱蒙托夫诗选	莱蒙托夫	戈宝权选辑
1940.4.25 第6卷第2期	专在开会的人们	马雅科夫斯基	穆木天
	给一个法官	马雅科夫斯基	高寒
1940.6.18 第6卷第5期	鹰之歌	高尔基	铁弦
1941.4.20 第8卷第3、4期合刊	爱沙尼亚诗选译	K.E.特苏、A.哈瓦	庄栋
1941.6.25 第8卷第6期	少女之死	高尔基	秦似
	生命之杯（外四章）	莱蒙托夫	葛一虹
1941.11 第9卷第2、3期合刊	苏联抗战诗歌选译	阿谢耶夫、勃拉基妮娜等	王语今
1942.1.20 第10卷第2期	破坏者和杀人屠夫	玛耶可夫斯基	苏华
1942.6.18 第11卷第3、4期合刊	纪念高尔基之死	色列塞夫	凝晖
1942.7—12 第12卷总目	父与子（1期）	沙扬诺夫	铁弦
	奥丽霞（2期）	郭罗得内	铁弦
	胜利的轮值（3期）	罗日介特文斯基	铁弦
	民兵（5期）	吉洪诺夫	铁弦
	历史课（6、7期合刊）		文
	我们记得（6、7期合刊）	沙扬诺夫	铁弦
	转告一切朋友来听（8、9期合刊）		冯玉祥
	丹嬢曲（8、9期合刊）	克林凯尔	赵克昂
1943.4.30 第13卷第7、8期合刊	在你居住的那个地方	米哈尔科夫	凝晖
1943.9.10 第14卷第3、4期合刊	"塔斯窗"诗选	普希金、库玛契、马尔夏克、西蒙诺夫等	铁弦
1943.10.15 第14卷第5、6期合刊	法西斯的笼头及其它	玛耶可夫斯基	安娥
1943.11.30 第14卷第7—10期合刊	母亲的训令（诗两首）	阿里莫夫等	戈宝权

续表

发表时期	诗歌	作者	译者
1943.12.31 第14卷第11、12期合刊	等着我吧！	西蒙诺夫	铁弦
	依萨科夫斯基诗辑	依萨科夫斯基	戈宝权
1944.1 第15卷第1期	当列宁逝世的时候（诗三首）	马雅科夫斯基	戈宝权
1944.10 第15卷第8、9期合刊	莱蒙托夫诗钞（九首）	莱蒙托夫	戈宝权、余振、朱笄等

一 主要诗人诗作分析

从表3.9所选诗人诗歌分析，《中苏文化》重点选译了几位俄国或苏联著名诗人的作品，分别为莱蒙托夫、马雅可夫斯基、高尔基和伊萨科夫斯基，尤以莱蒙托夫的诗歌选译最多。

第一，莱蒙托夫诗歌分析。《中苏文化》1939年第4卷第3期《莱蒙托夫诗选》（戈宝权选辑），选有《普希金之死》《诗人》《梦》《哥萨克儿歌》（孙用译），《感谢》《一帆》《被囚的骑士》（傅东华译）以及《且尔克斯之歌》（孟十还译）八首；1941年第8卷第6期莱氏《生命之杯》（外四章）（葛一虹译），刊有《生命之杯》《海船》《当黄裸麦田》《感谢》《被俘的武士》共计五首；1944年第15卷第8、9期合刊"纪念诗人诞生一百三十周年"刊有《莱蒙托夫诗钞》（九首）①，包括《再会吧，污秽的俄罗斯》《一株松孤立在山顶上》《高加索》《给天国的少女》《给都尔诺夫》（戈宝权译），《山崖》《祈祷》《断崖上的十字架》（朱笄译）。其中《感谢》和《一帆》（即《海船》）在该刊中有傅东华和葛一虹两个译本。《文艺先锋》1944年第4卷第6期也刊有葛一虹译莱氏的《生命之杯》、《帆船》（本刊葛译为《海船》）、《当黄裸麦田》、《感谢》、《被俘的武士》。《文阵新辑》1944年2月第2辑《哈罗尔德的旅行及其他》载有《莱蒙托夫诗钞》（戈宝权译），其中又有

---

① 查阅原刊，实为八首，未见余振译诗。

第三章　期刊篇：大后方译介外国诗歌的主要刊物

《梦》《感谢》和《帆船》。《中原》杂志 1943 年 6 月也刊有戈宝权译莱蒙托夫的《再会吧，污秽的俄罗斯》《梦》《感谢》。《中苏文化》第 15 卷第 8、9 期合刊《莱蒙托夫诗钞》译者序中，戈宝权说："这一年来，我曾试译过不少莱蒙托夫的诗，但总没有勇气把它们拿出来发表。其间因为以群兄的督促，曾抄出了十五首，发表在《文阵新耘》（笔者注——实为《文阵新辑》）（见《哈罗尔德的旅行及其他》）中。现文哉兄又来信索稿，特从旧译中再选出五首。"① 由此可见那个时代较好的诗作，无论是同人同译或是多人同译，均可见诸不同刊物，而莱蒙托夫及其诗歌因强烈的反抗精神，对激励中国民众抗战具有积极意义，成为大后方各种报纸期刊译介的重点。

从《中苏文化》所选译诗主题来看不乏反压迫反侵略的诗作，如《普希金之死》（原诗名为《诗人之死》）。该诗的写作背景为 1837 年 1 月普希金与一名法国军官丹特士决斗重伤致死。此决斗被认为是普希金与整个沙俄社会的决斗，莱蒙托夫在悲愤中写下了这首被后世称为 19 世纪最好的诗篇，表达了正直人士的愤慨，在当时的社会广泛流传，影响极大，被认为是"革命宣言"，以至引起沙皇尼古拉一世的震怒和害怕，莱蒙托夫被放逐高加索。全诗富有浓郁的反压迫精神，揭露沙皇统治的黑暗和对正直人士的迫害，也表露出诗人对普希金之死的沉痛惋惜："毁灭了，倒下了光荣之子，/这受了一世的诽谤的诗人……他死去了，复仇之念未完成，/他的心就忽然地静止。/他的颂歌不再欢唱了，/普天之下没有了那声音……你们，自由，光荣，天才的迫害者，/贪污的一群，站在国王的周围，——/在你们之前，一切都得静下，/你们躲避在保护你们的法律之内！/但是，罪恶之子啊！有最高的审判，/上帝等待着看那审判的时光！②"另一首译介较多的则属傅东华译《一帆》和葛一虹译《海船》，今多译为《帆》。该诗创作于 19 世纪 30 年代，反映俄国进步知识分子的思想和处境，以傅

---

① 戈宝权：《莱蒙托夫诗钞·译者序》，《中苏文化》1944 年第 15 卷第 8、9 期合刊。
② ［俄］莱蒙托夫：《普希金之死》，孙用译，戈宝权选辑《莱蒙托夫诗选》，《中苏文化》1939 年第 4 卷第 3 期。

东华译《一帆》为例,"帆"的意象开篇展现在读者面前:"一帆白色而孤单,/在那迷蒙无限的碧海",接着两个疑问"逃开了什么在异乡""要寻什么在那新地界"吸引读者思考。本诗第二、三节分别回答上述两问,第二节的前两行"浪儿乱跳,风儿吹哨,/桅儿歪倒吱吱响;"象征寻找中面对的困难,后两行解答:"可怜!他并非从幸运奔逃,/也非将好运寻访。"第三节前两行又描绘一片宁静明媚的景象:"他底下是水流,光耀,青苍,/他上面是太阳金色的胸脯。"它是在寻找安宁吗?非也。最后两行明言:"但是他,一个叛徒,却要欢迎大风浪,/仿佛风浪之中就是休息处。"① 原来风浪中的搏击重生才是寻找的目标。结合作者创作背景,这只孤帆象征诗人自己,是莱蒙托夫孤独主题的表现,同时也是在沙皇尼古拉一世统治下心情的写照,渴望斗争反对暴政。当然,关于译诗的忠实性,戈宝权在《莱蒙托夫诗选》序言中称:"傅东华先生是根据英文转译的,与俄文原诗均稍有出入,此处为存其真,仍照原译文选录于此。"② 尽管如此,该诗所体现的反压迫主题还是通过译者的笔端表现不遗,可与葛一虹按俄文翻译之译本互勘③。同样主题的《被囚的骑士》(傅东华译)、《被俘的武士》(葛一虹译)、《再会吧,污秽的俄罗斯》(戈宝权译)、《断崖上的十字架》(朱笄译)等均具有代表性。此外,莱氏诗中还有颂和平、爱家国诗作如《且尔克斯之歌》(孟十还译)、《当黄裸麦田》(葛一虹译)、《祈祷》(朱笄译)、《高加索》(戈宝权译)等均符合抗战时期中国的现实语境。

第二,高尔基诗歌分析。高尔基在中国一直被看作伟大的精神导

---

① [俄]莱蒙托夫:《一帆》,傅东华译,戈宝权选辑《莱蒙托夫诗选》,《中苏文化》1939年第4卷第3期。
② 戈宝权:《莱蒙托夫诗选·编者序》,《中苏文化》1939年第4卷第3期。
③ [俄]莱蒙托夫:《生命之杯》(外四章)之《海船》,葛一虹译,《中苏文化》1941年第8卷第6期。译诗如下:"一只远航的船闪着白光而孤单,/穿过郁闷的雾在泡沫上面。/它寻觅什么在异国的港湾?它舍弃了什么在故乡?/巨浪扰闹,狂风呼啸,/索缆摇晃,高桅儿格格在叫。/啊,那不是喜事他从那里逃跑,/那也不是快乐地寻访。//下面,海水像碧光流动,/上面,太阳的金流增强,/但这暴风雨是叛徒所希求,/虽在暴风雨中却是和平。"

师，中国人民忠实的朋友，"他对于人民的热烈的爱护，对于敌人的严峻的痛恨——这便是使高尔基与中国人民亲近的原因……高尔基的作品，翻译过和现在翻译着的人，都是现代中国最大的作家和翻译家——鲁迅、瞿秋白、曹靖华、巴金、华蒂、萧三和许多别的作家"①。1942年第11卷第3、4期合刊刊登的色列塞夫作《纪念高尔基之死》（凝晖译）深切缅怀高尔基为苏联和社会主义建设所作的贡献，全诗不规则重复"玛克沁·高尔基死了"，言辞灼灼，情意切切。因为高尔基之死，苏联"中断了自己的伟大与胜利底赞美歌。/她被沉默的悲哀震撼着，她在这灵灰面前致敬"。这不幸的消息"电波和飞鸟一样把它带着飞翔，/用着全部的空中电线奔跑，/全世界底无产阶级对它倾听，/在沉默底深渊里/引出了自己的悲伤"。但苏联不止于无尽的悲伤，作为"人类底炬火"，高尔基永垂不朽，指引着我们"在一个共同的斗争中"②。高尔基是"最伟大的无产阶级艺术家的代表者"，他的作品冲破象牙塔，不拿"艺术作无聊的消遣品"，他用自己"天才的笔，来为无产阶级的事业及其目的服务""在日本法西斯用最凶残，最无耻的手段来企图毁灭我们的今日"，以"一致团结，坚持抗战的行动"纪念这位战斗的诗人、"人类自由幸福的战士"③，呼应他"对纳粹主义所下的判决而得出的简短的公式"："如果敌人不投降——那么就消灭他"④，这是抗战诗坛译介高尔基作品的世界意义。

《中苏文化》译介的高尔基诗歌有1939年第3卷第12期《海燕歌》（张西曼译），1940年第6卷第5期散文诗《鹰之歌》（铁弦译）和1941年第8卷第6期叙事诗《少女之死》（秦似译），三首均为长诗。《海燕歌》是高尔基最为耳熟能详的一首散文诗，通过暴风雨前夕海燕欢乐勇敢的形象，预言沙皇统治即将灭亡，歌颂俄国无产阶级

---

① [苏]果塔夫：《高尔基与中国》，什之译，《中苏文化》1940年第6卷第5期。
② [苏]色列塞夫：《纪念高尔基之死》，凝晖译，《中苏文化》1942年第11卷第3、4期合刊。
③ 曹靖华：《战斗的艺术家——高尔基》，《中苏文化》1942年第11卷第5、6期合刊。
④ 李嘉译：《法西斯蒂是文化的敌人——反法西斯的高尔基》（VOKS特稿），《中苏文化》1942年第10卷第1期。

革命者的战斗精神,末尾那宣言式呼唤:"让暴雨更激烈地发威罢"(张西曼译)更具有宣战之态。在此不再详述,下文着重对后两首的主题与现实意义扼要阐释。

《鹰之歌》洋溢着浪漫主义革命激情,以拉吉木老人的讲述作为始末,使全诗呈现浓郁的民间传说色彩,塑造了一个为自由而战、为自由而亡,向往天空的勇士形象——鹰,并通过另一个只会爬行地面的蛇的形象对比,透过鹰蛇之间戏剧性的对话歌颂鹰之高尚、蛇之渺小;鹰之奋不顾身、蛇之贪生怕死。面对从空中跌落的受伤的鹰,蛇问道:"怎么,你要死了么?"鹰回答:"我光荣地活了一生!……我晓得幸福!……我勇猛地跌伤了……我看见了天空……""阿,那管向天空再飞一次呢!……我便可以把敌人挟在我的胸脯的创口上并且……他啜饮了我的血!……阿,战斗的幸福!……"与之相反,蛇的生存逻辑却是:"飞翔也好匍匐也好,最后是逃不过的;一切都要归到土里,一切化为灰烬……"而鹰,即便死去,也要最后奋力一振,展翅碧空。第二段结尾部分作者以"高傲的鸟的歌"歌颂为理想而战斗、为信念而献身的勇士:"让你死了罢!……但是在勇敢者和精神雄壮者的歌颂里你永远是:活的模范,向自由,向光明的高傲的号召!"① 蛇与鹰的对比:向下与向上、怯懦与勇敢、渺小与伟大,这正是告诫中国民众要如鹰一般勇于冲破黑暗、追求自由,抨击那些安于现状、苟且偷安的侥幸心理,因为覆巢之下安有完卵,国之不存,民何以安?

《少女之死》是高尔基早期的一篇叙事诗,主题是爱战胜死亡。诗中描写战败回程的沙皇"怀着忿怒而沉重的心驱策乘骑",路遇一位少女,因爱情而心花怒放,此举惹怒沙皇:"小娃子!在装鬼脸?笑的什么,嘿,贱人!/我,我那退却的敌人已经得到补充,/在战场上杀死了我最勇敢的部属……我是你的沙皇,而在我陷于不幸的时刻,/我听见你格格格地喃你的谷仓场的小调!"热恋中的少女无视沙

---

① [苏] 高尔基:《鹰之歌》,铁弦译,《中苏文化》1940 年第 6 卷第 5 期。

皇的威严，答道："'走开，神父'，她命令沙皇，/我和我爱人谈话，我们很自在。"此举激怒了沙皇，凶恶的侍从和臣属们把她推向了死神的怀抱。面对"无畏地等待着罪恶的灾难"的少女，连死神也产生了怜悯之意："'唉，你这小孩子：你来得太年轻！'/你为什么触犯了沙皇？"少女讲述了事情经过，恳求死神："亲爱的死神，让我再去亲吻一个热吻吧。/我要求再亲一个，就让你的镰刀处刑。"死神满足其愿望，答应第二天拂晓实施处罚，但过了一夜又过了一天，少女仍没有音讯，死神懊恼又愤怒地找到少女，却看到一对相依相偎的恋人，"在月光下，在柔缎般的草茸上，/……他沉睡的头伏在她的膝盖上"。少女祈求死神宽恕她的迟误，面对死亡，无畏地回答："不要斥责，静些，不要惊醒他。/把你的镰刀放在一边吧！/不久我就要从他身边隐入坟墓。"最后少女深情吟唱："当我的爱人在憩息，/我不管天高与地低。/灵魂里面一把骄矜的烈火，/烧毁了命定的颤栗。/已经获得了幸福，天真得如像孩童，/我们需要的不是人也不是神，/只是幸福它自己。"不妥协不信命，一切靠自己，如此精神和深情感动了死神："而她的灵魂上已经有了爱的道路；/萌芽着同情与渴望的种子。"死神允许少女回生并成了莫逆之交，死神与爱也成了姐妹，"她醉心于受她这姐妹的诱惑，/欢喜于一切宴会和婚礼。/而就是这样她变成了她向来艳羡的人，/——恢复了爱而且不断滋生着欢欣"①。这篇浪漫主义叙事诗以少女的爱情故事歌颂通过抗争争取生的权力、爱的权力，反抗压迫和不公，最终爱感化了死神，战胜了死亡，具有深刻的现实意义。

第三，马雅可夫斯基的诗歌分析。作为一名与革命紧密相连的苏维埃诗人，马雅可夫斯基的诗歌因充满高昂的战斗激情和鼓点般紧促的节奏应和了中国民众呐喊的心声，成为大后方文坛积极译介的对象，是中国抗战诗歌的重要组成部分。当时便有学者主张，应当在中国抗战的特殊语境下译介他的诗歌。他的"歌和诗——是炸弹和旗帜"的

---

① ［苏］高尔基：《少女之死》，秦似译，《中苏文化》1941年第8卷第6期。

著名言论如何其芳所说,"已经成了中国革命诗歌作者们的努力的纲领"①,其在《中苏文化》得到译介的诗如下:1940 年第 6 卷第 2 期《专在开会的人们》(穆木天译)、《给一个法官》(高寒译),1942 年第 10 卷第 2 期《破坏者和杀人屠夫》(苏华译)以及 1943 年第 14 卷第 5、6 期合刊《法西斯的笼头及其它》(安娥译)。《法西斯的笼头及其它》包括《诗的贡献》《诗与歌》《在行军中》《法西斯的笼头》《为着祖国的光荣和自由》《飞行员》《国防堡垒》《血的露珠》以及《把土地燃烧起来》共 9 首,均为反法西斯战斗诗篇,其中《诗人的贡献》和《诗与歌》呼吁诗人成为呐喊者和鼓动者,强调诗歌的武器功能。

1941 年以后,由于国民党政府对言论的压制和出版审核条件的苛刻,不少诗人开始采用讽刺的手法揭露国统区的阴暗和腐朽,比如袁水拍《马凡陀的山歌》就在大后方广为传颂。同样,20 世纪 40 年代开始较多地译介政治讽刺诗,这也是马雅可夫斯基擅长的。比如他著名的《专在开会的人们》,全篇采用夸张、讽刺和荒谬的手法瞄准苏联建国后新经济政策下浮现的官僚主义,各种大小行政会议泛滥成灾,甚至风马牛不相及,如"教育部剧场科和中央养马管理处的联络",且均是不足挂齿的小事,如"县合作社购买墨水的事情"。诗人以"我"的视角看到一个个恐怖的景象:"半数的人坐在那里",只有半截身体,另一半呢,因为会太多了,分身乏术,"不得已必须分开,/这一半在这里,/其余的在那里"②。"分身术"形象巧妙地抨击了官僚主义的腐败作风,最后"我"提出再开一次会的愿望:"我梦想着出发去迎早晨的曙光:/'啊!假定就是/还有/关系着一切会议的废灭的/一次会议呀!'"③ 反映诗人在社会转型期对时局清晰的认识,具有时代与政治意义。

《法西斯的笼头及其它》9 首诗的前两首《诗人的贡献》与《诗

---

① 常文昌:《马雅可夫斯基对中国新诗的影响》,《兰州大学学报》(社会科学版)1996 年第 4 期。
② [苏]马雅科夫斯基:《专在开会的人们》,穆木天译,《中苏文化》1940 年第 6 卷第 2 期。
③ [苏]马雅科夫斯基:《专在开会的人们》,穆木天译,《中苏文化》1940 年第 6 卷第 2 期。

与歌》清楚指出了战争时期诗人的崇高使命和诗歌的战斗旋律："我，／把我的／诗人的音响之力，献给你，／战斗的人群"；"诗和歌，／是炸弹和旗帜，／歌手的喉咙，／激起了人群的奋起。"[①] 其余7首均为反抗法西斯的战斗檄文，高昂的爱国情怀溢满诗行，《在行军中》的"敌忾，／洋溢在行军中，／口惠和欺骗，／没有余地可以容！"；《法西斯的笼头》把法西斯喻为"狗""给法西斯兜上笼头"，不要把它们放出来咬人；《为着祖国的光荣和自由》由题可见捍卫国土的决心："但，我们的土地，／你不可能碰它一下！／谁要想夺去我们的自由，／我们就剪掉它的爪子！"[②] 类似的《飞行员》和《国防堡垒》等均为鼓励人民保家卫国、抨击列强侵略行为的革命诗篇。那热情如火的诗句、铿锵的节奏成为激励中国人民奋起抗争的精神号角。

《破坏者和杀人屠夫》是第10卷第2期《歌唱吧，反侵略的人们！》专题下唯一的译诗，其他均为诗创作。据译前序，该诗"是马耶可夫斯基（笔者——今译马雅可夫斯基）在第一次世界大战时，反对非正义的掠夺战争的诗篇。本文根据世界语《马耶可夫斯基》翻译的。文章虽失了时间性，然而却指出了对战争的正确认识，即反对侵略的战争，拥护革命战争；并且像这样优秀的，鼓动的政治诗颇值得中国诗作者学习"[③]，这表明译者翻译的目的，意识形态的导向在当时起着至关重要的作用。从内容看，诗人深刻揭露反战者的阴谋"一切和平的／说教与诡辩／一概是／枉然的。／演说者的歌声／吓唬得着／大炮吗？……别相信／那大堆的／煽惑的／甜言蜜语"，并鼓励青年们走向战场："青年们！／不管／你们愿意不愿意——战争／这是／起劲的""同志们／抓着／分开指头／捏紧／惊人的枪，／我们要／习惯／正面冲锋""我们／不逃到／和平主义的／老妈子的／裙下。／我们／掌握／武器／去打倒／真

---

① ［苏］玛耶可夫斯基：《法西斯的笼头及其它》，安娥译，《中苏文化》1943年第14卷第5、6期合刊。
② ［苏］玛耶可夫斯基：《法西斯的笼头及其它》，安娥译，《中苏文化》1943年第14卷第5、6期合刊。
③ 苏华：《破坏者和杀人屠夫·译前》，《中苏文化》1942年第10卷第2期。

正的/敌人"①。和平固然珍贵，但以所谓的"和平"换来的屈辱却不是我们想要的，拿起武器，走向战场，为国而战，才能实现真正意义上的和平。从形式上看，译者保留马雅科夫斯基的"楼梯式"诗行以突出诗歌内容，表现顿歇效果，加强诗歌情绪，如战鼓擂击，铿锵有力。马雅科夫斯基"力求诗之简单明了，能为群众所接受，他懂得群众的要求。使读者感受到'诗的言语'。他的诗在表面上看来是一些长短不一的句子，每一句的文字也不在整齐的一行一列之内，而常常排成'楼梯式'似的。他也不严守陈规和勉强的规律。但是他将许多字、句结合得彼此相谐和、顺便、自由、有韵、有拍、有节奏，读起来使人兴奋、愉快、愤怒，使人喜、使人忧，重要的是他所用的字都是简单的，习惯的，日常用的，而从习惯用的字，写成兴奋动人的诗，读者觉得那些事物都是很具体的，可接触的，现实的，虽则他的型像是尖锐地夸张的。在他的诗里，世界是近的，看得见的，凸出的，就如同在显微镜底下"②。

第四，伊萨科夫斯基诗歌分析。伊萨科夫斯基是苏联著名诗人，据戈宝权 1943 年第 14 卷第 11、12 期合刊《依萨科夫斯基诗辑》译前序中所说："他今春以《喀秋莎》《而谁又知道他》等诗荣获一九四二年的斯大林文艺奖金，成为苏联的桂冠诗人。此地所译的八首诗，是从他的《诗歌选》（一九四一年）及《新诗集》（一九四二年）中选出来的：三首是战前的，一首是改写的民歌，还有四首则是苏联战争以后的作品。伊萨科夫斯基的诗歌多半已由苏联的作曲家谱成歌曲，像《喀秋莎》一歌，则更是家喻户晓，流行于苏联的人民中间。"③ 译者序阐明了诗人以及诗作的创作时间、背景以及影响，将这类副文本中的只言片语与文化语境相结合能更清楚地洞悉译者的翻译意图和文本选择，同时从上述文字中还可看出翻译的时效性。所译八首诗来自伊萨科夫斯基 1941 年的《诗歌选》和 1942 年的《新诗集》，译诗发

---

① ［苏］玛耶可夫斯基：《破坏者和杀人屠夫》，苏华译，《中苏文化》1942 年第 10 卷第 2 期。
② 萧爱梅：《论马雅可夫斯基》，《中苏文化》1941 年第 8 卷第 5 期。
③ 戈宝权：《依萨科夫斯基诗辑·译前》，《中苏文化》1943 年第 14 卷第 11、12 期合刊。

表于1943年，原诗和译诗的时间差在一两年之间，说明译者时刻关注国际文坛的动向，对反法西斯类的作品特别敏感，作品一经出版就关注并翻译，基本保持与国际文坛的同步。这八首诗中以《喀秋莎》最为著名，谱成歌曲后至今仍为俄罗斯经典音乐。将诗歌谱曲传唱能拓宽诗歌的传播渠道，也是诗歌大众化特征的表现。这首诗谱成的曲在苏联卫国战争中迅速传颂，少女喀秋莎的爱情与战士们的英勇报国紧密结合，少女的歌声慰藉着战士的思乡情，激励着他们抗敌报国早返家园与爱人团聚之心，"愿你跟在明亮的太阳后面飞翔吧，/并且把喀秋莎的敬礼/带给那遥远的边疆上的一个战士。/愿他记起这个朴素的少女，/愿他听见她在歌唱，/愿他保护祖国的土地，/而喀秋莎也珍重那爱情"①。诗歌在原语文化语境中的地位同样会影响译者的文本选择以及译诗在译入语文化的地位。苏联和中国同时面临反法西斯侵略战争，喀秋莎的歌声穿越国界，来到中国战士的心中，激起共同的心理情态，获得更广泛和普遍的意义。伊萨科夫斯基所有的诗，"它们的每一行，像渗透着生命的汁液似的，渗透着，对于自己祖国的爱与献身，和丰富的光辉的苏联的爱国主义"②。除《喀秋莎》外，《而谁又知道他》《分别》《两只鹰》《再会吧，城市和村舍》《母亲》《给儿子的训言》《在这儿葬着一个红军的战士》均在《新华日报》上有所刊载，都是反抗卫国类题材，从侧面说明译诗文本的选择与战时意识形态的紧密联系。

二 译诗主题的当下性：反法西斯与抗战救国类题材

《中苏文化》上的诗歌翻译选材最突出地表现在与反法西斯战争紧密相连，而区别于其他期刊报纸上反压迫、反侵略的一般类题材，或许因为"《中苏文化》一直与苏联对外文化协会保持着密切的联系，

---

① ［苏］依萨科夫斯基：《依萨科夫斯基诗辑》之《喀秋莎》，戈宝权译，《中苏文化》1943年第14卷第11、12期合刊。
② ［苏］伊凡·罗珊诺夫：《M. 伊萨珂甫斯基》，朱笋译，《中苏文化》1947年第18卷第4期。

他们对于苏联战时文坛以及文学的介绍非常及时,而与苏联的官方文学保持一致"①。除上述四位著名诗人作品相关的主题外,《中苏文化》译介的直接揭露和痛斥法西斯侵略行为的诗歌还有:1941年第9卷第2、3期合刊王语今译《苏联抗战诗歌选译》,包括《鬣狗》(阿谢耶夫作)、《准备吧》(勃拉基妮娜作)以及《无情地打击敌人吧》(列别迭夫·苦玛契作)。例如《准备吧》生动描写了一位战士,即使在睡梦中,仍时刻准备着接受命令,出阵杀敌。而作为战士的妻子、孩子,"我们"也在时刻准备着分离,保家卫国正是男儿之志向:"'每一秒都要在准备!'/斯大林的神鹰队和战士,/高高地举起你的战旗吧!/你们这些为丈夫的,为兄弟的,为父亲的人们。/不顾一切地去战斗吧,我们同样地满怀敌忾之心,/因为我们热烈地爱着你们,/用我们全身的血液的流动,/因为在心灵也有这条命令:'每一秒钟都要在准备中。'"②爱国主义号召下离别亲人,慷慨就义的情怀可谓古今中外兼有,时刻准备英勇就义,是泪血点缀而成的英雄赞歌。

其余如1943年第13卷第7、8期合刊米哈尔科夫作《在你居住的那个地方》(凝晖译)也道出了法西斯的非人性行径:"他要把自由的人们/恢复成饥饿的奴隶,/高举刀枪的,/不肯下跪的/不给他服役的战士们。——/都得勒死,火葬,枪毙!"还有文化和精神上的侵略和虐待:"只许说日耳曼语""我们住在茅屋里""渴了没水喝,冷了没火烤",只有法西斯的杀人者的孩子、监狱官的儿子可以"读书识字",博物院里的一切"希特勒要把它们/踏烂、焚烧、毁灭。/要把普式庚忘记掉"。面对这罪恶的行径,"俄罗斯军队站起来了""人民举起枪刺来了""斯大林告诉人民说:'朋友,在危急的时候跟着我吧!'"收复一切,重建家园,"我们的屋里,/再没有黑暗",勇敢忠诚的人,"谁就会爱自己的人民,/谁能做一点事情,/谁就帮助了祖

---

① 李今:《二十世纪中国翻译文学史:三四十年代·俄苏卷》,百花文艺出版社2009年版,第93页。
② [苏]勃拉基妮娜:《准备吧》,王语今译,《苏联抗战诗歌选译》,《中苏文化》1941年第9卷第2、3期合刊。

国,/在他居住的那个地方"①。这首长诗从反侵略到重建家园,其间闪烁的忠义果敢与乐观主义精神不失为一剂强心剂,鼓舞着同在战乱中的中国人民,具有移情作用。类似直指法西斯罪行和反抗精神的还有1943年第14卷第3、4期合刊《"塔斯窗"诗选》(铁弦译):《俄罗斯子孙出动了》(索柯洛夫作画,普希金作诗)、《海军亲卫队》(维雅洛夫作画,库玛契作诗)、《红十字会的女救护队员》(果列茨基作画,施巴却夫作诗)、《结婚赠品》(列别迭夫作画,马尔夏克作诗)、《年青的劳动者》(维雅洛夫作画,马史斯多夫作诗)、《破烂衣商》(列别迭夫作画,马尔夏克作诗)、《杀死他!》(库克林尼克斯作画,西蒙诺夫作诗)、《无题》(库克林尼克斯作画,普罗玛菲耶夫作诗)以及《傅里茨的蜕变》(库克林尼克斯作画,白德内作诗)。苏联卫国战争时期诗人和画家把配有诗歌的宣传画张贴在苏联国家通讯社塔斯社的橱窗和街道商店里,故有"塔斯窗"之称。塔斯窗诗歌揭露法西斯丑恶行径,鼓舞苏联人民抗击敌人,实现了宣传效能与审美价值的统一。

抗战卫国主题还多与亲情爱情相连,表现人伦之爱让位于家国大爱的高尚情怀,如1943年第14卷第7—10期合刊阿里莫夫作《母亲的训令》(戈宝权译)。《母亲的训令》通过母亲对儿子的教诲抒发战争背景下人民对祖国的拳拳之心,送别儿子出征时,母亲说:"我没有什么值得悲伤;/我生下来就从不是一个胆小鬼!/去吧,我鹰鸷一样的儿子,/去参加那伟大的事业!/亲爱的,绝不要怜惜一点力量,/要把恶毒的敌人一直打到底!/因为我哺养了你,抚育了你,/是为了让你成为一个胜利的战士。"②《依萨科夫斯基诗辑》之《母亲》《给儿子的训言》等均体现这般无私的大爱。爱情诗篇有《依萨科夫斯基诗辑》之《喀秋莎》《分别》,以及同期刊登的铁弦译西蒙诺夫的《等着我吧!》等,爱情与昂扬的爱国激情融洽结合,无比高尚、纯洁

---

① [苏]米哈尔科夫:《在你居住的那个地方》,凝晖译,《中苏文化》1943年第13卷第7、8期合刊。
② [苏]S.阿里莫夫:《母亲的训令》,戈宝权译,《中苏文化》1943年第14卷第7—10期合刊。

而炽热，给人以崇高壮美之感，爱情由此得以升华，摄人心魄。

最后特需指出的是，1937年第1卷第2期鲁果夫斯基作《保卫大上海》（孟殊译）。据译者称译自《真理报》，原题为《上海》，"因响应最近上海民众呼声，纪念四行仓库及我军谢团八百壮士的英勇抗战，故改译此题"①。全诗共七节，从第二节至第六节，每节第一句以"不要让步！/上海活起来罢！"重复，表现了中苏两国在反法西斯这一时代号召下携手并进，同仇敌忾的决心与国际主义情谊："上海决不屈服！""他们要夺上海，/上海却为你们掘了坟墓"。最后一节更具画龙点睛之效，钢铁誓言极尽渲染，号召中国民众团结起来，勇敢保卫上海，誓不做亡国奴："五千多年，/生长起来的民众——勤劳智慧的民众，/他愿意在自己旗帜之下，/不怕任何的苦痛。/你是这样，/或者不是这样——/都英勇地站起来罢。/决定要——/火中的上海！/血泊中的上海！/我们决不让上海陷落！"②

三 译诗大众化的表现：诗与歌、诗与画的结合

抗战使诗歌的审美性让位于政治性，时代语境对诗歌语言的规约使该时期诗歌在语言上多采用通俗易懂的大众语，用大众的语言诉说大众的生活，大众的情感，形式上多为能自由抒发情感的自由体。译入语文化的诗学要求使诗歌翻译也遵循语言的通俗化和形式的自由化，在选材上倾向于大众诗人，如《中苏文化》上对普希金、马雅可夫斯基、伊萨科夫斯基等诗歌的译介。《中苏文化》所刊译诗体现诗歌向大众靠近的两种表现形式为：其一，诗与歌的结合。如前所述，1943年第14卷第11、12期合刊伊萨科夫斯基的《喀秋莎》谱成歌曲，广为传唱，其余如《而谁又知道他》、《分别》（青年团员的分别歌）、《再会吧，城市和村舍》均谱成歌曲。第14卷第7—10期合刊阿里莫夫作《母亲的训令》以及道布玛托夫斯基作《我的亲爱的》分别由李

---

① 孟殊：《保卫大上海·译前》，《中苏文化》1937年第1卷第2期。
② ［苏］鲁果夫斯基：《保卫大上海》，孟殊译，《中苏文化》1937年第1卷第2期。

斯托夫和布郎梯尔谱为歌曲,译者称"每节之最后两句,在唱时俱为叠唱句"①。《我的亲爱的》共四节,每节最后两句分别为:"你在门口向我挥着手,/我的亲爱的。//它在向你行礼,致敬,/我的亲爱的。//你从遥遥的远方向我微笑着,/我的亲爱的。//这就是说:我们永远都在一起,/我的亲爱的。"② 每节末尾均与题目呼应,表达了爱国主义号召下一位普通战士告别爱人奔赴战场,英雄志胜于儿女情的高尚情操,豪情满怀惹人催泪。诚如胡风所言,"这也是一个为了与大众接近的方法。一般的说,我以为好的诗是可以配以曲子歌唱的,同时,好的歌也就是好的诗。要在歌与诗之间划一个清楚的界限是不可能的"③。其二,诗与画的结合。前述1943年第14卷第3、4期合刊《"塔斯窗"诗选》即为诗画相互对照与渗透,始创于马雅可夫斯基,即把相关信息作宣传画或漫画,画上附诗,说明画的内容,"利用城市里大商店的橱窗张贴起来,向民众报导消息,鼓励民众的革命情绪",传播快,范围广。"在苏联反纳粹战争的现在,'塔斯窗'已传布到全苏维埃的每块土地上了","街头、墙上、工厂里、农村里,前线上"④,而不仅仅在商店橱窗里,与民众紧密结合,全方位的空间渗透使其宣传效能达到最大化。

四 结语

在战火纷飞的20世纪三四十年代,中苏两国面对反法西斯这一共同的时代主题,以极大的热情和勇气投入这场正义战争。《中苏文化》作为中苏文化协会会刊,向中国读者翻译介绍了大量苏联文化,其中诗歌以最活跃、最富激情的文学样式,成为时代的先声。《中苏文化》的译诗多以直指法西斯罪行和反侵略为主题,极具现实性,且俄苏伟大

---

① 戈宝权:《母亲的训令·译后》,《中苏文化》1943年第14卷第7—10期合刊。
② [苏] E. 道布玛托夫斯基:《我的亲爱的》,戈宝权译,《中苏文化》1943年第14卷第7—10期合刊。
③ 胡风:《略观战争以来的诗——在扩大诗歌座谈会的报告,由惠元笔录》,《抗战文艺》1939年第3卷第7期。
④ 刘铁华:《"塔斯窗"释名》,《中苏文化》1943年第14卷第3、4期合刊。

诗人的作品均有介绍。在译诗的表现形式上，也因袭译入语文化的诗学规范，采用通俗易懂、明白晓畅的大众语，特别是诗配曲和诗配画的形式，强化了文本的传播效能，在宣传抗战中发挥了不可估量的作用。

第九节 《诗创作》诗歌翻译研究

《诗创作》是诗歌月刊，1941年6月15日创刊于桂林，由诗创作月社发行，胡危舟、阳太阳、陈迹冬编辑，1943年秋停刊，共19期。该刊是抗战时期大后方较具影响力的刊物，创作、评论与翻译并重，作为出版诗歌的专业期刊，成绩斐然。社长李文钊写的代创刊词《诗底时代》指出这个时代的特征是"动荡的""矛盾着"的，充满"屠杀和反抗，轰炸和建设，掠夺和生产，追逐和流亡，幻灭和希望，生和死，火和血"的冲突。"这剧烈的民族解放的斗争"时代是"诗"的时代，"使诗获得空前的发展""真正能把诗回复到大众来的时代"，号召诗人把握时代，"勇敢地，积极地，精密地努力创造"[①]。《诗创作》吸引了大批知名诗人发表作品，如艾青、郭沫若、徐迟、黄药眠、袁水拍、邹荻帆、彭燕郊、王亚平等，是大后方诗人，甚至是全国诗人的共同园地。该刊特色为专刊的开设，如第7期"翻译专号"、第11期"长诗专号"，以及第15期"诗论专号"等。除诗歌创作外，刊物在翻译方面介绍了诸多国外著名诗人诗作，表现出较开阔的国际视野。抗战历史语境下，翻译不再是简单的语言转换，而是世界反法西斯战争的有机组成部分和主流政治话语的补充，被视为政治和战争的工具[②]。现将《诗创作》的译诗情况统计如表3.10所示。

表3.10　　　　　　　　《诗创作》译诗统计

发表时间	诗歌	作者	国别	译者
1941年第2期	奴隶	J. 奥宾海姆		周行

---

① 张厚刚：《论〈诗创作〉"抗战诗歌美学"》，《南方文坛》2019年第4期。
② 廖七一：《20世纪中国翻译批评话语研究》，北京大学出版社2020年版，第163页。

第三章 期刊篇：大后方译介外国诗歌的主要刊物

续表

发表时间	诗歌	作者	国别	译者
1941年第3、4期合刊	我们的死者们	V. 雨果	法国	穆木天
	港岸	坂井敬二郎	日本	胡成之
	一九〇五年莫斯科	N. 郝赫洛夫	苏联	荒弩
	被俘的武士	莱蒙托夫	俄国	葛一虹
1941年第5期	库兹纳特斯克建设的故事	玛耶可夫斯基	苏联	庄寿慈
	我们，我们的时代，二十世纪	贝歇尔	德国	焦菊隐
	惠特曼诗三首	惠特曼	美国	陈适怀
1941年第6期	列宁城的广播			塔斯社译
1941年第7期（翻译专号）	欧根·奥涅金（第七章）	普式庚（今译普希金）	俄国	甦夫
	开会迷	马耶可夫斯基	苏联	魏伯
	好和不好	玛耶可夫斯基	苏联	庄寿慈
	莱蒙托夫诗五章	莱蒙托夫	俄国	西北、之汾、赵蔚青
	边防军与女	M. 以沙可夫斯基（今译伊萨科夫斯基）	苏联	陈亦
	海塔古洛夫诗抄	海塔古洛夫	俄国	赵蔚青
	雪夫兼珂诗七首	雪夫兼珂（今译谢甫琴柯）	俄国	陈原
	商人队之歌	江布尔	苏联	李葳
	失眠之夜	N. 涅克拉索夫	俄国	孙用
	情书	A. 柴芮泰里	俄国	蔚青
	总清算之歌	J. R. 贝赫尔	德国	焦菊隐
	骑士之歌（外五首）	赫尔威格、贝赫尔、海涅等	德国	周学谱
	致失败者	W. 惠特曼	美国	陈适怀
	爱劳的坟地	V. 雨果	法国	穆木天
	告春来莫斯科河之流水	秋田雨雀	日本	明树
	尘埃中	最上二郎	日本	秋子
	出狱的朋友	前人	日本	秋子

续表

发表时间	诗歌	作者	国别	译者
1941年第7期（翻译专号）	外人指导所	前人	日本	秋子
	在百货公司	南龙夫	日本	秋子
	被卖去的女儿	前人	日本	秋子
	探访亡友的家庭	前人	日本	秋子
	小市民	前人	日本	秋子
	西班牙诗五首	R.阿尔培特、L.瓦列拉等	西班牙	黄药眠
1942年第8期	西风歌	雪莱	英国	李雷
	近卫兵	海涅	德国	吴伯箫
	另一英雄之死	Richard Aldington	英国	万湜思
	约翰慕尔爵士的葬礼	C.岱尔夫	爱尔兰	孙用
	工厂	M.流水	保加利亚	魏荒弩
	德国流亡作家诗抄	圣克、佛郎克、胥尔特等	德国	居甫
	普式庚诗五首	普式庚（今译普希金）	俄国	唯楚、黎焚薰等
1942年第9期	孩子与驾驶员	Y.库巴拉		李葳
	袴中的云	马雅科夫斯基	苏联	林啸
1942年第10期	反叛之歌（二首）	惠特曼	美国	天蓝
	惠特曼诗四章	惠特曼	美国	陈适怀
	现代英国诗抄	戴维斯、郝思曼、弗里曼等	英国	邹绿芷
	我的祖国	T.戴维斯	英国	吴奔星
1942年第11期（长诗专号）	傍一八一三年在浮杨汀修道院所经过的事情	V.雨果	法国	穆木天
	森林中的小站	B.洛西亨	苏联	丘琴
	蒙虎皮的武士	福斯太凡里	苏联	李嘉
1942年第12期	巴夫洛·铁钦拿诗（二首）	巴夫洛·铁钦拿	苏联	陈原、洗尘
	扯旗	拉丁斯基	波兰	海山（戴望舒）
	二马	江布尔	苏联	李葳

第三章 期刊篇：大后方译介外国诗歌的主要刊物

续表

发表时间	诗歌	作者	国别	译者
1942年第12期	苏联儿童诗三首	S. 玛塞科	苏联	张惠宜、张兴文
	现代英国诗抄	哈代、西蒙斯、叶芝等	英国	邹绿芷
1942年第13期	人质	拉丁斯基	波兰	海山
	西班牙的呼唤	A. 马夏多	西班牙	李葳
	二兵士之歌	J. R. 贝赫尔		邹绿芷
	我完成我底三十六岁	拜伦	英国	长海滨
	雪	A. 主泼令斯卡雅	波兰	宋玑
	矿工	柏兹鲁支	捷克	魏荒弩
1942年第14期	一个不作法事的和尚	莱蒙托夫	俄国	邹绛
	她底歌	Oscar Wilde	英国	菲北
	施舍	Annl Morrow Lindbergh①	美国	蒋壎
	现代英国诗抄（续）	郝思曼、卜里吉斯、C. D. 路易士等	英国	邹绿芷
1942年第16期	亚尔佛列德·普鲁佛洛克底恋歌	T. S. 爱略式（今译艾略特）	英国	黎敏子
	阿剌伯人和他的战马之别	Hon. Mrs. Norton	英国	公盾
	现代英国诗抄	卜列吉斯、爱贝克朗华、弗来柯等	英国	邹绿芷
	雪底拥护	拉丁斯基	波兰	又然、海山合译
	离开了天青色的露西亚（外二章）	叶赛宁	苏联	黎央
1942年第17期	幻想的船只	莱芒托夫（今译莱蒙托夫）	俄国	于产
	河流、草原和战斗	万捷斯拉禾夫等	苏联	乡里苊

---

① 原刊疑似拼写错误，应为 Anne Morrow Lindbergh，美国著名作家、飞行员。

续表

发表时间	诗歌	作者	国别	译者
1942年第17期	海之歌	Bryan Woller Proeter①	英国	公盾
	华斯华兹诗抄	华兹华斯	英国	惠宜
	雪降	Giosue Carducci	意大利	虞剑波
	现代英国诗抄	罗仑斯（今译劳伦斯）等	英国	邹绿芷
	村上的铁匠师傅	亨利·郎匪罗（今译朗费罗）	美国	宜闲
1943年第18期	雨天吟	浪法露（今译朗费罗）	美国	秋阳
	冬夜	普式庚（今译普希金）	俄国	黎央
	乌拉地米尔·伊里契·列宁	玛耶可夫斯基	苏联	万想
	现代英国诗抄	H. 孟罗、E. 托玛斯等	英国	邹绿芷
	大海颂	拜伦	英国	马东、周欧、家齐译
1943年第19期	叶赛宁诗五章	叶赛宁	苏联	黎央
	我认识你，我底青春	别尔伏玛伊斯基	苏联	乡里葩

一 译诗主题分类：趋时性特征

任何主题的选择都会受到特定时代社会文化语境的制约，与译者所处的时代政治意识形态和诗学息息相关。抗战时期的翻译活动在鼓舞中国人民积极投身抗战以争取民族解放斗争方面发挥了重要的作用，翻译文学通过"他者"的方式作为外来影响促进民族文学的发展，又以民族文学一分子的身份参与其建构，在主题的选择中充分体现其与意识形态和政治的吻合。通观《诗创作》选译的诗歌，从主题上可大致分为反侵略求自由、反战争诉和平、爱国颂英雄、讴歌自然、苏联

---

① 实为 Bryan Waller Procter，原刊拼写错误，以下提到该诗人，均按正确拼写。

建设等，其中不少诗歌具体针对反法西斯侵略，凸显主题与现实的紧密结合。在以上诸类主题中也有相互交叠的情况，颂扬英雄中体现爱国之情，苏联建设与向往美好和平的生活相连，歌颂自然又与不屈的抗争精神有关，为了叙述方便，暂分开阐释，着重分析五类典型的主题类型。

（一）反侵略求自由

《诗创作》中体现最多的要数反侵略、反压迫和追求自由类诗歌，是主题选择与时代接轨最具体的反映，其中不少直指反抗希特勒的侵略，如第13期海山（即戴望舒）译波兰诗人拉丁斯基的《人质》。该诗共5节，从食物、文化、经济侵略的角度描写希特拉（今译希特勒）的罪行，怒斥希特勒残酷屠杀人质的野蛮罪行，"德国的希特拉如此毒咒着／波兰的希特拉也如此毒咒着／'绞死人质！'／'活埋人质'／德国的希特拉是这么命令／波兰的希特拉也这么命令"。本诗描写人质的复活与反抗："人质／复活了／复活了／人质——／从丘穴里／掘出头来／从丘穴／那些粗胳膊／组织着／团结着"，嘲讽希特勒之流的不堪一击："你们／恐惧吗——／人质的斧头／人质的镰刀／你们／恐惧吗——……看你们法西斯的腐肉／一块块地烂落"①，一正一反凸显被压迫者不屈的抵抗决心。第16期拉丁斯基另一诗作《雪底拥护》以拟人手法使"雪"成为武器、成为"志愿兵"，雪落大地，号召"我们底'滑雪旅'／雪战去——"，号召同志们"把子弹装进希特拉底脑袋"②。

西班牙内战（1936.7.17—1939.4.1）也是反法西斯侵略的重要一环，得到世界各国正义人士的支持。《诗创作》有不少此类诗歌，如歌颂国际主义援助精神的《西班牙诗五首》之R. 阿尔培特的《给国际纵队》（黄药眠译）。"你们都是来自远方，但距离／并不能在你心里生出界限。／人生总有一个要死，或是死在疆场，／或是死在城市；但是，你们

---

① ［波］拉丁斯基：《人质》，海山译，《诗创作》1942年第13期。
② ［波］拉丁斯基：《雪底拥护》，又然、海山译，《诗创作》1942年第16期。

却下葬于此乡……请你们都在这里和我们一起奋斗吧，——/这里每一棵树，每一粒光明都在这样期盼。/这一种期盼可把大海推移；你们都是我们的兄弟！/马德里因为了你们的名字，将在暗夜中放出光明！"① 为了正义的战争，"你""我"互不相识却亲如兄弟，为了同样的梦想，"我"甘愿奉献生命战死异乡！这是何等崇高的国际主义、人道主义情怀！而中国的抗日战争同样得到国际社会的支持和援助，这是何等的振奋人心！表现国际援助的还有 A. 马夏多创作的《西班牙的呼唤》（李葳译），把俄罗斯称为"姐姐"，请求援助："俄罗斯，你听到她的声音么？/跨过一重山又一重山，/涉过一道河又一道河，/飞过了战争的轰响，/西班牙的声音，/在呼唤你：/'姐姐。'"② 李葳接着翻译了 J. 马立内罗创作的《忆 A. 马夏多》，称他的诗"蕴藏着西班牙人民不可征服的心灵，激励起西班牙人民昂扬的情绪"③。同一译者既译诗，又介绍诗人，有助于译者深入了解诗人，从而准确再现原诗精髓，又使读者形成互文阅读，捕捉译诗深意。援持异国民族自由运动的还有英国著名诗人拜伦，以希腊独立自由为己任，其绝笔《我完成我底三十六岁》（长海滨译）刊于第 13 期，为他国自由而战，以鲜血浇灌自由之花，拜伦精神符合抗战诗坛的情感诉求，其诗歌得到大量译介。

　　表现反抗类题材的诗作在《诗创作》中占有极大比重，如第 7 期翻译专号刊登的赵蔚青译《海塔古洛夫诗抄》之《无题》《哀恸》；陈原译《雪夫兼珂诗七首》（今译谢甫琴柯）之《遗嘱》《我在异国人中间生长》《我不感伤》。赵蔚青在《海塔古洛夫诗抄》后附有"作者介绍"："他的诗里喷吐着烈火和愤怒；流露着自由的渴望；而且倾吐着高加索被奴役的人民的憧憬，因此他的诗深受人民的崇爱，……他所

---

① ［西］R. 阿尔培特：《西班牙诗五首》之《给国际纵队》，黄药眠译，《诗创作》1942 年第 7 期。

② ［西］A. 马夏多：《西班牙的呼唤》，李葳译，《诗创作》1942 年第 13 期。

③ ［西］J. 马立内罗：《忆 A. 马夏多》，李葳译，《诗创作》1942 年第 13 期。

有的诗和一切社会上的活动都是呈现给为民族解放的斗争。"① 这类副文本组成译诗不可缺少的部分，对正文本起着补充、解释的作用，可以为读者提供理解诗人、诗作必要的背景文化知识，尽可能还原原诗的文化语境，同时引导读者了解、认同译者想要表达的意图。陈原译《雪夫兼珂诗七首》后又翻译了 A. 尼罗夫创作的《达拉斯·雪夫兼珂评传》，该文对其生平经历、教育背景、诗集等进行了详细介绍，包括《遗嘱》和《梦》两首的理解，对读者掌握诗歌主旨起到了重要作用。该篇提到："不论歌唱什么东西，不管是歌唱喜乐，爱情还是伟大的行径——在曲终时总转到非正义在统治这个世界，总会转到人类的受难；……他把他的歌喉，如乌克兰人民的自由而歌唱，他呼号他的同胞记住：在先前他们的爱自由的祖先曾经把剥夺乌克兰自由的波兰贵族赶走。"② 第 8 期 N. 贝尔齐可夫创作的《民众的号手——达拉斯·雪夫兼珂（一八一四——一八六一）论》亦由陈原翻译，同样表达了雪夫兼珂对"沙皇压迫下的俄罗斯以及其他友爱的民族底最深的同情"③。这些相关背景知识和译诗形成互文指涉，有助于读者对诗歌主旨及意义的理解。表现该主题的还有第 7 期《骑士之歌（外五首）》之赫尔威格作《骑士之歌》、贝赫尔作《德国人的莱茵》、海涅作《德意志》、克尔纳作《起来罢，同胞！》。译者附记称："这几篇诗歌，都是德意志诗坛的古典篇什。那些诗人所热情地歌咏着的'祖国'，今日正由于那疯狂的领导，而变成世界人民的火鸦。它到处播着残酷的祸殃。这恐怕不是那些诗人（特别像海涅那样爱好自由的诗人）所预想得到的。"④ 第 10 期惠特曼作天蓝译《反叛之歌》两首：《欧洲》与《给一个受了挫折的欧洲的革命家》。《欧洲》中有这样的诗句："没有一座为了自由的被害者的坟墓不生出自由的种子，轮流地生出种子，／

---

① 赵蔚青：《海塔古洛夫诗抄·作者介绍》，《诗创作》1942 年第 7 期。
② ［苏］A. 尼罗夫：《达拉斯·雪夫兼珂评传》，陈原译，《诗创作》1942 年第 7 期。
③ ［苏］N. 贝尔齐可夫：《民众的号手——达拉斯·雪夫兼珂（一八一四——一八六一）论》，陈原译，《诗创作》1942 年第 8 期。
④ 周学谱：《骑士之歌（外五首）·附记》，《诗创作》1942 年第 7 期。

风把它们带到远处，重行播下，而雨和云来滋养它们。/没有一个离了肉体的灵魂会被暴虐者的武器驱散，/可是它却会在大地上潜行，耳语着，商量着，警戒着。"① 自由如种子般深入每一颗灵魂，时刻准备着为自由而战。第 11 期长诗专号雨果作穆木天译《傍一八一三年在浮杨汀修道院所经过的事情》抨击宗教的僵化教条与人性桎梏，讴歌自然的本真、心灵的解放，以及对真善美的永恒追寻。此外，反抗类主题还有第 6 期塔斯社译《列宁城的广播》，第 8 期 M. 流水作魏荒弩译《工厂》，第 12 期拉丁斯基作海山译《扯旗》，同期江布尔作李葳译《二马》，第 13 期柏兹鲁支作魏荒弩译《矿工》。自由类如第 3、4 期合刊 N. 郝赫洛夫作荒弩译《一九〇五年莫斯科》，第 8 期《普式庚诗五首》之黎焚薰译《再见，多情的檞木林》，第 14 期邹绛译莱蒙托夫著名长诗《一个不做法事的和尚》（今译《童僧》），第 18 期玛耶可夫斯基作万思译《乌拉地米尔·伊里契·列宁》等，无法一一详述。

从创刊号至第 19 期终刊，反侵略压迫，力争自由的诗题星罗棋布，数量如此庞大的诗篇鲜明生动地体现了译诗合于社会的宗旨。在反对日本法西斯战争中，译者们自觉选取具有革命意识的外国诗歌，积极为抗战服务，这也是译者响应时代召唤的表现。

（二）反战诉和平

战争的残酷、无情和血腥，无尽的杀戮和死亡，人民的贫困和痛苦使广大民众对战争深恶痛绝，尤其是这场由日本法西斯发起的侵略战争，使人民流离失所、苦不堪言，因此反战类诗篇也是《诗创作》选译的主题之一。这类主题的诗作有第 3、4 期合刊雨果《我们的死者们》（穆木天译）、坂井敬二郎《港岸》（胡成之译），第 7 期雨果长诗《爱劳的坟地》（穆木天译），第 13 期 J. R. 贝赫《二兵士之歌》（邹绿芷译），第 17 期《英国现代诗抄》（邹绿芷译）中反战诗人 I. 罗森贝尔《归还，我们听着云雀》与欧文《遗弃》等。其中，日本诗人坂井敬二

---

① ［美］惠特曼：《反叛之歌》之《欧洲》，天蓝译，《诗创作》1942 年第 10 期。

郎的《港岸》以日本妇女对远征士兵的等待、守护和呼唤以及最后期盼落空的悲凉之情反衬战争给日本人民和家庭带来的伤害，选择此诗是从他者的角度斥责和批判日本军国主义发动侵华战争的滔天罪行。"我不敢到港岸去了！/我曾经和小宝宝在港岸守候着，/眼睛像拥抱似的/注视一艘艘入港的轮船；/而港岸给浓重的惨雾笼罩着，/你呢？总不见归来！"最后，妇女的绝望因环境的渲染更显悲情："港岸永远抹上了悲哀！/我不敢再到港岸去了/尽管轮船汽笛的悲鸣，是熟悉的。/我恐怕，会当它是一种什么的声音……/那还有什么可期待的呢！"① 雨果创作的《我们的死者们》以死者惨状的细描——"他们的血在地上作成了一片骇人的池沼；/残暴的兀鹰发掘着他们的，敞着的胸膛；/他们的尸骸是凶狞的，冰冷的，在绿的牧场上散乱着，/是令人骇惧的，是扭七歪八的，是漆黑的，各式各样的"② ——衬托战士为国捐躯、死状凄厉，间接揭露战争和敌人的残酷，充满对和平的向往。

（三）爱国颂英雄

抗日救亡的核心和基础为爱国，抵御外敌侵略的民族英雄自古以来就是各种文学体裁歌颂的对象。抗日战争更是一场全民参与的反侵略民族解放战争，社会对诗歌宣传教育功能的需求也急剧增长，基于此，不少爱国主义题材的诗篇应运而生，同样，引入异域爱国主义题材的诗篇恰似借来的火种，点燃了中华民族的觉醒意识。《诗创作》中体现该主题的译诗主要有第 8 期海涅《近卫兵》（吴伯箫译），第 9 期 Y. 库巴拉《孩子与驾驶员》（李葳译），第 10 期英国诗人 T. 戴维斯《我的祖国》，以及第 11 期 B. 洛西享《大森林中的小站》（丘琴译）等。海涅的《近卫兵》通过两名士兵质朴的言语表现出战士国重于家，舍生取义的崇高情怀："'管什么我底孩子，管什么我的妻？/已经来的是更沉重的责任；/若是她们饿，就让他们终生乞食——/我的国王正在监狱里叹息！'/'亲爱的兄弟，请答应我最后的乞求：/

---

① ［日］坂井敬二郎：《港岸》，胡成之译，《诗创作》1941 年第 3、4 期合刊。
② ［法］V. 雨果：《我们的死者们》，穆木天译，《诗创作》1941 年第 3、4 期合刊。

假若现在我的寿命已是有数的几天/啊，把我的尸体带回我优秀的故国/因为在那里可以平和地安眠．'……这样我会在墓里静静地躺着，/像一个卫兵守护着部队，/直到我听到了大炮底轰鸣，/和渐渐近来的马蹄底响声，/那时我底国王将骑马从我底墓上走过，/而明亮的刀光闪灼并嘎嘎作响；/那时我将武装到牙齿从墓里起来，/为我底国王急赴战场！"① 第10期英国诗人戴维斯的《我的祖国》（吴奔星译）深情赞扬祖国"富足的无匹的""新鲜的美好的""温暖的果敢的""诚朴的古老的"土地，自豪地宣称"这个祖国，我的！"为了她的美好，"要永远保护她的美丽，/要更加促进她的权力——/没有敌人侵犯她的边邻——/才没有同胞在她的里面憔悴！"② 全诗共五节，其中第一、三、五节最后一行重复"这个祖国，我的！"复沓反复，炽热的爱国护国豪情跃然纸上。

讴歌英雄的诗歌有第7期《西班牙诗五首》之 L. 瓦列拉《莲娜峨登娜》（黄药眠译）、M. 阿尔托拉格尔《约萨哥仑人民的队长》（黄药眠译），E. 帕拉多《给费塔里科》（黄药眠译）；第7期《海塔古洛夫诗抄》之《在莱蒙托夫纪念碑前》《无题》和《摇篮歌》（赵蔚青译）；第8期 C. 岱尔夫《约翰慕尔爵士的葬礼》（孙用译）；第17期《河流、草原和战斗》之柯里齐夫《瓦西卡·沙波瓦洛夫》（乡里范译）等。如《给费塔里科》，译者称他为"西班牙近代的伟大诗人，他于一九三六年在格兰那达被法西斯所害"③。诗中满溢对费塔里科逝世的惋惜和悲伤："让我沉睡吧，沉睡不醒，/沉睡时我也许敢同一切的真情见面，/但这也是徒然！/就是在沉睡中，/我也忍不住这其中的痛苦。/你在那儿呢？费塔里科，你也听见了我所能听？/我不相信，我自己也不敢相信！/我怀念着你！/在我对你的记忆里有着子弹飞鸣，啊，牠们是/怎样困扰着我！怎样困扰着我！"④《在莱蒙托夫纪

---

① [德] 海涅：《近卫兵》，吴伯箫译，《诗创作》1942年第8期。
② [英] T. 戴维斯：《我的祖国》，吴奔星译，《诗创作》1942年第10期。
③ 黄药眠：《给费塔里科·译后》，《西班牙诗五首》，《诗创作》1942年第7期。
④ [西] E. 帕拉多：《西班牙诗五首》之《给费塔里科》，黄药眠译，《诗创作》1942年第7期。

念碑前》一诗中,海塔古洛夫将其誉为"一座不朽的,辉煌的圣像,／一个百折不挠的忠勇的战士,／一个伟大的威权者,坚强,高尚而刚毅"①。此外,《莲娜峨登娜》主人公为西班牙战争中的女英雄,《约萨哥仑人民的队长》主人公为西班牙人民的队长,他们英勇反抗、视死如归的精神始终激励着中华民族抗击外敌。

(四)托物言志、寓情于景

《诗创作》中描写自然景物类主题也不少,如大海、小溪、春天、雨天、西风、冬夜、大雪、土地、森林、草原等。借助自然之美,渲染诗情,比喻寄托,可谓情景交融,寓情于景。具体篇目大致有第7期《莱蒙托夫诗五章》之《孤帆》(之汾译),第7期《骑士之歌(外五首)》之华格纳《春天》(周学谱译),第8期雪莱《西风歌》(李雷译),第10期《现代英国诗抄》之 W. H. 戴维斯《海的梦恋》(邹绿芷译),第12期《现代英国诗抄》之 G. 梅斯斐《海的狂热》(邹绿芷译)②,第13期波兰诗人 A. 主泼令斯卡雅《雪》(宋玳译),第16期叶赛宁《离开了天青色的露西亚》(外二章)之《风,暴乱地吹着》(黎央译),同期《英国现代诗抄》之 L. 爱贝克朗华《小溪之歌》(邹绿芷译),第17期英国诗人布莱恩·沃勒·普罗克特(Bryan Waller Procter)《海之歌》(公盾译),第18期美国诗人 W. 浪法露③《雨天吟》,同期普式庚(今译普希金)《冬夜》(秋阳译),拜伦《大海颂》(马东、周欧、家齐译)等,其中描述最多的无疑是大海。古往今来大海象征激情、自由、勇敢、博大和生命之力量,诗人们以大海为知音,谱写了一首首雄浑奔放、磅礴深远的乐章。梅斯斐《海的狂热》以不同译者的不同版本在多种刊物中登载,表现诗人对大海的渴望与眷恋,敢于面对人生挑战,充满积极意义。戴维斯《海的梦

---

① [俄]海塔古洛夫:《海塔古洛夫诗抄》之《在莱蒙托夫纪念碑前》,赵蔚青译,《诗创作》1942年第7期。
② 作者名为 J. Masefield,今译约翰·梅斯菲尔德,故应为 J. 梅斯斐,而非 G. 梅斯斐。
③ 原刊为"W. 浪法露"。今译朗费罗,英文为 Henry Wadsworth Longfellow,故 W 实为中间名。

恋》有异曲同工之妙，全诗共六节，每节四行，首尾节相同，"我不知道因为什么我又渴望着你，/在你漂浮的汛流上再一次地航驶去；/我愿意倾听你的波涛在我的死床下冲打，/你的苦咸永远储存在我的血里"，对海的眷恋，海之磅礴早已揉入诗人的生命。当西班牙"阿美达"舰队侵略英国时，"你知道如何使那粗野的生命驯伏，/你知道如何使那硕大的与傲慢的屈身"①。面对侵略，海成为护国的勇士，扑灭敌人的进攻，这就是海的精神，也是诗人热恋海的缘由。拜伦《大海颂》（马东等译）为其长诗《恰尔德·哈罗尔德游记》卷四，第179—184节，大海的正面描写不多，而是浓墨重彩于海带给人的震撼，表达诗人与海相融的情思："海洋呀，我就像是你的孩子，委身于/你底柔情的抚爱里，/让我把手放在你的发鬓上，使我们联结在一起。"②诗人以海喻志，通过磅礴意象深刻揭露压迫与暴政，其浪漫主义笔触中奔涌着反抗精神，既唤醒民众斗争意识，亦呼应中华民族的集体情感共振。第17期Bryan Waller Procter《海之歌》（公盾译）表现航海者不惧死亡的拼搏精神："我爱（哟！我是如何的爱呀）去漂浮着，/在那狂暴，怒吼，暴烈般的潮水上，……我永远不待在那迟钝而乏味的岸边，/但我爱着这雄浑的海有加无已。"③ 自然景物的描写均是衬托诗情人意，承载情感和渴望，往往通过刻画自然，去抒写对生活的热爱，对真善美的追求，对理想的执着，或是对比自然的壮美与人间的苦难，以揭露社会矛盾或弊病。

（五）歌咏苏联革命与社会主义建设

苏联从战争伊始就是中国人民的盟友，中国诗人也最真诚地敬爱和支持苏联。"当《中苏互不侵犯条约》一发表的时候，中国的人民曾激起何等的狂喜呵！理论家胡风在他的诗篇《敬礼》里，对苏联致以璨然的赞词——'……你建设的苏维埃联邦啊！/你的土地/你的工

---

① ［英］W. H. 戴维斯：《现代英国诗抄》之《海的梦恋》，邹绿芷译，《诗创作》1942年第10期。
② ［英］拜伦：《大海颂》，马东、周欧、家齐译，《诗创作》1943年第18期。
③ ［英］Bryan Waller Procter：《海之歌》，公盾译，《诗创作》1942年第17期。

厂/你的天空/你的北极地带的冰块/竟开着生物的花朵/机械的花朵/新人类的花朵……'"①《诗创作》第 6 期《中国诗歌界致苏联诗人及苏联人民书》刊登了冯玉祥、郭沫若、田汉、冰心、老舍、穆木天、胡风、臧克家、徐迟等著名诗人联名告苏联诗人书："希特勒和他底匪帮是一切罪恶的化身。我们完全同意你们革命诗人玛耶可夫斯基底号召：'同法西斯蒂讲话，/要用烈火代言词，/用刺刀代唇舌，/用子弹代讽刺，/这个口号。……'让我们抗战的歌声互相穿过世界的屋脊，让我们手携手底打击人类中的丑类——那东方西方的野兽吧！"② 诗歌文本选择上，受到接受语境影响，《诗创作》译介了不少歌颂苏联革命和社会主义建设的诗篇，为新诗写作提供了范本，因为抗战诗坛大都"只限在抗战有关的题材上，建国的成绩似乎还没有能够吸引诗人的注意"③，歌颂现代化、工业化，描写建设的诗歌是迫切需要的。《诗创作》刊登的译诗有：第 5 期玛耶可夫斯基《库兹纳特斯克建设的故事》（庄寿慈译），同期德国诗人贝歇尔《我们，我们的时代，二十世纪》（焦菊隐译），第 7 期苏联诗人江布尔《商人队之歌》（李葳译），第 12 期《巴夫洛·铁钦拿诗（二首）》之《我从磨坊来……》（陈原译），同期江布尔《二马》（李葳译）等。《库兹纳特斯克建设的故事》提到了宏伟目标："在五年计划中，有一百万汽车的建设材料送到这里来，这儿将建立一个冶金的巨人，石炭的巨人，一个千百万人的城市。"全诗以绵密的细节描述建设环境的艰辛："一切都是潮湿的，/一切都是龌龊的。"同时辅以多个意象凸显环境的恶劣："一辆破旧的大车""污浊的雨滴""大块的湿面包"。纵然如此，工人们建设的激情从未扑灭，全诗多次重复"这儿将矗立起一座花园！"④ 透过马雅可夫斯基跳跃的楼梯式诗行，苏联社会主义建设的欣欣向荣跃然纸上，为抗战中的中国人民勾勒了革命与建设

---

① 艾青：《抗战以来的中国新诗》，《中苏文化》1941 年第 9 卷第 1 期。
② 冯玉祥、郭沫若等：《中国诗歌界致苏联诗人及苏联人民书》，《诗创作》1941 年第 6 期。
③ 朱自清：《诗与建国》，《新诗杂话》，生活·读书·新知三联书店 1984 年版，第 45 页。
④ ［苏］玛耶可夫斯基：《库兹纳特斯克建设的故事》，庄寿慈译，《诗创作》1941 年第 5 期。

的美好蓝图。

二 现代主义诗歌译介：边缘之声

战争伊始，诗人们投身于抗战时代的洪流，高唱时代战歌，现实主义诗歌和浪漫主义诗歌发展迅速，在抒情方式上更是以直线倾泻为特色。现代主义诗歌以客观象征主观，强调形象的创造和意象的呈现①，借鉴波德莱尔的"通感说"和艾略特的"客观对应物"，诗歌中常有内倾和内省化趋势，与客观世界保持着一定的距离，这样的疏离和隔阂与战争初期的主流诗学格格不入，因此现代诗在炮火声中基本消失。20世纪40年代情况有所改变，面对战争的残酷和持久，诗人们普遍从初期的激情中清醒过来，开始审视战争的本质和历史、文明等重大问题。带有智识性和哲理化的现代主义诗歌贴近主观世界的抒写，符合一个沉思的时代，又把自我引向社会议题的思考，融主观感受于客观现实。该时期的现代诗人不同于战前现代派诗人的"纯诗"观念，他们目睹了民族的苦难和大众的困苦，"公开肯认对社会现实的关怀与承担乃是诗的现代性的题中应有之义"，作品中除了抒发个人意识，也包含社会意识②，现代主义诗歌因此重新进入抗战诗坛。同样，作为民族诗歌的一部分，翻译诗歌也受到该诗学观影响。40年代译介了许多西方现代诗歌，以《诗创作》看，大都在刊载的邹绿芷译《现代英国诗抄》里，叶芝、T. 哈代、罗仑斯（今译劳伦斯）、A. E. 郝斯曼、C. D. 路易士，第一次世界大战诗人S. 莎宋、I. 罗森贝尔、W. 欧文等诗人的诗歌均有译介。其中，第16期刊登的T. S. 爱略忒（今译艾略特）早期成名诗《亚尔佛列德·普鲁佛洛克底恋歌》（黎敏子译）是经典的现代主义诗歌，以下简称《恋歌》。原诗开篇6行出自但丁的《神曲·地狱篇》，黎敏子译诗省略了但丁诗句。这首诗以"恋歌"为题，描述出入贵妇之中的一位敏感懦弱的中年男子普

---

① 苏光文：《大后方文学论稿》，西南师范大学出版社1994年版，第358页。
② 解志熙：《暴风雨中的行吟——抗战及40年代新诗潮叙论（下）》，《解放军艺术学院学报》2017年第2期。

鲁佛洛克的内心独白,写出了中产阶级复杂、迷茫的矛盾心理,揭露西方社会精神文明的堕落。其主题远超爱情,内涵涉及社会、人生、价值观等方面。该诗体现了艾略特的"客观对应物"思想,即通过"'一套客观物体'、一个场景、一连串的事件即物象、意境或事物来暗示隐喻人的内心活动对外部世界的感应,捕捉瞬间感觉、印象、幻觉等心理现象,把诗人心中的失落感,危机感等各种感受传递给读者"①。"当黄昏展开在天空,/像一个病人迷醉在病床""黄色的雾涂它的背影上窗玻璃,/黄色的烟触它的唇吻上窗玻璃"②,这样新颖奇特的比喻将观念、情感等具体化,独具匠心又富有表情的张力。诗歌采用明喻、暗喻、借代、讽刺等多种修辞手法描绘一组组富有象征意义的画面,其中对女人的描写颇具戏谑,"妇女们在室内来回地踱步,/谈论米开朗基罗",表现贵妇们附庸风雅、百无聊赖的生活;"那些手臂洁白裸露给戴上了臂环,/(但在灯影里是闪着棕色的绒毛地下垂呀!)"③女人手臂绒毛的特写无异于美中露丑,具有较强的讽刺意义,亦说明主人公在追求中流露出的厌恶、无奈等矛盾心情。诗的结尾,他进入了海滩的幻象,沉醉于"海女郎""女鲛们"的梦境中。然而,"直至人世的声音惊醒我们,/而我们已淹溺而死"④。也就是说,一旦回到现实,一切美好就将结束。诗人在结尾处把"我"改为复数"我们",表明主人公的境遇并非个例,在西方社会带有一定普遍性。从整体结构看,本诗主要是自由体,以内心独白的方式借助普鲁佛洛克的人物形象和境遇抒发艾略特对人生和社会的深层思考,通篇的口语化表达与戏剧性手法又使诗歌干脆利落,增强了现实感,

---

① 林小兰:《〈丁·阿尔弗莱德·普鲁弗洛克的情歌〉的解读——兼评艾略特的批评原则》,《西南民族大学学报》(人文社科版) 2004 年第 5 期。
② [英] T. S. 爱略忒:《亚尔佛列德·普鲁洛克底恋歌》,黎敏子译,《诗创作》1942 年第 16 期。
③ [英] T. S. 爱略忒:《亚尔佛列德·普鲁洛克底恋歌》,黎敏子译,《诗创作》1942 年第 16 期。
④ [英] T. S. 爱略忒:《亚尔佛列德·普鲁洛克底恋歌》,黎敏子译,《诗创作》1942 年第 16 期。

揭露西方社会畸形的病态和冷漠的人际关系。以个人境遇折射时代风云，触摸时代核心是现代主义诗歌得以译介的重要原因。

相较于写实主义诗歌与现实的高度同构，现代主义诗歌虽通过寻求社会关联性进入大众视野，但其审美自律性追求、本体论探索及"自我"的内倾化倾向，加之惯用的意识形态戏谑与解构策略，最终使其在抗战诗坛中仅处于支流地位，成为时代主旋律的边缘注脚。

三 译诗的表现形式：凸显大众化特征

诚如朱自清所说："抗战以来的诗，暂时偏向自由的形式。这是为了诉诸大众，为了诗的普及。"① 该刊选译诗歌除主题内容紧扣现实，译诗表现形式也以方便全民阅读为目的，注重语言的大众化和形式的自由化。正如第11期刊登的B.洛西享创作的《森林中的小站》"译后记"所言："原文中有些地方译出来很艰涩，译者把那些地方给改了，这是为了更适合于中国人的口味。但，这也仍只限于不远原作，而略加润色的。"② 符合中国人的口味，是为了更好阅读和接受，"不远原作"说明翻译终以忠实为标准。饶有兴味的是第12期刊登的《巴夫洛·铁钦拿诗（二首）》之《给诗人的信件》（徐洗尘译），是作为康敏尼斯特的"我"（笔者注：共产主义），给诗人中肯的建议，指出诗歌应贴近工人阶级，具有共产主义性质，涉及诗歌的阶级基础："你积聚这些节拍和韵脚/是为了供那些饿极了的人民阅读。/你以为你的三重奏/可以滋养工人阶级么？/……虽然我想到在你身上有着一些好的素质/但，我将还要看见你，是一个康敏尼斯特。"③ 同期莱羡（A. Leites）创作、徐洗尘翻译的《巴夫洛·铁钦拿——苏维埃乌克兰的革命诗人》介绍铁钦拿生平与思想，"在他的诗篇里，这位苏维埃乌克兰诗人已经完成了一种民族形式和社会主义内容有机的统一"，

---

① 朱自清：《抗战与诗》，《新诗杂话》，生活·读书·新知三联书店1984年版，第38页。
② 丘琴：《森林中的小站·译后记》，《诗创作》1942年第11期。
③ ［苏］巴夫洛·铁钦拿：《巴夫洛·铁钦拿诗（二首）》之《给诗人的信件》，徐洗尘译，《诗创作》1942年第12期。

指出诗歌主题内容与语言形式的大众化和革命性，称铁钦拿"细心研究着的乌克兰群众底生活，写下了大量辉煌的现实主义诗章"①。译作译诗中尽显诗歌与民众结合的诗学旨归，契合抗战诗坛的文体规范，翻译作为养分亦能滋养大众化诗歌的创作。

第 17 期刊登的《英国现代诗抄》之 H. D. 罗仑斯②《蛇》中诗人巧妙运用独白形式剖析自己的双重性格，在对蛇与蛇性具体描写的基础上反思人对蛇的偏见，揭露"我"企图杀蛇的可鄙行为，表现劳伦斯主张人与动物平等的生态美学观。从语言结构上看，全诗用通俗的语言表达再现蛇灵动的形态，不受格律、韵式限制。邹绿芷译文忠实再现原文诗韵，蛇的形象生动乍现："他从幽暗中的土墙上的一个罅隙爬下／而蠕动着他的棕黄色的松弛的柔腹而下，越过了石槽的边缘，／再把他的项头欹息到石底上，／而在那栓塞滴下水的地方，在一滴清水之下，／他以他的挺直的嘴吮吸着／轻轻地饮过他的挺直的齿龈，进入他的松弛的长的身体里，／静寂地。"③ 译笔朴实，语言通俗如之，"如何地喜欢""多末喜欢他像一个客人一样"④ 等，既保存了原诗"how I liked him""how glad I was he had come like a guest"对蛇喜爱程度的刻画，又符合汉语行文规范。再以第 8 期刊登的雪莱《西风歌》（李雷译）为例。全诗共五章，每一章为十四行诗，基本为抑扬格五音步，偶见扬抑格，韵式为 aba/bcb/cdc/ded/ee，称为"三韵体"或"三行连环押韵诗律"（terza rima），此韵式特点是"环环相扣，藕断丝连，回响不绝"⑤。诗人采用象征、比喻、拟人等修辞手法构建起"西方"作为自然之风与社会变革之风的双重意象。诗人赞美西风的气势力量，接受西风的鼓舞和启示，它强大的破坏性中蕴藏着催生新

---

① ［苏］莱羡（A. Leites）:《巴夫洛·铁钦拿——苏维埃乌克兰的革命诗人》，徐洗尘译，《诗创作》1942 年第 12 期。
② 今译劳伦斯，原刊"H. D. 罗伦斯"有误，应为"D. H. 罗伦斯"（David Herbert Lawrence）。
③ ［英］D. H. 罗伦斯:《现代英国诗抄》之《蛇》，邹绿芷译，《诗创作》1942 年第 17 期。
④ ［英］D. H. 罗伦斯:《现代英国诗抄》之《蛇》，邹绿芷译，《诗创作》1942 年第 17 期。
⑤ 王东风:《诗歌翻译论》，商务印书馆 2022 年版，第 148 页。

事物、新生命的力量。全篇洋溢着昂扬的革命乐观主义精神，穿破黑暗，冲向光明，从腐朽到生机。最后一句"If winter comes, can Spring be far behind?"是诗眼、是点睛之笔、是时代号角、是千古绝唱，激励无数受难者、被压迫者为理想、为正义勇往直前，向一切暴政、黑暗、不公和虚伪发起挑战。译诗没有再现原诗的节奏和韵律，改用自由体迻译，重内容轻形式必然导致某种程度诗意、诗韵的流失，但符合抗战历史语境的诗学规范。从语言上看，以第一节为例对比江枫译文，李雷译文更通俗，如"呵，狂野的西风，你是秋之生命的嘘息；/你的形体虽然不见，而枯死的树叶在你跟前/如同鬼魂们被一个魔者所驱逐似地飞扬着"；江译"哦，犷野的西风，你秋之实体的气息！/由于你无形无影的出现，万木萧疏，/似鬼魅逃避驱魔巫师，蔫黄，魆黑"①。对比可见江译"秋之实体""蔫黄""魆黑"等措辞在文体上更正式考究，李译在语言表达上则更朴素易懂。

四　结语

《诗创作》可谓桂林乃至大后方诗坛最具影响力的诗歌刊物，无数知名诗人在此发表诗作，其翻译诗歌的数量也蔚为可观，无论从主题的范围、诗人及诗歌国别均呈现出多元丰富的特征。不乏外国著名诗人的名篇，俄苏的马雅可夫斯基、莱蒙托夫、普希金、叶赛宁、江布尔，英国的拜伦、雪莱、华兹华斯、叶芝、戴维斯、郝斯曼、劳伦斯、艾略特、哈代、王尔德，英国第一次世界大战时期反战诗人萨松、欧文、罗森贝尔，美国的朗费罗、惠特曼，法国的雨果、德国的海涅等均列入其中。译者大都是资深诗人、翻译家，充分保证了译诗选材与翻译的质量，不仅考虑诗歌的政治功能，也兼顾诗歌的审美艺术性。这一切都推动着大后方诗歌运动的开展和繁荣，使诗歌尽显抗战时代赋予的历史使命。

---

① ［英］雪莱：《西风颂》，江枫译，许自强、孙坤荣主编《世界名诗鉴赏大辞典》，商务印书馆国际有限公司2018年版，第159页。

第十节 《诗》诗歌翻译研究

《诗》为抗战时期桂林颇有影响的诗刊，1939 年 6 月创刊于桂平，由婴子、周为、胡树明编辑，原为油印刊物，1940 年 2 月迁至桂林复刊出新 1 卷第 1 期，改为铅印，出至新 2 卷曾停刊，后又复刊，1943 年 7 月出至第 4 卷第 1 期终刊。《诗》创刊目的是"通过诗刊来帮助抗战，来推动抗战诗歌的发展。为此目的，该刊常以社论的形式，向读者指出当前诗歌的动态和发展方向。同时，还对诗的民族形式和风格，进行了一些讨论"①，如 1940 年第 2 卷第 1 期刊登的宫草《略论诗的民族形式》，徐力衡《杂论诗的二三问题》等。除诗歌创作、诗评诗论、中外诗人评介外，该刊发表了大量译诗，大都归入《国际诗选》一栏，翻译了俄苏、英国、美国、法国、捷克以及日德进步诗人的作品，高尔基、莱蒙托夫、马雅可夫斯基、尼克拉索夫、惠特曼、桑德堡、彭斯、布莱克、阿拉贡、海涅等著名诗人的作品均得到不同程度译介，有的译诗前还有专论某诗人的文章。如 1940 年第 1 卷第 3 期刘火子译马雅可夫斯基诗歌《无敌的武器》之前有刘火子作《关于马也可夫斯基》，艾青作诗歌《马耶可夫斯基》，婴子作《俄国诗坛未来派与马耶可夫斯基作》，任诃作《苏联今年的纪念》，如此形成互文阅读，便于读者从各方面了解诗人诗作。笔者现辑有的期数有：新 1 卷第 1 期（以下省略"新"字，均指复刊后的卷数）、1 卷第 3、4 期，2 卷第 1、2 期，3 卷第 1 至 6 期，4 卷第 1 期。除新 1 卷第 1 期、1 卷第 4 期无译诗外，其余可查期数译诗统计如表 3.11 所示。

表 3.11　　　　　　　　　《诗》译诗统计

发表时间	诗歌	作者	国别	译者
1940 年新 1 卷第 3 期	无敌的武器	马也可夫斯基	苏联	刘火子

---

① 万一知、苏关鑫编：《抗战时期桂林文艺期刊简介和目录汇编》，广西师范大学中文系现代文学研究室、广西师范大学科研生产处 1984 年版，第 230 页。

续表

发表时间	诗歌	作者	国别	译者
1940年第2卷第1期	译诗三首	锡尔曼等		李章伯
1940年第2卷第2期	帆	莱蒙托夫	俄国	荒弩
	一个非凡的奇遇	马耶可夫斯基	苏联	李章伯
1942年第3卷第1期	阿富顿河	彭斯	英国	文新
	余闲	戴维斯	英国	李章伯
1942年第3卷第2期	欧洲的雪	David Gascogne[①]	英国	倪明
	太阳升起又坠落了	M. 高尔基	苏联	魏荒弩
	歌者的诅咒	路未格·乌郎德	德国	章富
	巴夫罗·泰奇纳诗抄	巴夫罗·泰奇纳	苏联	周孟
1942年第3卷第3期	《国际诗选》： 1. 大和魂	一井繁治	日本	吴会
	2. 海涅诗抄	海涅	德国	雷石榆
	3. 玛丽斯加·玛格登	P. 柏兹鲁支	捷克	魏荒弩
1942年第3卷第4期	《国际诗选》： 1. 捷克斯拉夫诗抄三家	J.S. 玛加尔、 E.B. 卢卡契、 L. 诺弗美斯基	捷克	魏荒弩
	2. 法·L. 亚拉贡诗二首	L. 亚拉贡	法国	宗璋译
1942年第3卷第5期	《国际诗选》：1. 玛霞	尼克拉索夫	俄国	穆木天
	2. 英·A.E 诗三章	A.E	英国	伯石
	3. 捷克·诗抄六家	T. 涅达鲁、萨伐、 S. 伐扬斯基等	捷克	魏荒弩
1942年第3卷第6期	《国际诗选》： 1. 游击队员	V.L. 库马赤	苏联	斯庸
	2. 桑德堡诗抄	C. 桑德堡	美国	孟敬安
	3. 从田间回来，爸爸	惠特曼	美国	蒋墂
1943年第4卷第1期	《国际诗选》： 1. 过布鲁克里渡口	惠特曼	美国	蒋墂
	2. W. 勃莱克诗抄	W. 勃莱克	英国	伯石

综观表3.11译诗，在主题选择上呈现四个特征：第一，爱国反侵

---

① 拼写错误，应为 Gascoyne，英国诗人大卫·盖斯科因。

略、歌颂自由等抗争类诗歌呈主体趋势，包括反战诗歌；第二，体现劳动人民反抗阶级压迫的诗歌；第三，歌颂俄国十月革命、讴歌伟大领袖、赞扬赤色共和国和普罗阶级，以及反映苏联卫国战争的爱国诗篇；第四，描写爱情、亲情，抒发现代人与自然关系的诗歌。生命感悟与爱情类诗篇虽数量不多，但从另一角度反映对个体、人性与自然的关注，或是基于个体生存状态对生命的哲思，丰富了抗战诗歌的整体风貌，或可看作战争年代对文学之为文学的坚守。

一 战争书写

一时代之文学必然反映一时代之风貌。抗战历史语境强化了对文学的社会期待，文学为抗战服务，凸显文学的宣传教化功用，这是时代对文学的要求。翻译文学作为文学的组成部分，同样必须发挥时代之镜的功能，配合抗战形势书写家国民族命运，以及自我在战争中的处境与感受，借外国反侵略、反压迫的诗篇浇筑中华民族抗日雄心之块垒，反侵略反压迫的战争书写成为译者的首要选择。

《诗》刊出的反战诗歌值得一书。1942 年第 3 卷第 3 期《国际诗选》之日本诗人一井繁治创作吴会翻译的《大和魂》以日本小女孩的角度与口吻，天真无邪地询问："呃，妈妈/叫做大和魂的/是否就是碱萝卜或乌梅干？/今天，在读到'料理'时/先生这么说的呀：……现在，日本，当此非常时期/因此，为了做一个三文治/亦应把大和魂装上去才对！/代替了在面包与面包间夹进肉！/今后应以碱萝卜或乌梅干夹进去！"① "大和魂"本指日本精神，更是日本侵华战争所提倡的所谓日本民族精神。诗中的"大和魂"却变成了做料理的食物"碱萝卜或乌梅干"，在这"非常时期"代替了肉，从一侧面说明战争给日本人民同样带来了痛苦与灾难，日常供给亦受到影响，表达了日本人民反战态度和对日本军国主义侵略战争的鞭挞。日本反战文学"是特殊条件下的产物。创伤和鸿沟将两国人民分离开来，相互对立。而反战文学却是为填

---

① [日] 一井繁治：《大和魂》，吴会译，《诗》1942 年第 3 卷第 3 期。

平鸿沟而战的。它是日本民族当之无愧的文学精华"①。再者，被誉为"人民诗人"的美国诗人桑德堡的《桑德堡诗抄》之《青草》刊登在1942年第3卷第6期上，该诗以拟人化的"青草"为第一人称叙事视角，在简洁质朴的诗行中引导读者反思战争的非人性与非理性：

> 把在奥斯特里兹［1］和滑铁卢［2］的尸体堆起来；
> 再铲他们下去，让我工作——
> 我是青草，我遮盖一切。
>
> 把在盖斯堡［3］的也堆起来，
> 在依普尔和凡尔登［4］的尸体也堆出来，
> 铲他们下去，让我工作。
> 二年，十年，旅客问向导说：
>
> 这是什么地方？
> 我们此刻在那儿？
> 我是青草，
> 让我工作。②
> 注释：［1］拿破仑在这里大败奥俄联军。［2］拿破仑在滑铁卢为英奥军所败。［3］美国南北战争重要战场。［4］两次欧战重要的战役均举行于此。（——译者）

生命何其宝贵，在战争中却一文不值，战争是对生命最大的蔑视与践踏。从译者注释可知奥斯特里兹、滑铁卢、盖斯堡与凡尔登均为战争场地，"尸体堆起来"直指战争的激烈与残酷，拟人化的"青草"以看似轻松、从容的姿态草草处理掉尸体，"铲他们下去""遮盖一切"，甚

---

① 吕元明：《被遗忘的在华日本反战文学》，吉林教育出版社1993年版，第270页。
② ［美］桑德堡：《桑德堡诗抄》之《青草》，孟敬安译，《诗》1942年第3卷第6期。

至向忘记惨痛历史的游客平静地说"我是青草,让我工作"。桑德堡用故作轻松,甚至调侃的语调讲述沉痛的事实。反讽策略的使用,正话反说带来的艺术效果使反战主题得到强有力的表现,激起读者共鸣。桑氏继承了惠特曼自由诗体,不受格律韵律的羁绊,以情感的起伏作为诗歌的节奏,其语言根植于民众,以丰富的口语、俚语表现大众的情感与生活,充满乐观主义精神。主题的进步性,语言的大众化,无论从内容还是形式,桑德堡的诗歌均符合抗战时期意识形态与诗学规范的要求。

诚然,战争践踏生命,理应遣责。但特定时候,战争也是维护正义公正、迎接和平的一种手段。当野心、私欲、土地、利益成为战争的诱因时,古今中外,无数的爱国将士浴血沙场,为国土与尊严,为民族大义而战,保家卫国义不容辞。反侵略、反压迫的爱国诗篇同样成为译者的选择,以"翻译"言志,以"翻译"树抗战大旗,与世界各国受压迫侵略的国家民族一同除恶扬善,维护世界和平与平等。1942年第3卷第2期刊登的大卫·盖斯科因(David Gascoyne)创作倪明翻译的《欧洲的雪》就是以雪起兴的诗篇。"雪"象征纯洁静谧,"一切全是一个/纯然的同一:平原,山地;乡村,城市,/地形和国界也不再能显出"。表面上,雪似乎"伪造了一页休战书,且在消灭/所有的枪声和呼喊",让一切看上去平和,实则"午夜的冰点"如暴风雨终将来临,"然而当大溶解到来时,/那溶化的雪将怎样红,战鼓将怎样响呢!"此时的"雪",如开篇所言,雪落之后,欧洲的梦——"和平,奇迹,一闪似的/跃出一个新的金黄时代"① 将会实现,而这将涤荡一切肮脏罪恶。纯洁如雪的时代,是战士的鲜血染红的,一白一红,此"雪"(未来愿景)彼"血"(现实牺牲)寓寄着诗人对正义战争的歌颂、对道路坎坷的丈量以及对和平新时代的期盼。1942年第3卷第6期刊登的苏联诗人V. L. 库马赤创作斯庸翻译的《游击队员》从游击队员的生活常态着手:"即使在睡梦中你也不能放下武器,/你自己任何一分钟的歇息——/就是让敌人有一分钟的安逸。/我们从

---

① [英] David Gascoyne:《欧洲的雪》,倪明译,《诗》1942年第3卷第2期。

亲爱的集体农庄里出来/我们宣过誓：不怜惜自己/必需向敌人的无赖/索回全部血泪的债。"为了不给敌人留下任何可用之物，"焚烧了农庄的仓库"，马群、牛羊"一一带走""泥土填塞了每个井眼"，对待残暴的敌人，必须破釜沉舟。虽未有正面描写战争的场景，从"土地吸入了好多血液呀？/让小白桦树亲自去诉说吧，/让可爱的原野去诉说吧"，烘托出战争的惨烈，而英勇的游击队员无惧"未来的死"，因为"我已经百倍底酬答了它"①。为国而战，无惧无悔，舍生取义的豪情跃然于纸，极具感染力。同样曲折表现爱国情怀与英勇精神的是同期惠特曼创作的《从田间回来，爸爸》（蒋壔译）。该诗以儿子彼得的一封信为题眼，以女儿呼唤爸爸从田间回来读信展开诗歌，妈妈敏锐觉察到这封信并非出自儿子之手，由此埋下悲伤的伏笔："啊，这不是我们的孩子的笔迹，却是签了他的名字，/啊，一只陌生的手给我们的亲爱的孩子写的，/啊，刻伤了妈妈的灵魂呀！"诗人以"破断的字句、胸膛上的枪伤、送到医院"轻敷信的内容，而深描乡间农场的繁荣景致：深绿的、黄的和红的树、成熟的苹果、葡萄与穗麦的气息、雨后的天、奇幻的云，以及母亲读信后的痛苦表现："她以消瘦的形骸披上黑色的衣服，/日里，她的食物没有动，而夜间，不安静的/睡觉，却总睡不稳。/中夜醒来了，哭泣着，以深湛的希望希望着啊，/她要无声息地死去，带着生命逃亡和死去的沉点，/去追随，去寻找，去同她的死了的亲爱的儿子一起。"即便信中强调"不久就会好的"，但深谙儿子的母亲确信儿子已然牺牲，因为"那个勇敢而朴质的灵魂""站在家国的门首的时候"②，为国献身是唯一的结局。从秋日农场的全景，拉近镜头，聚焦母亲一个人的形象，祥和的环境描写与悲痛的心理描写交融，于冲突中一张一弛展现深沉的母爱与浓厚的家国情怀。对国家的忠诚如血液一样流淌在每一位战士的身体里，战时士兵的死亡是集体的，而不仅是私人的损失，这也许是该诗最打动读者之处。

---

① ［苏］V. L. 库马赤：《游击队员》，斯庸译，《诗》1942年第3卷第6期。
② ［美］惠特曼：《从田间回来，爸爸》，蒋壔译，《诗》1942年第3卷第6期。

二 反抗抒写

具有反抗精神的诗人作品也有相当的介绍,大都集中在捷克诗歌,主要表现为社会底层的劳动人民对阶级压迫的反抗。1942 年第 3 卷第 3 期刊登的捷克诗人 P. 柏兹鲁支创作魏荒弩翻译的《玛丽斯加·玛格登》按译者介绍,"作者(Peter Bozruc,1867—1958)是捷克前辈作家中最后一个拥有反抗精神的,他火山喷射般愤怒的笔描写西列细亚(Selezio)悲惨的矿工之被征服;他的作品所包容的范围不广,然而那锋芒是惊人的。译自《捷克斯拉夫文选》"①。该诗为叙事诗共十二节,每节四行,描述矿工之女玛丽斯加·玛格登在父母死于矿难后孤苦伶仃的生活。诗人通过一连串反问推进叙事,生动展现了矿工的苦难遭遇:"玛丽斯加寒冷了而且缺少食品……/森林里的木薪足够用……/主子玛克裴得尔看见你拿走,/是否会缄默下去,玛丽斯加·玛格登?""你是个什么样的未婚姑娘啊?/萎垂的头额,隐藏的眼睛/你哭出苦味的泪珠与温暖的泪珠来,/什么在使你悲苦呢。玛丽斯加·玛格登?""小鸟们营栖于严寒的冷室里,/现在谁照管他们,谁养活他们?/老爷是不照管穷人们的。/你心里在想什么呢,玛丽斯加·玛格登?""玛丽斯加,有崎岖的峭崖在路傍,/那泛绝的,野蛮的奥斯特拉瓦河/呜咽地怒号着,奔向那佛里狄克。/你听见了吗,山脉的姑娘?"直至最终女主人公自杀,"向旁侧跳去,于是一切都完结了/岩石抓住那黑色的毛发,/鲜血染红那白色的小手""那消蚀的坟墓没有鲜花,没有十字架""那里安息着玛丽斯加·玛格登"②。诗人以反问控诉的手法,将个体死亡定格为资本压迫下底层生命"被消蚀却无墓碑"的社会悲剧缩影。魏荒弩是译介捷克诗歌最多的翻译家之一,1942 年第 3 卷第 4 期《国际诗选》之《捷克斯拉夫诗抄三家》亦有他翻译的反抗类诗作。

捷克诗人 J. S. 玛加尔作《失落园》、E. B. 卢卡契作《怀乡病》以

---

① 魏荒弩:《玛丽斯加·玛格登·译前》,《诗》1942 年第 3 卷第 3 期。
② [捷克] P. 柏兹鲁支:《玛丽斯加·玛格登》,魏荒弩译,《诗》1942 年第 3 卷第 3 期。

及L.诺弗美斯基作《拘留所窗里》通过宗教寓言隐晦地诉说民众的苦难。以《失落园》为例,预示"已经过去的寓言"与"新的理想寓言"两级间的人类悲剧。全诗共三节,以下为中间一节:

> 美丽的将来……
> 只有向着它前进……
> 为着人类,目的,草原,快乐的座位
> 快乐的牧歌,与终极的目的为着我们
> 而我们必须远到那坚强的希望,
> 为着它,只有斗争与所有土地的受难——
> 啊!它是恐怖的,那条路,
> 那寓言将要搭救我们……①

该诗寓意:唯有满怀希望地斗争,才能跨过苦难走向幸福的终极目的,那是快乐的牧歌,是美好的将来。L.诺弗美斯基作《拘留所窗里》开篇描写"高墙后那忧郁的杨柳"对高墙内"妓女们、拘捕者、流浪人"遭遇的同情,除了杨柳,"再没有人来作悲哀的吊慰"。他们"每日与基督共坐于桌边",而钉在十字架上的基督是否能成为他们的救赎?或许"只有太阳,这好人,向我们伸出几只手/伸过窗来拥压着我们"②。诗中浓厚的宗教启示隐喻着普通民众对不公命运的抗争与对美好生活的憧憬。

1942年第3卷第5期刊登了《国际诗选》之魏荒弩翻译的《捷克·诗抄六家》,分别是《我底母亲》(T.涅达鲁作)③、《牧童曲》(萨伐作)、《给泪珠》(S.伐扬斯基作)、《春天要来了》(J.斯拉狄

---

① [捷克] J. S. 玛加尔:《失落园》,魏荒弩译,《诗》1942年第3卷第4期。
② [捷克] L. 诺弗美斯基:《拘留所窗里》,魏荒弩译,《诗》1942年第3卷第4期。
③ 捷克诗人T.涅达鲁并非智利诗人巴勃罗·聂鲁达的不同译名。一些学者将两位诗人误认为同一人。袁斌业著《桂林抗战文化城译介活动研究》(广西师范大学出版社2013年版)第281页文下注释:"原署名如此。当时的通译名是'涅鲁达',今天的通译名是'聂鲁达'。"然则,据原期刊,作者署名为涅达鲁,并非"涅鲁达"。

克作)、《信》(J. 玛加尔作),以及《无题》(K. 托曼作)。《我底母亲》表达母爱,《信》尽显爱人的思念,其余大都暗含抗争意识,编织着和平与自由之梦。如《给泪珠》以"生命的河"奔腾、涡旋,跳跃,沉默彰显"我"的斗志,以"波涛"比喻生命之河中的"泪珠",每一滴都凝聚着对自由的向往与对不公的抗争,"我底人民在它底晶体将自己照见"①。这激越的生命之流不难让人想到大后方诗坛屡次被译介的莱蒙托夫的诗篇《帆》,1940年第2卷第2期亦有荒弩(即魏荒弩)根据世界语译出的《帆》,据"译后",译者称其译文"载世语文选Eperanta Krestomatio,世译者为苏联骚克洛夫(L. Sokolov)以其本国人译原作,其风味,想是差不了多远的"②。无论是"央求着风暴"的"帆",还是"生命的河"中的"泪珠",两诗中的抗争精神与不断追求自由的渴望可谓异曲同工。《春天要来了》的"春天"显然不是自然界的四季轮转,而是捷克的新生,"在那给死亡踏遍了的坟墓上/将有花朵镶饰着绿色的祭圈。/捷克的锄头又掘着大地了"。这是"收获"和"自由"的信号,春天的信使燕"啾唽着和平的预言""在夜晚,祖父要给孙儿,孙女,们讲述——/他要讲给他们那捷克国/过去的,永不再来的悲哀的世纪"③。捷克的苦难是无数勇者的死亡才摆脱的,祖父的故事里蕴含着反抗换来的重生。

除捷克诗歌外,1942年第3卷第2期德国浪漫主义诗人路未格·乌郎德(现译约翰·路德维希·乌兰德,J. Ludwig Uhland)作,章富译《歌者的诅咒》为反封建专制的叙事诗。据译者"后记":诗人"有从事于德国传说中取得诗料之偏爱,此诗系从一本名为《德国》的文学读本上译来,是一本专为外国人研究了解德国精神生活的书。"④ 该诗为诗人代表作之一,以质朴的民歌体叙述古时华丽皇宫内一位"傲慢的国王",他"拥有许多土地许多胜利",想到看到的却只

---

① [捷克] S. 伐扬斯基:《给泪珠》,魏荒弩译,《诗》1942年第3卷第5期。
② 荒弩:《帆·译后》,《诗》1940年第2卷第2期。
③ [捷克] J. 斯拉狄克:《春天要来了》,魏荒弩译,《诗》1942年第3卷第5期。
④ 章富:《歌者的诅咒·后记》,《诗》1942年第3卷第2期。

有"恐怖"和"痛苦"。一次，一老一少两位歌者走进皇宫，老者对年轻人说："思索最深刻动人的曲子用最美的声音歌唱；/集中我们所有的一切精力，欢乐，和痛苦，/我们要在今天打动国王的铁石心肠。"他们用歌声"歌唱着青春，爱恋，和已往的黄金的年月，/自由，英雄的尊严，信实，和圣洁。/歌颂着一切美丽，那些震颤着人的心灵的"。侍臣们和战士们均忘却了嘲笑、诅咒和傲慢，温柔的王后更是沉醉其中。这一切似乎撼动了国王的权威，他怒吼："你勾引我的臣民，又来诱惑我的妻！""他的宝剑闪电似的刺进了年青人的胸膛，/代替了黄金的歌声的是溅起的血的喷射。"老者发出凄厉的诅咒，诅咒以三节诗行直接引语呈现，直观冲击读者的视觉神经，诗末"一片荒凉的土地代替了芬香的花园/没有树枝撒下阴影，没有泉水滋润沙土，/没有一支歌一本英雄的传记叙述国王的名字/已经被沉没被遗忘，这，就是歌者所诅咒的"①。显然，选译这首18世纪的诗作在于其中反压迫求平等的诗质，以古喻今，具有现实性。相似主题的还有同期高尔基作魏荒弩译《太阳升起又坠落了》等，不一一赘述。

三 革命抒写

在世界反法西斯统一战线中，苏联无疑是中国最忠诚的盟友。抗战期间两国文学界交往频繁，中国关注苏联文坛，对俄苏作家作品、文艺理论等的介绍多于其他国家。苏联也以极大的热情支持中国抗战，一些苏联作家甚至以中国抗战为背景进行小说创作，中国译者翻译后为广大中国民众所接受②，某种意义上也是一种"文化回译"。1941年苏德战争爆发后苏联打响卫国之战，大量紧密联系现实的应景作品产生，同时苏联的社会主义建设在20世纪30年代进入新阶段，不少反映该主题的作品也应运而生。从五四新文化运动以来视为"被压迫民

---

① ［德］路末格·乌郎德：《歌者的诅咒》，章富译，《诗》1942年第3卷第2期。
② 熊辉等：《抗战大后方社团翻译文学研究》，中国社会科学出版社2018年版，第302页。

族"的俄国文学,到十月革命胜利的苏联文学,俄苏文学一直是中国文学与翻译界青睐的对象。抗战时期的大后方文坛对歌颂十月革命、苏联领袖、普罗阶级(指无产阶级),以及苏联卫国战争和社会主义建设的作品介绍颇多,在诗歌翻译的选材上也体现出该倾向。

1940年第1卷第3期刊登的马雅可夫斯基创作刘火子翻译的《无敌的武器》以其特有的楼梯形诗行形成急驰的旋律,倾泻澎湃的战斗力,使读者获得强烈的感应与共鸣。"普罗阶级"反抗"陈旧的不平"的时代到来了,"请用体育和冷水浴/把那身躯/精壮起来吧""以毒瓦斯战争/以化学战争/使欧罗巴①/臻于险境吧。/以所有的武器/去确定/我们的防卫吧"。虽然他们"科学昌明",我们的武器"比窒塞的毒气/还要危险呀",我们无敌的武器是"几种不同语言的/人民的团结/但是——/阶级却是一致的呀"。语言不同并不会产生隔阂,"世界的听者呵,/接受我们的广播吧。/和莫斯科的/耳呀/心脏呀/黏结在一起吧"。诗人以炽情号召全世界劳动者团结一致,与苏联并肩战斗,这是"赤色的祖国",是"第一个劳动者的共和国"。听"炸弹的爆裂",看"布尔乔的车轮的进攻",我们的武器"最现实的答复是/'全世界的普罗大众,/团结一致呀!'"② 1942年第3卷第2期刊登的周孟翻译的《巴夫罗·泰奇纳诗抄》共两首,分别为《我从工厂里来》与《给诗人的信》。《诗创作》1942年第12期《巴夫洛·铁钦拿诗》(二首)同有陈原译《我从磨坊来……》,以及徐洗尘译《给诗人的信件》,译名不同而已。两种诗刊也分别登载莱羡(A. Leites)对诗人的同文介绍,《诗创作》第12期为徐洗尘译《巴夫洛·铁钦拿》,《诗》第3卷第2期则是庄寿慈译《巴夫洛·泰奇纳》,从中足见该诗人诗作的革命性与民族性。周孟译《我从工厂里出来》共三节,第一节三行,第二、三节均为四行,每节不同诗行重复"我从工厂里出来,做完我一天的工作"。该诗以"人们,改造世界矫正错误"和

---

① "欧罗巴"指现今的欧洲。
② [苏]马也可夫斯基:《无敌的武器》,刘火子译,《诗》1940年第1卷第3期。

"十月的孩子"——劳动人民①,歌颂十月革命的成功和人民群众的力量。其二《给诗人的信》在《诗创作》中略有阐释,此处稍详述之。全诗以"我"给诗人的信为主线,先表达了"我"对诗人的崇敬之情:"门头上悬着你的画像""哦,我曾流过多少想愤而又欢乐的泪水,/在你的诗页上"。然后笔锋一转,用亲切友好的口吻提出建议,诚恳批评诗人的诗歌远离劳动人民和群众,"当我在旷野里读你的书时/我的思想却离开了你的诗篇/'就是这里'我想'你的诗歌/却没有把握住欢乐与生命'"。从共产党人的角度,"我,一个康敏尼斯特",你所描写的平民、森林和田野,"怎样才能引起我内心的酬应""你的'日光迎接那颤巍巍的早晨'/对我有什么用场?""你的十四行诗在这时候有何用?""当人民饥饿的时候给他们读。/你可会想到你的绝句/会滋养劳动阶级吗?"通过一系列反问,"我"表达了自己的态度:"虽然我想你也有好的地方,/但我仍希望你成为一个康敏尼斯特。"诗中"但我仍以为你得承认/你不能像搭拉斯写得(注)那样的动人",据注释,"搭拉斯·谢夫琴科是乌克兰的民族诗人"②,表明"我"希望其诗歌如谢夫琴科那样贴近民众,贴近生活。细读全诗,除了歌颂苏联共产党,选择翻译该诗的意义更涉及抗战时期诗歌的写作原则与规范,无论创作还是翻译,在抗战历史语境下,诗学规范和导向均执着于现实,从大众的精神角度出发,以大众的语言反映大众的生活,传递时代的激情,体现生命力和战斗力。

1942年第3卷第4期刊登的《国际诗选》之《法·L.亚拉贡诗二首》(现译阿拉贡)之《手风琴在庭院中响了!》与《玛格尼戈斯克炼钢厂》分别为歌颂俄国十月革命、社会主义苏联和列宁的诗歌。阿拉贡为法国进步诗人,1930年访苏回国成为共产党人,文学创作也转向社会主义和现实主义,这两首诗均体现了他的政治和文学取

---

① [苏] 巴夫罗·泰奇纳:《巴夫罗·泰奇纳诗抄》之《我从工厂里出来》,周孟译,《诗》1942年第3卷第2期。
② [苏] 巴夫罗·泰奇纳:《巴夫罗·泰奇纳诗抄》之《给诗人的信》,周孟译,《诗》1942年第3卷第2期。

向,亦是其作品引入战时中国的原因。仅以《手风琴在庭院中响了!》为例,该诗以"你可知道,/那地方——"疑问形式开篇吸引读者好奇,"当'十月'/把地主们克服""那里孩子们底眼睛/睁着望将来,不是过去",女人不再是"仆役""情妇"或"你底女人",而作为独立人格的"一个女人"出现。"那地方,/是矿工底,/是水手,/和贱胚底,/是金属,印刷,和铁路工人底,/是建筑师,出版家,造纸者底",人人都是主人,不分尊卑贵贱,那是"伊里奇底国土"(即列宁),"那地方——/白天和黑夜握手,/那地方——/希望和新歌诞生",那是"唯物论的谷粒生长的地方",那是"宇宙底民生和眼睛""五谷丰登的土地"。诗人最后以"你可知道这工人的国土吗?/说!"结束①。一个简短有力的"说",看似要求回答,实则将答案蕴于全诗,道出了诗人对列宁领导下社会主义苏联的迫切向往和盛赞。

四 生命与自然抒写

除与现实紧密相扣,《诗》也有一小部分关于自然、爱情、生命感悟类译诗,比如1942年第3卷第1期刊登的彭斯创作文新翻译的《阿富顿河》就是一首清新动人的爱情序曲。译者诗末"附言"称:"这首诗的内容虽然和我们现时的生活相去得很远,但是它的清新的风格和写景的自然,确是值得我们这萌芽期中的新诗坛工作者一读的"②,足以证明大后方诗坛除了看重诗歌的现实性与政治功能,也没有完全忽略诗歌的审美与文学性,这是大后方诗坛追求诗歌多样性表达的证明。该诗以阿富顿河四周的自然环境为衬托,"静静地流吧,我将唱一只歌来赞美你,/潺潺的流水边,熟睡着我的玛利,/阿富顿,静静地流吧,不要惊动了她的梦呵",表现"我"对情人玛利的呵护。除了水流声,还有"声音响澈了山谷的鹁鸪""狂歌的画眉""绿头的

---

① [法]L.亚拉贡:《法·L.亚拉贡诗二首》之《手风琴在庭院中响了!》,宗璋译,《诗》1942年第3卷第4期。

② 文新:《阿富顿河·附言》,《诗》1942年第3卷第1期。

野鸡",唯恐众声嘈杂吵醒了玛利,"我命令你们不许惊动我那睡着的美人"①。全诗多次重复"阿富顿,静静地流吧",形成复沓回环的民歌体风格,意境悠远,"我"对姑娘玛利的爱恋发自肺腑,展现一个动人的爱情故事。同期英国诗人戴维斯作《余暇》感叹现代人远离自然,碌碌奔忙,"满怀焦虑",追名逐利中不知闲暇的可贵,丧失心灵自由。该诗共七节,每节两行,每行中均出现"没有工夫……",如"没有工夫,当我们走过林间的时候。/那些松鼠们把牠们的坚果藏在草中";"没有工夫,/在辽廓的晴空下,睇视/那星光璀璨的溪流,宛如夜的穹苍";"没有工夫注意那美人的流盼,/窥伺她的双足,看他们怎能起舞"②……排比的递进式运用,使诗人笔下现代人的可怜境遇跃然纸上。

1942年第3卷第5期刊登的《国际诗选》之《英·A.E诗三章》(伯石译)的作者A.E为爱尔兰诗人乔治·威廉·拉塞尔(George William Russell)的笔名,曾与叶芝等一起领导了"爱尔兰的文艺复兴运动"。《爱底沉默》《草中絮语》与《给圣者》分别呈现对恋人、花草以及圣灵的独白,三者共同浸润着作者的宿命论与神学沉思:《爱底沉默》中"我"对爱恋的"妳"说:"生命乃得以静静地茁在晦凉的阴影间,/我不愿燃起甜睡在心底的热情,/因为把我们吹合在一起的风也会把我们吹散。/不要害怕寂静,怀疑与失望必将消失,/温柔的声音会把我们引入安闲,……"③《草中絮语》体现宿命观,"嘴唇惨白的花朵"说:"倘若我们只会梦想着/自己不能有的美丽,/那是不合理:/不合理呵!/我们应该知道,/生命都是安排好的!"④《给圣者》通过神秘意象构建超验维度:"你受了那'伟大的母亲'底抚养,/她从那神秘的室内送给你呼吸,/那些幽灵的微光飘忽地/从你底惺忪

---

① [英]彭斯:《阿富顿河》,文新译,《诗》1942年第3卷第1期。
② [英]戴维斯:《余暇》,李章伯译,《诗》1942年第3卷第1期。
③ [英]A.E:《英·A.E诗三章》之《爱底沉默》,伯石译,《诗》1942年第3卷第5期。
④ [英]A.E:《英·A.E诗三章》之《草中絮语》,伯石译,《诗》1942年第3卷第5期。

的纯洁的时间中滑过"①，充分反映作者的诗学观，即对神智学的兴趣，诗歌带有某种神秘色彩，无论从内容上还是形式上与抗战时期提倡的大众化诗歌都有不小的距离。

五 小结

《诗》是抗战时期专注诗论诗史、诗歌创作、批评与翻译的专业性诗刊，可以说在《诗文学》与《顶点》两个诗刊基础上更强调抗战诗歌的质量②，且诗歌翻译占比较重，说明编者注重引进外国诗人诗作以丰富中国新诗园地。翻译诗歌的主题紧扣战时语境，与意识形态的追求有着无法分割的联系，体现出明显的价值取向。同时，对那些看似远离政治主题的充满哲思与生命体验的诗歌译介又反映抗战诗坛对艺术追求的坚守。翻译诗歌在民族文学体系与中国新诗发展进程中均具有重要价值。

第十一节 《文学译报》诗歌翻译研究

《文学译报》1942年5月1日创刊于桂林，由蒋璐、伍孟昌、秦似、庄寿慈等编辑，桂林文献出版社主办，夏雪清发行，是翻译外国文学的文艺杂志，原为月刊，自第二期后为不定期出版，1943年9月终刊，共出两卷八期，其中第1卷第5、6期为合刊。《文学译报》作为翻译专业期刊，在创刊号《创刊的几句话》中表明："翻译作品为广大读者所接受，翻译成为一种风气者""和中国革命文学的创造发展史是分不开的"，指出翻译与社会历史的紧密关系。编者称"在内容方面，（一）不是笼统的不拘时代，一律欢迎：我们希望着重于现代写实作品的绍介，古典和浪漫作品是次要的。（二）每期以一个作家为中心，有几篇集中的文章。（三）我们以为在中国愈不为读者所

---

① ［英］A. E.：《英·A. E诗三章》之《给圣者》，伯石译，《诗》1942年第3卷第5期。
② 苏光文：《抗战诗歌史稿》，四川教育出版社1991年版，第79页。

熟悉的作家，就愈要介绍，只要他有一得之长，就值得读的作品"。对于技巧，"以为'滥译'的损害作品，不比'滥造'的损害作品浅"，说明刊物不仅看重译作的忠实度，还强调翻译批评的重要性："翻译批评远落后于翻译工作，是大大值得留意的，要提高就要批评"，编者自谦这在能力范围之外，"要辩得好是不容易的，幸而以前已有过很好的规模，我们不妨一面追随，一面探讨，在漫长的道路上，试着走吧"①。《文学译报》刊登的译作种类众多，包括小说、诗歌、报告文学、文学评论、传记、回忆录、广播剧、书简、论文等，其中诗歌翻译数量颇多，每期均有一席之地，详见表3.12。

表3.12　　　　　　　《文学译报》译诗统计

发表时间	诗歌	作者	国别	译者
1942年5月1日 创刊号	《子夜舞歌》（外三章）	列苏歌斯基	波兰	碧珊
	《世故》（外一章）	D. 柏架	美国	焦明
1942年6月1日 第1卷第2期	听呵！	玛耶可夫斯基	苏联	张叔夜
	池塘上的小桥	I. 戈里契夫	波兰	碧珊
1942年8月1日 第1卷第3期	为了胜利	E. 惠尔斯	美国	冬军
1942年11月25日 第1卷第4期	国王和牧师（寓言诗）——英国民间故事诗	S. 马尔萨克	苏联	叶萌
	愤怒的话语	M. 雷尔斯基	苏联	茹雯
1943年2月1日 第1卷第5、6期合刊	高加索的俘虏	A. 普希金	俄国	穆木天
	波罗金诺	M. 莱蒙托夫	俄国	无以
	姆采里（长诗）	M. 莱蒙托夫	俄国	秦似
1943年5月 第2卷第1期	A. 柴芮泰里诗钞（三首）	A. 柴芮泰里	苏联	斯庸
	沙丘上的话语	V. 雨果	法国	穆木天
1943年9月 第2卷第2期	养牛者及其他（三首）	W. 惠特曼	美国	蒋埧

---

① 本社：《创刊的几句话》，《文学译报》1942年第1卷第1期。

第三章　期刊篇：大后方译介外国诗歌的主要刊物

一　翻译选材的现实性

每个社会阶段都有其主流意识形态，对翻译选材有着决定性作用。抗战时期民族救亡、反法西斯侵略是最主要的任务，译介与抗战相关具有现实性的作品成为众多具有爱国情怀和历史使命感的译者的选择。从《文学译报》译诗选材的国别看，主要为俄苏、美、法、波兰等，充分体现意识形态对翻译作品选材的影响。一是战时同盟国的缘故，欧美和俄苏作品备受青睐，无论是富于反抗精神的经典作品，还是反击法西斯的现实题材，将这些诗作介绍到中国配合抗战宣传是其得以译介的主要原因。二是波兰、西班牙等弱小民族国家为争取自由与民族独立战争、反抗法西斯蹂躏的作品中奏响的爱国主义旋律，对激发中国民众抗战决心均起到相当重要的作用。

二　译诗主题的现实性

翻译作品选材深受社会历史语境的制约，"合于社会""足救时弊"是选译作品的原则。诚如创刊号《创刊的几句话》所言，《文学译报》多倾向于现代写实作品的介绍，选译文本在主题上更强调抗争反压迫、爱国反侵略、向往光明与自由等，其中各主题之间亦有重合。

首先是反压迫抗争类题材。1942年创刊号上刊登了列苏哥斯基创作碧珊翻译的《子夜舞歌》（外三章），包括《子夜舞歌》《我的土地》和《百万行列》系列组诗，彼此相连。《诗序》以"太阳升起在东方。/第一道光芒已照耀我们。……伟大的日子已迫近我们"暗指希望和光明即将到来。《子夜舞歌》中"矿场和工厂远比坟墓静寂。/为什么矿坑的人群紧咬着牙齿？/铅一样沉重的生活旋律啊难堪。/饥饿里迸出血和怒火"描绘矿工所受的压迫与艰辛的生活[①]。《我的土地》着重描写人民的反击，开篇以"别的亲族我不知道，——/掠斯

[①] ［波］列苏歌斯基：《子夜舞歌》（外三章）之《子夜舞歌》，碧珊译，《文学译报》1942年第1卷第1期。

基的边界是我的爹娘。/我和人民一起生活了两百年"这一夸张修辞表达诗人对故土和人民的深情。"我把谷粒运到附近的田亩,/为了矿坑我砍伐高大的树木。/我用胸膛卫护贫困人群,/我对贵族曾当复仇的标志",种种行为显示"我"的努力与反抗。但"饥饿忧郁的哀歌"传遍大地,到处是"苦难的收割",人民备受压迫。诗人号召人民起来用"冰块一样坚硬"的拳头保卫土地,因为"我的灵魂,——就是我的土地"①,其中"我"不仅指诗人自己,更是千万反压迫守土地的人民。《百万行列》一面悼念矿坑里的蒙难者,一面以"生命在死亡和饥饿中间发芽""拳头在灾难和死亡中间坚硬起来"歌颂生命的顽强。诗中以"田野像小鼓一样低声作响"描写人们坚定的步伐,与"百万的朋友竭尽着自己的力气。/谁为了正义而斗争,我们就跟他一起"② 相呼应,在展现苦难的同时,凸显出抗争的力量与集体的信念。

1942年第1卷第3期刊登了美国诗人E.惠尔斯创作的叙事诗《为了胜利》,译者冬军称"载于一九四一年六月号之大西洋月刊",落实了该诗创作时间与战争背景。全诗共三个诗节,第一节着重环境描写,"白日濒于毁灭之境了。向光洁的街上/黑暗的阴影渐渐地爬过了,变暗了/黄色的树叶和为阳光照着的人行道",然后聚焦于"风,树木,旗,云朵,电闪",渲染黑暗"不知不觉地,恐怖的"笼罩在城市中。人们"走路像瞎了眼的乞丐""忘了如何拼缀我们自己的言语"。一颗炸弹打破了夜的寂静,它"跌落在缪席阿姆庙,/跌中在希腊神的石膏像",在混乱中"图书的管理员将书烧毁了。邮局/停止了送信,只有对政府是例外。/无线电停止了播送布拉斯""医生在实验室里打碎了试管,/律师不能够追上立法者……,/黑暗笼罩了全城,像烟雾一样",战争破坏了日常秩序。第二节通过回忆罗马、希腊、

---

① [波] 列苏歌斯基:《子夜舞歌》(外三章)之《我的土地》,碧珊译,《文学译报》1942年第1卷第1期。

② [波] 列苏歌斯基:《子夜舞歌》(外三章)之《百万行列》,碧珊译,《文学译报》1942年第1卷第1期。

西班牙战争反复描述夜晚、黑暗，以及那些剧烈的搏斗："交战时的冲喊尖锐地震抖在血泊中""夜晚如毒草般地使人寒颤""压在你心上的漆黑的中夜"使人窒息。第三节出现戏剧反转，"但是假使黑夜到来了，相信我，／黎明就会回来的""让我们爬上山去找寻明天。／我们愿睡在草地上，在那里／太阳起来了，将第一个找到我们。我们知道／甚至在黑暗中，土地将在我们的脚下转变／我们将梦到我们撒在泥土中的种子，／将梦见牠们的收获，亦将梦到／当我们醒来时闪烁在树端的黎明"①。有梦即有期待，梦想必然成真。诗中编织的希望，对黑暗的抵抗与忍耐，对光明与明天的憧憬正是中华民族抗战到底信念的另一种表达。

其次，爱国反侵略题材在《文学译报》中所占比例最高，同时也浸润着反压迫的抗争意识，两者不可截然分开，这与抗战语境中救亡图存的翻译目的息息相关。1942年第1卷第4期刊登的乌克兰诗人M.雷尔斯基创作茹雯翻译的《愤怒的话语》是一首反抗法西斯侵略的爱国诗篇，"敌人在夜里靠了偷摸潜近来，／背信地进攻我平和的土地……"敌人"在我们面前张开他的食道，／他的狂啸俨然像打雷的霹雳""但我们从来不像任何敌人低头——／我们团结在一面旗帜底下站住"。全诗以慷慨激昂的爱国热情讴歌人民的力量，赞颂在伟大领袖率领下举国反击法西斯的决绝意志，沉实刚健又寄托宏大："我们是人民，我们全体是战士：／我们的是一种圣洁的无垠的愤怒啊。／圣火在我们灵魂面前吐焰了／将要把成群结队的法西斯老鼠烧成灰。／在我们是斯大林不可征服的伟大的威权／而我们心坎活着列宁神圣底话语。／于是谁首先举起了剑，／谁就首先被剑所刺死。"②

1943年第1卷第5、6期合刊刊登的莱蒙托夫创作无以翻译的《波罗金诺》是纪念1812年卫国战争之作。1812年拿破仑亲率大军东征俄国，俄军在莫斯科西面的波罗金诺镇顽强抗敌，击退法军，因此

---

① ［美］E. 惠尔斯：《为了胜利》，冬军译，《文学译报》1942年第1卷第3期。
② ［苏］M. 雷尔斯基：《愤怒的话语》，茹雯译，《文学译报》1942年第1卷第4期。

波罗金诺之战被誉为胜利象征。"译者附注"中补出该诗相关资料以为读者所需:"这是离莫斯科九十五公里的一个村子。一八一二年九月七日俄军与拿破仑大战于此村附近,是役为俄国史上死伤最大的战争,计俄国死四万余人,法军死三万余人,双方死伤计达十万余人。后俄军为要使法军自陷于绝境,遂放弃莫斯科,大施坚壁清野之法,后来称雄一世的拿破仑将军,终于弄得一败涂地。"① 本诗为叙事诗,写于该战役 25 周年之际,以一位退休老兵的回忆重现激烈的作战现场,颂扬俄国人民英勇无畏的爱国之情。"你们没见过这样的仗火,/旗子像一条影,/在烟雾火光里闪,/剑在发响,开花弹在叫喊,/战士们杀累了手/炮弹乱飞/血尸堆成了山。/在那天,敌人才尝到/俄国人勇战的滋味,/我们的短刀相接的战争!……/大地震撼了——像我们的心胸;/人马混在一堆;/成千的大炮齐射在/一长串的大军里……"护卫祖国,反击敌寇是战士们的神圣使命:"是呀,这是我们这一代的人,/勇敢,栗悍的后裔。"② 1943 年第 2 卷第 1 期刊登的斯庸翻译的《A. 柴芮泰里诗钞》包括《短剑》《哀心的辩诉》以及《风袋之恋》三首诗歌,同期还有 S. 拉基阿尼创作斯庸翻译的《关于 A. 柴芮泰里》(一八四〇——一九一五)以及 A. 托尔斯泰创作肖弦翻译的《乔治亚的民族诗人》两篇关于柴芮泰里的论文,后者在重庆出版的《诗垦地丛刊》第 2 集中曾登载,同时有蔚青译《短剑》一诗。译诗与论文的互文性呼应有助于读者系统完整了解柴芮泰里的生平、经历、思想、艺术成就及其影响等,更为立体地呈现诗人诗质诗境。《短剑》呈现了人剑合一的英雄交响乐,锋利的剑即是钢铁的意志,"为了战斗,我把你磨得精光,/使你鲜明灿烂。/你将要献身给被压迫的人和奴隶们/成为他们的兄弟与仆人。/你以那锋利的两肋,/不顾一切地冲向敌人。/你的主人的心是坚强的,/他的手紧紧握住你"③。《哀心的

---

① 无以:《波罗金诺·译者附注》,《文学译报》1943 年第 1 卷第 5、6 期合刊。
② [俄] M. 莱蒙托夫:《波罗金诺》,无以译,《文学译报》1943 年第 1 卷第 5、6 期合刊。
③ [苏] A. 柴芮泰里:《A. 柴芮泰里诗钞》之《短剑》,斯庸译,《文学译报》1943 年第 2 卷第 1 期。

辩诉》表现出"就是在蔷薇和荆棘丛林之上/也还有莺儿的歌唱呀"的乐观精神①。《风袋之恋》里"我喜爱那激荡着的风袋的叫喊"承载着夙愿与梦想:"给彩霞打开祖国的大门吧,/这是披满了光荣的,被解放了的土地。""民族兄弟地团结"与妇女们"比玫瑰更要鲜艳地欣欣向荣"成为"我"的"妄想"。然而"冥想的风袋沉静了",从"妄想"回到现实,但"可爱的幻想已经播下了种子——/牠重新在我面前不嫌麻烦地出现"②,意指"我"对祖国解放、人民幸福的坚定信心,全诗洋溢着希望的热情。"A. 柴芮泰里的作品的主要主题——是乔治亚的解放和复兴""对自己祖国的爱恋是无穷尽的""柴芮泰里是把拯救民族性和文学语言之通俗化的斗争与教育和启发人民的伟大文化斗争联系在一起的"③,在诗歌鲜活的语言与意境里再读到这样的表述时,更易在生动的实例中了解其诗歌丰厚的文化价值和政治使命。

最后,光明自由颂歌类题材。1943年第1卷第5、6期合刊刊登的穆木天翻译普希金的《高加索的俘虏》与秦似翻译莱蒙托夫的《姆采里》两首著名长诗均体现追求自由的主题。以《姆采里》为例,该诗又名《童僧》,是莱蒙托夫名篇之一。重庆出版的《文阵新辑》第2辑《哈罗尔德的旅行及其他》之《莱蒙托夫诗钞》中戈宝权节译该诗,此处为全译本,共26节,以独白诗的形式阐述一个追求自由的年轻灵魂临死前对牢狱般世界的控诉。崇尚自然、怀念故乡、憧憬自由是该诗的主旋律。"在整个生命里我只有一个想望,/它在我内里像一把火般燃烧,/像在一阵暴风中般旋转我的灵魂,/像一条蛀虫般咬啮着我的胸膛;/它叫我从窒息的牢房里,/从祈祷和磬钟里冲出去,/走到奇异的地方,那儿生命,/充满了搏击和斗争;那儿群山高耸入云端/岩石错落的山峦跃向苍穹;/那儿勇敢的人像鹰一般自由——/而我

---

① [苏] A. 柴芮泰里:《A. 柴芮泰里诗钞》之《哀心的辩诉》,斯庸译,《文学译报》1943年第2卷第1期。
② [苏] A. 柴芮泰里:《A. 柴芮泰里诗钞》之《风袋之恋》,斯庸译,《文学译报》1943年第2卷第1期。
③ [苏] S. 拉基阿尼:《关于 A. 柴芮泰里(一八四〇——一九一五)》,斯庸译,《文学译报》1943年第2卷第1期。

呀，正渴慕自由能如他们一样。/我以眼泪，痛苦，希望和惶栗/滋育着这个激越的心情。/而所有这些我都坦然承认了/我不想要任何的宽恕。"①其后波斯比诺夫的论文《关于〈姆采里〉》与译诗形成的互文关系是读者了解译诗最好的注脚："就这样，在我们面前是一个傲慢，不饶不屈，爱好自由，脱离周围环境，热情地崇拜自然，梦想着自由幸福生活和自然一致的流浪人。这个和拜伦的英雄（人物）有着亲族关系的特质的形象，曾占有了莱蒙托夫的创造的想象一个长久的时期。但是对于我们的诗人，他不是从拜伦的书中找出来的形象。莱蒙托夫使这个形象感受苦痛。在他的生活周围环境里蕴藏着这些要素，它们对庸俗人群引起了轻蔑，不自然的无力的忧郁和难以抑制的自由渴望。而姆采里，而监狱修道院，而整篇诗，都接受了象征的意义。姆采里的冲动——这是诗人自己和他的最忧伤的同代人的冲动。无可惊奇的，《姆采里》一诗在进步的青年，现代的莱蒙托夫中间找到活跃的反响。"②与前述柴芮泰里诗歌一样，以译诗与相关论文搭建的互文空间便于读者深刻体悟诗歌精髓，以及诗歌与中国时代话语的关联，从中亦体现报刊编辑的良苦用心。

此外，1942年第1卷第2期玛耶可夫斯基的《听呵！》以群星的照耀比喻对光明的渴望，全诗三节，以其惯用的楼梯形诗体，于情绪与诗行的起伏错落间，以诗句"听呵！/如果群星照耀了大地，/是不是/它们对于某些人很需要？/是不是/人们应该渴望/把它们视若珍宝？"开篇，结尾处变提问为感叹，形成首尾呼应："是不是/不可缺少的/每个夜晚/最少有一颗星子/照射于屋顶之上！"于增强的语气中突出"他不能忍受没有星光的苦痛"③，胜利与光明是永恒的追求，字里行间蕴含的星子般的璀璨无疑为中华民族抵御外侮、反抗侵略、冲破黑暗的坚定信念注入了一股强劲的生命力。

---

① ［俄］M. 莱蒙托夫:《姆采里》，秦似译，《文学译报》1943年第1卷第5、6期合刊。
② ［苏］波斯比诺夫:《关于〈姆采里〉》，孟昌译，《文学译报》1943年第1卷第5、6期合刊。
③ ［苏］玛耶可夫斯基:《听呵！》，张叔夜译，《文学译报》1942年第1卷第2期。

三　译诗中的人生哲思主题

除与现实丝丝相扣的诗题，所刊译诗中不乏人生哲思类，突破抒情方式而走向人生哲理的境地，是渴求平等、期待真善美的人类普遍心态的对应体现。1942年第1卷第4期苏联诗人S.马尔萨克的寓言诗《国王和牧师》（叶萌译）即是一例。"寓言"意为"寄寓之言"，往往通过一个故事寄托某种人生哲理，于生动形象的故事中蕴含智慧之光。寓言诗作为寓言故事的某种呈现方式，通常为叙事诗，以对立的情节结构彰显训诫意味。《国王与牧师》源自英国民间故事诗，"不用法律，没有规章"的国王意欲用三个问题诘难他的近邻——"有钱和名气大"的康特柏力大主教：1."当我坐在宝座上/戴着金王冠，/从左到右/都是宫廷的大臣，——/这样的价钱是多少？"2."我能够多么快的/把整个土地绕一遍？"3."你的慈悲的王，/他在想什么？"为此，大主教"他跑到剑桥/又跑到牛津/唉！神学家和哲学家/一个也不能给他解答/国王的问题"。最后，"一个喂猪的"牧人，亦是大主教童年时"彼此不分"的朋友，睿智果敢地应对国王的问题，解救大主教的性命：1."王冠和宝座/价钱不知道。/而且值多少/请问自己的大臣，/什么时候会发生/他们把你叛卖了！"2."——太阳一升起来，/就跟着太阳/慢慢地走，/跳过所有的道路。/当太阳还在天空——/不要回来——/二十四小时，/你就绕一转。"3."老爷，/你眼看着主教。/同时在你的面前/一个喂猪的人站着，/他呀，把主教从死里救出来了！"① 诗中的国王、大主教为上层统治阶级，包括无法回答问题的哲学家与神学家均为贵族知识分子。与此相对的是，一个牧人，下层劳动人民，以聪明的智慧应答国王问题，解救童年玩伴，即现在的"贵人"。诗歌以简单的故事，通俗的话语讽刺贫富悬殊地位的统治制度，暗含对人人平等权利的吁求。

1942年第2卷第2期刊登的惠特曼《养牛者及其他》之《养牛

---

① [苏] S.马尔萨克：《国王和牧人》，叶萌译，《文学译报》1942年第1卷第4期。

者》以"迢远的北方乡村的恬静的牧场里"为空间背景，聚焦"我的务庄稼的朋友，我所歌唱的题目，一个著名的养牛者"。诗人通过描写养牛者"把世界上最凶野的小公牛去训练驯服""不带任何鞭条毫无恐惧"，展现其驯化暴力的非凡能力，牛群从愤怒到依赖的转变揭示了非强制性权威的有效性："当他离开了他们，他们是怎样的不安。"与"书本，政治，诗歌"等文明产物形成鲜明对比的是，"我的沉默的不识字的朋友，／他，在这儿农场上，终生被成百的牛犊爱着。"① 在知识权利之外，以朴实、真挚的人格魅力以及与世无争的人生态度赢得爱戴与亲近，正是诗人所钦羡的、未被现代性异化的生命本真。《给一个快要死去的人》描述了"你"，一个即将死去的人，面对死亡时豁达坦然的态度："阳光从没有一定的方向射过来，／坚强的意念与勇气充满了你，你笑了，／你忘记你病了，一如我忘记你病了一样，／你并不瞧药物，你并不留意哭泣着的朋友，我同你一起，／我把别人从你这儿撵开，没有什么要悲哀的，／我不悲哀，我祝贺你。"② 肉体之死与"坚强的精神"的"永生"形成的张力与诗意对峙，使整首诗饱含生与死的人生哲思。《当我领味了勇武的荣誉》中"我"不嫉妒"英雄们的勇武的荣誉"和"显赫的将军们的胜利"，"我"不嫉妒"掌握着统治的总统"与"巍峨的住室里的富人"。唯一让"我"钦羡的是"亲爱的人们的情谊""经过青年与乎经过中年和老年，他们如何的坚定，如何的真挚和忠诚"③。世间种种皆为过眼云烟，唯有真挚的情谊穿越时空，令人珍羡。

此外，1942年创刊号刊登的美国诗人 D. 柏架《世故》（焦明译）④ 以年轻时"勇敢和壮健""对就是对，错就是错"，踌躇满志

---

① ［美］W. 惠特曼：《养牛者及其他》之《养牛者》，蒋埙译，《文学译报》1942年第2卷第2期。
② ［美］W. 惠特曼：《养牛者及其他》之《给一个快要死去的人》，蒋埙译，《文学译报》1942年第2卷第2期。
③ ［美］W. 惠特曼：《养牛者及其他》之《当我领味了勇武的荣誉》，蒋埙译，《文学译报》1942年第2卷第2期。
④ 本刊目录里为"美·碧架作，崔克译"，与正文处不符。

"雄赳赳的驰过去纠正世界",反衬年老后"善与恶,交织在一幅容易破碎的毛绒",息事宁人,"惰性驾驶我使我含糊;/而这个,就被叫做哲学呢"①。从是非分明到明哲保身,所谓成人的处世哲学替代果敢耿直,这一鲜明对比中暗含深刻的人生思悟。

四 结语

《文学译报》作为专注于译介外国文学的纯文艺期刊,着重介绍写实主义作品,题材丰富,"凡各国现代与古典的小说,诗歌,散文,戏剧,作家作品评介,文学理论等之翻译,均所欢迎",注重翻译的忠实性,提倡"来稿最好附寄原文,如不可能,则请在后记中注明原文出处,出版地址与时间",并鼓励译者附简短后记"写译者所要说的话"②,从另一侧面帮助读者更好理解译文。本刊聚焦于诗歌的译介,译诗以通俗、大众化的语言浸润现实主义主题,讴歌爱国反侵略的顽韧信念,追求光明理想,充满人生哲思,形成个人与时代的情志共振点,以厚重的暗示力为中国抗战文学提供精神养分。

第十二节 《战歌》诗歌翻译研究

《战歌》系抗战时期"文协"昆明分会诗歌专刊,以"救亡诗歌社"名义编辑,是诗的重要阵地,"也是昆明的诗人们向全国抗战诗歌界献出的一份厚礼"③。创刊于1938年8月,由雷石榆、罗铁鹰主编,第2卷第2期终刊④,主要登载抗战诗歌理论、诗歌创作,以及翻译诗歌。从雷溅波的《发刊词》可知刊物的宗旨、目的与意义:"我

---

① [美] D. 柏架:《世故》,焦明译,《文学译报》1942年第1卷第1期。
② 编辑部:《约稿》,《文学译报》1943年第1卷第5、6期合刊。
③ 苏光文:《抗战诗歌史稿》,四川教育出版社1991年版,第94页。
④ 按该刊主编罗铁鹰在《回首话〈战歌〉》中所说,"二卷二期于1939年11月出版,因这期遍寻不获(重庆市图书馆和北京图书馆所藏的'二卷二期'实际上是二卷三期)"。并在文后注释中分析,"肯定是由于二卷三期的封面印刷上出现了两种情况:一部分确印成'三期',另一部分印成'二期'。当时我们所看到的是印成'三'的,不然一出版我们就会发现错误了"。

们的当前,是血与肉搏斗的时代,弱小民族向强暴的法西斯作勇猛的抗战的时代""诗歌,是战斗中最强有力的武器""我们欢迎与我们同一信念的诗歌工作者,和爱好诗歌的朋友们,共同参与'诗歌'这一部门的集体战斗。我们要用我们强烈的生命扶持它成长,光大,以后防重镇的昆明,向全国全民族保卫我们垂危的祖国"①。由此可见该刊的定位与择稿要求就是为抗战服务,用诗歌点燃中国人民的抗战激情,抒写中华民族抵御外敌,抗日救亡的决心,指出了"时代赋予艺术家的使命。渴望一切爱国的文艺工作者们用血与泪的战斗来拯救自己的祖国。可以说《战歌》的作者和编者们始终如一地恪守这一原则。"②刊登的外国诗歌亦遵循"足救时弊"的原则,侧重反法西斯作品的选择,或爱国御敌、揭露战争罪恶等反侵略诗篇,详见表3.13。

表3.13 《战歌》译诗统计

发表时期	诗歌	作者	国别	译者
1938年创刊号	马赛曲		法国③	陆侃如
	快去吧(进行曲)			张镜秋
1938年第1卷第2期(九、一八特辑)	从中世纪到文艺复兴	Pario	西班牙	张镜秋
1938年第1卷第3期	献	Leon Felipe	西班牙	张镜秋
1938年第1卷第4期	近代的年代	惠特曼	美国	高寒
	在医院里	Josefo Tenenbaum	波兰	张镜秋
	战景	Cerald Chan Sieg	美国	莱士(罗铁鹰)
	自由	涅克拉索夫	俄国	彭慧
1939年第1卷第5期	希特拉的夜	Hlejvik	捷克	张镜秋
1939年第1卷第6期(通俗诗歌专号)	我的父亲的围场(民歌)		法国	高寒
	你别离了我(民歌)		英国	张镜秋
	穿过街衢(民歌)		荷兰	张镜秋

---

① 苏光文:《抗战诗歌史稿》,四川教育出版社1991年版,第94—95页。
② 雷溅波:《我与〈战歌〉诗刊》,《云南师范大学哲学社会科学学报》1991年第4期。
③ 《马赛曲》作者现今通用译名为"克洛德·约瑟夫·鲁热·德·利尔",但笔者未找到原刊,不知晓此处的译名,故作者处空缺。

第三章　期刊篇：大后方译介外国诗歌的主要刊物

续表

发表时期	诗歌	作者	国别	译者
1939年第2卷第1期	反法西斯进行曲	E. Mihalski	西班牙	张镜秋
	毒瓦斯	法柏（Sten falu）		莱士
1941年第2卷第2期	诗三首	莱曼托夫	俄国	高寒
	凯旋入城	Charles Novman		莱士
	难民船	N. 卡陀淑		袁水拍
	中国的妇人	威忒·白纳尔	美国	莱士
	妈妈和她的儿子	脱哇妥夫斯基（Alexander Tvardovsky）	苏联	华铃

一　译诗主题：反法西斯类战斗题材

《战歌》作为全国抗战诗刊，主要刊载"抗战诗歌创作、反侵略压迫的译诗和革命诗歌理论"①，第1卷第2期为"九、一八特辑"，第2卷第1期设有"七·七纪念特辑"，紧扣抗战主旋律。除诗歌理论与创作外，《战歌》也相当看重外国诗歌的译介，大多数译诗直指法西斯罪行，是反法西斯的战斗檄文，其他如第1卷第4期惠特曼《近代的年代》（高寒译），涅克拉索夫《自由》（彭慧译）；第2卷第2期莱蒙托夫《诗三首》（《匕首》《帆》和《在牢狱中》）（高寒译），查尔斯·诺夫曼（Charles Novman）《凯旋入城》（莱士译），N. 卡陀淑《难民船》（袁水拍译）虽不是直斥法西斯侵略，但均为反压迫诉自由主题，展现出激昂的抗争斗志。第1卷第3期"编后"特别指出："在这一期和上一两期中，我们都感到译诗少了一点。从下期起，我们计划多登几篇，而且，着重弱小民族及反法西斯抗战的国家的诗人作品的介绍。"② 之后几期译诗数量颇有增加。

综观本刊译诗，选译外国诗歌均来自世界反法西斯战争同盟国英

---

① 徐迺翔：《救亡诗歌社》，《中国现代文学词典》（诗歌卷），广西人民出版社1990年版，第52页。
② 编辑室：《编后》，《战歌》1938年第1卷第3期。

法美、俄苏等，还有西班牙、波兰、荷兰受法西斯侵略的弱小国家民族，充分说明选材的政治性，亦符合《战歌》的定位。译者大都为知名人士，如世界语专家张镜秋、著名学者陆侃如、诗人兼翻译家袁水拍、高寒（楚图南）、穆木天夫人翻译家彭慧、本刊主编诗人罗铁鹰（莱士），充分保证了译诗的质量与水准。所译诗歌直接表现反法西斯侵略的有第1卷第2期帕蒂奥（Patio）作《从中世纪到文艺复兴》（张镜秋译）、第1卷第3期莱昂·法利浦（Leon Felipe）作《献》（张镜秋译）、第1卷第4期波兰志愿军人J.泰奈保（Josefo Tenenbaum）作译自《西班牙人民阵线》第三十八期的《在医院里》（张镜秋译）、塞拉尔德·陈·西格（Cerald Chan Sieg）作《战景》（莱士译），第1卷第5期赫莱伊维克（Hlejvik）作《希特拉的夜》（张镜秋译）、第2卷第1期爱德华·米哈尔斯基（E. Mihalski）作《反法西斯进行曲》（张镜秋译）、法柏作《毒瓦斯》（莱士译）、威忒·白纳尔作《中国的妇人》（莱士译），以及第2卷第2期脱哇妥夫斯基（现译特瓦尔多夫斯基）作《妈妈和她的儿子》（华铃译）。

《战景》描写扬子江边渔村被炸后的悲惨景象："只有一个人未失掉生命，／一个孩子，炸碎了双腿，／焦干的嘴唇／发出低微的呻吟。／苍蝇嗡嗡地在乱草中低鸣。／蚂蚁沿着竹子的碎片爬行，／灼热的太阳爬过扬子江上。／'哑！哑！'／在毁灭了的乡村，／乌鸦的叫声。"①《毒瓦斯》开篇通过逆向溯源引入攻击、储存、运输与制造的地点："毒瓦斯爬行在上海，／堆积在默麦尔，／装载在汉堡，／制造于拉未库生"，从而解构了化学武器的生产链，并以讽刺的口吻揭露贩卖毒瓦斯盈利的"伟大的大腹贾""谁想享它的福，／他的腰包飞得要充足"。更令人发指的是这些毒气用于进攻出产地，由工人制造又攻击工人，强烈对比中控诉法西斯政权的灭绝人性，"在拉未库生制造了用来进攻上海"，或"为了进攻莫斯科制造在华沙，／为了进攻海参威制造在东京，／为了进攻卡哈尖夫造在布卡莱斯特……""毒瓦斯是工人制造

---

① ［美］Cerald Chan Sieg：《战景》，莱士译，《战歌》1938年第1卷第4期。

的。/由德国的工人制造下，/用以攻击苏联的工人。/由德国的工人制造了，/用以攻击德国的工人。"①《中国的妇人》则将中国人民被炸死的惨状凝缩至一家三口的悲剧，"一个炸弹向着他们三人投下：/其中被炸死的是他。/她将孩子紧抱在胸口，/抬起她底长眠了的丈夫的手。/我们相亲相爱，我们辛苦前行，我们爬过了丘陵，/但是，多数已被炸死，很少仍活着前进！她将孩子的脸藏在怀里，/凝视着丈夫的尸体……'尸首就抛在此地'"②。这是饱受侵略战乱之苦的千千万万中国家庭的缩影，诗人以人民大众的视角控诉战争的残暴与百姓的痛苦。选译描写中国战景的外国诗歌更易于从他者视角凝视中国人民的苦难，使中国人民的抗日战争置于全球反法西斯战争的宏大叙事中，彰显其世界历史意义。

除以上三首与中国抗战息息相关的诗歌外，直接以法西斯为讨伐对象的《希特拉的夜》开篇以"夕阳落到勾形的十字架，/西方火焰般的血红呀"这一法西斯标志图案"勾形的十字架"染红的世界为起点，以"毁灭""咆哮""野蛮屠杀""自相残杀"这类负面动词展现法西斯统治下黑暗的世界："在地窖，囚室和地洞里，/人和兽都呻吟的喘息/救死的杂乱的呼声，/浮泛到跳舞淫乐的宴席前……"屠杀和淫乐是法西斯犯下的滔天罪行。结尾以"夕阳在勾形的十字架中，/月色朦胧像希特勒的面孔，/憎恶情绪的漫然扩张，/便像水面星影的万缕毫光"③，形成首尾呼应，"勾形的十字架"和希特拉狰狞的面容引发的全人类的憎恨终将如万缕星光一道道射向法西斯分子。据该刊编辑罗铁鹰称，世界语专家张镜秋所译西班牙反法西斯战争诗中，《反法西斯进行曲》《献》《从中世纪到文艺复兴》以及《在医院里》等均是一些带着血泪的诗，其中后两首尤为感人。④《反法西斯进行曲》控诉"专制魔王的法西斯部队"对西班牙的侵略："德国的飞机

---

① ［不详］法柏：《毒瓦斯》，莱士译，《战歌》1939年第2卷第1期。
② ［美］威忒·白纳尔：《中国的妇人》，莱士译，《战歌》1941年第2卷第2期。
③ ［捷克］Hlejvi：《希特拉的夜》，张镜秋译，《战歌》1939年第1卷第5期。
④ 罗铁鹰：《回首话〈战歌〉》，《新文学史料》1983年第1期。

高出浮云，/炸弹落到和平的人群。/法西斯部队杂沓号前进，/攻猎般豺杀妇女和儿童。"与此同时，诗歌更以激昂的笔调歌颂西班牙人民的反抗："劳工群众坚强的结队。/英勇而沉默的走上战场，/勇猛的联军，带着必胜的信念/快到前线，/号角声喧。/勇跃疾超，/为了玛德里。"不仅如此，更展现了全世界正义力量对西班牙人民的声援："整个世界刚初初的认识，/到处都和法西斯主义者争持；/黑人，棕色人都立在平等的原则上，/世界形成大同的组织。"① 西班牙反侵略战争一如我国抗日战争，都是人民捍卫国家主权的解放斗争，这样的诗歌所彰显的国际主义精神足以鼓舞中国人民的抗战决心，合着进行曲的铿锵，吹响最强有力的抗战号角。此外，莱昂·法利浦（Leon Felipe）的《献》以过去"明朗而光耀"的世界与现在的"幽暗四合"对比，以"献"为主线，号召西班牙人民，无论孩子、弟兄、处女、英雄、诗人、民众、将领、裁判官甚至罪犯为了哪怕"这一点滴的光明"而献血，"我们有的只是血了……/血，血，血，/西班牙没有其余的金钱了……/只有凭着整个的西班牙的血，/来换取长夜中这点滴的光明！"② 《在医院里》由波兰志愿军人 J. 泰奈保（Josefo Tenenbaum）作，同样是各国人民声援西班牙反法西斯的战斗诗篇，"全世界的志愿兵们，/犹如波浪一般的涌来。/也像西班牙的人民军队，/我苦斗为的是每个幼孩。和西班牙人民手牵了手"。接着转入病房场景的描述："我倦后休息，/声誉留在医院里。/妇女们常来看我，/可是不相识的姊妹！/我欣羡这样的光荣，/我同情她们的苦痛，/西班牙受了大难，/我也该在大难中。"③ 朴素的语言饱含国际主义情怀，无须相识，为反抗法西斯专政相聚一起。无论波兰、西班牙，无论中国、苏联……哪里有侵略，哪里就有正义，这是人类命运共同体的体现。《从中世纪到文艺复兴》把法西斯统治下的世界比作中世纪"野蛮的时局"，揭露西班牙贵族阶级"做了世界资本主义者的忠实劳役，/不

---

① [西] E. Mihalski：《反法西斯进行曲》，张镜秋译，《战歌》1939 年第 2 卷第 1 期。
② [西] Leon Felipe：《献》，张镜秋译，《战歌》1938 年第 1 卷第 3 期。
③ [波] Josefo Tenenbaum：《在医院里》，张镜秋译，《战歌》1938 年第 1 卷第 4 期。

惜把几多世纪的灿烂文明，/在疯狂和无耻中一律毁灭"。那些为自由而战的勇士，"遭受了雾霾迅雷一般快的爆炸，/还要受铅块般沉重的坦克车的践踏"。诗歌通过对老年、妇女、婴孩、男女青年惨状的细描，加强控诉效力，揭露"墨索里尼、希特拉、弗朗哥"等法西斯势力"毁灭人类文化的野蛮行径"。从东方的中国，到赤道和北极，"世界上林立的一个个的国度，/都像残喘的被迫害的兔麂""世界被麻醉而沉眠在无性的广漠"。面对黑暗无边的世界，诗歌结尾却以乐观之精神"换取了所有清醒着的人们，一齐动作，/在中世纪的黑暗中，穿过了暴风和迅雷，/再开展文艺复兴的工作"①。这种以"文艺复兴"喻指反法西斯胜利的修辞策略，不仅彰显了诗歌的战斗性，更体现了译者把西班牙战场"拿来"甚至移入中国战场的特殊考量，使其形成同构的文学母题，题材的选择强化了翻译的意识形态维度。《妈妈和她的儿子》通过分别之际母亲复杂的心理活动展现苏联红军飞行员抗击法西斯主义的英勇形象与深沉伟大的母爱："万一，他，中了法西斯的子弹，/砲火中倒下来了。/他，她的儿子，牺牲了也不是'白白地'的。/她，这个苏维埃妈妈，/既明慧而又慈祥。/这个做妈妈的静静地盯着她的儿子的眼睛。"② 卫国战争的历史意义与个人情感的深层维度，在诗中形成有机的统一体。

二 译诗形式的大众化：读者意识的考量

基于《战歌》的办刊宗旨为紧密与抗战相连，切实为抗战服务，激励全民抗战热情，那么大众化就是使诗歌能真正走进大众的有效手段。第 1 卷第 6 期 "通俗诗歌专号"《编者的话》指出："在诗歌大众化尚未广泛地展开的时候，建立一种坚实的理论，指示出正确的发展道路，是必要的。"③《战歌》集中讨论了诗歌大众化问题，如穆木天《关于诗歌大众化》《目前抗战诗歌上的二三问题》，茅盾《大众化与

---

① [西] Pario：《从中世纪到文艺复兴》，张镜秋译，《战歌》1938 年第 1 卷第 2 期。
② [苏] 脱哇妥夫斯基：《妈妈和她的儿子》，华铃译，《战歌》1941 年第 2 卷第 2 期。
③ 苏光文：《抗战诗歌史稿》，四川教育出版社 1991 年版，第 96 页。

"诗歌的斯泰哈诺夫运动"》，徐嘉瑞《大众化的三个问题》《九·一八后中国新诗运动的路标》，罗铁鹰《论诗歌大众化》，朱自清《谈诗歌朗诵》，雷石榆《摄取旧形式与创造新形式》，王一士《旧瓶子装新酒》，马曜《诗歌"通俗化"和它的价值》，溅波《诗歌的民族形式、口语化、形象化》等。如1939年第1卷第6期穆木天《关于诗歌大众化》所言："为的使诗歌在我们的民族革命中发挥出它充分的机能，必须使诗歌真正地能够深入到大众里边。必须使抗战诗歌接近大众，为大众所接受，所喜爱，进而，使抗战诗歌成为大众的抒发感情的艺术表现形式。这样，是诗歌大众化的目的。"① 为此，要把理论与实践有机结合起来，在大众化诗歌的实践中去构建诗歌大众化的理论，让二者互助互推。建立新的大众的诗歌形式，创造新的大众的诗歌语言，"在新的诗的语言，新的诗的形式之中，表露出新的大众的感情意识来"②。1939年第2卷第1期穆木天《目前抗战诗歌上的二三问题》深刻剖析了抗战诗歌创作中的若干困境，如诗歌生产无力，开拓路线不够，深陷西洋诗歌"象征主义的魔幻的森林中，受到欧化的洗礼"，受到西方没落的颓废个人主义影响，残留着"中国的封建没落期的士大夫的颓废的个人主义的诗歌的残滓""词曲的遗留""死了的诗的辞藻"等陈腐元素，要彻底执行大众化的路线，就必须获得"抗战建国的民族革命的感情""纯粹的新时代的感情"，并创造大众的诗歌的语言与形式，建立"大众性的叙事诗、抒情诗、讽刺诗、剧诗、大众合唱诗"等，以及"大众性的歌曲、民谣、山歌、鼓词"等形式，有计划地执行"世界文学史上的进步的诗歌的翻译工作"，展开"理论和批评的活动"，这样才能彻底实践诗歌大众化的路线③。1939年第1卷第5期刊登的茅盾《大众化与"诗歌的斯泰哈诺夫运动"》提出诗歌

---

① 穆木天：《关于诗歌大众化》，陈惇、刘象愚编选《穆木天文学评论选集》，北京师范大学出版社2000年版，第229页。
② 穆木天：《关于诗歌大众化》，陈惇、刘象愚编选《穆木天文学评论选集》，北京师范大学出版社2000年版，第231页。
③ 穆木天：《目前抗战诗歌上的二三问题》，《战歌》1939年第2卷第1期。

的"斯泰哈诺夫运动"来自苏联,不仅要求诗歌的大量生产,更看重"文艺工作的普遍与深入",是诗歌的"群众运动",是大众化的表现,并进一步明晰诗歌大众化问题的两个方面:"一是诗歌形式内容的大众化,二是'诗人'本身的'群众化'与诗歌本身的'群众运动化'。"后者又细化为两点,一是"诗人必须走入群众中去",二是"群众的生活应当诗歌化起来",也就是"民族解放大史诗时代的激昂奋扬的情绪以及乐观自信的意识,普遍地成为群众生活的中心点"①。

概括地说,在《战歌》发表文章的诗人和学者们为诗歌大众化做出了艰苦的探索,认为诗歌的大众化与艺术性不是对立的。反之,诗歌越能大众化,越有艺术性,认为诗歌大众化要做到三点:一是诗人的意识、情感大众化,才能使大众的意识前进;二是诗歌语言大众化,艺术的健康的语言;三是诗歌形式大众化,采用大众熟悉的各种形式②。诗歌大众化最直接的表现首先是语言,即运用大众的语言,主要是日常口语,地方方言,形象通俗、鲜活有生命力的语言。其次是形式,一方面扬弃地利用民间旧形式,如歌谣、山歌、小调等,另一方面加紧创造反映当前新内容的新形式,以适应时代的需要。这种双向革新催生了朗诵诗、街头诗等新诗体,提倡没有格律束缚的自由体诗的创作,用自然的节奏朴素的语言使读者感同身受。大众化诗歌包含着政治的教育意义,"一方提高大众的文化水平,一方加强抗战的精神力量"③。

除诗歌创作遵循大众化审美规则外,诗歌翻译活动是译者通过解读原诗体会原作者的经历,通过另一种语言创造性地表现出来,饱含译者的选择和心智转换,是一种创作行为,至少是"有限的创作"④,它不是简单的复制,而是文学创作的一部分,译诗进入目标语境后会产

---

① 茅盾:《大众化与"诗歌的斯泰哈诺夫运动"》,《战歌》1939年第1卷第5期。
② 吴野、文天行主编:《大后方文学史》,四川教育出版社1993年版,第194页。
③ 雷石榆、孙望:《谈诗歌大众化》,洛蚀文编《抗战文艺论集》,上海书店1986年版,第245页。
④ 余光中:《余光中谈翻译》,中国对外翻译出版公司2000年版,第34页。

生新意，被当作一种意识形态来阅读与接受，具有本身独立的价值，它与创作诗歌一同构建了本国民族诗歌的大厦。因此，译诗同样遵循大众化的要求，无论外国诗歌本身是否为格律诗，主要都以自由体形式译介，在译介时也有意选择外国诗歌中的自由诗。尤其值得一提的是美国诗人惠特曼的诗歌，不但在内容上颂扬民主理想，追求祖国统一，反对种族歧视，同情劳动人民和被压迫者，具有积极的抵抗精神与热切的爱国情怀，在形式上看，惠特曼可谓现代自由诗先驱，以宏大的篇幅、舒展的句式、自由的架构，配合铿锵的韵律与质朴的语言，构建了独具特色的大众诗学体系，这也是抗战诗坛青睐惠诗文体的原因。《近代的年代》据译者高寒所言，"最早发表于一八六五年的《鼓桴集》①（Drum-Taps），一八六七年标题为《没有表演过的年代》（Years of Unperformed），至一八七一年始改为现题，——《近代的年代》（Years of the Modern）"②，后结集为《草叶集》（高寒译），收录惠特曼58首较具代表性诗歌，1949年上海晨光出版公司出版。《近代的年代》闪烁的民主自由以及平等团结的思想自然受抗战诗坛欢迎。从文体形式看，原诗为自由体，诗行较长且参差不齐，通过句式上的平行结构"I see,...I see"，短语的重复如"with + 名词结构""Years of the modern! years of the unperform'd!"等，使诗歌体现出一种内在的节奏美和自然美，从选材即可探知诗学规范对翻译的规约力。试看译诗前几行：

> 近代的年代哟，还没表演过的年代哟！
> 你的地面升起来，我看见过它的逝去，是为着更伟大的剧作！
> 我不只是看见亚美利加，不只是自由的民族，
> 我也看见别的民族也在准备着了。
> 我看见了神奇的上场和下场，新的结合，种族的团结，

---

① 应为《桴鼓集》，书名号为笔者所加。
② 高寒：《近代的年代·译后》，《战歌》1938年第1卷第4期。

第三章 期刊篇：大后方译介外国诗歌的主要刊物

我看见了一种力量，以不可抗拒的强力在世界的舞台上正在前进！
（古代的力量，古代的战争，会演完了，它们
的戏剧了么？适宜于他们表演的戏剧都闭幕了么？）
我看见自由，全副武装，完全胜利而且十分荣耀，
在他的两边，一边是规律，一边是和平；
这伟大的三位一体，都进行着反对了阶级思想
我们这么飞快地达到了的历史的大团圆是什么呢？①

译诗遵循自由体形式，保留原诗的并列排比结构，语言亦通俗易懂，"哟""呀""啊""呢""么"等语气词的运用，呈口语化特征，忠实再现原诗诗味，也符合译入语语境大众化审美要求。不过译诗中出现几处误译，其一是"啊陆地哟，那些超过了大海飞行在你的头上的汽笛是什么呢？"② 参照原诗"What whispers are these O lands, running ahead of you, passing under the seas?"之后出版的译集中，该诗此句改为"啊，陆地哟！那是什么密语在你前面奔跑，在海底经过呢？"③ 符合原意。其二，"表演过的亚洲和欧洲，渐渐的暗淡了，退到了我后面的黑影里去了"④ 按原诗"The perform'd America and Europe grow dim, retiring in shadow behind me"，应为"美洲和欧洲"⑤ 而非"亚洲和欧洲"，对此也作了修改，可见译者严谨的翻译态度。高寒译此诗也出现在重庆《新华日报》1942 年 5 月 28 日第四版，一稿多刊似乎是当时较常见的现象。

无论是语言的通俗化还是形式的自由化，均与宣扬抗战的目的息

---

① ［美］惠特曼：《近代的年代》，高寒译，《战歌》1938 年第 1 卷第 4 期。
② ［美］惠特曼：《近代的年代》，高寒译，《战歌》1938 年第 1 卷第 4 期。
③ ［美］惠特曼、［德］德默尔等：《草叶集·枫叶集》，楚图南译，时代出版传媒股份有限公司、北京时代华文书局 2015 年版，第 246 页。
④ ［美］惠特曼：《近代的年代》，高寒译，《战歌》1938 年第 1 卷第 4 期。
⑤ ［美］惠特曼、［德］德默尔等：《草叶集·枫叶集》，楚图南译，时代出版传媒股份有限公司、北京时代华文书局 2015 年版，第 247 页。

息相关，即充分考虑读者的阅读与接受，因为只有在读者的阅读与再阐释中译诗才获得新生，从而参与诗歌的价值创造。诚然，在诗歌创作与翻译中，读者的期待与审美需求是诗歌传播一个重要的影响因素，而传播力与影响力恰是诗歌作为精神武器发挥政治功能的最终途径。

三 小结

《战歌》作为抗战诗歌专刊，《发刊词》中明确表示"我们是要用诗歌和刺刀保卫我们垂危的祖国"[1]，短短数期却刊登了大量与抗战相关的诗歌、诗论及译诗，栏目多样，稿源广泛，拥有一大批著名诗人兼译者如朱自清、茅盾、老舍、陶行知、铁弦、王亚平、楚图南（高寒）、张镜秋、穆木天、彭慧、袁水拍、冯至、李广田、魏荒弩、蒲风、罗铁鹰（莱士）、雷溅波等，足以说明该刊的分量、影响力与感召力。茅盾在他主编的《文艺阵地》1938 年第 2 卷第 3 期上称其为"闪耀在西南天角的诗星"，1939 年第 2 卷第 11 期袁水拍发表了《战歌月刊》一文，评价"这是一份难得的诗与诗论的定期刊"，有着"充实丰满的内容的专门的期刊"，1940 年第 4 卷第 7 期"书报述评"栏又刊载了束胥的文章《诗刊一束》，以过半的篇幅介绍《战歌》，指出"全国的诗歌工作，需要一个很好的集中……《战歌》是现在我们的一个非常充实的期刊，一个全国集中性的诗刊"[2]。总之，《战歌》就是以它的抗战诗歌理论、诗歌创作与翻译为大后方乃至全国的诗歌发展立下了功劳。

第十三节 《文聚》诗歌翻译研究

《文聚》于 1942 年 2 月 16 日创刊于昆明，1946 年终刊，主编为林元、马尔俄，由西南联大文聚社出版，其目的是为"皖南事变"后

---

[1] 苏光文：《抗战诗歌史稿》，四川教育出版社 1991 年版，第 95 页。
[2] 罗铁鹰：《回首话〈战歌〉》，《新文学史料》1983 年第 1 期。

昆明沉寂的文坛带来一丝光亮，冲破国民党反动政府的政治高压，为新的战斗作准备。该刊共出版两卷6期，每卷3期①，初为半月刊，24开本；后改为月刊，16开本；再后改为不定期出刊，32开本，虽为文艺综合性期刊，却发表了不少诗歌理论、诗评诗论、诗歌作品和译诗。按主编林元所言："宣称是一个'纯文学'的刊物"，针对"当时的有些文学作品艺术性不强，特别是有些诗歌，就只有'冲呀'，'杀呀'的口号。"②当然，《文聚》的作者与译者除了西南联大师生，也有校外人士，包括云南省外以及国统区其他地方和解放区，又多是"进步或革命的作家"，自然无法脱离当时的抗战历史语境。"政治性与艺术性的统一"③，是《文聚》追求的目标。在此定位下，《文聚》的译诗也呈现两种倾向，一是西方现代主义诗歌的译介，二是歌谣童诗等大众化诗歌的译介。《文聚》译诗统计如表3.14所示。

表3.14　　　　　　　　　　《文聚》译诗统计

发表时间	诗歌	作者	国别	译者
1942年第1卷第2期	里尔克少作四章	里尔克	奥地利	卞之琳
	拜占廷	叶慈（今译叶芝）	英国	杨周翰
1942年第1卷第3期	魏尔仑诗三首	魏尔仑	法国	闻家驷
1943年第2卷第1期	译里尔克诗十二首	里尔克	奥地利	冯至
1945年第2卷第2期	译尼采诗七首	尼采	德国	冯至

---

①　按林元《一支四十年代文学之花——回忆昆明〈文聚〉杂志》所述，文聚社还出过两期《文聚丛刊》，分别为《子午桥》（第1卷第4期）和《一棵老树》（第1卷第5、6期合刊）。又据李光荣《〈文聚〉封页、目录和版权页》一文，《文聚丛刊》是否视为《文聚》杂志的续期，尚无定论。本节按李言，仅考察《文聚》6期杂志。另，1945年林元和马尔俄在《独立周报》办副刊（第4版）沿用《文聚》，于1945年12月初创刊，1946年西南联大北上复原时终刊，因时间在本书研究时限外，故不予考察。
②　林元：《一枝四十年代文学之花——回忆昆明〈文聚〉杂志》，《新文学史料》1986年第3期。
③　林元：《一枝四十年代文学之花——回忆昆明〈文聚〉杂志》，《新文学史料》1986年第3期。

续表

发表时间	诗歌	作者	国别	译者
1945年第2卷第3期	几首英国歌谣		英国	袁水拍
	常识的诗	多罗色·巴克尔夫人	美国	朱自清

一 《文聚》风格特征分析

"《文聚》上的文章，像每个人的脸孔一样虽然各自不同：各有各的艺术观，各有各的生活体验，各有各的生活情感，各有各的创作方法，各有各的表现形式……但在这些文章中，却有一个共同点，都心有灵犀共同追求着一种东西，一种美，一种理想和艺术统一的美，一种生活的美，一种美的生活。这就形成了《文聚》的风格。"① 概括地说，注重艺术性和对美感的追求，是《文聚》的显著特征之一。综观6期刊载文章，以小说、散文、诗歌（包括译诗）为主，刊发了穆旦诗《赞美》、《诗》（《诗八首》）、《春的降临》、《合唱二章》、《线上》，杜运燮诗《滇缅公路》《马来亚》，冯至诗《十四行六首》、小说《爱与死》，朱自清（佩弦）诗论《新诗杂话》，李广田散文《青城枝叶》《悔》《日边随笔》、小说《雾季》，沈从文杂文《新废邮底存》（用名"上关碧"）、小说《芸庐纪事》《秋》《王嫂》《动静》，汪曾祺小说《待车》、散文《花园》，佐良（王佐良）散文《骑士》，姚可崑散文《忆里尔克》等，这是学院精英们文学艺术性追求的表现。当然，《文聚》总是离不开时代语境的，"它是一个走向社会、面对全国的刊物"②，其刊物定位决定了供稿者虽基于联大师生，也有不少校外、省外进步人士投稿，作者身份的广泛度和作者队伍的强大是其走向全国的保障。追求艺术与美是刊物的鲜明特征，走向全国又使其兼具思想性和现实性。"《文聚》上的大量作品是政治性不明显，艺

---

① 林元：《一枝四十年代文学之花——回忆昆明〈文聚〉杂志》，《新文学史料》1986年第3期。

② 林元：《一枝四十年代文学之花——回忆昆明〈文聚〉杂志》，《新文学史料》1986年第3期。

术性较高妙的。这些作品当然有进步的思想倾向,但它们把思想倾向溶化在艺术表现中,让人在审美的过程中受到思想的感染和启发"①,比如第1卷第1期创刊号首篇穆旦诗《赞美》。诗人用无数象征的事物"河流""草原""村庄""荒凉的亚洲的土地""荒凉的沙漠""坎坷的小路"等描述一个民族走过的苦难、屈辱和灾难,更以典型的形象"一个农夫""一个老妇"浓缩了中国亿万苦难的大众,"由劳苦大众的具体形象的描绘升华为整个中华民族的形象性的创造"②。在这片土地上,"我到处看见的人民呵,/在耻辱里生活的人民,佝偻的人民,/我要以带血的手和你们一一拥抱。因为一个民族已经起来"③。《赞美》如史诗般宏伟,饱含着诗人对祖国和民族深沉磅礴的爱,这些情感随着起伏的诗行在诗人的胸膛澎湃跳跃。诗中多次出现"一个民族已经起来",特别是诗篇终结处宣言似的重复"然而一个民族已经起来"昂扬着抗战的主旋律,人民已融入了抗战洪流准备一雪多年的耻辱。1949年的10月1日中华人民共和国成立时毛泽东同志在天安门城楼上那激壮的宣告:"中国人民从此站起来了"使穆旦的这首诗更具有了寓言式的先锋意义。同期杜运燮诗《滇缅公路》是一首歌颂修路工人之歌。抗战时期日军切断了中国与外界的交通,筑路工人在艰苦险峻的环境下,"挥动起原始的锹锤,不惜仅有的血汗,一厘一分地/为民族争取平坦,争取自由的呼吸"④。滇缅公路的修筑意义重大,是抗战大后方与外界的交通要道,为抗战输送必需物资的通道,是"新的希望"之路,是"给战斗疲倦的中国送鲜美的海风"之路⑤,"整个民族都在等待,需要它的负载"⑥。该诗表现的勇敢、忍耐、乐观是中国"这坚韧的民族"追求自由之歌。"我

---

① 李光荣:《中国现代文学的劲旅——文聚社》,《中国现代文学研究丛刊》2011年第3期。
② 王宏印:《诗人翻译家穆旦(查良铮)评传》,商务印书馆2016年版,第254页。
③ 穆旦:《赞美》,《文聚》1942年第1卷第1期。
④ 杜运燮:《滇缅公路》,《文聚》1942年第1卷第1期。
⑤ 杜运燮:《滇缅公路》,《文聚》1942年第1卷第1期。
⑥ 杜运燮:《滇缅公路》,《文聚》1942年第1卷第1期。

起来了，我起来了，我就要自由！"① 这激昂的呼喊，与《赞美》中民族觉醒的宣言遥相呼应。杜运燮笔下的"路"从现实之路升华为象征自由的民族之路，是现实到诗的提炼。这样主题的作品在《文聚》上屡见不鲜，它们或直接或间接地在艺术中走向生活、走向现实、走向时代的旋涡，把政治思想融合在艺术表现中，让人在美的感受中思索人生与民族的命运。

二 艺术性的追求：现代主义诗歌的译介

基于《文聚》的编辑特征，其所选译诗也呈现两种路径，西方现代派诗人诗作的译介就是其中之一。魏尔仑、叶芝、里尔克都是现代派诗人，尼采也因诗艺卓越而获得"诗人哲学家"的美誉，其诗"富于音乐的谐和，语言优美而充满激情，形象丰富，格调高超，思想深邃，而且具有象征、讽刺、反论等表现的特色"②，属于现代主义诗歌。《文聚》译者卞之琳、杨周翰、冯至与闻家驷均为联大诗人，且是西方现代派诗歌的倡导者和践行人。其他如穆旦、杜运燮、袁可嘉、郑敏等，他们通过阅读与译介叶芝、艾略特、奥登、里尔克等西方现代派诗人的作品，直接以西方现代诗为参照，在诗歌创作中自觉追求诗情诗艺，从生命意识、哲理思辨等方面探讨诗歌现代性，同时避免早期象征派小情小我的感伤倾向，占据他们诗歌的是"中国现实的泥土与知识分子特有的自我拷问"③，在20世纪40年代战争背景下，重新诠释了诗与现实的关系，"绝对肯定诗应包含，应解释，应反映的人生现实性，但同样地绝对肯定诗作为艺术时必须被尊重的诗底实质"④，在翻译与创作的双向借鉴中不仅引入新的诗质、诗思、诗体，也实现了中国现代主义诗歌的转型。

---

① 杜运燮：《滇缅公路》，《文聚》1942年第1卷第1期。
② ［德］尼采：《尼采诗选》，钱春绮译，漓江出版社1986年版，第1—2页。
③ 张同道：《警报、茶馆与校园诗歌——〈西南联大现代诗钞〉编后》，杜运燮、张同道选编《西南联大现代诗钞》，中国文学出版社1997年版，第589页。
④ 袁可嘉：《论新诗现代化》，生活·读书·新知三联书店1988年版，第5页。

第三章 期刊篇：大后方译介外国诗歌的主要刊物

细观《文聚》刊载的西方现代派诗人作品，颇能窥见艺术与现实的隐秘交织，如第 2 卷第 2 期刊登的冯至《译尼采诗七首》。自 "五四"以来尼采作品开始译成汉语，20 世纪三四十年代尼采抒情与说理短诗得到关注，梁宗岱、冯至等均翻译了尼采诗，如该期冯至译七首之《伞松与闪电》，梁宗岱译本名为《松与雷》。

> 我生长，越过了走兽人间；
> 我谈话，却无人与我交谈。
>
> 我生长得太高了，太寂寞了——
> 我等候我可等候着什么？
>
> 离我太近的，是云的宝殿，
> 我等候着最早的闪电。①

本诗共 3 节 6 行，以"松"的第一人称视角展开抒情，描述了直上云霄的松树俯瞰众生，通过"无人与我交谈"的独白，传达出生命的孤独感。诗人以松为己代言，于生命的孤寂中"等候着最早的闪电"，闪电之后的雷鸣必然会打破孤独者的寂寞，带来新的生命的喧嚣，新的慰藉。孤独又满怀期待，对生命的悲哀与渴望也许正契合了现实的中国，那战火中哀鸣无助的众生，同时又满怀信心等待光明，这是尼采给予的，"犀利的笔锋，批判的精神，尤其是他那'超人'学说，振奋了一代知识分子"②。《旅人》描绘流浪者的困境："再也没有路""四围是深渊"，陪伴他的只有"死的寂静"，但既然"志愿如此"，需"看得冷静"，要"信托——危险"③，只有面对危险，或许

---

① ［德］尼采：《译尼采诗七首》之《伞松与闪电》，冯至译，《文聚》1945 年第 2 卷第 2 期。
② 谢天振、查明建主编：《中国现代翻译文学史（1898—1949）》，上海外语教育出版社 2004 年版，第 492 页。
③ ［德］尼采：《译尼采诗七首》之《旅人》，冯至译，《文聚》1945 年第 2 卷第 2 期。

才能摆脱危险，跃出深渊。诗歌"Ecce Homo"（拉丁语，意为"看这个人"）中尼采把自己比喻为火焰，"燃烧而自残""握住的都是光芒"①。勇于牺牲，渴望奉献的精神使这位超群拔萃的"超人"除了睥睨众生的孤傲，又增添了崇高圣洁的形象。尼采诗中表现的激昂向上、反抗暴力、意志强大等精神元素洋溢着积极进取的精神，在彼时的战争环境下促弱者深省，进而发愤御敌，具有极强的现实警策意义。

里尔克译诗在《文聚》占相当比重，1942年第1卷第2期卞之琳译《里尔克少作四章》，分别为《卷头语》《严肃的时辰》《预感》以及《卷头语二》；冯至《译里尔克诗十首》②，分别为《豹》、Pieta、《一个女人命运》、《只有谁……》、《纵使这世界……》、《爱的山水》、《被弃置在心的山上……》、《这并不是新鲜》、《在惯于阳光的街旁》以及《诗人你做什么》。冯至的创作与翻译均深受里尔克思想影响，相关阐释见"冯至译诗活动研究"一节，此处不再赘述。卞之琳是现代派的代表诗人，也是著名翻译家，最杰出的成就集中于西诗汉译。1940年秋卞之琳执教于西南联大，直至1947年赴英访学，此时他已由早期的浪漫主义转向现代主义，受到艾略特、瓦雷里、叶芝、奥登、里尔克等的影响，曾翻译奥登《战时在中国作》27首十四行诗中的5首，发表在桂林《明日文艺》1943年第2期，并在"前记"阐明奥登十四行诗的语言特点，用韵规则，"这些诗大体都亲切而严肃，朴实而崇高"，形式上"受了一点里尔克的影响""也像里尔克一样用十四行体而有时不甚严格遵守十四行体的规律"③，同时敷陈译诗的韵律处理，并附英文原文便于读者对比阅读，以此方见卞之琳译诗的严谨。这一时期卞之琳对里尔克较为关注，与冯至一样，着迷于里尔克诗情感的纯洁、典雅和高傲，以及文本的精致、圆润、纯熟，极富艺术感染力④。

---

① ［德］尼采：《译尼采诗七首》之"Ecce Homo"，冯至译，《文聚》1945年第2卷第2期。
② 目录处为《译里尔克诗十二首》，正文处为《译里尔克诗十首》，实共十首，故按正文标题。
③ ［英］奥登：《战时在中国作》，卞之琳译，《明日文艺》1943年第2期。
④ 李敏杰：《信、似、译：卞之琳的文学翻译思想与实践》，中国社会科学出版社2018年版，第202页。

第三章　期刊篇：大后方译介外国诗歌的主要刊物

卞之琳译里尔克叙事散文诗《〈亨利第三〉与〈棋手〉》作为《文聚丛书》系列于1943年3月出版，书中有一篇长《序》：《从〈亨利第三〉与〈棋手〉的遇合》，具有较高的学术价值。卞译"十分严谨，在当时和现在都是第一流的。在这部诗里，他的译笔忠于原作的风格和原作的音节"[1]。第1卷第2期刊登的卞之琳译《里尔克少作四章》之《严肃的时辰》，其诗节颇具特色。全诗每节3句，结构简单近乎雷同，细微的变化体现在"哭、笑、走（生）、死"四字[2]，这四个人生的基本因子串起了生命的疼痛、恐惧、孤独，回荡着人类苦难与不幸的余音，朴实的语言背面闪烁着不朽的哲理之光、精神之光。"无端的"哭、笑、走、死，无端是命运的安排，是冥冥中一双无形操控的手。诗中反复出现的"此刻""此刻的"哭、笑、走、死，并非某个具体的时刻，而是无数个此刻组成的"永恒"，宇宙时空中，恒久时刻里，人类必须面对的共同宿命，这是"严肃的时辰"，是对生命意义的终极追问。《预感》中诗人以"旗"自比，"我像是一面旗被四方的辽远包围着"，内心预感着风暴的来临，"我就早知道风暴而像海似的翻腾。／展开我自己又缩进我自己／又抛出我自己，孑然一身／在大风暴里"[3]。"翻腾""缩进""抛出"这是旗子在风暴中随风飘动的形状，勇敢、欢欣、迎接风浪，与大海共舞，不由让人想起高尔基笔下的鹰和海燕，这拥抱风暴，不畏艰险的精神正是抗战中的中国民众急需的强心针。艺术与现实隐秘地结合是中国现代派诗人和译者在西方现代诗中所追寻的精神资源。里尔克"不仅展示了诗歌的音乐美和雕塑美，而且表达了一些难以表达的内容，扩大了诗歌的艺术表现领域，对现代诗歌的发展产生了巨大影响"[4]，其诗歌译入中国，对近代白话

---

[1] 林元：《一枝四十年代文学之花——回忆昆明〈文聚〉杂志》，《新文学史料》1986年第3期。

[2] ［奥］里尔克：《里尔克少作四章》之《严肃的时辰》，卞之琳译，《文聚》1942年第1卷第2期。

[3] ［奥］里尔克：《里尔克少作四章》之《预感》，卞之琳译，《文聚》1942年第1卷第2期。

[4] 马祖毅等：《中国翻译通史·现当代部分》（第二卷），湖北教育出版社2006年版，第406页。

诗和现代新诗均产生了重要影响，他"提供的是一种诗歌精神上的范式，隐秘地满足了中国诗人对诗歌现代性的渴望"，中国诗人用里尔克的眼睛反视自己，"意识到了新诗完成其自身的现代性的可能的途径。这种情形，至少在30、40年代不止一次出现过"①。

同期杨周翰译叶芝的《拜占庭》（Byzantium）是叶芝晚年所作，与诗人前期名篇《驶向拜占庭》共同构成对拜占庭主题的时空复调。杨周翰用较长篇幅阐释叶芝的思想转变以及拜占庭在他心中的位置，有利于读者对该诗的理解。拜占庭是今日的伊斯坦布尔，是叶芝晚期诗作的意象之一，代表着叶芝心中的理想世界，向往的精神国度，心灵朝圣之地。现实世界与理想世界在诗中交织与冲突："有着不变的金属底光泽"的小鸟（或"黄金的手工作物"）是工匠们打造的具有超自然特征的艺术品，"俗鸟或寻常的花朵"则是现实短暂的人生，融合了"一切淤泥或血液"②。拜占庭"在召领着诗人到梦境底堂奥；在抵挡着现实底狂澜。这里，巍峨的诗堂有着严峻高岸气概；这里，有着超乎血肉之躯的一人引领你逃出迷宫而到理想世界，唤醒在你身躯里沉睡的；灵魂这里有不朽的虚飘，有坚强的壁垒把现实世界底一切骚动和躁乱征服，拜占廷屹立而胜利了"③。这胜利是艺术恒美之于人生短暂、真实的胜利，是人类困于时空而艺术永恒不朽的胜利，是叶芝立足现实对生命的本质追问。此外还有象征主义大师魏尔仑的《魏尔仑诗三首》：《我是个沉静……》、Cythere 以及《希望像一根草……》，由同样执教于西南联大的著名诗人、翻译家、法国文学专家闻家驷，即闻一多胞弟所译，苦情的孤孩、"爱"的玫瑰、闪烁的希望等均浸润着人类的同情、爱与希望的光芒等精神因子。

三 大众化的路向：歌谣与通俗诗歌的译介

《文聚》除了是现代主义诗歌的重镇，也注重诗歌大众化路径的

---

① 臧棣：《汉语中的里尔克》，《郑州大学学报》（哲学社会科学版）1999年第3期。
② ［英］叶慈：《拜占廷（Byzantium）》，杨周翰译，《文聚》1942年第1卷第2期。
③ ［英］叶慈：《拜占廷（Byzantium）》，杨周翰译，《文聚》1942年第1卷第2期。

开辟，这不仅表现在诗歌创作中，亦体现在诗歌翻译里。朱自清（佩弦）在1942年第1卷第1期《新诗杂话》中就提倡明白晓畅，偏重自由形式的大众化诗歌，也即是后来编入《新诗杂话》文集中的《抗战与诗》。歌谣是新诗大众化、民间化的表现形式之一。朱自清认为诗的民间化有两个现象："一是复沓多，二是铺叙多。复沓是歌谣的生命。歌谣的组织整个儿靠复沓，韵并不是必然的。歌谣的单纯就建立在复沓上"①，而复沓能产生节奏效果，使情感得到充分表现。歌谣朗朗上口、简洁易解、自然通畅、鲜灵生动、形式自由，抒写真情实感，从而拉近了与普通大众的距离，实现了诗歌深入人心，鼓励民众积极抗战的政治目的。

对西方歌谣的重视和译介从某个侧面反映出20世纪40年代新诗的大众化倾向。1945年第2卷第3期刊有袁水拍译《几首英国歌谣》和朱自清《常识的诗》。《几首英国民谣》共9首，分别为《穷苦可是诚实》（维多利亚时代英国民谣）、《吉泊西太太》（英国民谣）、《纳税谣》（十九世纪）、《唐尼》（佚名）、《毒树》与《笑之歌》（该两首为威廉·勃莱克作）、《悼某疯狗之死》（O. 哥尔特斯密作），以及《儿歌一》《儿歌二》。按"译者附记"："这里九首歌谣和歌谣风的作品选译自 W. H. 奥登编的《牛津轻性诗小集》（或者应译为《通俗诗》）和 R. B. 约翰孙编的《英国谣曲集》（万人丛书本）。"② 译介外国歌谣也是推进新诗大众化的途径之一。不仅在形式上，译诗在主题上也多体现反抗压迫、抨击权贵、追求自由的抗争精神，比如《穷苦可是诚实》以辛辣锋利的笔调抨击"老爷"对穷苦诚实的女孩"她"精神和身体的双重欺骗与践踏："起初他喜欢她，后来就丢掉她，/她的宝贵的名誉，就此断送。"面对一位又一位老爷，她"在发财人的臂抱里直哆嗦，/好比一只断了翅膀的小鸟"，最终以跳河结束卑微的生命。诗歌结尾以惊悚的画面启

---

① 佩弦：《新诗杂话》，《文聚》1942年第1卷第1期。
② 袁水拍：《几首英国民谣·译者附记》，《文聚》1945年第2卷第3期。

人深省:"可是那尸首站起来高唱://'天下事都和这个一样,/穷的担罪,挨饿,/富的开心,享福,啊,这是不是天大的耻辱!'"①"定出法律来制止罪恶"的老爷与"他的肉欲牺牲品"的"她",这不是对个体的描摹,而是有权阶层的虚伪丑态与穷人被摧残鱼肉悲惨命运的社会图景,不仅在英国,在国民党统治下的中国也是常有发生,极具社会普遍意义。《纳税谣》谴责"我们的议员""我们的爵士"压迫欺诈我们这些"可怜的穷人""假借一串漂亮的托词"各种名目巧纳税收,"把我们从头到脚压了又榨"②。歌谣以通俗的语言、质朴的措辞反射英国上层阶级对穷人的伪善,讽刺意义力透纸背。此外,《吉泊西太太》描写主人公放弃奢华的贵族生活,勇敢追求爱情与自由;《笑之声》展现自然界与人类交织的笑声中寓意的美好憧憬;《悼某疯狗之死》表达伪善的"好人"与野狗"不疯"对称的隽永深意;《儿歌二》以孩子的视觉透看世间的奇景,如此等等,均具有积极的现实意涵。

朱自清《常识的诗》选译美国多罗色·巴克尔夫人(Dorothy Parker)诗歌十一首,《或人的歌》《总账》《老兵》《某女士》《观察》《两性观》《卧室铭》《不治之症》《圣地》《苹果树》以及《中夜》。朱自清称"她的诗的清朗是独具的,特殊的。诗都短,寥寥的几句日常的语言,简直像会话。所以容易懂,不像一般近代诗要去苦思。诗都有格律,可是读来不觉,只觉自然如话""她总用常识的金链子下锚在这悬空的世界里"③,也就是标题所称的"常识的诗",亲切易懂,于日常生活中发现诗意,是大众喜欢的诗。试以两首为例:

          Sanctuary
  My land is bare of chattering folk;   a
  The clouds are low along the ridges,   b

---

① 袁水拍译:《几首英国民谣》之《穷苦可是诚实》,《文聚》1945年第2卷第3期。
② 袁水拍译:《几首英国民谣》之《纳税谣》,《文聚》1945年第2卷第3期。
③ 朱自清:《常识的诗》,《文聚》1945年第2卷第3期。

And sweet's the air with curly smoke	a
From all my burning bridges.	b

圣地
我的地方没有人饶舌可嫌；	a
低低的云挨着那山腰，	b
空气甜新，带着黑烟舒卷，	a
那些烧着的是我的桥。①	b

Midnight
The stars are soft as flowers, and as near;	a
The hills are webs of shadow, slowly spun;	b
No separate leaf or single blade is here—	a
All blend to one.	b

No moonbeam cuts the air; a sapphire light	c
Rolls lazily. and slips again to rest.	d
There is no edged thing in all this night,	c
Save in my breast.	d

中夜
星星近得像花，也软得像花，	a
众山如网，用影子缓缓织成；	b
这里没有片叶片草分了家——	a
一切合为一份。	b

---

① [美] 多罗色·巴克尔夫人：《常识的诗·圣地》，朱自清译，《文聚》1945年第2卷第3期。

月明无线，太空不分家，蓝光	c
宝石般懒懒滚转，悠然而息	d
这整夜无一物有刺有芒，	c
除开我的心迹。①	d

巴克尔夫人的诗清朗独特，简短又有格律，朱自清译诗基本按原诗押韵，音节也较均整，多采用直译的方法，尽量保留原诗的句式，如"我的地方没有人饶舌可嫌"，又辅以拆译、倒置等翻译方法兼及汉语的行文表达习惯，译诗呈散文体趋势，语言自然素朴，清新生动，秉持其"求真与化俗"的诗学主张，"真"一面是"如实和直接"，另一面又是"自然""自然才亲切，才让人容易懂，也就是更能收到化俗的功效，更能获得广大的群众"②，即是他推崇并践行的"雅俗共赏"。

四 小结

《文聚》兼具文学艺术与现实观照，于艺术审美中浸润进步思想，映射时代的痕迹，其刊登的诗歌、诗论与译诗反映出20世纪40年代中国新诗的两个路向：以穆旦、冯至、卞之琳为代表的现代主义诗歌创作与翻译的倾向，以及以朱自清、袁水拍为代表的大众化、通俗化诗歌的倾向，并以译介外国民谣童诗为借鉴，使《文聚》具有多元化的文学走向，为沉寂的昆明文坛带来一丝喧嚣与希望，在西南边陲之地开出了一朵绚丽的文艺之花。

---

① [美]多罗色·巴克尔夫人：《常识的诗·中夜》，朱自清译，《文聚》1945年第2卷第3期。

② 朱自清：《论雅俗共赏》，《观察》1947年第3卷第11期。

第四章　报纸篇：大后方主要报纸副刊中的诗歌译介

报纸的文艺副刊是译诗的另一生发地，报纸因其周期短、流通快、读者群广等优势，成为译诗传播的重要阵地。本章选取抗战时期大后方影响较大的五种报纸：重庆《新华日报》、渝桂两地《大公报》、桂林《救亡日报》、昆明《中央日报》文艺副刊的译诗为对象，考察办报方针、译诗选题与语言特征，从而厘清译诗与该时期政治文化的互动影响，并揭示其在抗战文学发展过程中的文化建构作用。

第一节　重庆版《新华日报》副刊与诗歌翻译

作为抗日战争期间在国民党统治区公开出版的中国共产党党报，《新华日报》是共产党在国统区领导文艺界抗日民族统一战线的一面旗帜，1938年1月11日创刊于武汉，10月25日武汉失守后迁至重庆。抗战时期《新华日报》在中共中央南方局和周恩来的领导下，一直把争取民族独立和加强抗日统一战线作为使命。作为《新华日报》的重要组成部分，《新华日报》副刊在领导抗战文艺工作和贯彻中共中央方针政策等方面都起到了重要作用，尤其抗日战争进入相持阶段后，《新华日报》正刊遭到国民党新闻检查机关的压制与封锁，不能充分发挥党的喉舌作用，副刊以灵活多样的形式参与了大后方文化建设的各个方面。本节研究全面抗战八年间重庆出版的《新华日报》

(1938.10.25—1945.8.15）文艺副刊上的诗歌翻译活动，以《新华日报》的办刊宗旨与意识形态立场为基点，以诗歌主题、国别、诗人的选择与译诗语言形式特征为考察点，揭示抗战主流意识形态对翻译的影响。

表4.1　重庆《新华日报》副刊译诗统计（1938.10.25—1945.8.15）

发表时间	诗歌	作者	国别	译者
1939.2.11 第四版	中国的誓言（译自世界语）	西方的同志（笔名）		雪尘
1939.4.9 第四版	献给中国人民	姜布尔	苏联	张郁廉
1940.3.23 第四版	悼英雄之子	V.阿力克舍也夫		亚克
1940.4.14 第四版	诗人的自白	马雅可夫斯基	苏联	春江
1940.4.14 第四版	什么是好的什么是坏的	马雅可夫斯基	苏联	OK
1940.4.14 第四版	打击乌兰格尔！——「罗斯他的讽刺的窗子」之一	马雅可夫斯基	苏联	宝权
1940.4.14 第四版	列宁的葬礼——「列宁」一诗的断片	马雅可夫斯基	苏联	宝权
1940.5.13 第四版	刘禾机歌	莱拜台夫—库马奇	苏联	蔚青
1940.10.5 第四版	美国军火工厂里	M.昆		朔望
1941.1.6 第四版	囚徒	普式金（今译普希金）	俄国	向葵
1941.1.13 第四版	我赞美一个人	惠特曼	美国	春江
1941.1.16 第四版	啊，船长！我的船长！	惠特曼	美国	春江
1941.11.7 第四版	和苏联站在一起	鹿地亘	日本	欧阳凡
1942.1.1 第九版	哈根的中餐	海涅	德国	艾思奇
1942.3.20 第四版	"容易的"战利品	邱科夫斯基	俄国	鄂光
1942.4.10 第四版	马耶可夫斯基开始了	N.雅宝耶夫	苏联	曼斯
1942.4.13 第四版	胡须的赞美歌	罗曼诺索夫	苏联	
1942.4.24 第四版	历史的功课	C.马尔夏克	苏联	鄂光
1942.5.28 第四版	近代的近代	惠特曼	美国	高寒
1942.5.28 第四版	海洋的梦	戴维斯	英国	李嘉
1942.7.10 第四版	现代希特勒德国民歌		德国	晓角

第四章 报纸篇：大后方主要报纸副刊中的诗歌译介

续表

发表时间	诗歌	作者	国别	译者
1942.7.18 第四版	在列宁底墓旁	W. 伊沙可夫斯基	俄国	卢明
1942.7.18 第四版	在碧绿的林木之下	W. 莎士比亚	英国	邹绿芷
1942.7.18 第四版	给草原	R. 海利克		邹绿芷
1942.7.22 第四版	巡洋舰	马凯尔克夫、勃洛夫合写	苏联	白澄、孔嘉合译
1942.9.3 第四版	两位士兵之歌	约翰奈斯·拜赫尔		达之
1942.10.8 第四版	冬天的道路	普式金	俄国	张西曼试译
1942.10.15 第四版	拜伦战争诗选译（二首）	拜伦	英国	唐琅
1942.10.22 第四版	冬天的晚上	普希金	俄国	亚克
1943.1.25 第四版	彭斯诗钞	彭斯	英国	珍妮
1943.2.24 第四版	工人的军队	威廉姆·陶克莱尔	奥地利	李念翚
1943.4.14 第四版	关于库兹乃次克建设的话	马耶可夫斯基	苏联	林曦
1943.4.26 第四版	惠特曼诗二首	惠特曼	美国	邹绛
1943.5.9 第四版	给我的母亲	海涅	德国	苛岚
1943.5.20 第四版	一个年青的弗里茨	玛尔夏克	苏联	葆荃
1943.5.22 第四版	给吃人的野兽以打击——一首塞尔维亚民歌		塞尔维亚	麦思然
1943.6.9 第四版	十四行诗（二首）	H. Heine（海涅）	德国	苛岚、华民合译
1943.6.11 第四版	弗里茨怎样没有吃到稀饭	玛尔夏克	苏联	葆荃
1943.6.13 第四版	让敌人知道	吉洪诺夫	苏联	朱笄
1943.6.18 第四版	母亲	S. 马尔沙克	苏联	朱笄
1943.7.19 第四版	马却陀小诗一首	马却陀	西班牙	流
1943.9.20 第四版	来，为征人们干一杯	彭斯	英国	李念翚
1943.9.27 第四版	"今天，我长久地看着地图"——美国驻远东的一位空军队长的诗（二首）	罗拔·波尔空军队长	美国	徐迟

续表

发表时间	诗歌	作者	国别	译者
1943.10.6 第四版	井边少女	Hugo Huppert		纾胤
1943.10.12 第四版	歌	劳萨	西班牙	荒芜
1943.10.26 第四版	颂死亡	C. Day Lewis	英国	晦晨
1943.10.31 第四版	冬天	M. 依沙珂夫斯基	苏联	朱笄
1943.11.7 第六版	母亲（诗两首）	M. 依莎科夫斯基	苏联	戈宝权
1943.12.22 第四版	为绅士们作	J. 达薇特曼	美国	D
1943.12.30 第四版	给儿子的训话	M. 依莎科夫斯基	苏联	戈宝权
1943.12.31 第四版	在这儿葬着一个红军战士	M. 依莎科夫斯基	苏联	戈宝权
1943.12.31 第四版	分别	M. 依莎科夫斯基	苏联	戈宝权
1944.1.7 第四版	而谁又知道他	M. 依莎科夫斯基	苏联	戈宝权
1944.1.9 第四版	青年在战壕	哈林特拉那斯·却吐拍特雅	印度	L
1944.1.20 第四版	列宁在诗歌中（一）	V. 玛雅可夫斯基	苏联	戈宝权辑译
1944.1.21 第四版	列宁在诗歌中（二）	V. 玛雅可夫斯基	苏联	戈宝权辑译
1944.1.22 第四版	列宁在诗歌中（三）（民歌）		苏联	戈宝权辑译
1944.1.23 第四版	列宁在诗歌中（四）（二首）（民歌）		苏联	戈宝权辑译
1944.1.25 第四版	列宁在诗歌中（五）（四首）（民歌）		苏联	戈宝权辑译
1944.1.27 第四版	列宁在诗歌中（六）	V. 玛雅可夫斯基	苏联	戈宝权辑译
1944.4.2 第四版	把坟坑挖得深深的	柯拉斯	白俄罗斯	林慧
1944.4.19 第四版	两篇悼念杜布洛留薄夫的诗	涅克拉索夫	俄国	朱笄
1944.5.15 第四版	我们这一代一定会胜利	西蒙诺夫	苏联	林慧
1944.6.29 第四版	斯大林文艺奖金得奖作家绍介——雷里斯基诗钞（1）	雷里斯基	苏联	朱笄

第四章 报纸篇：大后方主要报纸副刊中的诗歌译介

续表

发表时间	诗歌	作者	国别	译者
1944.7.2 第四版	雷里斯基诗钞（2）（二首）	雷里斯基	苏联	朱笄
1944.7.3 第四版	雷里斯基诗钞（3）（二首）	雷里斯基	苏联	朱笄
1944.8.28 第四版	斯大林文艺奖金得奖作品介绍——伊莎科夫斯基诗钞	伊莎科夫斯基	苏联	戈宝权
1944.9.3 第四版	国际青年节	马雅可夫斯基	苏联	葆荃
1944.12.2 第四版	南斯拉夫游击谣		南斯拉夫	怀湘译意
1944.12.12 第四版	最后的旋律	巴林斯基	波兰	荒芜
1945.1.2 第四版	扬起自由的旗子	Ben Blake		晦晨
1945.2.24 第四版	红军颂	约翰·曼斯菲尔特	德国	S
1945.6.14 第四版	欧洲抗战诗二首（一）"大号"之歌	尤拉·索弗	奥地利	P
1945.6.14 第四版	欧洲抗战诗二首（二）民歌		捷克斯拉夫	P

一 《新华日报》副刊与抗战诗歌大众化的理论与实践

《新华日报》自办刊以来坚持"团结全国抗日力量，巩固民族统一战线，发表正确救亡言论，讨论救亡实际问题，坚持抗战，争取最后胜利，为建立独立自由幸福的新中国而奋斗"的办报方针，一直是"中共在国统区实施抗战统一战线的桥头堡、最重要的舆论阵地、最有力的斗争武器之一"[①]。迁至重庆后，出版环境相对稳定。此时全国文化界精英汇聚重庆，稿源丰沛，读者群扩大，对此，《新华日报》加强了副刊的开发，继武汉创刊之初开设的《团结》副刊外，增加了《文艺之页》《青年生活》《妇女之路》等六个各具特色的副刊，并于1942年9月18日进行改革，停办各种副刊，将第四版整编为综合版——

---

① 周毅：《抗战时期文艺政策研究》，四川大学出版社2013年版，第42页。

《新华副刊》，在创刊号《编者的话》中表明编辑宗旨和办刊立场："我们希望，这副刊能够名副其实的做到，一方面是在反法西斯的激烈战斗中文化武器的担当者，一方面又是一切读者在工作之余的'文化公园'。"① 编辑宗旨一旦确立，即具有"规范与制约的作用，也基本确定了刊物的面貌"②。副刊高度重视诗歌的通俗化和大众化，诗歌在副刊的各个时期都占据了相当大的比例，副刊因此成为诗歌大众化理论与实践探讨的重要阵地。

抗战时期诗歌创作的"目标和任务被压倒一切地规约为阶级整合、民族认同与政治动员"③，诗歌的社会责任和功能成为该时期衡量诗歌价值的主要标尺。为了实现上述愿景，诗歌须在情感上与广大群众打成一片，诗人们走出象牙塔，艺术立场、审美态度产生了向民众靠拢的趋向。提倡通俗晓畅的大众语言和诗歌形式的自由，构成了抗战时期共通的诗歌艺术标准，客观上对抗战诗歌观念的形成起到了某种规定性的影响。重庆诗歌界开展了一系列诗歌座谈会，主要论及诗歌情感内容、表现形式、创作主体和艺术审美等方面。

《新华日报》副刊登载了许多相关理论的文章，著名诗人艾青、郭沫若、臧克家、王亚平、力扬等均参与了讨论，其中涉及最多的是诗歌大众化问题，如力扬在《谈诗底形象和语言》中主张批判接受大众语言："大众的语言不是每句都是诗，有落伍的也有无聊的，也有所表达的意识不正确的，诗人必须像一个淘金者，从广漠的沙粒中提取金子，那才是诗。"④ 王亚平在《新诗的创作及其发展方向》中指出："以大众化的形式，创作人民大众所欢喜的诗，该是今日新诗的主要也可以说是唯一的方向。"⑤ 郭沫若《如何研究诗歌与文艺》所提出的诗人的"利他的、集体的"指导思想，实际上也是抗战诗歌大众

---

① 编者：《编者的话》，《新华日报》1942年9月18日第4版。
② 刘增人等纂著：《中国现代文学期刊史论》，新华出版社2005年版，第64页。
③ 张松建：《现代诗的再出发——中国四十年代现代主义诗潮新探》，北京大学出版社2009年版，第130页。
④ 力扬：《谈诗底形象和语言》，《新华日报》1940年4月24日第4版。
⑤ 王亚平：《新诗的创作及其发展方向》，《新华日报》1942年6月4日第4版。

化的指导思想①。在理论探讨之外,《新华日报》还参与了大众化诗歌实践,对抗战时期的朗诵诗、街头诗、民歌运动等,都进行了详细报道,在理论与实践两方面推动了诗歌的大众化道路和方向。

二 抗战意识形态与诗歌译介

战时的文学翻译(诗歌翻译)不再是单纯的译介,"高度的政治化和工具化使翻译成为世界反法西斯战争的有机组成部分和主流政治话语的补充"②,最鲜明的特征之一即为趋时性,主要表现在选译作品的主题上,为了让全国民众同仇敌忾,共赴国难,强调翻译内容大众化、写实化,语言通俗化,形式民族化。

(一) 意识形态影响下的诗歌翻译选材

在战时政治主流意识形态的规导下,各报刊均以不同形式阐明其办刊宗旨与原则,强调文艺为抗战服务。《新华日报》直接受中国共产党的领导,担负着反法西斯和隐秘配合宣传共产党方针政策工作的双重使命。正刊发表实时性社论和战地新闻,副刊与正刊形成对话,是对正刊的必要补充,其中的诗歌翻译同样被打上了反法西斯的烙印。从副刊发表的86首译诗来看,在诗人、国别以及主题方面的选择具有鲜明的时代特征和政治倾向。

首先,所译诗歌的原作者主要来自反法西斯国家,如苏联(俄国)的马雅可夫斯基、雷利斯基、伊莎科夫斯基、普希金、西蒙诺夫,英国的拜伦、彭斯、莎士比亚,美国的惠特曼,波兰的巴林斯基等。译介反法西斯诗歌,既传达了世界反法西斯国家的抗战精神,又构建了自己的抗战文化,实现了双向交流和精神鼓舞的效果。《新华日报》副刊特别关注俄苏诗歌的介绍,特别是具有革命精神的诗作,这与社会主义苏联在第二次世界大战欧洲战场上的主导地位有关,也是《新华日报》无产阶级党性特色的性质所决定的。副刊86首译诗

---

① 郭沫若:《如何研究诗歌与文艺》,《新华日报》1944年4月16日第4版。
② 廖七一:《20世纪中国翻译批评话语研究》,北京大学出版社2020年版,第163页。

中（见表4.1），俄苏诗歌（除去国别不详的译诗）占总数量的一半以上，主题表现为反抗侵略，追求自由，缅怀领袖，歌颂红军以及爱国怀乡等。朱笄翻译的苏联诗人M.依沙科夫斯基的《冬天》就表达了苏联人民奋勇抗击法西斯这一主题："在工厂，村落，车站的火光中，/大地战栗——惨酷的战争进行着……/希特勒给了你们武器和坦克，/于是你们到了俄罗斯来掠夺。/但你们不会从出征里回去了，/疯狂了的暴徒们啊！/人民的憎恨要全部烧毁你们，/严冬毫不怜惜地把你们冻僵。"① 1944年1月20、21、22、23、25、27日连载的由马雅可夫斯基诗歌②和苏联各族民歌组成的《列宁在诗歌中》（一）至（六），则是歌颂领袖列宁的诗。译者戈宝权在1944年1月20日《列宁在诗歌中》（一）中特别提及选译该诗的原因："列宁的逝世，已是整整二十年了，但是他的意志，他的形象，他的名字，却永远活在革命的事业中，活在人们的心中，历千古而不朽。这正如玛雅可夫斯基所说的'列宁的心，将永远沸腾在革命的胸膛中'"③。

战争使每个人都不能置身事外，大众的爱国情怀在译诗中也得到了体现，M.伊莎科夫斯基的《母亲》（戈宝权译）通过英雄母亲安葬女儿后毅然保家卫国的叙事，展现了战争中个体牺牲与民族大义交织的崇高精神："母亲亲自闭上了眼睛，/显得那样静谧和朴素虔诚，/母亲又亲自为她掘了一个坟墓，就在那浓密的荫霖之下。"随后母亲"赶上了自己的人民，/赶上了苏联的军队。/她现在去保卫她亲爱的祖国啦，/去参加那伟大的事业"④，去完成女儿未尽之事业。

除俄苏诗歌外，副刊还侧重译介英美诗人拜伦、彭斯和惠特曼等的诗歌。拜伦的诗充满战斗豪情和革命的力量，其《拜伦战争诗选译》之《"哥林茨大战"一节》（唐瑯译）展现战争的残酷本质与反压

---

① ［苏］M.依沙珂夫斯基：《冬天》，朱笄译，《新华日报》1943年10月31日第4版。
② 《列宁在诗歌中》（一）（二）（六）为马雅可夫斯基创作，（三）（四）（五）为苏联各族民歌。需要说明的是，马雅可夫斯基译名在抗战时期未统一，因此笔者论述按现今统一译名，统计则以原刊译名为准。
③ 戈宝权：《〈列宁在诗歌中〉（一）·译前》，《新华日报》1944年1月20日第4版。
④ ［苏］M.伊莎科夫斯基：《母亲》，戈宝权译，《新华日报》1943年11月7日第6版。

迫的必然:"可是有的已经死了,有的走掉,/有的分散了,非常地寂寥/……在山峰那里依旧有自由,/压迫者的罪恶的血液横流。"① 英国诗人彭斯的诗歌在情感内容上具有反抗侵略、争取自由的特征,比较符合抗战时期诗歌的译介标准,《来,为征人们干一杯》(李念辈译)即表达了自由之志和祝愿之情:"来,为征人们干一杯,祝他们健康,/……愿自由到底得到胜利,/愿小心保护她不受损伤!愿暴君和专制统治迷失道路,/在大雾里走到地狱当中。"② 美国民主诗人惠特曼的诗以歌颂民主自由为基调,具有革命精神,诗歌风格体现大众化的审美取向,易于传播和接受。《惠特曼诗二首》之《当独坐着渴望和沉思的此刻》(邹绛译)通过诗人的沉思质疑战争,表达对世界和平友爱的渴望:"我似乎觉得我能望过去,看见他们在日耳曼,意大利,法兰西,西班牙,/和远远的,远远的那边,在中国,或在俄罗斯,/或在日本,谈着不同的方言/……啊!我知道我们应该是兄弟和爱人,/我知道我应该同他们快乐在一起。"③

其次,弱小民族国家如南斯拉夫、捷克斯拉夫、印度、塞尔维亚等反压迫的作品也得到介绍,被压迫民族反侵略的抗争精神成为中国人民奋勇抗日的精神武器。1943年5月22日第四版刊登了塞尔维亚诗人(作者不详)的诗歌《给吃人的野兽以打击——一首塞尔维亚民歌》(麦思然译),1944年1月9日第四版刊登了印度诗人哈林特拉那斯·却吐拍特雅的《青年在战壕》(译者不详),1944年12月2日第四版刊登了《南斯拉夫游击谣》(作者不详,怀湘译意),以及同年12月12日第四版刊登了波兰诗人巴林斯基的《最后的旋律》(荒芜译),这些作品均体现反压迫反侵略的主题。

最后,《新华日报》副刊还介绍了法西斯国家反战诗人如日本鹿

---

① [英]拜伦:《拜伦战争诗选译》之《"哥林茨大战"一节》,唐瑯译,《新华日报》1942年10月15日第4版。
② [英]彭斯:《来,为征人们干一杯》,李念辈译,《新华日报》1943年9月20日第4版。
③ [美]惠特曼:《惠特曼诗二首》之《当独坐着渴望和沉思的此刻》,邹绛译,《新华日报》1943年4月26日第4版。

地亘和德国海涅的诗歌。法西斯国家反战诗歌的译介昭示着其内部阵营并非铁板一块，从某种程度上说比翻译反法西斯国家的诗歌更具鼓动性和说服力，如海涅《哈根的中餐》（艾思奇译）及其《十四行诗》（二首）（苟岚、华民合译）。《哈根的中餐》里"'欢迎，老乡'，她这样叫唤，／'这儿你缺席太久了，／你跟着外国的雀鸟，／在外面流荡得太多了……'"① 就是对国外的德国同胞深情的呼唤，也是德国人民对法西斯战争无言的控诉。《十四行诗》第二首中诗人以"面具"意象揭露德国法西斯的腐败和把戏，"我就在宏大的假面具舞会里跳舞，／在德国武士、神父、王公的五光十色中间，／受到丑角们的趋鹜，真面目只有少数人知晓……／他们全部挥舞着木制的刀枪，／这是他们的武器。然而当心，要使我除掉面具，／我将使那里每个混账囚徒惊慌失措"②。此外，日本反战进步诗人鹿地亘的诗歌也得到了介绍。鹿地亘《和苏联站在一起》（欧阳凡海译）表达了诗人对日本军国主义侵略罪行的痛斥和支持苏联人民反法西斯正义战争的决心："我的心急跳——／血：急流——／战斗的意志往上冲！／呵，兄弟呀！是多么欢快的情绪！／'我永远和你们站在一起！'"③ 直抒胸臆的表达，使国际主义精神在情感共鸣中获得诗性升华。

（二）意识形态影响下的译诗语言形式

抗战时期的诗歌有两个"重要的向度"：一是"重视诗歌作品情感的煽动性"，二是"重视诗歌的接受和理解"④，因此抗战诗歌在主题内容上要鼓动民众的抗战热情，在形式上要注意语言的通俗性和大众化。一方面，翻译文学作为民族文学（中国文学）的一部分⑤，那么译诗也是本土诗歌创作的一部分，也应遵循当时的主流诗学规范，即语言的白话化和形式的自由化。另一方面，社会主流意识形态决定

---

① ［德］海涅：《哈根的中餐》，艾思奇译，《新华日报》1942年1月1日第9版。
② ［德］H. Heine：《十四行诗之"二"》，苟岚、华民合译，《新华日报》1943年6月9日第4版。
③ ［日］鹿地亘：《和苏联站在一起》，欧阳凡海译，《新华日报》1941年11月7日第4版。
④ 吕进等：《重庆抗战诗歌研究》，西南师范大学出版社2009年版，第59页。
⑤ 谢天振：《译介学》，上海外语教育出版社1999年版，第239页。

了诗歌翻译的社会功能,而社会功能的实现取决于译诗的社会传播,这既需要"译者审美选择和社会文化需求的统一",也需要译者和读者"达成双向认同"①,关注读者的文化审美和期待视野。因此,能否使民众易于接受和理解成为衡量抗战译诗的重要标准和依据,其读者定位决定了翻译策略以归化为主,注重译诗的可读性。正如茅盾所说,在抗战期间的作品大众化,就需要"从文字的不欧化以及表现方式的通俗化入手"②。

自"五四"以来,白话入诗和诗歌平民化一直是新诗发展的方向。胡适曾在《谈新诗——八年来一件大事》中阐释了形式与内容的关系:"形式上的束缚,使精神不能自由发展,使良好的内容不能充分表现。"③自由诗以其形式上的解放,成为抗战时期情感表达与政治动员的理想载体,进而发展为当时的主流诗体。"诗歌翻译的形式取决于译入语国当下流行的诗歌形式,而非原诗形式"④,受此影响,译诗多呈现自由体风貌。

1939—1940年,就抗战诗歌民族形式问题重庆文艺界产生过激烈的讨论,最后基本统一为从中国古典诗歌、民间流行的民歌、歌谣、山歌等以及从西洋诗歌中获取民族形式源泉。译介外国诗歌是抗战诗歌形式创新的路径之一。《新华日报》副刊上的译诗均是白话自由体诗歌,语言通俗,朗朗上口,且许多译诗来自各民族民歌。珍妮译《彭斯诗抄》包括民歌四首:《幻象》《姜大麦》《来,摇我到查理那里》和《好看的蓝丝丽》。译者序里介绍了这位苏格兰民间诗人:"创造了三四百首民歌小调,都是用他家乡苏格兰语写的",内容涉及"反抗的呼声""诉说农民生活""渴望自由"⑤。如《姜大麦》中对民

---

① 俞佳乐:《翻译的社会性研究》,上海译文出版社2006年版,第78页。
② 邹振环:《抗战时期的翻译与战时文化》,《复旦学报》(社会科学版)1994年第3期。
③ 胡适:《谈新诗——八年来一件大事》,沈寂编《胡适学术文集·新文学运动》,中华书局1993年版,第385页。
④ 熊辉:《外国诗歌的翻译与中国现代新诗的文体建构》,中央编译出版社2013年版,第172页。
⑤ 珍妮:《彭斯诗抄·译前》,《新华日报》1943年1月25日第4版。

族英雄的赞颂:"姜大麦是个勇敢的英雄,/他的性格非常高贵;/因为只要你尝到他的鲜血,/他会叫你勇气百倍。"① 这类诗歌的译介带给广大文艺工作者以精神上的激励和行动上的鼓舞。如前所述,《新华日报》副刊1944年1月20日第四版开始连载的《列宁在诗歌中》(一)至(六)诗系中,(三)(四)(五)均为苏联各族民歌,如《四月和正月》(塔杰克民歌)、《两支鹰》(乌克兰民歌)、《你是第一个称我们是人的人》(阿瓦尔民歌)、《列宁歌》(莱斯金民歌)、《萧尔兹民歌》、《伊里奇活着》(布略特民歌)、《列宁和我们在一起》(达尔金民歌)。译诗均保留了原诗民歌的文体特征,语言朴实活泼,清澈明朗。

　　译入语国家的政治文化语境和诗学规范决定了译诗语言形式的"误译"。对外国诗歌形式的选择必然要根据本民族的文化心态,审美习惯,从而改变原诗的语言表达方式和形式特征,这样的译诗在译入语国家的文化环境和当下语境中才能被接受和认同,更好地发挥宣传的功效。试以春江译惠特曼诗《啊,船长!我的船长!》前两节为例:

O Captain! my Captain! our fearful trip is done,
The ship has weather'd every rack, the prize we sought is won,
The port is near, the bells I hear, the people all exulting,
While follow eyes the steady keel, the vessel grim and daring;
　　But O heart! heart! heart!
　　O the bleeding drops of red,
　　　Where on the deck my Captain lies,
　　　Fallen cold and dead.

啊,船长!我的船长!我们走尽了险恶的旅途;
我们的船长遭遇了各种的危害,我们所追求的目的已经寻获;
港湾迫近了,铃儿在摇着,人们歌唱着凯旋;

---

① [英]彭斯:《彭斯诗抄》之《姜大麦》,珍妮译,《新华日报》1943年1月25日第4版。

第四章 报纸篇：大后方主要报纸副刊中的诗歌译介

  而追随着众人眼目的，是那稳重的船儿，不屈和勇敢；
   可是，心啊！心啊！心啊！
    啊，连鲜红的血迹，
     我的船长卧在甲板上，
      冰冷的安睡和死去。

O Captain! my Captain! rise up and hear the bells;
Rise up—for you the flag is flung—for you the bugle trills,
For you bouquets and ribbon'd wreaths—for you the shores a-crowding,
For you they call, the swaying mass, their eager faces turning;
  Here Captain! dear father!
   This arm beneath your head!
    It is some dream that on the deck,
     You've fallen cold and dead.

啊，船长！我的船长！起来，那铃儿在歌唱；
起来，那号角在因你而吹奏——那旗帜为你而飘扬；
那花球和粘着丝带的花环是赠予你的——那海水在因你而奔腾；
那波涛似的人群在为你高呼，他们转移了热心的面孔……
  这里，船长！敬爱的父亲！
   你的头下是我的手臂；
    在甲板上，这好似一个梦，
     你是冰冷的死去和安睡。①

  该诗是惠特曼为悼念林肯总统而作，以"船长"比喻林肯，赞扬其在美国南北战争中率领军队取胜的丰功伟绩。诗中提及的"险恶的旅途"是北方战军遭遇的艰辛。巨轮即将入港，战争即将胜利，而船长却倒在了血泊中。全诗结构严谨，内涵丰富，凝练与舒展相融，语

---

① ［美］惠特曼：《啊，船长！我的船长！》，春江译，《新华日报》1942年1月16日第4版。

言深沉炽烈，字里行间饱含对总统的敬仰与怀念之情。反抗奴隶制度，争取民主自由的抗争精神是该诗得以被译介的原因。首先，从形式上看，每个诗节包含四个长句和四个短句，短句采用缩进字母的排列方式，看上去像一艘远洋巨轮的剪影。原诗韵律工整，严格采用 aabbcded 的尾韵，是惠特曼"唯一的一首以传统格律写成、标格不高，但比较通俗"①的诗，富有音乐性。译诗在形式上保留了原诗的视觉效果，同样为四长四短的诗行，但基本舍弃了原诗的韵律，以自由诗的形式迻译，这种开放的诗体容易表现奔放的情感，更具感染力和"弹力性"，易于调动大众的抗战热情，符合抗战时期的文体要求。其次，考虑到诗歌大众化语境，译诗在语言上采用了通俗的白话语言，更有"铃儿在摇着""那铃儿在歌唱""那稳重的船儿"等口语化的表达。句式上也倾于中国化，如"Where on the deck my Captain lies""This arm beneath your head"均采用倒置法调整句序，译为"我的船长卧在甲板上""你的头下是我的手臂"，更符合汉语的句式表达习惯。概言之，为了满足译入语文化的特定需求，译者往往会有意识地对原诗进行符合意识形态的改写，以实现翻译预期的社会功能。

三 结语

报刊是文学传播的载体，文学观念和形式借助于报刊而得到社会的广泛认可②。抗战时期重庆《新华日报》是中共在大后方宣传抗日民族统一战线的主要媒介，具有鲜明的政治话语形态，是最重要的舆论阵地，它的一个重要使命"是在国统区宣传党的路线、方针和政策，尽可能团结一切可以团结的作家和艺术家，开展文艺斗争。相应地，它的副刊，也应和着政治上的统战任务"③，呈现出鲜明的革命

---

① 赵萝蕤:《译者序》，[美]惠特曼《惠特曼诗选：英汉对照》，赵萝蕤译，外语教学与研究出版社 2013 年版，第 XX 页。
② 王本朝:《中国现代文学制度研究》，西南师范大学出版社 2002 年版，第 82 页。
③ 段从学:《中国·四川抗战新诗史》，中国文联出版社 2015 年版，第 157 页。

性。它与其他报纸、杂志一道融入中国抗日战争与世界反法西斯战争的历史洪流中,其中诗歌因富有鼓动性易为大众所接受,发挥着其他文学形式难以比拟的宣传效果,成为时代潮流的先声①。在抗日民族解放战争的宏大场域中,外国诗歌一旦进入本土文化语境,翻译所产生的象征意义及政治价值必然受制于本土主流意识形态。《新华日报》文艺副刊上的译诗在主题、国别、诗人的选择以及译诗语言与形式上都服务于抗战政治语境,并与诗歌创作相互作用,共同构建了抗战时期大后方诗坛的繁荣景观。

第二节 重庆版《大公报》副刊《战线》《文艺》与诗歌翻译

1902年《大公报》由英敛之创刊于天津,经历了津、沪、汉、港、渝、桂等版一百多年的历史。重庆版《大公报》秉持"文人论政"的民间立场,展现了抗战历史语境下传媒自身特色定位和发展特点,以民族救亡为总纲领,客观公正地抨击时弊,给公众提供一个独立开放的舆论空间。

本节主要考察该报重庆版刊载的译诗,即从1938年12月创办重庆版至1945年8月抗战结束《大公报》文学副刊《战线》和《文艺》上的诗歌翻译,以其译诗和诗歌观念为依托,揭示翻译与政治和历史现实的互生互动关系。《战线》是《大公报》专为抗战而开辟的文学副刊,这七年间由陈纪滢主编的《战线》(1938.12—1943.10)和复刊后的《文艺》(1943.11—1945.8)以抗战文学为总目标,是抗日民族统一战线下重庆文艺战线的重要组成部分,刊登了大量以抗战为题材的原创诗歌与翻译诗歌。《大公报》广泛的传播性和影响力,使得其宣扬的意识形态理念启发、激励广大民众投身于抗战事业中,意义

---

① 靳明全主编:《重庆抗战文学与外国文化》,重庆出版集团、重庆出版社2006年版,第73页。

深远。翻译作为一种文化行为，不可避免要受到主流意识形态和社会政治的影响和制约。抗战时期翻译被高度政治化，翻译文本很大程度上以主流意识形态为首要选择标准，成为实现政治目标的工具。诗歌翻译由于受到战争环境和抗日民族解放主流意识形态的规约引导，在内容和形式上表现出趋时性和大众化的特征。

一　抗战译诗的趋时性

在抗日民族解放战争的宏大场域中，文学服务抗战已是共识。在此精神指导下，各类报刊都把文学视为抗战的有效武器。作为一份文人支持的民间报纸，《大公报》始终坚持为抗战服务的精神。总编张季鸾说："时代变了，一切在战时，我们的副刊也应该随着时代变，再不能刊载一些风花雪月与时代无关的东西，每篇文章必须是战斗的，合乎时代意识。"①《战线》在稿约中宣告："本报欢迎投寄一切反映抗战之文艺作品，限于篇幅短稿先登。"② 随后的《文艺》整体编辑方针与前者基本一致。基于此，短小凝练却极具感染力和现实性的诗歌经常出现在副刊上。在刊登诗歌创作之余，副刊也十分重视诗歌翻译。表 4.2 和表 4.3 是重庆《战线》与《文艺》文学副刊诗歌翻译的情况。

表 4.2　　重庆《大公报》副刊《战线》译诗统计

发表时间	诗歌	作者	国别	译者
1940.5.28 第 560 号	夏伯阳	鲁布尔		王语今
1940.8.24 第 614 号	回家	裴多菲	匈牙利	企程
1940.9.20 第 641 号	惠特曼诗三首	惠特曼	美国	春江
1940.10.28 第 669 号	不准侵略中国	V. 玛雅可夫斯基	苏联	邹绿芷
1941.1.7 第 709 号	一个非凡的冒险	V. 玛雅可夫斯基	苏联	邹绿芷
1941.4.25 第 755 号	生命颂	洛旦	捷克	方言

---

① 陈纪滢：《三十年代作家记》，台北：成文出版社有限公司 1980 年版，第 25 页。
② 吕进等：《重庆抗战诗歌研究》，西南师范大学出版社 2009 年版，第 226 页。

表 4.3　　　　　重庆《大公报》副刊《文艺》译诗统计

发表时间	诗歌	作者	国别	译者
1944.3.12 第 19 期	朋斯诗钞（三首）	彭斯	英国	水云
	等待着我吧	K. 西蒙诺夫	苏联	北长
1944.8.6 第 40 期	荆棘之歌	阿拉贡	法国	水拍
1944.10.29 第 50 期	美国黑人诗钞（七首）	C. 克伦、F. 约翰生、L. 亚历山大等	美国	荒芜
1945.3.25 第 62 期	夜	Johannes Barbarus	苏联	民生
1945.8.5 第 76 期	还会这样吗？	C. D. Lewis	英国	张志公
1945.8.23 第 78 期	盲童	C. Cibbot		青水

文学总是一定时代的文学，是特定时代背景下的产物。抗战时期特定的社会政治环境决定了翻译文学的选择上"无不包含了一种高度统一的文化政治日程"[①]，即抗战救国。诗歌是抗战的"旗帜"和"炮弹"，因此，诗歌翻译具有明显的趋时性。全民性的民族战争将生活在此时期的每一个人都投入到了战争场域之中。通过对《战线》和《文艺》译诗选择取向的分析发现，译诗的选材适应了时代的需求，主要来自苏联、捷克、匈牙利等一些受压迫国家民族的诗歌或英美法国家的进步诗歌，诗人多为革命、爱国诗人或民主诗人，如苏联的马雅可夫斯基和西蒙诺夫、匈牙利的裴多菲、美国的惠特曼、法国的阿拉贡等。

诗歌翻译的趋时性主要表现在翻译材料的选择，尤其聚焦于主题的择取上。《大公报》文学副刊上的译诗对原诗内容的选择具有鲜明的时代情感，表现为对战争环境的书写，译诗与政治现实有更紧密的联系，诗歌翻译观念"最集中体现在对诗歌情感的'规定性'倡导和对诗歌审美价值的意向性建构"。译者意识到诗歌和抗战结合的重要性和必要性，因此，译诗的"社会责任和民族责任"是衡量其价值的

---

① 朱安博：《归化与异化：中国文学翻译研究的百年流变》，科学出版社 2009 年版，第 126 页。

准绳①。译者对战争和生命的自身体验及感受构成了微观环境书写，使《大公报》文学副刊译诗的主题大致表现为以下三种。

（一）反抗与斗争主题

译诗主题表现爱国、救亡，对法西斯侵略的坚决反抗以及对民族英雄的颂扬。如方言翻译的捷克诗人洛旦的《生命颂》，就是对顽强生命的歌颂。诗人通过对比的方法，以从烧窑里出来的、"经历了刻板制作的"、没有生命的玻璃杯，反衬"从那透不过气来的/岩石重压下；/从那曲曲折折的岩石的裂缝中，/挣扎出来的野草"，赞颂野草的顽强生命力。全诗以象征手法鼓舞中国人民反抗法西斯的侵略，并揭露受法西斯主义摆布的无知、堕落的生命："且看那人间的一角，/在一色的制服下/用一色的腔调喊着：/'Heil Hilter'！/……只是因为人家要他们这样喊，/就这样地喊着罢了/不自由/而甘心于不自由的生命/才是肤浅的生命，/堕落的生命，/卑劣的生命。"②

王语今翻译鲁布尔的《夏伯阳》具有叙事诗的特点，是对苏联卫国战争中一位民族英雄为国捐躯事迹的讴歌。面对"沙皇的将军们企图扼杀这个国家""为了共和国与她的自由/夏伯阳带着勇敢的骑士奔向敌人而冲杀"。但是，由于敌人的卑劣，夏伯阳最后牺牲了，之于民众他却是永生的，也激励着更多人守卫祖国："在每一个雾白的山头，他在每一个原野之上。/他仍拨动着每一颗心脏。我们有着更多的夏伯阳。"③ 战士把自己灿烂的生命献给了民族，诗人则用声声战鼓为英雄壮行，笔墨淋漓酣畅地写尽舍生取义，极具感召力。

还有一种反抗出自美国黑人诗人之手，反抗种族歧视，反抗不平等遭遇，"瞧，我是黑的，但我也很美丽""我虽然黑，我的爱心却纯洁"。黑人渴望建立"一个强国""使你我可以立足在这个世界上"，无畏、坚强、不受轻视，免遭侮辱，为此他们"高高地举起旗

---

① 吕进等：《重庆抗战诗歌研究》，西南师范大学出版社 2009 年版，第 30 页。
② ［捷克］洛旦：《生命颂》，方言译，重庆《大公报·战线》1941 年 4 月 25 日第 755 号。
③ ［不详］鲁布尔：《夏伯阳》，王语今译，重庆《大公报·战线》1940 年 5 月 28 日第 560 号。

第四章 报纸篇：大后方主要报纸副刊中的诗歌译介

帜,乘风破浪"①,这就是诗题《黑色的兄弟》(荒芜译),黑色灵魂的呐喊。

(二) 自由与光明主题

译诗主题表现人类对自由、和平的向往,对光明的追求与对黑暗的憎恶。正如水云(即袁水拍)翻译的《朋斯诗钞》之《勃鲁斯在朋诺克本向他的军队致敬》(又译《苏格兰人》),该诗为政治抒情诗,吼叫出人民对强权者的愤怒与反抗,歌唱出人民对自由的向往:"为了苏格兰的国王和法律/坚强地拔出自由的刀剑,站着是个自由人,倒下也是个自由人。"唯有打倒反动者,杀光暴君,"才能把自由争给后代!"②

由苏联革命诗人 V. 玛雅可夫斯基(现译马雅可夫斯基)创作,邹绿芷翻译的《一个非凡的冒险》以拟人的手法描述太阳与诗人"我"之间的一场对话。诗人邀太阳来家做客请茶,"坐着和光辉谈着!"太阳奇异的光和诗人澎湃的诗情一并作用,用歌唱、呼喊"来激动这世界的枯燥""光线与话语"击碎了暗夜的阴影,诗人的箴言和太阳的箴言一起"奔驰着/永恒地向光明,/处处向光明,/向光明,/直到极终!"③ 马雅可夫斯基的作品充满了战斗的激情,此处诗人以狂奔的激情,以象征的手法表现对黑暗的极致憎恶和对光明的永恒追求。追求光明的译诗还有青水翻译的《盲童》,该诗以一个盲童的口吻倾诉对光明的向往、对厄运的不屈,"那末不要说我所得不到的/破坏我底快乐的心理;/当我高声歌唱时,/我就是那无冕的皇帝/虽然我这盲童是可怜的"④。哀而不伤,怜而不颓,其中传达的乐观主义精神引人向上。

---

① [美] L. 亚历山大:《美国黑人诗抄》之《黑色的兄弟》,荒芜译,重庆《大公报·文艺》1944 年 10 月 29 日第 50 期。
② [英] 彭斯:《朋斯诗钞》之《勃鲁斯在朋诺克本向他的军队致敬》,水云译,重庆《大公报·文艺》1944 年 3 月 12 日第 19 期。
③ [苏] V. 玛雅可夫斯基:《一个非凡的冒险》,邹绿芷译,重庆《大公报·战线》1941 年 1 月 7 日第 709 号。
④ [不详] C. Cibbot:《盲童》,青水译,重庆《大公报·文艺》1945 年 8 月 23 日第 78 期。

此外，控诉和诅咒黑暗，也反衬出对光明和自由的向往，约翰内斯·巴巴鲁斯（Johannes Barbarus）创作，民生翻译的《夜》就是这样的一首诗。诗人通过"空洞的长街""穿了白色尸衣的银河""面包店橱窗里的苍蝇尸身""无家可归的狗"等意象的描写，于绝望的诗歌图景中，于"压得喘不过气"的黑暗中，"用拳头抗拒着梦魇似的高墙"①，表现"反抗的灵魂"对自由与光明的憧憬和呼唤。F. 约翰生创作荒芜翻译的《新的一天》中诗人让孩子们"吹起你们的号，使和平之神知道/她是灭兵的皇后。/我们用千万人的血泪/在各时代的历史里/深深地写下了她的名字"，呼唤她的到来，因为和平之神所到之处，"黑暗暴乱的邪神/的祭坛便要打碎"，这就是新的一天，和平的光芒普照大地，"金色禾苗就会迎接朝阳"②。

（三）怀乡主题

怀乡则从另一侧面反映出诗人对地域的归属感和对昔日美好家园的怀想。在现实抗战语境中，对故乡的美好回忆，与故乡备受摧残的现实对比立体地再现了战争带给人民大众的灾难，在对昔日故乡深刻的眷念中折射出对侵略战争的憎恶。家与国同构，这是中国文化最基本的核心表征，由此将热恋乡土之情升华为救国反抗之志。春江译《惠特曼诗三首》之《故乡的怀念》就属于这类题材。全诗从细节入手，通过树木、花草、溪流、田野、稻米，详细描述了南方的一草一木，深情诉说着诗人对"磁石一般的南方""馥郁的南方"③的思念，盈满家园之恋、土地之情。

简言之，在民族危亡的紧要关头，翻译的政治性日益得到强化，译诗注重选题和内容的趋时性和实用性，这些特征使译诗与现实紧密联系，实现了翻译作品的社会价值。

---

① ［苏］Johannes Barbarus：《夜》，民生译，重庆《大公报·文艺》1945年3月25日第62期。

② ［美］F. 约翰生：《美国黑人诗抄》之《新的一天》，荒芜译，重庆《大公报·文艺》1944年10月29日第50期。

③ ［美］惠特曼：《惠特曼诗三首》之《故乡的怀念》，春江译，重庆《大公报·战线》1940年9月20日第641号。

二 抗战译诗的大众化

社会主流意识形态和政治语境决定了诗歌翻译的社会功能，而社会功能的实现取决于译诗的社会传播，这既需要兼顾文学审美与社会需求，又要得到读者的认可，从而保证传播效果。抗战是大众的抗战，要动员民众，文学必然要走通俗化、战斗化和大众化的路。译诗与创作诗歌一样，其目的是激发大众的爱国和抗战激情。翻译目的决定翻译标准、翻译策略以及译文表现形式等，要唤起民众的抗战热情，译诗就需要采用大众化的语言，追求通俗易懂，朗朗上口。因此，大众化被提升到空前的政治高度，具体来说，大众化主要体现在译诗的语言和形式两个方面。

（一）译诗的语言特征

抗战时期的诗歌翻译需重视作品的主题内容和读者的情感认同。"译者为了充分实现其翻译的价值，使译作在本土文化语境中得到认可，他在翻译的选择和翻译的过程中就必须关注隐含读者的文化渴求和期待视野"[1]，因此译诗不仅要在内容上"鼓动大众的抗战情绪"，而且在语言上"也要注意语言和诗句的通俗性和大众化"[2]。

抗战的爆发使广大诗人在战火中颠沛流离，由此获得了与群众深入接触的机会。在与人民大众的密切接触中，诗人们的艺术立场、审美态度开始向民众靠拢。新诗大众化与诗歌艺术性的结合是《战线》上讨论的主要问题。尤其值得一提的是，《战线》大力提倡朗诵诗运动，朗诵诗是最能体现诗歌大众化特点的诗体之一，力扬甚至认为朗诵诗"并不是一种诗的类型，而是诗的大众化运动的方法"[3]。活跃在《战线》上的朗诵诗人有高兰、王亚平、臧克家、光未然等，最耀眼

---

[1] 谢天振、查明建主编：《中国现代翻译文学史（1898—1949）》，上海外语教育出版社2004年版，第3页。
[2] 吕进等：《重庆抗战诗歌研究》，西南师范大学出版社2009年版，第59页。
[3] 力扬：《今日的诗》，龙泉明编选《诗歌研究史料选》，四川教育出版社1989年版，第38页。

的当属高兰,他的诗"语言明白如话,形象、画面、故事与诗情交汇。……把个人性和民族性结合得非常完美"①。《战线》对高兰的朗诵诗推崇备至,发表过《反侵略进行曲》《哭亡女苏菲》《我的家在黑龙江》《这里是不是咱们的中国》等数首,并围绕其诗歌作专文介绍,主编陈纪滢在《序〈高兰朗诵诗集〉》里就朗诵诗的需要、必备条件、发展途径作出了富有启迪的建议,称高兰的诗"大部分除了他自己以外,我是读他的诗的第二个人"②,毫不掩饰对高兰诗的情有独钟。此外,更有朗诵诗理论建设方面的文章,如1940年12月7日赵沨的《论诗歌朗诵》,1941年8月5—6日连载陈纪滢的《新诗朗诵运动在中国》(上、下)等,后者是抗战时期最早全面阐述诗歌朗诵方面的文章,对朗诵诗诗体建设起到了积极作用。之后的《文艺》基本延续《战线》的风格,虽然诗歌比重有所减少,但仍然保持一定数量,在两年的81期内,发表诗歌50多首,包括翻译诗歌,语言追求大众化和通俗化。

　　出于宣扬抗战的需要,译诗与创作诗歌相互呼应,形成互文性共鸣体,在语言表达上同样是以广大的人民群众能否理解和接受为出发点和归宿的。战时的读者是全体民众,其读者定位决定了翻译策略以归化为主,如茅盾所说:"在这抗战期间的作品大众化,就必须从文字的不欧化以及表现方式的通俗化入手。我们为了抗战的利益,应该把大众能不能接受作为第一义,而把艺术形式之是否'高雅'作为第二义。"③努力使译诗具有更大的可读性,这是实现抗战宣传的翻译目的所决定的。译诗与抗战诗歌一道,在20世纪30—40年代的时代语境中形成了诗歌的另一种发展道路——"大众化",在语言上沿用20年代前后诗歌语言的常体白话乃至口语④。从传播学视角看,翻译实

---

① 刘淑玲:《〈大公报·战线〉与抗战时期的朗诵诗》,《河北学刊》2001年第6期。
② 陈纪滢:《序〈高兰朗诵诗集〉》,龙泉明编选《诗歌研究史料选》,四川教育出版社1989年版,第364页。
③ 茅盾:《大众文艺化问题》,洛蚀文编《抗战文艺论集》,上海书店1986年版,第152页。
④ 熊辉:《外国诗歌的翻译与中国现代新诗的文体建构》,中央编译出版社2013年版,第92页。

际上是一种跨文化的信息传播活动。传播者与受众的利益是否一致，会影响到传播效果①。抗战是全民事业，意识形态的高度统一使译者的信息传递和受众的信息接受相互依存，形成互动。此外，"受众对媒介的接触程度对传受双方的信息分享影响较大"②。作为大众传播媒介之一，抗战时期的重庆版《大公报》发行量高达九万多份，几乎等于《中央日报》等其他九家报纸的总和，在全国各地的读者心中是生了根的③，具有极强的舆论推动作用。副刊与正版的新闻相互配合，最大限度地发挥宣传作用，取得了很好的传播效果。

《战线》和《文艺》上的译诗受到主流诗学的规约，在语言上均是通俗的白话诗，比较典型的是惠特曼、马雅可夫斯基与美国黑人诗歌的译介。他们的诗不仅内容上具有战斗性、反抗性、人民性，语言简单朴素、清澈明朗、流动自然，具有大众化的审美取向和革命精神，带给广大文艺工作者以精神上和行动上的鼓舞。另外，语言的大众化还体现在抗战宏大叙事中对个人情感的描述上，比如匈牙利革命诗人裴多菲创作企程翻译的《回家》。裴多菲多采用民歌体写诗，这首《回家》采用独白表现久别故乡的儿子即将回家看望母亲时既激动又忐忑的复杂心情："回家去，一路上／我陷在沉思中了：／看见母亲的目光，／用什么话来向她问好？……在我的脑海里，／已经涌起了千言万语，／时光似乎停留了，／……我走进了家门。迎出来母亲，／她向我伸出了双臂，／这时，好似果子挂在树上，／我默默地把话语留在唇边。"④

（二）译诗的形式特征

《战线》和《文艺》上发表的译诗均是自由体形式，比如自由诗先驱惠特曼的诗，"不仅没设韵脚，而且每段的行数和每行的字数都无定规。……更多的是许多字组成的长行，许多行组成的长段，语句

---

① 胡正荣、段鹏、张磊：《传播学总论》（第二版），清华大学出版社2008年版，第206页。
② 胡正荣、段鹏、张磊：《传播学总论》（第二版），清华大学出版社2008年版，第210页。
③ 徐铸成：《报人张季鸾先生传》，生活·读书·新知三联书店1986年版，第158页。
④ ［匈］裴多菲：《回家》，企程译，重庆《大公报·战线》1940年8月24日第614号。

像潮水般涌向前去"①,没有固定节奏,韵律随内容和情调而变。另外值得一提的是形式排列较典型的苏联革命诗人马雅可夫斯基的诗。其诗充满战斗激情,备受中国抗战诗坛青睐。抗战期间"文协"开展了一系列纪念他的活动,推动这位革命诗人在中国的译介。1940年4月14日在他逝世十周年纪念日上,"文协"借中苏文化协会举行了纪念晚会。当日的《新华日报》也刊登了"马雅可夫斯基逝世十周年纪念特辑"。《不准侵略中国》由春江译自美国1940年8月4日《工人日报》,表现了外国民众对中国人民抗日战争的支援。抗战期间,许多国际友人创作了支持中国人民抗战题材的诗歌,这类诗歌被译介到中国,让中国人民感到自己并不是孤军作战,更坚定了抗战必胜的信念。下面简要分析该诗的形式特征:

> 战争,
> 帝国主义的女儿,
> 这妖怪,
> 大摇大摆地走进了世界。
> 工人们,呐喊着,不准侵略中国!——
> 嘿,麦克唐纳,
> 　　　别去干涉
> 联盟的事情,不许乱讲废话。
> 退回去,无畏舰!
> 不准侵略中国!——
> 在使馆的房间里,
> 　　　大亨们小心谨慎地
> 坐着,编结着阴谋的网子。
> 我们要扫除这个蜘蛛网。

---

① 王佐良著,董伯韬编:《英美现代诗谈》,北京出版集团公司、北京出版社2018年版,第130—131页。

不准侵略中国！——
苦力，
别再不声不响地，用黄包车拉他们啦，
挺起你们的胸膛来。
不准侵略中国！
他们
想用殖民地
　　来碾碎你。
四万万，
你们不是猪囊。
再响亮一点儿，中国人：
不准侵略中国！——
已经是你们
赶走这些头儿们的时候啦
把他们甩到中国的墙外去，
世界的海盗们，
不准侵略中国！——
我们愿意
　　　　拿经验，
　　　　　　拿接济，
帮助
一切被压迫的人们
　　　　　　去战斗。
中国呀，我们是站在你们这一边的！
不准侵略中国！
工人们，
把强盗们赶出去
乘着在晚上，你们的忿怒的口号
像火箭一般地响着：

不准侵略中国！①

译诗没有固定的韵律，没分诗节，诗行之间字数或多或少没有规律，错落有致，保留了原诗马雅可夫斯基"楼梯体"的形式，即把本来是一句或一行的诗分为两行，突出诗的顿歇作用。这种视觉的特意安排使换行部分的字词意义得以突出，创造出某种特定的语调，是根据情感起伏营造的内在节奏，是情绪的自然抒写和自然流露，便于朗诵。"情感的波动，即是诗的音节；情感的焦点，即是诗的高潮。"② 为了激励中国人民反抗法西斯压迫，控诉战争的残酷，诗人把描述的对象"战争""苦力""四万万""工人们"单独列行，通过诗行的排列组织和语义的顿歇突出诗歌的内容，加强诗歌的情绪，形成有节奏的激烈跳荡，彰显着马雅可夫斯基战斗精神熏陶下的苏联人民对侵略战争的控诉和对中国人民抗战事业的支持。

三 结语

抗战时期，重庆版《大公报》与文化界的其他报刊一道融入中国抗日解放战争与世界反法西斯的文化伟业中，以报刊为媒介向中国大众译介外国文学，其中诗歌是最为兴盛的文学体裁。诗歌最能充分地体现人类激情，同时它富于鼓动性的特征在战争时代有着特别的现实意义③。当时几乎所有的杂志和报纸副刊都大量刊登诗歌创作和译作，由于接受者的爱国情感与客观抗战环境的需要取得了良好的传播效果，也是传媒话语权重要性的体现。外国诗歌一旦进入抗战语境，翻译所产生的象征意义及政治价值必然受制于中国文化语境。翻译让位或服从于抗战民族解放的宏大叙述，成为反法西斯战争话语的重要组成部

---

① ［苏］V. 玛雅可夫斯基：《不准侵略中国》，春江译，重庆《大公报·战线》1940年10月28日第669号。

② 苏光文：《抗战诗歌史稿》，四川教育出版社1991年版，第83页。

③ 朱晓进等：《非文学的世纪：20世纪中国文学与政治文化关系史论》，南京师范大学出版社2004年版，第250页。

分①。诚如韦努蒂所说:"通过建立外交的文化基础,翻译在地缘政治关系中强化国家间的同盟、对抗和霸权。"②《战线》和《文艺》两个文学副刊秉承《大公报》一直以来重视现代诗歌的传统,其译诗在选材、语言和形式上服务于抗日民族解放的政治语境。对重庆版《大公报》两个文学副刊抗战诗歌翻译的历史考察既能从一个侧面管窥重庆抗战诗歌的译介轨迹,也充分体现翻译构建异域文化的强大作用。

第三节 桂林版《大公报》副刊《文艺》与诗歌翻译

桂林成为大后方文化中心之一,主要是抗战特定形势促成的。1938年下半年,武汉、广州等地相继沦陷,大批国内文化团体、出版机构、各界人士纷纷内撤桂林,形成桂林文化城。桂林《大公报》创刊于1941年3月15日,《文艺》为其最具代表性的副刊之一,与《大公报》同时创刊,安排在《大公报》第四版,暂定周一、三、五出刊,从1942年8月18日第189期起偶有周二、周四、周日出刊,从11月6日"暂不定期每周约三四次不等",均以"桂"字编号,1943年11月7日前共出版298期,11月7日始改为"周刊第一号",每周日在桂林、重庆同时出版,至1944年6月25日"周刊第三十四号"终刊,前后共332期。最初由张篷舟等负责编辑,自1941年6月起由杨刚负责,发表不少进步作品,被称为中国近现代著名作家的"文学摇篮"③。《文艺》所选作品兼顾文学性与可读性,内容涉及小说、诗歌、散文、文艺评论以及翻译作品等,本节主要考察《文艺》刊登的翻译诗歌及其特征,分析译诗与诗歌创作的相互影响。

---

① 廖七一:《抗战历史语境与文学翻译的解读》,《中国比较文学》2013年第1期。
② Lawrence Venuti, *The Scandals of Translation: Towards an Ethics of Differences*, London & New York: Routledge, 1998, pp. 67–68.
③ 梁萍:《抗战时期的桂林〈大公报〉研究》,硕士学位论文,广西大学,2011年,第30页。

表4.4　　　　桂林《大公报》副刊《文艺》译诗统计

发表时期	诗歌	作者	国别	译者
1941.5.12（第24期）	砲之赞美	P. 威德摩		伯和
1941.6.11（第37期）	加泰林娜	塔斯拉·谢普琴科	俄国	葆荃节译
1941.6.13（第38期）	当我死了的时候——遗言	塔斯拉·谢普琴科	俄国	兰娜
1941.9.8（第72期）	莱蒙托夫诗选（三首）	莱蒙托夫	俄国	兰娜
1942.6.17（第172期）	古希腊诗选译（五首）	格拉蒂纳斯、郝胥乌德、依辟苦斯等	希腊	水云
1942.10.2（第198期）	夏芝诗三首	夏芝（今译叶芝）	英国	水云
1943.1.17（第227期）	给中国	Robert Payne	美国	杜运燮
1943.1.17（第227期）	小说家	奥登	英国	运燮
1943.1.17（第227期）	朋斯底民谣（六首）	朋斯（今译彭斯）	英国	水拍
1943.6.20（第275期）	给诗人	Charles Sorley	英国	李金锡
1944.3.5（周刊第19号）	等待着我吧	K. 西蒙诺夫	苏联	北辰
1944.3.5（周刊第19号）	朋斯诗抄（二首）	朋斯	英国	水云
1944.4.23（周刊第25号）	朋斯诗抄之虱颂	朋斯	英国	水云

一　《文艺》副刊中的互文性张力

《大公报》始终把文学副刊看作报纸不可缺少的重要组成。文学副刊兼具期刊特色，注重文学性，但作为报纸的组成部分，其传播途径与栏目设置又不同于期刊，依存于报纸这个舆论场域，又有自己的独特性，在中国现代文学的发展中，文学副刊发挥了相当重要的作用。《文艺》是《大公报》存在时间最长的副刊，在卢沟桥的炮火中，《大公报》南迁，在重庆、桂林、香港等地开辟阵地，《文艺》始终是最重要的文学副刊，桂林版《文艺》秉持对抗战文学的艺术性坚守和多样化追求，为桂林抗战文学营造了一个兼容并蓄的开放空间[①]，汇集

---

① 佘爱春：《抗战时期桂林文化城的文学空间》，博士学位论文，南京大学，2011年，第73页。

了庞大的作家群,为桂林文化城抗战文学的多元图景做出了独特的贡献。在刊登的各类作品中,诗歌与译诗占有较重比例,数期以整版刊登诗歌,穆旦、杜运燮、袁水拍、何其芳、邹绛、冯至等著名诗人、译者均在此发表过作品,还有一些诗歌理论方面的文章,如1941年4月14日第12期卞之琳《读诗与写诗》、4月18日第14期朱光潜《给一位写诗的青年朋友的一封信》、6月6日第35期老舍《论诗人》等,为抗战时期诗歌发展起到了领导作用。就译诗而言,数量上虽不如诗歌创作,但在刊载的译作中仍占较重比例,且有不少介绍外国诗人的文章或译作,如1941年9月8日第72期戈宝权创作的《诗人莱蒙托夫百年祭》,介绍莱蒙托夫的生平、诗歌及思想,同版有兰娜译《莱蒙托夫诗选》三首:《献给高加索》《梦》以及《姆奇里》(第4节)。同年6月13日第38期刊登了兰娜翻译的谢普琴科《当我死了的时候》,6月20日第41期又刊登了戈宝权创作的《谢甫琴科悲惨的一生——乌克兰诗人谢甫琴科八十年祭》。读者在此互文性视角下循着语言的痕迹积极参与文本阅读与建构,穿梭于互文性的文本空间,文本相关性的互文与参考使接受效果显著提升。介绍外国诗人的还有徐迟的《里尔克礼赞》,发表在1941年11月10日第99期,以及1941年4月28日第18期梁宗岱的《屈原与但丁》。最具特色的是袁水拍,在《文艺》上亦用笔名水云、水拍、酒泉发表数首诗歌及译诗,较好体现了诗人译诗的优势与特征。

二 诗歌创作与翻译的互动

"诗和其他文学样式一样,随着时代的发展而发展的。历史上越是伟大的动荡的转变的时代,诗越得到它发展的条件,而真实的伟大的诗人也都是在这些时代里生长。"① 日寇的炮火激起中华民族的愤怒,诗人以笔为戟,抒写对日本法西斯暴行的仇恨,对家国故土深沉炽热的爱,对黑暗的抗争与和平光明的期盼,对人民悲苦生活的深切

---

① 李文钊:《诗的时代——代创刊词》,《诗创作》1941年第1期。

同情。诗歌成为最能承载心声和感情的表现武器，给人以号召与感染。桂林文化城大大小小的期刊与报纸副刊均登载诗歌，如《诗创作》《诗》《顶点》《中国诗坛》和《救亡日报》副刊《诗文学》、《广西日报》副刊《南方》等。《大公报》副刊《文艺》亦有不少诗歌创作，甚至整版刊载诗歌，仅略举几例知名诗人的诗作，如穆旦《还原作用》《智慧的来临》（1941年桂字第1期），《诗》（1944年1月16日周刊第11号）；邹绛《十四行》（1943年10月10日第294期）和《挽歌一首》（1943年10月31日第298期）；冯至《十四行诗》（1942年桂字第181期）；袁水拍《寄给顿河上的向日葵》（1941年9月24日第79期），《诗一首》《抒情一章》（1941年10月31日第95期），《赠洛伊》（1942年9月28日第196期），《十四行》（1942年11月4日第207期），以及《两匹狼狗》（1943年2月3日第233期）；何其芳《我为少男少女们歌唱》（1942年9月30日第197期），《平静的海埋藏着波浪》《我想谈说种种纯洁的事情》《这里有一个短短的童话》（1942年10月22日第203期）；杜运燮《对于灭亡的默想》（1942年桂字第203期）；田汉《〈再回吧香港〉主题歌》（1942年3月6日第146期）等。

除诗歌创作之外，诗歌翻译也呈现丰富的景观，来源国主要为俄英美，缘于在世界反法西斯战争中与中国同一阵线之故，是意识形态影响的结果。所选诗人不乏各国著名诗人，如俄苏的莱蒙托夫、谢普琴科、西蒙诺夫，英国的彭斯、奥登、叶芝，以及美国诗人兼汉学家罗伯特·白英（Robert Payne）。罗伯特·白英曾在抗战期间至昆明西南联大任教，与闻一多、卞之琳、袁可嘉等合编《当代中国诗选》，在当时的中国与海外产生了深远的影响。

（一）创译诗歌主题的趋时性：反侵略反压迫

抗战的烽火使诗人们纷纷走出象牙塔来到大众之中，关注严峻的现实和人民的命运，注重诗歌的战时性审美特征，主题多与抗战现实紧密结合，充满了强烈的战斗精神，从对战场或士兵的正面描写，到侧面反映百姓的痛苦，表现出对法西斯罪行的痛斥。

邹绛的《挽歌一章》以深沉的笔调描写外祖母逝世,外孙女们焚烧纸钱送葬:"微温的钱纸灰腾起了又飘落""她却看不到她那唯一的儿子,/除了保卫南京时送来一封信过"。作者以开放式诘问展现战争带来的母子离散、天人永隔的深重灾难,昭示人民大众对驱除敌寇的必胜信念:"外祖母死了,左眼微微地张开,/动也不动的眸子,望着什么在?""难道是她在等待胜利的红旗吗?"① 田汉《〈再回吧香港〉主题歌》更是对国土沦丧的呐喊,戎装上阵、还我河山的英雄气概充溢诗行:"我们还等什么?/对只靠人帮忙,/可靠的是自己的力量,/提起了行囊,/穿上了戎装,踏上了征途,/顾不了风霜,/只有全民的团结,/能阻遏法西斯的疯狂,/只有青年的血花,/能推动反侵略的巨浪。"② 何其芳《平静的海埋藏着波浪》以波浪象征胸中无法遏制的激情,"能够燃烧的总是容易燃烧,/要爆炸的终于要爆炸。/石头被敲打时也会发出火花"③。杜运燮《对于灭亡的默想》以提问的方式表达"做墓土?还是用血肉写史诗?"是不成功便成仁的决绝,而那些侵略者"他们自己掘坟墓,已经/都望见末日,出汗的微笑,/就是灭亡更近的预感",屏着心跳,等待着"不久那破裂太空的轰响"④,那是胜利冲破黑暗的声音!

此外,袁水拍的《凡尔赛的枪弹》《寄给顿河上的向日葵》等都是反法西斯侵略的名篇,他的《诗一首》细腻刻画沦陷区人民地狱般的生活:"每一所房屋都紧闭了大门,/里面住的是鬼还是人?/这条街许是通向一座坟。"⑤ 克锋《铁蹄下的怒吼》、钟天心《遥望重庆放歌》等皆满载抗日救国、视死如归的英勇精神。

抗战历史语境使诗歌主题与抗战紧密关联,或直接或间接,始终密不可分。作为抗战文学有机组成部分的翻译诗歌,同样受到时代语境的制约,与时代的情绪共振。不少反映爱国反侵略的译诗在《文

---

① 邹绛:《挽歌一章》,桂林《大公报·文艺》1943年10月31日桂字第298期。
② 田汉:《〈再回吧香港〉主题歌》,桂林《大公报·文艺》1942年3月6日桂字第146期。
③ 何其芳:《平静的海埋藏着波浪》,桂林《大公报·文艺》1942年10月22日桂字第203期。
④ 杜运燮:《对于灭亡的默想》,桂林《大公报·文艺》1942年10月22日桂字第203期。
⑤ 袁水拍:《诗一首》,桂林《大公报·文艺》1941年10月31日桂字第95期。

艺》上刊登，与诗歌创作相辅相成，发挥着诗歌宣传、战斗与教育作用。1941年5月12日第24期整版皆为诗歌，除何其芳《叫喊》与刘文卿《战地家书》《笔杆》等励志类创作诗歌，还有译诗，如P. 威德摩作伯石译《砲之赞美》，歌颂轰响雷鸣的正义之炮火，"伟大之扫射在骄傲中开始，/期待着正义之军猛烈冲锋"。炮之威力能"惊破了伪自由的愚昧，/示威了外来统治者之假仁慈，/你终竟愤怒呼出自由之声，/摧毁一切诈弄之魔鬼，/——于是和平神有了保护，/弱小的人们达到平等"①。类似主题还有兰娜译乌克兰爱国诗人谢普琴科的《当我死了的时候》，全篇浸蘸着对乌克兰深沉的爱以及对自由光明的向往，反衬对暴君的仇恨与誓死抵抗的决心："把我深深地埋葬吧，但你们要起来，/欢乐粉碎你们身上的锁链！/并用那暴君罪恶的血，/洒出美丽光辉的自由！"② 该诗因强烈的反抗精神被多名译者介绍刊登在不同报刊上，备受欢迎。《莱蒙托夫诗选》之《献给高加索》与《梦》都是反压迫诉自由的不朽诗篇。《献给高加索》中"那朴素的自由的故乡"现已被"战争的血所污染了"。可是，"在粗犷的黑暗笼罩之下"听见了"光荣刀剑和铁链的响声"，化作"为了亲爱的故土的自由/去为它而死吧"的崇高誓言③。

1942年10月2日第198期水云（即袁水拍）翻译的《夏芝诗三首》（今译叶芝）之《玫瑰树》与《说他心中的玫瑰》为革命爱国诗篇。前者以潘斯和康诺莱围绕玫瑰树的对话展开，据译者注两位系爱尔兰革命家。诗中"一些政治的语言""从苦味的海洋"吹来的风均象征英国殖民主义对爱尔兰的压迫，"使我们的玫瑰树枯憔""没有别的，只有我们自己的红色的血液，/能够造成一株最好的玫瑰"④，这

---

① ［不详］P. 威德摩：《砲之赞美》，伯石译，桂林《大公报·文艺》1941年5月12日桂字第24期。
② ［俄］谢普琴科：《当我死了的时候》，兰娜译，桂林《大公报·文艺》1941年6月13日桂字第38期。
③ ［俄］莱蒙托夫：《莱蒙托夫诗选》之《献给高加索》，兰娜译，桂林《大公报·文艺》1941年9月8日桂字第72期。
④ ［英］夏芝：《夏芝诗三首》之《玫瑰树》，水云译，桂林《大公报·文艺》1942年10月2日桂字第198期。

是爱尔兰独立勇士以鲜血浇灌的玫瑰,是民族自由精神的象征。这首叶芝为纪念1916年复活节起义而写成的《玫瑰树》高度赞赏民族英雄们的大无畏精神,而这样的战歌不也同样激励着中国人民奋起抵抗日寇的侵略吗?《说他心中的玫瑰》用"一切东西丑陋而破碎,一切东西磨损而老朽"描写英国殖民统治下爱尔兰的破败腐朽,"路旁有小孩的哭声""耕地人沉重的脚步",但诗人并未一味悲伤,而是坚信"用泥土,天空和水,像一匣金子,重新熔造,/为了我梦中的你的形象,牠开着一朵玫瑰在我心上"①。只要团结反抗,爱尔兰就一定会拥有美好的明天。这于苦难中滋生的自信与希望与抗战时期的中国人民形成跨时空共情。

此类主题的译诗占绝大多数,还有刊登在1944年3月5日(周刊第19号)水云翻译的《朋斯诗抄》(今译彭斯)。其中《勃鲁斯在朋诺克本向他的军队致敬》与《悲哀断章》即为苏格兰人民反暴政、反压迫,摆脱枷锁与奴役,为自由舍生忘死的动人篇章。而西蒙托夫那首盛行于前线与后方的《等待着我吧》(北辰译,即戈宝权)更是将爱国与爱情融为一体,激人奋进,感人入腑。有国方有家,心爱姑娘的执着等待是战士战斗与冲锋的动力,"他们绝不会了解在炮火之中/是你拿了自己的等待/救活了我的生命"②。

《文艺》副刊中尤其值得一提的一首为罗伯特·白英(Robert Payne)作杜运燮译的《给中国》。白英是英国诗人兼译者、战地记者、汉学家,1941年12月游历中国,直至1946年8月才离开,去过重庆、昆明、延安、北京等地,1943年9月来到昆明被西南联大聘为教授,他选译了许多中国文学,特别是古典与现代诗歌,还撰写了大量关于中国的报告文学和游记。他本着一位西方知识分子的良知深刻同情关切战火中的中国,战时日记《永恒的中国》与《觉醒的中国》即为描

---

① [英]夏芝:《夏芝诗三首》之《说他心中的玫瑰》,水云译,桂林《大公报·文艺》1942年10月2日桂字第198期。
② [苏]K.西蒙诺夫:《等待着我吧》,北辰译,桂林《大公报·文艺》1944年3月5日周刊第19号。

写战时在中国的经历与见闻。《给中国》把中国比喻为一个"有象牙的脸""一个石头的前额"的老人,他在泰山雾里讲话:"我的肉已变成草。/有一天从我的胫骨里/将长出一片稻叶。"全诗前两节为重复叙事,末节老人的讲话变为:"太阳,太阳,又上升/在覆雪的荒野那边:/从我的骨髓里繁衍/一代又一代的圣人。"① 从肉到草,从胫骨里的稻叶,到骨髓里的一代代圣人,以及太阳的升起,这无不象征中国人民顽强不屈的代际精神,从荒芜走向光明的必然趋势。

(二)创译诗歌主题的艺术审美性:与抗战"无关"?

除了主题与现实密切相关的创译诗歌外,还有一类诗歌,表现内省的意味,是象征与玄思的融合,含有智识性因素。在战争语境下,中国现代主义诗人结合西方现代派诗学以及受到里尔克、奥登、波德莱尔、兰波等诗人的影响,融合现实主义与象征主义,在现代主义诗歌创作中体现对现实的关怀,以强烈的忧患意识和担当意识,用富于现代性的笔触,抒写那个时代的激情。有些诗歌看似与抗战无关,实则于象征中提炼升华个人情感,从生活细琐处,从表及里,曲折间接地表现时代主题与社会变革,意境隽永,促人沉思。冯至的《十四行诗》(三首)(编入诗集《十四行集》1942年由桂林明日出版社发行)就是其在昆明飞机轰鸣声中于日常生活处对生命万物的凝思与礼赞。《我们准备着……》恰如生命之序曲,"我们准备着深深地领受/那些意料不到的奇迹",这奇迹如"彗星的出现",稍纵即逝,又如"狂风乍起",变幻不定。我们赞颂一切生命,哪怕微小如小昆虫,"它们经过了一次交媾/或是抵御了一次危险,/便结束它们美妙的一生"。生命短暂、渺小而纯粹,一如战火下卑微的生命,承受"狂风乍起,彗星的出现"②,承受生命的沉重与脆弱,而生命的意义也许就在于这样的承受和担当。《我们立在……》中"哪条路,哪道水,没有关连,/哪阵风,哪片云,没有呼应;/我们

---

① [美] Robert Payne:《给中国》,杜运燮译,桂林《大公报·文艺》1943年1月17日桂字第227期。

② 冯至:《十四行诗》之《我们准备着……》,桂林《大公报·文艺》1942年7月21日桂字第181期。

第四章 报纸篇:大后方主要报纸副刊中的诗歌译介

走过的城市、山川,/都化成了我们的生命"①,道出宇宙万物的息息相关,以朴素的语言表现生命的真谛。事实上,在战争中,没人能独善其身,只有团结一致才能取得最后胜利。穆旦《智慧的来临》和《还原作用》把个人情绪与外在客观事物相连,以景寄情,如《智慧的来临》中"盛开的葵花朝着阳光转移,/星体流去时他还有感情,/在被遗留的地方突然是黑夜"。诗人在时间激流中感叹生命的流逝,流露对个人命运与社会的思考,"稍一沉思会听见失去的生命,/留在时间的激流里,向他呼喊"②。《还原作用》通过将人异化成"猪"等动物,在"渴望着飞扬"与"悲痛地呼喊"③的巨大反差中表达对现实痛苦的绝望与反抗,以及对生命本体的追问。

除了诗歌创作中坚守艺术与审美,译诗选材也同样体现了这一诗学理念,对艺术和文学性的持续关注在译诗中充分展现。如奥登的《小说家》(运燮译,即杜运燮),题目虽为小说家,其实意指诗人,深刻诠释了优秀的诗人应如小说家一样深刻体悟社会,精心锤炼作品。"每一位诗人"必须"在制服里""活在孤独里""在公正者中间/得公正;污浊的中间也污浊",体验人间百态,经历荣耀与庸俗懦弱,在矛盾与苦痛中激发才能,创作伟大的经典之作"使我们惊异如雷声"④。《文艺》中还有不少寓情于景寄托理想与歌咏爱情的诗篇,比如水云译《古希腊诗选译》之依辟苦斯作《无题》,把"百物滋生"的春天比为"季节到了青春",以春之勃勃生机象征"我"心里的热情"像海潮般高涨,永无宁静:/她像北风一样吹来,来自爱之女神,/像一个霹雳,开天庭,/冲刺着,爆裂着,在这昏黑的风暴里……"⑤这是理想的激情,是反抗的热烈,用象征手法融于现实主题,意味隽

---

① 冯至:《十四行诗》之《我们立在……》,桂林《大公报·文艺》1942年7月21日桂字第181期。
② 穆旦:《智慧的来临》,桂林《大公报·文艺》1941年3月16日桂字第1期。
③ 穆旦:《还原作用》,桂林《大公报·文艺》1941年3月16日桂字第1期。
④ [英]奥登:《小说家》,运燮译,桂林《大公报·文艺》1943年1月17日桂字第227期。
⑤ [希]依辟苦斯:《古希腊诗选译》之《无题》,水云译,桂林《大公报·文艺》1942年6月17日桂字第172期。

永，颇具感染力。1943年1月17日第227期刊载译诗颇多，除前述《给中国》与《小说家》，还有水拍译《朋斯底民谣》六首，分别是《贝格·尼古尔生的挽诗》《我到过克鲁格顿》《约格吻了离别的吻》《好看的蓝丝丽》《蒂比顿芭》《给吻》，后收入译诗集《我的心呀，在高原》。译者附记中指出："这里译的几首，不能代表他的全部"，仅仅是"生活的愉快的一面——情歌。其实对生活的愉快的一面的热爱，也正是人类挣扎受苦的另一面的表现"①。爱情是人类生命中不可或缺的重要组成部分，"它可以转化为激励人生和慰藉人生的强大力量，尤其是在特殊的战争环境下"②，前面所提西蒙诺夫的《等待着我吧》即是把爱情熔铸于保家卫国的时代豪情，是现实性与审美性的完美结合。

另值一提的是，水云翻译的《朋斯诗抄》之《虱颂》，这是一首比兴讽刺诗。彭斯以教堂中贵妇帽上的虱子为切入点，一反"虱子"这一引人不适的微生物的负面意义，表面斥责这"丑陋的，爬呀爬的肮脏矮子""你怎么胆敢把你的脚踩在夫人身上，/她是这样的高贵"，你应该"去找你的大餐，/在穷人们的身上"③，实则从正面歌颂虱子不畏权贵、勇敢可贵的精神，它所觅食的是虚伪的外表和矫饰的做派，从而使诗歌在戏谑中蕴含深刻的社会批判。无独有偶，讽刺诗在抗战后期的大后方诗坛，在桂林文化城甚为流行。据英国诗人塞西尔·戴·刘易斯（C. D. Lewis）所言："在一个显然对于诗并且对于现在的诗人们所抱的社会理想是那么地有敌意的世界里，那主要的诗的工具会是讽刺。"④ 在国家饱受外来侵略之时，那些不顾民族危难以权谋私、生活奢淫之徒以及各种社会丑态便成为讽刺的核心对象。诗人以夸张、比喻、拟人等修辞手法让丑陋贪婪无处遁形，在对比反讽的张力中揭露丑恶虚伪之态，表达内心的愤怒与唾弃。讽刺诗"能唤起读者激动

---

① 水拍：《朋斯底民谣·译者附记》，桂林《大公报·文艺》1943年1月17日桂字第227期。
② 雷锐、黄绍清主编：《桂林文化城诗歌研究》，中国社会科学出版社2008年版，第123页。
③ [英]彭斯：《朋斯诗抄》之《虱颂》，水云译，桂林《大公报·文艺》1944年4月23日周刊第25号。
④ [英]C. D. Lewis：《论讽刺诗》，朱维基译，《诗创作》1942年第15期。

的情感，深刻的想象，有力的反应"①，是对准被讽刺者心窝的一柄利刃。以讽刺诗《马凡陀的山歌》而大获声名的袁水拍发表在《文艺》上的《两匹狼狗》便是其中佳作。该诗以"狼狗"喻指卖国贼、汉奸走狗，以反讽的笔调形象刻画他们在人民面前趾高气扬、耀武扬威之丑态："两匹狼狗，跟班一样，/并排走在主人背后。/褐色的毛，看上去滑溜光亮。/结实的腿子，高大的身材/走在马路当中，好不威风。"可是女人孩子们的畏惧，与人群里突然响起的声音："你看牠们这样又凶又狠/把牠宰了又怎样！"② 形成的反差，使群众的反抗愤怒之声浸染纸背。

三 诗歌形式建设：十四行诗的翻译与创作

诗与现实的紧密关系以及激发抗战热情的政治功能使诗歌在语言形式上坚持通俗化和广泛性的立场，多以自由体或散文体形式表现诗情和内在节奏。关于诗歌民族形式的讨论在各地诗坛展开，普遍认为利用民间文艺形式如民歌、山歌、弹词、戏曲等，同时吸收古典诗歌和外国诗歌的形式精华也是诗歌形式建设的重要手段。外国诗歌或称翻译为中文的外国诗歌不仅"增富意境""还可以给我们新的语感，新的诗体，新的句式，新的隐喻""译诗本身而论，它确可以算是创作"③。在翻译外国诗歌时，要使译诗在民族文化语境下同诗歌创作一样被理解认同，就应走民族化大众化道路，"民族文化不仅会影响外国格律诗、自由诗等诗体的翻译，而且还会引起很多定型诗在翻译过程中出现形式的变化"④。外国的十四行诗被移植到中国后发生了变形，加入了民族化的因素，受译入语文化诗学的规约，再不是原初的十四行诗，但于中国诗歌而言，无疑增加了诗体，丰富了诗歌形式。

---

① 王亚平：《论政治讽刺诗》，《新华日报》1942年3月20日第4版。
② 水拍：《两匹狼狗》，桂林《大公报·文艺》1943年2月3日桂字第233期。
③ 朱自清：《译诗》，《新诗杂话》，生活·读书·新知三联书店1984年版，第72页。
④ 熊辉：《外国诗歌的翻译与中国现代新诗的文体建构》，中央编译出版社2013年版，第180页。

十四行诗起源于意大利民间，经彼得拉克臻于完善成为格律严谨的诗体，前八行（octave）为一段，重叙述，又以每四行为一小节；后六行（sestet）重抒情议论，又以每三行为一小节。韵式原型为 abba, abba, cde, cde 或前八行韵式不变，后六行 cdc, ced/cdc, dcd/cde, dce。而后莎士比亚、斯宾塞在形式上又有变通，前八行两小节不变，后六行前四行为一小节，后两行为另一小节，其中前三节叙述或提出问题，后两节提供答案、结题。基本为抑扬格五音步十音节，韵式为 abab, cdcd, efef, gg，成为典型的英国十四行诗。密尔顿、雪莱、布朗宁夫人、叶芝、奥登等均以该诗体进行创作，在韵律上又有所改变。在中国，闻一多、梁宗岱、冯至、卞之琳等致力于十四行诗的迻译，并从翻译中吸取十四行体的格律特点与叙事模式，创作了汉语十四行诗，为中国新诗补充了新的养料。奥登的《小说家》（运燮译）即为五音步抑扬格十四行诗，韵式为 abab, cdcd, efe, fgg。杜运燮的译诗保留原文跨行形式，前八行每四行为一节，后六行每三行为一节，但未按原诗译为每行五顿，最后两诗节有些许押韵，但整体韵式不规则，每行"顿"数四五顿不等，每顿二三字，间或一四字，顿法无规律，属于半自由体，失掉了原诗的均齐，试比较原诗与译诗：

Encased in talent like a uniform,
The rank of every poet is well known;
They can amaze us like a thunderstorm,
Or die so young, or live for years alone.

They can dash forward like hussars: but he
Must struggle out of his boyish gift and learn
How to be plain and awkward, how to be
One after whom none think it worth to turn.

For, to achieve his lightest wish, he must

第四章　报纸篇：大后方主要报纸副刊中的诗歌译介

Become the whole of boredom, subject to
Vulgar complaints like love, among the Just

Be just, among the Filthy filthy too,
And in his own weak person, if he can,
Must suffer dully all the wrongs of Man.

包裹在才能里像在制服里，
罗列中每个诗人都有名；
他们能使我们惊异如雷声，
或死得那么早，或多年活在孤独里。

他们能轻骑兵样往前冲：但他
须从少时的赋予中挣扎出，而学习
怎样变得平易与缓慢，怎样地
变为一个个不值得变的"他"。

因为，达到最小的愿望，他得先
变为所憎厌的整体；信任
庸俗地诉苦如爱；在公正者中间

得公正；污浊的中间也污浊；
而在懦弱的自己里，如他可能
须乏味地忍受所有人类的过错。①

翻译是丰富母语、增加诗体的途径，为构建中国新诗作出了重要贡献。通过译介十四行诗，从模仿到创作，翻译实践滋长了诗歌抒写，

---

① ［英］奥登：《小说家》，运燮译，桂林《大公报·文艺》1943年1月17日桂字第227期。

"翻译乃诗人之师"①，许多诗人成功创作了汉语十四行诗，《文艺》副刊中就有冯至、袁水拍与邹绛，三人既是诗人又是翻译家，"只有双语语感及诗感能力强的译者，其翻译的诗歌才被读者认可"②。冯至曾坦言"跟十四行诗发生关系，是由于一个偶然的机会翻译了一首法语的十四行诗"③，因为不懂法语，所以经朋友讲解整理而成。冯至的十四行诗并未严格按照西方十四行诗严密的形式，而是根据情感的需要有所变通，这也是受里尔克变革十四行诗的影响。里尔克《致奥尔弗斯的十四行》所浸染的存在主义精神更让冯至感动。受到里尔克这种"特殊实验"的影响，冯至"放胆"写十四行诗，"尽量不让十四行传统的格律约束我的思想，而让我的思想能在十四行的结构里运转自如"④，创作了极具盛名的战争组诗《十四行集》，"它正宜于表现我要表现的事物；它不曾限制了我活动的思想，而是把我的思想接过来，给一个适当的安排"⑤，说明冯至最看重的还是诗歌的内容和情思，内容借形式表现，并非纯粹形式的移植，符合抗战时期诗歌内容重于形式的诗学规范，客观上实现了十四行诗体的有效移植与转化。朱自清称"这集子可以说建立了中国十四行的基础，使得向来怀疑这诗体的人也相信它可以在中国诗里活下去"⑥。冯至十四行诗翻译与创作在"冯至译诗活动研究"一节专作论述，此处仅简笔带过。

如前所述，《文艺》1942年7月21日第181期刊登冯至的《十四行诗》（三首），为《十四行集》中的第1、2和16首。此外，袁水拍题为《十四行》的诗发表在1942年11月4日第207期上。形式上四、四、四、二诗行编排，韵式为aaaa, bccb, aabb, aa，虽有一定规律，

---

① Willis Barnstone, *The Poetics of Translation*, *History*, *Theory*, *Practice*, New Heaven: Yale University Press, 1993, p. 113.
② 汤富华：《翻译的诗学批评》，南京大学出版社2019年版，第63页。
③ 冯至：《我和十四行诗的因缘》，《世界文学》1989年第1期。
④ 冯至：《我和十四行诗的因缘》，《世界文学》1989年第1期。
⑤ 冯至：《十四行集·序》，刘福春编《冯至全集》（第一卷），河北教育出版社1999年版，第214页。
⑥ 朱自清：《诗的形式》，《新诗杂话》，生活·读书·新知三联书店1984年版，第102页。

但不似西方十四行体押韵模式,最多属于十四行诗的归化或变体,语言上"冰凉冰凉""碧绿碧绿""一个又一个""晓得了""呵""唉"等也较口语化,但从另一侧面表现出中国诗人发挥汉语诗歌特点,这是经由翻译到创作新诗体的一次有效尝试。

> 我要走进那冰凉冰凉的海洋,
> 让冰凉冰凉的海浪抽打在我身上;
> 我要穿过一个又一个强横的波浪,
> 让结实的海水紧压我的胸膛;
>
> 我要咬紧牙齿和巨大的波浪搏斗,
> 让我的肌肉发痛,让我的血脉奔流。
> 也许命运要夺去我一切,什么不留,
> 可是战斗是我的,我决不放手!
>
> 几时我能仰面漂浮,呵,在这片透明之上,
> 海水她在我耳后,轻声细讲!
> 我愿她包围我,席卷我,将我带走,
> 当她晓得了——我爱她正是这样时候。
>
> 唉,把我溶解在这碧绿碧绿的海洋,
> 让碧绿碧绿的海洋不再冰凉。①

四 结语

桂林《大公报》副刊《文艺》在抗战历史语境中以不少篇幅刊载诗歌和译诗,主题选择上紧扣现实,而译诗与诗歌创作相辅相成,共

---

① 水拍:《十四行》,桂林《大公报·文艺》1942年11月4日桂字第207期。

同服务于抗战民族意识形态。同时，《文艺》不忘艺术的坚守，那些看似与抗战无关的智性诗歌，于日常生活处中隐含生命万物的凝思，托物寄情，间接反映时代主题。从诗歌形式看，十四行诗经由诗人的翻译模仿实验，最终移植入中国语境，丰富了诗歌的结构、音韵形式以及语言文体风格，显示了翻译与创作之间相互促进的共生关系。

第四节　桂林版《救亡日报》副刊 《文化岗位》与诗歌翻译

《救亡日报》原是上海文化界抗战救亡协会机关报，1937年8月20日创刊于上海，夏衍担任总编辑。上海沦陷后迁至广州，广州沦陷后1939年1月10日又在桂林复刊，1941年2月28日因皖南事变被迫停刊。复刊后的《救亡日报》实质上由中共中央南方局和周恩来同志直接领导，其任务为宣传共产党的抗日民族统一战线方针，号召全国人民同心抗战，救亡图存，以取得抗战全面胜利。

《救亡日报》虽为共产党领导，但又不同于党报，紧紧抓住"爱国抗日"这一主线，其办报思想为团结一切可以团结的力量，形成文化界的抗日民族统一战线。据总编夏衍回忆，周恩来同志曾说："你们这张报办成像国民党的报纸一样当然不行，办得像《新华日报》一样也不合适，总的方针是宣传抗日、团结、进步，但要办出风格来，办出一份左、中、右三方面的人都要看、都喜欢看的报纸。"① 桂林版《救亡日报》就是在这样的指导思想下，同各个党派、集团合作，广泛团结各界文化人士，巩固文化堡垒，形成其鲜明的特色，在广大群众读者中有着深远的号召力与影响力。桂林版《救亡日报》沿袭上海、广州时排版模式，每日四开四版一张，头版为时政要论，第二版为国际国内电讯或省内新闻，第三版为通讯、特稿等，第四版为副刊，亦是重要的部分，曾有副刊《文化岗位》《诗文学》《救亡木刻》《音乐阵线》

---

① 夏衍：《夏衍杂文随笔集》，生活·读书·新知三联书店1980年版，第713页。

《儿童文学》《漫木旬刊》《青年记者》等。其中《文化岗位》最为有名，从1939年2月1日至1941年2月28日该报终刊，该副刊发行整两年。《文化岗位》以"巩固文化界统一战线为职志""只要对于抗战救亡多少有点裨益的文化工作，我们都不惜替他尽一点绵薄"为宗旨，采取灵活丰富的文艺形式，广泛团结新旧文艺工作者，大量刊登了来自前线、后方、抗敌根据地、敌后沦陷区、国统区和游击区寄来的小说、诗歌、散文、杂文、剧本、长篇连载、报告、通讯、战地速写、文艺评论、读书札记、书刊评介、漫画、歌曲等文艺作品①，为抗战文艺运动的发展，为宣传党的抗日民族统一战线做出了不可磨灭的贡献。在这些丰富的文艺形式中，译作，尤其是译诗因其主题紧贴现实突出反侵略反压迫，成为该刊一道不可忽略的文艺风景线，值得细细梳理总结。

表4.5 　　　　　　　　　《文化岗位》译诗统计

发表时间	诗歌	作者	国别	译者
1939.2.14	露水上的跳蚤	利瓦斯·潘纳达斯	西班牙	黄药眠
1939.2.15—1939.2.20	义勇军（1）—（6）	波蒂约夫	保加利亚	紫秋
1939.3.15	谁曾在这里经过？	A.阿帕里西峨	西班牙	黄药眠
1939.4.9	当兵歌	D.白得内伊	苏联	紫秋
1939.4.14	西班牙正向着光明迈进			亚克
1939.4.17	边境守卫队之歌	列别介夫·古马赤	苏联	铁弦
1939.4.22	小白船		朝鲜	仰山试译
1939.8.26	你别离了我		英国	张镜秋
1939.12.30	写于除夕	裴多菲	匈牙利	孙用
1940.1.17	如果你是花朵	裴多菲	匈牙利	覃子豪
1940.2.15	苦战吟两首	日本士兵	日本	海岩
1940.2.17	给英国的男子	雪莱	英国	楚里
1940.2.20	乌克兰，我底乌克兰！	列迭夫·库玛卡（歌曲家）	苏联	血堞合译

---

① 万一知、苏关鑫：《抗战时期桂林文艺期刊简介和目录汇编》，广西师范大学中文系现代文学研究室、广西师范大学科研生产处1984年版，第277—278页。

续表

发表时间	诗歌	作者	国别	译者
1940.2.29	自由的收获	W. J. 灵顿	英国	灵凤
1940.3.6	和爸爸在一起的一天（儿童诗）	M. 马萨克	苏联	陈原
1940.3.7	今天	T. 克莱尔		守仁
1940.4.3	悼三盟友	鲤本明	日本	仰山
1940.4.10	匈牙利民歌		匈牙利	马平
1940.4.14	司丹仿和公子			易
1940.5.10	饮吧	裴多菲	匈牙利	覃子豪
1940.5.13	一封寄给伏洛希罗夫的信	卡费特科	苏联	灵凤
1940.5.24	译诗二首	德奥特契	苏联	达芳
1940.6.27	缆夫曲	波兰民歌	波兰	若琴
1940.7.14	给弟兄们	柴门霍夫	波兰	凤永益
1940.8.1	一个战士的死	布鲁斯哥华	苏联	孟昌
1940.8.28	恋人哟！一起来坐着吧	叶赛宁	苏联	覃子豪
1940.10.8	南征	鲤本明	日本	白珍
1940.10.26	可爱的国家哟	叶赛宁	苏联	覃子豪
1940.11.1	与列宁同志谈话	玛耶可夫斯基	苏联	李育中
1940.12.3	给茅娜	涅克拉索夫	俄国	覃子豪
1940.12.10	被袭前的伦敦	J. F. Hendry	英国	闭杰
1940.12.22	带给我们的光明吧	阿斯亨		公盾
1940.12.29	谁能唱下去	T. C. 克拉克		公盾
1940.12.30	日人厌战诗选（二首）	嵩本松	日本	翼父
1941.1.13	菜园幻想（日人厌战诗选）	神保光太郎	日本	林林
1941.1.15	囚徒	普氏庚	俄国	向葵
1941.1.17	思乡曲（日人反战诗选）	吉田太郎	日本	孟索
1941.1.18	我赞美一个人	W. 惠特曼	美国	春江
1941.2.16	斑羊、宴会（二首）	克利洛夫		冬扬
1941.2.17	我不是先知者	K. 契打古罗夫	苏联	宜夏（英文重译）

第四章 报纸篇：大后方主要报纸副刊中的诗歌译介

一 译诗国别分析

抗战时期的翻译更多是用来传递意识形态或诗学标准的手段，其中对意识形态的关注又更甚于诗学，或者说诗学亦被视为一种特殊的意识形态或观念系统，更确切地说是一种"美学意识形态"①。译入语文化的种种制约必然直接影响译者的翻译选材。"五四"以来，俄苏、波兰、捷克、保加利亚等"被损害民族的文学"被中国知识界大量译介，普列汉诺夫说："一个国家文学对另一个国家的影响是和这两个国家的社会关系的类似成正比例的。"② 抗战时期，以上国家民族同样饱受德日等法西斯国家的侵略，共同的经历与遭遇使这些国家文学的译介引发中国民众的历史共情，占据着巩固译入语社会文化系统和主流意识形态的位置。从副刊《文化岗位》译诗国别选择来看，主要为俄苏、英、美、波兰、保加利亚、朝鲜、西班牙以及日本士兵的反战诗歌（少数无法判断国别），总体上均为反法西斯阵线国家民族。日本反战诗歌在该刊尤为突出，均反映思乡、苦吟、家园幻想等反战厌战主题。

二 译诗主题趋势

"翻译活动实际上是由译入语文化里的各个系统所决定：什么会被翻译出来，是决定于译入语文化认为究竟什么才是它所需要的。"③《文化岗位》副刊所选外国诗歌符合《救亡日报》的办刊宗旨，抗日救亡是主旋律，这是抗战历史语境下译入语文化对译者提出的意识形态准则，亦是译者本身所认同的意识形态和主观裁决的结果，二者达到高度统一。

---

① 耿强：《翻译诗学：一个学科关键词考察》，《解放军外国语学院学报》2021年第3期。
② ［俄］普列汉诺夫：《论一元论历史观之发展》，博古译，生活·读书·新知三联书店1961年版，第160页。
③ 王宏志：《重释"信、达、雅"——20世纪中国翻译研究》，清华大学出版社2007年版，第32页。

(一) 反侵略主题

反侵略战斗类主题在《文化岗位》中比例较大，爱国之情穿插其间。1939年2月15日至2月20日连载叙事诗《义勇军》（作者不详）即是典型一例。该诗分为《义勇军的队员》《父与子》与《母与子》三个子题，后两子题分两日连载，歌颂英雄察维德尔。译者附言中提到："本篇原名是海都托 Haiduto，就如中国现在'义勇军'一样的意义。当保加利亚被土耳其侵占的时候，保加利亚人都参加'海都托'去了。察维德尔 Cevdar 就是海都托最英勇有名的领袖。"① 全诗在"我"向祖父的诉说中体现"我"对英雄察维德尔的崇拜和尊敬："祖父，请和和笛音，/我要随你的笛音唱歌，/义勇军英雄们的歌哟，/赞颂察维德尔——光荣的队员，/赞颂察维德尔——鼎名的大将"②，从而引出察维德尔的出生、经历、成长以及祖国遭受侵略时的无畏选择。母亲希望儿子去国外学习，而不是去父亲的义勇军部队："但我宣誓地劝你/母亲为了爱你/不要去，孩子，不要想/同义勇军的队伍去流浪/你应愿到外国去/在那里学习科学，/写信给妈妈/以后你才可远去……！"母亲的小爱与儿子的大爱形成情感冲突的张力："别哭泣，妈妈，别哀怨，/——我当了义勇军的时候，/妈妈，一个义勇军的队员/悲叹第一个儿子，/抛弃了不幸的你！/咒诅吧，妈妈，咒诅/土耳其暴虐的酷政，/牠放逐年青的我们，/到那暗黑的外乡/流浪和受苦，/无家的，裸体的，饥寒的！/……为什么你生了一个/英豪者的雄心的我？/妈妈，我心中再也不能/忍耐地观望着/或挨受着土耳其/在父母的暖炉之上。"③ 炽盛的爱国情在恳请母亲的谅解中层层升华，荡气回肠，为了生长于斯的祖国，"我背起枪杆在肩上/就向民众的呼唤跑去，/去反抗残酷的虐暴。/为了一切亲爱的，亲人的/为了你，为了父亲，为了兄弟/

---

① 紫秋：《义勇军（6）·附言》，桂林《救亡日报·文化岗位》1939年2月20日。
② ［保］波蒂约夫：《义勇军（1）·一 义勇军的队长》，紫秋译，桂林《救亡日报·文化岗位》1939年2月15日。
③ ［保］波蒂约夫：《义勇军（4）·三 母与子》，紫秋译，桂林《救亡日报·文化岗位》1939年2月19日。

第四章 报纸篇:大后方主要报纸副刊中的诗歌译介

我要拼命反抗土耳其",哪怕付出生命,"因为更不能忍耐/在暴虐者的面前垂颤,/看着兄弟们的贫难!……"①

1936年7月至1939年4月西班牙内战的爆发形成以佛朗西斯科·佛朗哥为中心的西班牙国民军等右翼集团一方,以及共和国总统曼努埃尔·阿扎尼亚的共和政府军与西班牙人民阵线左翼联盟一方。前者有纳粹德国、意大利等支持,后者有反法西斯阵盟苏联、国际纵队和其他国家的无产阶级和进步人士的援助,西班牙人民抗击法西斯斗争的各种文学题材应运而生,抗战大后方包括桂林文化城也译介了诸多此类诗歌。《西班牙正向着光明迈进》(亚克译自《苏联音乐》,作者不详)即为此中之一,全诗两节,每节七行,"我们"离别田园、山谷,"冒着血雨",为了"向全世界我们把人类的曙光燃起"。"我们""紧握枪杆""高举旗帜""迎接胜利与青春的到来"。两节后三行重复"即使死亡摆在面前——/我们并不畏惧而要将它战胜!/西班牙正向着光荣迈进!"②展现出了西班牙人民不惧死亡、英勇向前的大无畏精神,这种精神足以激励中国人民反对日本侵略、争取民族独立,激发迈向光明的决心与勇气。西班牙诗人利瓦斯·潘纳达斯作《露水上的跳蚤》亦是相似主题,以"露水上的跳蚤"设喻鄙视敌机航空员:"昨天,你们一只炸弹/才只吹去了一片树叶"③,反衬西班牙人民的顽强不屈。

卡费特科的《一封寄给伏洛希罗夫的信》是一首儿童诗,译者灵凤的一段话可说明翻译目的:"这是苏联的一首儿童诗。我希望养育在烽火中的我们的孩子,也能有这样一封亲切的信,写给我们的最高统帅,报告今日的中国孩子,重在锻炼着自己,准备长大了替代哥哥在战场上的位置。"④ 目标读者非常清晰:"今日中国的孩子",旨在学

---

① [保]波蒂约夫:《义勇军(6)》,紫秋译,桂林《救亡日报·文化岗位》1939年2月20日。
② 亚克译:《西班牙正向着光明迈进》,桂林《救亡日报·文化岗位》1939年4月14日,原作者国籍不详。
③ [西]利瓦斯·潘纳达斯:《露水上的跳蚤》,黄药眠译,桂林《救亡日报·文化岗位》1939年2月14日。
④ 灵凤:《一封寄给伏洛希罗夫的信·译前》,桂林《救亡日报·文化岗位》1940年5月13日。

习苏联儿童致国防委员长伏洛希罗夫信中抗击法西斯的坚定意志。诗歌以弟弟"我"第一人称视角展开,信首言明工人群众里优秀的哥哥参加红军,称其"勇敢而强壮",向统帅推荐使其"能战斗在最前线"。面对"残暴的,狠毒的法西斯蒂/计划新战争和侵略——/他们想攻打和侵犯/神圣的苏维埃土地"的战争威胁,哥哥是最出色的射击手。如果哥哥牺牲,"我"恳请伏洛希罗夫写信告知,表明自己随时替兄出战的决心:"我不久就要长大。/那时我就可以肩起我的枪/替代我哥哥的位置。"①"少年强则国强",诗中苏联儿童为国备战之精神为抗战中的中国儿童树立了切实的榜样,译者将翻译所蕴含的政治行为转化为寓言式阅读的诗学表现,从而使"今日中国的孩子"也具备如此决心和勇气。

(二) 反抗类主题

反抗类题材虽然不直接反映中国反击日本法西斯战争,但外国诗歌中爱国抗争、誓死御敌以及劳动人民、社会底层对阶级压迫的反抗精神与20世纪三四十年代中国人民反对封建主义、官僚资本主义的压迫是一脉相承的,反抗文学的翻译在译入语语境中也找到了落脚之地,与中国语境联系起来。苏联诗人D. 白得内伊作紫秋译《当兵歌》为"苏联很流行的诗歌",诗中族人劝说:"在布尔什维克党缺了你/也会好好地健存呀!"当兵是"命令"还是"义勇意愿"?当兵意味着母亲将"留在家里/更多劳苦受难",放弃意味着"可同你选择的/少女结婚呀!"与爱妻同住,依母亲怀中,爱情的缱绻与亲情的温暖都无法阻挡"我"参军的步伐。全诗最后一节点明主旨:"倘若放任地让人/无代价地俘虏我们/我们就是把自己/永久地放在压迫下!"② 点睛之笔使主题瞬间得以升华。苏联诗人列别介夫·古马赤作铁弦译《边境守卫队之歌》亦体现该主题。全诗歌颂少共团的支队"守卫着祖国的边境",上自委员"亲热而活泼",队长"在战斗里白了头发",下至每一位队员,"我们保持着少共团的光荣"。字里行间充满革命乐

---

① [苏] 卡费特科:《一封寄给伏洛希罗夫的信》,灵凤译,桂林《救亡日报·文化岗位》1940年5月13日。

② [苏] D. 白得内伊:《当兵歌》,紫秋译,桂林《救亡日报·文化岗位》1939年4月9日。

观主义精神,"我们"有着"无穷的力量和快乐",但时时"准备作殊死的战斗","我们"的勇敢朋友和敌人都在称道,"我们不许爬行的坏东西们/来威胁我们自由的国土/我们要教训每一个仇敌/把苏维埃联邦尊敬!"①爱国—抗敌—英勇—乐观,如一条主线织入诗中,激人心魄。译者后记中称"苏联诗人古马赤写了许多大众歌曲,有名的《祖国进行曲》的歌词,便是他的作品之一"②,方知大众歌曲的传播更有助于该诗在民众中流传,激励更多青年加入保家卫国的队伍。1940年2月20日苏联权威歌曲家列迭夫·库玛卡作《乌克兰,我底乌克兰!》为乌克兰反压迫求自由之声。译者称该诗译自《消息报》,"此歌已由西乌克兰的音乐家可拉斯配曲,在红军中已经普遍地在歌唱着"。全诗以深情笔调赞扬"黄金的祖国"乌克兰,"温柔地词句响透了,/'遗嘱'也变了调,/乌克兰的自由之声,/如同小鸟出笼似的飞翔"③。诗中提及乌克兰民族诗人谢甫琴科《遗嘱》一诗,形成互文指涉,两诗均流露强烈的反民族压迫、反专制的革命倾向。《遗嘱》曾在《诗创作》第7期中出现,出自陈原译《雪夫兼珂诗七首》④,也见于《抗战文艺》1939年第4卷第5、6期合刊周醉平译《乌克兰诗人雪夫琴科底诗》,但题目为《当我死时》,"因为诗歌内容是关于诗人死后的遗愿,也被命名为《遗嘱》"⑤。

  1940年2月27日雪莱创作的《给英国的男子》(楚里译)是一首政治抒情诗,该诗创作于1819年8月16日皮特卢屠杀(Peterloo Massacre)之后。要求民主改革的群众被血腥镇压,雪莱激愤之余写下该诗,号召英格兰人民拿起武器与不劳而获的剥削阶级进行斗争,具有强烈的反抗意识。原诗共8节,每节4行,诗人通过反诘的语气唤醒

---

① [苏]列别介夫·古马赤:《边境守卫队之歌》,铁弦译,桂林《救亡日报·文化岗位》1939年4月17日。
② 铁弦:《边境守卫队之歌·后记》,桂林《救亡日报·文化岗位》1939年4月17日。
③ [苏]列迭夫·库玛卡:《乌克兰,我底乌克兰!》,血堞合译,桂林《救亡日报·文化岗位》1940年2月20日。
④ 抗战时期,该诗人译名较多,如谢甫琴科、雪夫兼珂以及雪夫琴科等。
⑤ 熊辉等:《抗战大后方社团翻译文学研究》,中国社会科学出版社2018年版,第82页。

人民看透剥削阶级寄生虫的丑恶嘴脸和吃人的本质,明确指出了社会的不公,呼吁英格兰人民勇敢拿起武器,反抗剥削与压迫,具有强烈的革命性。首先,译诗题目"给英国的男子"(Song to the Men of England)不确切,根据诗意,应为"英国人民"或"英格兰人",且"Song"未译出,《给英格兰人的歌》或《给英国人的歌》似乎更准确。其次,译者只翻译了原诗的前6节,改变了原诗的分行形式,把6节调整为4节,分别为6、5、5、4行。对照原文与江枫的译文,可知楚里译诗未准确再现原诗诗意,有不少漏译误译之处,比如"with toil and care""from the cradle to the grave""ungrateful"等均未译出。"Have ye leisure, comfort, calm, /Shelter, food, love's gentle balm?"译为"你们可会有休息,饮室和住房蜂?/快乐和爱情会向你们观望?"不当添加、错漏之处不言而明。诗中英格兰人被比作勤劳的蜜蜂,"住房蜂"是否意指"shelter"居住之处,"饮室"是否为"饮食",错别字还是指饮居地?形式上原诗 aabb 式的韵脚也变通为自由体诗,偶有韵脚但缺乏规律,诗行中的节奏感、短促有力的激情在译诗中流失,使其阅读与朗诵效果均不及原文。以下为原诗前6节以及楚里(译文1)与江枫(译文2)的译文:

Men of England, wherefore plough
For the lords who lay ye low?
Wherefore weave with toil and care
The rich robes your tyrants wear?

Wherefore feed and clothe and save,
From the cradle to the grave,
Those ungrateful drones who would
Drain your sweat—nay, drink your blood?

Wherefore, Bees of England, forge

第四章 报纸篇：大后方主要报纸副刊中的诗歌译介

Many a weapon, chain, and scourge,
That these stingless drones may spoil
The forced produce of your toil?

Have ye leisure, comfort, calm,
Shelter, food, love's gentle balm?
Or what is it ye buy so dear
With your pain and with your fear?

The seed ye sow another reaps;
The wealth ye find another keeps;
The robes ye weave another wears;
The arms ye forge another bears.

Sow seed,——but let no tyrant reap;
Find wealth,——let no impostor heap;
Weave robes,——let not the idle wear;
Forge arms, in your defence to bear.

译文1：《给英国的男子》
英国的男子！
你们为什么为你们强暴的地主耕种食粮，
你们为什么为暴君们纺织华美的衣裳？
你们常给寄生者以美酒佳肴，
他们吃着你们的血汗欣欣向荣，
而你们却在枷锁之下一天天的枯槁。

你英格兰的蜜蜂，
你们为什么为那卑怯的蜂主，

造出武器和锁链将自己捆绑?
你们可会有休息,饮室和住房蜂?
快乐和爱情会向你们观望?

你们究竟为了什么送出你们的血汗和骨浆?
你们为着他人撒种了谷种,
为他人掏金,爬下了地洞,
你们为他人织就了衣裳,
你们铸成的刀剑,他人却抓在手上。

播种——但是不为那强暴的地主!
淘金——但是不为那懒惰的侏儒!
纺织——但是不为那游手的地痞!
铸造武器——保卫你们自己!①

译文2:《给英格兰人的歌》
英格兰的人们,凭什么要给
蹂躏你们的老爷们耕田种地?
凭什么要辛勤劳动纺织不息
用锦绣去打扮暴君们的身体?

凭什么,要从摇篮直到坟墓,
用衣食去供养,用生命去保卫
那一群忘恩负义的寄生虫类,
他们在榨你们的汗,喝你们的血?

---

① [英]雪莱:《给英国的男子》,楚里译,桂林《救亡日报·文化岗位》1940年2月27日。

第四章 报纸篇：大后方主要报纸副刊中的诗歌译介

凭什么，英格兰的工蜂，要制作
那么多的武器、锁链和刑具，
使不能自卫的寄生雄蜂竟能掠夺
用你们强制劳动创造的财富？

你们是有了舒适、安宁和闲暇，
还是有了粮食、家园和爱的慰抚？
否则，付出了这样昂贵的代价，
担惊受怕忍痛吃苦又换来了什么？

你们播下了种籽，别人来收获；
你们找到了财富，归别人占有；
你们织布成衣，穿在别人身上；
你们锻造武器，握在别人的手。

播种吧——但是不让暴君收；
发现财富——不准骗子占有；
制作衣袍——不许懒汉们穿；
锻造武器——为了自卫握在手！①

另外，波兰民歌《缆夫曲》（若琴译）唱出祖祖辈辈受尽凌辱的缆夫的苦痛，号召劳动人民"直起你的脊背，昂起你的头！/在凌辱的鞭子的底下，/波兰的大众们，醒来吧！/以我们的有力的拳头，/去打击你们的敌人！"② 有些反压迫诗歌与追求自由紧密相连，如 1940 年 12 月 29 日 T. C. 克拉克作公盾译《谁能唱下去》，1941 年 1 月 15 日普氏庚作向葵译《囚徒》，以及 1941 年 2 月 17 日苏联诗人 K. 契打

---

① [英] 雪莱：《雪莱诗选》，江枫译，外语教学与研究出版社 2016 年版，第 185、187 页。
② 若琴译：《缆夫曲（波兰民歌）》，若琴译，桂林《救亡日报·文化岗位》1940 年 6 月 27 日。

古罗夫作宜夏自英文重译《我不是先知》等，不一一赘述。总之，这类诗歌大多表达劳动人民对阶级压迫的反抗意识，交织着对自由与光明的追求，因契合中国现实得以广泛译介。

（三）反战类主题

自1937年全面抗战以来，中国大地战火纷飞，人民大众流离失所。爱好和平的中国人民为了民族存亡不惜一战，但战争带来的毁灭与破坏，即使是正义之战也无法幸免。战争的残酷，亲人的离别，家园的破碎使大众对其深恶痛绝，希望早日击退日寇，还我河山，回归和平安宁。因此，反战类主题也颇受青睐。A.阿帕里西峨作黄药眠译《谁曾在这里经过？》全诗共6节，前5节末尾均以"告诉我，谁会在这儿经过？"设问，聚焦诗人眼中"被劫杀后的家屋""受了枪伤的田野"以及"破烂而流血的家乡"："这忧郁的空气，/这鲜红的血迹和混乱。"答案在一句句诗行中清晰可见："是什么可怕的灾殃，/忽地从天而降？/但农民心里早就有个答案/'我知道谁会在这儿经过！……'"①那是战争"恶魔"的足迹，是侵略者的魔爪。英国民歌《你别离了我》（张镜秋译）以女性第一人称视角"我"表达对统治者发动非正义战争的谴责："呵！假如我是法兰西的女王，/或是罗马的教皇。/我决不使人们出国征战，/不使妇女在家哭丧！/整个世界应该和平，/不使该国王各逞凶残，/为什么他们向人侵略，/要驱使众人出国征战？/为什么他们向人侵略，/要驱使众人出国征战？"②因为战争使"你"—"我"的恋人与"我"别离，生死未卜，或许身亡，也许荣归。战争画下的生死线使千万妇女身心备受其苦，女性视角的描述从另一侧面体现诗中的反战思想。

《文化岗位》上最引人注目的反战诗篇来自日本法西斯内部，即日本士兵的厌战情绪，从敌人阵营内部以普通士兵的视角否定战争，

---

① ［西］A.阿帕里西峨：《谁曾在这里经过？》，黄药眠译，桂林《救亡日报·文化岗位》1939年3月15日。

② 张镜秋译：《你别离了我（英国民歌）》，桂林《救亡日报·文化岗位》1939年8月26日。

第四章 报纸篇：大后方主要报纸副刊中的诗歌译介

更显说服力与震撼感，如 1940 年 2 月 15 日日本士兵作《苦战吟两首》（海岩译）；1940 年 12 月 30 日嵩本松《日人厌战诗选（二首）》（翼父译）；1941 年 1 月 13 日神保光太郎《菜园幻想（日人厌战诗选）》（林林译）；1941 年 1 月 17 日吉田太郎《思乡曲（日人反战诗选）》（孟索译）等。《苦战吟两首》据译者附言："这两首诗，是从桂南战役战利品敌兵日记翻译出来的，作者的姓氏不明。从这里，也可见一个敌兵厌战反战的心情。"①"我们出征的士兵多么可怜，/要跟那可爱的她泣别呀！""连硬面包没有吃了/熄灯号响了起来！/五尺的床，稻草的褥子，/这就是我们的梦床！""日落西山，月出时分，/老兵擦好了穿着的皮靴，/要是被家乡的她看见了，/怕要伤心得流泪吧？"② 诗中这样的表述传达了日本士兵远离恋人出征异国的惆怅，作战艰苦，身心疲惫，深刻揭露日本军国主义给普通士兵带来的灾难与不幸。再如《思乡曲（日人反战诗选）》，由诗题可窥见日本士兵对亲人的思念和对战争的痛恶："回忆起，前年离开家门时，/保命符，是妻子给我的，/真可怜，她为我祈祷的心！/这封信，是我爱妻写的呀，/月光下，看着不觉泪直流，/我的心，飞到难忘的故乡！"③ 中国人民的反侵略战争不仅得到国际社会支持，也得到部分具有正义感的日本人民的支持。鲤本明作《南征》据译者称，出自"在华日本人民反战同盟西南分会"同志之手，"在华日本人民反战同盟"系具有正义感的日本人士成立的，包括被俘士兵，《南征》即为同盟会同志们"将出发桂南前线，做对敌宣传工作"之际，为"拯救我们的友人""对着日本军阀勇敢地呼唤真理"④ 而作，表达同志们反战宣传的决心，赞扬其宣扬真理正义的可贵精神。

---

① 海岩：《苦战吟两首·附言》，桂林《救亡日报·文化岗位》1940 年 2 月 15 日。
② [日] 日本士兵：《苦战吟两首》，海岩译，桂林《救亡日报·文化岗位》1940 年 2 月 15 日。
③ [日] 吉田太郎：《思乡曲（日人反战诗选）》，孟索译，桂林《救亡日报·文化岗位》1941 年 1 月 17 日。
④ 白珍：《南征·译者附言》，桂林《救亡日报·文化岗位》1940 年 10 月 8 日。

(四) 他类主题

除以上三大主题外，《文化岗位》不乏他类主题。有赞颂英雄、讴歌领袖的诗歌，如《一个战士的死》缅怀无名英雄，实为以点及面，称颂千千万万英勇抗敌之志士。《司丹仿和公子》歌咏俄国农民领袖司丹仿为大义弃小情。《译诗二首》之《献领袖》与《约瑟夫》歌颂斯大林的英勇勤勉，赞颂他为人民带来真理与快乐。《与列宁同志谈话》饱含对列宁的怀念追思等。爱情主题有《如果你是花朵》《恋人哟！一起来坐着吧》《给荠娜》等。此外，《自由的收获》将种籽的胚胎比作伟大思想的生发，"耐性"是关键，耐性一点，"'自由'的收获终将在阳光下完成"①。《今天》首尾重复"此刻已破晓，／又是一个白日青天；／想想，你就甘愿让它／白白地偷偷溜走？"② 劝诫大家珍惜时间。《饮吧》描写"贫困的人""失恋的人"以及"我"饮尽悲欢，借酒伤怀③。悲愤与愁绪的宣泄不由想到李白的《将进酒》，酒入愁肠之感易触发中国读者共情。《给弟兄们》为纪念世界语诞生53周年而作，号召弟兄们追寻希望与光明，传播语言理想，缔造幸福世界。《可爱的国家哟》（今译《可爱的家乡啊》）融自然景色与恋乡之情于一体，以客观景物"绿草""粒紫花""苜蓿""斜阳"与"池沼"④ 呈现主体情绪，生命感悟自现其间，可谓一切景语皆情语。苏联儿童诗《和爸爸在一起的一天》则通过孩童视角从日常对话与细节中展现与爸爸一起去市场、玩游戏与逛动物园的喜悦，亲情童趣别有意境。虽然各类主题与抗战无直接关系，但都具有人类追求美好生活的普适性向度，是人性向善至美的表现，对中国新诗的文化构建起着重要作用。寓言诗《斑羊》《宴会》更是以动物设喻，深刻揭露以狮子、老虎、熊、狐狸等"大兽"统治阶层对羊、土拨鼠、鼹鼠之类

---

① [英] W. J. 灵顿：《自由的收获》，灵凤译，桂林《救亡日报·文化岗位》1940年2月29日。
② [不详] T. 克莱尔：《今天》，守仁译，桂林《救亡日报·文化岗位》1940年3月7日。
③ [匈] 裴多菲：《饮吧》，覃子豪译，桂林《救亡日报》1940年5月10日。
④ [苏] 叶赛宁：《可爱的国家哟》，覃子豪译，桂林《救亡日报·文化岗位》1940年10月26日。

第四章 报纸篇:大后方主要报纸副刊中的诗歌译介

"小兽"① 被统治者的压榨与不公,针砭抨击统治阶级的丑行。

三 外国民歌入诗

《文化岗位》上一个不容忽略的现象是诸多译诗均为歌曲,尤其是民歌改编而来。俗话说:"歌是可以读的诗,诗是可以唱的歌",虽较绝对,但道出歌与诗的同源同宗关系。诗歌的起源即为民间歌谣,甚至早于文字记载之前②。民歌是人民大众最自然的表情方式,传递着各民族的风土人情、宗教信仰、文化制度、爱情婚嫁,与人民生活息息相关。有些民歌甚至不知作者是谁,是人民群众口耳相传的结晶,具有广泛的传播性。《文化岗位》录有民歌如下:1939 年 4 月 9 日苏联 D. 白得内伊作,紫秋译《当兵歌》,副标题称"这是苏联很流行的新歌";4 月 14 日亚克译自《苏联音乐》杂志的《西班牙正向着光荣迈进》;4 月 17 日苏联列别介夫·古马赤作,铁弦译《边境守卫队之歌》,后记称:"苏联诗人古马赤写了许多大众歌曲,有名的《祖国进行曲》的歌词,便是他的作品之一。"③ 同年 4 月 22 日仰山试译朝鲜民歌《小白船》;8 月 26 日张镜秋译英国民歌《你别离了我》;1940 年 2 月 20 日苏联权威歌曲家列迭夫·库玛卡作,血堞合译《乌克兰,我底乌克兰!》,译者注:"此歌已由西乌克兰的音乐家可拉斯配曲,在红军中已经普遍地在歌唱着。"④ 还有同年 4 月 10 日马平译《匈牙利民歌》;6 月 27 日若琴译波兰民歌《缆夫曲》等。

任何翻译都有其目的和相应的翻译原则,民歌翻译也不例外,译者在翻译前需明白译词是供文本阅读,还是用于演唱。若只是阅读使用,则为"歌词翻译",与诗歌翻译相似;如果译词需要在译入语中配曲入歌,这就属于"歌曲译配",需要在词与曲的双重限制下进行

---

① [不详] 克利洛夫:《斑羊 & 宴会》,冬扬译,桂林《救亡日报·文化岗位》1941 年 2 月 16 日。
② 朱光潜:《诗论》,开明出版社 2018 年版,第 8—9 页。
③ 铁弦:《边境守卫队之歌·后记》,桂林《救亡日报·文化岗位》1939 年 4 月 17 日。
④ 血堞:《乌克兰,我底乌克兰!·译者注》,桂林《救亡日报·文化岗位》1940 年 2 月 20 日。

翻译①，译出的词才能配上原曲的节奏、旋律和音韵，用于演唱。从《文化岗位》所录民歌翻译看，译词大都属于歌词翻译，或先有译词，再配以曲调。从主题分析，不乏反压迫反侵略题材，符合译入语历史语境需求，仅从译入语角度着眼，译词语言自然流畅，情感朴实真挚，朗朗上口，具备歌咏的性质。

此外，从诗歌传播和接受看，利用民间旧形式可以使诗歌与人民大众紧密结合。民间旧形式，更确切地说包括民歌和童谣，"对于民歌和童谣，诗作者应能批判地加以改造，吸收到我们的形式里来，因为要真正的充分的表现我们所要表现的现代复杂生活，则不可能，非改造提高不可"②。除对民间文艺形式的吸收与改造，还应吸收包括外国民歌在内的异域诗歌形式，这些作品既是各国民间文学结晶，也从他者角度审视各民族民歌等文艺形式的异同，以弥补本土诗歌形式的不足，使本土诗歌能更好吟咏时代伟大的声音。

四 结语

副刊《文化岗位》秉持《救亡日报》办刊宗旨，宣扬团结抗战，其译诗主要反映反侵略反压迫意识，作品体现的强烈爱国精神与顽强斗争意志，给予抗战中的中国人民莫大的精神鼓舞。日本士兵的反战情绪更在译诗中展现无遗，可看作对敌人内部阵营的精神瓦解。从传播学角度看，桂林版《救亡日报》发行量大，"到1939年8月已超过8000份，最高时达万份以上。其中，42%是长期订户，58%是批零与零售"，并远销各省以及越南、南洋，③成为大后方宣传抗战民族统一战线的重要舆论阵地，也保证了《文化岗位》译诗的阅读与传播，使译诗的政治与宣教功能得以充分发挥。

---

① 覃军：《中国歌曲"走出去"：译配原则与方法》，《中国翻译》2021年第4期。
② 胡风：《略观战争以来的诗——在扩大诗歌座谈会的报告，由惠元笔录》，《抗战文艺》1939年第3卷第7期。
③ 徐健、周艺：《从〈救亡日报〉（桂林版）看中国共产党抗日舆论动员的策略》，《出版广角》2013年第8期。

第五节　昆明版《中央日报》副刊与诗歌翻译

《中央日报》1929年3月1日创刊于南京，是国民党党报，由国民党中央党部直接领导。全面抗战爆发后，最先迁入长沙，1939年秋由于华南局势紧张，遂于9月15日迁入重庆，并陆续在全国各地创立分版。昆明版《中央日报》于1939年5月15日初刊，至1949年12月10日终刊历时10年，是当时云南一份较有影响力的报刊，全面抗战时期在宣传全民抗战、凝聚民心方面起到了积极作用。鉴于本书的时间限度，本节的考察范围在昆明版创刊后至1945年8月抗战胜利止。

一　副刊介绍

萧乾曾在《鱼饵·论坛·阵地——记〈大公报·文艺〉，1935—1939》一文中称："中国报业史或新文艺运动史的研究者在回顾三十年代时，可能会发现这么一种奇特的现象：许多具有反动政治背景及倾向的报纸，其文艺副刊的编辑方针往往并不同该报社论亦步亦趋，有时甚至会背道而驰。"①《中央日报》作为国民党"喉舌"，传递国民党声音，贯彻执行国民党政治思想、方针政策，具有相当的反动性，但在国共合作的全民族团结抗战时期，所表现的进步性与革命性也是值得肯定的，尤其是该报的副刊，对"文协"的成立以及抗战文学的作用不容忽视。

昆明版《中央日报》副刊多在报纸第四版，内容颇丰，除《平明》和其改版后的《中央副刊》外，还有《史学》《学林》《艺林》《文艺》《现代生活》《人文科学》《教育与生活》《妇女与儿童》《敌情》《文丛》《文林》《星期增刊》等，其中出刊较久且较著名的为《平明》《中央副刊》与《星期增刊》。1939年5月15日创刊伊始，《平明》副刊在"编者话"中阐释了刊物定位、目标、刊载内容，"我

---

① 萧乾：《鱼饵·论坛·阵地——记〈大公报·文艺〉，1935—1939》，《新文学史料》1979年第2期。

们并不需要个个都喊口号，或是写点抗战故事，因为口号不寄托在实际的东西上面就变成空洞的名词；抗战材料自然不容易感动读者。不过除了口号和抗战故事以外我们并不是没有可写的文章，试把生活圈子扩大出去我们仅有得可写可述的事实。抗战一年多来，失去了多少省地，动员了多少人力，每一个中国人民生活上的变动自然很大，换了多少种生活，愈走进到内地，愈可看到从来没有看到的这一地方各方面的情况。这一切一切，都可以提出一个问题来作为写作的对象。我们当然有个目标，忠实于自己的笔，写出自己要说的话，我们要给读者一点启发和鼓励"，同时也"希望每一位读者和同好们多多的给我一点指教与帮助。庶几这小小刊物可以一天比一天地充实，一天比一天进步"①。《平明》副刊倚赖读者支持，通过文艺向大众传播抗战精神，发挥刊物的舆论导向作用，从而实现为抗战服务的宗旨。同年5月18日，《平明副刊室启事》一文声明本刊着重收录以下四方面的稿件："1. 地方性的文艺，无论散文，诗歌或小说。2. 文艺情报。各地方的文艺报道。3. 战区服务的通讯。4. 边区生活的描写。"②虽然昆明版《中央日报》副刊种类众多，但其宗旨无外乎此，偶尔也刊登一些外国文学作品、文艺理论的译介，1939年11月18、19日《平明》副刊还连续刊载"翻译特刊（一）"之《纪德日记摘译》（舒易译）、托马斯作《英格兰颂》（式商译），以及"翻译特刊（二）"之斯托谟作《小巴比蕾》（季歌译），刊末"编后语"记有三位作者简介。昆明版《中央日报》译诗数量不多，大致刊登在《平明》《文艺》《文丛》以及《星期增刊》副刊上，尤以《星期增刊》最多。

二 副刊译诗统计及主题分析

昆明版《中央日报》副刊译诗统计如表4.6所示，发表时间旁标注译诗所属副刊。

---

① 编者：《编者话》，昆明《中央日报·平明》1939年5月15日。
② 编者：《平明副刊室启事》，昆明《中央日报·平明》1939年5月18日。

第四章 报纸篇：大后方主要报纸副刊中的诗歌译介

表 4.6　　　　　　　昆明版《中央日报》副刊译诗统计

发表时间/副刊	诗歌	作者	国别	译者
1939.6.23《平明》	散文诗二章（一）	屠格涅夫	俄国	吴春曦
1939.6.28《平明》	散文诗二章（二）乡村	屠格涅夫	俄国	吴春曦
1939.12.9《平明》	十四行诗二首（原集第七十三、七十四首）	莎士比亚	英国	梁宗岱
1941.7.11《文艺》	里尔克小诗三首	里尔克	奥地利	宁芷
1942.5.6《文丛》	破晓的夜歌	勒尔	美国	肖元
1944.3.12《星期增刊》	一九四〇年八月底歌	Laurie Lee	英国	袁可嘉
1944.5.14《星期增刊》	莎士比亚商籁（三一）	莎士比亚	英国	梁宗岱
1944.5.21《星期增刊》	莎士比亚商籁（续）（三二—三七）	莎士比亚	英国	梁宗岱
1944.5.28《星期增刊》	莎士比亚商籁（三八—三九）	莎士比亚	英国	梁宗岱
1944.6.4《星期增刊》	莎士比亚商籁（四十—四一）	莎士比亚	英国	梁宗岱
1944.6.25《星期增刊》	逍遥游	波特莱尔	法国	了一
1944.7.30《星期增刊》	帕子	A. Morquo		徐知免
1944.10.8《星期增刊》	仇、藐子自鹜	波特莱尔	法国	王了一
1944.10.10 第9版	给死者	Stefan George	德国	冯至
1944.10.22《星期增刊》	献词	歌德	德国	梁宗岱
1944.10.29《星期增刊》	发	波特莱尔	法国	王了一
1944.12.10《星期增刊》	战地恋歌	Lii Marene		翟国瑾
1944.12.24《星期增刊》	风景、独居者之酒	波特莱尔	法国	王了一
1945.1.21《星期增刊》	春天	J. 斯拉狄克	捷克	魏荒弩

从选译诗人看，俄国的屠格涅夫、英国的莎士比亚、法国的波特莱尔（今译波德莱尔）、奥地利的里尔克、德国的歌德等，均为世界一流诗人，且非现实类诗歌比重较大。其中梁宗岱译莎士比亚十四行诗，与王了一（王力，有时署名"了一"）译波德莱尔占比最重。梁译莎士比亚十四行诗三十一至四十一首曾刊登在重庆《时与潮文艺》1944年第4卷第4期，名为《莎士比亚商籁》，重庆版《中央日报》副刊《平明》

1939年12月21日也刊登了十四行之第七十三首和第七十四首。梁译莎士比亚十四行诗主题多是对爱友、艺术、时间以及生命等的思考，在考察《时与潮文艺》与梁宗岱译诗活动中多有谈及，此处不详论。

副刊《星期增刊》登载六首波德莱尔诗歌，分别为《逍遥游》《仇》《藐子自鬻》《发》《风景》以及《独居者之酒》，出自《恶之花》，均为王了一以旧体诗形式译出。20世纪40年代翻译波德莱尔诗歌较多的，大概是戴望舒、陈敬容、李冰若和王了一。王了一即著名语言学家、诗人、翻译家王力，对法国文学很有造诣。由于原诗格律相当严谨而白话文不足以传达其精妙，王氏多以五、七言古诗和乐府诗的形式试译《恶之花》第一章"愁与愿"，共58首连载于昆明《中法文化》上[①]。1980年外国文学出版社出版了王了一译《恶之花》157首（外加《致读者》），"译后记"称该书"译文大部分是一九四〇年的旧译，略加修改，并补译了四十三首。译文根据巴黎Alphonse Lemerre出版社的版本，诗的次序也依照这个版本"[②]，说明该书收录了王了一抗战时期所译波氏的所有诗歌。波德莱尔诗中体现了人生的丑恶和黑暗，他将丑恶和黑暗转化为审美对象，以病态、忧郁、贫困、颓废的感情抒写黑暗的人生，反衬追求光明与理想失败后更深的悲凉与苦闷，就如他本人所说："在这本残酷的集子里，我放入了我全部的心、全部的思想、全部的信仰以及全部的仇恨""用无瑕的诗歌艺术去道破有瑕的人生"。而"恶之花"就是病态之花，是将丑在艺术上加以表现，作为一种审美对象，从中引起道德的教训，这正是其诗歌创作主题所在。[③] 比如本刊中《逍遥游》隐含超越现实世界才能回归自然，治愈烦恼，使灵魂升华之意，表达了诗人对精神自由的追求："吾亦诏吾心，远此尘氛毒。飘飘越太清，濯垢得芬郁"；"尘世累，

---

① 张松建：《现代诗的再出发——中国四十年代现代主义诗潮新探》，北京大学出版社2009年版，第82页。

② 王了一：《译后记》，[法]波特莱尔《恶之花》，王了一译，外国文学出版社1980年版，第367页。

③ 转引自刘颖《波德莱尔和他的〈恶之花〉》，《山西大学师范学院学报》（综合版）1995年第1期。

人间愁,重重黑雾压心头。……既擅重天羽,复谐静物语,尘谪亦何伤?逍遥神仙侣"①。现实和理想的对立似主线穿插诗中,如《藐子自鬻》中藐子的贫困窘境:"饥肠辘辘佯为饱,热泪汪汪强作欢。沿户违心歌下里,媚人无奈搏三餐!"②据译者注,"藐子"为"缪斯,天主之女,诗神也"。诗神的落魄更深化了对现实的痛感、逃避和厌倦。《仇》中"蚀人生命是光阴,仇敌潜来啮此心。人血消时仇血长,空怀剧痛发哀吟!"③感叹时间成为"蚀人生命"的敌人,无不显示困难的处境与企图超脱的努力,以及矛盾无法解决时的苦闷和压抑。从创作手法看,波氏的诗采用象征、通感等艺术手法,事物之间互为感应,互为象征,从自然出发寻找自我精神的支点,自然与人的精神世界相互感应。比如《发》,情人的头发在诗中并没有具体的描述,而是运用通感以头发的颜色、触觉和味觉为引导和沟通,促发了回忆和想象,从非洲到东方,由参天树木至"海涛暮潮",充溢着青春与异域的气息。"香气"与"光彩"交织,如汪洋似琼浆,情人的头发承载着美好的回忆,"我心为之醉,我魂为之夺"④。象征、通感与暗示合用,诗人由头发产生的情感感应惟妙惟肖地呈现在读者面前,使诗的艺术提升到空前的位置。

《平明》副刊登载了屠格涅夫的《散文诗二章》。散文诗因为不拘于韵律和格式,也是抗战时期较受青睐的诗体。波德莱尔认为只有散文诗的"既无节奏也无韵律",才"适应灵魂中抒情浪潮的需要""适应思想上阵阵跳跃的需要"。屠格涅夫宣称:"任何体系和绝对我都不相信,我最爱自由""随便什么正统思想……是与我格格不入的"⑤。据译者注,屠氏散文诗"为其晚年成熟的作品,文中常对俄国的政治有

---

① [法]波特莱尔:《逍遥游》,王了一译,昆明《中央日报·星期增刊》1944年6月25日。
② [法]波特莱尔:《藐子自鬻》,王了一译,昆明《中央日报·星期增刊》1944年10月8日。
③ [法]波特莱尔:《仇》,王了一译,昆明《中央日报·星期增刊》1944年10月8日。
④ [法]波特莱尔:《发》,王了一译,昆明《中央日报·星期增刊》1944年10月29日。
⑤ 彭燕郊:《屠格涅夫和他的〈散文诗〉——张铁夫译〈屠格涅夫散文诗集〉序》,《湘潭大学社会科学学报》2002年第5期。

尖锐的批评,至屠氏死后始得发表。此系从俄文原作译出者"①。本刊所选散文诗(一)未标注题目,从内容看应是《玫瑰花那时多美、多鲜艳……》。诗人以过去读过的一首诗开篇:"多么美好啊,多么鲜艳啊……当时的玫瑰……"继而描述冬天,"在黑暗的房子里点着一支蜡烛"又想到这首诗,时光回流,"郊外俄式房子的低低的窗户里",一位姑娘"沉默地注视着天空",她的眼目、朱唇、酥胸和面貌让诗人感到"心是如何在剧跳着啊",又出现那句诗,紧接着又回至现实,"一个苦闷衰老的声音在低吟着"那首诗,过去另一景象闪现,一对金发的恋人在交谈"争先吐出年青可爱的声音",稍远处另一双手指不很熟练地在"老式的钢琴音键上跳动",乐曲与茶饮的沸腾中那首诗重现,又回现实,"烛光黯淡,而且快要熄灭了",空寂的室内,"我唯一的伴侣,我的老公狗蜷卧在我的脚旁抖索着"②,最后以那首诗结束形成首尾呼应。作者用一种别样的"现实—幻想—现实"类似意识流的手法,以一诗为线贯穿始末,通篇传达着晚年孤独、凄凉的心境。散文诗(二)《乡村》采用由远及近的手法从远处的自然景物云片、空气、青草、鸽子、燕子、马群、村狗的叫声,到近处的山谷里农家生活的细节描写,"金发乡下少年们""圆脸的少妇""草堆上玩着的小孩""年高的主妇",动静结合、视听味三觉并用,艺术地再现了诗人眼中的故乡,令人向往的自由之乡,浸润着诗人对俄国农民和故土深沉的爱。诗的最后作者赞美这"满足、宁静、富裕、自由的俄国乡村",以反诘"我们干什么还要把十字架摆回君士坦丁堡那崇伟的圣沙菲尔教堂之上?我们这些城里人干什么还如此去追求这一切?"③ 结尾,"对俄国当时的侵略政策寓讽刺之意"④,使这首田园牧歌闪烁着强烈

---

① 吴春曦:《散文诗二章(一)·注一》,昆明《中央日报·平明》1939年6月23日。
② [俄]屠格涅夫:《散文诗二章(一)》,吴春曦译,昆明《中央日报·平明》1939年6月23日。
③ [俄]屠格涅夫:《散文诗二章(二)·〈乡村〉》,吴春曦译,昆明《中央日报·平明》1939年6月28日。
④ 吴春曦:《散文诗二章(二)·〈乡村〉》,昆明《中央日报·平明》1939年6月28日"注六"。

的现实主义光芒。

此外,副刊也有一定比例的反映现实,紧扣时局,反战反侵略的爱国诗篇。英国著名作家、诗人洛瑞·李(Laurie Lee)作《一九四〇年八月底歌》仅从题目便可知该诗的战争背景。全诗共4节,每节4行,开篇"沉思着你芬芳的头盖骨/我寻找和平底古老的歌","芬芳"和"头盖骨"搭配凸显的不和谐,俨然带有现代派诗歌的美学原则。该诗通过"麦子""常春藤"以及"黄蜂"的描写表现战争的残酷:"麦子在钢底风上流血/常春藤刺破了中毒的苍天/而不会施肥的黄蜂/疾降于人们底盛放的花朵。"① 麦子的血是鲜活的生命溅洒的,常春藤刺破的有毒天空是枪弹硝烟造成的,黄蜂也许并非自然界的一种生灵,不会施肥滋润花朵,而是一颗颗从天而降的炸弹,降落在一个个青春盛放的生命上。最后一节"你底唇上有火炮尖塔般罗列/子弹从你底吻里碎裂/死亡一串地溜下/想刲取你地平线底心灵"②,视点落在"你"上,这个不定指的"你"代表子弹下苟延残喘的个体生命,深刻揭示了战争对普通大众身心的残害。捷克诗人J. 斯拉狄克作《春天》以预言的方式昭示捷克美好的未来:"在那给死亡踏过了的坟墓上/将有花朵装饰着绿色的祭园",重生后的家园生机勃勃,"捷克的锄头又挪着大地了""春天要来了,先知似的燕呢/啾唝着和平的预言"。在新生之国,以忆苦思甜的方式,祖父将给孙儿孙女们讲述捷克"过去的,永不再来的悲哀的世纪"③。诗中渗透的期盼与希冀无疑是反侵略的一曲战歌,"春天"以双关修辞作为题眼诠释必胜的信念。还有以爱国为底色的李·玛琳(Lii Marene)作《战地恋歌》,讲述战地营房里战士和他的女郎相会。恋人的絮语衷情暂时忘掉"这整个世界的疯狂",但面对战争世界的生离死别,战士希望"永远别奏起吧,那扰人的/

---

① [英] Laurie Lee:《一九四〇年八月底歌》,袁可嘉译,昆明《中央日报·星期增刊》1944年3月12日。
② [英] Laurie Lee:《一九四〇年八月底歌》,袁可嘉译,昆明《中央日报·星期增刊》1944年3月12日。
③ [捷克] J. 斯拉狄克:《春天》,魏荒弩译,昆明《中央日报·星期增刊》1945年1月21日。

集合的号声；/我们多么需要这片刻的安宁！/妳再贴近我一点，我的爱，/妳看这是多么宁静的夜晚！/让我更抱紧妳些儿，/用一个战士所有的爱情"。分别在即，战士请求姑娘赠一朵玫瑰作为信物带上前线，因为"是战士终须战斗，/我又回到前线，打伙，冲锋；/那时妳给我的花儿紧贴着我底心，/在伴着我底心儿颤动"。玫瑰象征爱情，守卫祖国与保护恋人交织，小情上升为大爱，爱给予战士力量，"我切望打退敌人，回返家乡，/在家乡，又和妳相会"①。《战地恋歌》传达着千千万万士兵的心声，是一曲催人泪下的战地抒情诗，叩响着包括中国军人在内的每一个士兵的心扉，极具现实性与普适性。

三 旧体诗词的新探索与译诗的旧体形式

在中国近现代翻译文学史上，尝试用白话翻译外国诗歌始于胡适。1919 年胡适翻译美国意象派诗人萨拉·蒂斯代尔（Sara Teasdale）的《关不住了！》(*Over the Roofs*)，成为白话入诗的里程碑式的宣言，对中国文学和翻译文学界产生了深远的影响和冲击，改变了汉语诗歌的诗学规范，以包括五言、七言和骚体的文言为目标语的固有形式成为过去。20 世纪 30 年代虽有新月派成员如闻一多、朱湘、徐志摩等致力于新诗和译诗格律上的新探索，也有以吴宓为代表的学衡派成员以"昌明国粹"的艺术为宗旨，仍然选择以文言体译诗为主，而这在如火如荼的白话新诗运动中被排斥在诗的主流之外。抗战的全面爆发使扎根于中国文化土壤几千年的旧体诗词在新的时代焕发生机。"在抗战的熊熊烈火中旧体诗词得到很大的发展和进一步的锤炼。它们承继着中华民族的审美传统，又适应着抗战文学迅速快出的审美要求，产生了大量作品，形成了自身的特点。旧体诗词在抗战时期的勃然中兴，在中国诗歌发展史上留下不可磨灭的特殊篇章。"② 不仅于诗歌创作，诗歌翻译中也出现旧体诗为目标语形式的译作，《中央日报》副刊《星

---

① ［不详］Lii Marene：《战地恋歌》，翟国瑾译，昆明《中央日报·星期增刊》1944 年 12 月 10 日。
② 雷锐、黄绍清：《桂林文化城诗歌研究》，中国社会科学出版社 2008 年版，第 250 页。

期增刊》上王了一译诗即为一例,虽以旧体诗译外国诗歌在 20 世纪 30—40 年代的诗坛已属边缘,偏离了翻译的诗学规范,但旧体诗词在抗战语境中重新繁荣的现象与时代特征值得探讨。

旧体诗词在抗战中走出"异类"的困境,与时代赋予的生态语境分不开。首先,诗歌形式的发展不是绝对的以旧代新,而是不断地多样化。抗战之初,在利用诗歌民族形式的讨论中,萧三指出,民族形式的来源一是"中国几千年来文化里许多珍贵的遗产,离骚、诗、词、歌、赋、唐诗、元曲",二是广大民间流行的民歌、山歌、歌谣、小调、弹词、大鼓词、戏曲①。正如郭沫若所言:"我觉得做旧诗也有做旧诗的好处,问题在所做出的诗能不能感动人而已。在我的想法目前正宜于利用种种旧有的文学形式以推动一般的大众,我们的著述对象是不应该限于少数文学青年的。"② 旧体诗与新诗共同服务于抗战已达成共识。面对中华民族的空前浩劫,中国古典诗词中抵御外敌、从军报国的优秀作品使受过古典文学熏陶的诗人纷纷以笔为戎,在旧体诗词中一吐满腔抱负。诗人赋予旧体诗现代意识,表现日寇肆虐、战争苦难、将士英勇杀敌、战时人民颠沛流离、针砭时政暗讽国民党腐败等均为旧体诗描述对象。旧体诗人队伍也在扩大,国共两党军将如冯玉祥、朱德、陈毅,文人学者甚至新诗代表人物郭沫若、郁达夫、田汉、茅盾、老舍、叶圣陶、罗家伦、王统照等均因感时忧国而旧体佳作迭出。其次,抗战期间一些期刊和报纸副刊均提供旧体诗词发表园地,为旧体诗词重获生机开辟了道路,比较显著的为 1943 年创刊于桂林的《大千》,陈迩东任主编。《大千》刊有大量旧体格律诗词,专设"大千诗词"栏目,刊有柳亚子、端木蕻良等的旧体诗歌。如 1943 年第 2 期柳亚子《桂林古迹杂咏》《海国英雄题词》,第 3 期柳亚子《题翼王传为念厂作》,第 4 期柳亚子《展山纪游四首》《满江红》,端木蕻良《赠瘦石》,1944 年第 5、6 期合刊端木蕻良《秋日访迩东不遇

---

① 萧三:《论诗歌的民族形式》,《文艺战线》1939 年第 1 卷第 5 期。
② 郭沫若:《"民族形式"商兑》,重庆《大公报·战线》1940 年 6 月 9 日。

戏题一绝》等。柳亚子是现代中国旧体诗词集大成者，他对战争的现代意识，反法西斯侵略、反压迫的思考均反映在其旧体诗创作中，赋予旧体诗与传统截然不同的现代性。比如纪念苏联红军建军25周年的"二十五年史，红军发新硎……更期铙吹壮，直下柏林城"，寄予苏联红军战胜德国法西斯的希望①。另一份旧体诗词刊登的阵地为《民族诗坛》，1938年5月创刊于武汉，10月迁至重庆复刊，主编为卢冀野。该杂志"以韵体文字发扬民族精神，激起抗战之情绪"为主要宗旨②，作品多以表达爱国情怀，痛斥日本侵略行径为题。除旧体诗词，也有新体诗，诗评诗论，诗词发展史及现状之类的理论文章。如1940年第4卷第5期《昆明被炸时避地歌乐感赋二绝》，一绝"倒卷疏帘恨日长。坐怀家国两茫茫。桐阴深处抛书卧。梦绕滇南欲断肠"；二绝"渝州烧罢又昆明。血债何时总算清。回首五华歌舞地。沧桑劫后话余生"③，道出日寇空袭的暴行给中国人民带来的灾难。再如1943年第5卷第2期吴逸志作《长沙会战大捷十首》《第二次长沙会战大捷十首》以及《第三次长沙大捷喜赋》。"千里长围战洞庭，声声鼙鼓耳边听。雄师敢洗胡尘恶，重见湖峰入眼青。"④ 描写将军战士勇赴疆场，英勇抗击日寇收复河山的壮烈情怀。此外，各大诗社如重庆的饮河诗社、延安的怀安诗社、湖南的五溪诗社，以及诗人间的唱和赠答均促进了旧体诗的复兴。

  翻译与创作相辅相成，旧体诗词借着抗战大潮重获生机，同时也促使部分诗人译者采用旧体诗形式翻译外国诗歌，虽然数量上远不如旧体诗创作，也偏离彼时的翻译规范，但仍体现了译者的个体诗学、诗艺追求在其翻译实践中的作用，呈现鲜明的译者主体性。文言译诗套用汉语五、七言古体或词曲等形式规范重写原诗，虽不乏成功再现原诗音韵意蕴的范例，但需迁就汉语诗学规范的某些内在特质，终在

---

① 雷锐、黄绍清：《桂林文化城诗歌研究》，中国社会科学出版社2008年版，第254页。
② 编者：《附录》，《民族诗坛》1938年第1期。
③ 金会澄：《昆明被炸时避地歌乐感赋二绝》，《民族诗坛》1940年第4卷第5期。
④ 吴逸志：《长沙会战大捷十首》，《民族诗坛》1943年第5卷第2期。

忠实度与风格呈现上存在距离,此亦为"五四"白话诗倡导者所诟病之处。副刊《星期增刊》刊登的王了一译波德莱尔诗五首,均为文言形式,之后结集成书《恶之花》,于1980年由外国文学出版社出版。"译后记"中王了一曾坦言:"译文纯用意译我认为诗只有意译才能把诗味译出来,不必以字字对比为工""我把《恶之花》译成旧体诗,这是一种尝试。这并不妨碍别人把它译成白话诗"①,其实他所说的"意译"在某些方面确实牺牲了原诗的忠实性。试以王译《风景》为例,该诗分为3节每节8行,在1980年版译集中可见,但因报纸版面限制,遂排版如下:

欲寻净土养诗才,居近云霄不染埃。闲凭钟楼痴侧耳,高凭脊阁静叉腮。神歌清彻随风远,人语喧阗出厂来。市景何如天景好?无终仙国梦徘徊。

常倚高楼览古城,望穿重雾更怡情。疏星乍现经天碧,银烛初燃照室明。炭气成河千道直,月光如水万心倾。三时景尽余冬雪,夜闭窗扉造玉京。

漫将凝闭惜冬天,意境犹存景物妍。好鸟恋花歌呖呖,清泉滴玉泪涓涓。心田种火生红日,思路涵春起暖烟。窗外喧嚣关底事?低头澄念写诗笺。②

该诗有戴望舒、郭宏安译本,均为名家名译,较忠实地再现原诗的气韵与风貌。对比下面戴望舒白话体译诗,同为3节每节8行,但王译采用汉语传统诗体的形式在某种程度上牺牲了原诗的某些信息,又增加了原诗所没有的一些意象,如第一节删减了"象占星家们一般",城市中"烟囱""钟楼""都会的桅樯"仅以"市景"一词概括。第二节"常倚高楼览古城"增添了中国古典诗歌中常见的"倚楼

---

① 王了一:《译后记》,[法]波特莱尔《恶之花》,王了一译,外国文学出版社1980年版,第367页。
② [法]波特莱尔:《风景》,王了一译,昆明《中央日报·星期增刊》1944年12月24日。

远眺""银烛照明"的意象,而波德莱尔笔下巴黎这座令其爱恨交织的病态孤城,城里苍白清凉的月光在王译中则表现为令之倾倒的柔曼之感,有违作者本意。"玉京"一词也洋溢着古色古香之味。第三节处理更为灵活,删掉了地平线外泛青的天边、田园牧歌式的天真等诗人梦中所想,末几句调整结构顺序,由景及人,从窗外之动到内心之静,遵循汉语叙事逻辑,更有"歌呖呖"与"泪涓涓"叠词的运用与结构的对仗,营造拟声之效果。简之,王译以汉语七言古诗的形式"格"原诗之"义",虽在忠实和准确性上确有欠缺,但如王了一所言不失为一种尝试,可视其为诗歌形式的多样性所作的探索,展现其个人的审美与诗学追求。以下为戴译:

> 为要纯洁地写我的牧歌,我愿
> 躺在天旁边,象占星家们一般,
> 和那些钟楼为邻,梦沉沉谛听
> 它们为风飘去的庄严颂歌声。
> 两手托腮,在我最高的顶楼上,
> 我将看见那歌吟冗语的工场;
> 烟囱,钟楼,都会的这些桅樯,
> 和使人梦想永恒的无边昊苍。

> 温柔的是隔着那些雾霭望见
> 星星生自碧空,灯火生自窗间,
> 烟煤的江河高高地升到苍穹,
> 月亮倾泻出它的苍白的迷梦。
> 我将看见春天,夏天和秋天,
> 而当单调白雪的冬来到眼前,
> 我就要到处关上窗扉,关上门,
> 在黑暗中建筑我仙境的宫廷。

第四章 报纸篇：大后方主要报纸副刊中的诗歌译介

那时我将梦到微青色的天边，
花园，在纯白之中泣诉的喷泉，
亲吻，鸟儿（它们从早到晚地啼）
和田园诗所有最稚气的一切。
乱民徒然在我窗前兴波无休，
不会叫我从小桌抬起我的头；
因为我将要沉湎于逸乐狂欢，
可以随心任意地召唤回春天，
可以从我心头取出一片太阳，
又造成温雾，用我炙热的思想。①

四 小结

昆明版《中央日报》副刊所载译诗虽数量有限，但多为名家译笔，译者也皆为知名学者或诗人翻译家，绝大程度上保障了译诗的忠实与准确。在翻译主题选择上，既有莎士比亚十四行诗此类经典之作，也有屠格涅夫暗含政治批评的散文诗，里尔克、波德莱尔等表现现代意识的作品，以及与时事紧密结合的反法西斯反侵略诗歌，选材丰富。诗歌形式上最值得探索的是王了一以旧体诗翻译波德莱尔《恶之花》数篇。在白话入诗已成为汉语主流诗学规范下旧体译诗虽不具典型，但与抗战时期重新繁荣的旧体诗词创作相得益彰，一方面展示诗歌形式的丰富，另一方面体现出翻译和创作之间的相承与反哺。

---

① 戴望舒：《戴望舒译诗集》，湖南人民出版社1983年版，第141—142页。

第五章　译人篇：大后方从事诗歌翻译活动的主要译者

译者是翻译活动主体，对翻译的走向与结果起着决定性作用。本章聚焦抗战时期大后方报刊上发表译诗较多的五位译者：戈宝权、梁宗岱、袁水拍、穆木天以及冯至的译诗实践，考察时代背景、翻译思想、诗学观对不同译者翻译选材、翻译方法、译诗语言形式的影响，揭示翻译活动中译者主体性的体现，并通过诗人译者创译关系的剖析，揭示翻译与创作之间的关系。

第一节　戈宝权译诗活动研究

戈宝权是中国著名的外交官、学者、新闻工作者，杰出的中外文学研究专家和翻译家，一生笔耕不辍，为中外文化交流和比较文学留下了丰富的研究资料，尤其是俄苏文学，撰写了《俄国文学与中国》《普希金和中国》《屠格涅夫和中国》《谢甫琴科和他的诗歌作品在中国》《马雅科夫斯基和中国》《高尔基和中国》《托尔斯泰和中国》《契诃夫和中国》等系列论文。此外，还从事俄苏文学的翻译家研究，比如鲁迅与外国文学的关系，鲁迅作品在国外的影响和传播，如《鲁迅的作品在外国》《鲁迅的作品在苏联》《谈〈阿Q正传〉的世界意义》《谈〈阿Q正传〉的俄文译本》等。在翻译方面，戈宝权习得英法日俄等多门外语，翻译了俄苏、东欧、亚、非、拉美近百位作家的

第五章 译人篇：大后方从事诗歌翻译活动的主要译者

文学作品，体裁包括小说、散文、传记、报告文学、戏剧、诗歌以及文论等。尤其是诗歌翻译成就斐然，除了在各大报纸期刊上登载的零星译诗外，还结集成单行本《普希金诗集》《马雅科夫斯基诗集》《谢甫琴科诗集》《爱明内斯库诗选》等，除了俄苏诗人普希金、谢甫琴科、高尔基、马雅可夫斯基、莱蒙托夫、伊萨科夫斯基等，英国的拜伦、雪莱、叶芝，匈牙利的裴多菲，智利的聂鲁达，土耳其的希克梅特等诗人的作品也在翻译之列，并从翻译实践上升至理论的萃取提炼，从其随笔、序跋以及数篇专论翻译的文章如《漫谈译事难》《漫谈翻译问题》《我怎样走上翻译和研究外国文学的道路》中可见一斑。另有对中国翻译史的梳理，如论文《中国翻译的历史》，特别是考察《伊索寓言》的中译，细分为明代、清代和辛亥革命后三个阶段，研究具有极高的系统性。戈宝权的翻译事业贯穿其一生，诗歌翻译尤为突出，本节着重考察戈宝权抗战时期的译诗活动，特指发表在报纸期刊上的译诗。

一 译诗选题的时代性

戈宝权一直致力于俄苏文学的研究与翻译，1935 年 3 月随梅兰芳剧团出访苏联，在苏联当了三年记者，全面抗战爆发后 1938 年毅然归国，重庆期间，担任周恩来同志领导下的《新华日报》编辑，协助孔罗荪编辑《文学月报》，经常为《抗战文艺》和《中苏文化》等刊物写稿，同时任中华全国文艺界抗敌协会对外联络委员会秘书等，并加入中国共产党[①]。其身份、经历及所处时代的特殊性等直接影响戈宝权诗歌翻译文本的选择，使其译诗具有时代性。时代性"就是具有或符合某一时代特征的某种状态或性质来源。每个时代都有这个时代的特征、任务、思想、理论等。而人们所处的客观现实，则是人们认识世界和改造世界的起点。对戈宝权而言，在他的生活时代中，中华民

---

① 戈宝权：《我怎样走上翻译和研究外国文学的道路》，中国社会科学院科研局组织编选《戈宝权集》，中国社会科学出版社 2009 年版，第 458—459 页。

族所处的客观现实是其对翻译认识的起点"①。戈宝权的诗歌翻译不可避免地带有时代的印记,并且把译诗作为救亡和宣战的武器,他在《抗战文艺》1938年第3卷第3期以"权"为名发表《加紧介绍外国文艺作品的工作》,该文提到"翻译和介绍外国文艺作品的工作,从抗战一开始时起就显然的退了步",这源于"许多重要城市的相继沦陷,外国书报杂志的购置不易以及从事翻译工作者的生活不安定等"困难,即便如此,各国文坛仍出现了许多优秀作品,特别是苏联和西班牙,如苏联托尔斯泰的小说《面包》(又名《保卫察里津诺》),西班牙诗人玛察多、洛尔卡和阿尔拜落的诗歌与短歌,均是反映西班牙内战中人民英勇斗争的力作。因此,"在目前抗战期间,我们实有积极翻译及介绍外国文艺作品的必要,为了丰富我们的文艺作品写作活动,像苏联以内战及反军事干涉为主题的作品,以及西班牙两年来英勇斗争中所产生的作品,更有介绍的必要,同时促进中苏作家与中西作家之间的友谊",并指出中国文学出国也是必要的工作②。

(一)译诗统计分析

综观抗战期间戈宝权所译诗歌,主要集中在《新华日报》副刊、《中苏文化》以及《文阵新辑》第二辑《哈罗尔德的旅行及其他》上,选材多为爱国、反侵略、反压迫主题的俄苏诗歌,诚如其所言,俄苏文学倡导"为人生而艺术"的现实主义取向,具有"高度思想性、艺术性和教育意义"③。瞿秋白也指出俄罗斯文学在中国"极一时之盛"的最主要原因在于"俄国布尔什维克的赤色革命在政治上、经济上、社会上生出很大的变动,掀天动地,使全世界的思想都受他的影响。大家都要追溯他的原因,考察他的文化,所以不知不觉全世界的视线都集于俄国,都集于俄国的文学。而在中国这样黑暗的社会里,人都想在生活的现状里开辟一条新路,听着俄国旧社会崩裂的声音,

---

① 马洁:《戈宝权翻译思想研究》,《河北科技师范学院学报》(社会科学版)2018年第3期。
② 权:《加紧介绍外国文艺作品的工作》,《抗战文艺》1938年第3卷第3期。
③ 戈宝权:《俄国文学和中国》,《中外文学因缘——戈宝权比较文学论文集》,华东师范大学出版社2013年版,第4页。

真是空谷足音,不由你不动心。因此大家都要来讨论俄国,于是俄国文学就成了中国文学家的目标"①,这也是抗战时期译者的目标。

戈宝权译诗分别为:《中苏文化》1943 年第 14 卷第 7—10 期合刊 S. 阿里莫夫作《母亲的训令》与 E. 道布玛托夫斯基作《我的亲爱的》;1943 年第 14 卷第 11、12 期合刊《依萨科夫斯基诗辑》,包括《喀秋莎》《而谁又知道他》《分别》《两只鹰》《再会吧,城市和村舍》《母亲》《给儿子的训言》《在这儿葬着一个红军的战士》;1944 年第 15 卷第 8、9 期合刊《莱蒙托夫诗钞(九首)》②,戈宝权、余振、朱笋等译,其中《再会吧,污秽的俄罗斯》《一株松树孤立在山顶上》《高加索》《给天国的少女》《给都尔诺夫》为戈宝权译。1939 年第 4 卷第 3 期《莱蒙托夫诗选》为戈宝权辑,并未有其译诗。

《新华日报》副刊(如未标明,均为第四版)上刊有大量戈氏译诗,且部分译诗也以同人同译的方式刊登在《中苏文化》上,如伊萨科夫斯基的部分诗作,这是抗战时期比较常见的现象,译者署名有戈宝权、宝权和葆荃,均为同一人。《新华日报》1940 年 4 月 14 日刊登了苏联诗人马雅可夫斯基作《打击乌兰格尔!——〈罗斯他的讽刺的窗子〉之一》与《列宁的葬礼——〈列宁〉一诗的断片》(宝权译);1943 年 5 月 20 日玛尔夏克(苏联)《一个年青的弗里茨》(葆荃译);1943 年 6 月 11 日玛尔夏克《弗里茨怎样没有吃到稀饭》(葆荃译);1943 年 11 月 7 日第六版苏联诗人 M. 依莎科夫斯基《母亲(诗两首)》;1943 年 12 月 30 日 M. 依莎科夫斯基《给儿子的训话》;1943 年 12 月 31 日 M. 依莎科夫斯基《在这儿葬着一个红军战士》与《分别》;1944 年 1 月 7 日 M. 依莎科夫斯基《而谁又知道他》;1944 年 1 月 20—23 日,1 月 25 日和 1 月 27 日分别刊登了《列宁在诗歌中》(一)至(六)系列组诗,这些均为戈宝权译,是为纪念列宁逝世二十周年所作。此外还有 1944 年 8 月 28 日伊莎科夫斯基作《斯大林文艺奖

---

① 转引自戈宝权《俄国文学和中国》,《中外文学因缘——戈宝权比较文学论文集》,华东师范大学出版社 2013 年版,第 10 页。
② 实际只有八首,且未见余振译诗。

金得奖作品介绍——伊莎科夫斯基诗钞》；1944 年 9 月 3 日马雅可夫斯基《国际青年节》（葆荃译）。

　　1944 年《文阵新辑》第 2 辑《哈罗尔德的旅行及其他》为译诗专辑，刊有戈宝权翻译的俄国《莱蒙托夫诗钞》，包括《献给——（一八三〇年）读 T. 摩尔之〈拜伦传〉有感》（1830）、《自白》（1832）、L'attente（1841）、《当我看见你微笑的时候》（1830）、《梦》（1841）、《无题》（1841）、《我寂寞，我悲伤》（1840）、《感谢》（1840）、《黑色的眼睛》（1830）、《不要哭吧，我的孩子》（1841）、《天使》（1831）、《帆船》（1832）、《囚徒》（1837）以及《姆奇里》（节选，1839—1840）。

　　显然，戈宝权选译文本聚焦于俄苏具有现实意义的诗歌，多以爱国、反侵略、反法西斯为主，原作者也主要为革命进步诗人，如莱蒙托夫、马雅可夫斯基和伊萨科夫斯基，符合抗战时期民族救亡的时代主题，是译者对主流意识形态的自觉认同。

　　（二）译诗主题分析

　　戈宝权选译诗歌中，主要分为爱国与反侵略两类，且两者之间联系紧密。爱国主题中不仅从正面描写战士、勇士的英勇行为，也从侧面以小见大，以母亲之心、以爱人之情体现战士为国舍家的伟大情操，如 S. 阿里莫夫《母亲的训令》："亲爱的，绝不要怜惜一点力量，/要把恶毒的敌人一直打到底！/因为我哺养了你，抚育了你，/是为了让你成为一个胜利的战士。"[1] 再如 E. 道布玛托夫斯基《我的亲爱的》描述狙击兵出征边疆，心中仍牵念远方的爱人："在我的小衣袋/有着你的一张照片，/这就是说：我们永远都在一起，/我的亲爱的。"[2] 还有刊登在《中苏文化》1943 年第 14 卷第 11、12 期合刊《依萨科夫斯基诗辑》中《喀秋莎》《分别》，是家国大爱与个人情爱完美融合的动人诗篇，被谱以曲子，传唱于人民大众之间。

---

[1] ［苏］S. 阿里莫夫：《母亲的训令》，戈宝权译，《中苏文化》1943 年第 14 卷第 7—10 期合刊。

[2] ［苏］E. 道布玛托夫斯基：《我的亲爱的》，戈宝权译，《中苏文化》1943 年第 14 卷第 7—10 期合刊。

第五章 译人篇:大后方从事诗歌翻译活动的主要译者

表现爱国情怀的诗篇还有《中苏文化》1943年第14卷第11、12期合刊《依萨科夫斯基诗辑》之《在这儿葬着一个红军战士》(亦刊在《新华日报》1943年12月31日第四版)与《母亲》(亦刊在《新华日报》1943年11月7日第6版)。前者歌颂保家卫国的英雄战士,"为了你,为了我,/他已经尽了他所能尽的一切:/在战斗中他并不顾惜他自己/而更重视他祖国的运命";后者细描女儿战死的惨状,"她正躺在炎热的太阳之下,/她手里正拿着枪杆,/长眠在细碎的,炙热的,/和染满了血渍的砂地上",反衬母亲的悲痛欲绝以及拿起枪杆继续女儿未竟事业的崇高精神,"她现在去保护她亲爱的祖国啦,/去参加那伟大的事业"①。

诚然,爱国与反侵略紧密相连。戈译大部分诗篇均为反压迫反侵略,甚至直指法西斯残暴虐行,极具现实性,通过译诗号召中国人民奋起抵挡日本军国主义的侵略。这类诗篇如《中苏文化》1943年第14卷第11、12期合刊刊登的《依萨科夫斯基诗辑》之《再会吧,城市和村舍》(《新华日报》1943年11月7日第六版同载)、《给儿子的训言》;《新华日报》1940年4月14日第四版刊登的马雅可夫斯基《打击乌兰格尔!——〈罗斯他的讽刺的窗子〉之一》以及《列宁的葬礼——〈列宁〉一诗的断片》(宝权译)。此外,《文阵新辑》第2辑刊登的《莱蒙托夫诗钞》之《囚徒》《帆船》以及《姆奇里》(节选)均饱含反压迫的精神。直指法西斯罪行的诗歌如《新华日报》1944年9月3日第四版刊登的马雅可夫斯基《国际青年节》,译者序中介绍:"马雅可夫斯基的这首纪念国际青年节的诗,其写作的年代和月日俱不详,但在今天读起来,他依然是写出了我们青年人们斗争的真理,无论在西方,无论在东方,成千百万的青年还正在法西斯的牢狱中呻吟着,我们也只有彻底地粉碎德意日及一切形式的法西斯,才能争取到各民族的解放,从而也才能争取到青年的解放。因此,我们特将马雅可夫斯

---

① [苏]依萨科夫斯基:《母亲》,戈宝权译,《中苏文化》1943年第14卷第11、12期合刊。

基的这首诗译出来,纪念今年的国际青年节。"① 诗中铿锵有力地呼吁:"青年们,/伸出/千百万双手来!/在国际青年节这一天/保卫你们的同志们/用环形的队伍/包围住/法西斯的监狱。/把法西斯们/钉上他们房屋的墙壁。/希特勒青年团的熔岩,/流吧,/你们想恐吓和平的人们。/但少年先锋队/要用红领巾/嚇住你们这群法西斯的野牛。"② 再如玛尔夏克《一个年青的弗里茨》通过先生和孩子一问一答的形式,以孩子弗里茨的口吻讥讽法西斯的丑陋嘴脸:"先生们又问道:/'为什么法西斯蒂要有手?'/'为了拿斧头,为了执剑,/为了去抢劫、去杀人、去放火。'"③

另外值得一提的是,《新华日报》1944年1月20日至27日(24、26日除外)为纪念列宁逝世二十周年连载的《列宁在诗歌中》(一)至(六)系列组诗,包括马雅可夫斯基、伊萨科夫斯基以及苏联各民族民歌,大都为缅怀歌颂无产阶级领袖列宁的革命诗篇,爱国与反压迫反侵略的主旋律贯织其间,容易激发抗战时期中国人民的情感共鸣,给予其继续战斗的希望与信心。

二 戈宝权翻译方法的选择:忠实于原文的直译

戈宝权翻译了大量的文学作品,留下了丰富的文字遗产,不仅有大量的翻译实践,还善于从实践中总结经验,在翻译文本的前言、后记、序跋中都能提炼出他的翻译思想、原则与方法。如他所言:"在翻译工作方面,我是遵循严复提出的'信、达、雅'的原则,在翻译时力求做到从形式到内容都忠实于原文。我认为直译和意译,形似和神似都不是对立的,而应该结合起来加以考虑。"④ 在翻译方法选择上,虽然戈宝权主张直译与意译不是对立的,但根据其对于翻译问题

---

① 葆荃:《国际青年节·译前》,《新华日报》1944年9月3日第4版。
② [苏] 马雅科夫斯基:《国际青年节》,葆荃译,《新华日报》1944年9月3日第4版。
③ [苏] 玛尔夏克:《一个年青的弗里茨》,葆荃译,《新华日报》1943年5月20日第4版。
④ 戈宝权:《我怎样走上翻译和研究外国文学的道路》,中国社会科学院科研局组织编选《戈宝权集》,中国社会科学出版社2009年版,第466页。

的专文探讨与译诗文本分析，可看出他主张直译。戈宝权认为"翻东西首先应该忠实，要忠实于原文，把原文的意思、原文的形式，甚至原文语句的排列，都很好地翻译出来，而且要使得大家也能理解，这样才能忠实地体现原著"[①]。他曾提到在抗战期间翻译的西蒙诺夫的《等待我》，并以第一段的十二行为引，以此阐释自己的翻译观：

  等待着我吧，我要回来的，
  但是你要认真地等待着……
  等待着吧，当那凄凉的秋雨
  勾起你心上的忧愁的时候。
  等待着吧，当那雪花飘舞的时分。
  等待着吧，当那炎热来临的日子。
  等待着吧，当大家在昨天就已经忘记，
  不再等待别人的时候。
  等待着吧，当从遥远的地方，
  再没有音讯回来。
  等待着吧，当那一些同你等待的人
  都已经厌倦了的时候。[②]

"这首诗每句开头都是'等待着吧'，我翻的时候尽量把它的音调、句型都体现出来……去体会它里面的感情，而且要把它的音韵、节奏性都体现出来，连原文用的字，原文的形式，字句的排列，一直到它里面的诗意、音乐性都体现出来。我是主张直译的，我翻的东西都可以按照原文来读，而且能同原文一样地排列起来，很少改动。但是这样做很不容易。好多人翻译时把人家的句子换动得很厉害，因为怕读者看不懂。我想假如你翻得很好，把原文理解得很深，你按照原

[①] 戈宝权：《漫谈翻译问题》，《外国文学》1983年第11期。
[②] 戈宝权：《漫谈翻译问题》，《外国文学》1983年第11期。

来的形式翻译出来，用中文忠实地体现出来，这样既能让读者了解原文的内容，也能了解原文的形式、音律和诗意。特别是翻译诗，最要紧的是把诗意和音律翻出来，否则，你翻的就不是诗了，那怎么行！一直到现在，我始终是照这样做的。"①

三 注重译诗的可读性与语言的质朴

戈宝权提倡直译，不主张"用中国习惯的语言去套外国的东西"，并援引鲁迅的翻译观，"不但在输入新的内容，也在输入新的表现法"②，即在移植内容的同时，最大限度地保留原文的形式和优美，不主张用汉语的习惯用法归化原文的异质性。但他同时强调"翻译用的语言要朴素，朴素是最美的。应该用朴素的语言来体现原文，不要以为用浮华的、修饰过的语言就好。朴素的语言读者能够理解，能够接受，而且最能感人"③。戈宝权主张的直译，是要让读者"听懂"，"这是最要紧的"。要做到让读者一听就懂，确实要比让读者"看懂"难得多。"看懂"，一遍看不懂，可以再看一遍，甚至可以反复看。有时译者自己翻译不清楚的句子，会让读者纠结困惑。但要达到让读者一听就懂，不仅要求译文语言精练简洁，更重要的是译者自己要花更多的时间对原文反复推敲，达到非常深刻、整体的理解。"不要把这些事情推给读者去做。直译不是硬译，难度很大的。"④ 可见，戈宝权提倡既忠实于原文内容与形式，又不忘考虑读者，兼顾忠实性与可读性。从抗战时期各报纸期刊所译诗歌来看，戈宝权的译诗忠实通顺，且符合译入语诗学规范，选材上也择取了许多苏联各族的民歌体诗歌，一些诗歌还谱成歌曲广为传颂。译诗的语言形式也符合大众化审美特征，通俗晓畅，铿锵上口。前述《新华日报》副刊发表的《列宁在诗歌

---

① 戈宝权：《漫谈翻译问题》，《外国文学》1983 年第 11 期。
② 戈宝权：《漫谈翻译问题》，《外国文学》1983 年第 11 期。
③ 戈宝权：《漫谈翻译问题》，《外国文学》1983 年第 11 期。
④ 陈逸：《文学翻译"要让读者听懂"——忆戈宝权伯伯》，《文汇报》2016 年 7 月 18 日第 1 版。

中》（一）至（六）系列诗歌，许多即为民歌，如1944年1月22日《列宁在诗歌中（三）》之塔杰克民歌《四月和正月》；1944年1月23日《列宁在诗歌中（四）》之乌克兰民歌《两只鹰》和阿瓦尔民歌《你是第一个称我们是人的人》；1944年1月25日《列宁在诗歌中（五）》之莱斯金民歌《列宁歌》《萧尔兹民歌》、布略特民歌《伊里奇活着》以及达尔金民歌《列宁和我们在一起》。以塔杰克民歌《四月和正月》为例，该诗以四月列宁同志诞生时杏花满树，夜莺歌起，明亮鲜红的新衣对比正月列宁逝世雪漫寒冬，四处哀歌，黑色丧衣，衬托苏联人民对列宁的深切爱戴与无尽哀思。戈宝权的译诗语言朴素，语气助词"啦"和儿化词"歌儿"等再现民歌体诗歌的形式特征："四月里，当杏树开满了鲜花，/列宁同志就在这时候诞生啦。/正月里，当一个刮着雪风的严寒的黑夜，/列宁同志就在这时候逝世啦。……四月里，和暖的太阳照耀着我们，/为了我们要更加高兴地歌唱！/正月里，我们只能哼着悲哀的歌儿，/连风雪也跟着我们一同哭泣悲伤。"①

四 结语

戈宝权一生著译丰硕，尤以诗歌翻译成就斐然。抗战时期作为《新华日报》等报纸的编辑，其译诗选材紧扣时代主题，倾向于反侵略反压迫的爱国主义诗作，旨在以诗歌为武器，激励中国军民抗战的信心与决心。在译诗实践中，他秉持信达兼备的翻译原则，采用直译方法，既传达原诗的思想内容，又保留原诗的形式美感，同时注意语言质朴通顺，易于读者理解。其译诗从选材到形式均与战时文艺诉求高度契合，具有无限生命力，发挥了诗歌"炸弹和旗帜"（马雅可夫斯基语）的功能。

---

① 戈宝权译：《列宁在诗歌中（三）》之《四月和正月》，《新华日报》1944年1月22日第4版。

第二节　梁宗岱译诗活动研究

梁宗岱是中国现代著名诗人、诗歌理论家和翻译家，全面抗战爆发后，1938年应聘重庆复旦大学外文系教授，居住在重庆郊外的"琴庐"，1944年冬回到故乡广西百色①。综观梁宗岱抗战时期的诗歌翻译，译诗数量不多，选材上多为西方现代派诗人作品以及莎士比亚的十四行诗；译诗形式上也一反当时盛行的自由体诗歌，坚持格律诗体，注重诗句的整饬、押韵、节奏等形式因素，这均与其诗歌理论相关。诗歌是最能充分表现情感的文学样式，在民族危亡的抗战时期所发挥的作用无疑是鼓励前方将士奋勇杀敌，鼓动后方民众为抗战出力，诗学关怀让位于政治诉求。因此，抗战诗歌在主题内容上要求具有战时性，诗歌与民众的抗战现实紧密结合，诗人作为时代的鼓手，咏叹的是全民族的悲壮斗争；语言形式上，抗战诗歌亦采用合乎中国人习惯、易于大众理解的通俗语和自由体形式，最大限度地实现大众化，以鼓励民众的抗战激情，这是本土意识形态和诗学对诗歌的规约。论及诗歌翻译，无疑要遵循译入语国的意识形态和诗学的政治和审美要求，以通俗的白话口语和自由体形式迻译外国诗歌。鉴于此，现实主义诗歌的译介达到鼎盛，尤其是民主、进步诗人的诗作。但是，梁宗岱的译诗无论从译诗语言形式的表现，还是从诗歌和诗人的选择上，均与主流规范有所偏离，这是受其诗歌理论影响所致。以下从梁氏诗论、译诗的选材和译诗语言形式三方面探讨梁宗岱抗战时期诗歌翻译的特征，从中凸显梁氏的译者主体性，对主流翻译规范的背离和"创造性叛逆"②。

一　梁宗岱诗歌理论

梁宗岱受法国著名象征主义诗人瓦雷里的影响，并对其著名的

---

① 张仁香：《梁宗岱诗学研究》，暨南大学出版社2014年版，第203页。
② 谢天振：《译介学》，上海外语教育出版社1999年版，第137页。

"纯诗"理论作了中国化的阐释和发展。在《谈诗》中他这样界定"纯诗":"所谓纯诗,便是摒除一切客观的写景,叙事,说理以至感伤的情调,而纯粹凭借那构成它底形体的原素——音乐和色彩——产生一种符咒似的暗示力,以唤起我们感官与想象底感应,而超度我们底灵魂到一种神游物表的光明极乐的境域。象音乐一样,它自己成为一个绝对独立,绝对自由,比现世更纯粹,更不朽的宇宙;它本身底音韵和色彩底密切混合便是它固有的存在理由。"① 这是从本体意义上涉及诗的内容、境界和审美等。区分诗与散文,反对诗歌散文化倾向,尤其批判白话自由体诗直白浅露的语言、过于清晰的语义逻辑,以及缺乏艺术的想象力和语意的隽永与深邃,是他结合20世纪二三十年代中国新诗现状提出的反思,是对胡适"诗体大解放",打破一切束缚自由的枷锁,"有什么话,说什么话;话怎么说,就怎么说"② 等主张的纠偏。在《新诗底分岐路口》中他反驳道:"所谓'有什么话说什么话',——不仅是反旧诗的,简直是反诗的;不仅是对于旧诗和旧诗体底流弊之洗刷和革除,简直是把一切纯粹永久的诗底真元全盘误解与抹煞了。"③ 梁宗岱强调诗歌内容与形式的共生,在他看来,"在创作的最高度的火候里,内容和形式是象光和热般不能分辨的。正如文字之于诗,声音之于乐,颜色线条之于画,土和石之于雕刻,不独是表现情意的工具,并且也是作品底本质;同样,情绪和观念——题材或内容——底修养,锻炼,选择和结构也就是艺术或形式底一个重要原素"④。在《新诗底分岐路口》中他进一步指出:"从创作本身言,节奏,韵律,意象,词藻……这种种形式底原素,这些束缚心灵的镣铐,这些限制思想的桎梏,真正的艺术家在它们里面只看见一个增加那松散的文字底坚固和弹力的方法,一个磨炼我们自己的好身手的机会,一

---

① 梁宗岱:《谈诗》,《诗与真·诗与真二集》,外国文学出版社1984年版,第95页。
② 胡适:《尝试集》,人民文学出版社1984年版,第149页。
③ 梁宗岱:《新诗底分岐路口》,《诗与真·诗与真二集》,外国文学出版社1984年版,第167—168页。
④ 梁宗岱:《谈诗》,《诗与真·诗与真二集》,外国文学出版社1984年版,第92页。

个激发我们最内在的精力和最高贵的权能,强逼我们去出奇制胜的对象。……空灵的诗思亦只有凭附在最完美最坚固的形体才能达到最大的丰满和最高的强烈。"① 概括地说,梁宗岱的诗学理论核心即象征主义的心灵诗学,是以"形式"为中心的诗学,注重诗的本体,诗之为诗的理论。他的诗论主要集中在《诗与真》与《诗与真二集》,分别于1935年和1936年由上海商务印书馆出版,1984年外国文学出版社将这两本册子合为一册,为《诗与真·诗与真二集》。这两本诗论集"总结了他自己的创作实践经验,对我国新诗的创作和翻译有重要的指导意义和参考价值",香港评论界认为可以和朱自清的《新诗杂话》、李广田的《诗歌艺术》以及艾青的《诗论》并称为"五四"以来最重要的诗论著作②。他的"纯诗"理论注重诗的本源,主张形式是一切艺术的生命,他追求艺术的灵境等观念不仅影响其诗歌创作,也影响其诗歌翻译。表现在待译诗歌选材与译诗语言形式上,就是推崇直译的翻译方法,注重译诗在形式上尽可能保留原诗的韵律和格调,推崇格律诗体,在选材上多为法德等象征主义诗歌以及莎士比亚的十四行诗,这与抗战爆发后诗歌的"大众化",诗歌本体和审美意义悬置的主流诗学规范不符,梁宗岱注定成为主流诗学的叛逆者,其译诗也在抗战时期偏离诗歌翻译的主流。

二 抗战时期梁宗岱译诗选材特征

抗日战争的全面爆发使"救亡"成为全民族的主要任务,"为艺术而艺术""艺术至上"等均让位于抗战这一中心任务,诗歌与民众的抗战现实紧密结合是当时抗战文艺的主导,内容上紧扣时代与大众的节拍,形式上要求诗的语言通俗鲜活、音节和谐,提倡没有固定格式韵律的自由体。外国诗歌的译入同样被赋予"救亡"的使命,作为一种改写的翻译必然反映一定时期译入语接受环境的意识形态和诗学

---

① 梁宗岱:《新诗底分岐路口》,《诗与真·诗与真二集》,外国文学出版社1984年版,第170—171页。
② 黄建华编:《中华翻译家代表性译文库·梁宗岱卷》,浙江大学出版社2020年版,第3页。

形态，因此译诗在内容上多选取反压迫和抗争题材的外国诗歌，文字上通俗不欧化，因为欧化的技巧会在作者和读者中间筑起一道障壁。即使在某些条件下引用欧化语法，"最好在引用的欧化字眼下加以注解来说明"①，否则不利于诗歌在民间的传播。抗战时期译者依循当时主流诗学偏好自由体诗歌，即便原诗为格律诗，也"误译"为自由体，因为"从根本上，外来文化只能通过本土才能起作用"②，外国诗歌形式只有进入译入语国家文化系统后，才能被译入语读者接受，被其诗人借鉴或模仿，从而发挥译诗对译入语国诗歌的影响。

梁宗岱的诗歌翻译总体上与救亡的时代主题疏离，着重于艺术审美而非政治宣传。《论诗之应用》一文中他针对抗战前后国内诗坛展开的"纯诗"与"国防诗歌"论战，在民族存亡之际。面对"纯诗"被贬、一边倒的现状，他为"纯诗"辩护："一个把诗看作目标，一个只看作手段；……对于一个，诗是他底努力的源泉和归宿；对于另一个，她却只是引渡他到某一点的过程"，二者并不冲突没有可比性。无论哪种，都得来自"一种不可抑制的冲动"③，外界的激发或内心情感的充溢。他驳斥口号式的应景诗歌，主张并非只有写抗战诗歌才能无愧于国家与人民，不否认"文艺在这样一个动荡的大时代应该（但我们也不能强迫每个作者都要）负起宣传的使命"，深信"文艺底宣传和其他的宣传不同，只有最善的作品，就是说，用完美的形式活生生抓住这时代的脉搏的作品，才能给它底神圣使命最高最丰盈的实现——最低限度也不要粗制滥造抗战的八股来玷辱他自己和它底使命"④。显然，与内涵相融的形式以及对诗歌本体价值与"真"的追求是其毕生的理想。鉴于此，他的翻译选材中几乎没有反压迫、反侵略、争独立之类的战斗诗歌，绝大多数归属于象征主义诗歌范畴，所译几乎

---

① 洛蚀文：《关于文学大众化问题》，洛蚀文编《抗战文艺论集》，上海书店1986年版，第172页。
② 高玉：《现代汉语与中国现代文学》，中国社会科学出版社2003年版，第177页。
③ 梁宗岱：《论诗之应用》，《诗与真续编》，中央编译出版社2006年版，第62—63页。
④ 梁宗岱：《求生》，《诗与真续编》，中央编译出版社2006年版，第83页。

都是著名诗人的作品，选材广泛，"呈现出多作者、多国别和多语言的特征"①，如歌德、瓦雷里、波德莱尔、魏尔仑、雨果、里尔克、尼采、莎士比亚、布莱克、雪莱、泰戈尔等。他选的均是"最好的作家，最好的文本，精华的精华……在某种程度上来讲，他也考虑到中国的需求，不是迎合中国普通民众的喜好，而是怀抱着'为求学识的充裕，为求社会的进步，为求国家的幸福'去选择他的翻译文本的"，助国人"出黑暗而登光明之境"②，同时也考虑到白话文的发展与本国诗歌的需求。

抗战时期梁宗岱发表的译诗主要有：《抗战文艺》1940年第6卷第1期德国诗人歌德《谟罕默德礼赞歌》；《时与潮文艺》1944年第4卷第4期《莎士比亚商籁》，刊登了莎士比亚十四行诗第三十一首到第四十一首；《民族文学》1943年第1卷第2期《莎士比亚的商籁》，介绍两派批评家对莎士比亚商籁是否"表现的是诗人的实录呢，抑或只是一些技巧上的表演？"的辩论，并提出自己的观点"真理似乎恰在二者的中间"，莎氏那样的天才，"私人的遭遇往往具有普遍的意义"，他用无上的天赋"把他的悲观的刹那凝成永在的清歌"，用商籁的体裁，"赐给我们一个温婉的音乐和鲜明的意象的宝库，在这里他用主观的方式完成他在戏剧里用客观的方式所完成的，……让德性和热情体认它们自己的面目"③。在这样深刻的体认基础上，梁宗岱附上自己第一首至第十五首译诗。同年《民族文学》第1卷第3期《莎士比亚的商籁》刊载第十六首到第二十五首，第1卷第4期《莎士比亚的商籁》第二十六首到第三十首；重庆版《中央日报》副刊《平明》1939年12月21日第4版莎士比亚的《十四行二首》之第七十三首和第七十四首；昆明版《中央日报》副刊《平明》1939年12月9日"诗之页"《十四行诗二首》（原集第七十三、七十四首），副刊《星

---

① 熊辉：《两支笔的恋语：中国现代诗人的译与作》，西南师范大学出版社2011年版，第55页。
② 黄荭、钦文、张伟劼：《梁宗岱的文学翻译及其精神遗产——〈梁宗岱译集〉三人谈》，《中华读书报》2016年12月21日第9版。
③ 梁宗岱：《莎士比亚的商籁》，《民族文学》1943年第1卷第2期。

期增刊》1944年5月14日《莎士比亚商籁》(三一),5月21日《莎士比亚商籁》第三十二首至第三十七首,5月28日《莎士比亚商籁》第三十八首和第三十九首,6月4日《莎士比亚商籁》第四十一首和第四十二首。虽然抗战时期发表译诗不多,但主题、形式与抗战意识形态和主流诗学的间离,充分凸显了译者的主体性特征。译者主体性是指"作为翻译行为主体的译者在尊重翻译对象的前提下,为实现翻译目的而在翻译活动中表现出来的主观能动性,其本质特征是翻译行为主体自觉的文化意识、人文品格和文化、审美创造性"①。众所周知,抗战是当时时代的主旋律,梁宗岱却没有紧跟时代步伐,在大多数译者选择译介反抗侵略、宣扬革命思想的作品时,他仍坚持诗学本位立场,多选择具有深邃哲理意味或思考人生、探讨文学的诗歌。

莎士比亚十四行诗的主题始终聚焦于时间、艺术、生命、友谊与爱情。从梁氏抗战期间译诗选本可见,主题大都赞美爱友的青春美貌,歌颂诗人与爱友间的真挚感情,如"让我承认我们俩一定要分离,/尽管我们那分不开的爱是一体:这样,许多留在我身上的瑕疵,/将不用你分担,由我独自承起。/你我的相爱全出于一片赤诚,/尽管不同的生活把我们隔开,/这纵然改变不了爱情的真纯……"②(第三十六首);"因为,无论美、门第、财富或才华,/或这一切,或其一,或多于这一切,/在你身上登峰造极,我都把/我的爱在你这个宝藏上嫁接"③(第三十七首)。面对爱友的背叛,诗人展现出复杂矛盾的心情:"你那放荡不羁所犯的风流罪/(当我有时候远远离开你的心)/与你的美貌和青春那么相配,/无论到哪里,诱惑都把你追寻……它们引你去犯那么大的狂乱,/使你不得不撕毁了两重誓约:/她的,因为你的

---

① 蒙兴灿:《五四前后英诗汉译的社会文化研究》,科学出版社2009年版,第172页。
② [英]莎士比亚:《莎士比亚商籁》(三六),梁宗岱译,《时与潮文艺》1944年第4卷第4期。
③ [英]莎士比亚:《莎士比亚商籁》(三七),梁宗岱译,《时与潮文艺》1944年第4卷第4期。

美诱她去就你；/你的，因为你的美对我失信义"①（第四十一首）。另有第三十三首通过一系列意象"灿烂的朝阳""金色的脸庞"到"最卑贱的云彩""下界的乌云"，从最初的甜蜜到背叛的悲伤，表明诗人面对爱友背叛的悲切心情，最后两句为点睛之笔："我的爱却并不因此把他鄙贱，/天上的太阳有瑕疵，何况人间！"②面对爱友的不忠，诗人最终以原谅升华痛苦。第三十五首也为类似主题："别再为你冒犯我的行为痛苦，/蔷薇花有刺，银白的泉有烂泥，/黑云和蚀把太阳和月亮玷污，/可恶的毛虫活在温馨的嫩蕊。/每个人都有错，而我就犯这点：/运用种种比喻来批准你底错。"③诗人更将诗艺推向极致，坚信诗歌能使情谊永恒："我的生命在诗里将永远长保，/永生的纪念品，永久和你相守。/当你重读这些诗，就等于重读/我献给你的至纯无二的生命。"④（第七十四首）

当然，身处抗战大时代的梁宗岱也无法完全栖身于诗的艺术殿堂，置满目疮痍、战乱频仍的现实不顾。虽然梁氏译诗中更多象征派作品，但也有少许表现反抗意识的译作，如德国诗人歌德的《谟罕默德礼赞歌》（现译《穆罕默德之歌》）。该诗写于德国狂飙突进运动时期，具有强烈的抗争精神，以民歌式语言、素体自由诗形式表现自然的美与强大之力，以从"危崖底丛林中"流出的"石上泉"为意象，讲述穆罕默德思想的传播，描述阿拉伯民族从一盘散沙到团结一致的过程。诗中这股山泉"清新而活泼""用先驱者底步伐/他领着他那兄弟们的溪流/和他一起前进"。途中山泉会合了"小溪们""平原上的河流""山间的溪涧"，引领它们"到那永久的海洋去罢！"虽然"燥渴的沙"

---

① ［英］莎士比亚：《莎士比亚商籁》（四一），梁宗岱译，《时与潮文艺》1944年第4卷第4期。
② ［英］莎士比亚：《莎士比亚商籁》（三三），梁宗岱译，《时与潮文艺》1944年第4卷第4期。
③ ［英］莎士比亚：《莎士比亚商籁》（三五），梁宗岱译，《时与潮文艺》1944年第4卷第4期。
④ ［英］莎士比亚：《十四行二首》之《（二）原集第七十四首》，梁宗岱译，重庆《中央日报·平明》1939年12月21日。

"天上的太阳""田园的山"试图把它们"困在池塘里",最终它们汇聚大海:"涨起来;他那壮阔的波澜/把整个民族涌起来!/于是他胜利地向前滚着……飘荡在他头上,万千旗帜/临风招展着,/显出他底辉煌;/同样他把他底弟兄们,/他底财宝,他底儿童们/狂呼着带到/那望眼欲穿的祖先怀里。"① 该诗具有强烈的民族意识,澎湃的激情与民族凝聚力正是抗战时期中华民族最需要的精神力量。

三 抗战时期梁宗岱译诗语言形式特征

梁宗岱一生致力于诗歌翻译,数量不算多,但质量属上乘,译诗观深受其"纯诗"理论影响。他在译诗集《一切的峰顶》"序"里谈到译诗的困难:"诗,在一意义上,是不可译的。一首好诗是种种精神和物质的景况和遭遇深切合作的结果",这是诗的本质决定的。"作者与译者感受程度深浅,艺术手腕底强弱,和两国文字底根深蒂固的基本差别……这些都是明显的,也许不可跨越的困难。"② 在他看来,"反映在作品里的作者和译者底心灵那么融洽无间,二者底艺术手腕又那么旗鼓相当,译者简直觉得作者是自己前身,自己是作者再世,因而用了无上的热忱,挚爱和虔诚去竭力追摹和活现原作底神采。这时候翻译就等于两颗伟大的灵魂遥隔着世纪和国界携手合作,那收获是文艺史上罕见的佳话与奇迹"③。因此,他以直译为主,"不独一行一行地译,并且一字一字地译,最近译的有时连节奏和用韵也极力模仿原作——大抵越近依傍原作也越甚"④。他对原语保留最大的尊重,原因在于"经过大诗人选定的字句和次序是至善至美的。如果译者能够找到适当对照的字眼和成语,除了少数文法上地道的构造,几乎可以原

---

① [德]哥德:《谟罕默德礼赞歌》,梁宗岱译,《抗战文艺》1940年第6卷第1期。
② [德]歌德等:《一切的峰顶》,梁宗岱译,何家炜校注,华东师范大学出版社2016年版,"序"第3页。
③ [德]歌德等:《一切的峰顶》,梁宗岱译,何家炜校注,华东师范大学出版社2016年版,"序"第4页。
④ [德]歌德等:《一切的峰顶》,梁宗岱译,何家炜校注,华东师范大学出版社2016年版,"序"第5页。

封不动地移植过来。我用西文译中诗是这样，用中文译西诗也是这样。有时觉得反而比较能够传达原作底气韵"①。他反对用绝对白话化的语言去翻译诗歌，认为要使白话"完全胜任文学表现底工具，要充分应付那包罗了变幻多端的人生，纷纭万象的宇宙的文学底意境和情绪，非经过一番探检，洗炼，补充和改善不可"②。在《新诗底分歧路口》一文中，他再次强调白话语言的弊端和文言的优点："虽然新诗底工具，和旧诗底正好相反，极富于新鲜和活力，它的贫乏和粗糙之不宜于表达精微委婉的诗思却不亚于后者底腐烂和空洞。"③ 梁宗岱的直译虽使译诗语言倾于欧化，却能在保证译文流畅自然的基础上最大限度再现原诗的风格和意境。语言的欧化却与抗战时期诗歌大众化审美标准不符，梁宗岱的译诗语言是个人诗学观的体现，是译者主体性的发挥。

在译诗形式上，梁宗岱主张保留原文的形式，维护原文的语句，采用西方诗歌的跨句，但同时也注重译诗的语句自然流畅。他尤其推崇诗的用韵和格律，其译诗具有格律诗的均齐和音乐性，看重形式之于诗歌的重要性，他说："形式是一切文艺品永生的原理，只有形式能够保存精神底经营，因为只有形式能够抵抗时间底侵蚀。"节奏、韵律、意象、辞藻等这些形式元素，对于真正的艺术家不会成为镣铐和桎梏，只是一个"增加那松散的文字底坚固和弹力的方法""磨练自己的好身手的机会"，激发"最内在的精力和最高贵的权能"，强逼"出奇制胜的对象"。诗情诗思"只有凭附在最完美最坚固的形体才能达到最大的丰满和最高的强烈。没有一首自由诗，无论本身怎样完美，能够和一首同样完美的有规律的诗在我们心灵里唤起同样宏伟的观感，同样强烈的反应的"④。当

---

① ［德］歌德等：《一切的峰顶》，梁宗岱译，何家炜校注，华东师范大学出版社2016年版，"序"第5页。

② 梁宗岱：《文坛往哪里去——"用什么话"问题》，《诗与真·诗与真二集》，外国文学出版社1984年版，第56页。

③ 梁宗岱：《新诗底分歧路口》，《诗与真·诗与真二集》，外国文学出版社1984年版，第169页。

④ 梁宗岱：《新诗底分歧路口》，《诗与真·诗与真二集》，外国文学出版社1984年版，第170—171页。

然，他的译诗也不仅停留在语言形式上，亦兼顾诗歌意境和情境的再现。他在《译事琐话》中说："我认为，翻译是再创作，作品首先必须在译者心中引起深沉隽永的共鸣，译者和作者的心灵达到融洽空间，然后方能谈得上用精湛的语言技巧去再现作品的风采。"① 由此，译作才能"再现原作的气韵，赋予原作新的生命，令译文读者同样能在字里行间感悟到伟大作品无限的生命力"。② 除在译诗实践中注重原诗语言形式与意境的再现，他还认为翻译可以增加中国新诗的诗体，"如果翻译的人不率而操觚，是辅助我们前进的一大推动力。……翻译，一个不独传达原作底神韵并且在可能内按照原作底韵律和格调的翻译，正是移植外国诗体的一个最可靠的办法"③。由此可见，梁宗岱的直译不仅是技巧方法的考量，而更看重翻译给本国诗歌的养分。

从胡适的"诗体大解放"确立新的诗学和翻译规范始，白话入诗和诗歌的自由体一直是中国新诗的审美标准，"诗须废律"带来的后果是原文诗学形态的亏损，诗与散文的界限变得模糊。20 世纪 30 年代新月诗派的格律诗主张重拾诗的形式，注重韵式、节奏和句的均齐，是对诗之所以为诗的探讨。然而，抗战的全面爆发，中华民族面临生死存亡的共同境遇直接影响了文艺界，诗的艺术性让位于政治性，诗歌为抗战服务，成为宣传抗战、动员民众的利器，诗歌的大众化成为艺术标准。鉴于此，梁宗岱的直译，欧化的语言，格律诗的诗体形式疏离时代精神，偏离主流诗学规范，是译者主体意识的体现，这种主体意识直接影响从翻译策略到最终译本的整个过程，试看梁译莎士比亚十四行诗第七十三首的语言形式特征：

That time/of year/thou mayst/in me/behold

---

① 梁宗岱：《译事琐话》，黄建华主编《宗岱的世界·诗文》，广东人民出版社 2003 年版，第 395 页。
② 刘云虹：《意识、立场与行动：译者主体化视域下的梁宗岱文学翻译考察》，《中国翻译》2024 年第 5 期。
③ 梁宗岱：《新诗底分歧路口》，《诗与真·诗与真二集》，外国文学出版社 1984 年版，第 172 页。

When ye/llow leaves/, or none/, or few, /do hang
Upon/those boughs/which shake/against/the cold,
Bare ru/in'd choirs/, where late/the sweet/birds sang.

In me/thou see'st/the twi/light of/such day
As af/ter sun/set fa/deth in/the west;
Which by/and by/black night/doth take/away;
Death's se/cond self/, that seals/up all/in rest.

In me/thou see'st/the glow/ing of/such fire,
That on/the ash/es of/his youth/doth lie,
As the/death-bed/, whereon/it must/expire,
Consum'd/with that/which it/was nou/rishe'd by.

This thou/perceiv'st/, which makes/thy love/more strong,
To love/that well/, which thou/must leave/ere long.

在我/身上/你或许/会看见/秋天,
当黄叶,/或全落,/或只/疏疏/几张
挂在/瑟缩的/枯枝上/索索/抖颤——
荒废的/歌坛,/那里/百鸟/曾合唱。

在我/身上/你也许/会看见/暮霭
当日落后/它在/西方/徐徐/消减;
黑夜/,死底/异身,渐渐/把它/埋葬。
严静的/安息/锁住/纷纭的/万物。

在我/身上/你也许/会看见/余烬,
当它/懒懒地/卧在/青春底/寒灰,

第五章 译人篇：大后方从事诗歌翻译活动的主要译者

惨淡的／灵床上／早晚／终要／断魂
给那／滋养过／它的／烈焰／所摧毁。

看见了／这些／，你底爱／就要／加强
珍惜／那转瞬／便辞你／溘然／长往。①

原诗为抑扬格五音步，韵式为 abab/cdcd/efef/gg，梁译基本按照其提出的"十二字五拍"的建行规则，即每行十二个字按照"字组"分为五拍，在他看来，节拍整齐的诗体字数也应该划一②。译诗采用梁氏十二字五拍分配法中的"三拍两音和两拍三音"，但第六行"当日落后"为一个四字拍，第七行出现了六拍。韵式努力按原诗，但第二节"霭"与"葬"、"减"与"物"完全不押韵，这一点梁宗岱在之后的重译中作了改动，变为"暮霭""消退""赶开""万类"③，实现了"霭""开"的押韵，但"退"与"类"稍嫌牵强，第九行的"烬"和第十一行的"魂"也不合韵脚。不过总体看，译诗尽量再现了原诗的形式美，是梁氏对格律体有意识的试验与追求。梁译《莎士比亚十四行诗》于 1978 年由人民文学出版社印行《莎士比亚全集》，收入第十一卷，是抗战时期陆续发表在各报纸刊物上莎氏商籁体的结集、补译和重译，遵循他的原则："全译直译，无论句法或格律，尽量追随原诗"。译诗"讲究视觉美感，基本上采用每行十二字的工整格式，用字典雅严谨，音调悠扬，节奏鲜明，极具音乐美感，充分发挥了他身为诗人的优越条件"④。钱兆明赞誉"凭莎氏之才气写一百五十四首商籁诗尚且有几首走了点样（有论者谓此莎氏故意之笔），梁宗岱竟用同一格

---

① ［英］莎士比亚：《十四行二首》之《（一）原集第七十三首》，梁宗岱译，重庆《中央日报·平明》1939 年 12 月 21 日。
② 梁宗岱：《按语和跋》，《诗与真·诗与真二集》，外国文学出版社 1984 年版，第 176 页。
③ ［英］莎士比亚：《莎士比亚十四行诗》，梁宗岱译，刘志侠校注，华东师范大学出版社 2016 年版，第 154—155 页。
④ ［英］莎士比亚：《莎士比亚十四行诗》，梁宗岱译，刘志侠校注，华东师范大学出版社 2016 年版，第 2 页。

律译其全诗,其中一半形式和涵义都兼顾得可以,这就不能不令人钦佩了。依我看像商籁这样谨严的格律诗用原格律译之,译好了读起来琅琅上口,是更入味"①。

四 结语

梁宗岱的诗学理论主要集中于20世纪30年代出版的《诗与真》与《诗与真二集》相关论述里,其译诗观主要在《一切的峰顶·序》《译事琐话》和《杂感》里。概言之,受其"纯诗"理论影响,译诗在选材上多为国外著名诗人的一流作品,外国文学的"峰顶",用他自己的话说:"假如译者敢有丝毫的自信和辩解,那就是这里面的诗差不多没有一首不是他反覆吟咏,百读不厌的每位大诗人底登峰造极之作,就是说,他自己深信能够体会个中奥义,领略个中韵味的。"②梁氏采用直译法,反对"有什么话说什么话",反对用绝对白话化的日常语言翻译外国诗歌;主张保留原诗的形式,在确保译诗流畅性的同时,力求再现原诗的语言特质,尤其注重诗句的押韵、节奏等形式因素,秉持形式和内容融合共生的观点,认为翻译是丰富本国诗体的途径。梁氏的诗学、译诗观显然与抗战时期提倡的写实化、大众化诗学观格格不入,是个人意识形态和诗学观照下译者主体意识的体现。他精通法、英、德、意四国语言,译作以质取胜,通过译介世界一流诗人作品,启迪国民精神思想,对中国新诗的长远发展具有深远的历史意义。同样,作为双向翻译家,他还翻译了"庄子、屈原、陶潜、李白、王维……并用一种比较文学和世界文学的眼光,去发现、去铺设中西文化对话可能的途径。而且他的译作在国内外都是由最著名的文学杂志和出版社出版,得到文学界的认可和喜爱"③,又有知名作

---

① 钱兆明:《评莎氏商籁诗的两个译本》,《外国文学》1981年第7期。
② 梁宗岱:《译事琐话》,黄建华主编《宗岱的世界·诗文》,广东人民出版社2003年版,第50页。
③ 黄荭、钦文、张伟劼:《梁宗岱的文学翻译及其精神遗产——〈梁宗岱译集〉三人谈》,《中华读书报》2016年12月21日第9版。

家、评论家和重要刊物的推介，如法国诗坛巨擘瓦雷里（Paul Valéry）为其《法译陶潜诗选》写导言，法国批评家封登拿（Andre Fontainas）在《法兰西信使》上撰文评论，还与法国好友普雷沃合作法译"陶渊明的《归去来兮辞》、柳宗元的《愚溪诗序》、欧阳修的《醉翁亭记》、陆游的诗歌《邻水延福寺庙早行》、苏轼的《前赤壁赋》和《后赤壁赋》"六篇古诗文，与美国著名汉学家白英（Robert Payne）合作英译陶潜诗歌①。梁宗岱为中国文学的外译作出了卓越的贡献，也值得当下中国文化"走出去"借鉴与参考。

第三节　袁水拍译诗活动研究

袁水拍是中国现代著名诗人，一生著译颇丰，出版诗集共16本，如《向日葵》（1943年）、《冬天，冬天》（1943年）、《马凡陀的山歌》（1946年）、《马凡陀的山歌》（续集）（1948年）、《沸腾的岁月》（1947年）、《诗十四首》（1954年）等。译诗集有《我的心啊，在高原》（1944年）、《现代美国诗歌》（1949年）、《五十朵番红花》（1954年）等，并著有译集《诗与诗论译丛》（1945年）、《聂鲁达诗文集》（1951年）等。《新华日报》曾刊登《诗与诗论译丛》的广告推介："本书介绍近代英美苏批评家和诗人对诗歌及个别诗人的批评和一般的创作理论，为诗歌写作者指出一条路途。第二部分为译诗，都是近代的名篇。作者为英美法等国的青年诗人。选择认真，印刷精美。"② 其中包括诗论《反抗中的诗人》（Stephen Spender）、《现代诗歌中的感性》（Stephen Spender）、《惠特曼论》（D. S. Mirsky）、《变节的桂冠们》（V. J. Jerome）等八篇，以及译诗《军火在西班牙》（Rex Warner）、《荆棘之歌》（Louis Aragon）、《给我们这一天》（James Neugass）等六首，译诗均在抗战时期各报纸期刊上刊载。

---

① 周永涛：《梁宗岱留学欧洲时期的翻译和创作探微》，《中国翻译》2019年第3期。
② 诗文学社：《诗与诗论译丛》，《新华日报》1945年7月20日第1版。

袁水拍是抗战爆发后登上诗坛的重要诗人，主要活跃于大后方诗坛，他以抒情诗起步，以讽刺诗扬名，创作与翻译共轭互补、相得益彰。其翻译成就也大都在抗战时期，译诗的主题选择与创作相辅相成，既体现了译诗与新诗创作的同一性，又折射出抗战历史语境下的诗歌审美与情感诉求。

一　译诗主题的选择

战争意识形态下的救国意识使诗歌的功利性得到前所未有的强调，为抗战服务成为诗人与译者的神圣使命。袁水拍在《态度——首先要求诗人的》一文中援引托尔斯泰《艺术论》中艺术创作的三个条件："内容、形式和态度"，其中"态度是最重要的事"。"在目前这个喜恶搏战的紧张的时代"，袁氏认为诗人的态度应是"在他的作品中尽量打击杀害人类，毁灭人性的法西斯。法西斯是全世界当代一切罪恶的名字"，诗人从最广泛意义上说是"一切改造人类灵魂的艺术家"，真正的诗人"是一个战士"，他的任务是"激情地歌唱"，以积极的态度使麻痹冷漠的心恢复热情和敏感，"挽救我们国家民族的危运，消灭法西斯"[①]。这就是诗人兼译者袁水拍创作与翻译的态度，表现在译诗选题上首要为反侵略与爱国作品的大量译介。

（一）反侵略、反法西斯主题

袁水拍所译诗篇中反压迫、反侵略的爱国主义主题占大多数，比如《文学月报》1941年第3卷第1期美国黑人诗人休士（又译休斯）的《休士近作二章》：《黑人兵士》和《尼格罗母亲》；《文艺阵地》1941年第6卷第2期美国诗人纽加斯作描写西班牙内战的长诗《给我们这一天》；《文艺阵地》1941年第6卷第3期西班牙诗人马却陀的《马却陀诗两首》：《土地上的图像》和《罪恶发生在格拉那达》；《战歌》1941年第2卷第2期 N. 卡陀淑作《难民船》；《文化杂志》1941年创刊号

---

① 袁水拍：《态度——首先要求诗人的》，《诗垦地丛刊》1946年第5集《滚珠集》（编于1943年），第4页。

第五章 译人篇:大后方从事诗歌翻译活动的主要译者

律格斯·华纳《军火在西班牙》;《文哨》1945 年第 1 卷第 3 期刊登"小民族诗集"《诗人和战争》(以第一首起名)的 14 首反法西斯诗作,包括奥地利反纳粹作家克拉拉·布鲁姆(Klara Blum)作《诗人和战争》,"自被占领波兰传出"的弗雷德里克·布雷南(Frederic Brainin)作《民歌》,奥地利诗人西奥多·克拉马尔(Theodor Kramar)作《格死打扑》,这是其《希特勒君临维也纳》的一章,奥地利诗人伊娃·普里斯特(Eva Priester)作《捷克之春》,奥地利诗人恩斯特·瓦尔德宁(Ernst Waldinger)作《莱迭斯》,捷克青年诗人简·杜卡莱克(Jan Dookalek)作《奥斯特拉瓦》,斯洛伐克青年诗人 T. H. 弗洛林(T. H. Florin)作《回家之夜》等。直接揭露法西斯罪行,具有强烈反法西斯色彩的译诗还有《新华日报》1943 年 2 月 24 日第 4 版奥地利诗人威廉姆·陶克莱尔的《工人的军队》,译者李念群为袁水拍另一笔名。此外,还有《新华日报》1943 年 9 月 20 日第 4 版彭斯的《来,为征人们干一杯》(仍用笔名李念群);重庆版《大公报》1944 年 3 月 12 日《文艺》副刊第 19 期彭斯的《朋斯诗钞》二首《勃鲁斯在朋诺克本向他的军队致敬》和《悲哀断章》(水云译,袁水拍笔名)[①],1944 年 8 月 6 日《文艺》副刊第 40 期法国诗人阿拉贡作《荆棘之歌》;《诗丛》1942 年第 2 卷第 1 期《译诗三首》之约翰·巴巴路斯作《夜》《将死的空军》(佚名);《文阵新辑》1944 年第 2 辑《哈罗尔德的旅行及其他》中拜伦的《契尔德·哈罗尔德的旅行》,同期《雪莱诗抄》(七首)(实际只有五首),分别为《致最高法官》《给威廉·雪莱》《一八一九年两个政客的喻言》《卡斯尔累伯爵执政时期所作》以及《自由》,均不同程度揭示反压迫、反暴政以及渴望自由的诗题,本书"《文艺阵地》及《文阵新辑》诗歌翻译研究"一节已有相关论述,在此不赘述。

上述译诗可见袁水拍诗歌选材具有较强的现实性,其中和中国抗战语境紧密相关,直接揭露法西斯罪行的译诗不少,特别是《诗人和

---

① 桂林版《大公报》1944 年 3 月 5 日《文艺》副刊第 19 号也刊有袁水拍译的这两首诗。

战争》组诗（以第一首命名）14首诗歌均来自捷克、斯洛伐克、西班牙、波兰等弱小国家民族。如第一首克拉拉·布鲁姆（Klara Blum）的《诗人和战争》，该诗共7节，前6节分别以"骄傲的布拉格重新站立起来""爱好和平的荷兰人民，……当他们把锄头打成了宝剑""在璀璨的布卡勒斯城，……为希特勒弹奏他最后的跳舞""高大的北欧人民重新挺起胸脯""自由的人民扫除了死亡和撒谎"以及"最后当德国人民终将觉醒"开篇，每节末尾用诗和歌记录这光辉的一刻："我将重新歌唱""我的歌便有了字眼""我的诗句也将跳舞""我的诗节也将完成""我的诗将要开花结实"直至最后一节汇聚为一首胜利凯歌："当我们的耻辱，已经洗除，/再也不必忍耐，听我高唱吧，/那响亮的军歌，响亮的军歌！"① 全诗以磅礴气势层层推进，讴歌北欧被压迫人民扫除希特勒，高唱自由和平战歌的斗争精神。再如《从耶路撒冷到布拉格》，该诗未注明作者，据译者袁水拍称："这是一个逃到巴勒斯坦去的捷克诗人。此诗写于一九四一年，其时德国在捷克枪杀大批人质。"该诗以物入情，以"月啊，把死人叫醒吧！/把活人叫到法庭前受审判吧！"和"月亮正照着无罪者的鲜血啊！"呼吁法西斯铁蹄下的民众停止哭泣，奋起反抗，惩戒侵略者："把月光炼成火烫的长矛，在悲伤之磨石上把牠磨尖，/叫牠们为我们的眼泪复仇。/死人们，兄弟们，不要睡，/审判需要见证。起来吧，起来吧！"②

除弱小民族反压迫、反侵略主题外，袁水拍也选择黑人诗歌进行译介，如著名黑人诗人休士的《黑人兵士》和《尼格罗母亲》。休士"常常写一些近乎流行歌谣的作品，在痛苦的情绪背后，隐藏着受压迫民族的灵魂"③。诗中常揭露黑人被剥削压迫的惨状，反对种族歧视，歌颂黑人及底层劳动人民向往自由、坚毅不屈的灵魂，如同中国

---

① ［奥］Klara Blum：《诗人和战争》之（一）《诗人和战争》，袁水拍译，《文哨》1945年第1卷第3期。

② 袁水拍译：《诗人和战争》之（十）《从耶路撒冷到布拉格》，《文哨》1945年第1卷第3期。

③ 袁水拍：《黑人诗人休斯诗选——祝他的四十五岁生日·译前》，《水准》1947年第1期。

第五章　译人篇：大后方从事诗歌翻译活动的主要译者

人民的抗日战争，抵抗和革命方能得解放，体现出鲜明的政治意识和国家立场。尤其是《黑人兵士》，揭露美国政府欺骗黑人士兵为其参战的虚伪本质："我们参加战争，为了合众国美利坚，／当国家号召我们，在那伟大的一天。／先把我们送到训练营，／再送我们到海外……他们说这儿不分什么黑种和白种，这儿是美利坚；／所以我们乐于作战，踊跃奔赴前线"。胜利后，当局却撕下平等伪装，暴露出种族歧视的本来面目。黑人士兵的呐喊正是对美国欺瞒行为的有力控诉："这是欺骗！这是欺骗？他们所说的每一个字，／比较起来，你们还比我们强一千倍，你们这些死在法兰西的孩子，／因为在南部，我们不能选举，也没有其他权利。／在美国我们还是被排挤，被人家瞧不起"①，美国政府前后态度的鲜明对比更凸显该诗的讽刺性和鞭策力。

在反侵略主题中，自由之声常与爱国之志交织，体现袁水拍选材的政治性和趋时性，其中不得不提的是 1944 年重庆美学出版社初版的《我的心呀，在高原》，收录袁水拍译两位英国诗人彭斯和霍斯曼诗歌，此集于 1947 年由上海新群出版社再版。该集收录的诗歌多在各报纸期刊刊载过，如香港《星岛日报》1940 年 12 月 4 日第 3 版《霍斯曼诗钞》（五首）：《我看见天上的星儿往下掉》《给我一块绿叶扶疏的地方》《好人们，你们爱不爱自己的生命》《我的心上压着忧伤》《当亚当住在伊甸》（诗题均为首句），又载重庆《文风》月刊 1942 年第 1 卷第 4 期，题目为《霍斯曼诗钞》（九首），增加《月亮偏西了，我的爱》《皇家士兵》②《在一个朝晨》以及《罪人》四首。桂林《大公报》1943 年 1 月 17 日第 4 版《朋斯底民谣》（六首）：《贝格·尼古尔生的挽诗》《我到过克鲁格顿》《约格吻了离别的吻》《好看的蓝丝丽》《蒂比顿芭》《给吻》。《新华日报》1943 年 1 月 25 日第 4 版《彭斯诗抄》（四首）：《幻象》《姜大麦》《来，摇我到查理那里》《好看的蓝丝丽》。

《我的心呀，在高原》中反侵略的爱国主义诗篇大多来自彭斯诗

---

① ［美］休士：《休士近作二章》之《黑人兵士》，袁水拍译，《文学月报》1941 年第 3 卷第 1 期。

② 除《皇家兵士》外，均收入 1944 年《我的心呀，在高原》。

歌,"彭斯的诗人形象在抗战全面爆发后,特别是随着袁水拍等人的篇目选择的变化,而呈现出明显异于以往的特征。他作为弱国小民的'苏格兰人'身份得到强化,与抗战时期民族主义文学的勃兴浪潮一致。"① 诚如《勃鲁斯在朋诺克本向他的军队致敬》(又译《苏格兰人》),是彭斯在法国大革命鼓舞下根据旧歌曲创作而成,诗中充满了苏格兰人民民族、民主意识的觉醒,迸发出反抗压迫、追求自由的战斗豪情:"苏格兰人,你们曾经和华莱斯一起流过血,/苏格兰人,你们一直在布鲁斯的领导下;/勇敢地奔向光荣的战场吧,/胜利或是死亡!"为了国王和法律,"坚强地拔出自由的刀剑,/站着是个自由人,/倒下也是自由人,……重重的压迫给我们痛苦,灾难!/为了不让子孙再挨枷锁,牢监!/我们愿把宝贵的鲜血一齐流干,/把自由争给后代!"② 诗中提到的布鲁斯为苏格兰王。华莱斯(现译华莱士)据袁水拍译注,为"苏格兰爱国者"③,"保卫苏格兰独立的古代名将华莱士是诗人平生最敬仰的人物,不论在什么地方提到他,彭斯总使用最崇高的字眼"④。诗中彭斯鞭挞暴君的残忍,讽刺怯懦的奴隶,歌颂爱国英雄,书写了慷慨激昂、英勇赴战、为独立而战的民族气节。《克鲁格顿的悲歌》以劳动大众的无辜被害和悲惨命运揭露暴政,充满反压迫力量:"啊!我诅咒你,你残酷的王爷,/我说你是喝血的魔鬼;/因为你使无数心儿流血,/他们却丝毫没有将你侵犯。"⑤ 另有《自由树》歌颂法国大革命;《幻象》暗涉专制统治下的自由犹如幻想,遥不可及;《姜大麦》讴歌抗暴英雄姜大麦,呈现浓郁的爱国主义精神;《悲哀断

---

① 石梅芳:《抗战时期彭斯诗歌的翻译篇目汇编与译介研究》,《广西社会科学》2019 年第 4 期。
② [英]彭斯:《勃鲁斯在朋诺克本向他的军队致敬》,[英] R. 彭斯、A.E. 霍思曼《我的心呀,在高原》,袁水拍译,重庆美学出版社 1944 年版,第 43—45 页。
③ 袁水拍:《勃鲁斯在朋诺克本向他的军队致敬·注二》,[英] R. 彭斯、A.E. 霍思曼《我的心呀,在高原》,袁水拍译,重庆美学出版社 1944 年版,第 46 页。
④ 袁可嘉:《罗伯特·彭斯——苏格兰伟大的农民诗人》,《现代派论·英美诗论》,中国社会科学出版社 1985 年版,第 229—230 页。
⑤ [英]彭斯:《克鲁格顿的悲歌》,[英] R. 彭斯、A.E. 霍斯曼《我的心呀,在高原》,袁水拍译,重庆美学出版社 1944 年版,第 48 页。

章》则是一个伟大人格对伪善者的谴责痛恨,和对被压迫者遭受不公待遇的呐喊。《华盛顿将军生辰颂诗》更是一曲"自由之英勇的乐章"①,诗人控诉镇压民族独立运动的英帝国主义,"我们眼看仁爱的英格兰的名字/和永恒的耻辱的举动连系在一起——"对屈服于乔治王朝统治下的苏格兰深表叹息,"自由的灵魂现在逃到了什么地方?"并深切怀念苏格兰民族英雄华莱士的丰功伟绩和其以身许国的壮志义举:"听见吗,华莱士,在你的死床之中?/那飒飒的风,沉默地哭泣;……看这双发射出永恒的愤怒的眼睛,/它摧毁那专制者的傲慢无理,/看这坚强的手臂,激动着风云雷电,/向最大胆的篡窃者反抗!"②

(二) 爱情、冥想类主题

诚然袁水拍译诗选材主体上为与现实联系紧密,"足救时弊"的政治、爱国诗,但彭斯的爱情抒情诗和霍斯曼的感伤忧郁与人生冥想性题材的诗歌也列入袁水拍译诗的范畴。彭斯与霍斯曼的译诗散见于大后方各大报纸期刊,但基本都收入《我的心呀,在高原》译诗集。彭斯诗歌除关注苏格兰民族独立的爱国诗篇,也有不少情诗。爱情诗看似与时代语境相隔较远,但对爱情的渴求自古以来是人们对美好生活追求的一面,寄托着人们对和平、光明的向往,这些都转换成积极的资源,与抗战发生直接或间接的联系。译集中《亲热的一吻》表达恋人间的依依惜别和忠贞不渝之情:"要是我们爱得没有这样的亲热,/要是我们爱得没有这样不顾一切,/要是我们没有相识——没有分别,/我们也不会这样心碎骨裂。"③《安娜的金黄发卷》更以夸张的笔触描写"我"对安娜炽热之情:"当我到安娜那儿去的时候",无论太阳、月亮、星星,都一起隐退。"请天上的女神用一支笔来/描写我和安娜的欢情!""她是我眼中的阳光,——/没有她我不能生活;/如

---

① 袁可嘉:《罗伯特·彭斯——苏格兰伟大的农民诗人》,《现代派论·英美诗论》,中国社会科学出版社1985年版,第225页。

② [英]彭斯:《华盛顿将军生辰颂诗》,[英]R.彭斯、A.E.霍斯曼《我的心呀,在高原》,袁水拍译,重庆美学出版社1944年版,第97—98页。

③ [英]彭斯:《亲热的一吻》,[英]R.彭斯、A.E.霍斯曼《我的心呀,在高原》,袁水拍译,重庆美学出版社1944年版,第4页。

果说在世界上我只能有三个希望,/安娜是我的第一个希望。"① 其余如《玛契林的姑娘》《台芒和雪薇娃》《琴》《吻颂》《好看的蓝丝丽》《约格吻了离别的吻》等,还有耳熟能详的《一朵绯红,绯红的玫瑰》,都是讴歌与憧憬爱情的至美诗篇。

对于彭斯和霍斯曼,袁水拍在《我的心呀,在高原》"译者前记"里坦言:"我并没有什么理由把这两个不同时代的苏格兰和英格兰诗人放在一起,或者因为他们两人的诗集都是在香港遇到的,可以借以纪念这些日子而已。"② 彭斯没有和他的社会远离,诗"更显得通俗自然",霍斯曼则大不相同,诗人"是一个和群众很生疏的个人主义者"③,其诗歌充满了忧郁、苦愁和对人生的冥想,被徐迟称为"霍斯曼病菌"④,因其诗句的美感感染了众多的读者,或者因为"他的悲叹正是第一次世界大战以后一些绝望的'个人'所同感的缘故"⑤。霍斯曼的诗有较高的艺术价值,但主题较窄,大都是"人生的悲剧感:爱情的不能持久,命运的捉弄,死亡的无所不在"⑥,如《我的心上压着忧伤》:"我的心上压着忧伤,/为了我有过许多断金之交,/为了许多玫瑰嘴唇的女郎,/和许多矫健的少年友好。靠近那不能跳过的溪边,/矫健的少年们在此安睡,/玫瑰嘴唇的女郎们长眠,/在草地上,那儿的玫瑰开了又枯萎。"⑦ 诗中少年们的安睡,女郎们的长眠以及玫瑰的枯萎所体现的死亡宿命论,让读者为之忧郁、叹息。《雨落在岩

---

① [英]彭斯:《安娜的金黄发卷》,[英] R. 彭斯、A. E. 霍斯曼《我的心呀,在高原》,袁水拍译,重庆美学出版社1944年版,第12—13页。
② 袁水拍:《译者前记》,[英] R. 彭斯、A. E. 霍斯曼《我的心呀,在高原》,袁水拍译,重庆美学出版社1944年版,第13页。
③ 袁水拍:《译者前记》,[英] R. 彭斯、A. E. 霍斯曼《我的心呀,在高原》,袁水拍译,重庆美学出版社1944年版,第13页。
④ 徐迟:《一本未出版的译诗集跋》,韩丽梅编著《袁水拍研究资料》,中国国际广播出版社2003年版,第194页。
⑤ 袁水拍:《译者前记》,[英] R. 彭斯、A. E. 霍斯曼《我的心呀,在高原》,袁水拍译,重庆美学出版社1944年版,第13页。
⑥ 王佐良:《英诗的境界》,生活·读书·新知三联书店2017年版,第94页。
⑦ [英]霍斯曼:《我的心上压着忧伤》,[英] R. 彭斯、A. E. 霍斯曼《我的心呀,在高原》,袁水拍译,重庆美学出版社1944年版,第106页。

石上》向伙伴道出"什么也不是永恒的""我们之间,也并没有什么山盟海誓,当然的",朋友易变,感情易逝,"记忆和忠恳的相思/马上要消失,影迹全无,/只有坟墓永远存在"①。其余诗篇如《当亚当住在伊甸》《好人们,你们爱不爱自己的生命》《我看见天上的星星往下掉》等无不充溢着霍斯曼式的悲观宿命论,浸染人生虚幻如梦的悲观主义。当然,据袁水拍"译者前记":"霍斯曼的作品表面上很轻描淡写,但是充满着沉痛与愤懑。第一次世界大战一定影响了他,使他对掠夺与侵略战争感到深刻的痛恨。但是这痛恨没有造成力量,只是流于一种绝望的悲叹。"②"译者前记"以副文本的形式阐释了选择霍斯曼诗歌的动机,为读者阅读诗歌提供了指引。正是因为霍斯曼作品的反战与反侵略思想与袁水拍的意识形态合拍,所以他选择了翻译霍斯曼诗歌,而此举又恰好与中国的抗战语境联系了起来。

二 主题的政治性在翻译与创作中的体现

袁水拍的诗歌与翻译均注重现实主义题材,这是时代政治与诗学观影响下的选择,也是袁水拍关心现实的"生活态度和创作态度"决定的,即"把全人类的痛苦当做自己的痛苦的那种态度"③。翻译与创作的相互影响体现在主题的选择上。如前所述,袁译多为反侵略反压迫的现实主义诗篇,比如彭斯、拜伦和雪莱诗歌以及弱小民族和黑人诗歌的译介。《我的心呀,在高原》"译者前记"谈及彭斯的作品"能够籍以看见诗人对黑暗的愤恨,对贫苦的悲哀,对美国独立革命与法国大革命的兴高采烈的歌颂"④,抗战时期民众贫苦、黑暗的生活急需

---

① [英]霍斯曼:《雨落在岩石上》,[英]R. 彭斯、A. E. 霍斯曼《我的心呀,在高原》,袁水拍译,重庆美学出版社1944年版,第138页。
② 袁水拍:《译者前记》,[英]R. 彭斯、A. E. 霍斯曼《我的心呀,在高原》,袁水拍译,重庆美学出版社1944年版,第11页。
③ 袁水拍:《论诗歌中的态度——给臧克家兄的一封信》,袁水拍译《诗与诗论译丛》,诗文学社1945年版,第179页。
④ 袁水拍:《译者前记》,[英]R. 彭斯、A. E. 霍斯曼《我的心呀,在高原》,袁水拍译,重庆美学出版社1944年版,第10页。

美法革命精神以作精神良剂。除此之外，彭斯诗歌中还"读到他对于'人以不人道待人'的愤恨与悲叹。在他的日记中，他说喜欢带一本密尔顿的集子在口袋里，'因为我要学习他的感情，他的无拘无束的广大，他的大胆而不屈的精神，那种勇敢的，高贵的对苦难的反抗'"①。这种人道主义精神，这种冲出黑暗的勇气，这种对苦难的反抗正是战时中国人民所需的民族精神，是抗战走向胜利的必要条件。《文阵新辑》第2辑《哈罗尔德的旅行及其他》有袁水拍译拜伦著名的叙事长诗《契尔德·哈罗尔德的旅行》。在这首自传体诗中拜伦"把自己作为受难世界的代言人"②，痛恨野蛮的战争，热情歌颂抵御外敌为自由而战的人民，诗中澎湃的激情足以激发水深火热的中国民众抗敌的意志。除抗战时期选译的此类应景的战斗诗篇，抗战结束后袁水拍仍坚持这一选材标准，比如1951年人民文学出版社出版的《聂鲁达诗文集》。袁水拍在"译者后记"中说："我一心想把这本集子献给这位为世界和平而战斗的反法西斯诗人。""诗歌是难译的，而这些诗又都是从英文转译。其中一定有错误和缺点"。袁水拍自谦"觉得没有把握"，着手翻译这本诗集只因"我对他的诗的热爱"③。1954年平明出版社（上海）出版袁译《五十朵蕃红花》亦是选择土耳其革命诗人希克梅特、法国革命诗人阿拉贡等亚洲、欧洲、南北美洲的27位进步诗人的50首诗歌，足见选材的倾向性。

在诗歌创作倾向上，袁水拍的诗始终以人民大众为对象，反映时代特征，尤其是世界反法西斯题材以及与国际政治相关的政治讽刺诗，具有较强的现实意义。《空袭》《雨中的送葬》《在那沦陷的城市里》等均是为战争中人民唱出的悲歌；《祖国的忧郁》《祖国的召唤》《奴隶们唱》等写出了人民的挣扎与反抗。《冬天，冬天》诗集中更有《未爆发的夜》《凡尔赛的枪弹》等国际题材的诗，《寄给顿河上的向

---

① 袁水拍：《译者前记》，[英] R. 彭斯、A.E. 霍斯曼《我的心呀，在高原》，袁水拍译，重庆美学出版社1944年版，第8—9页。
② 编者：《编者附记》，《文阵新辑》1944年第2辑，第116页。
③ 袁水拍：《译者后记》，《聂鲁达诗文集》，人民文学出版社1951年版，第296页。

日葵》则是反法西斯题材的名篇。诗集《沸腾的岁月》记录了反法西斯战争的进程,第二次世界大战中开辟欧洲第二战场的题材就有好几首,如《是时候了!是时候了!》《一九四二年,九月末,欧洲还没有第二战场》等。他还有描写解放法兰西、解放柏林以及庆祝苏联红军节的诗,如《法兰西解放之歌》《祝1945年十月革命节》等充分表现了袁水拍对于国际政治的关注,把诗歌当作战斗的武器和旗帜。他在《沸腾的岁月》后记中把1942年到1946年这段时期称为"沸腾的岁月""国内外的大事件,像火一样燃烧我们,谁能不沸腾呢?"并把用"整个生命"写诗的人,"深入民间的诗人",称为"这时代的描绘者"①,足见其力透纸背的爱国主义情怀和国际视野。

三 语言形式的通俗性与大众化在翻译与创作中的体现

出于宣传抗战的需要,大后方诗坛倡导有利于情感表达的白话自由体诗歌,对于外国诗歌的译介,无疑也遵从这一原则,或者选择外国诗中的自由诗,或者把外国格律诗通通译为自由诗,以符合译入语主流诗学的规约,符合诗歌大众化的审美要求。作为抗战爆发后登上诗坛的诗人,袁水拍的译诗多用自然朴素的通俗化语言,且基本迻译为自由体诗,"口语化程度较高是袁水拍译诗的特点"②,这与袁水拍诗歌创作的追求一脉相承,他对于"好诗"的判断有两个基本条件:"第一,写给人民大众看或听;第二,为了人民大众而写。"他进一步阐释,"写给大众看或听,一首诗在文字上,在意义上,能够明白易懂,我想是必要的"③。这显然是诗人与译者双重身份使袁水拍在译诗与创作中呈现出统一的诗学理念。对于兼事翻译与创作的诗人来说,二者之间是相互促进与借鉴的关系,译诗语言文体风格往往会影响译

---

① 袁水拍:《〈沸腾的岁月〉后记》,韩丽梅编著《袁水拍研究资料》,中国国际广播出版社2003年版,第181—182页。
② 曾轶峰:《袁水拍对艾米莉·狄金森的译介》,《东方翻译》2012年第5期。
③ 袁水拍:《为人民的与人民所爱的诗》,韩丽梅编著《袁水拍研究资料》,中国国际广播出版社2003年版,第130页。

者的创作风格，反过来创作风格也会影响译诗风格。翻译与创作相得益彰，具有互文意义，这也是诗歌史与诗歌翻译史上的一种"文体性"特征①。袁水拍诗歌翻译与创作的相互影响较突出地体现在彭斯诗歌的翻译与自身创作的关系上。

彭斯的诗歌创作主要集中于讽刺与抒情两大类型。讽刺诗"矛头指向统治阶级和教会，出色地打击了敌人"；抒情诗"大都描写人民的生活和爱情，目的在鼓舞人民"，两者相辅相成②。他的抒情诗主要来自民间，收集苏格兰各种民谣和歌谣，以苏格兰方言为主，保留其中优秀的成分并加以创造性地改编，有着深厚的民间基础，在人民群众中广泛流传。"苏格兰民歌提供给彭斯的不只是某种形式，不只是迷人的音乐性，而是一个独立的诗歌世界"③，这深刻地影响了英国浪漫主义诗歌的发展。苏格兰方言和民谣体对于强调口语化、通俗化和大众化的抗战诗歌也产生了重大的影响。如前所述，袁水拍译介彭斯诗歌见于重庆和桂林《大公报》副刊等上，后又结集在《我的心呀，在高原》译集中，共三十首诗歌，大都为知名之作。"彭斯的诗歌采用了民歌的形式，都用简洁的口语叙事抒情，且语言浅近，不见雕琢，其表现出的情感都具有真挚浑朴、热烈奔放、大胆率真等特点。"④ 民歌体特点之一为采用合唱句和重唱句，起源于人们集体劳动时的生活常态，这种反复吟唱的形式能加强主题渲染与抒情力度，一咏三叹，产生回环往复，余音绕梁的效果。比如彭斯的《一朵红红的玫瑰》(A Red, Red Rose) 就是一首出色的由歌谣改编的民歌体爱情诗，表现劳动人民的真挚情感，全诗共四节，每节第二行与第四行押韵，叠句如"Till a' the seas gang dry ./Till a' the seas gang dry, my dear"和重唱句

---

① 李宪瑜：《二十世纪中国翻译文学史——三四十年代·英法美卷》，百花文艺出版社2009年版，第142页。
② 袁可嘉：《彭斯与民间歌谣——罗伯特·彭斯诞生二百周年纪念》，《现代派论·英美诗论》，中国社会科学出版社1985年版，第195页。
③ 王佐良：《英国浪漫主义诗歌史》，生活·读书·新知三联书店、生活书店出版有限公司2018年版，第13页。
④ 张保红：《汉英诗歌翻译与比较研究》，中国地质大学出版社2003年版，第208页。

"And I will luve thee still, my dear"重复又略有变化,符合民歌体反复咏唱的特征,又不至于单调。袁水拍译为《一朵绯红,绯红的玫瑰》①,保留原诗第二、四行押韵的韵式,句式结构遵从原诗,语言自然朴实,语气词"哦",昵称"美人儿""我的心爱",以及口语化表达"再会罢""刚刚盛开"②等充分再现彭斯民歌体特征。此外,袁水拍还翻译了《几首英国歌谣》,包括两首儿歌,刊在1945年第2卷第3期《文聚》上,"译者附记"中他提及"这里九首歌谣和歌谣风的作品选译自W. H. 奥登编的《牛津轻性诗小集》(或者应译为《通俗诗》)和R. B. 约翰孙编的《英国谣曲集》(万人丛书本)"③。抗战结束后也时有民谣译作刊登,如《诗创造》1947年第2期《萧朗琪和乔尼——美国十九世纪民谣》、1947年第6期《流浪汉的歌》(美国民谣)。总之,民歌、歌谣体诗歌的翻译对袁水拍山歌创作具有重要影响。

　　翻译彭斯诗歌必然影响袁水拍的诗歌创作体验,其一生的诗歌创作也大致分为抒情诗和政治讽刺诗。他的抒情诗用简练、朴素的诗笔直抒胸臆,记叙所见所闻,抒情性和口语化是较突出的特点,比如写于1941年苏联卫国战争爆发后的抒情名篇《寄给顿河上的向日葵》(收入《向日葵》诗集),用向日葵象征光明、自由、英勇坚强的苏联人民和红军,语言朴实、生动、亲切:"哎!你顿河上的向日葵呀!/假如没有你,朝朝迎接顿河上的太阳,/假如没有自由的人民,/生活在顿河上,/我想,太阳也不会照得这样亮。"④ 诗人采用拟人、比喻、对比等修辞手法揭露德国法西斯的罪恶,向顿河上的向日葵倾诉中国人民的痛苦,"用向日葵串联顿河岸边建设社会主义的苏联人民的幸福生活和长江下游被日本侵略军蹂躏的中国人民

---

① 该诗同样载入郭沫若主编《中原》1944年第1卷第3期《彭斯诗十首》之(二),题目稍有不同:《朵朵绯红,绯红的玫瑰》。
② 彭斯:《一朵绯红,绯红的玫瑰》,[英]R. 彭斯、A. E. 霍斯曼《我的心呀,在高原》,袁水拍译,重庆美学出版社1944年版,第49—50页。
③ 袁水拍:《几首英国民谣·译者附记》,《文聚》1945年第2卷第3期。
④ 袁水拍:《寄给顿河上的向日葵》,《学习生活》1942年第3卷第5期。

的苦难"①，对比烘托法西斯的残酷罪行，将国际反法西斯主题融于浓重的抒情中，让人荡气回肠。

另外，1944年始，袁水拍以"马凡陀"为笔名，写出了许多政治讽刺诗，最著名的是山歌体政治讽刺诗集《马凡陀山歌》，收录1944年至1946年的创作，以幽默、双关、夸张、反讽等修辞反映国民党当局黑暗和腐败的统治，唤起智性的反省意识，从现象透入事件本质，认识丑恶的现实，具有鲜明的战斗性、政治性和倾向性，同时艺术上采用劳动人民喜闻乐见的民间形式和词汇，以及五七言诗的形式和格调，有时依照彭斯的创作风格，直接改编已经流行的歌谣民谣，因而雅俗共赏，广为传诵。艾青曾说袁水拍是"具有西欧明晰理智的诗人"，便是对他的若干政治诗而发的。② 诗集内容上与民众生活紧密相连，形式上通俗晓畅，朗朗可诵，较好发挥了诗歌的战斗与宣传作用。据李广田所说，山歌的形式也就是民间的形式，而且包含种种不同的来源，"如《公共汽车抒情诗》是寄调西蒙诺夫的《等待着我罢》，《超现实派的诗》是仿照一首英国儿歌而写的，《黄金，我爱你》，是仿《妹妹，我爱你》的调子，《抗战八年胜利》，是《王大娘补缸》调，《下江人歌》，是仿贺绿汀的《游击队歌》，等等。"③ 可见形式不论中外来源，正如内容之丰富。袁水拍在1942年8月写的诗集《冬天，冬天》前记中还阐述自己对民谣的见解："一切的诗歌只要是善的，真实的，表达着人类的灵魂的；表达得正确、天然、简单、直捷；热情饱满，在深的方面，深入人心，在广的方面，波涛澎湃；亲切、诚恳，拿沸热的心来感动万人的诗——都会被人所爱。不论古今中外，从人民中产生出来的诗人的作品，尤其是人民自己所创作，流传，爱好的民谣，往往合乎以上

---

① 韩丽梅：《一位山歌作者的足迹》，韩丽梅编著《袁水拍研究资料》，中国国际广播出版社2003年版，第18页。
② 徐迟：《论袁水拍的诗》，《青年文艺》1944年第1卷第5期。
③ 李广田：《马凡陀的山歌》，韩丽梅编著《袁水拍研究资料》，中国国际广播出版社2003年版，第237—238页。

的这些条件"①。收入《马凡陀山歌》的诗歌都具有这一条件,选材广泛,天下大事,身边琐事,通通描写当时民众的所闻所见所感,于嬉笑怒骂间暴露假恶丑,为人民而深情歌唱。

四 结语

作为抗战爆发后崛起的诗人兼译者,袁水拍诗歌翻译与创作相互促进,创译结合,相得益彰,体现在译诗与创作的主题选择上多倾向于反映时代现实的诗篇,凸显反法西斯战争题材与反压迫反侵略的精神诉求,是"坚定的直面现实的大众化诗学代表"②。在诗歌表现形式上,创作与译作均采用通俗自由的语言形式,呼应战时文艺诉求。尤其是山歌体诗歌创作深受彭斯民谣体诗歌影响,生动呈现了创作与翻译如鸟之双翼、车之两辙的艺术共生关系。

第四节 穆木天译诗活动研究

穆木天是中国著名诗人、翻译家、外国文学研究专家和教育家。翻译家的称号实至名归,他精通日、法、俄、英四种外国语言,具备良好的汉语与外国语言文化素养,1921年至1957年翻译出版文学作品达170种(单篇发表110种,出版60种)。1957年至1966年,穆木天又翻译了19类94种170万余字的外国文学研究资料和翻译类型(包含小说、诗歌、童话、剧本、教材、论文等多种文类)③,范围之广数量之大,为文学翻译事业做出了卓越的贡献。在众多翻译体裁里,诗歌翻译无疑是穆木天最浓墨重彩的一笔,这与他的诗人身份密不可分。诗歌翻译、创作、诗论,三者相互联系互为影响,使穆木天在中国现当代诗歌史册里,在群星闪耀的众多诗人中,占有一席重要之地。本

---

① 袁水拍:《〈冬天,冬天〉前记》,韩丽梅编著《袁水拍研究资料》,中国国际广播出版社2003年版,第185页。
② 张静:《雪莱在中国(1905—1966)》,北京大学出版社2022年版,第178页。
③ 孙晓博:《论穆木天的翻译思想》,《齐齐哈尔大学学报》(哲学社会科学版)2015年第2期。

节着重论述抗战时期穆木天在大后方期刊上发表的译诗,尤其是旅居桂林时期,其诗歌翻译也迎来了高峰期。作为有良知和社会责任感的诗人翻译家,他以笔为器,全身心投入到民族抗战和民主建国的洪流之中。

一 穆木天前后期诗歌思想和艺术的转变

要全面了解穆木天抗战时期的诗歌翻译活动,不得不管窥其前后期诗歌取向和审美价值的改变以及背后的原因。穆木天由早期的"为艺术而艺术"的象征主义诗歌创作转向后期"为现实而艺术"的现实主义诗风,时代的巨变是促使诗风和诗艺转变的深沉机制。1923年穆木天以一首《心欲》初涉诗坛开启了象征主义诗歌的创作。1926年3月16日刊于《创造月刊》第1卷第1期,后收入诗集《旅心》附录的著名诗论《谭诗——寄郭沫若的一封信》(以下简称《谭诗》),可谓中国现代象征主义诗歌的宣言书,是象征主义诗歌理论的奠基之作。这篇关于"纯诗理论"的探讨是对胡适"作诗如作文"诗学主张导致的新诗散文化、口语化的反拨,是诗歌本体论的探讨,1927年出版的《旅心》则是这一诗学主张的实践,为新诗审美和艺术形式的探索提供了宝贵经验。不得不说,中国象征主义诗歌的出现是为纠正和弥补早期白话新诗中写实主义的直白呆滞和浪漫主义的浮夸呐喊。穆木天的象征主义诗论借鉴了法国象征主义流派的理论,深受瓦雷里、马拉美、魏尔仑、波德莱尔影响,认为"诗是要暗示出人的内生命的深秘。诗是要暗示的,诗最忌说明"[1]。在象征主义诗人们看来,"象征是对于另一个'永远的'世界的暗示",如马拉美所言:"指明对象,就是对诗歌所给与我们的满足减少四分之三。因为那样一来,一切的美都渐次地成为鲜明的了。唤起关于对象的观念——是为诗人的空想。这种秘密之完全的适用,便是'象征'(symbole)。"[2] 显然,穆木天

---

① 穆木天:《谭诗——寄郭沫若的一封信》,陈惇、刘象愚编选《穆木天文学评论选集》,北京师范大学出版社2000年版,第140页。
② 穆木天:《什么是象征主义》,陈惇、刘象愚编选《穆木天文学评论选集》,北京师范大学出版社2000年版,第98页。

对诗歌哲学本体的探寻受到西方象征主义的"异国熏香"影响。

从《旅心》的出版到1937年诗集《流亡者之歌》的问世（集中写于1930年至1936年），我们可以看到穆木天从象征主义到现实主义的转变，而这一转变并非毫无根基与预兆的断裂行为。现实主义和家国情怀作为诗歌创作的原则一直存在，这在《谭诗》中可见端倪："国民的生命与个体的生命不作交响（Correspondance），两者都不存在，而作交响，二者都存在。……故国的荒丘我们要表现它，因为它是美的，因为它与我们作了交响（Correspondance），故才是美的。……国民文学是交响的一形式。人们不达到内生命的最深的领域没有国民意识。……国民文学的诗歌——在表现意义范围内——是与纯粹诗歌绝不矛盾。"① 这说明在穆木天看来，国民诗歌是个人内心真实情感的反映，而民族的危亡，时代的号角可以激发个人内心最激烈的情感，与国家的命脉和历史共振，在纯诗的花坛里开出国民诗歌的鲜花。从1921年作为创作社发起人之一和创造社后期干将，至1930年加入中国左翼作家联盟，再到1932年与蒲风、任钧等组织成立中国诗歌会，穆木天诗风的转变蕴含着复杂的社会历史内容，诚如《诗歌与现实》一文所示，"伟大的诗人，如杜甫、如雨果、如歌德、如惠特曼、如密尔顿、如魏哈仑等之所以伟大，就是在于他们在他们的诗作中，反映出当代的社会现实"②。诗集《流亡者之歌》"代序"中穆木天曾追述"九·一八"后离开故乡东北时的复杂情感："唱哀歌以吊祖国的情绪是时时地涌上我的心头，也许是因为找不到适当的形式的缘故，也许是东北的现实的样子，变幻得太出人意料的缘故，我时时压住我的悲哀使他不发泄出来。"③ 日本侵略者的罪行与东北人民的苦难和反抗在《流亡者之歌》中均有体现，如《写给东北的青年朋友》《别乡

---

① 穆木天：《谭诗——寄郭沫若的一封信》，陈惇、刘象愚编选《穆木天文学评论选集》，北京师范大学出版社2000年版，第142页。
② 穆木天：《诗歌与现实》，《现代》1934年第5卷第2期。
③ 穆木天：《我的诗歌创作之回顾——诗集〈流亡者之歌〉代序》，蔡清富、穆立立编《穆木天诗文集》，时代文艺出版社1985年版，第214页。

曲》等。诗集中几乎首首都直接或间接地表达了抗日救国，慷慨悲歌，乡音乡情，摆脱了象征主义的朦胧幽邃、细腻空灵，表现出朴实、晓畅的大众化特征。到1942年诗集《新的旅途》出版，"追求白描手法、运用日常口语、流畅上口，便于朗读"①，进一步走向以抗战建国为主题的大众化诗歌，表现出诗人强烈的使命感、责任感和艺术良知。

二 现实主义诗歌取向对诗歌翻译选材的影响

1930年后穆木天的思想基本转向现实主义诗歌，尤其是1937年"七七事变"后全国抗日战争爆发，眼见国破家亡、血染青山的穆木天走出象牙塔，投入社会革命的洪流中，诗歌创作从内在心灵的自省低吟转入对民族大众苦难群体的刻画，诗歌主题与内容极具战斗性和现实性，正如他在《怎样学习诗歌》一书中所说："一个真实的诗歌工作者，要作他的时代的喇叭手，在他的诗歌作品中他要把他的时代声音，反应出来。他要作他的时代的代言人。"②诗歌工作者"要如同雨果似地，如同惠特曼似地，如同裴多菲似地，吹起来民族解放的喇叭，拿出热情，把我们的欢喜和悲愤讴歌出来，把我们的民族的战斗和苦难的形象表现出来"③。

诗歌观念的现实指向性无疑会影响翻译选材，20世纪30年代以来穆木天的翻译如同创作，皆深刻呼应中国革命与抗战的时代诉求。王德胜在《不该遗忘的角落——略论穆木天的文学翻译》中，把穆木天的文学翻译活动分为三个时期，1930年以前为早期，虽翻译过不少作品，但内心"是看不起翻译的"④，创作远多于翻译，且翻译

---

① 戴言：《穆木天诗歌的思想和艺术》，全国首届穆木天学术讨论会、吉林师范学院学报编辑部编《穆木天研究论文集》，时代文艺出版社1990年版，第235页。
② 潘颂德：《穆木天诗论与中国新诗发展方向》，全国首届穆木天学术讨论会、吉林师范学院学报编辑部编《穆木天研究论文集》，时代文艺出版社1990年版，第305页。
③ 穆木天：《关于抗战诗歌运动——对于抗战诗歌否定论者的常识的解答》，《文艺阵地》1939年第4卷第3期。
④ 王德胜：《不该遗忘的角落——略论穆木天的文学翻译》，全国首届穆木天学术讨论会、吉林师范学院学报编辑部编《穆木天研究论文集》，时代文艺出版社1990年版，第314页。

活动零散不具系统性。1930年后诗风大变，对翻译也有了新认识，认为"翻译或许强过创作"①，从此时一直到中华人民共和国成立前，是他一生翻译活动的高峰期，中华人民共和国成立后则为翻译活动的晚期，主要从事俄苏文学翻译。本节着重于抗战时期穆木天的诗歌翻译活动，特别是定居桂林文化城时期，可谓翻译上的丰收期，集中于1942—1943年。翻译目的如他所言，"对于西洋文学之翻译与介绍，是中国现在所急急地需要的。可是我们要西洋文艺作品，是为帮助我们自己的文学的发展。……可是我们必须要历史地、客观地翻译介绍有真实性而能充分反映社会的作品，而不宜叫侵略主义的文学家作我们的'导演者'"，防止他们完成其"文化侵略"的任务。②这就是说穆木天有着鲜明的"拿来主义""洋为中用"的翻译目的，能充分反映现实则是他的翻译选材标准。为此，他继续30年代法国现实主义大师巴尔扎克系列作品的译介，在诗歌方面，倾心于法国的雨果、俄苏的普希金、莱蒙托夫、涅克拉索夫以及马雅可夫斯基，尤以雨果和普希金的诗歌为最。"普希金、雨果诗歌中那种对人类良心的伟大歌颂，更是鼓舞全世界人民对灭绝人性的法西斯匪徒进行英勇斗争的巨大精神力量。"③此类译诗不仅是为抗战中的中国大众输送精神食粮，对于诗歌创作题材的多样性也是不无裨益。"一个现实主义的伟大的诗人，是从多方面，去吸取他的题材的。雨果是那样，涅克拉索夫，也是那样。"④为了深入剖析选材的现实感与深刻性，穆木天援引涅克拉索夫的《卡特林娜》一诗阐明无论题材大小，都"尽它的革命任务"，而雨果的诗，无论是《惩罚》里描写的拿破仑一生的宏大题

---

① 王德胜：《不该遗忘的角落——略论穆木天的文学翻译》，全国首届穆木天学术讨论会、吉林师范学院学报编辑部编《穆木天研究论文集》，时代文艺出版社1990年版，第315页。
② 穆木天：《谈翻译介绍》，陈惇、刘象愚编选《穆木天文学评论选集》，北京师范大学出版社2000年版，第348页。
③ 雷锐：《浅论穆木天、彭慧在桂林时期的创作和翻译》，全国首届穆木天学术讨论会、吉林师范学院学报编辑部编《穆木天研究论文集》，时代文艺出版社1990年版，第68页。
④ 穆木天：《诗歌创作上的题材与主题的问题》，陈惇、刘象愚编选《穆木天文学评论选集》，北京师范大学出版社2000年版，第197页。

材，还是《四号夜里的回忆》里琐细的题材，均表现出"拿破仑第三的残暴和反动"，意在揭露那个"反动的黑暗的社会"①。对于诗歌主题的把握与展开，穆木天又列举雨果的《海夜》揭示单纯主题中蕴含的复杂性，用莱蒙托夫的《囚徒》诠释"在一个力点上，把题材统一起来，而进一步地，把它充分地展开"②，把单纯的主题用复杂的形象表现出来，这样的主题才刚劲充实，具有战斗力。翻译诗歌对中国抗战文学的反哺，对诗人创作的启发由此可见一斑。

综观这一时期穆木天的译诗，主要发表在桂林与重庆两地出版的期刊上，尤其1942—1943年产出最多。译诗主要有：《开拓者》1937年8月雨果的《四号夜里的回忆》，《中国诗坛》1940年新4期马雅可夫斯基的《乌拉迪密尔·伊里奇》，《文艺月刊·战时特刊》1940年第5卷第1期雨果的《保琳·罗兰》，《文学月报》1940年第1卷第4期马雅可夫斯基的《呈给同志涅特》，1940年第2卷第3期莱蒙托夫的《恶魔》，《中苏文化》1940年第6卷第2期马雅可夫斯基的《专在开会的人们》，《文艺生活》1941年第1卷第4期雨果的《穷苦的人们》，《诗创作》1941年第3期雨果的《我们的死者们》，1941年第7期（翻译专号）雨果的《爱劳的坟地》，《青年文艺》1942年第1卷第1期法国栾豹作（今译兰波）的《人羊神的头》《惊愕者》与《感兴》，《文学译报》1942年第1卷第5、6期合刊普希金长诗《高加索的俘虏》，《文艺杂志》1942年第2卷第1期普希金的《迦路伯》（长诗），《文艺生活》1942年第3卷第1期雨果的《光明》、第3卷第3期普希金的《求婚者》，《诗创作》1942年第11期雨果的《傍一八一三在浮杨汀修道院所经过的事情》，《诗》1942年第3卷第5期"国际诗选"中涅克拉索夫的《玛霞》③，《文学创作》1942年第1卷第1期

---

① 穆木天：《诗歌创作上的题材与主题的问题》，陈惇、刘象愚编选《穆木天文学评论选集》，北京师范大学出版社2000年版，第198—199页。

② 穆木天：《诗歌创作上的题材与主题的问题》，陈惇、刘象愚编选《穆木天文学评论选集》，北京师范大学出版社2000年版，第206页。

③ 目录里诗人名为"俄·尼古提索夫"，文中大标题"国际诗选"处诗人名为"俄·尼古拉索夫"，诗歌《玛霞》处诗人名为"涅克拉索夫"。同一诗人译名欠统一。

普式庚（今译普希金）的《诺林伯爵》、第 1 卷第 2 期雨果的《给欧贞·雨果子爵》，《文化杂志》1942 年第 2 卷第 6 期普式庚长诗《巴赫契沙来伊的水泉》，《文学译报》1943 年第 2 卷第 1 期雨果的《沙丘上的话语》，《文艺杂志》1943 年第 2 卷第 2 期俄国涅克拉索夫的长诗《沙霞》、同年第 2 卷第 6 期雨果作《我的童年》，《艺丛》1943 年第 1 卷第 2 期雨果的《旧日战争回忆》，《人世间》1943 年第 1 卷第 6 期雨果的《田园生活》。另外还有单行本，1942 年桂林萤社出版的普希金诗歌《青铜骑士》，同年 9 月重庆文林出版社出版的莱蒙托夫的《恶魔及其他》中有叙事长诗三首，其中一首为穆木天译《恶魔》。除兰波的现代主义诗歌外，其余均为浪漫主义和现实主义诗人的作品，是穆木天诗歌艺术思想转变后在翻译上的体现。而在上述译诗中还应看到基本都是叙事长诗，集中在 20 世纪 40 年代以降，这与当时抗战进入相持阶段，诗人在初期激情冷却后转向更深入的形而上的哲学思考，长诗创作数量激增有关。正如胡风所说："诗人底情绪渐渐由兴奋达到了沉炼""于是大的抒情诗，叙事诗发达起来了"[①]，这一演变表明译者对译入语国家战时诗学规范的自觉呼应。

（一）译诗中的反抗与爱国精神

抗战时期的诗歌处处显示着这个时代澎湃的战斗激情和昂扬斗志，"诗人的情绪必须和现实的生活情绪相一致，这种一致然后就产生出诗的情绪来"[②]，诗是为生活歌唱，与现实紧密相连。该时期穆木天的诗歌创作不乏这类作品，充分契合了高亢激昂的时代节拍，如诗集《流亡者之歌》与《新的旅途》中的诗歌。同样，外国诗歌的翻译也映射出这样的主体情感，译诗突出表现了爱国怀乡与反抗侵略的核心主题，如莱蒙托夫的《恶魔》体现的反叛精神和对自由的追求，马雅可夫斯基的《呈给同志涅特》对爱国英雄涅特的歌颂。普希金长诗《迦路伯》以父子两代的对话展开，已逝长子的勇毅与幼子的懦弱形

---

① 雷锐、黄绍清：《桂林文化城诗歌研究》，中国社会科学出版社 2008 年版，第 29 页。
② 伍辛：《诗和生活》，《诗创作》1942 年第 12 期。

成鲜明对比,既颂扬了无畏的勇士精神,又批判了怯懦优柔的生存态度。雨果的《旧日战争回忆》描写英雄连长的光荣牺牲与士兵们团结作战的无畏精神:"为的法兰西与共和国,/我们在拿瓦尔打过仗。/如果有时炮弹是斜来的,/所有的岩石都是堡垒。……我们都准备好了我们的武器,/因为夜里的那些陷阱。/新月在我们头顶上耀辉着。/而我们,在平原里,赶着路程。""连长"具有象征意义,虽为国牺牲,无私无畏精神却指引士兵前进:"我们,沉思着,就觉得像是/看见了连长身上的证章/又在天空中出现。"①雨果的《光明》表达对祖国的热爱和对自由光明的渴求:"啊!终于出现了的自由的法兰西呀!/啊!在盛宴之后的洁白的衣服呀!/啊!在种种苦痛之后的胜利呀!/劳动在矿工厂里震响着,/天空笑着,而那些红脖鸟/歌唱着在开花的山楂树中。"②

(二) 译诗中的反战意识与和平赞歌

战争,特别是侵略战争给民众带来的灾难与困苦,家国沦丧、家破人亡的沉痛感是所有热爱和平的民族和人民痛恨的,译诗中也不乏此类题材,如雨果的《爱劳的坟地》与《我们的死者们》。《爱劳的坟地》以普法战争为背景通过讲故事的方式呈现战争骇人细节和给士兵带来的心理阴影,以此反衬战争的残酷:"我瞅见我的那些兵彷徨着,/如同一些幽灵,/如同一些鬼,像树墙似地,沿着墙排列着;/而那个战争给我起了一种奇异的印象;/在那些阴魂的上边和下边,是一些死尸。/整个村落起着火焰;在远处焚烧着茅舍。"战争践踏了生命的尊严,剥夺了生存的权利,"人们互相残杀着;一切都像没有被决定;/法兰西在那里赌着他的最大的赌博"③。《我们的死者们》以对死者惨状的细节刻画突出为国捐躯战士的英勇行为,于歌咏爱国中侧面揭露战争的严酷无情:"他们的血在地上作成了一片骇人的池沼;/残暴的兀鹰发掘着他们的,敞着的胸膛;/他们的尸骸是凶狞的,冰冷

---

① [法] 雨果:《旧日战争回忆》,穆木天译,《艺丛》1943 年第 1 卷第 2 期。
② [法] 雨果:《光明》,穆木天译,《文艺生活》1942 年第 3 卷第 1 期。
③ [法] 雨果:《爱劳的坟地》,穆木天译,《诗创作》1942 年第 7 期。

的，在绿的牧场上散乱着，/是令人骇惧的，是扭七歪八的，是漆黑的，各式各样的/就像雷霆给与那些庞大的触电物的那些形相，……/人们瞧见了他们身上到处都是/令人不忍目睹弹伤，剑痕，和矛孔：/冰冻的沙漠的风在那种沉寂之上吹刮着；他们是赤裸裸的，血淋淋的，在阴雨的天空之下。/啊！为我的祖国而战的死者们呀，我是你们的羡望者！"① 战士狰狞的死态、冰冷萧寂的风，这一幕幕图景弥漫着恐惧、苦痛、叹息，是对侵略战争的质问，也是对爱国将士的惋叹，他们为国而战、虽死犹荣，其崇高精神令人钦羡。

（三）译诗中对自然的亲近与真善美的追求

亲近自然，追寻心灵自由，探索真理，崇尚正义美德是诗歌永恒的叙述主题，暗含对生命本体的深沉思索，看似与抗战历史语境有一定距离，却足以体现人类对美好生活的向往与希冀，只是这一切都必须以取得民族独立为前提。雨果的《穷苦的人们》中渔夫夫妇悲惨生活中的高贵灵魂，折射着善良朴实的人道主义光芒。雨果的《沙丘上的话语》回忆生命、爱情、欢喜、希望，感叹时光流逝，唏嘘岁月易老，看似忧伤哀怨，但结尾"而夏天笑着，而人们瞧见，在海滨上，/沙上的蓝蓟开着花朵"②。夏日含笑，花朵盛绽，消极之中闪烁着乐观向上的精神。雨果的《田园生活》以第一人称描写"我"常去乡间散步，亲近自然，喜爱纯真无邪的孩子，与他们彼此信任。"我"以讲故事的方式告诉孩子们何为善良与仁慈，"我说：您们要施舍给谦逊和衰老的穷人。/您们要很温和地接受教训和责难。/施与和接受就是使灵魂过生活。/我给他们讲述着人生，我说，在我们的苦痛中，/是得要把仁慈藏在我们的眼泪的深处，/而在我们的幸福中，在我们的感奋中，/是得要在我们的深处藏着仁慈……"③ 同样是雨果的叙事长诗《傍一八一三在浮杨汀修道院所经过的事情》则体现宗教对人性的束缚，充满对自由与真善美的追求。普希金浪漫主义诗情的南方

---

① [法]雨果：《我们的死者们》，穆木天译，《诗创作》1941 年第 3、4 期合刊。
② [法]雨果：《沙丘上的话语》，穆木天译，《文学译报》1943 年第 2 卷第 1 期。
③ [法]雨果：《田园生活》，穆木天译，《人世间》1943 年第 1 卷第 6 期。

组诗穆木天译了两首：《巴赫契沙来伊的水泉》与《高加索的俘虏》，前者歌咏永恒不朽的爱情，后者追求高加索无拘无束的生活，均是人类急切渴望幸福的诗意表达。普希金叙事诗《求婚者》通过讲述商人女儿娜达莎拒绝求婚者并揭露其残害人命，使其伏法的故事，展现正义与邪恶的对决。

此外，涅克拉索夫长诗《玛霞》（今译《萨沙》）刻画贵人老爷阿迦林改造乡村少女沙霞，到处奔走传播事业，却徒劳无为的"多余人"形象；马雅可夫斯基《专在开会的人》（今译《开会迷》）以夸张、看似荒谬的手法表现苏联建设时期，官僚阶层行政会议泛滥成灾的腐败作风；普希金《诺林伯爵》（今译《努林伯爵》）刻画女主人公巴夫洛夫娜贪慕虚荣，虚伪矫情，与外地来的伯爵老爷调情嬉笑，又最终拒绝苟且的滑稽闹剧。以上译诗均是对诗人所处社会各种丑态与社会弊端的无情鞭挞，译介这样的作品具有扬善抑恶的现实意义。讽刺诗的翻译与抗战进入相持阶段后，因国民党阻碍全民抗战而兴起的政治讽刺诗相互呼应，也是文学自身对时代的积极回应。

三 翻译思想、翻译方法与译诗表现形式

穆木天一生致力于外国文学译介，为时代的需要，为新文学的发展，"为时""为事"而作，其现实主义的翻译思想从抗战时期他对外国诗歌的选择中可见一斑，青睐于法国与俄国批判现实主义文学的诗篇。对待原作的态度上，穆木天向译者提出了两个要求，且在自己的翻译实践中一以贯之。其一是"读破原作""对于原作要有正确的了解"，包括了解作品和作品的创造者即作者。每个作者都有写作目的，"有的作家为公，有的作家为私，有的作品有益，有的作品有害，这是文艺翻译者选翻译材料时，所必须注意到的"[①]。因此，要透彻了解文艺作品，必须了解作者的"宇宙观、人生观，才能了解到它的创作

---

① 穆木天：《一边工作一边学习》，陈惇、刘象愚编选《穆木天文学评论选集》，北京师范大学出版社2000年版，第405—406页。

第五章 译人篇：大后方从事诗歌翻译活动的主要译者

方法"①，作品中所有的主题、人物性格、风格、语言等都与作者的意识形态息息相关，译者必须弄清作者的时代，所处时代的"社会情形、政治情形、科学和思想情形、艺术其他部门的情形"②，才能真正了解作品，把握主题，这是译者翻译前必做的准备。其二，译者不能有丝毫的主观，既不能"偷工减料"，也不能"锦上添花"③，最后的目标是"信而且达"④。这种现实主义的态度，既体现在作品的选择上，又是对译者语言素养的要求，"文艺作品是用语言文字写的。对于外国文能力不够，不行；对于本国文能力不够，也不行"⑤。当然他也指出不能迷信语言文字万能，既要读懂文字，也要明白字里行间之意。"翻译的正确性，是由译者的世界观，文艺修养，语言的运用，以及一般知识和工作经验等决定的"⑥。

从抗战时期各期刊发表的译诗看，因为忠于原文的翻译思想，穆木天的翻译方法主要采用直译，他认为："好的译本必须能够把原著本来的面目传达得真实，——最理想的要求，就是对于原著中的思想感情性和艺术性传达得够，甚至不但在原著的整体上，而且在个别细节上，也都能传达得周到。"⑦ 因此，他总体上译得较"硬"，本着忠实原作的精神，语言运用上显得有些"欧化"欠流畅，这和他同时期诗歌创作中追求的语言直白通俗、风格民族化大众化的倾向存在一定差异。特别需要一提的是，穆木天所选诗人，如雨果、普希金、涅克拉索夫、马雅可夫斯基等，均是民族诗人，其诗歌通俗质朴，接近大

---

① 穆木天：《一边工作一边学习》，陈惇、刘象愚编选《穆木天文学评论选集》，北京师范大学出版社2000年版，第406页。
② 穆木天：《一边工作一边学习》，陈惇、刘象愚编选《穆木天文学评论选集》，北京师范大学出版社2000年版，第407页。
③ 穆木天：《一边工作一边学习》，陈惇、刘象愚编选《穆木天文学评论选集》，北京师范大学出版社2000年版，第406页。
④ 穆木天：《一边工作一边学习》，陈惇、刘象愚编选《穆木天文学评论选集》，北京师范大学出版社2000年版，第410页。
⑤ 穆木天：《一边工作一边学习》，陈惇、刘象愚编选《穆木天文学评论选集》，北京师范大学出版社2000年版，第408页。
⑥ 穆木天：《关于外国文学名著翻译》，《翻译通报》1951年第3卷第1期。
⑦ 穆木天：《关于外国文学名著翻译》，《翻译通报》1951年第3卷第1期。

众语言,但穆木天的译诗某种程度上却略显晦涩。诚如他后来承认的那样,"过去,我喜欢尊重原文的文法结构,因为我希望中国语法能够欧化,结果变成了生硬,尽管看得懂,可不够灵活"①。以雨果作叙事诗《给欧贞·雨果子爵》为例,诗人追忆与哥哥共度的童年时光,悼念其早逝,又以独白方式倾吐孑然一身的孤寂,传播艺术的艰难,更鞭挞物欲横流的社会丑态,礼赞善良、真理与光明之永恒价值。译诗句式处理较欧化,如"尤其是那些瞅着那么美丽的,在四月的地上,/跟从太阳掉下来的火星一样,在辉耀着的,/火红和金黄的花朵!"②中心词"花朵"前定语太长,不符合汉语表达习惯。"你是要去睡眠在那高处,那个被交给了严冬的,/四面八方受着风,拿着天空作为棚板的,/青青的山岗之上;/你是要,变成尸灰,睡眠一张陶土的床里头;/而我呢,我则是要待在那些说话的和走路的,/都市的人群之中!"③这样的句式安排,如状语"在那高处"置于动词"睡眠"之后,中心词"山岗"之前一系列的定语,均不符合汉语行文习惯。

译诗形式上穆木天多采用自由体,认为"一个诗歌工作者,就是必须按着自己的感情的波动,去运用他的诗的形态,去构成他的诗的节奏"④。他以惠特曼《开拓者》举例,认为惠特曼有时也用格律的形式,可是他的大部分诗歌是自由句。"自由诗是诗歌中的最进步的形态。在现在中国的诗歌工作者之间,我们是要以自由诗作为基本的形态,而用力地去发展它",但他并不排斥格律诗,主张"合乎格律的感情,就用格律,合乎自由句的感情,就用自由句"⑤,同时强调"只

---

① 穆木天:《一边工作一边学习》,陈惇、刘象愚编选《穆木天文学评论选集》,北京师范大学出版社2000年版,第410页。
② [法]雨果:《给欧贞·雨果子爵》,穆木天译,《文学创作》1942年第1卷第2期。
③ [法]雨果:《给欧贞·雨果子爵》,穆木天译,《文学创作》1942年第1卷第2期。
④ 穆木天:《诗歌创作上的表现形式的问题》,陈惇、刘象愚编选《穆木天文学评论选集》,北京师范大学出版社2000年版,第217—218页。
⑤ 穆木天:《诗歌创作上的表现形式的问题》,陈惇、刘象愚编选《穆木天文学评论选集》,北京师范大学出版社2000年版,第217页。

第五章 译人篇：大后方从事诗歌翻译活动的主要译者

有在自由诗里，我们可以开拓出我们的广大的天地来"①"我们要肯定的，就是在我们的时代，自由诗是基本的形式"②。诗歌翻译中他亦践行了这一观点，如雨果长诗《穷苦的人们》第一节：

> 这是夜晚。小屋是穷苦的，可是关闭得很严整。
> 房里充满着阴影，而人们感到有什么东西
> 穿着那昏暗的薄冥放着光辉。
> 渔夫的线网子悬挂在墙壁的上边。
> 在紧里头，在粗朴的杯盏在一个柜橱的格板上朦朦胧胧地闪耀着的那个墙拐角里，
> 人们辨认出来一张大床，垂着长的帐幕，
> 紧挨着，一张大垫子铺在几张旧板凳上，
> 而，五个小孩子，灵魂的窝巢，在那里微睡着。
> 有几道火焰在那里边过夜的那座高的壁炉，
> 照红了那个阴暗的天花板，而，额头点在床上，
> 一个女人跪着祈祷，冥想着，颜色苍白。
> 那就是母亲。她孤零零的。而外边，泛着白沫，
> 向着天空，向着风，向着岩石，向着夜，向着浓雾，
> 阴森的大海洋投送着牠的黑色的泣叫。③

该诗共十节，这是开篇部分，描写夜深孩子入睡，女主人公为出海未归的丈夫祈祷，屋外是可怕的狂风恶浪、浓雾弥漫。从开篇的环境铺叙便可见家境贫穷、生活困顿："房里充满着阴影""粗朴的杯盏""旧板凳""阴暗的天花板"，为其后凸显贫瘠中高贵灵魂的人道

---

① 穆木天：《诗歌的形态和体裁》，陈惇、刘象愚编选《穆木天文学评论选集》，北京师范大学出版社2000年版，第185页。
② 穆木天：《诗歌创作上的表现形式的问题》，陈惇、刘象愚编选《穆木天文学评论选集》，北京师范大学出版社2000年版，第217页。
③ ［法］雨果：《穷苦的人们》，穆木天译，《文艺生活》1941年第1卷第4期。

主义光芒埋下伏笔，形成强烈的对比和震撼人心的艺术效果。按照穆木天一贯忠实于原文的翻译思想，译诗有些表述显"欧化"，与其诗歌创作大众化倡导不一致，如"有几道火焰在那里边过夜的那座高的壁炉"，中心词前定语过长；"在紧里头，在粗朴的杯盏在一个柜橱的格板上朦朦胧胧地闪耀着/的那个墙拐角里"，同样名词前修饰太长，未按汉语零句、散句倾向拆译句子，三个介词短语连用均有违汉语表达习惯。从形式看，原诗为格律诗，韵脚为 aabb，穆译没有传递法语诗歌的音韵美和富于变化的韵脚，而以自由体的形式迻译。诚如他所言，"如果译诗时硬要押韵，结果，不但形象会弄得支离破碎，就是节奏都会弄得隔里隔生的"。在他看来，"译诗，第一，要把形象的排列，感情的排列，把握得住，传达得好，押韵还是末节"[①]。当然他也承认，能够有韵也许会比无韵令有些读者顺眼，但不是最主要考虑的因素。

四 结语

从早期注重追求诗艺和诗歌内在审美特征的象征主义诗风，到抗战时期自觉走上为现实斗争服务的现实主义道路，主张呐喊式与烽火式的大众化诗歌，穆木天诗歌思想和艺术的转变也影响到其诗歌翻译活动，在选材上更倾向于表达抗争和反映社会现实，具有革命气势的诗篇，如雨果、普希金、莱蒙托夫、马雅可夫斯基以及涅克拉索夫的作品。在他看来，"世界文学史上的进步的诗歌的翻译工作，必须有计划地执行起来"。为加强"革命的诗歌的健全的营养"[②]，诗歌表现形式上主张直白晓畅能为大众所理解的自由体诗，认为大众诗歌形式和语言的创造，比什么都切要。但是，译诗虽采用自由体，文法句法却偏于"欧化"，有晦涩生硬之感。另外，除雨果、普希金等现实主义诗人的进步作品外，穆木天也译介了法国象征派诗

---

① 穆木天：《一边工作一边学习》，陈惇、刘象愚编选《穆木天文学评论选集》，北京师范大学出版社 2000 年版，第 409 页。
② 穆木天：《目前抗战诗歌上的二三问题》，《战歌》1939 年第 2 卷第 1 期。

人兰波（穆译"栾豹"）的《人羊神的头》《惊愕者》与《感兴》，刊登于桂林《青年文艺》1942年第1卷第1期，某种意义上是其前期诗歌艺术性追求在翻译中的体现，对后期现实主义诗风的推崇亦是一种平衡和弥补。

第五节　冯至译诗活动研究

冯至是我国著名的现代诗人、翻译家、德语文学和中国古代文学研究者，20世纪20年代在诗坛就崭露头角，被鲁迅誉为"中国最为杰出的抒情诗人"[①]，创作诗集《昨日之歌》《北游及其他》，加入文艺团体浅草社，后与友人创办沉钟社。其最辉煌的成就在20世纪30—40年代的抗战时期，执教于昆明的西南联大，写有诗集《十四行集》、散文集《山水》、历史小说《伍子胥》以及著作《杜甫传》。与文学创作并驱的是冯至的翻译活动，他在《论现在的文学翻译界》一文中指出："翻译外国文学，不外乎两个目的：积极方面是丰富自己，启发自己；消极方面是纠正自己，并且在比较中可以知道自己的文学正处在一个什么地位。……多发现异点，也许能对我们更有裨益。"[②] 在他看来，翻译与创作相辅相成，外国文学作为"他者"具有借鉴和启示意义。他的诗歌创作中常能看到里尔克、歌德、尼采、海涅等的影子，尤其是与里尔克精神的融通和翻译里尔克的十四行诗使冯至创作了《十四行集》，这27首十四行诗"为中国哲理诗的发展树起了一座里程碑"[③]，也是西方十四行体在中国的成功移植，朱自清认为，"这集子可以说建立了中国十四行的基础，使得向来怀疑这诗体的人也相信它可以在中国诗里活下去。……这

---

　①　鲁迅：《〈中国新文学大系〉小说二集序》，《鲁迅全集》（第六卷），人民文学出版社1981年版，第243页。
　②　冯至：《论现在的文学翻译界》，张恬编《冯至全集》（第五卷），河北教育出版社1999年版，第316页。
　③　陆耀东：《中国新诗史（1916—1949）》（第三卷），长江出版传媒、长江文艺出版社2015年版，第319页。

是摹仿,同时是创造,到了头都会变成我们自己的"①。本节主要从冯至的翻译诗学观、翻译与创作的关系角度探讨冯至抗战时期的诗歌创译活动。

一 冯至的翻译诗学观

早在20世纪20年代冯至就开始零星发表译作,最早于1923年翻译海涅诗《归乡集》第9首,刊于《民国日报·文艺旬刊》第9期,署名君培,同年首次发表组诗《归乡》,经张凤举推荐刊登在《创造季刊》第2卷第1期。从创译诗发表的年份以及诗歌题目的相似性可见冯至翻译与创作的紧密关联,尤其以诗人的身份从事诗歌翻译,"中外文的高度造诣,诗人的才思和细腻的情感就使他的翻译作品,特别是诗歌翻译,具有一种一般翻译家所不及的长处"②。冯至的诗歌翻译对其诗歌创作、诗歌语言形式的创新大有裨益,同时其诗歌创作又反哺译诗,两者相辅相成相得益彰。冯至并未专门讨论过诗歌翻译,但其翻译思想散遍在译诗的序、跋或论文中,具有鲜明的自我特征。

首先,翻译对象上,冯至一贯选择一流作家的严肃作品,中国读者能从中得到启发,如"但丁、莎士比亚、歌德,那些文学界里伟大的建筑家,他们的作品如长城,如金字塔,巍然不动,给人一种稳重的固定的力量,永久在教育人类,不管人类是怎样迅速地在转变"③。在给友人鲍尔的信中他说:"现在中国的青年是盲目的,没有向导。现代中国人绝大多数离人的本性太远了,以致无法认清现实的命运。——青年们现在正陷入错误和混乱之中,我的责任是翻译一些里尔克的作品,好让他们通过里尔克的提示和道路得到启发,拯救

---

① 朱自清:《诗的形式》,《新诗杂话》,生活·读书·新知三联书店1984年版,第102页。
② 高中甫:《限制中方显能手——谈冯至先生的诗歌翻译》,《世界文学》1991年第1期。
③ 冯至:《论现在的文学翻译界》,张恬编《冯至全集》(第五卷),河北教育出版社1999年版,第316页。

自己，以避免错误和混乱……"① 里尔克的世界使冯至感到亲切，"正因为苦难的中国需要这种精神"②。对于抗战以来翻译界"大量地介绍欧美的最新的所谓最畅销的作品""那些没有选择的盲目的介绍外国文学"③，冯至持否定态度。他所选择的里尔克、尼采、歌德、席勒等金字塔顶尖作家的作品一部分来自上述缘由，另一部分源于自己对这些诗人的喜爱和钦佩，"译诗不只是语言的迻译，还要有思想感情的共鸣，如果没有共鸣，译诗也很难得有生气"④。可见和诗人情感产生共鸣才能更准确传达原诗的神韵，进而丰富自己的精神世界。1926年秋冯至第一次知道里尔克的名字，读到其早期的散文诗《旗手》，感到"一种意外的、奇异的得获。色彩的绚烂，音调的铿锵，从头到尾被一种忧郁而神秘的情调支配着，像一阵深山中的骤雨，又像一片秋夜里的铁马风声：这是一部神助的作品"⑤。此后他多次在致友人的信中谈到阅读里尔克作品的感想，在给杨晦的信中，他言及里尔克"是一个很可爱的人，尤其是他那做人的态度"，想请他"来感化我这块顽石"⑥。译完里尔克《给一个青年诗人的信》后他致信鲍尔，表示"对里尔克越熟悉，从他那儿得到的东西也就越多。他的世界是如此丰富，如此广阔，仿佛除了他的世界之外再没有别的世界了"⑦。冯至译歌德、尼采、海涅等的作品也是基于对作家的情感认同与内心需求。

其次，发挥创作才情，再现原诗神韵。郭沫若曾说，文学翻译

---

① 冯至：《19310910》，冯姚平编《冯至全集》（第十二卷），河北教育出版社1999年版，第146—147页。

② 冯至：《工作而等待》，张恬编《冯至全集》（第四卷），河北教育出版社1999年版，第95页。

③ 冯至：《论现在的文学翻译界》，张恬编《冯至全集》（第五卷），河北教育出版社1999年版，第314页。

④ 冯至：《诗文自选锁记（代序）》，刘福春编《冯至全集》（第二卷），河北教育出版社1999年版，第177页。

⑤ 冯至：《里尔克——为十周年祭日作》，张恬编《冯至全集》（第四卷），河北教育出版社1999年版，第83页。

⑥ 冯至：《193102》，冯姚平编《冯至全集》（第十二卷），河北教育出版社1999年版，第114页。

⑦ 冯至：《19310910》，冯姚平编《冯至全集》（第十二卷），河北教育出版社1999年版，第146页。

"与创作无异""好的翻译等于创作,甚至超过创作,因此,文学翻译须寓有创作精神"①。诗歌翻译尤其如此,重在传递原诗的意境与神韵,这需译者具备驾驭双语的能力,充分发挥主观能动性,创作出与原诗一样富于情感、蕴含诗意诗境诗韵的译作。《谈歌德诗的几点体会》中冯至认为李白、陶渊明的不朽诗篇语言自然,看不出诗人用了多少功力,好似脱口而出,但"有经验的翻译家们翻译它们都会感到困难,如果逐字直译,则索然无味,如果体会诗的境界,只是意译,就会失去原诗的质朴,甚至弄得面目全非。同样情形,中国有几个诗人和翻译家译《漫游者的夜歌》,都曾尽了相当大的努力,却很难表达出原诗的特点"②。可见直译和意译都很难取得满意的效果,俄译本《漫游者的夜歌》最为传神的是莱蒙托夫的翻译,"不仅没有按照原诗的形式,而且内容也有增删,几乎成为译者自己的创作了"③,这表明译者需具备相当的创作才情方能在译入语中赋予原诗"来生"和再生。《一首朴素的诗》中冯至再次提到《漫游者的夜歌》的翻译:"这种诗很不容易译成另一种语言。因为它之所以成功,在于诗人充分发挥了自己的语言的特长,而这种特长又不是另一种语言所能代替的。若是逐字逐句地去翻译(尽管我们主观上念念不忘这是在译诗),其结果往往索然无味,表达不出原诗中每个字的音与意给予读者的回味无穷的感受,可是这也正是那些为数不多的优秀的朴素的诗具有的特点。如果译者只体会诗的意境,不顾原诗的形式和字句,那么译出来的诗,成功的无异于是译者本人的创作,失败的会弄得面目全非。"④ 正是由于译诗融入了诗人能动性的创造,冯至曾在诗集《北游及其他》中收入奥地利诗人莱瑙《芦苇歌》四首译诗,"觉得这四首译诗有点像自己的创作",

---

① 许渊冲:《文学翻译等于创作》,《外国语》(上海外国语学院学报)1983年第6期。
② 冯至:《谈歌德诗的几点体会》,范大灿编《冯至全集》(第八卷),河北教育出版社1999年版,第126页。
③ 冯至:《谈歌德诗的几点体会》,范大灿编《冯至全集》(第八卷),河北教育出版社1999年版,第126页。
④ 冯至:《一首朴素的诗》,范大灿编《冯至全集》(第八卷),河北教育出版社1999年版,第160页。

这部选集本不收译诗,但仍"制法犯法,要来一个例外"①。

最后,译诗形式特征在限制中求自由。冯至尝试过格律体和自由体,主张在一定形式束缚下自由抒发情感,他认为"自由体不应写得太散漫,像是分行的散文,格律诗也不要过于严格,给自己又套上新的枷锁"②。比如他在抗战时期创作的《十四行集》就没有严格按照十四行诗的格律,而是采用变体,利用十四行的结构特点保持语调自然,形式较自由。冯至的译诗遵循诗歌形式观,主张在限制中彰显自由,如《译尼采诗七首》之《旅人》:

"再也没有路!四围是深渊,死的寂静!"
你志愿如此,你的意志躲避路径!
旅人!如今是这样,要看得冷静,明显!
你是遗失的人,你可信托——危险?③

译诗形式为自由体,但采用了 aabb 韵式,且各行字数大体相当,充分体现了限制中求自由的诗歌形式观,就如同他译歌德诗《自然与艺术》最后两句:"在限制中才显示出能手,／只有规律能给我们自由。"④

二 抗战时期冯至译诗统计与分析

冯至翻译活动贯穿大半个世纪,一直与创作平行,大致分为三个阶段:20 世纪 20 年代、20 世纪 30 年代至中华人民共和国成立前,以及中华人民共和国成立后(1960—1973 年无译作)⑤。20 世

---

① 冯至:《诗文自选琐记(代序)》,刘福春编《冯至全集》(第二卷),河北教育出版社 1999 年版,第 177 页。
② 冯至:《〈冯至诗选〉日译本序言》,张恬编《冯至全集》(第五卷),河北教育出版社 1999 年版,第 88 页。
③ [德]尼采:《译尼采诗七首》之《旅人》,冯至译,《文聚》1945 年第 2 卷第 2 期。
④ 冯至:《浅释歌德诗十三首》,范大灿编《冯至全集》(第八卷),河北教育出版社 1999 年版,第 144 页。
⑤ 王燕:《冯至》,方梦之、庄智象主编《中国翻译家研究·当代卷》,上海外语教育出版社 2017 年版,第 252 页。

纪三四十年代的译笔日渐成熟,达到翻译生涯的高峰。该时期译诗有里尔克《豹》刊于 1932 年第 15 期《沉钟》半月刊;《新诗》1936 年第 1 卷第 3 期"里尔克逝世十周年特辑"《里尔克诗钞》之《豹》《一个女人的命运》等译诗 6 首;天津《大公报·文艺》1936 年 5 月 27 日第 153 期译荷尔德林《命运之歌》;《新诗》1937 年第 1 卷第 5 期歌德《玛利浴场哀歌》;《文学》1937 年第 8 卷第 1 期 "新诗专号"《尼采诗抄》5 首;《译文》1937 年第 3 卷第 3 期《尼采诗抄五首》;《文阵新辑》1943 年第 2 期《哀弗立昂》(《浮士德》第二部第三幕);《文聚》1943 年第 2 卷第 1 期《译里尔克诗十首》;昆明版《中央日报》1944 年 10 月 10 日副刊(第 9 版)译德国诗人斯特凡·乔治(Stefan George)《给死者》;《文聚》1945 年第 2 卷第 2 期《译尼采诗七首》,其中尼采、里尔克部分译诗在几家刊物上均作登载。抗战结束后中华人民共和国成立前还有天津《益世报·文学周刊》1947 年 2 月《歌德格言短诗》二十首;《诗号角》1948 年第 4 期歌德《普罗米修士》。刊于大后方诗坛的为《文阵新辑》第 2 期《哀弗立昂》,《文聚》的两期《译尼采诗七首》和《译里尔克诗十首》,以及昆明版《中央日报》副刊的《给死者》。歌德、尼采和里尔克是冯至该时期译介最多的诗人。在抗战时代背景下,"救亡与启蒙"是摆脱不了的双重变奏,冯至选译的却是歌德、里尔克这样"精神导师"的作品,歌德的蜕变论、肯定精神、死与变、思行合一等思想,里尔克关于生存、死亡、孤独等的诗意哲学都对冯至产生深远影响,使他从外界的喧嚣走向内在。在艰难的岁月中,冯至以独特的方式介入现实,在诗和哲学的高度融合中,在自然的山水之间,思索生命的意义与担当。无论怎样内省和沉潜,战争背景下冯至选译的诗歌中仍能看到与现实的丝丝关联。《文聚》第 2 卷第 1 期《译里尔克诗十首》之《豹》通过对巴黎动物园里豹的拟人化描写,表现诗人苦闷、彷徨与向往自由的心情。"牠的目光因为经过这些铁栏/变得这样疲惫,什么也把不住。/牠觉得,好像有千条的铁栏,/千条的铁栏后便没有宇宙。/强韧的步履迈出柔软的步容/这步容在极小的圈中盘转,/好像力的舞蹈围绕一个中心，/在中心一个伟大的意志昏眩。"① 疲惫的目光、禁锢的悲哀、变软的步履，这一切并未使豹失去信心，在限制的空间中跳动着"力的舞蹈""伟大的意志"，冲破束缚奔向自由。这难道不是战争下中国知识分子与大众的心灵写照吗？《文阵新辑》第2期歌德《哀弗立昂》为《浮士德》第二部第三幕。浮士德与海伦娜结合后所生之子哀弗立昂，因无止境的追求而早夭，歌德借此形象隐喻英国革命浪漫主义诗人拜伦的悲剧命运。诗中哀弗立昂说："没有城垣，没有墙壁，/每人只信念自己；/男子的铁石的胸围/好坚持，是强固的堡垒。/你们若要不被征服，/就快点武装参加战争；/妇女成为亚玛孙族，/每个孩子都成为英雄。"② 男子、女人和孩子，以信念为甲胄投身战场，人人都是英雄，这样的战争一定所向披靡，无往不胜，这样的信念恰为抗战下的中国人民所亟需，必能点燃每颗爱国的灵魂，激发战斗的火焰。昆明版《中央日报》副刊斯特凡·乔治的《给死者》中有这样的诗句："晨风里就招展/庄严的旗帜/带着真实的记号/屈身而致敬/向死去的英雄！"③ 这是为"洗净了耻辱"，解开"奴隶的枷锁"而牺牲的志士献礼，亦是冯至选译此诗的原因，曲意表现对抗日将士的无上敬意，"对国家、民族的信念和对侵略者的愤怒"④。

三 十四行诗的翻译与创作

冯至与十四行诗的因缘起于根据朋友口述和讲解翻译诗人阿尔维新（F. Arvers）的一首法语十四行诗，并收入诗集《北游及其他》。冯至喜爱十四行诗的原因在于"它自成一格，具有其他诗体不能代替的特点。它的结构大都是有起有落，有张有弛，有期待有回答，有前题有后果，有穿梭般的韵脚，有一定数目的音步，它便于作者把主观的

---

① ［奥］里尔克：《译里尔克诗十首》之《豹》，冯至译，《文聚》1943年第2卷第1期。
② ［德］歌德：《哀弗立昂》，冯至译，《文阵新辑》1943年第2辑。
③ ［德］Stefan George：《给死者》，冯至译，昆明《中央日报》1944年10月10日第9版。
④ 熊辉等：《抗战大后方社团翻译文学研究》，中国社会科学出版社2018年版，第197页。

生活体验升华为客观的理性，而理性里蕴蓄着深厚的感情"[1]。另外，也缘于里尔克十四行诗集《致奥尔弗斯的十四行》的启迪。十四行诗起源于意大利，经但丁和彼特拉克臻于完善，又称比特拉克体或意大利十四行体。这种诗体由十四行组成，前八行（octave）和后六行（sestet）两部分，每行五韵步（pentameter）。第一部分八行韵式为：abba, abba；第二部分六行韵式分三种：cdccdc, cdccde, cdedce。莎士比亚十四行诗在彼特拉克基础上发展而来，莎士比亚体也分为两部分，即三个四行诗（three quartets）构成前十二行，一个双行诗（couplet）构成后两行。前十二行提问，后两行作答，韵式通常为 abab, cdcd, efef, gg。深刻影响冯至的里尔克十四行体，经里尔克的形式革新实为十四行变体。里尔克1922年寄十四行诗稿给好友、出版家基贡贝格的夫人，附信道："我总称为十四行体。虽然是最自由、所谓最变革的形式，而一般都理解十四行是如此静止、固定的诗体。但正是：给十四行以变化、提高、几乎任意处理，在这情形下是我的一项特殊的实验和任务。"[2] 翻译里尔克变体十四行诗过程中，由于诗歌翻译本质上不可避免的形式损失，冯至译诗无疑加重其流失或"误读"，在音步和韵式上离严谨的十四行诗律更远了，只是采用了十四行的粗略结构，诚如他在翻译了里尔克关于"呼吸"一诗后坦言："这首诗冲破十四行的格局，我的拙劣的翻译使它更不像十四行了。"翻译里尔克十四行，受到这种"特殊的实验"的启示，冯至放胆创作他的十四行诗，尽量不让十四行的格律影响思想，而让思想能在十四行的结构里运转自如[3]。"遵守语调的自然，并给与适当的形式"[4] 是冯至推崇的诗歌形式观。他的十四行诗均按前八行、后六行的彼特拉克体组成，尾韵有一定规律但并非完全按意体十四行韵律模式，每行大多由二字、

---

[1] 冯至：《我和十四行诗的因缘》，《世界文学》1989年第1期。
[2] 冯至：《我和十四行诗的因缘》，《世界文学》1989年第1期。
[3] 冯至：《我和十四行诗的因缘》，《世界文学》1989年第1期。
[4] 冯至：《谈诗歌创作》，张恬编《冯至全集》（第五卷），河北教育出版社1999年版，第251页。

三字词组形成节奏,也即所谓的"顿",营造出顿挫的节奏感和音乐美。

虽然冯至在《十四行集·序》中明确表示,"并没有想把这个形式移植到中国来的用意,纯然是为了自己的方便。我用这形式只因为这形式帮助了我。正如李广田在论《十四行集》时所说的,'由于它的层层上升而又层层下降,渐渐集中而又解开,以及它的错综而又整齐,它的韵法之穿来而又插去',它正宜于表现我要表现的事物;它不曾限制了我活动的思想,而是把我的思想接过来,给一个适当的安排"①。事实证明冯至的《十四行集》是外国诗体的成功移植,标志着中国十四行诗从 20 世纪 20 年代闻一多、郭沫若、徐志摩、朱湘、孙大雨等的探索与发展,终于走向了成熟。"通过外国诗的借鉴,中国新诗在本国传统诗歌的基础上丰富了不少新的意象,新的隐喻,新的句式,新的诗体"②,冯至的译诗文体直接导致其对诗歌创作形式的选择。

翻译对创作的影响除诗体形式外,主题思想上亦有体现,尤其是《十四行集》中关于生与死、死与变、孤独与交流,以及对日常事物的诗性思考均受里尔克、歌德和西方存在主义思想的影响,一是从翻译里尔克、歌德等的作品中受到启发,二是从直接阅读中获取灵感。1930 年冯至留学德国,阅读克尔恺郭尔、尼采的作品,听过 20 世纪著名存在主义大师雅斯贝尔斯的课程,阅读和翻译里尔克的诗歌,西南联大期间研究歌德作品,尤其是里尔克对冯至的艺术和创作生涯产生深远的影响,他"在奔向一个里尔克的世界,他也经历了里尔克的从浪漫蒂克的到克腊西克的,从音乐的到雕塑的,从流动的到结晶的转变"③,这片世界文化的沃土孕育了冯至一生的巅峰之作——《十四

---

① 冯至:《十四行集·序》,刘福春编《冯至全集》(第一卷),河北教育出版社 1999 年版,第 214 页。
② 冯至:《中国新诗和外国的影响》,张恬编《冯至全集》(第五卷),河北教育出版社 1999 年版,第 182 页。
③ 唐湜:《沉思者——论十四行诗里的冯至》,《春秋》1949 年第 6 卷第 1 期。

行集》。

《十四行集》共 27 首，后附杂诗 6 首，1941 年于昆明完稿，1942 年 5 月由桂林明日社出版，内容包含自然界中的山川草木飞虫、中外历史人物、无名村童农妇以及形而上的生命哲思。冯至从里尔克那里习得"没有一事一物不能入诗，只要它是真实的存在者；一般人说，诗需要的是情感，但是里尔克说，情感是我们早已有了的，我们需要的是经验"①。如里尔克观看"玫瑰花瓣、罂粟花；豹、犀、天鹅、红鹤、黑猫"，观看"囚犯、病后的成熟的妇女、娼妓、疯人、乞丐、老妇、盲人……"②冯至观看有加利树、鼠曲草、昆虫、原野的小路、初生的小狗、案头摆设的用具，人物事物均出现在他的笔端，具有了诗性，都可以成为经验。"其实诗人所描写的都是发生在他身边的小事，由于诗人的感情升华到人生的经验，身边小事构成了诗人思索人生意义的大材料，进而上升到诗人与抗战中的中国、民族、人类等一系列关系的思索和表达，以及战争中的个人与民族的关系的探讨，这些成为这部诗集的主题。"③深受里尔克、歌德等影响，冯至的思索和表达中里尔克和歌德的思想语言成为其诗歌创作的原料和养分。比如《十四行集》第 5 首《威尼斯》："一个寂寞是一座岛，一座座都结成朋友。/当你向我拉一拉手，/便像一座水上的桥"，一座座岛是孤立的，桥象征着人与人之间的关联和交流，但"等到了夜深静悄，/只见窗儿关闭，/桥上也敛了痕迹"④，白天的交流又恢复到夜晚的孤独。在里尔克看来，孤独是一种生命存在形式，是一种宿命，但万物在尘世中关联，这一思想体现在《给一个青年诗人的十封信》附录一《论"山水"》里。冯至晚期总结性著作《杜伊诺哀歌》和《致奥尔弗斯

---

① 冯至：《里尔克——为十周年祭日作》，张恬编《冯至全集》（第四卷），河北教育出版社 1999 年版，第 86 页。
② 冯至：《里尔克——为十周年祭日作》，张恬编《冯至全集》（第四卷），河北教育出版社 1999 年版，第 86 页。
③ 陈思和：《探索世界性因素的典范之作：〈十四行集〉》，《当代作家评论》2004 年第 3 期。
④ 冯至：《十四行集·5 威尼斯》，刘福春编《冯至全集》（第一卷），河北教育出版社 1999 年版，第 220 页。

第五章 译人篇：大后方从事诗歌翻译活动的主要译者

的十四行诗》更是聚焦"自我与万物交流"的理念①。他曾阅读与翻译里尔克上述作品，"只见万物各自有它自己的世界，共同组成一个真实、严肃、生存着的共和国"②，这使他深受启发，《威尼斯》中孤独与交流的领悟可管窥里尔克的思想渊源。第7首《我们来到郊外》描写人们躲避空袭警报的情景："有同样的警醒/在我们心头，/是同样的运命/在我们的肩头。"战争威胁着每个人的生命，相同的境遇使人与人之间关联与沟通，但危险过后，"那些分歧的街衢/又把我们吸回，/海水分成河水"③，人与人之间的距离又重新出现，每个人又变成孤独的个体。然而"同样的运命"并不仅仅指躲避空袭的经历，人生纵然没有那"自空而下的'炸弹'，又何尝不是永久在'警报'之中呢？只有那真正'警醒'着的人，才知道人生是什末一回事，至于那永久睡着的灵魂就没有什么可说了"④。如里尔克观看宇宙万物，"跑警报"这个战争中已经变得极寻常的事情被冯至捕捉并赋予生命的叩问。第20首《有多少面容，有多少语声》以"梦"为联结生命的纽带，在梦里"亲密"和"陌生"的生命与"我们自己的生命"发生联系，而联系的根源"是我自己的生命的分裂，/可是融合了许多的生命，/在融合后开了花，结了果？"⑤ 设问中暗示肯定性回答，里尔克个体与个体间的独立与关情在冯至这里转化为现实的回答。"在民族苦难深重的时代里，人和人的生命是亲密相联的。孤立的个体会在别人的生命存在中得到求生的力量"⑥，这是抗战需要的团结与战胜一切的力量，这是一切均在关联变化中向前向上的宇宙观。

第3首《有加利树》赞美秋风中"高高耸起"伟岸而神圣的有加

---

① 冯至：《外来的养分》，《外国文学评论》1987年第2期。
② 冯至：《冯至学术精华录》，北京师范学院出版社1988年版，第483页。
③ 冯至：《十四行集·7 我们来到郊外》，刘福春编《冯至全集》（第一卷），河北教育出版社1999年版，第222页。
④ 李广田：《沉思的诗——论冯至的〈十四行集〉》，《明日文艺》1943年第1期。
⑤ 冯至：《十四行集·20 有多少面容，有多少语声》，刘福春编《冯至全集》（第一卷），河北教育出版社1999年版，第235页。
⑥ 孙玉石：《新诗十讲》，中信出版集团2015年版，第352页。

利树,"筑了一座严肃的庙堂,/让我小心翼翼地走入"①;第4首《鼠曲草》歌颂"白茸茸的小草"默默无闻,"你躲避着一切名称,/过一个渺小的生活,/不辜负高贵和洁白,/默默地成就你的死生"②,最小的生涯也能有最大的肯定。无论是高大的有加利树还是渺小谦卑的鼠曲草,这两样在昆明极平凡的事物,让诗人从中观看生命的生长、变化与死亡,传达存在这个本源性问题,折射出里尔克"居于幽暗而自己努力"③的人生态度,这是生存的自觉和勇于担当的精神。在抗战语境中,有加利树和鼠曲草,或伟岸或渺小,都喻指战争中或庄严或谦卑的生命形象,它们是维系一个民族向上的精神力量。第10—14首冯至将诗笔转向致敬蔡元培、鲁迅、杜甫、歌德与凡·高,与五位痛苦而崇高的灵魂对话则饱蘸里尔克承担和"赠献"的精神写照。在战争话语下,他们既是人间孤独与苦难的承担者,又是慷慨无私的赠献者,这种对苦难的担当意识是冯至眼中生命的正当意义,是对个体的考验和磨砺,生命意义由此得以彰显。

20世纪30年代后期歌德晚期作品进入冯至的研究视野,他译注《歌德年谱》,阅读《歌德全集》和《浮士德》等著作,写出了一大批歌德研究论文,如《〈浮士德〉里的魔》(1943)、《歌德与人的教育》(1945)、《歌德的〈东西合集〉》(1947)等④。歌德的浮士德精神和蜕变思想也影响了《十四行集》的创作,如歌德的"蜕变论"在《十四行集》第2首《什么能从我们身上脱落》、第3首《有加利树》和第13首《歌德》等中体现。第2首"什么能从我们身上脱落,/我们都让它化作尘埃"⑤,展现生命是生与死的转换过程,需要蜕掉那些无意

---

① 冯至:《十四行集·3 有加利树》,刘福春编《冯至全集》(第一卷),河北教育出版社1999年版,第218页。

② 冯至:《十四行集·4 鼠曲草》,刘福春编《冯至全集》(第一卷),河北教育出版社1999年版,第219页。

③ 冯至:《工作而等待》,张恬编《冯至全集》(第四卷),河北教育出版社1999年版,第96页。

④ 刘永强编:《中华翻译家代表性译文库·冯至卷》,浙江大学出版社2021年版,第12页。

⑤ 冯至:《十四行集·2 什么能从我们身上脱落》,刘福春编《冯至全集》(第一卷),河北教育出版社1999年版,第217页。

义的东西，像树木脱掉树叶和花朵，像蝉蛾蜕掉残壳，像歌声脱掉音乐。只有"脱掉"负担，生命才能承受更多的荣辱与生死，更替新生。战争中的民族只有涤掉尘垢杂质，脱掉消极绝望，才能蜕变得以重生。《歌德》更是以"蛇为什么脱去旧皮才能生长；/万物都在享用你的那句名言，/它道破一切生的意义：'死和变'"①，表明变化方持久，刹那即永恒。直承歌德的生死蜕变论，在歌德的身上找到死与变的和谐，找到生命的平衡。

在长久的观看中，从日常琐事里，冯至抒写了一部沉思者的生命之歌，他的创作不只是浸淫于西方存在主义思想，而是剔除了其中某些虚无情绪与超验色彩，更是抗战语境中知识分子对民生、民族精神的别样抒写，是饱含中国文人济世情怀、家国意识与社会意识的沉潜式呐喊，是战争语境中的存在之思。诚如他自言："在我的十四行诗中，可以看出在抗战时期一个知识分子怎样对待外界的事物，对待自己钦佩的人物，对自然界、生物的感受。"②

四 小结

冯至的翻译诗学观、译诗和新诗创作形成互动共生关系。一方面，以《十四行集》为代表的创作离不开翻译里尔克十四行诗促发的形式移植，以及里尔克、歌德、尼采等思想的借鉴，经过冯至变通的十四行诗在中国成功地存活下来，为中国新诗增加了诗体。另一方面，"社会现实关注与人生哲理沉思，天衣无缝地融合在那些由平淡日常事物或历史人物所构成的意象和情境中"，由此获得的现代性思考"超越五四以来一般哲理诗的说理肤浅与缺乏暗示力的弊病"，为中国现代主义诗歌的走向展示了一个新的前景③。同时，冯

---

① 冯至：《十四行集·13 歌德》，刘福春编《冯至全集》（第一卷），河北教育出版社1999年版，第228页。
② 冯至：《谈诗歌创作》，张恬编《冯至全集》（第五卷），河北教育出版社1999年版，第249—250页。
③ 孙玉石：《中国现代诗学丛论》，北京大学出版社2010年版，第332—333页。

至对西方存在主义思想的诗意转换以及中国本土思想的现代转化使《十四行集》脱离了西方存在主义思想中某些悲观和超验色彩,"他把里尔克与杜甫结合为一体,把诗与思结为一体,把对苦难人生的深入和超越性的关照结合为一体"①,表达了抗战时期一个知识分子从小我走向大我,从个体存在、生命价值层面对时代苦难和民族命运的独特思考。

---

① 王家新:《翻译与中国新诗的语言问题》,《文艺研究》2011年第10期。

第六章　结语

抗战时期是中国特殊的历史阶段，由于政治意识形态与战争的影响，中国文学形成了不同的区域，有各自的区域性特征，大后方因其作家、机构、团体、刊物的荟萃，自有其独特的文学风貌。在抗战烽火中进行的诗歌翻译活动产生的成果——译诗，无疑是大后方文学的重要组成部分。与诗歌创作一样，译诗也强调诗歌的大众化与宣传功能，是知识分子在民族危亡之际将个人命运与国家民族命运视为一体的表现，是中国文人血液里流淌的"文以载道"文学功利主义观念的表现。

首先，揭示政治意识形态与翻译活动之间的关系，即探讨意识形态、政治价值观或明或隐的趋导，是如何影响译者的诗人选择、诗歌选材以及译诗呈现的方式，这是本书的研究主题。可以看到，外国的抗战诗歌和民族意识、反抗意识较强烈的作品得到了大量译介，如同属反法西斯阵营的俄苏诗歌，尤其是反映苏联卫国战争诗歌；英美体现抗争反抗，提倡平等自由，歌颂人性价值与尊严的浪漫主义诗歌；"被压迫民族"如乌克兰、匈牙利、西班牙、波兰、捷克等充满革命热情的进步诗歌；少量德国、日本法西斯国家的反战颂和平的诗作，同时对创作以上主题的诗人做了大量介绍。此外，主流之外的边缘之声，虽属微弱，仍不应忽视。除现实主义、浪漫主义诗人诗作的翻译外，现代主义诗歌也占有一席之地，主要是英美、德法两个谱系，如艾略特、奥登、波德莱尔、里尔克、尼采等的作品散布于各大报刊中。

西方现代主义诗歌的智性书写、哲理化倾向、丰富的想象力、感受力、诗质的追寻以及现实、玄学、象征的综合运用使诗歌晦涩玄虚，与诗歌的大众化书写格格不入，但现代主义诗歌将个人苦闷、社会苦闷以及对人性的探索相结合，形成对现实主义诗歌的支援与互补，是特殊时期诗人们对诗歌艺术性、审美性的坚守。除此之外，抗战历史语境下政治意识形态胜于诗学的现实使译诗形式基本为白话自由体诗歌，是特定时代激发全民阅读，宣扬抗战的对应性策略，大众化、通俗化诗体才能为最广大的群众了解、接受和欣赏，从而参与诗歌的意识形态话语构建，参与对未来统一国家民族的集体想象。

  其次，本书以报纸文艺副刊和期刊为依托，回归原始的文学场景，回到译诗发生的主要场域，从大后方文学原生态的互动中，审阅每一份刊物的办刊宗旨、刊物定位、编辑特色、编者意图，辨析不同刊物的选材倾向。虽然每份刊物各有侧重，但抗日民族统一战线下的外国文学译介都受到反法西斯战争、民族救亡图存的母题支配，翻译选材总体上趋于接近，比如《新华日报》为国统区公开发行的中共中央机关报，由中共中央南方局和周恩来同志直接领导，坚持共产党的党性和阶级立场，巩固抗日民族统一战线，争取抗战胜利，加强对国统区的舆论导引为其刊物的立场和办刊宗旨。其译诗选材多为俄苏诗歌，莱蒙托夫、涅克拉索夫、普希金、伊莎科夫斯基、西蒙诺夫，尤其是苏联革命诗人马雅可夫斯基充满鼓动力量的"楼梯式"诗歌，给予中国诗人、读者莫大的精神慰藉，是诗歌服务于政治的典型。再如主要由西南联大师生编辑的《文聚》，致力于追求政治性与艺术性的和谐统一，里尔克、叶芝、魏尔仑、尼采西方现代派诗歌的译介是学院精英文学艺术追求的体现，兼具英国歌谣和多罗色·巴克尔夫人"常识的诗"大众化诗歌的迻译，诗评、诗论和诗作等多内容的刊登，都较好地体现刊物艺术性和通俗性的结合。《诗创作》作为大型诗歌专刊，除大量原创诗歌、诗论外，译诗数量也蔚为可观，俄苏、英美、日德意、波兰、西班牙、捷克等国诗歌均有涉猎，还专设一期"翻译专号"，全为译诗，充分显示了该刊物的办刊特色。借助报刊触摸历史，

第六章 结语

让文献自己说话，在"田野调查"基础上作出理性的梳理和客观深入的分析，才能最大限度呈现大后方诗歌翻译史的完整图景。而报刊作为载体和文学传播手段，极大促进了译诗的流通与传播，各个刊物都拥有其固定的读者群，《新华日报》《大公报》《中央日报》等大报和重要刊物如《抗战文艺》《中苏文化》等更是广受欢迎，发行量大，发行周期较稳定，使诗歌真正与人民在一起，实现了诗歌抗战时期的既定使命。

最后，是译者，特别是诗人译者，往往涉及创译的影响与关系研究。本书聚焦的五位译者均是大后方各报纸期刊上发表译诗数量较多的译者，除戈宝权外，其余均为诗人译者，其翻译与创作有着无法分割的联系。一方面，诗人自身的创作经验可以确保译诗的水平，准确传达原诗语言的诗性特征，使译诗更具表现力与感染力。另一方面，通过翻译诗歌可习得更多诗形诗体与表现方法，或从模仿中找到诗歌创作的切入点和要旨，二者之间相互促进，如冯至从翻译里尔克十四行诗中获得灵感和启发，完成其一生中的巅峰之作《十四行集》。

抗战历史语境下的意识形态规约了诗歌选材的趋时性和现实性，激起了诗人的社会担当意识，改变了诗歌的抒情言志方式与表现对象，译诗主题选择与表现形式也不例外。无论创作还是翻译，大都紧扣现实，无限扩大诗歌的政治功能，诗学与文学性退居其后。但主流意识形态之外，少数译者仍坚守诗歌的艺术性，在翻译选材上偏重艺术、生命、人性、哲思主题的外国诗歌，是译者主体性的能动表现，亦是战争语境下知识分子的沉潜呐喊和别样表达。

参考文献

一 著作类

艾青:《自由诗与格律诗问题》,《艾青选集》(第三卷),四川文艺出版社1986年版。

艾青:《诗与时代》,《诗论》,生活·读书·新知三联书店2014年版。

艾青:《诗与宣传》,《诗论》,生活·读书·新知三联书店2014年版。

[美] 爱德华·W. 萨义德:《文化与帝国主义》,李琨译,生活·读书·新知三联书店2003年版。

[法] 波德莱尔:《恶之花》,王了一译,外国文学出版社1980年版。

陈纪滢:《三十年代作家记》,台北:成文出版社有限公司1980年版。

陈纪滢:《序〈高兰朗诵诗集〉》,龙泉明编选《诗歌研究史料选》,四川教育出版社1989年版。

重庆抗战丛书编纂委员会编:《抗战时期重庆的新闻界》,重庆出版社1995年版。

戴望舒:《戴望舒译诗集》,湖南人民出版社1983年版。

戴言:《穆木天诗歌的思想和艺术》,全国首届穆木天学术讨论会、吉林师范学院学报编辑部编《穆木天研究论文集》,时代文艺出版社1990年版。

董璐编著:《传播学核心理论与概念》(第二版),北京大学出版社2016年版。

《读者·原创版》编辑部主编:《草叶集:惠特曼诗选》,敦煌文艺出版社2014年版。

段从学:《中国·四川抗战新诗史》,中国文联出版社2015年版。

方敬:《谈诗歌》,龙泉明编选《诗歌研究史料选》,四川教育出版社1989年版。

冯至:《冯至学术精华录》,北京师范学院出版社1988年版。

冯至:《十四行集》,刘福春编《冯至全集》(第一卷),河北教育出版社1999年版。

冯至:《十四行集·序》,刘福春编《冯至全集》(第一卷),河北教育出版社1999年版。

冯至:《诗文自选琐记(代序)》,刘福春编《冯至全集》(第二卷),河北教育出版社1999年版。

冯至:《工作而等待》,张恬编《冯至全集》(第四卷),河北教育出版社1999年版。

冯至:《里尔克——为十周年祭日作》,张恬编《冯至全集》(第四卷),河北教育出版社1999年版。

冯至:《〈冯至诗选〉日译本序言》,张恬编《冯至全集》(第五卷),河北教育出版社1999年版。

冯至:《论现在的文学翻译界》,张恬编《冯至全集》(第五卷),河北教育出版社1999年版。

冯至:《中国新诗和外国的影响》,张恬编《冯至全集》(第五卷),河北教育出版社1999年版。

冯至:《谈诗歌创作》,张恬编《冯至全集》(第五卷),河北教育出版社1999年版。

冯至:《浅释歌德诗十三首》,范大灿编《冯至全集》(第八卷),河北教育出版社1999年版。

冯至:《谈歌德诗的几点体会》,范大灿编《冯至全集》(第八卷),河北教育出版社1999年版。

冯至:《一首朴素的诗》,范大灿编《冯至全集》(第八卷),河北教育出版社1999年版。

冯至：《193102》，冯姚平编《冯至全集》（第十二卷），河北教育出版社1999年版。

冯至：《19310910》，冯姚平编《冯至全集》（第十二卷），河北教育出版社1999年版。

傅浩：《叶芝》，四川人民出版社1999年版。

傅浩编著：《英诗华章：汉译　注释　评析》（英汉双语版），中央编译出版社2015年版。

高玉：《现代汉语与中国现代文学》，中国社会科学出版社2003年版。

戈宝权：《我怎样走上翻译和研究外国文学的道路》，中国社会科学院科研局组织编选《戈宝权集》，中国社会科学出版社2009年版。

戈宝权：《俄国文学和中国》，《中外文学因缘——戈宝权比较文学论文集》，华东师范大学出版社2013年版。

［德］歌德等：《一切的峰顶》，梁宗岱译，何家炜校注，华东师范大学出版社2016年版。

韩丽梅：《一位山歌作者的足迹》，韩丽梅编著《袁水拍研究资料》，中国国际广播出版社2003年版。

胡适：《尝试集》，人民文学出版社1984年版。

胡适：《谈新诗——八年来一件大事》，沈寂编《胡适学术文集·新文学运动》，中华书局1993年版。

胡适：《胡适文集》（第一卷），人民文学出版社1998年版。

胡正荣、段鹏、张磊：《传播学总论》（第二版），清华大学出版社2008年版。

黄建华编：《中华翻译家代表性译文库·梁宗岱卷》，浙江大学出版社2020年版。

［美］惠特曼、［德］德默尔等：《草叶集·枫叶集》，楚图南译，时代出版传媒股份有限公司、北京时代华文书局2015年版。

姜秋霞：《文学翻译与社会文化的相互作用关系研究》，外语教学与研究出版社2009年版。

靳明全主编：《重庆抗战文学论稿》，重庆出版社2003年版。

靳明全主编：《重庆抗战文学与外国文化》，重庆出版集团、重庆出版社 2006 年版。

［美］劳伦斯·韦努蒂：《翻译与文化身份的塑造》，查正贤译，许宝强、袁伟选编《语言与翻译的政治》，中央编译出版社 2001 年版。

雷锐：《浅论穆木天、彭慧在桂林时期的创作和翻译》，全国首届穆木天学术讨论会、吉林师范学院学报编辑部编《穆木天研究论文集》，时代文艺出版社 1990 年版。

雷锐、黄绍清主编：《桂林文化城诗歌研究》，中国社会科学出版社 2008 年版。

雷石榆、孙望：《谈诗歌大众化》，洛蚀文编《抗战文艺论集》，上海书店 1986 年版。

李广田：《马凡陀的山歌》，韩丽梅编著《袁水拍研究资料》，中国国际广播出版社 2003 年版。

李今：《二十世纪中国翻译文学史——三四十年代·俄苏卷》，百花文艺出版社 2009 年版。

李敏杰：《信、似、译：卞之琳的文学翻译思想与实践》，中国社会科学出版社 2018 年版。

李宪瑜：《二十世纪中国翻译文学史——三四十年代·英法美卷》，百花文艺出版社 2009 年版。

李野光：《惠特曼研究》，上海外语教育出版社 2003 年版。

力扬：《今日的诗》，龙泉明编选《诗歌研究史料选》，四川教育出版社 1989 年版。

梁宗岱：《按语和跋》，《诗与真·诗与真二集》，外国文学出版社 1984 年版。

梁宗岱：《谈诗》，《诗与真·诗与真二集》，外国文学出版社 1984 年版。

梁宗岱：《文坛往哪里去——"用什么话"问题》，《诗与真·诗与真二集》，外国文学出版社 1984 年版。

梁宗岱：《新诗底分歧路口》，《诗与真·诗与真二集》，外国文学出版社1984年版。

梁宗岱：《译事琐话》，黄建华主编《宗岱的世界·诗文》，广东人民出版社2003年版。

梁宗岱：《论诗之应用》，《诗与真续编》，中央编译出版社2006年版。

梁宗岱：《求生》，《诗与真续编》，中央编译出版社2006年版。

廖七一：《20世纪中国翻译批评话语研究》，北京大学出版社2020年版。

廖七一等：《抗战时期重庆翻译研究》，南开大学出版社2015年版。

刘永强编：《中华翻译家代表性译文库·冯至卷》，浙江大学出版社2021年版。

刘增杰：《中国现代文学史料学》，中西书局2012年版。

刘增人等纂著：《中国现代文学期刊史论》，新华出版社2005年版。

鲁迅：《〈中国新文学大系〉小说二集序》，《鲁迅全集》（第六卷），人民文学出版社1981年版。

鲁迅：《〈呐喊〉捷克译本序言》，刘运峰编《鲁迅序跋集》（上卷），山东画报出版社2004年版。

鲁迅：《祝中俄文字之交》，《鲁迅全集》（第四卷），人民文学出版社2005年版。

陆耀东：《中国新诗史（1916—1949）》（第三卷），长江出版传媒、长江文艺出版社2015年版。

吕进等：《重庆抗战诗歌研究》，西南师范大学出版社2009年版。

吕进等：《大后方抗战诗歌研究》，重庆出版集团、重庆出版社2015年版。

吕元明：《被遗忘的在华日本反战文学》，吉林教育出版社1993年版。

洛蚀文：《关于文学大众化问题》，洛蚀文编《抗战文艺论集》，上海书店1986年版。

[苏]马努伊诺夫：《莱蒙托夫》，郭奇格译，北京出版社1988年版。

马祖毅等：《中国翻译通史·现当代部分》（第二卷），湖北教育出版社2006年版。

茅盾：《大众文艺化问题》，洛蚀文编《抗战文艺论集》，上海书店 1986 年版。

茅盾：《这时代的诗歌》，龙泉明编选《诗歌研究史料选》，四川教育出版社 1989 年版。

蒙兴灿：《五四前后英诗汉译的社会文化研究》，科学出版社 2009 年版。

孟德森：《惠特曼评传》，罗维译，人民文学出版社 1958 年版。

穆木天：《我的诗歌创作之回顾——诗集〈流亡者之歌〉代序》，蔡清富、穆立立编《穆木天诗文集》，时代文艺出版社 1985 年版。

穆木天：《关于诗歌大众化》，陈惇、刘象愚编选《穆木天文学评论选集》，北京师范大学出版社 2000 年版。

穆木天：《诗歌创作上的表现形式的问题》，陈惇、刘象愚编选《穆木天文学评论选集》，北京师范大学出版社 2000 年版。

穆木天：《诗歌创作上的题材与主题的问题》，陈惇、刘象愚编选《穆木天文学评论选集》，北京师范大学出版社 2000 年版。

穆木天：《诗歌的形态和体裁》，陈惇、刘象愚编选《穆木天文学评论选集》，北京师范大学出版社 2000 年版。

穆木天：《什么是象征主义》，陈惇、刘象愚编选《穆木天文学评论选集》，北京师范大学出版社 2000 年版。

穆木天：《谈翻译介绍》，陈惇、刘象愚编选《穆木天文学评论选集》，北京师范大学出版社 2000 年版。

穆木天：《谭诗——寄郭沫若的一封信》，陈惇、刘象愚编选《穆木天文学评论选集》，北京师范大学出版社 2000 年版。

穆木天：《一边工作一边学习》，陈惇、刘象愚编选《穆木天文学评论选集》，北京师范大学出版社 2000 年版。

［德］尼采：《尼采诗选》，钱春绮译，漓江出版社 1986 年版。

潘颂德：《穆木天诗论与中国新诗发展方向》，全国首届穆木天学术讨论会、吉林师范学院学报编辑部编《穆木天研究论文集》，时代文艺出版社 1990 年版。

［俄］普列汉诺夫:《论一元论历史观之发展》,博古译,生活·读书·新知三联书店1961年版。

秦弓:《二十世纪中国翻译文学史:五四时期卷》,百花文艺出版社2009年版。

［英］R. 彭斯、A. E. 霍思曼:《我的心呀,在高原》,袁水拍译,重庆美学出版社1944年版。

［英］莎士比亚:《莎士比亚十四行诗》,梁宗岱译,刘志侠校注,华东师范大学出版社2016年版。

苏朝纲、王志昆、陈初蓉撰稿:《中国抗战大后方出版史》,重庆出版集团、重庆出版社2015年版。

苏光文:《抗战诗歌史稿》,四川教育出版社1991年版。

苏光文:《大后方文学论稿》,西南师范大学出版社1994年版。

孙玉石:《中国现代诗学丛论》,北京大学出版社2010年版。

孙玉石:《新诗十讲》,中信出版集团2015年版。

汤富华:《翻译的诗学批评》,南京大学出版社2019年版。

田间:《〈给战斗者〉写作前后——答〈诗刊〉编辑部》,唐文斌等编《田间研究专集》,浙江文艺出版社1984年版。

万一知、苏关鑫:《抗战时期桂林文艺期刊简介和目录汇编》,广西师范大学中文系现代文学研究室、广西师范大学科研生产处1984年版。

王本朝:《中国现代文学制度研究》,西南师范大学出版社2002年版。

王德胜:《不该遗忘的角落——略论穆木天的文学翻译》,全国首届穆木天学术讨论会、吉林师范学院学报编辑部编《穆木天研究论文集》,时代文艺出版社1990年版。

王东风:《诗歌翻译论》,商务印书馆2022年版。

王凤伯:《徐迟小传》,王凤伯、孙露茜编《徐迟研究专集》,浙江文艺出版社1985年版。

王宏印:《诗人翻译家穆旦(查良铮)评传》,商务印书馆2016年版。

王宏印编著:《中外文学经典翻译教程》,高等教育出版社2007年版。

王宏印编著：《诗与翻译：双向互动与多维阐释》，南开大学出版社2015年版。

王宏志：《重释"信、达、雅"——20世纪中国翻译研究》，清华大学出版社2007年版。

王建开：《五四以来我国英美文学作品译介史：1919—1949》，上海外语教育出版社2003年版。

王了一：《译后记》，［法］波特莱尔《恶之花》，王了一译，外国文学出版社1980年版。

王庆：《英美现代主义诗歌批评史》，外语教学与研究出版社2019年版。

王文彬：《中西诗学交汇中的戴望舒》，安徽教育出版社2003年版。

王燕：《冯至》，方梦之、庄智象编《中国翻译家研究·当代卷》，上海外语教育出版社2017年版。

王佐良著，董伯韬编：《英美现代诗谈》，北京出版集团公司、北京出版社2018年版。

王佐良：《穆旦的由来与归宿》，《王佐良全集》（第八卷），外语教学与研究出版社2016年版。

王佐良：《译彭斯的再思》，《王佐良全集》（第八卷），外语教学与研究出版社2016年版。

王佐良：《英诗的境界》，生活·读书·新知三联书店2017年版。

王佐良：《英国浪漫主义诗歌史》，生活·读书·新知三联书店、生活书店出版有限公司2018年版。

闻一多：《诗的格律》，《闻一多全集》（第二卷），湖北人民出版社1993年版。

闻一多：《律诗底研究》，《闻一多全集》（第十卷），湖北人民出版社1993年版。

吴晓东：《战争年代的诗艺历程——40年代卷导言》，谢冕等《百年中国新诗史略——〈中国新诗总系〉导言集》，北京大学出版社2010年版。

吴晓东：《梦中的彩笔：中国现代文学漫读》，北京大学出版社 2018 年版。

吴野、文天行主编：《大后方文学史》，四川教育出版社 1993 年版。

吴赟：《翻译·构建·影响——英国浪漫主义诗歌在中国》，北京大学出版社 2012 年版。

夏衍：《夏衍杂文随笔集》，生活·读书·新知三联书店 1980 年版。

谢天振：《译介学》，上海外语教育出版社 1999 年版。

谢天振、查明建主编：《中国现代翻译文学史（1898—1949）》，上海外语教育出版社 2004 年版。

熊辉：《两支笔的恋语：中国现代诗人的译与作》，西南师范大学出版社 2011 年版。

熊辉：《外国诗歌的翻译与中国现代新诗的文体建构》，中央编译出版社 2013 年版。

熊辉：《抗战大后方翻译文学史论》，上海交通大学出版社 2018 年版。

熊辉等：《抗战大后方社团翻译文学研究》，中国社会科学出版社 2018 年版。

徐迟：《一本未出版的译诗集跋》，韩丽梅编著《袁水拍研究资料》，中国国际广播出版社 2003 年版。

徐惊奇：《陪都译介史话》，内蒙古人民出版社 2009 年版。

徐迺翔：《救亡诗歌社》，《中国现代文学词典》（诗歌卷），广西人民出版社 1990 年版。

徐铸成：《报人张季鸾先生传》，生活·读书·新知三联书店 1986 年版。

许钧：《翻译论》，湖北教育出版社 2003 年版。

许霆：《中国新诗发生论稿》，人民出版社 2012 年版。

[英] 雪莱：《为诗辩护》，缪灵珠译，刘若端编《十九世纪英国诗人论诗》，人民文学出版社 1984 年版。

[英] 雪莱：《雪莱诗选》，江枫译，外语教学与研究出版社 2016 年版。

[英] 雪莱：《西风颂》，江枫译，许自强、孙坤荣主编《世界名诗鉴赏大辞典》，商务印书馆国际有限公司 2018 年版。

余光中：《余光中谈翻译》，中国对外翻译出版公司 2000 年版。

俞佳乐：《翻译的社会性研究》，上海译文出版社 2006 年版。

袁斌业：《桂林抗战文化城译介活动研究》，广西师范大学出版社 2013 年版。

袁可嘉：《罗伯特·彭斯——苏格兰伟大的农民诗人》，《现代派论·英美诗论》，中国社会科学出版社 1985 年版。

袁可嘉：《彭斯与民间歌谣——罗伯特·彭斯诞生二百周年纪念》，《现代派论·英美诗论》，中国社会科学出版社 1985 年版。

袁可嘉：《论新诗现代化》，生活·读书·新知三联书店 1988 年版。

袁水拍：《论诗歌中的态度——给臧克家兄的一封信》，袁水拍译《诗与诗论译丛》，诗文学社 1945 年版。

袁水拍：《译者后记》，《聂鲁达诗文集》，人民文学出版社 1951 年版。

袁水拍：《〈冬天，冬天〉前记》，韩丽梅编著《袁水拍研究资料》，中国国际广播出版社 2003 年版。

袁水拍：《〈沸腾的岁月〉后记》，韩丽梅编著《袁水拍研究资料》，中国国际广播出版社 2003 年版。

袁水拍：《为人民的与人民所爱的诗》，韩丽梅编著《袁水拍研究资料》，中国国际广播出版社 2003 年版。

臧克家主编：《中国抗日战争时期大后方文学书系·第六编　诗歌》（第一集），重庆出版社 1989 年版。

张保红：《汉英诗歌翻译与比较研究》，中国地质大学出版社 2003 年版。

张静：《雪莱在中国（1905—1966）》，北京大学出版社 2022 年版。

张仁香：《梁宗岱诗学研究》，暨南大学出版社 2014 年版。

张松建：《现代诗的再出发——中国四十年代现代主义诗朝新探》，北京大学出版社 2009 年版。

张同道：《警报、茶馆与校园诗歌——〈西南联大现代诗钞〉编后》，杜运燮、张同道选编《西南联大现代诗钞》，中国文学出版社 1997 年版。

张旭：《中国英诗汉译史论》（1937 年以前部分），湖南人民出版社

2012年版。

赵萝蕤：《译者序》，［美］惠特曼《惠特曼诗选：英汉对照》，赵萝蕤译，外语教学与研究出版社2013年版。

中国人民政治协商会议、西南地区文史资料协作会议编：《抗战时期西南的文化事业》，成都出版社1990年版。

周毅：《抗战时期文艺政策研究》，四川大学出版社2013年版。

朱安博：《归化与异化：中国文学翻译研究的百年流变》，科学出版社2009年版。

朱光潜：《诗论》，开明出版社2018年版。

朱晓进等：《非文学的世纪：20世纪中国文学与政治文化关系史论》，南京师范大学出版社2004年版。

朱自清选编：《中国新文学大系·诗集》，上海文艺出版社1935年版。

朱自清：《新诗杂话》，生活·读书·新知三联书店1984年版。

朱自清：《抗战与诗》，朱乔森编《朱自清全集》（第二卷），江苏教育出版社1988年版。

Barnstone, Willis, *The Poetics of Translation, History, Theory, Practice*, New Heaven: Yale University Press, 1993.

Dryden, John, *On Translation*, Rainer Schulte & John Beguenet, *Theories of Translation: An Anthology of Essays from Dryden to Derrida*, Chicago & London: The University of Chicago Press, 1992.

Genette, Gerard, *Paratexts—Thresholds of Interpretation*, Cambridge: Cambridge University Press, 1997.

Hermans, Theo, *Translation in Systems: Descriptive and System-oriented Approaches Explained*, Shanghai: Shanghai Foreign Language Education Press, 2004.

Lefevere, André, *Translation, Rewriting, and the Manipulation of Literary Fame*, Shanghai: Shanghai Foreign Language Education Press, 2004.

Venuti, Lawrence, *The Scandals of Translation: Towards an Ethics of Differences*, London & New York: Routledge, 1998.

二 报纸期刊类

［英］Abert Brown：《跟着码头工人前进》，王礼锡译，《抗战文艺》1940年第5卷第4、5期合刊。

［英］Alan Rook：《一九四〇的伦敦》，杨周翰译，《战时英国诗选》［M. J. Tambimuttu：Poetry in Wartime（1942）］，《时与潮文艺》1944年第2卷6期。

［英］A. E：《英·A. E 诗三章》，伯石译，《诗》1942年第3卷第5期。

［西］A. 阿帕里西峨：《谁曾在这里经过？》，黄药眠译，桂林《救亡日报·文化岗位》1939年3月15日。

［苏］A. 柴芮泰里：《A. 柴芮泰里诗钞》，斯庸译，《文学译报》1943年第2卷第1期。

［西］A. 马夏多：《西班牙的呼唤》，李葳译，《诗创作》1942年第13期。

［苏］A. 尼罗夫：《达拉斯·雪夫兼珂评传》，陈原译，《诗创作》1942年第7期。

［苏］A. 托尔斯泰：《乔治亚民族诗人——蔡雷泰里》，赵蔚青译，《诗垦地丛刊》1941年第1集《黎明的林子》。

［苏］阿舍谢也夫：《怎样读玛雅可夫斯基的诗》，彭慧译，《文学月报》1940年第1卷第4期。

艾青：《抗战以来的中国新诗》，《中苏文化》1941年第9卷第1期。

艾青：《论抗战以来的中国新诗》，《文艺阵地》1942年第6卷第4期。

［英］奥登：《奥登诗四首》，杨宪益译，《时与潮文艺》1943年第2卷第3期。

［英］奥登：《奥登诗四首》之《空袭》，杨宪益译，《时与潮文艺》1943年第2卷第3期。

［英］奥登：《奥登诗四首》之《中国的兵》，杨宪益译，《时与潮文艺》1943年第2卷第3期。

［英］奥登：《战时在中国作》，卞之琳译，《明日文艺》1943年第2期。

［英］奥登：《小说家》，运燮译，桂林《大公报·文艺》1943 年 1 月 17 日桂字第 227 期。

［英］Bryan Waller Procter：《海之歌》，公盾译，《诗创作》1942 年第 17 期。

［苏］巴夫罗·泰奇纳：《巴夫罗·泰奇纳诗抄》，周孟译，《诗》1942 年第 3 卷第 2 期。

［苏］巴夫洛·铁钦拿：《巴夫洛·铁钦拿诗（二首）》之《给诗人的信件》，徐洗尘译，《诗创作》1942 年第 12 期。

白珍：《南征·译者附言》，桂林《救亡日报·文化岗位》1940 年 10 月 8 日。

［英］拜伦：《拜伦战争诗选译》之《"哥林茨大战"一节》，唐瑯译，《新华日报》1942 年 10 月 15 日第 4 版。

［英］拜伦：《拜伦诗抄》，柳无忌译，《中原》1943 年创刊号。

［英］拜伦：《大海颂》，马东、周欧、家齐译，《诗创作》1943 年第 18 期。

［日］坂井敬二郎：《港岸》，胡成之译，《诗创作》1941 年第 3、4 期合刊。

葆荃：《国际青年节·译前》，《新华日报》1944 年 9 月 3 日第 4 版。

本社：《创刊的几句话》，《文学译报》1942 年第 1 卷第 1 期。

编辑部：《约稿》，《文学译报》1943 年第 1 卷第 5、6 期合刊。

编辑室：《编后》，《战歌》1938 年第 1 卷第 3 期。

编者：《发刊词》，《抗战文艺》1938 年第 1 卷第 1 期。

编者：《附录》，《民族诗坛》1938 年第 1 期。

编者：《编后杂记》，《顶点》1939 年第 1 卷第 1 期。

编者：《编者话》，昆明《中央日报·平明》1939 年 5 月 15 日。

编者：《平明副刊室启事》，昆明《中央日报·平明》1939 年 5 月 18 日。

编者：《发刊词》，《文学月报》1940 年第 1 卷第 1 期。

编者：《征稿简章》，《文艺先锋》1942 年第 1 卷第 2 期。

编者：《编者的话》，《新华日报》1942 年 9 月 18 日第 4 版。

编者：《发刊词》，《时与潮文艺》1943年第1卷第1期。

编者：《时与潮文艺稿约》，《时与潮文艺》1943年第1卷第1期。

编者：《编者附记》，《文阵新辑》1944年第2辑。

［法］波德莱尔：《逍遥游》，王了一译，昆明《中央日报·星期增刊》1944年6月25日。

［法］波德莱尔：《薮子自鹭》《仇》，王了一译，昆明《中央日报·星期增刊》1944年10月8日。

［法］波德莱尔：《发》，王了一译，昆明《中央日报·星期增刊》1944年10月29日。

［保］波蒂约夫：《义勇军（1）、（4）、（6）》，紫秋译，桂林《救亡日报·文化岗位》1939年2月15、19、20日。

［苏］波斯比诺夫：《关于〈姆采里〉》，孟昌译，《文学译报》1943年第1卷第5、6期合刊。

［法］波特莱尔：《波特莱尔诗二章》，马宗融译，《诗垦地丛刊》1942年第2集《木枷锁与剑》。

［法］波特莱尔：《风景》，王了一译，昆明《中央日报·星期增刊》1944年12月24日。

伯石：《F. G. 洛尔加诗钞·译后》，《文艺先锋》1942年第1卷第6期。

伯石：《W. H. 戴维斯诗钞·译注》，《文艺先锋》1943年第2卷第1期。

［苏］勃拉基妮娜等：《苏联抗战诗歌选译》，王语今译，《中苏文化》1941年第9卷第2、3期合刊。

［美］Cerald Chan Sieg：《战景》，莱士译，《战歌》1938年第1卷第4期。

［不详］C. Cibbot：《盲童》，青水译，重庆《大公报·文艺》1945年8月23日第78期。

［英］C. D. Lewis：《论讽刺诗》，朱维基译，《诗创作》1942年第15期。

［英］C. D. 路易士作：《请不要再诱惑我》，马耳译，《诗垦地丛刊》1942年第2集《木枷锁与剑》。

［不详］C. P. Barkia：《学生们，起来！》，斐然译，《文艺先锋》1945

年第 6 卷第 1 期。

［苏］蔡雷泰里：《滚开》，赵蔚青译，《诗垦地丛刊》1941 年第 1 集《黎明的林子》。

［苏］蔡雷泰里：《短剑》，赵蔚青译，《诗垦地丛刊》1942 年第 3 集《春的跃动》。

曹靖华：《战斗的艺术家——高尔基》，《中苏文化》1942 年第 11 卷第 5、6 期合刊。

常文昌：《略论抗战时期的诗歌价值观》，《贵州社会科学》1988 年第 10 期。

常文昌：《马雅可夫斯基对中国新诗的影响》，《兰州大学学报》（社会科学版）1996 年第 4 期。

陈麟瑞：《叶芝的诗》，《时与潮文艺》1944 年第 3 卷第 1 期。

陈思和：《探索世界性因素的典范之作：〈十四行集〉》，《当代作家评论》2004 年第 3 期。

陈逸：《文学翻译"要让读者听懂"——忆戈宝权伯伯》，《文汇报》2016 年 7 月 18 日第 1 版。

出版部：《出版状况报告》，《抗战文艺》1939 年第 4 卷第 1 期。

［英］David Gascoyne：《欧洲的雪》，倪明译，《诗》1942 年第 3 卷第 2 期。

［英］D. H. 罗伦斯：《现代英国诗抄》之《蛇》，邹绿芷译，《诗创作》1942 年第 17 期。

［苏］D. 白得内伊：《当兵歌》，紫秋译，桂林《救亡日报·文化岗位》1939 年 4 月 9 日。

［美］D. 柏架：《世故》，焦明译，《文学译报》1942 年第 1 卷第 1 期。

［苏］D. 别德内宜：《十字军的东征》，铁玄译，《文学月报》1941 年第 3 卷第 2、3 期合刊。

［英］戴维斯：《余暇》，李章伯译，《诗》1942 年第 3 卷第 1 期。

［英］戴维斯：《W. H. 戴维斯诗钞》，伯石译，《文艺先锋》1943 年第 2 卷第 1 期。

荻帆：《关于〈诗垦地〉丛刊》，《文艺生活》1942年第2卷第6期。

杜运燮：《滇缅公路》，《文聚》1942年第1卷第1期。

杜运燮：《对于灭亡的默想》，桂林《大公报·文艺》1942年10月22日桂字第203期。

［美］多罗色·巴克尔夫人：《常识的诗·圣地》，朱自清译，《文聚》1945年第2卷第3期。

［美］多罗色·巴克尔夫人：《常识的诗·中夜》，朱自清译，《文聚》1945年第2卷第3期。

［西］E. Mihalski：《反法西斯进行曲》，张镜秋译，《战歌》1939年第2卷第1期。

［苏］E. 道布玛托夫斯基：《我的亲爱的》，戈宝权译，《中苏文化》1943年第14卷第7—10期合刊。

［美］E. 惠尔斯：《为了胜利》，冬军译，《文学译报》1942年第1卷第3期。

［西］E. 帕拉多：《西班牙诗五首》之《给费塔里科》，黄药眠译，《诗创作》1942年第7期。

［德］E'r Weinert：《国际纵队歌》，马利亚译，《抗战文艺》1938年第2卷第4期。

［英］Francis Scarfe：《船体歌》，杨周翰译，《战时英国诗选》［M. J. Tambimuttu：Poetry in Wartime（1942）］，《时与潮文艺》1944年第2卷第6期。

［美］F. 约翰生：《美国黑人诗抄》之《新的一天》，荒芜译，重庆《大公报·文艺》1944年10月29日第50期。

［不详］法柏：《毒瓦斯》，莱士译，《战歌》1939年第2卷第1期。

［法］凡尔哈仑：《穷人们》，艾青译，《文阵新辑》1944年第2辑。

方然：《阿多拉司·注2》，《文阵新辑》1944年第2辑。

冯玉祥、郭沫若等：《中国诗歌界致苏联诗人及苏联人民书》，《诗创作》1941年第6期。

冯至：《十四行诗》，桂林《大公报·文艺》1942年7月21日桂字第

181 期。

冯至：《外来的养分》，《外国文学评论》1987 年第 2 期。

冯至：《我和十四行诗的因缘》，《世界文学》1989 年第 1 期。

[苏]高尔基：《海燕歌》，张西曼译，《中苏文化》1939 年第 3 卷第 12 期。

[苏]高尔基：《鹰之歌》，铁弦译，《中苏文化》1940 年第 6 卷第 5 期。

[苏]高尔基：《少女之死》，秦似译，《中苏文化》1941 年第 8 卷第 6 期。

高寒：《近代的年代·译后》，《战歌》1938 年第 1 卷第 4 期。

高中甫：《限制中方显能手——谈冯至先生的诗歌翻译》，《世界文学》1991 年第 1 期。

戈宝权：《加紧介绍外国文艺作品的工作》，《抗战文艺》1938 年第 3 卷第 3 期。

戈宝权：《莱蒙托夫诗选·编者序》，《中苏文化》1939 年第 4 卷第 3 期。

戈宝权：《江布尔的自传·译前》，《文学月报》1940 年第 1 卷第 5 期。

戈宝权：《莱蒙托夫的诗·译前》，《中原》1943 年创刊号。

戈宝权：《莱蒙托夫的诗》之《再会吧，污秽的俄罗斯·译后》，《中原》1943 年创刊号。

戈宝权：《母亲的训令·译后》，《中苏文化》1943 年第 14 卷第 7—10 期合刊。

戈宝权：《依萨科夫斯基诗辑·译前》，《中苏文化》1943 年第 14 卷第 11、12 期合刊。

戈宝权：《列宁在诗歌中（一）·译前》，《新华日报》1944 年 1 月 20 日第 4 版。

戈宝权：《四月和正月》，《新华日报》1944 年 1 月 22 日第 4 版。

戈宝权：《莱蒙托夫诗钞·译者序》，《中苏文化》1944 年第 15 卷第 8、9 期合刊。

戈宝权：《姆奇里·译前》，《文阵新辑》1944 年第 2 辑。

戈宝权：《漫谈翻译问题》，《外国文学》1983 年第 11 期。

戈宝权译：《列宁在诗歌中（三）》之《四月和正月》，《新华日报》1944年1月22日第4版。

［德］哥德：《谟罕默德礼赞歌》，梁宗岱译，《抗战文艺》1940年第6卷第1期。

［德］歌德：《哀弗立昂》，冯至译，《文阵新辑》1943年第2辑。

耿强：《翻译诗学：一个学科关键词考察》，《解放军外国语学院学报》2021年第3期。

弓：《对翻译界的两点建议》，《文艺先锋》1945年第6卷第1期。

郭沫若：《波斯诗人莪默伽亚谟》，《创造季刊》1922年第1期。

郭沫若：《"民族形式"商兑》，重庆《大公报·战线》1940年6月9日。

郭沫若：《编者的话》，《中原》1943年创刊号。

郭沫若：《如何研究诗歌与文艺》，《新华日报》1944年4月16日第4版。

郭沫若、王平陵等：《一九四一年文学倾向的展望》，《抗战文艺》1941年第7卷第1期。

［苏］果塔夫：《高尔基与中国》，什之译，《中苏文化》1940年第6卷第5期。

［英］H. E. 瑞得：《现代英国诗抄》之《轰炸的灾难：西班牙》，邹绿芷译，《诗垦地丛刊》1943年第4集《高原流响》。

［捷克］Hlejvi：《希特拉的夜》，张镜秋译，《战歌》1939年第1卷第5期。

［德］H. Heine：《十四行诗之"二"》，苟岚、华民合译，《新华日报》1943年6月9日第4版。

［德］海涅：《哈根的中餐》，艾思奇译，《新华日报》1942年1月1日第9版。

［德］海涅：《近卫兵》，吴伯箫译，《诗创作》1942年第8期。

［德］海涅：《海涅诗抄》之《契尔德·哈罗尔德——纪念拜伦的死》，孙纬译，《文阵新辑》1944年第2辑。

［俄］海塔古洛夫：《海塔古洛夫诗抄》，赵蔚青译，《诗创作》1942年第7期。

海岩：《苦战吟两首·附言》，桂林《救亡日报·文化岗位》1940年2月15日。

［英］郝思曼：《樱花》，闻一多译，《时事新报·文艺周刊》1927年第5期。

何其芳：《平静的海埋藏着波浪》，桂林《大公报·文艺》1942年10月22日桂字第203期。

［苏］赫达古洛夫：《赫达古洛夫诗抄》，周行译，《诗垦地丛刊》1942年第2集《木枷锁与剑》。

［德］赫尔威格等：《骑士之歌（外五首）》，周学谱译，《诗创作》1942年第7期。

胡风：《略观战争以来的诗——在扩大诗歌座谈会的报告，由惠元笔录》，《抗战文艺》1939年第3卷第7期。

胡风：《一个诗人底历程——田间诗集〈给战斗者〉后记》，《诗垦地丛刊》1946年第5集《滚珠集》。

胡适：《文学改良刍议》，《新青年》1917年第2卷第5期。

胡适：《我为什么要作白话》（《尝试集》自序），《新青年》1919年第6卷第5期。

荒弩：《帆·译后》，《诗》1940年第2卷第2期。

黄昊炘：《闻一多：格律移植的先驱》，《中华读书报》2018年6月20日第18版。

黄荭、钦文、张伟劼：《梁宗岱的文学翻译及其精神遗产——〈梁宗岱译集〉三人谈》，《中华读书报》2016年12月21日第9版。

黄群英：《时代的独特书写——〈文艺阵地〉考辨》，《当代文坛》2010年第6期。

黄药眠：《给费塔里科·译后》，《西班牙诗五首》，《诗创作》1942年第7期。

［美］惠特曼：《近代的年代》，高寒译，《战歌》1938年第1卷第4期。

［美］惠特曼：《惠特曼诗三首》之《故乡的怀念》，春江译，重庆《大公报·战线》1940年9月20日第641号。

［美］惠特曼：《黎明的旗子》，王春江译，《文学月报》1941年第3卷第1期。

［美］惠特曼：《芦笛之歌》，徐迟译，《文艺阵地》1941年第6卷第1期。

［美］惠特曼：《啊，船长！我的船长！》，春江译，《新华日报》1942年1月16日第4版。

［美］惠特曼：《从田间回来，爸爸》，蒋壎译，《诗》1942年第3卷第6期。

［美］惠特曼：《反叛之歌》之《欧洲》，天蓝译，《诗创作》1942年第10期。

［美］惠特曼：《我愿听美国在歌唱着》，钱新哲译，《诗垦地副刊》1942年第14期。

［美］惠特曼：《惠特曼诗二首》之《当独坐着渴望和沉思的此刻》，邹绛译，《新华日报》1943年4月26日第4版。

［美］惠特曼：《惠特曼诗抄》，冠蛾子译，《文阵新辑》1944年第2辑。

［英］I. 罗森贝尔：《现代英国诗抄》之《壕堑中的黎明》，邹绿芷译，《诗垦地丛刊》1943年第4集《高原流响》。

［苏］Johannes Barbarus：《夜》，民生译，重庆《大公报·文艺》1945年3月25日第62期。

［波］Josefo Tenenbaum：《在医院里》，张镜秋译，《战歌》1938年第1卷第4期。

［捷克］J. S. 玛加尔：《失落园》，魏荒弩译，《诗》1942年第3卷第4期。

［西］J. 马立内罗：《忆A. 马夏多》，李葳译，《诗创作》1942年第13期。

［捷克］J. 斯拉狄克：《春天要来了》，魏荒弩译，《诗》1942年第3卷第5期。

［捷克］J. 斯拉狄克：《春天》，魏荒弩译，昆明《中央日报·星期增

刊》1945 年 1 月 21 日。

［日］吉田太郎：《思乡曲（日人反战诗选）》，孟索译，桂林《救亡日报·文化岗位》1941 年 1 月 17 日。

［苏］江布尔：《献给中国人民》，张郁廉译，《文学月报》1940 年第 2 卷第 5 期。

姜德明：《郭沫若编〈中原〉》，《编辑学刊》1988 年第 2 期。

蒋骁华：《意识形态对翻译的影响：阐发与新思考》，《中国翻译》2003 年第 5 期。

金会澄：《昆明被炸时避地歌乐感赋二绝》，《民族诗坛》1940 年第 4 卷第 5 期。

［苏］K. 西蒙诺夫：《等待着我吧》，北辰译，桂林《大公报·文艺》1944 年 3 月 5 日周刊第 19 号。

［奥］Klara Blum：《诗人和战争》之（一）《诗人和战争》，袁水拍译，《文哨》1945 年第 1 卷第 3 期。

［苏］K. W. 穆古耶夫：《奥赛蒂亚民族诗人——赫达古洛夫》，周行译，《诗垦地丛刊》1942 年第 2 集《木枷锁与剑》。

［苏］卡费特科：《一封寄给伏洛希罗夫的信》，灵凤译，桂林《救亡日报·文化岗位》1940 年 5 月 13 日。

［不详］克利洛夫：《斑羊＆宴会》，冬扬译，桂林《救亡日报·文化岗位》1941 年 2 月 16 日。

［英］Laurie Lee：《一九四〇年八月底歌》，袁可嘉译，昆明《中央日报·星期增刊》1944 年 3 月 12 日。

［西］Leon Felipe：《献》，张镜秋译，《战歌》1938 年第 1 卷第 3 期。

［不详］Lii Marene：《战地恋歌》，翟国瑾译，昆明《中央日报·星期增刊》1944 年 12 月 10 日。

［捷克］L. 诺弗美斯基：《拘留所窗里》，魏荒弩译，《诗》1942 年第 3 卷第 4 期。

［法］L. 亚拉贡：《法·L. 亚拉贡诗二首》之《手风琴在庭院中响了!》，宗璋译，《诗》1942 年第 3 卷第 4 期。

〔美〕L. 亚历山大：《美国黑人诗抄》之《黑色的兄弟》，荒芜译，重庆《大公报·文艺》1944年10月29日第50期。

〔波〕拉丁斯基：《人质》，海山译，《诗创作》1942年第13期。

〔波〕拉丁斯基：《雪底拥护》，又然、海山译，《诗创作》1942年第16期。

〔俄〕莱蒙托夫：《莱蒙托夫诗选》，傅东华、孙用译，戈宝权选辑《中苏文化》1939年第4卷第3期。

〔俄〕莱蒙托夫：《帆》，荒弩译，《诗》1940年第2卷第2期。

〔俄〕莱蒙托夫：《恶魔》，穆木天译，《文学月报》1940年第2卷第3期。

〔俄〕莱蒙托夫：《莱蒙托夫诗选》之《献给高加索》，兰娜译，桂林《大公报·文艺》1941年9月8日桂字第72期。

〔俄〕莱蒙托夫：《莱蒙托夫的诗》，戈宝权译，《中原》1943年创刊号。

〔俄〕莱蒙托夫：《M. 莱蒙托夫诗选》，葛一虹译，《文艺先锋》1944年第4卷第6期。

〔俄〕莱蒙托夫：《姆奇里》，戈宝权译，《文阵新辑》1944年第2辑。

〔俄〕莱蒙托夫：《囚徒》，戈宝权译，《文阵新辑》1944年第2辑。

〔俄〕莱蒙托夫：《献给——（一八三〇年）读T. 摩尔之〈拜伦传〉有感》，戈宝权译，《文阵新辑》1944年第2辑。

〔苏〕莱羡（A. Leites）：《巴夫洛·铁钦拿——苏维埃乌克兰的革命诗人》，徐洗尘译，《诗创作》1942年第12期。

雷溅波：《我与〈战歌〉诗刊》，《云南师范大学哲学社会科学学报》1991年第4期。

李辰冬、丁伯骝：《短论：再结一次账》，《文艺先锋》1944年第4卷第6期。

李光荣：《中国现代文学的劲旅——文聚社》，《中国现代文学研究丛刊》2011年第3期。

李广田：《沉思的诗——论冯至的〈十四行集〉》，《明日文艺》1943年第1期。

李广田：《论新诗的内容和形式》，《文学评论》1943年第1卷第1期。

李洪华、周海洋：《战争文化语境下的域外现代派文学译介——以里尔克、艾略特、奥登为中心》，《南昌大学学报》（人文社会科学版）2010年第1期。

李嘉：《怀海病·译前》，《诗垦地丛刊》1942年第3集《春的跃动》。

李嘉译：《法西斯蒂是文化的敌人——反法西斯的高尔基（VOKS特稿）》，《中苏文化》1942年第10卷第1期。

李文钊：《诗的时代——代创刊词》，《诗创作》1941年第1期。

［奥］里尔克：《里尔克少作四章》，卞之琳译，《文聚》1942年第1卷第2期。

［奥］里尔克：《译里尔克诗十首》之《豹》，冯至译，《文聚》1943年第2卷第1期。

［日］鲤本明：《南征》，白珍译，桂林《救亡日报·文化岗位》1940年10月8日。

力扬：《关于诗的民族形式》，《文学月报》1940年第1卷第3期。

力扬：《谈诗底形象和语言》，《新华日报》1940年4月24日第4版。

力扬：《论叙事诗》，《新诗歌》（上海）1948年第8期。

［西］利瓦斯·潘纳达斯：《露水上的跳蚤》，黄药眠译，桂林《救亡日报·文化岗位》1939年2月14日。

梁宗岱：《莎士比亚的商籁》，《民族文学》1943年第1卷第2期。

廖七一：《抗战历史语境与文学翻译的解读》，《中国比较文学》2013年第1期。

［苏］列别介夫·古马赤：《边境守卫队之歌》，铁弦译，桂林《救亡日报·文化岗位》1939年4月17日。

［苏］列迭夫·库玛卡：《乌克兰，我底乌克兰！》，血堞合译，桂林《救亡日报·文化岗位》1940年2月20日。

［波］列苏歌斯基：《子夜舞歌（外三章）》，碧珊译，《文学译报》1942年第1卷第1期。

林山：《到大众中去——给桂林的诗歌工作者》，桂林《救亡日报·文化岗位》1939年12月5日。

林小兰：《〈丁·阿尔弗莱德·普鲁弗洛克的情歌〉的解读——兼评艾略特的批评原则》，《西南民族大学学报》（人文社科版）2004年第5期。

林元：《一枝四十年代文学之花——回忆昆明〈文聚〉杂志》，《新文学史料》1986年第3期。

灵风：《一封寄给伏洛希罗夫的信·译前》，桂林《救亡日报·文化岗位》1940年5月13日。

刘淑玲：《〈大公报·战线〉与抗战时期的朗诵诗》，《河北学刊》2001年第6期。

刘铁华：《"塔斯窗"释名》，《中苏文化》1943年第14卷第3、4期合刊。

刘颖：《波德莱尔和他的〈恶之花〉》，《山西大学师范学院学报》（综合版）1995年第1期。

刘云虹：《意识、立场与行动：译者主体化视域下的梁宗岱文学翻译考察》，《中国翻译》2024年第5期。

柳南：《诗的道路》，《诗垦地丛刊》1942年第2集《木枷锁与剑》。

柳南：《两歧之间——论当前诗的三种恶劣的倾向》，《诗垦地丛刊》1943年第4集《高原流响》。

楼适夷：《茅公和〈文艺阵地〉》，《新文学史料》1981年第3期。

卢炜：《关于诗人译诗的对话——文艺评论家屠岸访谈》，《文艺报》2013年7月29日第3版。

［不详］鲁布尔：《夏伯阳》，王语今译，重庆《大公报·战线》1940年5月28日第560号。

［苏］鲁果夫斯基：《保卫大上海》，孟殊译，《中苏文化》1937年第1卷第2期。

陆耀东：《德国文学在中国（1915—1949）——在德国特里尔大学汉学系的讲演》，《中国现代文学研究丛刊》1999年第3期。

［日］鹿地亘：《和苏联站在一起》，欧阳凡海译，《新华日报》1941

年11月7日第4版。

[日] 鹿地亘：《什么叫做交易》，刘列先译，《时与潮文艺》1943年第2卷第3期。

[德] 路未格·乌郎德：《歌者的诅咒》，章富译，《诗》1942年第3卷第2期。

吕俊：《翻译研究：从文本理论到权力话语》，《四川外语学院学报》2002年第1期。

罗铁鹰：《回首话〈战歌〉》，《新文学史料》1983年第1期。

[捷克] 洛旦：《生命颂》，方言译，重庆《大公报·战线》1941年4月25日第755号。

[西] 洛尔加：《F. G. 洛尔加诗钞》，伯石译，《文艺先锋》1942年第1卷第6期。

[英] Mrs. Felicia Hemans：《喀撒比安卡》，秀芙译，《文艺先锋》1942年第1卷第3期。

[俄] M. 莱蒙托夫：《波罗金诺》，无以译，《文学译报》1943年第1卷第5、6期合刊。

[俄] M. 莱蒙托夫：《姆采里》，秦似译，《文学译报》1943年第1卷第5、6期合刊。

[苏] M. 雷尔斯基：《愤怒的话语》，茹雯译，《文学译报》1942年第1卷第4期。

[苏] M. 伊莎科夫斯基：《母亲》，戈宝权译，《新华日报》1943年11月7日第6版。

[苏] M. 依沙珂夫斯基：《冬天》，朱笄译，《新华日报》1943年10月31日第4版。

马耳：《哀悼·译后》，《抗战文艺》1938年第2卷第4期。

马耳：《请不要再诱惑我·后记》，《诗垦地丛刊》1942年第2集《木枷锁与剑》。

马洁：《戈宝权翻译思想研究》，《河北科技师范学院学报》（社会科学版）2018年第3期。

马利亚:《国际纵队歌·译后》,《抗战文艺》1938年第2卷第4期。

[苏] 马雅科夫斯基:《呈给同志涅特——给汽船和人》,穆木天译,《文学月报》1940年第1卷第4期。

[苏] 马雅科夫斯基:《好!》,王春江译,《文学月报》1940年第1卷第4期。

[苏] 马雅科夫斯基:《专在开会的人们》,穆木天译,《中苏文化》1940年第6卷第2期。

[苏] 马雅科夫斯基:《国际青年节》,葆荃译,《新华日报》1944年9月3日第4版。

[苏] 马也可夫斯基:《无敌的武器》,刘火子译,《诗》1940年第1卷第3期。

[苏] 玛尔夏克:《一个年青的弗里茨》,葆荃译,《新华日报》1943年5月20日第4版。

[苏] 玛耶可夫斯基:《库兹纳特斯克建设的故事》,庄寿慈译,《诗创作》1941年第5期。

[苏] 玛耶可夫斯基:《听呵!》,张叔夜译,《文学译报》1942年第1卷第2期。

[苏] 玛耶可夫斯基:《破坏者和杀人屠夫》,苏华译,《中苏文化》1942年第10卷第2期。

[苏] 玛耶可夫斯基:《法西斯的笼头及其它》,安娥译,《中苏文化》1943年第14卷第5、6期合刊。

[美] 麦履实:《麦履实诗四首》之《给互称同志的人们》,谢文通译,《时与潮文艺》1945年第4卷第6期。

[英] 曼殊斐尔:《怀海病》,李嘉译,《诗垦地丛刊》1942年第3集《春的跃动》。

茅盾:《叙事诗的前途》,《文学》(上海)1937年第8卷第2期。

茅盾:《发刊辞》,《文艺阵地》1938年第1卷第1期。

茅盾:《大众化与"诗歌的斯泰哈诺夫运动"》,《战歌》1939年第1卷第5期。

［苏］梅泰诺夫:《德国的反法西斯文学》,诸候译,《时与潮文艺》1944年第2卷第5期。

猛:《关于翻译作品到外国去》,《抗战文艺》1938年第3卷第3期。

孟殊:《保卫大上海·译前》,《中苏文化》1937年第1卷第2期。

［苏］米哈尔科夫:《在你居住的那个地方》,凝晖译,《中苏文化》1943年第13卷第7、8期合刊。

穆旦:《还原作用》,桂林《大公报·文艺》1941年3月16日桂字第1期。

穆旦:《智慧的来临》,桂林《大公报·文艺》1941年3月16日桂字第1期。

穆旦:《赞美》,《文聚》1942年第1卷第1期。

穆木天:《诗歌与现实》,《现代》1934年第5卷第2期。

穆木天:《目前抗战诗歌上的二三问题》,《战歌》1939年第2卷第1期。

穆木天:《建立民族革命的史诗问题》,《文艺阵地》1939年第3卷第5期。

穆木天:《关于抗战诗歌运动——对于抗战诗歌否定论者的常识的解答》,《文艺阵地》1939年第4卷第3期。

穆木天:《关于外国文学名著翻译》,《翻译通报》1951年第3卷第1期。

［法］N. Babas Verof:《哀悼》,马耳译,《抗战文艺》1938年第2卷第4期。

［苏］N. 贝尔齐可夫:《民众的号手——达拉斯·雪夫兼珂（一八一四——一八六一）论》,陈原译,《诗创作》1942年第8期。

［德］尼采:《译尼采诗七首》,冯至译,《文聚》1945年第2卷第2期。

［西］Pario:《从中世纪到文艺复兴》,张镜秋译,《战歌》1938年第1卷第2期。

［法］P. Verlaine:《译诗两首》之《秋天的歌》,陆侃如译,《文艺先锋》1943年第3卷第5期。

［捷克］P. 柏兹鲁支:《玛丽斯加·玛格登》,魏荒弩译,《诗》1942年第3卷第3期。

[不详] P. 威德摩：《砲之赞美》，伯石译，桂林《大公报·文艺》1941年5月12日桂字第24期。

[匈] 裴多菲：《被囚的狮子》，企程译，《文学月报》1940年第2卷第1、2期合刊。

[匈] 裴多菲：《饮吧》，覃子豪译，桂林《救亡日报·文化岗位》1940年5月10日。

[匈] 裴多菲：《回家》，企程译，重庆《大公报·战线》1940年8月24日第614号。

佩弦：《论中国诗的出路》，《清华中国文学会月刊》1931年第1卷第4期。

佩弦：《新诗杂话》，《文聚》1942年第1卷第1期。

[英] 彭斯：《阿富顿河》，文新译，《诗》1942年第3卷第1期。

[英] 彭斯：《彭斯诗抄》之《姜大麦》，珍妮译，《新华日报》1943年1月25日第4版。

[英] 彭斯：《来，为征人们干一杯》，李念辈译，《新华日报》1943年9月20日第4版。

[英] 彭斯：《彭斯诗十首》，袁水拍译，《中原》1944年第1卷第3期。

[英] 彭斯：《朋斯诗钞》之《勃鲁斯在朋诺克本向他的军队致敬》，水云译，重庆《大公报·文艺》1944年3月12日第19期。

[英] 彭斯：《朋斯诗抄》之《虱颂》，水云译，桂林《大公报·文艺》1944年4月23日周刊第25号。

彭燕郊：《屠格涅夫和他的〈散文诗〉——张铁夫译〈屠格涅夫散文诗集〉序》，《湘潭大学社会科学学报》2002年第5期。

蓬：《翻译抗战文艺到国外去的重要性》，《抗战文艺》1938年第3卷第3期。

企程：《译者附记》，《文学月报》1940年第2卷第1、2期合刊。

钱兆明：《评莎氏商籁诗的两个译本》，《外国文学》1981年第7期。

丘琴：《森林中的小站·译后记》，《诗创作》1942年第11期。

曲楠：《"谣曲"的发现：西班牙内战诗体与中国新诗的战时转型》，

《文学评论》2018 年第 1 期。

权：《加紧介绍外国文艺作品的工作》，《抗战文艺》1938 年第 3 卷第 3 期。

[美] Robert Payne：《给中国》，杜运燮译，桂林《大公报·文艺》1943 年 1 月 17 日桂字第 227 期。

[西] R. 阿尔培特：《西班牙诗五首》之《给国际纵队》，黄药眠译，《诗创作》1942 年第 7 期。

[日] 日本士兵：《苦战吟两首》，海岩译，桂林《救亡日报·文化岗位》1940 年 2 月 15 日。

若琴译：《缆夫曲（波兰民歌）》，桂林《救亡日报·文化岗位》1940 年 6 月 27 日。

[美] Siseholy：《战神》，帅翔、辛英、梓越译，《文艺先锋》1944 年第 5 卷第 1、2 期合刊。

[德] Stefan George：《给死者》，冯至译，昆明《中央日报》1944 年 10 月 10 日第 9 版。

[法] Sully Prudhomme：《碎了的花瓶》，金炳译，《文艺先锋》1945 年第 7 卷第 2 期。

[苏] S. 阿里莫夫：《母亲的训令》，戈宝权译，《中苏文化》1943 年第 14 卷第 7—10 期合刊。

[不详] S. 伐扬斯基：《给泪珠》，魏荒弩译，《诗》1942 年第 3 卷第 5 期。

[苏] S. 基尔珊诺夫：《一切为着保护》，铁玄译，《文学月报》1941 年第 3 卷第 2、3 期合刊。

[苏] S. 拉基阿尼：《关于 A. 柴芮泰里（一八四〇——一九一五）》，斯庸译，《文学译报》1943 年第 2 卷第 1 期。

[苏] S. 马尔萨克：《国王和牧人》，叶萌译，《文学译报》1942 年第 1 卷第 4 期。

[美] 桑德堡：《桑德堡诗抄》之《青草》，孟敬安译，《诗》1942 年第 3 卷第 6 期。

［苏］色列塞夫：《纪念高尔基之死》，凝晖译，《中苏文化》1942年第11卷第3、4期合刊。

［英］莎士比亚：《十四行二首》，梁宗岱译，重庆《中央日报·平明》1939年12月21日。

［英］莎士比亚：《莎士比亚商籁》，梁宗岱译，《时与潮文艺》1944年第4卷第4期。

诗文学社：《诗与诗论译丛》，《新华日报》1945年7月20日第1版。

石梅芳：《抗战时期彭斯诗歌的翻译篇目汇编与译介研究》，《广西社会科学》2019年第4期。

水拍：《十四行》，桂林《大公报·文艺》1942年11月4日桂字第207期。

水拍：《朋斯底民谣·译者附记》，桂林《大公报·文艺》1943年1月17日桂字第227期。

水拍：《两匹狼狗》，桂林《大公报·文艺》1943年2月3日桂字第233期。

苏光文：《抗战诗歌刍论》，《西南师范大学学报》（人文社会科学版）1986年第1期。

苏华：《破坏者和杀人屠夫·译前》，《中苏文化》1942年第10卷第2期。

孙科：《发刊辞》，《中苏文化》1936年第1卷第1期。

孙晓博：《论穆木天的翻译思想》，《齐齐哈尔大学学报》（哲学社会科学版）2015年第2期。

［英］T. S. 爱略忒：《亚尔佛列德·普鲁佛洛克底恋歌》，黎敏子译，《诗创作》1942年第16期。

［英］T. S. 伊略特：《现代英国诗抄》之《古波斯僧的旅行》，邹绿芷译，《诗垦地丛刊》1943年第4集《高原流响》。

［英］T. 戴维斯：《我的祖国》，吴奔星译，《诗创作》1942年第10期。

［不详］T. 克莱尔：《今天》，守仁译，桂林《救亡日报·文化岗位》1940年3月7日。

覃军：《中国歌曲"走出去"：译配原则与方法》，《中国翻译》2021年第4期。

汤富华：《论翻译之颠覆力与重塑力——重思中国新诗的发生》，《中国翻译》2009年第3期。

唐湜：《沉思者——论十四行诗里的冯至》，《春秋》1949年第6卷第1期。

［苏］特瓦多夫斯基：《母亲和儿子》，方土人译，《文艺阵地》1941年第6卷第2期。

田汉：《〈再回吧香港〉主题歌》，桂林《大公报·文艺》1942年3月6日桂字第146期。

铁弦：《边境守卫队之歌·后记》，桂林《救亡日报·文化岗位》1939年4月17日。

［俄］屠格涅夫：《散文诗二章（一）》，吴春曦译，昆明《中央日报·平明》1939年6月23日。

［俄］屠格涅夫：《散文诗二章（二）"乡村"》，吴春曦译，昆明《中央日报·平明》1939年6月28日。

［俄］屠格涅夫：《最后的聚会及其他——屠格涅夫散文诗选译》，鲁丁译，《文艺先锋》1944年第5卷第4期。

［俄］屠格涅夫：《啊，我的童年——屠格涅夫散文诗选译》，鲁丁译，《文艺先锋》1944年第5卷第6期。

［苏］脱哇妥夫斯基：《妈妈和她的儿子》，华铃译，《战歌》1941年第2卷第2期。

［苏］V. L. 库马赤：《游击队员》，斯庸译，《诗》1942年第3卷第6期。

［苏］V. 古谢夫：《手溜弹之歌》，铁弦译，《抗战文艺》1939年第4卷第5、6期合刊。

［苏］V. 玛雅可夫斯基：《不准侵略中国》，春江译，重庆《大公报·战线》1940年10月28日第669号。

［苏］V. 玛雅可夫斯基：《一个非凡的冒险》，邹绿芷译，重庆《大公

报·战线》1941年1月7日第709号。

[法] V. 雨果：《我们的死者们》，穆木天译，《诗创作》1941年第3、4期合刊。

[英] William Shakespeare：《春之歌》之《商籁体四章·一》，于赓虞译，《文艺先锋》1944年第4卷第3期。

[英] W. H. 戴维斯：《现代英国诗抄》之《海的梦恋》，邹绿芷译，《诗创作》1942年第10期。

[英] W. J. 灵顿：《自由的收获》，灵凤译，桂林《救亡日报·文化岗位》1940年2月29日。

[美] W. 惠特曼：《近代的年代》，高寒译，《战歌》1938年第1卷第4期。

[美] W. 惠特曼：《养牛者及其他》，蒋埙译，《文学译报》1942年第2卷第2期。

王春江：《译者附言·黎明的旗子》，《文学月报》1941年第3卷第1期。

王家新：《翻译与中国新诗的语言问题》，《文艺研究》2011年第10期。

王礼锡遗译并跋：《跟着码头工人前进》，《抗战文艺》1940年第5卷第4、5期合刊。

王亚平：《论政治讽刺诗》，《新华日报》1942年3月20日第4版。

王亚平：《新诗的创作及其发展方向》，《新华日报》1942年6月4日第4版。

[美] 威忒·白纳尔：《中国的妇人》，莱士译，《战歌》1941年第2卷第2期。

魏荒弩：《玛丽斯加·玛格登·译前》，《诗》1942年第3卷第3期。

文新：《阿富顿河·附言》，《诗》1942年第2卷第1期。

闻一多：《莪默伽亚谟之绝句》，《创造季刊》1923年第2期。

闻一多：《谈商籁体》，《新月》1930年第3卷第5、6期。

[英] 渥茨华斯：《水仙》，秀芙译，《文艺先锋》1942年第1卷第4期。

无以：《波罗金诺·译者附注》，《文学译报》1943年第1卷第5、6期合刊。

吴春曦：《散文诗二章（一）·注一》，昆明《中央日报·平明》1939年6月23日。

吴春曦：《散文诗二章（二）·〈乡村〉》，昆明《中央日报·平明》1939年6月28日"注六"。

吴逸志：《长沙会战大捷十首》，《民族诗坛》1943年第5卷第2期。

伍辛：《诗和生活》，《诗创作》1942年第12期。

[俄] 西蒙·李普金：《江加尔·俄译者序言》，亚克译，《文艺阵地》1942年第6卷第6期。

[德] 席勒：《地球之分割》，张嘉谋译，《时与潮文艺》1943年第1卷第1期。

[英] 夏芝：《夏芝诗三首》，水云译，桂林《大公报·文艺》1942年10月2日桂字第198期。

萧爱梅：《论马雅可夫斯基》，《中苏文化》1941年第8卷第5期。

萧乾：《鱼饵·论坛·阵地——记〈大公报·文艺〉，1935—1939》，《新文学史料》1979年第2期。

萧三：《论诗歌的民族形式》，《文艺战线》1939年第1卷第5期。

肖丽：《副文本之于翻译研究的意义》，《上海翻译》2011年第4期。

[俄] 谢普琴科：《当我死了的时候》，兰娜译，桂林《大公报·文艺》1941年6月13日桂字第38期。

谢文通：《麦履实诗四首·译前》，《时与潮文艺》1945年第4卷第6期。

解志熙：《暴风雨中的行吟——抗战及40年代新诗潮叙论（上）》，《解放军艺术学院学报》2017年第1期。

解志熙：《暴风雨中的行吟——抗战及40年代新诗潮叙论（下）》，《解放军艺术学院学报》2017年第2期。

辛中华、李文军：《从"应和"到象征——波德莱尔的美学思想探微》，《内蒙古工业大学学报》（社会科学版）1995年第2期。

兴万生：《裴多菲的诗歌创作》，《文学评论》1962年第2期。

[美] 休士：《休士近作二章》之《黑人兵士》，袁水拍译，《文学月

报》1941年第3卷第1期。

徐迟：《抒情的放逐》，《顶点》1939年第1卷第1期。

徐迟：《美国诗歌的传统》，《中原》1943年第1卷第1期。

徐迟：《论袁水拍的诗》，《青年文艺》1944年第1卷第5期。

徐健、周艺：《从〈救亡日报〉（桂林版）看中国共产党抗日舆论动员的策略》，《出版广角》2013年第8期。

许渊冲：《文学翻译等于创作》，《外国语》（上海外国语学院学报）1983年第6期。

［俄］雪夫琴可：《乌克兰人民诗人雪夫琴可底诗》，周醉平译，《抗战文艺》1939年第4卷第5、6期合刊。

［英］雪莱：《给英国的男子》，楚里译，桂林《救亡日报·文化岗位》1940年2月27日。

［英］雪莱：《阿多拉司》，方然译，《文阵新辑》1944年第2辑。

［英］雪莱：《雪莱诗抄》，袁水拍译，《文阵新辑》1944年第2辑。

血堞：《乌克兰，我底乌克兰！·译者注》，桂林《救亡日报·文化岗位》1940年2月20日。

亚克：《天下第一美男子明江盗窃土耳其可汗底万匹斑黄去势马群之歌·译者注》，《文艺阵地》1942年第6卷第6期。

亚克译：《西班牙正向着光明迈进》，桂林《救亡日报·文化岗位》1939年4月14日。

亚克译：《天下第一美男子明江盗窃土耳其可汗底万匹斑黄去势马群之歌》，《文艺阵地》1942年第6卷第6期。

杨小岩：《论马雅可夫斯基诗歌的战斗风格》，《武汉大学学报》（哲学社会科学版）1980年第3期。

杨周翰：《战时英国诗选》[M. J. Tambimuttu: Poetry in Wartime (1942)]，《时与潮文艺》1944年第2卷第6期。

杨周翰：《奥登——诗坛的顽童》，《时与潮文艺》1944年第4卷第1期。

［英］叶慈：《拜占廷（Byzantium）》，杨周翰译，《文聚》1942年第1

卷第 2 期。

[苏] 叶赛宁：《可爱的国家哟》，覃子豪译，桂林《救亡日报·文化岗位》1940 年 10 月 26 日。

[苏] 叶赛宁：《叶赛宁诗抄》，戴望舒译，《文阵新辑》1944 年第 2 辑。

[英] 叶芝：《叶芝诗选》之《婴宁湖岛》，朱光潜译，《时与潮文艺》1943 年第 3 卷第 1 期。

[日] 一井繁治：《大和魂》，吴会译，《诗》1942 年第 3 卷第 3 期。

[苏] 伊凡·罗珊诺夫：《M·伊萨珂甫斯基》，朱笄译，《中苏文化》1947 年第 18 卷第 4 期。

[希腊] 依辟苦斯：《古希腊诗选译》之《无题》，水云译，桂林《大公报·文艺》1942 年 6 月 17 日桂字第 172 期。

[苏] 依萨科夫斯基：《依萨科夫斯基诗辑》，戈宝权译，《中苏文化》1943 年第 14 卷第 11、12 期合刊。

[法] 雨果：《穷苦的人们》，穆木天译，《文艺生活》1941 年第 1 卷第 4 期。

[法] 雨果：《我们的死者们》，穆木天译，《诗创作》1941 年第 3、4 期合刊。

[法] 雨果：《给欧贞·雨果子爵》，穆木天译，《文学创作》1942 年第 1 卷第 2 期。

[法] 雨果：《光明》，穆木天译，《文艺生活》1942 年第 3 卷第 1 期。

[法] 雨果：《爱劳的坟地》，穆木天译，《诗创作》1942 年第 7 期。

[法] 雨果：《旧日战争回忆》，穆木天译，《艺丛》1943 年第 1 卷第 2 期。

[法] 雨果：《田园生活》，穆木天译，《人世间》1943 年第 1 卷第 6 期。

[法] 雨果：《沙丘上的话语》，穆木天译，《文学译报》1943 年第 2 卷第 1 期。

袁水拍译：《诗人和战争》之（十）《从耶鲁撒冷到布拉格》，《文哨》1945 年第 1 卷第 3 期。

袁水拍译：《几首英国民谣》，《文聚》1945 年第 2 卷第 3 期。

袁水拍：《诗一首》，桂林《大公报·文艺》1941年10月31日桂字第95期。

袁水拍：《寄给顿河上的向日葵》，《学习生活》1942年第3卷第5期。

袁水拍：《几首英国民谣·译者附记》，《文聚》1945年第2卷第3期。

袁水拍：《态度——首先要求诗人的》，《诗垦地丛刊》1946年第5集《滚珠集》（编于1943年）。

袁水拍：《黑人诗人休斯诗选——祝他的四十五岁生日·译前》，《水准》1947年第1期。

［英］约翰·梅斯弗尔特：《海的渴望》，胡曲译，《诗垦地副刊》1942年第6期。

臧棣：《汉语中的里尔克》，《郑州大学学报》（哲学社会科学版）1999年第3期。

臧克家：《他的每一个血轮都是逆转的》，《当代文艺》1944年第1卷第3期。

曾轶峰：《袁水拍对艾米莉·狄金森的译介》，《东方翻译》2012年第5期。

张道藩：《致作家与读者——本刊的使命与期望》，《文艺先锋》1942年第1卷第1期。

张厚刚：《论〈诗创作〉"抗战诗歌美学"》，《南方文坛》2019年第4期。

张镜秋译：《你别离了我（英国民歌）》，桂林《救亡日报·文化岗位》1939年8月26日。

张显：《抗战诗歌与战时诗人的身份认同》，《文艺理论与批评》2011年第5期。

章富：《歌者的诅咒·后记》，《诗》1942年第3卷第2期。

赵彤：《华尔特·惠特曼：美国诗歌史上的一盏明灯》，《西华师范大学学报》（哲学社会科学版）2006年第6期。

赵蔚青：《海塔古洛夫诗抄·作者介绍》，《诗创作》1942年第7期。

珍妮：《彭斯诗抄·译前》，《新华日报》1943年1月25日第4版。

周小玲：《意识形态影响下的翻译原文本选择》，《广西社会科学》2010
年第 1 期。

周学谱：《骑士之歌（外五首）·附记》，《诗创作》1942 年第 7 期。

周永涛：《梁宗岱留学欧洲时期的翻译和创作探微》，《中国翻译》2019
年第 3 期。

周醉平：《乌克兰人民诗人雪夫琴可底诗·译前》，《抗战文艺》1939
年第 4 卷第 5、6 期合刊。

朱湘：《说译诗》，《文学周报》1928 年第 5 卷第 276—300 期（合订）。

朱自清：《常识的诗》，《文聚》1945 年第 2 卷第 3 期。

朱自清：《论雅俗共赏》，《观察》1947 年第 3 卷第 11 期。

邹荻帆：《忆〈诗垦地〉》，《新文学史料》1983 年第 1 期。

邹绛：《挽歌一章》，桂林《大公报·文艺》1943 年 10 月 31 日桂字第
298 期。

邹绿芷：《谢夫琴科诗三章·译前》，《文艺阵地》1942 年第 6 卷第
5 期。

邹绿芷：《古波斯僧的旅行·后记》，《诗垦地丛刊》1943 年第 4 集《高
原流响》。

邹振环：《抗战时期的翻译与战时文化》，《复旦学报》（社会科学版）
1994 年第 3 期。

紫秋：《义勇军（6）·附言》，桂林《救亡日报·文化岗位》1939 年
2 月 20 日。

三　学位论文类

梁萍：《抗战时期的桂林〈大公报〉研究》，硕士学位论文，广西大学，
2011 年。

佘爱春：《抗战时期桂林文化城的文学空间》，博士学位论文，南京大
学，2011 年。

后　　记

　　身为一名土生土长的重庆人，儿时最爱徜徉的地方就是解放碑，它巍然矗立在鳞次栉比的高楼之间，名为"抗战胜利纪功碑暨人民解放纪念碑"，是中国人民反法西斯战争胜利的标志，是浴火重生的英雄之城——重庆的地标与象征。许是源于对故乡深切的挚爱，还有对诗歌、诗论、翻译史的喜爱，十年前，我走进了抗日战争时期重庆诗歌翻译这一领域，梳理该时期在重庆出版或迁至重庆出版的各大重要报纸期刊上的翻译诗歌，在那些隐没在时代风尘中发黄的故纸堆里，在一卷卷微缩文献里，我看到了一片繁盛的诗歌翻译图景，看到了译诗作为中国抗战文学一部分的独特历史价值，更看到了一个民族的血泪、呻吟、不屈与抗争。鉴于此，在完成重庆时期译诗考察后，我将其扩展到大后方这一更为广阔的场域，着眼于重庆、桂林、昆明三座中心城市，仍以报纸期刊为依托，以其上刊登的译诗为研究对象，包括译诗主题、诗人的选择，以及译诗呈现的形式特征，更增添了翻译主体的译者，尤其是诗人译者的个案研究，力图梳理翻译与创作，以及社会文化之间的互动关系。

　　在研究过程中遇到了诸多困难，主要有二：其一，该时期人员流动快，期刊变动频繁，创刊停刊快，加之当时的印刷质量，时间久远等，这一阶段的有些史料保存不完整。好在重庆图书馆馆藏大量丰富的抗战时期各类报纸期刊，加之全国报刊索引、百链学术搜索、孔夫子旧书网等网上资源，基本收齐研究所需资料。研究阶段正值新冠疫情肆虐之时，无法离渝，幸得伍维平老师托其好友骆珍女士在云南省图书馆，田中涛先生在中国现代文学馆为我寻来珍贵的期刊影像资料，使我的研究得以赓续，在此深表谢意！其二，该时期诗歌翻译的种类繁多，各国各派诗人、诗作均有涉及，在诗歌的解读上遇到不小困难。感谢史凤晓老师的支持与鼓励，她对诗歌，尤其是英美诗歌的执着、热忱和造诣令我由衷钦佩！我们常在微信中畅聊中西诗学、诗人诗作，每每令我茅塞顿开，我们的"微语诗歌"在我退缩、消极时予我继续前行的勇气！

感谢亲爱的父母，是他们为我操持每日三餐，让我有足够的时间与精力端坐书房之中，也要感谢我家张朝毅先生和可爱的女儿张婧怡小朋友，他们的乐观、宽容让我倍感家的温暖！

感谢重庆社会科学联合会从选题到立项给予的肯定与资助，使课题能够结项成稿；感谢重庆工商大学学术著作出版基金的支持；感谢中国社会科学出版社责任编辑王越老师审校书稿，帮助本书顺利付梓。

骆　萍

2023 年 4 月于文渊居